# Colère

Quand Damien découvre la baie de Guanabara et Rio, à l'aurore, c'est le coup de foudre. Les granits géants, les golfes, le Christ de Corcovado, tant de violence et de beauté vont tourner à l'obsession. Tel est l'impact de la première impression reçue dans l'ébriété du décalage horaire, à la faveur d'une semi-hallucination. Une chanson de Gilberto Gil dédiée à une mère-de-saint, médium célèbre qui vient de mourir, fortifie ce lieu lyrique du voyageur au Brésil. Car cette musique limpide, surnaturelle, transmue à ses yeux cet excès de matière, de chair, de misère de la ville. Napoleon Hugo, un chauffeur de taxi, lui fait découvrir toutes les facettes de Rio, du littoral luxueux jusqu'à la Zone Nord immense et cruelle.

Damien reviendra à Rio pour approfondir sa passion. Une jeune femme, responsable d'un centre socio-éducatif dans une favela, un medium un peu escroc, un ancien trafiquant d'animaux : tous trois l'entraînent dans les intrigues de la ville. Mais cette exploration se confond dans le cœur de Damien avec son amour impossible pour Marine. Il y a quelque chose d'interdit dans la beauté dangereuse de Rio.

*Patrick Grainville est né en 1947 à Villers (Normandie). Agrégé de lettres, il enseigne dans un lycée de la banlieue parisienne. En 1976, il a obtenu le prix Goncourt pour* Les Flamboyants. *Il collabore à divers journaux.*

# Du même auteur

# Patrick Grainville

# Colère

roman

Éditions du Seuil

TEXTE INTÉGRAL

EN COUVERTURE : photo Carlos Freire

ISBN 2-02-020613-7
(ISBN 2-02-013529-9, 1ʳᵉ publication)

© Éditions du Seuil, janvier 1992

La violence scella pour toujours l'union de Damien avec la plus belle ville du monde. Il se souvenait de son premier voyage. L'avion descendait sur la baie de Guanabara. Damien, qui se trouvait assis du mauvais côté, ne supportait pas l'idée de rater la vision dont il rêvait depuis si longtemps. Alors il détacha sa ceinture, se leva et gagna le hublot d'en face. Tout le monde regardait Damien et désapprouvait ce bond intempestif au moment de l'atterrissage. L'hôtesse de l'air l'aperçut, s'élança, lui intima l'ordre de rejoindre sa place et de s'asseoir. Mais Damien refusa. Une amie qui l'accompagnait tenta de le raisonner. Elle cachait son impétuosité sous un air de madone. Elle seule savait apaiser le voyageur dément. Mais Damien ne voulait rien entendre, en proie à l'un de ces aveuglements qui lui faisaient oublier toute mesure. La colère l'envahissait, son pouls battait fort. La cité s'approchait. Il ne céderait pas. L'hôtesse insista. Damien la repoussa d'un geste et fit tomber une liasse de prospectus qu'elle tenait à la main. L'hôtesse courroucée fit volte-face, remonta l'allée centrale de l'avion pour prévenir le commandant de bord. Bientôt un appel retentit dans l'appareil annonçant qu'un passager resté debout empêchait l'atterrissage. L'hôtesse revint. Damien se rebella avec un spasme de rage. Son amie s'évertuait à expliquer que cette vision de la ville était très importante pour Damien qui était imaginatif et se délectait de voir. L'hôtesse n'adhérait pas à ces motivations fantasques. Enfin, un passager qui se trouvait du bon côté se leva et échangea sa place avec Damien. Mais le malheureux, agité, le cœur martelant sa poitrine, déjà accablé par la honte, était privé de ce minimum de paix intérieure nécessaire à la contemplation.

Il vit la ville sans la voir. Il vit la plus belle baie du monde hérissée de montagnes, la ronde des golfes et des criques. Mais, encore bouleversé, il ne réussissait pas à s'abreuver de ce bonheur. C'était trop tard. L'avion, à basse altitude, dérobait maintenant le panorama. Damien avait manqué son rendez-vous avec la ville. Mais, dès lors, il se sentait uni à elle d'un lien orageux et passionné comme avec une amante. Il haïssait la ville qui lui avait fait perdre son sang-froid et, une fois de plus, le faisait passer pour un forcené. Pourtant il l'aimait, car elle l'avait blessé. Au bord des larmes il avait entrevu sa beauté fulgurante. Il l'avait perdue au moment de la découvrir. La nostalgie remplissait Damien quand il sortit sur la passerelle de l'avion, ébloui par le soleil. Son cœur était noir. Mais Rio l'enserra dans ses flammes.

Il était revenu souvent, à Rio, depuis cette expérience douloureuse. Il entamait à présent son septième voyage, et c'était avec une plénitude entièrement savourée qu'il contemplait le tohu-bohu des collines et des criques, ce formidable tam-tam des montagnes. Houle de matière cabossée de plissements, de pinacles, coupée de failles et de canyons. C'était l'énergie de la ville qui toujours le fascinait, cette force insufflée dans la pâte des granits gonflés. Les crêtes durcissaient, les ergots... Et la mer diamantine inscrivait sa bijouterie géante dans toutes les entailles de la baie. Elle embusquait ses mille pierres, ses facettes le long des engrenures sensuelles, des bosselures et des redents. Dans ce fourmillement reptilien, l'argile et le roc, l'eau, les mornes et les socles combinaient sans cesse mollesse et dureté, lourdeur et légèreté, paresse et cruauté. Sous le feu de l'épicentre, Damien sentait la matière bondir, se fendre, se creuser, se braquer, se sculpter, s'alanguir en golfes voluptueux. Son cœur chavirait à la vue de la ville androgyne et solaire, éclaboussée de mer et de lumière, pulvérisée de mamelons, de nombrils, ventrue, phallique, écartelée, criblée de grosses écailles de favelas rousses.

Les buildings, les tours de verre, les cathédrales et les hôtels de Niemeyer se ruaient dans le chamboulement des terres, semblaient flotter sur leur flux médiumnique. Et, tout à coup, derrière le Christ du Corcovado, ce «Redentor» au sommet de son pic, la ville sombrait, happée dans un pli, dans une dépression aux lèvres béantes que la forêt de Tijuca bordait de sa fourrure noire. Alors le Christ tentait d'élever vers le ciel le poids terrible de la ville engluée, le dédale de ses plages nues, de ses mornes, de ses banlieues damnées. L'on suivait le combat entre l'énorme sauveur de béton aux bras déployés et les enroulements monstrueux de la ville vautrée dans la mer. Il semblait impossible au levier du Christ de gagner la partie, de soulever le monde. Lui-même, démesuré, trop massif, était pris dans la sarabande des chevauchements, sorte d'antenne monolithique, de corne mystique jaillie de la montagne et taillée en croix surhumaine pour spiritualiser la terre, mais sans cesse aimantée, rabattue vers l'immense chaos d'amour et de misère qui grouillait à ses pieds.

Damien vénérait la ville. Il rejoignit sa chambre d'hôtel à Leblon. Le soleil était tombé derrière les Dois Irmãos, la montagne des deux frères. Leurs cous noirs et jumeaux se nimbaient d'un ultime flamboiement. Un rayonnement persistait sur l'océan turquoise, ondulant, étrangement soyeux, comme éclairé de l'intérieur par un laser. Et sur l'échine des vagues

déferlantes, les adolescents noirs des favelas faisaient du surf.
Damien les voyait danser sur les crêtes dressées comme des
cobras de mer qui roulaient dans la mâchoire de la nuit.

Il faisait encore sombre quand Damien se réveilla. Le flot
n'était qu'un froissement de ténèbres dans le golfe de Guanabara. Mais, sur la droite, Damien voyait les cubes verticaux
des hôtels internationaux et, entre leurs architectures de clar-
tés immobiles, il apercevait cette pulvérulence de lumière
confuse étagée dans l'ombre et le doute. Il reconnaissait cette
turbulence inquiète qui s'élevait en forme de cône, c'était la
favela du Vidigal, escaladant le morne des Dois Irmãos puis se
dérobant derrière la montagne pour rejoindre le grand cirque
de la Rocinha, la plus grande favela de Rio qui comptait deux
cent mille habitants. Cette électricité anarchique et poudreuse
l'attirait comme la semence de la vie. Son incohérence trouait,
défaisait la géométrie du littoral. Le regard se perdait dans
une bruine scintillante, un clignotement de pupilles magiques.

Là-haut se nichait le « terreiro » du médium Rosarinho,
l'enceinte sacrée des rites de l'umbanda. A côté, c'était le siège
du Centre socio-éducatif de Sylvie, plus bas la chapelle du
pape, celle où Jean-Paul II était venu dire la messe en 1980.
Damien était déjà familier de ces lieux, de ces gens qu'il
retrouvait et dont il aimait les impulsions, les lubies, les mensonges et les trafics. Mais lui – dans son hôtel, accoudé entre
l'océan et la multitude, voyeur impénitent, vagabond dilet-
tante – n'adhérait à aucune cause, était lâche, en proie au
vague ravissement d'être là, insomniaque et luxueux, sondant
son inutilité, cherchant dans la profondeur de la ville non pas
un sens, mais une violence, l'irruption d'une crise qui lui ren-
draient une vraie peur et la croyance. Rio et l'immense pays
tout autour le poignaient, relançaient en lui une angoisse
mêlée de désir. Cette terre intumescente et lézardée, sylvestre
et volcanique, toute bombée de fécondité, courroucée de

rage, de détresse, avec ses millions d'hommes bloqués devant la mer, excitait sa ferveur. Il avait envie de l'explorer, de la posséder comme un corps tout en souhaitant presque mourir à cause d'elle. Ce masochisme, il ne songeait même pas à l'éluder. A Rio on avait envie de meurtrir, de mourir, de fondre sur les plus belles proies et d'être massacré par elles. Damien aimait la frénésie, il croyait ainsi comprendre la ville. Il savait que la vraie vie vous étreint quand les garde-fous cèdent et que s'ouvre le précipice. Damien n'avait jamais aimé que le paroxysme pour lui-même, en dehors de toute foi, de toute croisade précise. C'est pourquoi il rejoignait la terre des séismes, avec ses grands mornes lévitant comme des frondes, des rochers de Saturne.

A treize heures, il se rendit à un déjeuner au consulat. Il sortit de l'hôtel, vit l'océan vert, sa soufflerie de grandes vagues lumineuses, contre ses yeux, là, sous la bouche. Toujours l'éblouissait cette voilure démontée du flot, sa véhémence et sa pureté. Et la foule des corps nus et bruns sur la plage, dressés, rarement couchés, ce pullulement d'hommes et de femmes qui marchaient, s'enroulaient, s'imbriquaient, droits, dorés, livrés au soleil pour rien, pour le plaisir, pour l'exhibition... Ils étaient venus là, innombrables, piétinant, poussés par l'urgence d'être tout près de la mer, de son gouffre et de son gémissement. Océan de l'épopée et du regard illimité, surface spéculaire où la foule semblait attendre toujours quelque événement, quelque révélation aussi soudaine que suprême. Car ces gens ressemblaient à Damien, à s'y méprendre, attroupés au bord des eaux monstrueuses et limpides, abandonnés à une vacuité dont seule la convoitise des corps les distrayait. Ils ressassaient, en secret, un autre désir informe et sans bornes. Le bruit des vagues qui se brisaient à leurs pieds scandait ce chant intérieur. La houle haussée, tous ses miroirs resplendissants, leur danse, puis ce fracas, cette agonie, ce martèlement toujours recommencé, c'était cela qu'ils entendaient, qu'ils attendaient et qui leur racontait leur nostalgie. La mer et le soleil déployaient un grand cliché originel mais qui réverbérait une rumeur de fond, une musique pathétique où l'on percevait la clameur des hommes en marche, des guerres, des exodes et des apocalypses. Dans l'oreille océanique, c'était toute l'aventure humaine qui vibrait, venait se répercuter le long du littoral et toucher l'inconscient de la foule offerte.

Rio regardait la mer. Surtout les grandes favelas du rivage, agglutinées sur les rostres, qui écoutaient le battement profond ou voyaient venir les navires et les mirages.

Damien serra la main du consul, grand homme rapide, aux cheveux clairs, flanqué d'une femme trop blonde, embijoutée, que la canicule flétrissait. La fatigue de l'épouse, son délabrement sophistiqué, tranchaient sur l'air content du mari. Il s'adonnait à ses moments perdus à la peinture abstraite, dont les fresques couvraient les murs. Le conseiller Germain Serre, qui lui vouait une haine flamboyante, racontait qu'il baisait à tire-larigot, et cela sans scrupules, les plus belles filles de la ville. Le conseiller était plus compliqué. Il avait l'âme acerbe et mélancolique. Il ne baisait pas au petit bonheur. Il était sélectif, déchiré et littéraire. Il détestait le consul, mais avec une pointe d'amertume particulière, car son ennemi était au diapason du Brésil. Germain Serre, lui, se morfondait à Rio, dont il réprouvait l'outrance et la brutalité. C'était un homme aux lèvres pincées, aux prunelles trop claires que le venin seul pouvait acérer mais auxquelles la lassitude et tant de chimères terrassées donnaient parfois des nuances émouvantes. C'était un vaincu qui n'avait pas encore tout à fait accepté de l'être. Il se débattait. Le consul, épicurien et positif, toisait l'épave du diplomate.

Très vite Damien avait calibré les grimaces, les mesquineries, les manœuvres de ce petit monde où régnaient l'espionnite, les brigues, l'angoisse du déclassement, où fermentaient pas mal de complots dérisoires, de destins au rancart, d'ambitions déchues. Seuls les escrocs, les fantaisistes, les désinvoltes, les pervers cueillaient leur plaisir, au jour le jour, et s'en tiraient à Rio. Les autres, les idéalistes, les exigeants, les intellectuels et les sentimentaux, étaient déboutés.

Sylvie, qui dirigeait le Centre socio-éducatif et animait avec le padre Oliveiro la communauté de base des Dois Irmãos, était une personne hétéroclite et scintillante dont le bronzage cachait mal le teint délavé. Elle trottait d'un milieu à l'autre, en short, ou dans ses jeans, visitant les taudis et les salons avec un égal empressement. Elle avait le corps menu, un joli visage aux yeux incolores. Elle fréquentait les caïds, le consulat, les pauvres, les classes moyennes, les somptueux, nourrissait toujours quelque projet : ouverture d'un nouveau centre sanitaire, d'une bibliothèque, d'un atelier de danse, d'une coopérative de distribution d'aliments de première nécessité, d'un organisme de récupération des surplus de Carrefour, des restes du Sheraton ou du Méridien. Damien aimait cette militante boy-scout et bohème, intermittente et superficielle, pleine d'élan et de relâchement, embringuée dans toutes les causes, toutes les idylles, toutes les machinations, tous les délires de la ville. Quelque chose en elle lui échappait. Derrière tous ses masques et ses émerveillements, Damien devinait un vide et une avidité. Ce tissu de contradictions l'aimantait. Elle vivait d'expédients, mendiait des aides pour le Centre. Elle était vraie, elle était fausse. Il ne savait pas au juste. Sa vie amoureuse surtout était mystérieuse. Sylvie était fluide, creuse et tonique. Elle conjuguait la cocaïne et l'enthousiasme révolutionnaire. Elle connaissait des communistes prochinois. Elle parlait en secret de Cuba. Elle pensait qu'un jour ou l'autre le Brésil exploserait. Et Damien voyait l'énorme continent, de l'Amazonie à l'Argentine, de l'Atlantique au Pacifique, se fissurer, se convulser, puis sauter en mille morceaux géants, enflammés de rage, avec les fleuves sortis de leur cours, les plateaux éclatés, les sertãos dévastés, les populations furieuses... La catastrophe démentirait les habituels pronostics des journalistes et des historiens qui ne redoutaient aucun raz de marée, puisque le pays avait toujours été un modèle de débrouille, de compromis, de paternalisme ondoyant, éloigné de tout fanatisme, de toute idéologie massive. Continent sinueux, adaptable et plastique, prompt aux métamorphoses, inapte au branle-bas de combat des grands soirs.

Damien a bien vu la jeune femme qui accompagne Sylvie. Le décalage horaire, les somnifères et la caïpirinha au citron vert, loin de brouiller sa pensée, l'aiguisent. Il se sent à la fois lucide et saoul quand Sylvie lui présente Marine, l'épouse de Roland, un diplomate. Damien regarde l'épouse. Elle a de beaux yeux verts pailletés d'or, un visage enfantin et résolu, une petite mâchoire carrée, des pommettes saillantes. Mais surtout ses épaules, sa gorge, le bord de ses seins jaillissent du décolleté avec un arrondi, une harmonie musclée qui le subjuguent. Marine le regarde attentivement. C'est d'abord une jeune femme pleine de vigilance et de curiosité. Damien est étonné d'un intérêt si présent, si palpable au milieu du papillonnement des invités. Elle lui pose des questions sur son séjour, sur ses écrits. Il se dérobe. Elle le fixe de ses yeux criblés de petites étincelles d'enfance, de convoitise. Il voit l'amorce des cuisses bombées sous la robe courte, les mollets durs. Sportive, cheveux courts et bruns, cambrée, fardée, mais tout cela spontané… Il la trouve naturelle. Il contemple de nouveau l'exquise rondeur des épaules, cette nudité svelte, fruitée qui dévale du cou, se déploie le long des clavicules, descend jusqu'aux mamelons. Elle est gourmande de se montrer. Elle étrenne sa beauté. Elle se sait douce et ferme, lumineuse, à croquer. Mais dans son regard sur lui, Damien perçoit une question, une perplexité qui vont au-delà des rites de la conversation. Elle est posée bien devant lui et le scrute…

Alors, c'est un réflexe, il a envie de l'inquiéter, de la provoquer juste au moment où survient Roland, le mari. L'homme a passé la quarantaine, cheveux gris, beau visage régulier, élégant diplomate. Elle a bien vingt ans de moins que lui. Il se serre contre elle et la couve des yeux. Sylvie révèle à Damien que Marine et Roland ne sont mariés que depuis six mois. Damien a enfin trouvé l'aliment qu'il cherchait. Il se moque d'abord gentiment des mariés, glisse des soupçons sur l'avenir… « Que sera-ce dans dix ans ?… » Mais tout cela badin encore. Il rit. Le jeu est si facile qu'il s'étonne que Marine en soit manifestement piquée. Elle pourrait d'un seul baiser sur les lèvres de Roland chasser ces vaticinations déplacées, vulgaires. Damien serait réduit au silence, il ne pourrait continuer de persifler sans paraître jaloux et radoteur. Mais Marine reste clouée devant lui, immobile, attentive. Elle le regarde bien dans les yeux, c'est une femme qui sait vous regarder, sans distraction. Damien prend goût à cette attention. Il baigne dans ce regard, les effets du Noctran et de l'alcool de canne, le décalage horaire, l'océan vert… C'est un couple magnifique. Lui, beau et froid, mais si amoureux qu'il en paraît fragile, superstitieux, penché vers le cou de Marine. Celle-ci, blessée par les sous-entendus de Damien en train de confesser qu'il s'était marié, lui aussi, et qu'on ne pouvait pas être plus fou d'amour… hélas, la vie était cruelle, prompte à la trahison. Là encore, la repartie serait aisée. Il suffirait d'évacuer d'une boutade ce rabâchage d'homme ivre. Mais le mari se tait, crispé. Marine est de plus en plus touchée, harcelée par le monologue de Damien qui en rajoute, jette pêle-mêle ses plus belles tirades, accumule les nuages, les orages sur l'amour, en dénonce les égoïsmes maquillés, les illusions, les menteries, puis se ravise, insinue le contraire pour ne pas paraître trop lourd, trop insistant, tient tous les discours à la fois, virevolte, se grise de sa harangue, occupe le terrain, dresse des murailles de mots pour dérouter Marine qui, au fond, lui fait peur, pourrait le renvoyer vite fait à sa solitude. Il complique donc ses phrases d'arabesques et de défis, en ménageant des pauses où il avoue qu'il n'est pas dupe, qu'il ne faut surtout pas se laisser prendre à son jeu, qu'il croit à l'amour en vérité, qu'il ne croit qu'à cela, que c'est l'unique sens de sa vie. Puis ses mimiques contredisent ses protestations ardentes. Marine devrait en avoir assez et tourner les talons. Déjà Damien a honte de son boniment, de ses vociférations. Mais Marine ne supporte pas ce mélange de jubilation, de sarcasmes, d'ironie exaltée, d'encouragement à poursuivre, à aimer, cette façon qu'il a de souiller en célébrant, de ternir avec des bouffées de lyrisme.

… Damien saisit le malaise de Marine, s'étonne de la dominer à si peu de frais. Alors, soudain, dans un élan de sincérité, il jure à Marine qu'il a triché, déraillé, monté une comédie stupide, qu'elle est belle, que son mari est beau, qu'il a rarement vu couple mieux assorti, qu'ils ont raison, qu'il les croit, qu'il n'y avait pas d'autre solution pour eux, qu'ils sont faits l'un pour l'autre. Il se tait. Il leur sourit. Il est gentil. Et Marine ne détache pas de lui ses prunelles mouchetées de petites perles chaudes. Sérieuse, elle le relance, reconsidère un à un ses arguments. Mais il l'adjure d'abandonner ce débat, il plaisantait, c'était de la provocation pure. De la merde ! De la merde ! Il a eu tort. Elle est belle, elle est lucide. Mais elle insiste, soucieuse, se justifie. Alors ils vont s'installer à une table avec Sylvie et Roland. Ils commencent à dîner.

Damien et Marine, qui ont vidé leur assiette en même temps, rejoignent de concert un buffet. Elle le regarde, le sonde et lui déclare tout de go, avec intensité, une terrible gravité, qu'elle s'est mariée avec Roland, devant Dieu, pour la vie.

Dans un salon de Rio, une telle déclaration paraît surnaturelle. Damien en est sonné. Il confesse à Marine que lui-même s'est marié devant Dieu, sans croire en Dieu d'ailleurs, et que c'est beau, qu'il la comprend. Elle ne le croit pas complètement. Elle est prise entre ses volte-face incessantes. Mais lui, maintenant, ne la quitte pas des yeux. Attentif, sérieux, admirant ses épaules lisses et galbées, sa bouche charnue, son corps mince et moulé et toute sa peau qui brille. Elle lui semble toute simple, toute vraie, avec son front barré par la question de l'amour, ce désarroi, ce désir de savoir ce qu'il pense, ce qu'il veut, ce que la vie nous veut.

Damien sent combien l'attache cette jeune femme obstinée. Ils continuent tous deux à parler de Dieu, de l'amour, pendant que les autres, Sylvie, Roland, restent assis autour de la table où leurs deux chaises vides attendent.

Plus tard, Damien croise le conseiller Germain Serre, qui lui souffle, cynique : « Roland, il ne va pas la garder toute sa vie, la belle Marine. » Pitoyable, il rajoute avec nostalgie : « Ma femme, quand je l'ai rencontrée jadis, était belle comme Marine. » Germain Serre parlait souvent de sa femme qui était restée à Paris. Seule Julie, sa fille de seize ans, l'avait accompagné à Rio, elle poursuivait ses études au lycée français. Angélique, blonde, yeux bleus, elle couchait avec Vincent, un garçon anguleux, mythomane et racé qui fréquentait les prostituées sans toujours prendre des précautions...

Germain Serre maudissait Rio, le bric-à-brac des mœurs, le puzzle des perversités, cette cité lascive qui, non contente de le gangrener, de l'engloutir vivant, menaçait sa fille.

Au moment du café déboucha Hippolyte de Saint-Hymer, un grand bonhomme ébouriffé qui avait trempé jadis dans pas mal de trafics d'animaux amazoniens, s'était retiré à cinquante-huit ans sur une petite propriété rurale, un sitio, dans l'État de Bahia, où il se livrait à des expériences zoologiques saugrenues. Il invita Sylvie et Damien à passer quelques jours chez lui, la semaine suivante, à la campagne ! Il lorgnait Marine, raflait des amuse-gueule, hors-d'œuvre et desserts confondus, et déclara qu'il était sur une grande idée nouvelle, un élevage original et lucratif... Il n'en avoua pas plus, déposa un baiser sur la joue de Sylvie et déguerpit peu après, car il devait guider le lendemain des industriels italiens de São Paulo au cours d'une partie de chasse dans l'Araguaia :

— Il y aura des queixadas énormes ! L'Araguaia pullule de queixadas. Vous connaissez ? Non, vous ne connaissez pas. Vous êtes nuls ! Les queixadas sont des porcs sauvages, très agressifs. Moi, sans animaux, je meurs. Ma vie : les bêtes !

Les yeux alourdis de peine, il regarda les convives :

— Mes pauvres, vous devenez des veaux...

Il salua la compagnie et se trissa, laissant tout le monde sous le choc.

A la sortie du consulat, Damien appela un taxi. Le chauffeur lui sourit. Il parlait français. Ils filaient le long de la baie que découvrit, en 1555, le navigateur Nicolas Durand de Villegaignon, parti d'Honfleur. Cette idée touchait Damien qui avait passé sa jeunesse en Normandie et dont la mère était née à Honfleur. Villegaignon était accompagné d'une centaine de calvinistes fuyant les persécutions. Comme Damien, ils avaient quitté l'estuaire de la Seine enfermé sous le cap de la Hève. Ils avaient remonté la Manche grise et froide. Et au bout de l'infinie pérégrination surgissait l'autre baie, sa plaine turquoise, ses pinacles et ses dômes empourprés dans la toison des lianes, des grands acajous. Tous les marins du Nord, des petites mers pluvieuses et plombées, découvraient les montagnes, le Pain de Sucre comme le pilier d'une Atlantide plus colossale que celle des mythes, monolithe conique et dressé, tout bombé de fluide tellurique, obus cosmogonique et mitre de Jupiter. Ils découvraient le tonnerre fait pierre. Explorateurs venus d'Honfleur, du petit port encastré sous le vent d'ouest, voué à la pêche au hareng, ils mesuraient combien Jésus, les guerres de religion, leur fanatisme, étaient ignorés des Indiens Tupis et de toute cette splendeur végétale, cabossée de granit, dans l'étincellement des eaux. Comme s'il suffisait de traverser l'océan pour perdre toute trace de la Bible. Leurs esprits vacillaient dans un vertige de lumière luxueuse qui les transportait à un point du temps et de l'espace antérieur à leur culture, à leur mémoire... L'immense baie de Guanabara ouvrait ses brèches, le monde paraissait vierge et violent. Les marins sentaient l'essor, la fraîcheur, l'empreinte d'un grand sculpteur dionysiaque. Un parfum de fleurs inconnues bouleversait les hommes de Calvin. Ils dressèrent le fort de Coligny comme le sceau de leurs querelles mystiques sur le front de la montagne sauvage. Les ascètes et les guerriers essayaient de se prémunir contre la luxuriance de la forêt originelle, cette palpitation du corps même de la Bête et de la Beauté.

Damien ne savait pourquoi il racontait au chauffeur de taxi l'arrivée de ses ancêtres d'Honfleur. Il lui décrivit le port vieillot trempé dans la vase, sous les nuages pommelés. Tout à coup, le chauffeur lui révéla son prénom. Il s'appelait Napoleon Hugo! Le Brésil, seul, passait outre aux sobres nuances de l'Europe et courait sans hésiter à la démesure ingénue. Napoléon, l'empereur mégalo, Hugo, le démiurge parano. Le conquérant, le mage, jumelés dans le prénom de ce petit homme rond, au teint rose et aux cheveux blancs. Il portait l'Empire et la Poésie avec aménité et modestie. Il se signait comme on le fait à Rio en passant devant toutes les églises. Il ne s'arrêtait pas aux feux rouges de peur qu'un commando de voleurs ne profite de la pause pour le braquer et le piller. Il slalomait entre les gangsters et le Bon Dieu. Pour séduire Damien, il déversa en un tournemain une moisson de lectures, de références françaises où Diderot, Voltaire, Auguste Comte et Lamartine tenaient le haut du pavé. Il s'écriait : « Ô Diderot ! Diderot ! Voltaire ! » sans voir que les deux libertins contredisaient ses signes de croix. Damien lui parla de la cruauté de Rio. Comment survivait-il sous la menace, dans ce quotidien où les gens s'épiaient, où la sensualité des plages coulant tous les corps dans la même nudité maquillait l'injustice, le vol et la guerre ? Napoleon souriait avec mansuétude, zigzaguait entre les églises baroques et les buildings de verre des multinationales, entre les banques, les hôtels somptueux, les bars, les bordels de la rue Mem de Sa, les motels de la périphérie, filait au pied des mornes incrustés de cabanes. C'était un homme qui roulait sans cesse, embrassait dans ses circuits toutes les facettes de la ville. Ainsi réussissait-il à en dominer le charivari. A force d'aller, de venir, de quitter, de parcourir, de monter, de descendre, de tisser ses boucles, il lui semblait que Rio lui dévoilait son essence. Au-delà de son bruit, de ses contrastes et de ses convulsions, il captait, comme il le disait avec un étrange mélange d'emphase et de simplicité, « la douceur sainte de la ville ».

Damien se réjouissait d'être tombé sur Napoleon Hugo, ce sexagénaire religieux et stoïque, à la fois soumis à l'ordre des choses et transporté par l'ardeur de sa foi. Quand le chauffeur s'arrêta devant l'hôtel, Damien lui demanda encore comment il s'en tirait dans cette ville sans merci. Napoleon Hugo le regarda et lui répondit avec une grande douceur : « Dieu est en moi. »

Cela faisait deux fois, dans la même journée, qu'on lui rebattait les oreilles avec le Bon Dieu. Marine frémissante, évoquant, sans craindre le ridicule, le serment d'amour qui l'unissait à Roland devant Dieu. Et ce chauffeur de taxi, lui aussi, revendiquant la divinité au sein du chaos. Mais, à la différence de bien des Cariocas qui invoquaient Dieu à tout bout de champ, Napoleon Hugo le faisait avec une conviction, une puissante clarté intérieure. Damien n'avait jamais vu dans un même espace tant de corps païens, tant d'animalité vorace et tant de dévotion… Il prit le numéro de téléphone de Napoleon Hugo qui, avec enthousiasme, s'offrit à le conduire, quand il le voudrait, à travers la ville.

Damien, en pénétrant dans l'ascenseur, surprit la liftière, une jeune métisse, en train de danser au rythme d'une musique distillée par une enceinte. Il salua l'adolescente qui le regarda, le trouva inoffensif et, sans se soucier, reprit sa danse. La cabine était ornée de moulures au plafond et de plaques de marbre sur les côtés. C'était une châsse précieuse et lévitante. Pendant ses longues heures de travail, la liftière était privée de la lumière du jour. Elle trompait son ennui en se déhanchant sous les notes de rock et de bossa-nova qui égayaient les voyageurs de l'ascenseur.

Damien contemplait la danseuse. Elle ne le provoquait pas. Elle se livrait à un plaisir spontané, une manière de prendre la misère à revers, d'ouvrir un espace intérieur, un ailleurs où la volupté du rythme faisait tout oublier. Elle n'était pas très grande, portait une meule de cheveux noirs, avait le nez un peu camus, deux boutons violâtres sur la joue, le cul un peu fort et de jolies jambes fines sous la jupe marine, la panoplie standard des liftières de l'hôtel. Le regard de Damien revenait aux deux boutons qui trahissaient l'adolescence de la chair. Elle avait mis dessus un peu de fond de teint dont la matière avait séché, craquelé au fil de la journée, laissant une flétrissure sur la joue. Elle lui sourit encore. Elle lui fit signe de l'imiter, d'entrer un peu dans la danse. Il esquissa un geste d'impuissance et de dénégation. Elle poussa un rire léger en levant le cou, continua de danser, mais avec une autorité, une intensité, une virtuosité accrues comme pour lui donner une leçon. L'ascenseur était arrêté depuis un moment. Il n'y avait personne sur le palier. Un nouvel air remplit la cabine. Damien reconnut une mélodie de Gilberto Gil : *Mãe Menininha...* Les paroles évoquaient le décès d'une mère-de-saint, une médium, dont les secrets protégeaient toujours ses fils au-delà de la mort... « Garde-nous le secret... » La musique de Gilberto Gil était surnaturelle, un rythme, un timbre qui ne ressemblaient pas au samba ni à la bossa-nova, c'était quelque chose d'autre, comme un chagrin métamorphosé, filtré, épuré, aquatique... Gilberto Gil pleurait la mère-de-saint, mais sa musique ne pleurait pas, elle traduisait l'indicible; elle convertissait la douleur en douceur, en voyelles ailées, en échos chatoyants, éternels. «La Mère est partie... Mère du ciel, parle toujours avec tes fils... Tu es pour nous le rire, l'or, le port... Nous gardons l'éclat de ta lumière qui illumine nos cœurs... Garde-nous le secret.» La voix s'extasiait, limpide et sensuelle pour chanter le secret. Soudain, dans cette cabine d'ascenseur, la chanson de Gilberto Gil devint l'âme du Brésil pour Damien, l'essence d'un lyrisme entre la plénitude et la perte. Damien écoutait avec ravissement... Alors il demanda son nom à la jeune fille. Elle lui répondit : «Zulmira.» Dans un élan, il précipita ses questions : où habitait-elle ? comment vivait-elle ? Elle le gourmandait des yeux, hésitait. Ce ton pressant, inattendu l'embarrassait. Mais Damien prit une expression si sincère, si suppliante que, lorsqu'il lui demanda de venir boire un verre après son travail, elle accepta. Elle escamota les autres questions sur sa vie en disant : «Je suis Zulmira, c'est tout.»

Revenu dans sa chambre, flottant encore dans l'hallucination créée par le décalage horaire, Damien sentait en lui une excitation, une acuité qui lui donnaient l'illusion du bonheur et d'une certaine prescience. Un instant il se crut tout-puissant. L'image des deux femmes rencontrées à un si court intervalle, Marine et Zulmira, l'enchantait, le divisait, aggravait son ébriété. Au cœur de cette surabondance il se mit à grelotter de fatigue. Il mesurait aussi avec quelle soif il avait voulu connaître la vie de Napoleon Hugo et de Zulmira, leur demandant de but en blanc qui ils étaient, ce qu'ils voulaient, quel était le sens de leur existence. Et il était conscient que cette avidité qui visait l'être même n'était pas sans rapport avec la rencontre de Marine, cette vigilance têtue qu'elle avait adoptée devant lui. Il la revoyait, belle et dorée, puérile et obstinée, ne supportant pas son persiflage et sa désinvolture. Dans son épuisement, il ne parvenait pas à s'endormir, à

gommer le visage de Marine, ses prunelles qui l'interro-
geaient, le pressaient jusqu'au fond de lui-même, refusaient
quelque chose, le sommaient d'avouer quoi? d'être qui?...
« Garde-nous le secret... »

Vers vingt-deux heures, Damien descendit dans le hall de l'hôtel pour attendre Zulmira. Assis dans un fauteuil, il contemplait le va-et-vient des gens quand, tout à coup, une petite mulâtresse de six ou sept ans profita de la distraction de ses parents pour traverser la salle d'un pas de danse enjoué, rapide, étourdissant. Ce fut si fulgurant que Damien ne mesura sa surprise qu'après coup. Il repassa cette arabesque à toute vitesse dans son esprit. La petite fille qui s'était aperçue que Damien l'avait admirée fut soudainement saisie par la honte et courut d'un trait se cacher derrière ses parents. C'était la spontanéité des figures lancées par l'enfant, leur toupet, leur gigotement joli et maîtrisé qui avaient subjugué Damien. Il s'agissait d'une improvisation véloce et enchantée qui tortillait la beauté enfantine, lui conférait l'espace d'un instant une sûreté des épaules, une hardiesse, une maturité incroyables.

La divine danseuse se planquait toujours. Elle épiait Damien, agrippée à la cuisse de sa mère dont il voyait la chair brune et chaude. Intimidée mais attirée, la petite fille serra la jupe qui se retroussa plus haut encore. Damien contempla l'arrondi de la cuisse profonde enlacée par l'enfant. Et ne voulant pas l'embêter davantage, il n'osait plus lui sourire ni prendre une expression tout à fait indifférente. Il désirait ardemment qu'elle recommençât le ballet, qu'elle en décomposât pour lui chaque bond, chaque entourloupe, chaque volute, chaque prouesse. Mais il ne pouvait le lui demander. La magie de cette exhibition tenait justement à son caractère animal, élégant et impromptu.

La danseuse de l'ascenseur et la fillette à quelques heures d'intervalle lui prodiguaient le même don gracieux. Or Damien avait toujours été fasciné par la danse. Il n'avait jamais su vraiment danser, encore moins agencer des pas aussi vertigineux. Quand il était adolescent, il admirait les cadences et chassés-croisés des danseurs. Leurs évolutions le remplissaient d'un sentiment de sublime palpable et projeté dans les corps. Les couples dansaient avec cet aplomb, cette jonglerie, cette griserie de chaque vrille calculée, ces coups de hanche et de menton qui incarnaient pour lui la perfection. Dans une aura surnaturelle toute la chair était donnée. Soustraite à la trivialité, elle développait ses signes, ses rythmes, comme le style de la transcendance mais dédié par le ventre, les seins, les reins les plus concrets, les virevoltantes cuisses, ce qu'il y avait de plus charnel, de plus éphémère et de plus poignant dans la femme. Souvent une sueur perlait sur le front de la danseuse, un léger essoufflement l'oppressait à la cime de sa course. Damien se sentait alors prisonnier de l'espace et du temps, relégué dans la finitude. La danseuse s'arrêtait, haletait, rayonnait comme revenue d'un sidéral voyage, d'une étreinte avec les dieux.

Quand Zulmira le rejoignit, ce qu'il reconnut en elle ce fut d'abord l'écho de la danse qui l'avait transfigurée tout à l'heure dans l'ascenseur. Ils marchèrent un peu le long de la baie, jusqu'à la terrasse d'un bar très animé où ils s'assirent. Zulmira n'avait pas l'air gêné. Elle commanda un whisky avec un certain empressement, tandis que Damien prit un jus de guarana. Dans la pénombre, on ne voyait presque plus les deux boutons violets. Le visage de l'adolescente devenait plus profond, plus sinueux. Sa voix, son rire étaient un peu vulgaires. Cette impression effleurait Damien sans lui donner la moindre prise sur Zulmira. Se sentir supérieur à quelqu'un était bien la dernière illusion qui pût se faire jour en lui. Non qu'il eût une piètre idée de lui-même, mais ses rapports avec autrui s'ordonnaient toujours à partir d'un mélange de curiosité et de convoitise. Même avec les personnes en apparence les plus modestes, Damien scrutait, écoutait, attendant quelque chose, prêt à s'identifier. Il avait cette aptitude à se laisser envoûter par l'autre, prendre sa place, voir le monde dans ses yeux. N'importe qui pouvait ainsi engloutir Damien, pendant quelques instants, dans son rêve différent, dans son désir propre, dans la poésie de sa vie. Il lui paraissait mystérieux que chacun de nous désire le monde, nourrisse une foi, une folie singulière. Damien, même dans les entrevues les plus passagères et même s'il avait tendance à parler beaucoup, à anticiper sur les propos de son interlocuteur, était toujours frappé par la chimère d'autrui, sa postulation pathétique. C'est pourquoi le mépris était le dernier sentiment susceptible de lui être inspiré. Il était fasciné par la formidable, la magique adhésion des autres à leur vie. Damien ne possédait pas sa vie.

Zulmira était là, souriante et superficielle, dégustant un whisky. Il ne savait que faire pour qu'elle fût plus présente. Il sentait bien qu'elle adoptait cet air de circonstance pour ne pas perdre la face. Il lui parla de son travail, lui demandant s'il n'était pas un peu monotone.

— Un peu mais cela ne fait rien ! répondit Zulmira avec une moue d'indifférence.

— Vous habitez par ici ?

— Au Vidigal, là, à côté.

Et elle indiquait non pas le haut du morne mais le pied, mieux fréquenté et plus embourgeoisé.

— Mais j'ai une amie là-bas ! s'exclama Damien, heureux de trouver un sujet de conversation… Vous savez, Sylvie, qui s'occupe du Centre socio-éducatif avec le padre Oliveiro.

— Je la connais, elle est très gentille ! répondit Zulmira.

— Vous fréquentez le Centre ?

— Non, je n'ai pas le temps… mais mon frère Benicio a participé un peu à la Commission de la construction.

— Vous n'avez pas de sœur ?

— Non, j'ai un autre frère, Alcir.

— Il fait quoi ?… s'enquit Damien en y mettant une certaine lenteur, de peur d'indisposer la jeune fille.

— Il est chauffeur.

Damien n'osa pas demander qui étaient les maîtres d'Alcir… Des jeunes femmes étaient assises, çà et là, à des tables, ou vagabondaient autour de la terrasse. Elles toisaient les touristes avec des sourires. Parfois une adolescente plus jeune proposait aux clients des petits gâteaux ou des sucreries, lambinait, papotait, puis disparaissait dans la nuit.

Les robes des femmes étaient colorées, très décolletées, taillées dans des tissus soyeux. L'une d'elles exhibait sa peau claire, une lourde chevelure noire, des mamelons braqués dans un bustier. Une autre, une mulâtresse, très belle, avait des yeux gris qui luisaient de paresse. Les lèvres de la jeune femme étaient plissées d'un sourire imperceptiblement moqueur. Elle bâillait, elle remuait le cul sur sa chaise, se cambrait, triturait une dent de son ongle pointu, puis vous regardait, nonchalante, l'œil railleur, bougeait son torse, laissait une bretelle glisser sur son épaule, échangeait avec son amie une plaisanterie assortie d'un rire rauque, d'une gouaille chantante qui lui faisait écarquiller la bouche et derechef asticoter sa belle canine de son ongle acéré.

Zulmira partageait avec elles un mélange de négligence et de curiosité flottante qui, loin de les rendre abstraites, renforçait paradoxalement leur présence. Leur chair semblait abuser de l'espace, s'y abandonner dans le temps suspendu, le vide des heures, la lassitude et la nuit. Deux Allemands assez beaux débarquèrent à la table des deux femmes et leur offrirent un verre. Sans se départir de leur flegme, elles touchaient le bras de leurs partenaires, se penchaient contre eux, s'esclaffaient doucement, tripotaient leurs mains, câlines et je-m'enfoutistes, les yeux étincelants et absents, toujours imprégnés d'une lueur de provocation errante.

Zulmira était sans doute plus nette, moins cajoleuse, moins dénudée aussi. La proximité des filles troublait un peu Damien qui ne voulait pas paraître se comporter avec l'adolescente comme les voisins le faisaient à l'autre table.

— Demain, je vais faire une visite à Sylvie, au Vidigal.

— Alors, vous verrez peut-être Benicio ! répliqua Zulmira.

Damien sentait que le dialogue tournait court. Il n'avait pas vraiment envie de draguer Zulmira, pas si vite, la présence des touristes lui renvoyait de lui-même une image déplaisante et mercenaire.

— Vous me remmenez ? lui demanda-t-elle soudain.

Soulagé, Damien se leva. Les deux filles lui jetèrent le même sourire nomade et creux. Il appela un taxi. Zulmira avait l'air contente, elle jetait un œil sur le pantalon, la belle chemise de Damien.

— C'est de Paris ?

Il opina.

Alors, elle le dévisagea avec attention.

— J'aimerais aller à Paris.

Elle disait cela avec un haussement d'épaules, incrédule.

— Mais vous irez peut-être ?... On ne sait jamais.

Elle le fixait des yeux avec une maturité positive, mêlée

d'amusement. Elle lui demanda ce qu'il faisait dans la vie. Il lui révéla qu'il écrivait des bouquins. Elle trouva la chose insolite. Il ressentit à son égard une vague de tendresse subite. Elle ne racolait pas. Elle restait à sa place. Il n'osait l'enlacer. Le taxi s'arrêta. Elle se pencha pour sortir. Il lorgna le bombement de ses fesses. En se retournant, elle vit son regard et prit un petit air délicat. D'un saut léger, elle se retrouva dehors. Il tendit sa main vers la sienne, la saisit et la pressa en signe d'amitié. Elle lui sourit et disparut dans la rue qui escaladait la base du morne.

L'air délicat empreint tout à coup sur les traits de Zulmira, au moment où elle avait saisi l'orientation de son regard, obsédait Damien. Il se sentit bander avec violence. Les prostituées de la terrasse, le derrière de Zulmira soulevé dans sa plénitude avaient eu beaucoup moins d'effet que la délicatesse qui soudain s'était emparée du visage de l'adolescente. Car l'expression discrète et ciselée de Zulmira contrastait avec la puissance animale de son corps et de sa jeunesse. Ce n'était pas un démenti, mais une nuance, une allusion précieuse qui ne participaient pas tant de la pudeur que d'une certaine fragilité, comme si avoir un si beau cul, une chair si émouvante, posait à Zulmira un problème d'étiquette et de cohabitation. Elle s'était levée, avait emporté ses magnifiques rondeurs et, dans le regard de Damien, elle reprenait soudain conscience du beau et cher trésor qu'elle baladait avec elle. C'était bien une question de convivialité un peu complexe que sa mimique exprimait. Les rapports privés qu'elle entretenait avec sa chair, ses propres désirs et ceux d'autrui, s'étaient trahis dans cet air de ne pas y toucher, à la fois de distance polie et d'intimité scabreuse, comme si son corps ne lui appartenait pas complètement. C'est ce petit décalage qui embrasait Damien tandis que le taxi le ramenait à son hôtel et que, par la glace, il voyait tout là-haut, au-dessus de la ville, perdu dans la nuit, le halo orangé où le Christ rédempteur se découpait, cerné par les spots. La colossale statue n'était plus qu'une fève dorée nichée en plein ciel. Il demanda au taxi de pousser jusqu'à Copacabana. Il voulait voir, au bout de la baie, le grand rocher lui aussi éclairé. Le Pain de Sucre prenait une couleur chaude, un volume pourpré, plus secret, plus charnel, plus onirique que pendant la journée. Ce n'était plus l'énergie de la Genèse qu'il reflétait, à présent, mais une incandescence de planète immobile et secrète. Et dans cette ville turbulente, en proie à toutes les fringales, à tous les flux de la prostitution, de la spéculation, de la guerre des riches et des pauvres, cet énorme bison de matière endormie exhalait une impression de concentration et de sérénité. La pierre, bouddhique comme un stupa d'Asie, semblait à la fois protectrice et détachée du monde.

Napoleon Hugo conduisit Marine, Sylvie et Damien à la favela du Vidigal. Il se montrait toujours aussi enthousiaste et doux. Damien lui demanda s'il n'avait jamais peur d'être braqué et dévalisé par les gangsters. Napoleon avoua qu'il ne prétendait pas que le seul rayonnement de sa foi suffirait à désarmer les agresseurs. Mais il avait une secrète confiance dans les autres, une incurable euphorie.

— N'est-ce pas un peu illusoire ? interrogea Damien très trouble-fête.

— C'est en moi, je n'y puis rien... De toute façon, je débourserais l'argent en ma possession.

— Mais ils vous piqueraient le taxi, vous le savez bien, et c'est plus embêtant !

— J'essaierais peut-être de leur parler, d'éviter le pire, mais au bout du compte je serais obligé de leur laisser la bagnole. Je me suis habitué à cette éventualité. Je suis plus lucide que vous ne le pensez ! J'ai des tas de collègues qui ont été attaqués. Je connais le problème. J'aurais pitié de mes agresseurs…

— Mais alors, vous n'iriez pas les dénoncer à la police ?

Marine envoya un léger coup de coude à Damien pour qu'il fiche la paix au gentil Napoleon Hugo.

Sylvie intervint :

— Rassurez votre conscience, Napoleon, la police ne retrouve jamais les voleurs de voitures. Dans ce cas, vous pourrez porter plainte sans scrupules, votre dénonciation restera inopérante !

Damien avait éprouvé le choc du coude contre son flanc. Ce ne fut pas tant l'avertissement de Marine qui le frappa que le contact familier dont elle l'avait gratifié. Il regardait le joli coude un peu pointu de la jeune femme. Il vit qu'il était biffé de petites ratures grises, de squames sèches à son extrémité. Il pensa à l'amoureuse appuyée sur les coudes dans les postures cabrées de l'amour. Il avait envie de toucher ce coude, de le baiser. Alors il l'attrapa et l'entraîna d'un coup sec contre son flanc, réitérant ainsi le geste de Marine. Il ne lâcha pas le coude pour autant mais le tint entre ses doigts, touchant l'os sous la peau morte, et en même temps il regardait le bras mince et nu, l'attache si fine qui l'émouvait. Marine le laissait faire. Damien en fut surpris. Tout doucement il libéra le coude. Elle lui souriait. Soudain il tendit son propre coude qui gardait l'acuité de celui d'un adolescent et le plaça contre celui de Marine.

— On a les mêmes petits coudes maigres de Lolita !…

Marine acquiesça en s'esclaffant.

— C'est vrai que vous n'êtes pas très gros.

– Vous aimez les gros biscotos?

Elle fit un geste évasif sans trop se prononcer. Il s'empressa de la remercier.

– Vous êtes charitable... Ça c'est gentil... C'est vrai que vous, vous n'êtes ni trop ni pas assez. Vous êtes drôlement parfaite et tout. Je vois tout! Je devine. J'apprécie... Cela m'intimide, c'est si modelé, galbé partout, comme il faut, vous êtes absolument exquise, en tout point...

Et il lui chuchota des ribambelles de louanges, près de l'oreille. Il voyait ses beaux yeux vert doré, son menton volontaire. Il se sentait bien avec elle. Il n'avait pas envie de faire un numéro outrancier. Car elle était très naturelle, à côté de lui, comme depuis toujours, un peu interrogative mais sans excès. Ils parlèrent de la ville. Napoleon souriait au volant, échangeait des propos avec Sylvie. Damien précipita ses mots, parla trop vite. Alors Marine, qui n'avait pas compris, le ralentit en posant la main sur sa cuisse.

– Répétez!... Vous parlez trop vite...

Il adorait cette main qui avait atterri comme sur la cuisse d'un amant, une main qui lui faisait délicieusement confiance. Ce geste ne comportait aucune ambiguïté mais jaillissait de la sympathie ingénue qu'elle éprouvait. Derrière ses couplets et ses provocations, Damien manquait d'assurance radicale en lui-même. Il avait toujours douté de l'amour. Et Marine, par ce simple don de sa main sur sa cuisse, suscitait en lui une émotion plus profonde qu'elle ne l'eût fait par toute autre séduction volontaire.

Ils débarquèrent au pied de la favela. Sylvie était fière de les guider dans son domaine. Des gamins déjà rappliquaient de partout, caracolaient autour d'elle. Sylvie leur disait bonjour, révélant leurs prénoms à ses amis. C'était un tourbillon de bambins ou d'escogriffes plus grands, coiffés de casquettes américaines à large visière, asperges dégingandées, bedons de mioches, mulâtres et noirs, adolescents tout en échasses, guibolles de hérons et prunelles brillantes. Shorts usés, troués, tee-shirts sales et cratérisés, exhibant des palmiers déconfits, des soleils décrépits, des sigles d'hôtels internationaux éfaufilés.

Les parties basses et moyennes de la favela n'étaient pas misérables. Des maisons en dur s'alignaient, émaillées d'une épicerie-bazar et d'un bistrot. La pente se raidissait, l'entrelacs des ruelles se compliquait quand, tout à coup, le groupe achoppa sur un énorme égout à ciel ouvert où l'eau stagnait, engorgée d'ordures. Un petit pont enjambait le dépotoir et sa guirlande de saloperies qui cascadait en ligne droite du haut de la favela jusqu'en bas. Cataracte de matières corrompues, de sacs de plastique bleus, éventrés, dégobillant leur contenu, de reliefs biscornus, tout un grouillement d'épluchures, de cartons, de guenilles déchiquetées, bidons, boîtes de conserve et tessons de bouteilles. L'avalanche partageait en deux la favela d'une artère puante, d'un grand boyau arborescent.

Le regard de Damien remontait maintenant vers le sommet de la favela. Il voyait les baraques peu à peu se défaire. Les parpaings et la brique disparaissaient pour devenir des planches, des plaques de zinc, des matériaux fragiles, bâches, feuilles goudronnées... Tout là-haut, l'égout et les bâtis paraissaient se confondre dans un fatras de débris fourmillants, de chicots, de chevilles, de sutures, de gravats bricolés, de fioritures sordides. Les taudis pullulaient dans les éboulis d'argile, le long du roc, cernaient des ergots, agrippaient des abrupts, s'accrochaient dans les airs. Une pagaille de cabanes volantes dans les chicanes, sur les corniches, dans les redents, les soubresauts du morne dont le sommet érigeait son crâne d'ogre gigantesque et lézardé.

Les ultimes baraques semblaient des excroissances, des champignons parasitaires nés de la maladie même du roc. Ce n'étaient plus des habitations humaines mais un chiendent, un boutonnement qui assaillaient le cartilage de la pierre. Et Damien eut l'horreur de penser que c'était là-haut que la favela paraissait la plus belle, dans son patchwork, son brouet de tons bruns, roux, verdâtres, vermoulus, frelatés, son grouillis anarchique... Des remous, des torrents de cabanes sortaient du granit, leurs vagues chaloupaient, écumaient, grossissaient dans la descente, se charpentaient pour devenir, à mi-pente, des rangées de maisons solides au centre desquelles l'égout tordait, hérissait ses crêtes, ses grands chiffons bleus et crus.

Alors la ville entière se peignit à l'imagination de Damien. Il l'avait sillonnée en tous sens. Derrière chaque morne se dévoilait un nouveau décor : buildings lumineux, futaies d'immeubles structurés que coupait soudain, dans un trou, le bouillonnement d'une favela. Parfois, sur trois pentes convergentes, ruisselait la matière rougeâtre et dépenaillée des bicoques, elle butait sur les arêtes dures de la ville, le relief d'un colosse de verre. On prenait un long tunnel et, tout à coup, de l'autre côté, un nouveau cirque s'ouvrait entre les collines où de longues lanières de favelas se ruaient, s'émiettaient sur les versants, non loin des immeubles miroitants et cubiques des autres quartiers.

Telle était la plus belle ville du monde, altière comme une montagne fracassée de cluses et de fosses, répandant ses coulées turquoise, océaniques, bombardées de béton, tandis que la forêt de Tijuca lançait à l'assaut du Redentor une hémorragie d'arbres noirs.

Damien aimait charnellement les métamorphoses de la matière, la prolifération de ses formes. Il voyait les cuisses dorées de Marine, l'arrondi de ses épaules. Sous la peau fine transparaissaient la luxuriance des veines, la vivacité du sang, ses zébrures, ses éclairs de désir. Et les maisons du Vidigal épaulaient le corps de la jeune fille, s'emboîtaient sur ses hanches et ses flancs. Autour d'elle, les arcs-boutants du morne développaient leurs prolongements urbains, leurs textures souples ou raides, leurs plages amples et voluptueuses. La vie, la chair, le granit, les planches, l'argile, le béton, le métal, la forêt, le verre et la mer se combinaient, s'imbriquaient dans un tohu-bohu, une arabesque de genèse. C'était cela Rio, cette fille brune convoitée, couronnée par la bacchanale des collines, des cavités, des criques et des tunnels. C'est à travers Marine et son ventre que la ville naissait, grandissait, s'écarquillait, mais simultanément l'ordre s'inversait, et c'était Rio tellurique, volcanique, ses cordillères sylvestres et chenillées qui couraient vers Marine, se creusaient, s'adoucissaient pour l'enfanter, modeler son échine et gonfler ses fesses.

Damien ne savait pas s'il désirait Marine ou Rio. Car c'était la violence de la ville, son parfum de brûlis, d'acajou, de pastèque et sa montagne mulâtre qui habillaient Marine, la dotaient d'une crinière, d'un sceptre tentaculaire.

Ils arrivèrent au puits. Une femme très grosse, rieuse, lavait des monticules de linge. Elle s'appelait Carmelina. Au fil de la conversation, Damien s'aperçut qu'elle était la mère de Zulmira. Il lui prêta un intérêt accru. Elle battait les fringues des habitants « de la ville d'asphalte, de la ville d'en bas », comme disent les favelados. Elle travaillait pour Nelson Mereiles Dantas et Dona Zelia son épouse. Alcir, l'un de ses fils, était le chauffeur de la famille.

Chemises, culottes, tee-shirts tire-bouchonnés, saturés de

lessive et d'odeurs... Carmelina vous rossait les draps, vous les tordait, leur faisait rendre gorge. Elle brandissait des grappes gluantes qu'elle assenait sur le bord du lavoir. Les étoffes chuintaient comme de la chair. Ses grosses mamelles se soulevaient, retombaient, ses cuisses se tendaient, sa face hilare s'illuminait quand, à genoux, elle levait soudain les bras, déployant le linge comme un drapeau. A la fin, elle ferma bien le robinet, se leva, transporta un lourd fardeau d'étoffe spongieuse dans un baquet, en souriant sans aucune gêne aux visiteurs, Damien, Marine, les amis de Sylvie qui avait su gagner sa confiance.

Ils déjeunèrent chez Carmelina. Tout était prêt. La salade de tomates, le ragoût de viande bouillie accompagné de marmelade de citrouille et d'oignons, la bière. Ils étaient installés sur une petite terrasse qui donnait sur la favela. C'était le plein midi. Presque aucun bruit ne sortait des lieux. Car les hommes étaient partis au travail, ainsi que la plupart des femmes. Employées comme bonnes, femmes de ménage, cuisinières, elles ne revenaient pas toujours le soir mais pouvaient loger pendant la semaine chez leur patron. Ne restaient que les vieillards, les enfants et quelques aînés qui traînaient au lieu d'aller à l'école. La favela tassait ses vertèbres et ses haillons piquetés de palmes, d'arbrisseaux et de fleurs. Le morne s'alanguissait dans la torpeur. Des vêtements partout séchaient, loques grisâtres, constellées çà et là de taches vives, de blancheurs éclatantes qui frétillaient au vent. Le grand morne plongeait dans la mer. On apercevait le Sheraton à son pied, ses piscines, ses plages, avec un coin de pelouse verte mouchetée de corps oisifs et nus. Parfois, une rumeur montait, un rire, un galop léger dans les ruelles, une vieille femme appelait sa marmaille, le son d'une télé crevait le silence, puis tout retombait dans la vacuité. Les baraques dressées, contiguës, se taisaient, se fanaient, pourrissaient doucement.

D'autres étaient en plein essor, les parpaings, les briques superposées ne formaient pas encore un mur complet. Et Sylvie précisait que les favelados pouvaient mettre cinq à dix ans à construire leur maison, car les matériaux durs étaient chers. Dans des trouées se dressaient donc des habitations lacunaires, en panne. A côté, une cabane servait de logis temporaire, mais le plus souvent le mur était édifié à l'intérieur de la vieille coquille de planches qu'il suffirait de briser quand la maison neuve serait achevée.

Carmelina demanda si la nourriture était bonne. Ils s'écrièrent tous les trois que c'était succulent. A la fin du repas, un jeune homme arriva, long, mince. C'était Benicio, le second fils de Carmelina, le frère de Zulmira. Il s'assit à la table et but de la bière. Il parlait peu, restait distant. Sylvie le dérida par son enjouement. Elle raconta comment, six ans plus tôt, elle avait cueilli, sur la plage, Benicio et son frère Alcir et tous les gosses de la favela, leur avait proposé de créer un groupe de danse, s'était battue pour leur obtenir des vêtements, des instruments de musique et avait réussi à produire sa troupe, un soir, au théâtre municipal, le lieu le plus huppé, le plus bourgeois de la ville. Elle avait même constitué un bloc de samba et défilé avec ses gosses au carnaval.

Sylvie considérait la favela avec une légère tendance à l'emprise, des airs de mère tutélaire. Le morne du Vidigal et des Dois Irmãos étaient sa vocation, elle en connaissait tous les circuits, les failles et les points forts. Des gosses surgissaient des escaliers en zigzag pour dire bonjour, se faire tapoter les joues, pincer les flancs. Elle houspillait énormément les enfants, les décoiffait, les chahutait avec aisance et drôlerie. Parfois elle donnait un ordre, le ton frappait par son autorité et les adolescents ne bronchaient pas, détalaient, gentils comme des agneaux, mais d'autres plus petits arrivaient, une piétaille ravie de marmots moutonnants, cochonnés, le ventre à l'air et qui se bidonnaient à la première grimace que Damien leur faisait. Ils se trissaient, affluaient, se bousculaient, déguisaient leur hilarité en se frottant les côtes, se défilant les uns derrière les autres, puis ils dardaient soudain la tête, tout trémoussés de rire, édentés, sur le point de lâcher une grossièreté, de faire un geste obscène, retenus par la présence de Sylvie… A cinq ou six, ils godillaient, se déhanchaient, se tamponnaient, les doigts dans la tignasse, le pif, accordéon de petits bonshommes aux yeux vifs, à la peau brune, maculée, balafrée ou grisâtre, parfois dépigmentée, rigolards et teigneux, graves tout à coup, silencieux, bouche bée devant la beauté de la dame d'en bas, de Marine.

Benicio était allé chercher un transistor dont il écoutait la musique dans un coin, sous une enfilade de draps palpitant au soleil. A la fin du déjeuner, Marine se leva pour débarrasser la table avec Sylvie. Damien observait la simplicité avec laquelle son amie agissait, ramassant les assiettes, les vidant dans une seule, puis transportant la pile dans la cuisine de Carmelina. Il s'approcha d'elle pour l'aider. Carmelina s'interposa, protesta, puis avec gaieté participa au travail collectif. Damien couvait des yeux Marine qui avait délaissé toute coquetterie pour aller et venir dans sa robe d'été. Elle prenait un petit air songeur en baladant les ustensiles, en balayant les miettes avec une éponge. Elle avait oublié Damien. On avait dit à ce dernier que la famille de Marine appartenait à la grande bourgeoisie, éducation très catholique. Toutes choses dénuées d'attrait mais qui, incarnées par la jeune femme, se dépouillaient de leur caractère convenu ou désuet et renforçaient sa séduction. Il sentait bien qu'il se fabriquait une image idéale et divaguait. Qu'elle fût une épouse si juvénile, si belle, si bourgeoise, si catholique le remplissait d'émoi. Ces qualificatifs résonnaient en lui avec une douceur festive, un tintement d'idylle, une promesse de suavité. Pourtant le désir sadique et donjuanesque de dévoyer l'ingénue ne l'aiguillonnait d'aucune façon. Il était trop impulsif pour jouer les Valmont. Il se savait à sa manière aussi désarmé qu'elle. Son intention n'était donc pas de profaner Marine mais de l'approcher, d'entrer dans sa limpidité.

Ils embrassèrent Carmelina et partirent. Sylvie révéla à Damien que Carmelina avait été larguée par son mari quelques années après l'installation de la famille sur le morne. Les types souvent se tiraient, dépassés par les événements. Ils fuyaient la misère, ailleurs, avec une autre femme ou sans.

Ils gagnèrent la chapelle du pape où Jean-Paul II, en 1980, était venu dire la messe. Cinq cent mille favelados avaient envahi le morne et les quartiers environnants. Or cette église était minuscule et pauvre. Les vitraux consistaient en de simples fenêtres de verre que les fidèles avaient bariolées de couleurs avec des pinceaux. La Vierge, le Christ, les saints dressaient leurs statues de plâtre ou de bois. Des fresques naïves se déroulaient sur les murs. Elles racontaient la rédemption, l'Éden, des pluies de roses, l'envol des misérables dans les bras flamboyants des anges. A l'exception de ces rares ornements, la chapelle était nue. Le pape avait quitté la basilique Saint-Pierre, son baldaquin, sa formidable coupole torsadée, bourrée d'or, pour cette case. S'il avait voulu retremper toute la chrétienté, il serait resté là, au cœur de cette favela. Il y aurait prêché l'Évangile, imposant la toute-puissance de l'humilité. Devant l'autel, Damien vit Marine faire le signe de croix. Il pensa à Napoleon Hugo. Les mulâtres et les Noirs se signèrent à leur tour. Damien eut un sursaut de révolte et de cynisme. Il pensa qu'ils faisaient tous bien des chichis quand la favela pataugeait dans les pires trafics, commerce de la drogue et des corps, adolescentes prostituées dans les boîtes des plages, vols, assassinats, viols. Marine aurait pu rétorquer que le signe de croix était justement destiné à racheter le mal. En fait, il savait qu'elle ne lui aurait rien répondu du tout. Elle l'aurait regardé de ses yeux attentifs, sérieux et se serait tue. Il aurait eu l'air malin. Sylvie ne s'était pas signée. Elle faisait visiter la chapelle comme si c'était sa chose. Aussitôt Damien se repentit de ses sarcasmes. Elle déployait zèle et fierté à conduire la visite dans le dédale de sa suzeraineté, mais son jean, son tee-shirt avachi, son teint fatigué, les saluts sans façons dont on la gratifiait, témoignaient d'une relation égalitaire, d'un pouvoir toléré et fondé sur la sympathie plutôt que sur le respect.

Le quartier de la Boca de Fumo jouxtait celui de la chapelle du pape. La bande franchit trois marches dans le goulet d'une ruelle. Une femme se pencha à sa fenêtre en souriant. Sur une petite terrasse composite entre des planches et des parpaings, toujours le même linge séchait à côté d'une table, d'un camping-gaz et d'un frigo installés à l'air libre, protégés par un auvent. Dans les maisons les plus rudimentaires, la cuisine était ainsi plantée dehors. Une place s'ouvrit où se dressait un caoutchouc dont le tronc arborait des contreforts, des entrelacements compliqués. Un adolescent qui faisait office de guetteur salua Sylvie au seuil du quartier. Ils entrèrent dans un bistrot avec son billard, son juke-box, la photo du pape et un chromo de saint Georges au-dessus d'un poste de télé allumé et tonitruant. L'écran montrait un mec gigotant, gainé dans un costume pailleté, animant un concours de danse. Cette image rutilante, éclaboussée de strass, de spots et de clinquant, tranchait sur la favela grise et la chapelle nue. Sylvie présenta Arnilde et Chico à Marine et à Damien. Le jeune homme et l'adolescent arrêtèrent leur partie de billard, embrassèrent Sylvie en prodiguant des amabilités aux deux invités.

— Ça marche, tes cours d'informatique ? lança Sylvie à Arnilde.

Arnilde était mastoc, coiffé en arrière et gominé comme un rocker, il portait un short en jean et une chemisette tahitienne. Il répondit à Sylvie d'un geste voletant qui signifiait que l'informatique allait couci-couça. Chico, mince et doux, avait de grands yeux noirs, une grosse chaîne d'or sur la poitrine. Arnilde, de son côté, possédait un bracelet-montre dernier cri, doté de tous les gadgets, plusieurs cadrans concentriques donnant l'heure de la favela, celle de New York et de Hong-Kong. Par un petit créneau transparent on voyait les engrenages intimes de la montre.

Une femme se tenait derrière le bar, trois gosses jouaient entre les tables, et une porte ouverte découvrait deux autres types palabrant dans une pièce voisine. Sylvie demanda à Arnilde quelque chose que ni Damien ni Marine ne comprirent. Il sortit un carnet. Sylvie annonça qu'elle voulait jouer la finale, en misant sur un ara et versa quelques cruzados en échange d'un bout de papier. Alors elle expliqua aux deux néophytes qu'il s'agissait d'une loterie clandestine, le jeu de bicho. On pariait sur un animal... Marine voulut tenter sa chance. Elle choisit avec Damien une autre bête : l'urubu. Damien fut pénétré du sentiment de complicité qui le liait à Marine par ce pari interlope et presque tabou. Ainsi un contrat établi au cœur de la favela, dans un bar plutôt louche, conjuguait leurs destins ! Arnilde et Chico reprirent leur partie de billard. Damien, en s'éloignant, entrevit le leste mouvement de torero qu'Arnilde exécuta, pivotant, ajustant de sa queue une boule brillante.

Quand ils furent sortis, Sylvie déclara qu'Arnilde était le bicheiro, le caïd de la Boca de Fumo et que Chico était un « avion », un dealer à son service. Damien aima ce nom de Boca de Fumo qu'il traduisit pour lui-même et à sa fantaisie : Bouche de fumée, avec sa résonance de prophétie, d'évanescence comme si toute chose, toute parole était condamnée à l'évaporation, à se dissoudre dans un songe stuporeux. La casa des caïds s'adossait presque à la chapelle du pape. Le Christ et les démons cohabitaient. Sylvie précisa qu'Arnilde et Chico avaient assisté, au premier rang, à la messe du pape, à genoux, se signant, reprenant en chœur toutes les prières, avec leurs mères, leurs sœurs, leurs familles tout autour et les vieux, les grands-parents venus du Nordeste dans les années 30, du Piaui, du Ceara, du Pernambouc, des sertãos arides, des États de la canne à sucre où ils avaient bossé au fond des distilleries, dans les relents de mélasse, ou comme journaliers dans les champs sous des chapeaux de sisal, exploités par des maîtres intransigeants, parfois affamés, disséminés par la maladie de Chagas, les sécheresses, les carences et les parasitoses. Ils avaient quitté le Nordeste dans des camions de fortune et avaient débarqué sur ce morne du Vidigal alors désert, à l'écart du centre de Rio, au bord de la plage où nul Sheraton, hôtel National ou Intercontinental n'était encore établi. L'épopée des baraques, de leurs métamorphoses avait commencé, la lente évolution menant des planches précaires, clouées à la diable, jusqu'aux briques dures, triomphales.

… Tous, dans la chapelle, devant le pape de Rome et de Pologne, les ancêtres migrants, boucanés, flétris, yeux caves, cornées jaunies, avec leur lèvre inférieure un peu avachie montrant ce cran noirâtre et caramélisé par un sempiternel mégot de cigare bon marché, les femmes sous des foulards, des mantilles, les gosses innombrables, cohues endimanchées, dentelles, tulle jaune et volants, chemises éblouissantes, tous éberlués par la visite du représentant de Dieu sur terre, la figure absolue de l'Église, là chez eux, posée comme la Croix, comme le Redentor même, dans leurs taudis croulants, cariés. Lui, venu parmi les alcoolos, les escrocs, les prostituées, les macs, les épouses abandonnées, les éclopés, les naufragés, les clandestins, les voleurs, les bonnes, les chauffeurs de

« madames », les cireurs de chaussures, les balayeurs, les lavandières... Carmelina se souviendrait toute sa vie de ce jour... parmi les liftières, Zulmira, les maçons, Benicio, les marchands de camelote, les analphabètes, les miteux, les morfondus, ébahis comme si, oui, le Redentor lui-même, le Christ colossal du Corcovado avait marché vers eux, s'était incarné en Jean-Paul II pour annoncer que leur colline mendiante était le Golgotha, la montagne du Père et l'échelle du Paradis.

Pape tout blanc, vêtu de blanc, cheveux blancs, hostie blanche dans le morne des Noirs maudits, saturé, grouillant d'une multitude orante qui gorgeait les ruelles, les terrasses, les cours, les vérandas, les escaliers jusqu'à la plage païenne où moutonnait le peuple, le long de la mer, sous les haut-parleurs qui propageaient le Kyrie et le Magnificat.

La houle ondulait verte et musquée, exhalant son odeur de sexe et de mangue, soulevant dans son rythme les actions de grâces, l'unanime prière des pauvres qui devenait océanique, grands versets de lumière ricochant entre les mornes et les criques jusqu'aux solariums des hôtels internationaux où quelques touristes nus, indifférents à la visite, offraient leurs corps dans des transats. Au même moment, non loin de là, un commando paramilitaire foutait le feu à une favela vidée de ses habitants qui étaient venus prier sur la plage. A leur retour ils seraient expulsés, renvoyés dans Zona Norte, la périphérie inhumaine où la ville ne cessait de proliférer, d'entasser le peuple de l'exode et du rebut.

Damien écoutait le récit de Sylvie. Il aimait la colline, et Sylvie racontait encore que le Vidigal n'était rien qu'un morceau de favela, après tout privilégié, qui se prolongeait derrière les Dois Irmãos pour s'élargir, se creuser dans l'énorme Rocinha de deux cent mille personnes qui pesait de tout son poids, de tous ses circuits, de ses architectures galopantes, de tous ses échafaudages de baraques aménagées en lacets réguliers selon les courbes de niveau. Le Vidigal et sa chapelle du pape étaient l'avant-poste de la Babel gigantesque où la police pénétrait rarement, où la loi était appliquée par les caïds selon des normes internes.

Damien demanda à Sylvie comment elle pouvait entretenir des liens de bon voisinage avec les caïds alors qu'elle luttait dans son Centre socio-éducatif pour arracher les gens à l'aliénation, aux différents trafics contrôlés par Arnilde et ses hommes.

— Il y a pire qu'Arnilde, il y a Osmar le chef de la Rocinha, et il y a pire qu'Osmar, il y a Denis le grand patron de tout qui est actuellement en prison mais n'en garde pas moins la haute main sur sa favela. Alors, tant qu'Arnilde préservera son indépendance par rapport à Osmar, à Denis et aux affaires de la Rocinha, Arnilde sera un moindre mal. Le pays, tu sais, est très bigarré... tu l'as vu... Arnilde, le soir, trois fois par semaine, suit des cours d'informatique dans la ville! Ici tout est hybride, mêlé. On ne peut pas trancher.

Et revenaient à l'esprit de Damien certaines médisances de Germain Serre qui imputaient, sans preuves, à Sylvie un petit négoce de cannabis et de cocaïne, via Arnilde, le trafic arrosant les artistes, les milieux de la musique, la bourgeoisie chic, la jeunesse dorée, toute la chaîne se tenait. Arnilde et Sylvie avaient-ils négocié un pacte qui stipulait le partage des Dois Irmãos en deux zones d'influence? Le Centre socio-éducatif d'un côté, et la Boca, le royaume d'Arnilde, de l'autre, ce qui n'empêchait pas une certaine capillarité entre les deux. Sylvie achetant, selon les mêmes rumeurs, la dope à Arnilde, ce dernier envoyant ses « avions » et ses guetteurs suivre une séance d'alphabétisation, de théâtre ou de poterie chez Sylvie.

Le Centre socio-éducatif était un bâtiment de briques qui encadrait, entre ses murs, un patio et un jardin potager. Ils visitèrent d'abord le service sanitaire assuré par une seule

infirmière qui donnait une heure par jour des conseils d'hygiène aux mères de famille. Quatre femmes avaient amené
leurs bébés qui braillaient tandis qu'elles apprenaient à leur
donner un bain, à les soigner, qu'elles écoutaient les pres-
criptions alimentaires pour éviter diarrhée, avitaminose et
carences diverses. Les trois marmots se calmèrent, écarquillant de grosses prunelles curieuses devant Marine et Sylvie. Ils tournaient la tête à se démancher les vertèbres pour
suivre des yeux les jeunes femmes dont la voix inconnue,
grave, les magnétisait. Damien avait repéré une mère enfantine, peut-être quinze, seize ans, dont l'ovale de madone noire
se penchait sur son petit. Elle portait un short en jean et un
boléro jaune poussin que ses mamelons chargeaient de leur
volume vivant. Damien était ému par le contraste entre le
visage si fin, si aristocratique et la luxuriante gorge, le short si
court qu'il découvrait, quand elle était assise, jambes écartées,
dans un bâillement, la frange rouge de son slip. La bouche
très lourde déstabilisait légèrement l'harmonie des traits, elle
jaillissait de leur ciselure comme un fruit doux, obscène qui se
jetait sur la peau du bébé en chapelets de baisers goulus.
Damien caressa la tête de l'enfant toute bouclée, chaude.
C'était une petite fille qui s'appelait Cidinha. La mère se
redressa, sourit à Damien qui vit sa bouche trop charnue, le
noir duvet qui descendait sur ses tempes, les paillettes de
sueur sur les ailes du nez mince et busqué, la cicatrice mauve
dont s'enlisait l'encoche dans la peau tendre de la joue.
Damien alors fut envahi par ce lyrisme que lui procurait, de
nouveau, la splendeur et surtout la singularité de la chair...
pendant que les autres femmes riaient tranquillement en berçant leur enfant avec cette paresse voluptueuse qu'elles mettaient dans leur moindre geste, cette lenteur consciente du
déplacement de beauté quand elles se levaient, étendaient le
bras, raffermissaient leur prise sur le petit, le hissaient devant

elles avec éblouissement et que le rejeton adoré se plissait, replet et réjoui.

Sylvie les conduisit dans la salle de dessin où une flopée de gamins sous la direction du padre Oliveiro illustraient au pinceau des poèmes qu'ils avaient écrits. La tactique consistait à leur faire prendre conscience, peu à peu, de leur place dans le morne et la ville, de leur identité, de leur origine, de leur valeur. Ils apprenaient lentement à commenter leurs dessins, à dire leur destinée, à se situer par rapport à l'enchevêtrement des hommes et des choses. Ils renonçaient ainsi à la soumission. Plusieurs avaient peint la double colline des Dois Irmãos en un cône schématique criblé de cabanes multicolores. C'était un village pointu et bariolé aux myriades de vitres allumées. Ils identifiaient la maison de Carmelina et de Zulmira, la bâtisse d'Alcir et de Benicio, le terreiro sacré de Rosarinho, la chapelle du pape toute blanche entourée d'une aura, le lavoir, le bar d'Arnilde et de Chico, la baraque du vieux Natal et de son frère Ataulfo, les pionniers du morne. Les maisons tarabiscotées se jouxtaient, s'emboîtaient en guirlandes de conte de fées comme dans un tableau d'Hundertwasser, une tapisserie enchantée. Le morne magique dressait son château de cauris. Cependant, l'un des gosses, au pied du Vidigal, avait représenté des bonshommes armés qui gesticulaient autour d'un favelado terrassé. Il expliqua que l'escadron de la mort avait attaqué par surprise et tué son grand frère. Sylvie révéla à Damien que le jeune homme en question était bien vivant mais que les exactions de la police parallèle, pendant la dictature et même au-delà, avaient laissé des souvenirs dans la population. Des types, en effet, avaient été massacrés. Le gamin, pour une raison mystérieuse, avait trouvé bon de sacrifier aussi son aîné.

Parfois, sur les dessins, le ciel du Vidigal était épinglé d'un hélicoptère de la police, noir comme un scarabée. Les enfants représentaient aussi le deltaplane qui volait au-dessus des mornes, le long de São Conrado et de Leblon, frôlant les hôtels internationaux.

Les poèmes racontaient que les gosses étaient nés dans le Vidigal, que leurs parents étaient venus du Nordeste où la terre était sèche et où l'on avait faim, que leur père était gardien, maçon, mécanicien, qu'il travaillait au loin, que leur mère était cuisinière chez les gens de l'asphalte, qu'ils aimaient leur colline, qu'ils ne l'abandonneraient jamais à ceux qui voudraient les chasser, qu'ils construiraient partout des maisons de briques.

Le jardin potager exhibait ses verdures en plein soleil : un jeune manguier, un citronnier mêlant fruits et fleurs dans la même frondaison, des plants de haricots noirs, des citrouilles, des choux, des pousses de manioc, des pommes de terre, des salades et des tomates. Les jardiniers adolescents se relayaient pour semer, désherber, arroser avec parcimonie. Damien s'assit sur un banc à côté de Marine, dans un parfum sucré de corolles et de fumier. Le patio étoilé d'eau, de lumière, de fleurs et de fruits bougeait doucement autour d'eux. Sylvie murmurait quelque chose à une petite fille frémissante. Un garçon filiforme et gigantesque aux cuisses d'androïde était cassé, en suspens, au-dessus d'une branche de citronnier. On voyait palpiter les ailes écarlates d'un papillon qu'il essayait de saisir du bout des doigts. Le papillon s'envola soudain et l'adolescent le regarda voltiger entre les plantes, s'élever loin des bâtiments. Sa cocarde se décolorait dans l'azur.

Damien ne quittait pas des yeux Marine. Sa robe était retroussée haut sur ses cuisses denses et galbées. Ce fut plus fort que lui, il chuchota : « Comme c'est beau… » et posa lentement sa main sur la peau, il referma les doigts sans appuyer. Mais il fut soudain trop troublé pour jouir de la sensation. Il enleva la main. Elle n'avait pas eu le temps de réagir. Elle se taisait. Il regardait la cuisse légèrement étalée sur l'appui du banc; de chaque côté du dôme musculaire la chair revenait plus blonde, plus fragile. C'étaient les parties obliques de la cuisse que la station debout aurait normalement dérobées. Moins bronzées, elles offraient leur débord juvénile et tendre.

Damien sentait que Marine se plaisait avec lui. Elle était tranquille et belle. Ils restaient tous les deux accotés et dociles. Les feuillages, les pétales, les insectes devenaient impondérables, les emmaillotaient de nervures, d'une résille d'or léger. Imperceptiblement ils se serrèrent l'un contre l'autre. Un oiseau bleu jaillit soudain, jacassa dans le manguier, voleta, réveilla Marine et Damien, déchira la broderie claire. Ils furent hypnotisés par le harcèlement, le charivari de l'oiseau, l'acuité de ses ailes ébouriffées, de son bec vorace. Mais, tout à coup, il s'immobilisa sur une branche, touché, lissé, apaisé par quelque décret céleste. Le sentiment que tout mouvement à présent était proscrit pénétra les occupants du jardin. L'oiseau arrondissait son fuselage bleuté. Il était recueilli dans l'intense rayonnement des choses. Mais le démon de Damien mesurait ce qu'il y avait de paradoxal et de cruel dans un pareil bonheur, au cœur d'une favela, fût-elle privilégiée.

Un halo de rumeurs enveloppait le Vidigal. Damien devinait, voyait tout au fond de lui le double de la favela où se découpait l'architecture conique dessinée par les enfants, à la fois coloriée et translucide, trouée de mille fenêtres, peuplée de visages lisses, et cette pyramide respirait, tremblait comme de la chair, elle vivait parfumée de musc, poudrée de pollen, elle chancelait, elle voyageait comme un ballon, une montgolfière habitée d'adolescents nus.

Ils s'en allaient quand surgit une grande femme tempétueuse harnachée d'une robe écarlate. Elle accrocha Sylvie. Elle vitupérait contre un certain Andrade, le fonctionnaire ! Elle l'accusait de gruger l'association des habitants des Dois Irmãos.

— Ne te monte pas ! Ne te monte pas comme ça ! l'adjurait Sylvie.

— Si je me monte ! Si je me monte ! Tu nous as assez prêché qu'il fallait prendre conscience, réfléchir à la place que nous occupons ici sur ce tas de merde, hein ! Tu nous l'as assez rabâché qu'on mesure d'où qu'on vient, où qu'on va, qui on est ! Qu'il fallait qu'on réagisse, qu'on se pense ! Qu'on raconte nos vies, qu'on les retourne en tous sens, qu'on se confesse, qu'on tripote nos petits secrets... Il fallait jouer des scènes... qu'on en était gênés, qu'on en rigolait de honte... Hein ! Hein ! Et puis arrive Andrade qui prend tous les pouvoirs, qui décide de tout, qui nous arnaque !

— C'est plus compliqué, Rosilda, répliqua Sylvie d'un ton bas, il a rendu de grands services, Andrade !

Et Rosilda protestait, furibonde, cul et nichons boudinés, barattés dans l'oriflamme de sa robe :

— C'est pas compliqué ! On aurait dû jamais mettre un fonctionnaire à la tête de la Commission du bâtiment. Qu'est-ce qu'il manigance, hein, quand il va retrouver ses anciens copains au Secrétariat du logement ? Ils sont tous pourris, tout le monde le sait. Il nous obtient des briques soi-disant avec des subventions, puis qu'est-ce que j'apprends ? Qu'il nous les compte plus cher que le prix négocié avec les responsables, qu'il se fourre la différence dans la poche !

— Tu exagères, tu n'as pas de preuve, Rosilda !

— Tu n'es ici que depuis six ans, Sylvie... tu ne connais pas tout ! Avant la création de la communauté de base, c'était l'ancien caïd Juscelino qui décidait tout, délimitait les parcelles, lançait les travaux. Il réunissait l'argent des favelados et faisait acheter lui-même les matériaux et, bien sûr, il retenait sa petite commission. Alors, qu'est-ce qui a changé ? Quelle différence il y a entre un caïd et un fonctionnaire ?

– Rosilda, tu ne peux pas comparer Andrade et Juscelino... Je suis avec des amis, je suis obligée de partir... nous reparlerons de cela à tête reposée. Mais tu exagères ! Nous en reparlerons...

Damien regardait Sylvie, son visage à la fois sérieux et frivole. Il était intrigué. Elle semblait engagée dans ses combats pour la favela et simultanément happée par autre chose, quel autre désir ? Il n'arrivait pas à l'atteindre dans sa nature même. Elle manquait de centre.

Sylvie s'ouvrit alors de son projet de créer un club d'audiovisuel dans la communauté. On s'équiperait d'une caméra, d'un magnétoscope et de cassettes. Les habitants apprendraient à filmer, à mettre en scène. Ce serait formidable ! Damien lui demanda s'il n'y avait pas plus urgent que cette initiative un peu luxueuse. Elle protesta, soulignant l'importance de l'image, du document visuel dans la prise de conscience. L'effet de miroir était la clé de la libération des favelados... Damien n'insista pas. La favela était devenue un quartier pilote, un modèle. Il fallait une caméra pour magnifier l'épopée. Mais Sylvie répétait « effet de miroir !... » en se gargarisant un peu. Ce fameux miroir lui renvoyait d'elle-même une image avantageuse. Tout le monde y gagnait.

Au lieu de redescendre vers la ville, ils continuèrent de grimper. Ils suivirent l'égout à ciel ouvert. Sa tranchée était entièrement comblée de rognures, de paperasses, de denrées avariées. Ces mamelons de pourriture serpentaient, mûrissaient, délivraient une pestilence de charogne. Des casemates de plus en plus sommaires titubaient dans la gadoue. D'autres collaient aux abrupts, leur partie antérieure juchée sur pilotis. Il y avait souvent un second étage où les enfants s'installaient une fois mariés. Des tuyaux saillaient des cuisines, évacuant les eaux usées directement dans le caniveau creusé au pied de la maison. Le dédale des sentiers s'embrouillait, syncopé de caillebotis de rondins. Des gosses tout nus accouraient au-devant des visiteurs, la peau sale, les jambes galvaudées de croûtes et de bobos. On apercevait encore des postes de télé trônant dans les cloaques.

Ils entendirent le rugissement d'un moteur qui peinait, hoquetait, redémarrait. Au pied d'un raidillon, une voie plus large se frayait un accès. Un camion apparut, remorquant une grosse citerne. Les canalisations n'amenaient plus l'eau dans les hauts de la favela. Seul le camion approvisionnait les habitants les plus démunis. Des femmes, des enfants, des vieux sautillèrent, dévalèrent de toutes les venelles avec des jerricanes, des bidons, des lessiveuses, des seaux, des brocs, des récipients de plastique bleu, rose ou d'inox. Ils chargeaient l'eau et s'en retournaient, cohues disparates et débandées le long des chemins de moins en moins réguliers. Les courbes de niveau vadrouillaient, zigzaguaient. Surgissait une racine énorme et palmée, une grosse coulée d'argile qu'un géophysicien examinait, de temps en temps, pour prévenir les éboulements. Bientôt, il n'y eut plus que le granit suintant, orné d'arborescences magnifiques et laquées. Ils gagnèrent un petit belvédère naturel d'où la déclivité se révéla soudain, l'immense ravin hérissé de baraques raides et tassées jusqu'à la mer et de l'autre côté le gouffre plus profond encore, le grand cirque de la Rocinha où leur regard plongeait, se perdait.

De larges bandes de bâtis verruqueux s'enroulaient autour de la montagne, étalaient, superposaient leurs bracelets parallèles de planches et de briques. Tout en bas, le long du littoral, un rempart d'immeubles de verre géants et quadrangu-

laires semblait retenir la culbute des favelas. L'océan éclatait
entre les bleuissements des monts et leurs crêtes fondues de
l'autre côté de la baie. Des masses diaphanes et majestueuses
s'étageaient, s'enchaînaient dans les lointains. On sentait
la lenteur, la puissance de la terre qui délaçait dans les flots
ses grands cortèges de matières cadencées. Tout près, c'était
un chevauchement de bosses plus lourdes, plus turbulentes,
attroupements de blocs mal dégrossis que coupaient des
arêtes longues et pures qui rejoignaient les cimes d'une seule
épée. La baie était veule, chaotique, équarrie par un démiurge
ivrogne, elle entassait son charivari de difformités, mais soudain un golfe orbiculaire se projetait dans la lumière, deux
autres voltigeaient à sa suite en grandes calligraphies radieuses.
Un sommet sculptait son profil hiératique, équilibrait, subli-
mait la horde des molosses, des éléphants de pierre. Le décor
exaltait l'esprit au point que la misère des favelas, les affres
des multitudes dans les banlieues du nord semblaient trans-
muées, transcendées en une symphonie scandaleuse et divine.
On était esclave de la beauté. Le ciel, les montagnes, les
cercles de la mer, dans la vigueur de leurs agencements, élevaient l'humanité vers le soleil. La mort était couronnée de
superbe et de splendeur. Et c'est pourquoi dans ces lieux le
malheur devenait saint.

Damien contemplait depuis un moment un grand oiseau
long à l'envergure immense qui planait, tout là-haut, dans le
ciel. Il l'avait déjà aperçu, une fois, au-dessus de la mer. Sylvie lui avoua qu'elle ne l'avait jamais remarqué jusqu'ici.
L'oiseau insolite se tenait presque immobile dans l'azur

comme un signe. C'était un grand oiseau squelette. Était-ce un albatros ou une frégate dont l'altitude amincissait le corps doté d'ailes gigantesques ? Damien l'avait décrit à des Cariocas qui s'étaient toujours révélés évasifs et incrédules.

Marine s'étonnait un peu qu'il s'intéressât à l'oiseau. Il n'y avait pas de quoi s'entêter et ronger son frein. Elle découvrait en lui une bizarrerie nouvelle. Et elle l'aima pour cette passion absurde. Sans cesse il revenait sur sa question, s'interrogeait comme si une vérité essentielle s'attachait à l'oiseau maigre et fou. Marine au bout d'un moment ne prêta plus garde à ces ressassements. Et Damien se demanda quel crédit, quel prestige elle pouvait conserver si elle ignorait ce délire d'oiseau déployé.

Damien s'était couché sans pouvoir trouver le sommeil. En réalité il ne désirait pas dormir. Il s'abandonnait à une rêverie dont Marine était l'objet. A la longue, le fil de ses images se relâchait, se diluait. Il se ressaisissait tout à coup, se concentrait de nouveau sur le visage de la jeune femme, ne voulant rien perdre du plaisir de se le représenter, de le détailler, évoquant les mots qu'ils avaient échangés dans la journée, les épisodes les plus émouvants. Sans cesse il se peignait les cuisses de Marine dans le patio. Mais la même érosion insidieuse limait peu à peu sa perception. Le corps de Marine s'échappait. Et Damien devait encore se battre pour rendre aux scènes dont il se délectait leur acuité et leur saveur. Ainsi Marine doucement se noyait, revenait, et Damien savait que cette oscillation était celle du désir qui ne survit que d'être perpétuellement aiguillonné par nos chimères. Il sentait aussi qu'à travers cet acharnement à se nourrir de sa vision sans jamais trouver la plénitude ni combler sa pensée au bord du sommeil, il devait viser secrètement autre chose, quelque autre réalité si dense, si rayonnante que jamais elle ne serait menacée de s'éteindre. Il rêvait à cet objet du désir avec lequel il ferait corps dans une telle évidence que le sommeil lui suc-

céderait non plus par lassitude mais comme un prolongement, un épanouissement parfait, un glissement dans l'aura
de la mort et de l'éternité.

Il quitta sa chambre et descendit dans le hall. Il rencontra
Zulmira qui avait fini son travail. Il proposa à l'adolescente
une promenade sur la plage. Elle l'avertit qu'à cette heure de
la nuit le bord de mer n'était pas fréquentable. Une bande risquait de leur tomber dessus. Il lui fit valoir que la présence
d'une Brésilienne à ses côtés lui assurait une protection. Les
voyous s'attaquaient de préférence aux touristes. Elle fit une
moue dubitative mais consentit à l'accompagner sur le sable.
La baie de Guanabara était silencieuse. De l'océan ne montait qu'une respiration régulière. Les lumières de la ville et
les navires à l'ancre jetaient des flammèches erratiques, des
écharpes chatoyantes sur la noirceur du flot. Des zones brillaient, de grands cercles d'argent que rayait le mouvement
d'une vague, mais de larges étendues aveugles s'enfonçaient
dans les ténèbres.

— Nous allons être assassinés, chuchota Zulmira.

Il la serra contre lui. Elle eut un mouvement gentil de la tête
vers son épaule. Il sentit l'odeur de ses cheveux sauvages. La
favela du Vidigal piquetait de ses feux la colline des Dois
Irmãos. Mais les clignotements s'espaçaient, se raréfiaient et
l'on voyait le reste de la montagne découper sa masse sombre
sous les étoiles. Alors les têtes des Deux Frères dans la lueur
lactée donnaient une impression de solitude. Les cous
jumeaux semblaient dressés au-delà de la vermine lumineuse
des favelas, dans l'écoute cyclopéenne du néant.

Les Dois Irmãos amenèrent spontanément à l'esprit de
Damien la pensée d'Alcir et de Benicio, les frères de Zulmira.

— J'ai vu Benicio cet après-midi.

Zulmira se réjouit si faiblement de cette nouvelle que Damien s'en inquiéta. L'adolescente lui révéla que Benicio

56

n'allait pas bien. Les travaux de maçonnerie qu'il exécutait de loin en loin pour le compte de la communauté des habitants ne lui apportaient pas le bonheur.

— Ici, il n'y a pas de solution, ajouta Zulmira avec un geste de fatalité.

Damien préféra se taire plutôt que d'avancer des protestations illusoires.

— Et Alcir, votre second frère, il a un boulot plus stable, semble-t-il ?

— Il devrait s'en contenter, mais il ressemble à Benicio. Il est insatisfait de son sort. Il est violent et triste. Il n'aime pas ses maîtres. Dona Zelia est méprisante et capricieuse. Nelson Mereiles Dantas est insaisissable.

— Et vous, Zulmira, vous avez presque l'air heureux, souffla Damien avec timidité.

— C'est vrai, je ne suis pas comme eux, je ne ressens pas de rage. Car, Damien, mes deux frères sont pleins de haine ! C'est effrayant. Cela effraie ma mère. Ils sont fous... vous savez... même s'ils le cachent. J'ai peur qu'ils ne fassent une bêtise. Souvent ils me reprochent de me plier à ce boulot de bonne dans l'ascenseur. Eux, tout ce qu'ils font, c'est à contrecœur. Ils sont furieux. Moi je m'en ficherais presque, je flotte. Je suis plus lente qu'eux.

— Vous les aimez ?...

— Je les admire, ce sont mes aînés. Ils sont intelligents et ils sont beaux.

— Vous aussi vous êtes belle et intelligente, Zulmira !

Elle éclata de rire devant ce compliment balourd.

— Mais si, mais si, Zulmira ! Même si j'ai l'air bête en insistant, même si je ne sais pas amener mes éloges, je les confirme.

— Je suis peut-être jolie... mais je n'en suis pas sûre. Quant à l'intelligence ?... Et puis je me moque de cela, je ne prends plus la peine de me torturer les méninges, je laisse aller, c'est ma nature. J'aime bien les gens. J'aime bien vivre.

Ils arrivèrent au bout de la plage. La montagne tombait dans la mer en formant un cap qui coupait le chemin. Il y avait quelques rochers et soudain Damien aperçut une lumière. Ils s'approchèrent. Zulmira lui expliqua qu'il s'agissait d'une chandelle déposée là par des macumbeiros pour obtenir la grâce de Yemanja la déesse des eaux. Des offrandes modestes entouraient la bougie : cigares et fruits, rubans.

— Vous croyez à tout cela, vous aussi ? demanda Damien sans émettre le moindre jugement.

— Mais oui. Vous trouvez que c'est idiot ?

— Pas du tout ! Pas du tout ! se récria-t-il. Moi-même j'ai la tête bourrée de divinités bizarres. J'imagine toujours des puissances derrière les choses... Regardez les Dois Irmãos, dans le silence de la nuit, cette présence...

L'eau luisait, blanche comme le métal d'un formidable aimant d'où sortaient la montagne jumelle, son couple de frères des ténèbres. Et ces têtes, ces crânes jaillissaient de la mer, immobiles, aux aguets, braqués comme deux taureaux noirs et planétaires. Tant de matière vigilante semblait amorcée pour une détonation suprême. Les dieux guettaient les proies des hôtels, des favelas, le fourmillement humain des immeubles jusqu'aux banlieues de Zona Norte.

— Nous sommes dépassés, ma chère Zulmira, l'univers est plus fort et plus ample que nous... mais cela bizarrement me libère...

Et Damien se sentait une âme de mercure sous l'arche cosmique. Il participait de la prescience des choses. Le mythe de la déesse Yemanja, dans sa naïveté, était plus vrai, plus proche de la vérité qu'une explication strictement matérialiste. Damien regardait les fragiles offrandes au bord de l'océan. Il comprenait, tout au fond de lui, cet agenouillement des favelados superstitieux devant l'inconnu. Souvent il avait reproché à certains intellectuels blancs de la ville d'être agacés à l'évocation de ces rites, comme s'ils procédaient d'un folklore suranné et réducteur. Il avait même rencontré un écrivain carioca cultivant le roman minimaliste, mental et désincarné et qui reniait farouchement le baroque brésilien comme une survivance grossière.

Damien se pencha vers les fruits, les chandelles et les cigares. Il mesurait la disproportion entre la modestie de ces dons et la démesure de la mer. Il voulut toucher une chandelle, Zulmira l'en empêcha, craignant une profanation. Mais la pointe de la flamme lui avait déjà légèrement brûlé les doigts. Elle éclairait un plat de grosses mangues mûres. La mer viendrait-elle dévorer la chair des fruits ? Une vague hardie et chevelue émergerait de la masse de ses sœurs, elle dresserait, au-dessus du flot moutonnant, son mufle de hyène tout criblé de prunelles, trempé par les étoiles. On verrait les oreilles tressaillir, on entendrait un gémissement de convoitise. La bête s'élancerait sur le sable, avec son ventre gluant. D'un coup de gueule elle avalerait les mangues. Puis, d'une torsion, d'un saut, elle retournerait se fondre dans l'ondulation houleuse, sous les lueurs de la mer.

Ils revinrent à l'hôtel. Il glissa un billet au portier. Il entraîna la jeune fille dans sa chambre. Une nostalgie l'habitait, la douleur de Marine. Mais ce sentiment justement le rendait tendre. Zulmira visitait la pièce, raffolait du minibar. Elle goûta du whisky dans une bouteille pas plus grosse qu'un flacon, jolie comme un fétiche.

Elle ouvrait toutes les portes, sautait sur le lit, allumait télé, radio, jouait avec le réveil électronique. Damien ignorait pourquoi il éprouvait cette légère impression de frustration. Zulmira ne le désirait pas. Il se reprochait cette idée, qu'avait-il besoin de l'amour de l'adolescente quand c'est celui de

Marine qui le hantait! Zulmira s'arrêta, se coucha sur le lit. Elle souriait, elle attendait, sans faire un geste. Il lui prit la main. Ils restèrent ainsi, planant sur un nuage. Il ne savait plus qui il était. Il ne pouvait plus penser à Marine, mais il n'arrivait pas davantage à contempler Zulmira. C'est elle qui se dressa sur un coude et entreprit de le scruter comme font les femmes avec un petit air interrogatif et impertinent. Elle lui caressa les poils du torse. Il déboutonna son chemisier et lui demanda d'enlever le reste. Elle marqua un temps d'arrêt pour qu'il continue de la dévêtir. Il lui dit qu'il ne pouvait pas, qu'il aurait bien voulu le faire mais que vraiment, ce soir, c'était au-dessus de ses forces. Elle s'esclaffa en soulignant que tout de même il exagérait beaucoup... Il renouvela son refus avec une expression si désespérée que, voulant lui épargner plus longtemps le supplice, elle ôta vite fait sa jupe et son slip. Alors il la contempla et toucha son pelage noir entre les cuisses. Elle lui souriait. Il l'attira à lui, il palpa son cul dense et lourd. Elle se coucha sur le ventre. Il prit la chair à pleines mains, la serra entre ses doigts jusqu'à produire de légères cannelures de cellulite. Loin de lui inspirer une quelconque déception, ce détail déclencha son désir, car il trahissait la juvénilité, l'exubérance de la chair. Ce n'étaient pas des bourrelets mais une intime mollesse embusquée entre les arcs musculaires qui révélait la vie profonde, infusait dans ce corps compact un frémissement dodu.

Ils firent l'amour longtemps. Elle ne manifestait son plaisir par aucune frénésie. Elle souriait sans se battre avec la volupté. Lui aussi la buvait doucement. Il continuait ainsi sans pouvoir s'arrêter. Il lui suffisait d'un coup long et conscient, plutôt guidé par une intensité, une adhésion intérieure que par un accroissement physique de violence pour atteindre le bord de la jouissance, y brûler et s'épanouir dans ce feu. Le sourire de Zulmira changeait doucement, s'effaçait dans une

expression plus stable, plus unie. Sa bouche s'entrouvrait, éclose sur une félicité qui l'absorbait du dedans. Il ne sut jamais quand l'évidence se fit jour en lui. Mais c'est en allant et venant interminablement que cette régularité du rythme, l'apaisement de l'adolescente finirent par lui paraître étranges. Il ralentit son mouvement presque jusqu'à l'immobilité, écouta la respiration si douce de l'amante, sonda ses yeux mi-clos. Zulmira dormait! Mais au lieu d'être amer Damien se répétait… elle dort! elle dort!… C'est inouï! Et cela le stupéfiait comme une incongruité, un merveilleux scandale, sans le blesser. Il avait envie de rire. La jeune fille, fatiguée par une journée de travail, détendue par le plaisir, avait dû passer graduellement de l'amour au sommeil! Damien se demandait s'il devait suspendre l'impondérable danse de ses reins. Un arrêt complet n'allait-il pas réveiller l'amante endormie? Il ne pouvait pas davantage continuer ainsi toute la nuit, la berçant dans un rêve béat. Soudain, elle ouvrit les yeux, le vit, cilla, bredouilla, intimidée lui sourit. Il lui dit: « Tu dormais!… »
Elle sursauta, nia. Il lui répéta:

— Tu rayonnais, tu dormais…

— Mais tu… tu me…

— Oui, je continuais doucement dans ton sommeil.

Elle eut un rire bref. Il se mit à rire lui aussi. C'était la première fois qu'il endormait une femme en lui faisant l'amour. Cela se gâtait…

— C'est que je suis soporifique!… annonça-t-il avec une grimace résignée.

— Oh non! oh non! lança-t-elle… non, c'était bien, c'était trop bien même…

— Et tu t'es endormie, tellement c'était doux!

— Mais je ne sais pas… peut-être… petit à petit, j'ai sombré.

Il ne lui en voulait pas. Il la gourmandait pour rire. Il éprouvait un sentiment mystérieux de délivrance. Il se sentait plus léger comme si l'amour s'harmonisait avec une région plus profonde que la fureur du désir, comme si, lui aussi, aurait voulu dormir et que dans leur commun sommeil ils se fussent aimés, nageurs sous la mer entre deux morts, deux sourires, à mi-chemin de la lumière et de la nuit.

Ils restèrent ainsi enlacés. Il caressait l'énorme crinière de cheveux noirs, le globe des fesses abandonnées. De nouveau elle somnolait. Et il resta dans les ténèbres à écouter.

Il avait perdu Marine et il n'aimait qu'elle. Il s'en voulait de tomber dans ce cliché minable qui lui faisait posséder charnellement la jeune mulâtresse, la liftière de l'hôtel, tandis qu'il réservait les émotions sublimées à la Française, à la Blanche. Il fut assailli par une bouffée de honte et de dépit. Son honneur lui dictait exactement la situation inverse. Il aurait dû aimer d'amour la belle jeune fille noire et se contenter du désir pour Marine. Il se comportait en colon. Il était veule et petit-bourgeois. Mais simultanément il se croyait innocent, piégé par le hasard. Il acceptait le traquenard. Tout devenait trop difficile. Il céda. Il étreignit Zulmira réveillée, qui pressa son ventre contre lui. Il se mit à bander. Il la touchait, la pétrissait. Il se vengeait de lui-même, de Marine qu'il oubliait au fur et à mesure que le cul brun et profond épousait ses paumes, que la beauté, le parfum de Zulmira l'enveloppaient. Toute sa chair était là, ronde et musquée, contre lui, pour lui, gonflée d'une force silencieuse. Et Damien la respirait, la parcourait de sa bouche, se plaquait doucement contre la peau, les moindres pores. Il l'absorbait sans la prendre, par capillarité, osmose. L'envie montait de se répandre sur son pubis. Soudain, collé à son amante, il sut qui elle était, vraiment, complètement, mieux qu'en la pénétrant. Il comprit son poids, sa pulpe, son effluve, la singularité de sa chair, de toute sa substance, de ses sucs, de ses flux, dans une synergie enveloppante où tous leurs sens s'agglutinaient, goulus, hallucinés, se diffusaient, leur livrant un foisonnement de présence, seins et cul, sexes, crinières, pléthore de vie, de chair. Et c'étaient leurs bouches, leurs haleines chaudes, intimes, leurs longs baisers très doux qui par-dessus tout exaltaient l'émotion de la fusion, organique et religieuse. Elle remonta sa cuisse lente et noire contre la sienne, puis l'écarta, la déploya en éventail, écarquillant l'aine plus claire dans un frémissement nerveux… Damien déferla.

Hippolyte de Saint-Hymer possédait un sitio, un petit domaine dirigé par une famille : Severino, Adelaide et leur fils Timoteo. A quatre-vingts kilomètres de Bahia, la terre bordait un fleuve à demi tari qui coulait dans un lit de latérite pourpre. Damien était subjugué par la beauté de ces rives larges, feutrées de rouge à l'infini. Damien avait la folie du rouge. Et ce sol sans aspérités, étalé à perte de vue, offrait la séduction archaïque et martiale des murs de la Cité interdite, du pisé des ksour et des casbahs du Maroc. C'était un rouge cruel et sourd, une grande avenue cramoisie de courroux. La terre était rapace et noble comme un royaume de vendetta, de muleta, de tuerie écarlate.

— Comment s'appelle le fleuve ? demanda Damien.

— Le Jacuriri ! répondit Hippolyte de Saint-Hymer, sans sourciller.

— C'est amusant… comme nom !

— Ici, mon cher, tout est en ruru ou riri, cela vient des Indiens.

Le fleuve, avant de s'allonger dans la vallée, dessinait une large boucle autour d'une colline. A son flanc était sise la ferme de Severino et d'Adelaide. Ils surveillaient, entretenaient la résidence d'Hippolyte pendant ses absences mais étaient propriétaires de cette île dans le méandre du Jacuriri. Un champ de maïs coiffait le tertre d'une chape crépitante. Les épis roulaient quand le vent les prenait à revers, et au-dessus de la rivière rougie, c'était un donjon, une muraille d'or crénelée.

Au-delà de la colline commençait la fazenda de Nelson Mereiles Dantas, de Dona Zelia son épouse et de sa fille Renata.

– Voilà mon petit monde! déclara Hippolyte avec un air satisfait. C'est ici que je suis chez moi, que j'ai retrouvé un centre au terme de mes chasses, de mes explorations, de mes vagabondages.

Severino emmenait paître sa vache au pied de la colline dans un champ d'herbes jaunes et rares qui jouxtait un jardin potager planté d'ignames, de manióc, de patates douces et de haricots noirs. Hippolyte le héla. Severino souleva son chapeau de paille en guise de salut.

– Tu vas bien? hurla Hippolyte.

Severino opina.

– Et l'autre? lança Hippolyte en jetant le menton en avant pour désigner le pays qui s'étendait derrière la colline.

Severino haussa les épaules, puis releva le bras et serra le poing dans un signe de résistance coriace. Hippolyte s'esclaffa, content.

– Ce fumier de Nelson, on lui tient la dragée haute... Eh, eh! C'est fini, Severino ne se laisse plus intimider! Je lui ai fait la leçon.

Damien n'avait qu'une connaissance partielle des raisons de cette haine qui dressait Hippolyte et Nelson l'un contre l'autre, car tout aurait dû les unir, ils partageaient le même sens de l'abus, de l'aventure et du trafic. C'étaient des pillards et pourtant la détestation fermentait entre les deux hommes.

Sylvie avait fait allusion à Renata, la fille de Nelson, pour expliquer la guerre. Une histoire de désir. Damien aurait aimé en savoir plus. En tout cas, Hippolyte, par vengeance, était entré dans le camp de Severino et l'avait soutenu contre les perpétuelles exactions de Nelson. Ce dernier, depuis plusieurs années, briguait la terre de Severino. Il voulait acheter la colline, y construire une villa pour Renata, avec une terrasse sur le fleuve hémorragique. Mais Severino défendait âprement sa terre. Trente-cinq ans plus tôt, alors qu'il était encore un adolescent, il avait émigré du Nordeste, du Piaui aride, puis s'était mis au service d'un couple de posseiros, des petits paysans qui avaient squatté la colline. A la suite d'une sécheresse et d'une épidémie, le couple était mort. Entre-temps Severino avait épousé Adelaide, la fille de ses patrons. Il était resté sur la colline en dépit de la misère. Nelson faisait courir la rumeur que Severino n'avait dû alors sa survie qu'à un commerce de drogue, de maconha. Nelson n'était pourtant arrivé sur les lieux que douze ans plus tard, en 1964, après l'instauration de la dictature. Il avait acheté des terres immenses, lancé des cultures de soja et de canne à sucre et un élevage de mille bêtes. Mais cette entreprise ne constituait pour lui qu'un passe-temps puisque l'essentiel de ses affaires se déployait en opérations immobilières sur Rio.

Dans un premier temps, il s'était désintéressé de la colline et de son magnifique panorama, car il portait ses vues sur des terres situées plus à l'ouest et en amont du fleuve. Il proposa même à Severino de lui servir d'intermédiaire pour vendre son maïs, ce qui fut l'occasion d'escroquer le petit propriétaire. Quand Hippolyte débarqua sur son sitio de l'autre côté de la rivière, la situation changea rapidement. Après une brève période de fraternisation, la bagarre éclata entre lui et Nelson. Hippolyte convainquit Severino de se passer de Nelson pour vendre ses denrées. Il lui présenta un grossiste plus avantageux qui écoula la récolte dans les foires et les marchés environnants. La crise s'exaspéra quand Nelson, flanqué d'un avocat véreux et d'un notaire à sa solde, se pointa chez Severino, lui faisant valoir des droits de propriété sur la colline. Les posseiros qui étaient installés depuis trois décennies n'avaient pas fait enregistrer leur terre et n'avaient aucun droit sur elle. Cette dernière aurait appartenu à une veuve de São Paulo que Nelson prétendait avoir retrouvée et à laquelle il avait racheté la terre.

Hippolyte prit la défense de Severino, s'entoura d'un jeune avocat de gauche et d'un notaire pugnace et démantela la manœuvre de Nelson. Les affaires en étaient encore là. Mais Hippolyte se moquait bien des questions de réforme agraire et de la condition des posseiros expropriés, errants. Il n'avait pris parti pour Severino que dans le but de faire enrager le père de Renata. Hippolyte n'était capable que d'impulsions concrètes. La théorie n'était pas son fort. Il ne faisait pas dans l'épopée sociale mais dans la fresque égocentrique. Alors c'était un fauve. Même s'il manquait un peu de finesse.

— C'est tout de même un gros fumier, Nelson! Moi je ne comprends pas, Sylvie, que vous acceptiez d'aller bouffer à sa table, à Rio, en présence de l'épouse, de l'autre hystérique de Zelia avec ses régimes, ses transes et ses épilepsies, ses visites chez Rosarinho le médium, l'autre sorcier complètement cinoque!

— Nelson m'a rendu des services quand je suis arrivée, répliqua Sylvie, c'est un mécène, vous savez! C'est grâce à lui que j'ai pu faire jouer les enfants des Dois Irmãos au grand théâtre de la ville : danse et batterie, ce fut merveilleux, et cela m'a permis de démarrer le Centre socio-éducatif.

— Je ne veux pas me fâcher et recommencer notre polémique, Sylvie. Mais quand même! Vous savez bien que ce répugnant maquereau est en train de racheter en sous-main, couci-couça, le sournois, les maisons des quartiers bas du morne. Mais oui il rachète ! D'abord il a participé – et là, ma petite, vous n'étiez pas encore arrivée à Rio – aux manœuvres d'expulsion concoctées sous la dictature. C'est lui qui voulait rafler le terrain, raser la favela avec l'appui de la police pour édifier de beaux immeubles et des hôtels mirifiques en première ligne, avec vue sur la mer. Et comme ça n'a pas marché, qu'est-ce qu'il manigance, le rat ?! Il grignote, il ratisse menu, je vous le dis ! Il sera bientôt propriétaire de la partie bourgeoise de la favela et c'est comme cela qu'il aura les favelados par petits bouts, en traître.

– Il n'y a pas de vraies preuves de cette spéculation, Hippolyte ! Dix maisons ont été vendues, mais pas à Nelson. Et depuis, on y a ouvert un bistrot, une épicerie-bazar... Il n'est pas question de construire un immeuble.

– Vous êtes naïve ou quoi ! Bien sûr qu'il se sert de prête-noms et qu'il attend d'avoir étendu son domaine pour abattre les vieux murs et dresser des buildings !

Damien, une nouvelle fois, sentait Sylvie prise en défaut, presque coincée, fragile sur un terrain mouvant... toujours à jouer sur plusieurs tableaux, fréquentant trop de milieux contradictoires. Attablée chez Nelson, chez Hippolyte, chez Carmelina, chez le consul, chez Arnilde le caïd, Rosarinho le voyant, sinueuse et disparate. Ses ennemis prétendaient même qu'elle nouait dans les coulisses de secrètes affinités avec des communistes, des castristes, des sandinistes, même des prochinois, pourquoi pas des sandéristes comme au Pérou ! Elle était trop généreuse...

On entendait des cris de bêtes, des couinements, des abois autour de la maison. Hippolyte adorait les animaux. C'était sa coqueluche. Il avait commencé par en faire le trafic, piégeant des espèces amazoniennes, remontant les affluents, les igarapés, leurs arabesques sous les lianes, débarquant ses proies en

Guyane où il passait sa cargaison, qui s'envolait vers l'Europe.

— Je ne pourrais plus, Damien! Je suis métamorphosé, ce fut une illumination brutale quand j'ai compris qu'il n'y aurait bientôt plus d'Amazonie et que je collaborais à l'extinction de la faune. Si vous aviez vu les beaux pythons, les singes, les mygales, les kinkajous, les tapirs, les caïmans, les perroquets, toutes sortes! toutes couleurs! les bigarrures, les plumetis comme au Lido! Je les chassais toute l'année, je les aimais, je les vendais, j'ai fusillé des centaines de caïmans, j'attendais les basses eaux, tous les sauriens s'accumulaient alors dans les mares restantes, un grouillis monstre, tout un bouillon de gueules éclatantes, d'écailles entortillées, c'était joli, que du lézard pétaradant, rien que du brut, des étincelles, des gros dentus à faire peur. Et je flinguais les bestiaux, visais les têtes ou bien les prenais au lasso! si si! les étranglais, ça serpentait, éclaboussait, saccadait, les mâchoires claquaient, les queues cinglaient. Les ventres se retournaient tout jaunes, un carnaval de crocos. Et tout ça débité en godasses, ceintures, sacs à main pour dames très belles, très riches, à Paris, Londres, New York, Rio! Mes crocodiles se baladaient sur la Cinquième Avenue et les Champs-Élysées au bras de filles racées, elles mettaient dedans leur Rimmel, leur miroir, leur carnet de chèques, leurs lettres d'amour et leurs Kleenex, c'est émouvant, j'étais partout! J'étais grandiose! Mais je ne peux plus. A cinquante-cinq ans, je dételle. J'ai tout mesuré, sondé… les vanités… Maintenant je protège les animaux, je les recueille ici!

Hippolyte avait, en effet, aménagé un bassin dans le fleuve où il élevait une quarantaine de caïmans. Ils roupillaient sur la rive et sur les eaux, jaspés comme des bijoux, pleine peau, cannelés de bourrelets, cloqués, crêtés… Il y avait aussi des aras bleu et vert, trois kinkajous jolis comme des singes avec des oreilles de panda et un minois d'ourson.

– Ne sont-ils pas birlulus ! s'extasiait-il.

« Birlulu » était son néologisme favori. « Birlulu » signifiait insolite et ravissant. Un compliment majuscule dans la bouche d'Hippolyte. La première fois qu'il avait vu le cul de Marine, il avait soufflé à Damien : « Ce qu'elle a un joli birlulu ! » Il réincarnait l'épithète en substantif, « birlulu » connaissait ainsi de chatoyants avatars. Une femme qui possédait un petit nez retroussé était dotée d'un birlulu bien rigolo. Quand Hippolyte dardait, excité par une fille, il s'exclamait : « J'en perds le birlulu », ou encore : « J'ai le birlulu en transes. » Birlulu devenait un vocable nomade, protéiforme, acrobatique, un joyau linguistique, un joker qui pouvait se substituer à n'importe quel mot. Au lieu de flirter, de baiser, Hippolyte pouvait dire : « birluluter » ; séduire, tromper : « embirluluter ».

Tout à coup, il siffla, chuinta... Alors surgit un lézard énorme, d'un bon mètre, qui rappliqua vers lui comme un chien.

– C'est mon téju, un lézard d'Amazonie. Je lui cause, il me répond, on se comprend. J'ai toujours eu le génie des reptiles. On dit qu'ils ont le sang froid, c'est faux, c'est chaud les pythons, les boas, les caïmans, les iguanes et les téjus, ça s'incurve sous vos caresses pire que les chats, ça mijote au soleil, ça vous fait les yeux doux, c'est mordoré d'amour, tout en langueur d'odalisques...

Le téju était posté à deux mètres de nous, la gueule entrouverte, le sac gulaire un peu gonflé et ballotté, le bedon jaunasse tordu de côté. Il reluquait Hippolyte qui susurrait des mamours.

– C'est féroce, vous savez, le téju ! Ça vous vide un poulailler en cinq sec, ça raffole de la volaille.

– Au fait, comment nourrissez-vous vos caïmans ? demanda Damien.

— Je suis copain avec le directeur du Méridien de Bahia. Tous les dix jours, Timoteo prend le camion et ramène quatre cents kilos de restes des cuisines du palace que je fourgue dans ma chambre frigorifique et que je distribue petit à petit à mes rats ! Eh oui ! J'ai d'abord un élevage de rats ! Ça bouffe du rat, les caïmans ! Ça n'est pas regardant. Mais vous savez que j'ai un projet complètement hardi !... La viande des caïmans est riche en protéines, si j'agrandissais mon élevage, le poussais jusqu'à deux, trois mille caïmans, il y aurait de quoi régler les carences alimentaires de tout le municipe. Avec une petite usine de transformation, des boîtes de conserve à la sortie... Les gâchis du Méridien, du Sheraton suffiraient à engraisser les rats, ce sont de gros rats jaunes qui se multiplient en progression géométrique, une fécondité effrayante. Je les gave des ordures produites par les riches clients des palaces de Bahia, puis je les fourgue tout vifs dans la gueule des caïmans et je débite ceux-ci en beefsteaks pour les morts-de-faim. Je peux même compliquer la sarabande, je tue des vautours, des urubus que j'attire avec des charognes et ainsi j'obtiens l'équation suprême : le riche, le rat, l'urubu, le caïman, le pauvre ! C'est le circuit, toute la chaîne alimentaire ! L'air, l'eau, la terre : les éléments cardinaux, l'oiseau, le saurien, le rongeur, l'humain... le cycle, la prédation, la vie... tout ça s'entre-dévorerait au profit des pauvres. J'inverse donc la logique darwinienne, je mets la loi cruelle de la nature au service des plus démunis. C'est du Nietzsche revu par Péguy !

Je peux même imaginer pire, plus éloquent encore, mon cher Damien.

Les bourgeoises les plus grasses de Bahia et surtout de Rio comme Dona Zelia se font pratiquer la liposuccion par des chirurgiens esthétiques. C'est un gros commerce. Les spécialistes vident des milliers de culottes de cheval saturées de lipides ! Toute la graisse remplit des conteneurs de verre. Eh bien, Damien, je récupère la marchandise, j'en tartine les résidus du Méridien, et hop ! dans la gueule des rats, et hop ! dans le ventre des caïmans, et hop ! dans le bide des pauvres. Alors j'obtiens une nouvelle version plus dialectique de mon circuit vital. C'est comme si les pauvres allaient bouffer les culottes de cheval des riches... A même ! C'est mieux que Marx, non ? Plus picaresque !

Hippolyte délirait exprès pour épater. Il se faisait pouffer de rire. N'empêche qu'il élevait bien des rats avec les restes du Méridien, le tout alimentant les caïmans. Pour illustrer sa théorie il ordonna à Timoteo d'apporter les rats. Le fils d'Adelaide et de Severino, un petit mec long, lisse et doux, rejoignit une sorte de grand silo bétonné où Nelson domestiquait la vermine. Il revint avec un panier de sisal ajouré et sphérique où s'agitaient une bonne dizaine de rats jaunes. Un dispositif attirait les rats du silo dans la nasse dont on rabattait le clapet. Timoteo prit la direction du bassin. Les hôtes d'Hippolyte lui emboîtèrent le pas. Les rats couinaient, se cramponnaient dans le panier bondé. Arrivé au bord de l'eau, Timoteo balança la charge dans le fleuve. Alors les caïmans fusèrent au ras de l'onde. Leurs longues gueules tracèrent une rosace véloce de traits centripètes. Ils accrochèrent le panier dont l'armature éclata. Les rats jaillirent en poussant des cris aigus, une flopée grasse et trémoussante aux queues déboussolées. Les caïmans tranchaient dans la panade, se heurtaient, se chevauchaient, rattrapaient les rats, les gobaient, plongeaient sous l'eau en les happant. Un rat réussit à courir sur l'échine d'un saurien, un second crocodile sauta sur son collègue et croqua le muridé impatient. Il n'y eut pas de rescapés. Tout fut torché en cinq minutes. Les caïmans tournèrent en rond pendant un quart d'heure nettoyant à fond la zone, les ultimes petits bouts, du vermicelle d'entrailles entre quatre bulles. Puis ils repartirent, royaux, glissant dans un ballet centrifuge de dos noirs.

– C'est Holiday on ice, pas vrai?... orchestré par Béjart!
Des ballerines, mes caïmans, des derviches cannibales!...
s'exclamait Hippolyte.

Damien et Sylvie n'en revenaient pas. Seule l'Amérique tro-
picale pouvait offrir un gaillard de la trempe d'Hippolyte, un
tueur reconverti dans le circuit alimentaire.

– C'est ça la vie, vous comprenez... ma petite Sylvie...
voilà une leçon de vie, prenez-en de la graine pour votre communauté! Méditez ma ménagerie.

Dans le ciel, des urubus voltigèrent au-dessus du bassin,
aimantés par le carnage.

– L'urubu, c'est la clef de voûte! le céleste vautour... La
suprême gargouille de la cathédrale vitale! conclut Hippolyte.

La nuit tomba. Le rio coulait dans l'entaille dont la pourpre
s'assombrissait. Damien songeait à l'hémorragie des rats, à
la corrida organisée par Hippolyte. La latérite brûlait dans le
couchant. Le fleuve enfonçait loin sa fournaise dans la décou-
pure des gisements rubis. Damien rêvait à ce rapport pur
entre l'urubu noir et le rio rouge. Il vénérait ce contraste de
couleurs samouraïs. La colline de Severino brasillait dans sa
frondaison maïs, c'était un grand arbre de pépites dressé au-
dessus du fleuve ensanglanté.

Hippolyte promit pour le lendemain un spectacle d'une
grande beauté, mais il faudrait se lever à l'aube!

Il les entraîna au lever du jour le long du Jacuriri. Des
agaves érigeaient leur pédoncule géant. C'est avec leurs fibres
que Timoteo tressait les paniers pour piéger les rats et qu'il
fabriquait des drogues. Les kinkajous réveillés sautaient dans

une immense cage. Leurs queues s'enroulaient autour des branches d'un arbuste central. Ils faisaient des galipettes en agrippant de belles mangues mûres que Timoteo leur avait distribuées et qu'ils mangeaient en les tenant entre leurs pattes. Ils regardaient les visiteurs. Et leurs oreilles s'écarquillaient, tressaillaient.

– Qu'ils sont trognons... s'émerveilla Sylvie.

Ils gravirent un versant et aboutirent à un plateau semé d'épineux et d'arbrisseaux sporadiques. Ils s'embusquèrent derrière une butte. Le paysage offrait de fines arêtes, des lignes maigres, des cailloutis, des écorces rongées, blanchies, torsadées comme des cornes, des kriss, des ligaments d'écorché.

– Que je vous explique, les amis... A cent mètres, un peu en contrebas, là-devant, vous avez un étrange cimetière... C'est là que Nelson enterre ses bovins empoisonnés par des herbes vénéneuses ou piqués par les serpents. Il enterre aussi ses vieilles mules, ses ânes septicémiques! Il paraît que c'est aussi à cet endroit que furent ensevelis des paysans assassinés par des pistoleiros en 1969... C'est un vaste cimetière, un lieu solitaire et maudit. Un pays de haute pourriture, mes amis! Or des milliers de lapins et de rongeurs ont élu domicile au fond des galeries creusées dans l'entrelacs des peaux et des cuirs. Ils ont installé des tanières et des garennes dans ce dédale des carcasses et des dépouilles. Quantité de lapins domestiques se sont échappés d'un élevage ruiné, il y a une vingtaine d'années. Ils sont redevenus sauvages, se sont mêlés à la faune et prolifèrent ici. Pour le moment donc, c'est un cimetière, c'est pas grand-chose avec une colonie qui peuple les catacombes. La vie-la mort, main dans la main, comme toujours. Mais attendez, prenez mes jumelles. Vous allez voir, ça se complique, ça se nuance... L'édifice va croître!...

Damien balayait l'espace de ses oculaires quand il vit une

liane dressée, un col… un serpent, puis deux… et au fur et à mesure qu'il inspectait le terrain, d'autres serpents dardaient dans l'aurore.

– Ils sont aux aguets, des crotales, des cascavels !… Qu'est-ce qu'ils font, à votre avis ? Ils guettent les rongeurs. Quand ceux-ci sortent des terriers ou rentrent de leurs vagabondages nocturnes, ils les chopent ! Ils fondent sur leurs proies… Voyez-vous, ils attendent, patients, rigides, hypnotiques. Ils sont là, des crosses, des janissaires, très venimeux, voraces…

Damien et Sylvie assistaient déjà à des attaques fulgurantes. Le serpent plongeait tout à coup sur le trou d'où sortaient les petits mammifères.

– Mais ce n'est pas fini, la merveille n'est pas close !… Regardez là-haut, mes amis, et attendrissez-vous !

Damien et Sylvie avaient levé la tête de concert pour voir de grands urubus noirs tournoyer à la cime du ciel.

– L'urubu se précipite et vous incise le cou d'un crotale. C'est comme ça. Là-haut ils font des girations, ils planent à longueur de temps. Ils attendent, vigilants, ils virent dans l'air torride. Et finissent par épingler un serpent ou un rongeur. C'est mirifique, n'est-ce pas ? N'est-ce pas ? C'est du sertão pur ! Sans alliage. C'est précieux ! N'est-ce pas ? L'urubu, le crotale, le mammifère, le cadavre. Je ne sais pas si je préfère encore ce cycle à celui du riche, du rat, de l'urubu, du caïman et du pauvre. Ici le riche ne ternit pas le circuit. Cela se passe entre bêtes. C'est plus beau ! Pas de relents de troc. Ni bouffonnerie ni verbiage humains. Un emboîtement de bêtes. C'est sans bavure. Pas un pli. Hein ! C'est fort, chez moi… Si je transpose sur Severino, Nelson et moi et que je distribue les rôles, le petit mammifère, hélas ! c'est Severino, le crotale c'est ce salaud de Nelson, mais l'urubu c'est bibi. Je plane dans le dos de Nelson Mereiles Dantas. Je suis le grand urubu noir au zénith. Ce n'est qu'un serpent de rocaille. Et Severino est un mammifère tendre et chaud. Mes amis! Mes amis! Voici l'aurore!

Le soleil agrippa le sertão par les bords, une araignée de rayons rouges, grande mygale dont les antennes tentaculaires s'étiraient, là-bas, déjà vers le rio, la colline de maïs, les plantations de canne à sucre et de soja de Nelson; on entendait beugler les troupeaux au loin vers le fleuve. Un urubu tua un crotale.

L'après-midi, ils pique-niquèrent sous des palmiers, des buritis très verts, dans un petit canyon en aval du Jacuriri. Tandis que Sylvie somnolait sous un chapeau, Hippolyte s'ouvrit du plus grand des secrets à son ami Damien:

– Damien, c'est ici le lieu de l'extase et de la douleur. Ma blessure est ici! Elle saigne comme la rivière...

Damien ne pipait pas, attendant la suite, éberlué par l'emphase de Saint-Hymer.

– Damien! Renata c'est ici! Renata... Je vous le dis.

– La fille de Nelson...

– Oui, sa fille, sa garce, sa « garota », son trésor, sa serpente, urubu, rate et crotale concentrés dans une chair gloutonne. L'idole! Ici! Voilà!... Il y a de cela sept ans! J'avais quarante-huit ans, j'étais l'ami de Nelson. Je me promenais le long de la rivière quand je la vis. Elle se dévêtit, elle alla se baigner nue dans le rio, dans le rouge, Damien, dans l'océan du rouge... Nue, blanche, dix-huit ans! Cheveux noirs, d'urubu noir, elle serpentait dans le Jacuriri. Moi, j'étais immobile, caïman, crocodile tout camé de désir... Fleuve de salive. Renata nageait. Elle revint sur la rive. Elle me vit, s'allongea à même la rouge latérite. J'avançai dans la rivière. Je nageai à mon tour. Elle ne pouvait pas ne pas entendre le battement de mes bras, mon souffle. Je sortis, je marchai sur la rive. Elle me regardait au centre de l'énorme cible rouge. Le cercle de ses cheveux noirs couronnait sa chair nue, immaculée, crucifiée!... Moi crotale, urubu, caïman dévoré par les pires rats de la convoitise! Elle me regardait. Je me suis mis à genoux. Je balbutiai. Je l'ai caressée, choyée. Elle s'est ouverte, toute pantelante et blanche. C'est ce jour-là que je l'ai prise parmi les buritis verts, le clapotis du fleuve. Ses jeunes seins durs et son pubis tout noir... Notre passion a duré plus d'un mois...

... Je ne sais comment Nelson a su. Qui nous a surpris? Qui l'a répété? Peut-être elle, par jalousie, car elle avait appris une vieille liaison qui me restait à Barra. Nelson s'est pointé, chez moi, un matin. Il voulait me rosser. Il m'a foutu son poing dans la figure. Je lui ai rendu coup pour coup jusqu'à ce que Pedro, son contremaître, survienne et nous sépare. Voilà la tragédie de mon désir. Renata a refusé de me revoir. Depuis, je vis avec son image rivée là!

Hippolyte désigna une région fluctuante entre le cœur et le périnée.

– Je ne l'aime plus. Je la désire immensément. La fraîche Renata ruisselante... Ah Damien, l'odeur des sassafras, les vols des petits perroquets verts dans les palmiers nains! L'eau rouge comme du sang, les grands urubus noirs, là-haut dans l'air bleu. Et le cul blanc de Renata tout entier pour moi. Je dis que j'ai souffert!

– Je comprends... marmonna Damien. Je crois avoir aperçu une fois Renata, elle est grande et n'a pas froid aux yeux.

– Oh oui... c'est une insolente, un châssis de strip-tease et des prunelles de grande dédaigneuse. Puis, brusquement, sans crier gare, une pluie de coups d'œil lascifs qui vous cuisent... Je me suis juré une chose, Damien, je vous prends à témoin, si je n'accomplis pas ce vœu, je suis un petit mammifère, un mulot merdeux!... Je me suis juré de baiser de nouveau Renata au moins une fois, une seule fois avant de crever, de rendre mes cendres au fleuve... Car, Damien, j'ai rédigé mon testament, c'est là dans le grand sertão que je veux être dispersé. Pas ailleurs. Mais avant : Renata ! Or j'ai peur, je vieillis, j'ai cinquante-cinq ans, j'ai peur, même si je réussis à la séduire de nouveau, de me trouver dans l'impossibilité de la posséder... Vous me raillez ! Ne me raillez pas ! Damien je vous en prie. L'émotion sera telle que j'en serai sapé à la base, tout flageolant, rendu puceau... J'ai peur de ne pas pouvoir, de l'avoir là dans une chambre et de rester penaud... Moi penaud ! Damien... finir penaud ! Elle rira ! Je le sais ! Elle rira tout son saoul, roulera dans sa chevelure ses beaux mamelons, sa croupe, son ventre d'ivoire. Immaculée, Damien, éclaboussée de joie et moi coupé, Damien ! Crotale cou coupé par la grande urubu du rio rouge ! Voilà ! C'est comme si c'était fait. J'en meurs !

— Vous ne savez pas, vous ne pouvez pas anticiper... murmura Damien, plein de commisération et d'hypocrisie.

— Je ne sais que trop ! Je ne banderai pas ! La rate rira ! Ma toute noire, ma Renata...

Hippolyte se tut un moment et, tout à coup, sondant longuement Damien, il s'enquit :

— Et vous, et vous, Damien ?... Depuis votre arrivée, je vous sens ailleurs, délié, rompu, sans adhésion. Je ne voudrais pas être indiscret, mais vous décrochez, vous sombrez dans des rêveries lancinantes. Je le sens... Vous êtes amoureux, Damien ! Je le sais !... oh oui... la petite épouse de Roland... N'est-ce pas ? Je vous ai vu l'autre jour. J'ai senti tout de suite. Ces choses-là ne m'échappent pas. A force de chasser dans les forêts de l'Araguaia, je sais flairer le moindre tropisme, la plus secrète aimantation, tous les appétits à l'affût, le ballet des parades et des prédations... A force d'observer les animaux, je n'ignore plus rien des chimies de l'approche et des danses nuptiales. Il y avait autour de vous, dans ses cheveux à elle, comme une imprégnation, Damien... oui un musc...

Entre vos deux corps coulaient une sente, comme des brisées de bêtes, une odeur d'amour... Damien !

Damien sourit, flatté de se savoir si indubitablement, si félinement uni à Marine sous le regard d'Hippolyte.

— Surtout, Damien, si la chance s'offre à vous de la possession rêvée, une scène au bord d'un rio rouge, dans une forêt de boucles, alors abîmez-vous, Damien, abîmez-vous, buvez la félicité jusqu'à la dernière goutte ! Empoisonnez-vous à mort... c'est ça le meilleur. Allez-y, saoulez-vous de votre Marine, n'en perdez pas une bouchée. J'aurais dû, moi, dévorer Renata jusqu'au bout comme un fauve. La faire mienne, me l'incorporer, chaque particule de sa chair délectable, toute ! Comme un crotale l'engloutir ! Engloutissez Marine, Damien ! Soyez goinfre, ogre, archi ! archi !... Vous vous ferez des réserves de beauté, en grandes nappes phréatiques qui étoileront votre mémoire pour la vie !

Au cours de l'après-midi Timoteo et Severino déboulèrent en grand émoi. Des hommes s'étaient installés sur les terres de Nelson, dans une zone délaissée depuis des années. Leur chef s'appelait Asdrubal. Il venait d'Ipira, c'était un paysan sans terre.

— Tais-toi ! Tais-toi, un moment... Severino, que je réfléchisse... Bon, redis-moi tout...

Severino répéta les faits. Un sourire de triomphe alluma la face d'Hippolyte...

— Ça y est ! Ça y est, c'est gagné, Asdrubal a osé. La merveille ! La merveille ! Le Nelson va payer ! Ce salaud, après tous ses abus ! C'est lui qui a vidé trois fermiers et deux métayers en 1966 quand le nouveau statut de la terre lui imposait des charges sociales pourtant minimes en faveur de ses paysans. Alors, il les a expulsés pour n'employer que des journaliers que Pedro, son contremaître, allait lever tous les matins, avec son camion, dans les petites baraques de torchis à la sortie d'Ipira. C'est lui qui, en 1984 – lorsqu'on s'est mis à utiliser comme carburant l'alcool de canne mélangé à l'essence – a étendu la culture de la canne à toutes ses terres, rognant sur les lopins des derniers fermiers, les chassant une nouvelle fois pour exploiter rationnellement sa plantation, en coupe réglée, sans scrupules. Et aujourd'hui ils reviennent, rameutés et vengeurs ! Ils occupent sa terre, ça va barder ! Ils ne sont pas prêts de décaniller. Ils ont la loi pour eux ! Tout propriétaire qui n'exploite pas une partie de ses terres s'expose à leur appropriation par les paysans ! Voilà, mon petit Damien et ma petite Sylvie, c'est la loi ça ! Ce n'est pas encore la réforme agraire mais c'est déjà un pas ! Il faut aller voir Asdrubal, mes amis ! C'est un type coriace, pas n'importe qui, je le connais... Mon avocat l'a conseillé en douce... On a monté l'affaire petit à petit... A Ipira les journaliers sont à bout, embauchés de loin en loin pour les moissons, sans protection sociale. Alors ils ont déferlé sur les terres de Nelson, à l'est, au confluent du Jacuriri et du Paraguaçu. Ça conflue, les hommes, les eaux... Ah, Renata, ton fief va fondre, ton patrimoine bouffé par les hordes du sertão ! Quinze millions de paysans sans terre, demain vingt-cinq millions. C'est la fin de Nelson et consorts, l'explosion, la table rase ! Renata sur la paille me mendiera des subsides. Elle viendra me lécher les mains, ma jolie louve du premier jour.

Severino était un mulâtre petit et sec, au nez aquilin, aux prunelles inquiètes, la bouche noire de chicots. Il avait des picots de barbe blanche sur les joues et sur le menton, une calvitie bien ronde, des jambes noueuses, arquées, une chemise décolorée et un pantalon brun de crasse et brillant comme du cuir. Dans la bagnole, à l'avant, à côté d'Hippolyte et de Damien, il tressautait sans rien dire. Sylvie ne s'était pas jointe à la bande. Elle ne voulait pas provoquer Nelson. La route longeait la plantation des Mereiles Dantas. De grandes étendues de canne verte et fluide et des hectares de soja. Ils s'arrêtent à la bodega, l'épicerie-bazar de la plantation, pour prendre des nouvelles. Le patron regardait la télé au milieu d'une pagaille d'outils – pioches, bêches, pelles, cordes –, de bouteilles de rhum (une mauvaise cachaça), de bancs de bois empilés, de bassines de plastique bleues et roses, de bonbonnes auxquelles s'ajoutaient des chemises en vrac, des pièces d'étoffe, des chapeaux de paille, des fouets, des ceinturons, des couteaux, des sandalettes, des clous, des marteaux, de la mort-aux-rats, des insecticides, des pièges, des semences et un petit transistor d'occasion. Il y avait l'éternel billard et deux types qui jouaient. Des mioches, un chien jaune, une mule, un perroquet vif et bleu dont la grosse tête se penchait de côté, luxueuse comme une fleur vivante au milieu du capharnaüm.

Hippolyte interrogea le patron sur les bruits qui couraient... L'homme visiblement ne tenait pas à se mêler de tout cela. Gérant de la maison dont Nelson restait le propriétaire. Mais Hippolyte n'avait pas son pareil pour tirer les vers du nez avec des billets à l'appui. Il régala la compagnie de canettes de bière. Ils apprirent par lambeaux qu'Asdrubal, à la tête d'une cinquantaine de paysans, occupait les langues de terres basses du Bon Jésus, à la confluence en effet du Jacuriri et du Paraguaçu.

– Cinquante hommes, ce n'est pas de la tarte! s'exclama Hippolyte.

Severino hocha la tête. Hippolyte offrit des cigares. Severino tétait le sien au centre, la bouche ronde comme un joueur de pipeau. Le perroquet l'épiait, l'œil étonné, il bougeait sa grande tronche luxuriante. Hippolyte lui tendit brusquement un cigare. L'oiseau effarouché fit un saut, battit des ailes, cria.

– T'aimes pas le cigare! rigolait Hippolyte. T'as tort, moineau!

Puis, s'adressant à Damien et à Severino, il donna le signal du départ.

La route quittait la plantation pour grimper le long d'une serra où des arbres aux fleurs jaunes, des ipès, flamboyaient comme des torches. Un versant entier était recouvert d'une forêt dont les feuilles larges et planes prenaient de loin un aspect métallique, gris-blanc comme de l'étain. Cela luisait, dormait mystérieusement, une forêt flottante. Ils franchirent plusieurs kilomètres.

En contrebas, le Jacuriri s'épanchait dans les eaux rousses et moirées du Paraguaçu. Le spectacle était si lent, si majestueusement coulé dans l'harmonie torride que Damien oublia les hommes. L'image de Marine se présenta soudain à son esprit. Il aurait voulu glisser avec la jeune femme au fil du Paraguaçu en une longue, brûlante dérive.

Leur barque passant sous des lianes, des ombres chargées d'oiseaux blancs. Marine cernée d'eau, de territoires déserts. Et la flamme des paysages aurait varié tout doucement, dans la torpeur des roseaux, une somnolence d'or, un amour proche du rêve de la mort.

Ils virent le campement et entendirent tout le tintouin. A leur hauteur, sur une colline voisine, une silhouette surveillait les pionniers. C'était Pedro le capataz, l'homme à tout faire de Nelson, entouré de trois acolytes. En bas, des toiles, des bâches, des pièces de nylon étaient montées sur des piquets autour d'un vieux camion rouillé. Une sono lançait des exhortations par un haut-parleur. Des femmes avaient creusé un petit lavoir sur une plage du fleuve, elles tordaient les loques de la famille dans le Jacuriri. Des gosses agaçaient une mule. Une vache broutait des herbes de savane. Quatre chiens accoururent en aboyant à la rencontre de Damien, d'Hippolyte et de Severino. Aussitôt Asdrubal reconnut ses amis. Ils burent un café. L'eau chauffait sur un feu d'épines et de petites branches dures d'aroreira. Plus loin un énorme jacaranda poussait sur la rive, épanouissait son panache de corolles violâtres. Le vent balançait les fleurs et une meute de petits oiseaux au ventre rouge. Dans la caatinga semi-déserte, l'arbre devait sa survie à la bande de sols alluvionnaires bordant la rivière. Il attestait peut-être une occupation oubliée, une ferme aujourd'hui gommée de l'espace.

Asdrubal était large et petit, avec de grosses cuisses trapues, galbées dans ses jeans. Il avait un visage pur et ocré. Sa longue tignasse noire, brillante, révélait du sang indien. Ses prunelles étaient injectées de petits vaisseaux rouges. Il se grattait les yeux, se décrochait des bouts de sanie séchée. Son bras droit montrait, sur la bosse d'un muscle, la croûte violacée d'une blessure mal guérie. Il était flanqué d'une épouse enfantine et minuscule, une négresse pointue, rieuse, qui filait aux trousses des gosses, servait le café, se précipitait au lavoir. Elle était partout. Soudain, elle se plantait entre les hommes pour écouter et disparaissait sous une bâche, raffermissait un piquet, tançait un mioche, le faisait sauter dans ses bras, touillait dans un chaudron une tambouille de maïs et de haricots noirs, distribuait des galettes de coco. Elle n'arrêtait pas. Elle riait tout le temps, faisait des niches aux chiens, houspillait la mule, les hommes et les femmes. Elle portait une toute petite robe à pois rouges sur un cul en boulet de canon.

On voyait ses mollets noirs et secs. Elle avait une ébullition de tresses autour du crâne comme des zigzags, des éclairs de diablesse. Elle s'appelait Lucia. Damien la suivait des yeux, ébloui par son alacrité, son cul rond et météoritique criblé de pois rouges.

Les hommes avaient commencé à délimiter des parcelles de cinq à six hectares. Ils envisageaient de fonder une coopérative. Dans un premier temps, ils pourvoiraient au plus pressé sur des parcelles vivrières de manioc, de haricots, de patates douces. Puis ils se lanceraient dans la culture du maïs et du soja, alimentant le marché local. Asdrubal était le théoricien et l'animateur de ces colons novices. Il avait été formé dans le Pernambouc, au cœur d'un syndicat d'agriculteurs d'avant la dictature. Il connaissait les besoins réels des familles et possédait des rudiments d'économie. Il savait où tirer des subsides, sur quels droits s'appuyer. Il avait réalisé une petite brochure dactylographiée où il énumérait en termes simples et concrets les priorités. Son action visait à créer une conscience collective dans son groupe, à fortifier un sentiment de révolte et d'identité. Il appartenait au Parti des travailleurs. On retrouvait chez lui un poil de marxisme, des résidus de révolution cubaine et du Nicaragua, des appels à la Sainte Vierge et à la cachaça dont il avalait une rasade de temps en temps. Il était obnubilé par Lucia, son épouse, qui avait vingt ans de moins que lui ; il adorait Mario, un gros bambin qui s'accrochait à ses mollets, bavait sur ses jeans et dressait une frimousse fripée de risettes vers la tête de son papa gravitant, tout là-haut, dans le soleil des harangues, des slogans et des programmes.

Asdrubal avait dû fuir et se cacher sous la dictature. On disait qu'il avait participé à des enlèvements politiques, qu'il avait été torturé, qu'il avait été l'amant d'une madame de Recife, une « doutoresse », si bien que les superstitions allaient bon train sur ses pouvoirs thérapeutiques, comme si son amante l'avait contaminé de ses dons. C'était un guérisseur social. Mais, surtout, on racontait qu'il avait un grand ami influent, un évêque, on soufflait le nom de Dom Ivo Lorscheiter, l'ex-président de la Conférence épiscopale, remplacé depuis par un modéré, un évêque moins engagé et plus romain...

– Nous sommes dans notre droit! s'exclamait Asdrubal. Ces terres de Nelson n'ont jamais été exploitées, elles sont à l'abandon depuis vingt ans. Nous n'agissons que pour survivre. Nous sommes acculés. Il n'y a pas d'autre solution pour nous. On nous trompe depuis trop longtemps...

Damien voyait des groupes égrenés le long du fleuve qui évaluaient les terrains, commençaient à les débroussailler. Des souches coriaces leur résistaient. A deux ou trois, ils piochaient, déracinaient les épineux. Certains, déjà, retournaient des lopins de terre avec des bêches, des pelles, charriaient l'eau, envisageaient de creuser des canaux d'irrigation et des bassins de retenue en cas de pluie. Des mecs revenaient vers le quartier général, beaucoup étaient maigres, misérables et muets. Hippolyte expliqua à Damien qu'il s'agissait des boias frias, des gamelles froides, journaliers qui arrivaient à s'employer, de loin en loin, dans les plantations aux périodes de moisson et qui chômaient le reste du temps dans des cabanes autour des villes. Quelques-uns colonisaient le long des routes une petite bande de cinquante mètres qu'on leur allouait et dont ils ne tiraient à peu près rien, dans la caillasse et la sécheresse des bas-côtés. Sans eau, sans engrais, sans bêtes, sans outils.

Une clameur s'éleva soudain, un mioche était tombé dans le fleuve, une adolescente s'était jetée à l'eau pour le rattraper, puis un adulte bon nageur. La mère disputait le gosse braillant, convulsif et trempé. Le père accourait, un gigotement de petits frères et sœurs, l'œil écarquillé, ventre nu et tee-shirt souillé, raccourci par les lessives. On décida de construire une palissade avec des ramures et des fibres pour séparer le fleuve des enfants. Parfois la sono diffusait des chansons, du rap ou des airs de samba, puis l'appareil se détraquait, les cassettes chuintaient. On comprenait une phrase qui revenait : « Ma poésie est naturelle, le peuple la rend immortelle... »

Une nouvelle rumeur retentit. Une voiture de police à sirène et gyrophares avait déboulé du chemin et s'était arrêtée à trois cents mètres. Personne ne sortait. Au bout d'un moment, Hippolyte se rendit à l'évidence. Ils ne bougeaient pas, se contentant de surveiller de loin l'évolution des opérations.

— S'ils lancent une rafle, on est prêt à résister, on se battra, on a prévenu Benedita da Silva, elle défendra notre cause, elle ne laissera pas faire.

Benedita da Silva était une élue noire de Rio, considérée comme la députée des favelados et des femmes.

— Vous n'avez pas de souci à vous faire, Asdrubal. Vous le tenez, Nelson ! Il n'y pourra rien. J'ai prévenu la presse. Il y a trop de témoins. Les flics n'osent même pas s'approcher. Ils vont rester piqués là jour et nuit. C'est bon signe ! La démocratie c'est quand les flics restent dans l'expectative. C'est ça le progrès, Asdrubal, quand ils ne cèdent pas à l'élan premier... quand quelque chose les freine, les fait poireauter, une force, Asdrubal, abstraite... une loi qui les coince... Moi je sens cela, cette transcendance !

Mais Hippolyte ravala ses grands mots, car une autre bagnole fonça, pétarada, pas inhibée, elle, fila droit sur eux, en bondissant sur les cahots. Et Damien, sans l'avoir jamais vu, reconnut Nelson Mereiles Dantas. Pedro était à côté de lui.

Nelson portait beau. Il était grand, mince, légèrement enrobé, souple. Il avait passé la cinquantaine sans dégâts. A peine des cheveux gris. Un visage féminin. Une douceur dans les traits. Des yeux un peu voluptueux, moqueurs et qui semblaient deviner autre chose derrière vos paroles, des petits détails insoupçonnés, savoureux. Damien fut surpris par le charme, l'élégance, le calme de Mereiles. Hippolyte fixait sur lui sa grosse bouille de malabar à couplets, masquant son ébahissement sous un air hautain et répugné. Pas étonnant que Renata soit belle, elle devait tenir de ce papa au teint délicat, aux cheveux bouclés.

– C'est gentil, Saint-Hymer, vous prenez mes affaires à cœur, vous venez arrondir les angles comme d'habitude, empêcher les débordements, n'est-ce pas ? Vous faites dans le patronage, maintenant ! Vous développez un côté peuple en vieillissant, faute de mieux ! Le temps de l'aventure est terminé. Finies les bariolures et les échauffourées ! Vous voilà dans le social, le syndicalisme, Médecins sans frontières, le tronc d'église, le bonnet de nuit…

Le plus extraordinaire était le débit de Mereiles Dantas, suave et chantant, une mélodie, sans jamais forcer le ton, avec un sourire séducteur. On aurait dit qu'il aimait Hippolyte, qu'il convolait avec lui, qu'il lui promettait une féerique alliance, une valse de Strauss.

– Raillez ! Raillez !… N'empêche que vous êtes refait. Il y a cinquante zèbres là qui ne sont pas près de décaniller. Et moi je les appuie ! Oui, moi ! Contre vous, Mereiles. A fond les manettes. Contre votre racket, vos magouilles, vos réseaux, vos prévarications, votre omnipotence !

Hippolyte avait tout déballé, au lieu de jouer la fine mouche avec Nelson. Il avait carrément fiché son clou. Défiant son rival d'un coup, d'une algarade.

– Cher Saint-Hymer, êtes-vous un homme si net pour donner des leçons ? On connaît votre impayable trafic d'animaux. Les bestioles fourrées dans des conteneurs et saisies par la douane. Les pythons amochés, moribonds, la compote de crotales, les singes à genoux, la marmelade de mygales, vos ménageries farfelues dégénérant en tuerie sordide. Ce scandale des singes destinés à des laboratoires français ! Hein ! Si vous voulez de l'anamnèse ! Mais vous ne devez pas comprendre ce mot ! Tous ces singes piqués, inoculés, contaminés, torturés, crucifiés, cancérisés ! Tous ces zigs charcutés par des médecins nazis ! C'est votre bilan, Saint-Hymer : le calvaire des sapajous !... Mais il paraît qu'à présent vous empâtez des caïmans. On ne chasse plus. On fait dans l'élevage ! Vous vous domestiquez... Vous avez d'ailleurs grossi. Je vous trouve précocement avachi. Il faut moins boire, moins bouffer, Saint-Hymer ! Faites comme moi, de la gym, de la natation, entretenez vos méninges, restez individuel surtout, ne rejoignez pas le gros des troupes. De la douceur, de la souplesse... Il faut rester svelte, tout est là, Saint-Hymer... Léger ! Aérien !...

– Je ne tiens pas à ressembler à une tante ! repartit Hippolyte.

Nelson fit celui qui n'avait pas entendu mais renchérit, à la surprise de tous, en commençant de déboutonner sa chemise...

– Voilà la règle et le secret, la loi des forts... cher Saint-Hymer... un ventre dur !

Et Nelson flatta son ventre plat, lisse et mat avec quatre galets de muscles abdominaux secs et solides.

– Un ventre plat et le mental, Saint-Hymer ! Écoutez du Bach, les partitas... c'est pur ! Ça vous changerait de ce haut-parleur, de ce samba qui casse les oreilles, trop primaire à notre âge, pachydermique, boum ! boum ! à ras de terre... Le tambour, ça va bien cinq minutes, la fanfare me lasse. Écoutez Bach, je vous le recommande... Connaissez-vous l'art conceptuel ? Je suis sûr que vous ignorez ça ! Une peinture d'idées pures, de lettres et de concepts critiques... voilà qui dégraisse ! Vous êtes trop hormonal et viscéral, Saint-Hymer, vous êtes un paysan de Normandie. Saint-Hymer, c'est une localité normande, n'est-ce pas ? C'est gros tout ça, c'est gras ! En plein soleil, là, je vous jure que vous donneriez des soucis à votre mère, vous tournez à l'écarlate. Le sertão n'est pas bon pour vos coronaires qui baignent dans l'huile de dendé... Le peuple n'est pas bon pour le cœur, Saint-Hymer, c'est une passion d'adolescents, d'athlètes ! Ce méli-mélo épique, marxo-cubain, ça ne passe plus, c'est suranné partout, c'est obsolète ! C'est une plâtrée de « tutu », Saint-Hymer, vous devez aimer le tutu, le lard, les haricots, les oignons. C'est pas léger tout ça ! Le peuple c'est du « tutu », Saint-Hymer ! Des haricots, les masses ! Lourds boniments de Neruda et de Zola ! Carnaval d'Amado ! Ce lyrisme de charcuterie n'enthousiasme plus nos écrivains depuis belle lurette, notre littérature est devenue beaucoup plus sophistiquée ! de pointe ! comme notre informatique.

Damien ne connaissait pas ce plat bahianais, le tutu ! Le mot se prononçait « toutou ». Et l'autre, tout soyeux, qui serinait sa phrase dadaïste : « Le peuple c'est du tutu ! » Saint-Hymer était paralysé par le tutu, le tutu l'avait atteint, déstabilisé. Il suait. Il devenait cramoisi. Il allait fondre à bras raccourcis sur Mephisto Mereiles.

— Vous pouvez vous le foutre au cul, le tutu, Mereiles ! Ça vous chatouillera comme vous aimez !

— Toujours votre lourde, lourde plaisanterie, mais alors toujours la même, sans relâche, le bulldozer... le tutu, la tante ! C'est désopilant Saint-Hymer, la farce c'est votre fort, la grosse caisse, la kermesse, le bal des pompiers...

— Dantas ! C'est fini vos petites comédies bien peaufinées, hurla Hippolyte à bout. Fini vos arabesques, vos pillages, vos trafics, les subventions détournées, les fonctionnaires arrosés.

C'est fini ! Demain, ce seront les révoltes de la faim, Mereiles !
Ils viendront se servir dans votre bodega, dans vos cuisines
directo, ils videront les shopping-centers dont vous êtes
actionnaire, ça va finir, ils n'en peuvent plus ! Et vous ne
voyez rien, vous et vos collègues. Avec votre myopie de lati-
fundiaire, vous ne sentez pas monter le branle-bas de combat,
la pénurie, la rébellion... Et pourtant, ça commence ! C'est
bien Luiza Erundina, une Nordestine du PT, qui vient d'être
nommée maire de São Paulo. Déjà ils rognent vos terres.
Bientôt ils vous croqueront par petits bouts. Ils déferleront. Et
vous n'y pouvez rien. Des millions de paysans sans terre,
Mereiles ! Curés en tête, évêques mitrés, par votre faute, par
vos spéculations sur les terrains, sur les immeubles, l'élevage
et le hamburger ! Toutes vos ristournes... Vingt-cinq millions
de paysans sans terre bientôt ! Ça s'enflera et le trop-plein
vous balaiera.

— J'ai entendu le même refrain sous Goulart, avant la dictature ! Et vous savez ce qui s'est passé ! Puis vous avez recommencé, et votre Lula, le métallo messianique, s'est fait mettre
par Collor. Si vous voulez que ça s'aggrave, vous n'avez qu'à
annoncer l'apocalypse. Le message sera entendu par l'armée,
et il n'y a pas que la grande bourgeoisie contre vous, il y a la
moyenne, et ça fait du monde ! Beaucoup plus que vous ne
soupçonnez. La moyenne bourgeoisie sera féroce pour défendre son confort tout neuf. La moyenne bourgeoisie ne
bigle que vers la haute, pas vers le bas...

— N'allez pas trop vite en besogne, Mereiles, sur le chapitre
de la moyenne bourgeoisie ! Actuellement c'est elle qui
trinque avec le plan d'austérité, les comptes d'épargne gelés,
les fonctionnaires remerciés, j'en passe... Évidemment, vous,
votre pognon est ailleurs !

— Saint-Hymer, vous manquez de vues ! Vous n'avez pas
pigé que cette histoire d'avoirs gelés n'est qu'une péripétie !

Vous êtes comme ces pauvres Nordestins, vous n'avez rien dans la tête.

Plus Nelson devenait insultant, plus il ralentissait le ton, rendait sa voix feutrée, musicale. Nelson avait une douceur infernale. Il vous rendait fou à force de siffloter dans sa flûte meurtrière. Saint-Hymer par miracle évita la crise de nerfs. Il tint bon et conclut :

— Vous êtes baisé, Dantas, vous, votre famille, votre fille que j'ai dépucelée... Vous l'aurez dans l'os, ce sera le naufrage, votre plantation en capilotade, découpée en parcelles, coopératives, villages du peuple, en soviets, Mereiles ! Vous aurez des kolkhozes, si ! si ! Ça reviendra... à force de vous foutre du monde ! Le Sentier lumineux, chez vous !

— Toujours vos rêves de midinette, vos fresques du XIXe siècle, vos jacqueries... Saint-Hymer, vous êtes un romantique dégénéré. Même bagout ronflant, mêmes vessies pour des lanternes. Vous ne voyez pas qu'il me suffit d'annoncer que je réservais ces terres provisoirement en repos afin d'y engager des pâtures pour que toute votre bouffonne expédition de nomades et de Robinsons fasse la culbute ! Mais je laisse vos hommes défricher, aménager... Quand tout sera viable, je ferai valoir mes droits ! Ce sera comme en Amazonie. Les posseiros et les petits migrants préparent le terrain et les grandes sociétés l'exploitent ensuite, rationnellement. En deux temps, c'est normal !

— Ne provoquez pas trop, Mereiles ! Ne soyez pas trop sordide !...

Nelson Mereiles Dantas, se détournant d'Hippolyte, s'adressa soudain à Asdrubal :

— C'est dommage, Asdrubal, vous allez retourner en prison, toute votre vie vous l'aurez passée à vous cacher, à fuir, à mariner derrière les barreaux. Ce n'est pas un avenir pour votre jeune épouse, un mari maso, un abonné du cachot. Imaginez… Asdrubal! Imaginez dans la bonne direction, pas dans le feuilleton social, mais dans le roman d'amour… Où va votre roman d'amour, Asdrubal? Je pose la question de l'amour, la seule digne d'être débattue! Je suis un sentimental, je pense toujours à la jeune première. J'aime les ingénues!

Avant qu'Asdrubal ait pu bouger, Nelson tourna les talons et, négligemment, en s'en allant, il renversa d'un coup de pied de footballeur dispos le chaudron plein de purée. Les chiens se précipitèrent dans l'herbe pour laper les haricots. Alors Lucia s'élança sur Dantas. Mais Asdrubal la rattrapa au vol. Elle le regarda. Il était dur et froid. Son œil signait la mort de Mereiles. Un poignard dans un ventre plat. Lucia se rendit à cette détermination qu'aucun geste, aucun cri ne manifestait plus. La colère s'était ramassée dans les molécules profondes. Un flic était sorti de la voiture rutilante et chromée. Il pissa au pied d'un cactus et réintégra son poste. La sono s'était arrêtée. On entendait le fleuve, le vent dans les fleurs du jacaranda. Une sorte de héron blanc survola la rive. Lucia se mit à pleurer sans bruit.

Dona Zelia entendait Nelson, son mari, qui faisait des allers et retours dans la piscine. Le couple avait rejoint Rio et São Conrado. Alcir arrosait la pelouse. Drelina massait le visage de sa maîtresse à laquelle on venait de faire des injections de collagène dans les joues, mais le produit avait formé des boules qui ne parvenaient pas à se dissoudre. Dona Zelia était toute bosselée. Elle était désespérée.

— Drelina, je suis foutue, c'est irrécupérable. Il faut que je fasse mon deuil de ma beauté... tout est une affaire de deuil dans la vie. C'est Rosarinho qui le dit... Il ne parle que deuil ! C'est sa marotte, le travail du deuil !

Drelina protestait en triturant la peau, agrippant des petits morceaux qu'elle s'acharnait à rapetisser. Elle mettait à cette tâche un certain entêtement sadique, se vengeant de toutes les avanies que lui avait fait subir la capricieuse Dona Zelia.

— Ma tête est un naufrage !...

Dona Zelia était pour de bon pathétique, assise devant sa glace, contemplant ses traits dévastés. Elle avait une tête rebondie en forme de potiron, des cheveux noirs surabondants qu'elle démêlait, lavait, coiffait à longueur de journée avec l'aide de Drelina. Dona Zelia était mamelue et grasse, des hanches de déesse agraire, des attaches lourdes qu'elle haïssait. Mais des yeux admirables, d'une noirceur jaillissante, fulminante. Des yeux de jais, de colère, de mélancolie et de superstition. Souvent elle les étrécissait dans des mimiques soupçonneuses qui lui donnaient un air d'incontestable bêtise. C'était une expression qu'abominait Alcir, son domestique : les petits yeux étriqués, mesquins, injectés de sottise de Dona Zelia. Elle pratiquait tous les régimes, toutes les gymnastiques, toutes les cures, le massage lipolymphatique et la liposuccion. Cela, en pure perte. Elle était génétiquement programmée pour peser quatre-vingts kilos. Elle aurait dû épouser sa nature, la revendiquer avec panache comme une exubérante cantatrice au lieu de lancer d'incessantes batailles contre ses bourrelets. Elle avait été splendide entre quatorze et seize ans. Ses longs cheveux déferlant sur sa croupe, encadrant ses seins d'adolescente précoce. A vingt ans, elle avait quitté l'harmonie pour le trop-plein. Mûre, débordante. Ce fut la guerre, une espionnite venimeuse dirigée sur ses moindres tissus, des raids contre l'envahisseur, un constant malheur.

Toute sa relation avec la mince Drelina aux fesses de nymphette était fondée sur la rivalité jalouse, le mépris et l'envie, l'abus. Une symbiose morbide unissait la maîtresse et la servante, un contrat d'exactions, de vendettas, d'escarmouches sans merci.

— Drelina ! Drelina ! Tu sais que Rosarinho m'a parlé d'une certaine Biluca… Tu connais une Biluca ?…

Drelina répondit qu'il y avait, en effet, une petite Biluca de douze ans à la Rocinha.

— Ne fais pas la sotte ! se récria Dona Zelia dans une torsion du buste et une échauffourée de cheveux noirs. Je me fiche bien d'une gamine de douze ans… Non ! C'est d'une vraie Biluca de vingt ans que je parle.

Drelina haussait les épaules ostensiblement et adoptait une moue ignare à plaisir pour souligner sa perplexité.

— Tu n'es pas obligée de faire cette tête de demeurée! Quand sauras-tu te modérer?... Tu peux me signifier les choses normalement. On n'est ni chez les sourds-muets ni chez les singes!

Drelina enregistra le qualificatif de singe, cette fois sans mimique particulière. Mais l'insulte se ficha dans son cœur et alourdit un capital de vindicte.

— Alors, tu ne vois pas de Biluca?

Et Drelina, qui en voyait une grande et belle et qui en savait beaucoup sur Biluca, répondit calmement «non», neutre et sans un geste de comédie.

— Ça y est! L'excès inverse! Tu me réponds «non» comme une enfant schizophrène!

— Je ne sais pas ce qu'est une enfant...

— Schizophrène! Schizophrène! Tu ne sais rien, tu me tapes sur les nerfs. Mais Rosarinho, lui, il sait! Il m'a fait allusion à une Biluca. Il m'a dit qu'il la connaissait, qu'il était bien placé pour la connaître... Je ne vois pas d'ailleurs pourquoi il serait mieux placé qu'un autre! Mais c'est cela qui me chiffonne. Drelina, est-ce que tu vois pourquoi Rosarinho serait si bien placé?

Drelina cessa de faire la tête. Sa stratégie à l'égard de Dona Zelia était faite d'un savant dosage de silence, d'inertie minérale et de petites reparties limpides où elle reprenait l'initiative et décochait ses revers.

— Rosarinho, le père-de-saint, voit tout le monde défiler dans son terreiro. Tout le monde vient le consulter, même des gens qu'on ne peut pas imaginer. Il sait beaucoup de choses. Il peut donc connaître une Biluca sur le bout du doigt!

— Tu as de drôles d'expressions! Bon! Passons! Alors c'est tout ce que tu sais sur Biluca. Tu me mens, Drelina! Tu me mens. Je vois cela à ton menton tout raide, à tes yeux trop fixes, tu les empêches de défiler de côté. Tu me mens, tu me tortures, je vais te foutre dehors, tu iras croupir dans la Rocinha, la fourmilière là-haut ! Hein ! Voilà ce que tu vas gagner : la misère dont je t'ai tirée ! Parce que je suis meilleure que toi !

— On ne peut pas tout dire… murmura Drelina, infléchissant sa politique avec une efficacité diabolique.

— Ah tu me tues ! Tu me provoques ! Tu me tiens ! C'est tout ton ressort caché, tu veux me tenir ! Tu sais et tu ne dis pas, alors tu vas me le dire ou bien je…

Et Dona Zelia attrapa Drelina entre ses grosses mains, l'étreignit et la secoua. Drelina capitula de bon cœur.

— Je sais ce que tout le monde sait… que Biluca a vingt-deux ans, qu'elle est mince et belle, que des rumeurs courent sur elle, qu'elle loge dans un petit appartement luxueux de Barra.

— Et qui casque, hein ?

— Je sais qu'il y a des gens puissants derrière Biluca. Mais je jure que je ne sais pas qui !

— Et ces rumeurs alors ! Ces rumeurs…

— C'est autre chose… elles tournent autour de Biluca elle-même… elle est belle et un peu ambiguë.

— Ça veut dire quoi, ça !?

— Elle est belle, mais possède une étrangeté, une voix un peu rauque par exemple, dont elle sait jouer.

— Une étrangeté… un peu rauque, un peu rauque ! Ça ne veut rien dire !

— Elle a un charme particulier, voilà le mot, elle est à part !

— C'est tout ce que tu sais ?

— Je le jure. On ne me dit rien de plus.

Dona Zelia souffrait mille affres, à cause du charme particulier de cette Biluca au timbre si rauque, aux mélodies perfides. Elle était à part! Mais de quels délices inconnues était composée cette singularité? Elle ne pourrait jamais lutter contre des armes si tortueuses. Découragée, Dona Zelia s'avachit brusquement sur sa chaise, avec ses boules qui gondolaient ses joues, bajoues, ses lourds fanons de Vénus déchue. Sa chevelure, au lieu de sublimer les disgrâces de Zelia, ne faisait que les auréoler d'un luxe absurde. C'était un trophée sur une épave. Elle entendait toujours Nelson nager avec entrain d'un bout à l'autre de la piscine. Elle le haïssait de la déshonorer avec des mulâtresses. Elle congédia Drelina pour ressasser Biluca, ses mille et un visages et son ambiguïté surnaturelle, sa musique rauque, son être à part... Qu'est-ce que cela voulait dire? Quel sortilège la rendait plus belle que belle, de quelle beauté plus dangereuse?...

Drelina, sous prétexte d'astiquer un vieux buffet de jacaranda datant du siècle dernier, alla se poster derrière une vitre. Elle entendit Nelson s'adresser à Alcir.

– Alcir! Je voudrais apprendre le crawl. Je n'ai jamais su nager que la brasse. Et la brasse c'est un peu pépère, non? Pas très glorieux.

Alcir s'était arrêté d'arroser et regardait Nelson qui lui souriait en brassant. Drelina voyait le pif d'Alcir, tout en arête, un rai de soleil giclait sur son profil aigu, faisait flamboyer ses joues caves, ses pommettes de tortionnaire. Elle le trouvait violent et beau. Elle l'avait vu torse nu, plusieurs fois, à la favela, aidant son frère Benicio à dresser un mur. Elle avait frémi devant la frondaison de ses muscles, leurs nervures souples.

– Alcir, défais-toi... Viens m'apprendre le crawl, je sais que tu le nages comme un prince. Sans façons, Alcir, viens!

Alcir se méfiait de Nelson sans toujours résister à son pouvoir de séduction. Moins brutal, moins capricieux que Dona Zelia, Nelson jouait le libéral avec ses domestiques. Il laissait à sa femme le soin de sévir. Il se taillait un rôle de patron tolérant, parfois complice. Ses ordres donnés en douceur ressemblaient à des invitations suspectes et semblaient cacher des secrets délectables. Il s'arrangeait pour faire croire qu'il agissait dans le dos de Dona Zelia et qu'il accordait ses faveurs à son insu. Mais cette invitation à un serviteur noir de partager la piscine de son patron saisit Alcir de stupeur. Drelina, planquée, n'en crut pas ses oreilles. Dona Zelia, qui s'était rapprochée d'une fenêtre, s'étranglait de rage. Nelson n'allait tout de même pas plonger cet Alcir plein de microbes dans l'eau pure !

Un silence magnétique s'était emparé de la villa. Nelson adorait surprendre, attraper le monde à revers. Il jouissait alors de l'impact de son coup de théâtre, c'était une secousse physique, un plaisir quasi sexuel. Les choses hésitaient, basculaient, précipitées soudain dans l'inconnu avec un fracas de catastrophe épiphanique. Nelson insista. Alcir se dévêtit. Nelson savourait cette obéissance sidérée. Drelina et son maître admirèrent le dos noir et nerveux d'Alcir, ses cuisses de triton géant. Et quand il plongea d'un élan brutal, Dona Zelia sentit son sang se glacer. Le nègre était dans la piscine, enfoncé au cœur même de la propriété, dans son intimité la plus précieuse.

Nelson jonglait avec le diable. Cette Biluca devait être, elle aussi, infernale et scandaleuse. Le Noir, dans l'ovale lumineux des eaux, jeta un pressentiment de fin du monde dans l'âme de Dona Zelia. Le ver était dans le fruit, le virus de l'apocalypse. Nelson n'aurait jamais dû oser ce mélange sacrilège. Il ne mesurait donc pas quels mécanismes irréparables il venait d'ébranler et qui se dérouleraient désormais jusqu'à la perte de la maison Mereiles.

Le Noir crawlait d'un battement musculeux et régulier, il crochetait l'eau entre ses bras, entre ses cuisses. Grand sécateur de chair sportive et cisaille de bronze. Il était long et splendide comme un squale. Et Nelson tentait d'imiter le mouvement, faisait l'élève et le bouffon, demandait des conseils à son serviteur qui s'arrêtait, se dressait tout à coup, haut triangle de ténèbres ruisselantes, pour prescrire le bon rythme à son maître. L'on voyait le bras d'inquisiteur hostile et noir se détacher contre le derme tendre de Nelson. Et la superstitieuse Dona Zelia se couvrait la bouche de la main pour ne pas crier à son mari d'arrêter le sabbat. Drelina frissonnait, sentait déjà le tentacule sombre ramper sur son sein, son ventre. Dona Zelia fut épouvantée à l'idée qu'un voisin pouvait surgir et découvrir le pot aux roses, la danse nuptiale du maître et de l'esclave dans la pharmineuse conque !

Les deux hommes sortirent de l'eau. Alcir avait repris une attitude crispée. Nelson souriait.

– C'est ma première leçon de crawl ! Après tout, je ne me suis pas mal débrouillé, n'est-ce pas, Alcir ?

Alcir fit oui de la tête.

C'est à cet instant que Renata apparut, short de cycliste en lycra noir et débardeur. Elle marqua sa surprise en voyant Alcir nu et trempé. Elle jeta un œil sur la baie vitrée du premier étage, vit le visage atterré de sa mère. Nelson prit les devants :

– Alcir m'apprend le crawl ! J'en ai marre de la brasse, ça fait grenouille…

Alcir ne pouvait s'empêcher de lorgner Renata insolente et sinueuse, ses mamelons relevant le léger débardeur à bretelles. Renata respirait l'enjouement et la vitalité. Elle embrassa son père, l'entraîna en le cajolant vers le fond du jardin…

– On ne se baigne pas avec un domestique ! lui déclarat-elle en le grondant.

Elle adorait sermonner son père. Elle savait que ce dernier ne relâchait le joug qu'en apparence et qu'il restait arbitraire plus que jamais dans ces licences intermittentes propres à désarçonner le personnel. Renata demanda de l'argent à son père.

— Combien ? s'enquit Nelson avec un petit air impassible.

Renata fut raisonnable, Nelson lui en sut gré au point qu'il lui proposa la somme en dollars.

— Tu peux en placer une partie, il n'y a que le dollar qui tienne dans ce pays, ma Renata ! Je n'accumule des dollars que pour toi. Ne fais pas de bêtises... Je t'en prie. Fais toutes les bêtises que tu veux, mais ne fais rien d'irrémédiable. Sois prudente dans tes excès, ma fille. Cette ville est dangereuse. Comme moi, tu l'aimes pour ses dangers. Mais ils peuvent nous broyer, toi et moi. Alors il faut être les plus forts... Hein ! Tu me jures d'être la plus forte, en amour comme partout.

Renata jura, se tut, puis interrogea son père sur l'occupation sauvage de ses terres.

— Bien sûr, tu ne vas pas les laisser faire !

— Je vais faire deux choses. Saisir la justice et les laisser bâtir, dans l'intervalle, leur thébaïde. Si ça marche, ils me céderont le fruit de leurs travaux. Hélas, ça ne marchera pas, petite fille ! Leur phalanstère agraire est trop beau pour être vrai. Les alluvions du fleuve sont fragiles, les crues trop fréquentes pour qu'on y installe des structures stables. Ils vivoteront en extirpant quelques racines de manioc, du maïs et des patates douces, entre les parasites, les cancrelats, les fourmis volantes... puis la première grande sécheresse les balaiera.

Renata hésita puis se lança :

— Il paraît que Saint-Hymer les incite en sous-main.

— Pas en sous-main, à découvert !

Le père et la fille se regardèrent sans rien traduire de plus. Un regard en suspens, un peu vide, où l'aventure de Renata et d'Hippolyte ne pouvait pas être évoquée. Cette inertie dura quelques secondes. Nelson sentait au fond de lui sa haine d'Hippolyte se carrer d'un bloc. Il se ressaisit, dévia la conversation...

– Tu sais, au fond, j'ai d'autres chats à fouetter que cet Asdrubal anecdotique... Collor actuellement privatise tous azimuts pas mal de grandes entreprises. Il y a des participations à envisager, avec des avantages fiscaux si tu vois... des emprunts, des aides comme toujours, des arrangements... C'est plutôt mon problème aujourd'hui. Asdrubal et ses bouseux sont d'un autre âge...

Renata coula son bras sous celui de son père et s'approcha de la piscine où le remous du bain ondulait encore. L'écume d'Alcir. Elle décida de plonger. Elle se débarrassa de ses minces oripeaux et fut en slip. Alcir avait repris l'arrosage du gazon. Entre les gouttes du jet d'eau, dans une pulvérisation de lumière irisée, il vit les mamelons de Renata, comme détachés du torse, voltigeants et dodus, mystérieusement charnels et débridés, le bronzage ne parvenant pas à voiler leur pulpe opalescente et virginale où se posaient les deux bouts comme des frelons pompant la succulence d'un fruit. Il vit tout d'un trait, dans l'étincelant geyser. Renata nue, la fille de son maître, qui s'élançait dans la piscine en criant. Alcir sentit l'eau brûlante, d'abord dans sa poitrine, son pouls s'accéléra, le torrent atteignit son ventre et son sexe. Alcir se courba, dirigea le jet tout contre l'herbe brillante, éclaboussée, écartelée par la pression. La terre surgit dans ce crépitement, en petits cratères gorgés d'eau bouillonnante. C'était de l'argile rousse et gluante qui triomphait du superficiel gazon, pareille à la grande glaise recouvrant le granit des mornes et qui glissait sous les averses, entraînait les taudis dans l'avalanche. Toute la chair d'Alcir était faite de cette matière sensuelle, désastreuse. Chair brune, chair de séisme et de tonnerre, criblée d'éclairs, langue de chair turbulente. Il n'y eut plus que la colère du jet décapant l'herbe, faisant sauter des escarbilles de boue musquée.

De tout le repas, Dona Zelia n'adressa pas la parole à son mari. Formidablement opaque et rechignée. Elle se leva au milieu du dessert pour téléphoner. Elle appela un prêtre qui s'occupait avec elle d'une association caritative. Les membres de la ligue avaient pris sous leur aile un petit village de pêcheurs du Pernambouc. Chaque année, Dona Zelia donnait une kermesse dans son jardin, vendait des billets de tombola ou des objets fabriqués par les gosses d'une école, le tout au profit de son village dont les maisons étaient régulièrement réparées, agrandies, des subsides aidant les familles en cas de sécheresse ou de crise. Dona Zelia détestait les favelas grouillantes, bourrées de délinquants incontrôlables, mais elle chouchoutait son lot de pêcheurs nordestins qui étaient de vrais pauvres, purs, pieux, archétypaux, proches du christianisme originel, tandis que l'inceste, la cocaïne, le tapin, la magie noire, le racket et la sodomie se donnaient libre cours sur les pentes des mornes. C'était sa conviction...

Les familles assistées exhibaient toutes, dans leur logis, une image du pape, de la Vierge et de Dona Zelia. Un jour, un pêcheur l'avait emmenée sur la mer dans une longue barque de bois. Dona Zelia s'était sentie océanique, infinie au gré des flots, avec la cohue des villageois attroupés sur la plage pour la regarder glisser, lente et majestueuse reine dans sa chevelure noire. Soudain une rafale d'ardeur religieuse traversa Zelia au milieu de son peuple marin, une illumination, peut-être les prémices d'une vocation future. Elle entrevit le mystère de la sainteté. Ce fut une épée rayonnante enfoncée sous le sein. Elle se tut sur cette térébrante extase. Le pêcheur demi-nu ramait, jeune et candide comme un apôtre.

Quand Dona Zelia téléphonait à propos de ses Nordestins, elle adoptait un ton grave et doux, noblement douloureux, qu'elle pimentait de quelques lamentos discrets. Elle priait pour ses déshérités chaque dimanche à la grande cathédrale de Niemeyer. Sa graisse et ses pauvres étaient ses seules passions, sans oublier ses humiliations conjugales. Elle eût aimé être maigre comme un pêcheur du Pernambouc, en restant riche, sans être noire… C'était une équation trop zigzagante. Elle était condamnée à être la madone grasse des affamés. Et le grillon de Drelina sautillait autour d'elle, tout en jambes. Alcir aussi était maigre. Renata et Nelson étaient délestés de toute surcharge adipeuse. En général, Rio était svelte, ingambe, à poil toute la journée, exhibant des dorsaux ailés, des abdominaux de cuir. Alors Dona Zelia se pinçait, se giflait le derme, écœurée, relancée par son rêve d'être une haute femelle ferme et cinglante comme un fouet. Elle s'enfonçait les joues avec ses deux pouces en étau, pour voir… Elle se mordait de l'intérieur. C'est ainsi qu'elle voulait être, émaciée, cave. Elle avait l'air d'une chouette, elle aspirait à un squelette d'ascète. Elle aurait aimé paraître soudain, dans une soirée, resserrée jusqu'au crâne, hautaine et macabre, juchée sur des cuisses de mante religieuse. Dona Zelia haïssait ses hormones. Elle les hallucinait comme des myriades de petits bibendums grassouillets, acharnés à saturer ses moindres cellules. Des bataillons de minuscules monstres ventripotents, hideux, qui quadrillaient ses tissus. Elle était hideuse.

— Je suis hideuse, Drelina !

— Oui, madame ! répondit la servante un peu distraite, puis se rétractant en une série de « oh non ! » affligés.

— Je suis hideuse, Drelina, et tu es idiote !

Marine lui avoua qu'elle n'était jamais montée au Corcovado. Tous les touristes s'y précipitaient, mais, rebutée par
une promenade devenue un cliché, prise par la ronde des
cocktails, elle remettait à plus tard le rendez-vous. Puis elle lui
avait lancé : « Je n'aime pas les panoramas… » Cette assertion
un peu fabriquée le déçut. Il s'étonna de ce jugement expédi-
tif dans la bouche de Marine qui lui avait semblé jusqu'ici
étrangère à toute forme d'artifice. Il protesta. Il déclara qu'il
cultivait, pour sa part, les plus beaux panoramas du monde, il
adorait les grands paysages, les échappées spectaculaires. Il en
rajouta, intolérant, blessant. Comme toujours, son exaltation
tyrannique coupait l'herbe sous le pied de son interlocuteur,
l'obligeait à renchérir en abdiquant ou à prendre exprès le
contre-pied de ses dires. Il savait combien il avait obligé des
femmes à soutenir des propositions absurdes seulement pour
lui résister, tenir bon devant le raz de marée de ses tirades, de
ses enthousiasmes ou de ses diatribes qui disqualifiaient la
réplique. Il réussit tout de même à la convaincre en lui offrant,
justement, l'occasion de vilipender le paysage, d'abominer
cette carte postale.

Napoleon Hugo les emmena à Cosme Velho. Ils gravirent
la montagne la plus haute de Rio. La route décrivait de larges
boucles dans la forêt de Tijuca. Peu de véhicules la fréquen-
taient, la plupart des touristes préféraient le train bon marché
et rapide qui vous conduisait d'un trait au sommet. Souvent,
dans des trouées, la baie apparaissait ou le versant d'un
morne tout granité de favelas, puis le grand Christ surgissait
au-dessus d'eux, de plus en plus lourd et puissant. La forêt
était épaisse, vraie jungle dans la ville. Quand ils arrivèrent à
la cime, Napoleon Hugo proposa de les attendre, mais
Damien, qui voulait jouir de tout son temps en compagnie de
Marine, l'exhorta à redescendre. Alors Napoleon Hugo lui
lança ce long regard catholique et bleu dont il saluait les

églises en se signant et en disant : « Dieu est en moi. » Marine était-elle une madone céleste et la mère d'un Dieu ? Cependant, l'œil du chauffeur de taxi, loin d'accuser Damien d'avoir enlevé la jeune épouse de Roland, semblait répandre autour du ravisseur et de sa proie un cercle d'azur, comme si tout écart, tout abus seraient finalement pardonnés, devenaient dérisoires en regard des réserves de bonté où le saint homme puisait son amour du prochain. Alors Damien eut le soupçon que Napoleon, à force de charité, se noyait dans une philanthropie bien trop générale et spirituelle pour rencontrer la vraie faiblesse des hommes. Damien fixa encore des yeux les prunelles de Napoleon. Il crut noter dans le flot de ce regard bleuté un éclat immobile et plus froid qui prouvait que l'homme n'avait pas encore totalement sombré dans la béatitude.

Marine annonça tout à coup à Damien qu'ils avaient perdu au jeu de bicho. Leur alliance ne leur avait donc pas porté bonheur, le destin déjà les narguait. Il profita des marches qui escaladaient les ultimes reliefs de la montagne pour prendre la main de son amie. La sensation fut délicieuse, car la jeune femme accepta de nouer ses doigts aux siens. Il sentait avec acuité la densité de ce lien. Il serrait un peu la main, bougeait les doigts vers le charnu de la paume qu'il recroquevillait avec délicatesse au creux de la sienne. Ces émissaires de l'amour s'enchevêtraient dans une étreinte de petits crabes chauds.

Le Christ se dressait, aimantait vers sa statue géante tous les dômes, tous les cônes, crêtes et vallées profondes. Toute la matière montait par vagues des lointains, se pressait, enroulait ses gangues successives, ses plissements, ses corolles d'argile et de granit autour de cet arbre central, axe de toutes les convulsions, haut levier cruciforme et bétonné dont le pinceau mystique pointait vers le zénith. Ainsi devenait sensible la double postulation de Rio, à la fois entraînée dans le magma de ses fonds, son rouge terreau charnel, et aspirée, tirée vers la cime du Christ dont la tête flottait en plein ciel. Dès que l'on observait cet emphatique Jésus, la mièvrerie de ses traits frappait. Un visage féminin et doux taillé sans une once de génie, un Dieu comme un cliché d'amour lénifiant, stéréotype de première communion. Cette naïveté, cette absence d'art justement, au lieu d'imposer le style d'un artiste, la distorsion d'une interprétation singulière, faisait triompher un massif, monolithique Bon Dieu d'Épinal, académique, universel, donc vrai comme une image originale, une sorte de Père angélique dans ses longs cheveux, mâle doublé d'une douceur de mère. Androgyne de béton vêtu d'une longue robe à plis. Une statue de Jéhovah formidable et colérique eût été plus adaptée pour dompter Rio, la pieuvre. Même la taille du Dieu, ses mille cent quarante-cinq tonnes ne réussissaient pas à gommer sa délicatesse intrinsèque. C'était un Dieu-madone, incolore et clément, grave et suave, au pied duquel les hommes, en se signant, s'entre-tuaient, se pillaient, se violaient dans une grande bataille de sperme et de sang. La ville machiste s'était choisi le Christ hermaphrodite qui convenait mieux à sa dualité cachée. C'est en cela que le Redentor se révélait finalement plus excitant, plus troublant qu'une authentique œuvre d'art.

Des nuées de bonnes sœurs gémissaient au pied du Fils sacré. Des touristes plus triviaux mitraillaient la star de leurs appareils photo ou posaient par couples et familles devant ses orteils colossaux. La statue planait au-dessus des objectifs braqués, des oculaires rutilants, de cette cohue qui serpentait, se traînait, s'exclamait, distribuait ses regards entre l'infini marin et la face du Dieu, combinant dans la même allégresse le monde, son créateur mythique, les plages nues, les favelas, les hôtels internationaux, la bague brutale du stade de Maracana, la cathédrale de Niemeyer bombée comme une mitre, les toisons des forêts, les pics de granit, la pâte des argiles et les humides paillettes du flot. Cette terre était irrémédiablement sexuée, gonflée, païenne. Marine béait devant l'étendue de délices, ce pain chaud de matière dorée, courroucée, incurvée, avec sa mie, ses écailles, ses levains somnolents, ses croustillements, ses longues miches sorties du four en rousseurs vallonnées, cette boulangerie torride où l'on avait envie de mordre, de fourrer tout son corps.

Marine, longue et brune, humait la pâtisserie de l'enfer. Alors, dans l'anonyme foule qui se bousculait sur le belvédère, dont les regards dardaient au-dessus du parapet, Damien laissa aller son bras, sa main nue, jusqu'à toucher la cuisse de Marine, la prenant bien à plat, remontant le long de son cylindre lisse et musculeux, le palpant, continuant l'ascension sans lâcher la cité du regard. Marine ne remuait pas d'un cheveu, inhibée sous le Christ, entre le béton mystique et l'abîme. Et lui, concentré, rempli d'adoration, pétrissait plus haut la fille, à l'orée, là où la cuisse se creusait entre les tendons. Damien s'attardait, s'appuyant sur Marine, contre sa joue, lui murmurant « je t'aime » comme une supplication. Il redoutait qu'elle ne s'écarte et rompe l'enchantement suprême, l'abordage au sommet de la colonne charnue. Sa main tomba dans le satin de l'aine, remonta, sentit le dépassement des poils et bientôt toute la motte moulée sous le slip. Il glissait l'index sur les croissants des lèvres, son doigt devenait lobe d'amour, tout son être se ramassait dans ce tentacule fervent, toute sa lucidité, son ivresse, frôlant, massant cette boursouflure de petit pain dodu, de madeleine cannelée en son centre, gâteau mordoré de réminiscences, humide, cilié, hérissé d'épis...

Marine se cambrait dans les blés... Et toute l'opulente

plaine d'amour s'ourlait, roulait, graminées, coquelicots, aubépines de Rio. Marine n'avait jamais à ce point honoré son prénom d'aquatique luxure... eaux bruissantes lavant les pieds du Christ, Madeleine ou Marine et Rio, rivière proustienne, frissons de la Vivonne, son doigt plissait l'eau comme un cygne, sur les petites et grandes lèvres, nymphéas, nuances de la vie prises dans l'étroitesse d'un slip, créneau de l'absolu, merlons de pubis noir, Sœur Anne vois le beau chevalier altier, son phallus de Guermantes...

Et Marine pépiait doucement sous sa bouche, se pliait, refermait les cuisses sur son doigt d'or tandis qu'il plaquait lentement son ventre contre le sien et qu'elle sentait l'arme centrale du guerrier dont l'index n'était que l'estafette hardie... A présent, la lance froissait la robe. D'un côté, l'archétypale épée de Dieu, et de l'autre, ce doigt de Jésus mince revenu à la crèche, à la paille béante.

La grande statue du Christ de béton, là-haut, obélisque rigide, souriait, son féminin divin désir d'aimer sourdait des plis de sa robe pétrifiée. Damien avait envie de jouir quand depuis longtemps Marine ruisselait. Il aurait voulu qu'elle protège la robe du dos de sa main retournée vers lui, ainsi l'eût-il ensemencée dans sa paume.

Elle entrevit le danger, la cataracte, l'esclandre, les étoffes du pantalon et de sa robe soudées, trempées. Une lâcheté la saisit, elle s'écarta d'un doigt, avec un regard soumis démentant, compensant le tort qu'elle lui faisait.

Il revint à lui, sourit timidement, à son tour, mais toute la semence lui restait. Il se persuada qu'il préférait cette tension au relâchement qui suit la volupté et dont Marine aurait perçu le vide, l'aveu, le cratère, comme si tout, chez l'homme, revenait à cette mécanique rudimentaire d'une impulsion qui croît, crève et laisse l'amant visqueux, crétinisé, perdu dans un creux. Au contraire, Damien était entièrement là, neuf dans son appétit et son culte. Elle admirait son visage d'amant vif, intelligent, inassouvi. Puis elle se sentit rougir tout à coup, en pensant qu'elle avait joui en égoïste. Soudain le Christ lui revint, tout le réel l'écrasa, son serment à Roland devant Dieu, la conversation avec Damien sur ce sujet, son scepticisme, à lui, affrontant sa certitude d'épouse et d'amoureuse. Tout avait été balayé. Elle n'aimait pas les panoramas qui font voir trop loin. Rien ne peut se soustraire à leur beauté voyante. Elle avait joui mais sans lui, presque par défaut, dans le trouble de la bousculade, la surprise et le danger, sur la montagne vertigineuse. Sa capacité de choix avait été neutralisée. Elle n'avait rien donné, échangé, mais subi un contact sournois, volé. Elle n'était qu'à demi coupable. Elle baissa la tête. Il s'inclina vers elle et lui dit : « Pardon… » avec une telle douceur qu'elle lui pardonna d'un imperceptible et lent battement des cils sans relever la tête. C'était parfaitement exécuté. Et Damien sentit avec effroi qu'il jubilait, mesurait à quel point elle cédait à ses désirs. Puis il était repris d'un amour aveugle que son cynisme tout à coup détruisait. Marine le divisait, le rendait à la fois acteur et spectateur. Il ne coïncidait plus avec la violence de la ville. Sans cesse il conquérait et perdait Marine. C'était lui qui prenait l'initiative presque contre son gré à elle, et c'était hélas lui qui se privait de la félicité, tandis que, toujours contre sa volonté, elle s'épanouissait, jouissait dans sa main.

Ils ne pouvaient plus bouger. Le panorama les sauva. Ils se perdirent dans l'infini des banlieues, des montagnes exorbitées. La chaîne des Orgãos courait derrière le Corcovado, les serras s'enchevêtraient dans des tons violacés et la favela Dona Marta dégringolait presque sous les pieds du Christ, l'effilochement des taudis, sur la droite la lagune et les Dois Irmãos, le Pain de Sucre à gauche comme un genou d'ogre… Les arcs bandés des golfes ricochaient sur le clavier des mornes. Toute cette brume bleue de la mer et du monde à perte de vue...

Tout à coup afflua la sensation brutale de Marine dans sa main. Pressée, ruisselante. Il n'arrivait plus à s'arracher du cerveau le souvenir qui s'associait spontanément au beau nom d'Orgãos, lisse et moiré, chaîne des Orgues, des Orgasmes...

Ils aperçurent un gros type ventru aux cheveux poisseux qui se démenait autour des touristes avec un Polaroid. Il proposait des photos instantanées qui immortalisaient l'ascension du pic sacré. La photo tirée, il la laissait sécher sur un petit présentoir et réclamait des cruzados aux acquéreurs tentés. L'enthousiasme des sommets était persuasif, surtout que certains visiteurs renonçaient à emporter leur appareil photo par crainte des fameux quadrilles de voleurs aux trousses de tous les étrangers. Le bonhomme, l'air de rien, se faisait pas mal d'argent, mettant en pratique l'une de ces multiples combines nécessaires pour vivre à Rio.

Damien attendit encore un peu, épela pour Marine tous les repères du paysage et finit par évoquer la photo. Marine comprit le piège, hésita. Damien allait posséder son image, détenir la preuve de leur complicité. Accablée encore par sa défaite, elle ne voulait plus rien céder. Il supplia. Il excellait dans la supplication, jouant les anges à merveille, se faisant humble, agenouillé, rampant, léchant les pieds de la bien-aimée. Elle aimait le voir, lui, l'aboyeur quand ses colères éclataient, à quatre pattes et mendiant. Elle souriait de la comédie. Il l'entraîna devant le favelado jonglant avec son Polaroid. En un déclic, le tour fut joué. Ils virent émerger leurs deux silhouettes jumelles du papier gluant, gris comme une lymphe, un amniotique berceau. Cette idée de naissance plut à Damien, mais inquiéta Marine comme si elle s'était unie à lui radicalement. Le marchand, malgré sa corpulence, voltigeait dans l'espace, s'émerveillait de la photo : « Bella ! bella ! », les confondait dans un regard d'extase. Damien paya. La photo était de très mauvaise qualité, sombre, à contre-jour. Ils flottaient dans un fond aqueux et trouble, comme agglutinés dans de la sueur.

Damien glissa la preuve de leur amour lestement dans la poche arrière de son pantalon. Marine n'avait presque pas contemplé l'image comme pour lui en laisser l'entière responsabilité. L'homme reprit ses voltes d'acrobate euphorique autour des touristes. Un adolescent s'approcha du couple, proposant à Damien de les guider dans une visite à travers la forêt de Tijuca. Damien parla avec le garçon qui se révéla disert et drôle. Il lui fit remarquer que le photographe avait trouvé là un filon juteux. L'adolescent haussa les épaules et déclara que les autres ne le laisseraient pas longtemps faire du fric aussi aisément.

— Quels autres ? demanda Damien.

— Les autres favelados, et moi en tête.

Damien comprit que le spéculateur imprudent serait bientôt repéré, racketté ou concurrencé par un autre photographe armé d'un Polaroid rival et ainsi de suite. L'adolescent toisa Damien d'un air rusé qu'accusaient son museau pointu et sa posture déhanchée. Il avoua tout de go :

— Quand il va redescendre, moi et mes copains, on va l'intercepter, le menacer et lui soutirer la moitié de la recette.

— Et pourquoi tu me confesses cela à moi... Ces choses-là se cachent !

— Parce qu'il y a deux sortes de voyageurs ici, les complices qui nous achètent de la cocaïne, qui flânent et qui ont une tête dans votre genre, et les autres avec leurs grosses dames qui sont plus enrégimentés, plus effarouchés, plus pressés, en troupeaux gardés par les guides des agences de voyages. Vous ne voulez pas un peu de... et il fit le signe de sniffer...

— Non, pas pour le moment, répondit Damien, mais tu vas

vraiment lui faucher la recette ? demanda-t-il, pour piquer la vanité de l'adolescent.

Ce dernier cracha par terre en faisant un nouveau signe preste, obscène, qui signifiait qu'il allait tout empocher, berner, baiser le photographe. Marine le regarda. C'était un mulâtre costaud dans un tee-shirt constellé de soleils où s'inscrivait Ipanema sur un fond de vagues bleues. Les cuisses mastoc dilataient le bermuda. Il ressemblait aux protégés de Sylvie mais en plus coriace. Il lui manquait une dent. Ses yeux brillaient, pleins d'audace. Il lui venait des nonchalances, des étourderies où son regard vaguait çà et là. Déconcentré tout à coup, oubliant ses marchandages et ses manœuvres. Damien lança une plaisanterie. Alors il baissa tout à fait sa garde, se payant une pause, lorgnant Marine, sa robe, ses cuisses. A l'aise sous le Christ. Cependant, il avait le visage marqué de cernes, un masque de fatigue et de violence, il s'agitait, faisait des gestes inutiles, changeait de place, se grattait.

— Tu ne veux pas un petit…

Et il recommençait son geste clandestin de sniffeur…

— De la bolivienne pure…

Et il jetait encore un œil au photographe d'un mouvement de menton rappelant qu'il allait le dévaliser… Nouvelle volée de mimiques sur Marine.

— Elle est belle ! Française ! Vous êtes français…

Tout sinueux, jaugeant la nana jeune et polie, gênée, le mec plus vieux, intello, pas dangereux… On peut toujours compter sur eux ! Damien, bien lourd, lui demanda s'il allait à l'école. L'autre fit valser d'une chiquenaude cette idée sotte.

— Alors de quoi tu vis ?

— Je te l'ai dit… Je vais alléger le gros et peut-être bien le dévisser s'il résiste…

Ribambelle de clins d'œil entendus et fanfarons. Il se gratte l'entrejambe, crache, ricane…

— Tiens, tu ne veux pas des enjoliveurs par exemple… Tu n'as pas des copains qui en voudraient… de beaux enjoliveurs et des rétroviseurs… J'en ai un lot pas cher…

Damien savait que les quadrilles de Rio volaient les accessoires de voiture pour les revendre ensuite.

— Et elle, souffla l'adolescent, en montrant Marine, bien sûr, elle n'a pas besoin d'enjoliveurs…

Tout à coup, il jeta un regard à gauche. Damien ne vit rien. L'adolescent expédia un salut et s'envola. Le couple attendit presque sur la défensive, redoutant un traquenard. Rien n'arriva. Ils repartirent sans rétroviseurs ni cocaïne. La drogue c'était Marine.

Ils traînèrent encore un peu au sommet du Corcovado, faisant le tour du belvédère. C'est Damien qui reconnut Benicio. Marine se souvint qu'elle l'avait vu chez Carmelina, la lavandière des Dois Irmãos. Il errait, solitaire, entre les groupes, méprisant la foule. Il se posta à l'écart et se mit à scruter la statue du Redentor. Damien, qui s'était approché de côté, épiait le frère d'Alcir et de Zulmira. Il semblait hypnotisé par le Sauveur. Mais ses yeux, loin de marquer une quelconque dévotion, étaient morts.

Marine et Damien prirent le train pour redescendre. Au bout de trois stations, le train vida sa cargaison de voyageurs, un contingent de matelots américains en tee-shirt blanc. Mais un car garé en pleine forêt les attendait pour leur faire visiter les lieux. Damien et Marine se retrouvèrent en rade, largués par le train qui était reparti. Le silence s'abattit sur eux. Ils virent les grands arbres, les acajous, les caoutchoucs, les épiphytes tressés autour de l'ornière du rail. Le remblai révélait, en coupe, les crampons des grosses racines agrippées à l'humus, les troncs s'élançaient tout droit, des fûts rigides et contigus, dilatés de force, projetant tout là-haut leurs frondaisons et des lianes fleuries, lys dont les corolles flottaient comme des parachutes pâles. Le gros talus surtout les fascinait, spongieux, travaillé par les germes, les rhizomes, les sources, quadrillé de résilles, de nœuds, de filins, de garrots fibreux. La forêt ancrait ses piliers dans des parpaings de matière brunâtre. On voyait ses ergots et ses griffes étreindre les grumeaux à deux mètres de profondeur. Les racines naissaient, se compliquaient de boucles, de tentacules, elles gonflaient comme des pythons, se cabraient dans le sol et convergeaient vers le tronc en une crinière de leviers, d'arceaux dont la confusion tout à coup se concentrait pour fuser dans la verticale pure de l'arbre. Et cela explosait de nouveau, en pleine lumière, non plus sous la forme d'un labyrinthe caverneux et ensorcelé mais en geysers de feuillages qui vibraient dans les airs, gigotaient, déployaient des treillis zébrés de soleil, troués d'éblouissants cratères.

Soudain, deux hommes apparurent, à cent mètres, sur leur gauche, le long du rail. Ils reconnurent l'adolescent flanqué d'un type plus âgé vêtu d'un chapeau de paille et d'une chemise grisâtre. Ils ricanaient tous les deux. Puis l'adolescent fit un petit signe de la main, de loin, un bonjour moqueur. Il ne s'approcha pas. Il discutait avec l'autre en s'agitant. Damien et Marine eurent le sentiment d'être tombés dans un piège. Cependant, ils s'avisèrent que personne n'aurait pu deviner qu'ils allaient se tromper de station. La présence de l'adolescent était liée à une autre raison. Peut-être avait-il enfin volé la recette du photographe, qu'il partageait avec un complice dans ce pan de forêt isolé ? Les deux hommes ne s'avançaient pas, ils dirigeaient de temps en temps des regards vers le

couple, avec des rires insistants, puis reprenaient leur conciliabule. Enfin ils décidèrent de les rejoindre. Damien et
Marine échangèrent un regard inquiet. L'adolescent émit un
rire chevroté et goguenard en se tapotant la cuisse dans un
tintement de ferraille et un froissement de billets.

— Je l'ai, la recette du gros con !

Le comparse semblait plus pauvre, plus délabré. Ses mimiques faisaient écho à celles de l'adolescent.

— Comment avez-vous atterri dans cette forêt ? Vous vous
êtes paumés...

— On s'est trompés de station, répondit Damien.

— C'est dangereux de se tromper à Rio... lança l'adolescent
d'un ton faussement distrait.

Les deux hommes regardaient Marine sans se gêner.

— Elle est mignonne, ta copine, en pleine forêt... comme ça,
dans sa robe... Qu'est-ce que vous faites à Rio ?

Damien dit la vérité.

— Vous êtes des gens bien, riches et jolis... ça se voit tout de
suite.

— Nous sommes des amis de Sylvie de la communauté des
Dois Irmãos.

— Ah, Sylvie ! Tout le monde la connaît... Vous parlez !
Mes petits frères sont allés dans son Centre pour dessiner !
Elle est gentille, Sylvie. Elle rend des services, elle aime les
gosses. Alors, vous êtes ses amis ! Elle est amie avec beaucoup
de gens.

Et les deux hommes se regardaient un peu plus mous,
moins insinuants.

— Nous avons déjeuné l'autre jour, chez Carmelina... vous
connaissez ?

— Carmelina ! Ce qu'elle bosse ! C'est une sainte. Alors vous
connaissez Carmelina...

Ils échangèrent des regards indulgents. L'adolescent se

frappa de nouveau la cuisse pour faire cliqueter la monnaie et chuchoter les billets.

— Hein !... le gros con... On n'aime pas les gros cons. Puisque vous êtes des amis de Sylvie et de Carmelina, on va vous montrer la cascade, c'est un secret... une cascade magique !

L'adolescent était tout solennel, le doigt levé.

— Suivez-nous !

Ils prirent un sentier entre les arbres et bientôt une clairière s'ouvrit sur une cascade qui tombait d'un surplomb de trois mètres. De larges mamelons de mousse verte entouraient le bassin. Quatre palmiers aux écorces finement cannelées s'élevaient, recourbaient leurs branches, s'épandaient dans un mouvement d'équilibre et de paix.

— C'est une cascade consacrée à la déesse Oxum... Rosarinho, le saint, vient cueillir ici ses herbes. Il faut faire un don.

L'adolescent sortit une pièce de monnaie qu'il jeta dans l'eau, Damien l'imita. Alors le garçon montra une petite bague de fantaisie au doigt de Marine :

— Ce serait bien de l'offrir à Oxum, elle aime les bijoux et cela vous apporterait tous les bonheurs...

Marine ôta la bague, se pencha et la laissa tomber dans l'eau. Un rayon de soleil atteignit le métal qui lança un éclair lumineux, puis un autre. L'objet s'immobilisa sur des cailloux et un éblouissant reflet d'or s'établit sur son anneau comme un second joyau plus riche, incandescent.

— C'est Oxum... souffla l'adolescent... c'est la lumière d'Oxum, son sourire des eaux...

Alors une comète fila le long d'une branche, puis la boule ornée d'une longue queue relevée se laissa couler le long du tronc. C'était un petit singe à la frimousse espionne. Il s'arrêta au pied de l'arbre et s'assit, tendu de méfiance et de curiosité. Son pelage était d'un beau gris verdâtre. Il avait deux ocelles plus claires sous les yeux.

— C'est très rare de voir un singe dans la forêt de Tijuca. On prétend même qu'il n'y en a plus ! murmura l'adolescent.

Le singe regardait Marine dans sa robe lumineuse, à croupetons, penché en avant, aux aguets. Il se courbait plus encore, tout ouïe, avançant et reculant sa petite tête velue, étonnée. Il courut, fit un arc de cercle et se posta de nouveau sur le cul, à peu près à la même distance, mais de l'autre côté. Marine le regardait, passionnée, avec un sourire éthéré comme s'il se fût agi d'un enfant. Puis il fonça vers la cascade, silhouette cassée, regard subjugué par un point à l'intérieur du bassin. Il lança le bras et l'on vit jaillir des eaux l'anneau doré dans la main du singe.

— Il a volé la bague d'Oxum ! s'exclama l'adolescent.

— Il est peut-être son émissaire, observa Damien doucement.

— Tu es intelligent, toi !... Ce doit être cela.

Beau joueur, soudain il éclata de rire :

— Il nous a pris l'anneau ! Tu comprends, on l'aurait récupéré après, dans votre dos, en souvenir de la belle demoiselle...

Surpris, Damien préféra ne pas répondre. Il contempla le doigt de Marine, caressa la trace blanche laissée par la bague. C'était lisse et tout doux. Ce vide, cette petite bande de peau vierge limitée par deux stries rouges la dénudait entièrement, exhibait une nouvelle Marine. Comme si le singe, en lui volant l'anneau, la livrait à Damien. Il baisa le tatouage blanc du doigt. Elle comprit ce lien qui les unissait, là, sous la bague, au plus tendre, après le vol du singe qui faisait maintenant irruption avec l'or dans un grand arbre noir. Mais le copain de l'adolescent lança un appel vers l'animal, sortit de sa poche une cacahuète. Le singe en quelques bonds rappliqua et s'installa sur l'épaule du type.

— C'est à moi ce singe, il est dressé!...

— Alors tout était faux... même Oxum! conclut Damien,
mal à l'aise.

— Tout!... Sauf Oxum! Car Oxum est avec nous.

Damien arriva un peu avant la cérémonie dans le terreiro de Rosarinho. Sylvie lui présenta le père-de-saint. Rosarinho avait une tête de cheval, de grands yeux d'enfant et des gestes de femme. Ses cils étaient écarquillés comme des pétales. Il vous buvait des yeux. Ses jeans moulaient ses fesses de mulâtre. Il était prolixe, mythomane, excessif. Sylvie avait révélé à Damien qu'il était difficile de faire chez lui la part du charlatan et du voyant. Il pratiquait l'umbanda à sa façon, avec des volutes de son cru. C'était un médium très à la mode. Il faisait payer cher ses consultations à certaines riches clientes de la ville. Alternaient en lui les visions, les intuitions fulgurantes et les mascarades tordues, les louches simagrées. De nombreux homosexuels, comme lui, dirigeaient à Rio des centres de culte afro-brésilien. Leur féminité, leur ambiguïté, leur émotivité les ouvraient aux oracles et au revers des choses.

Ils burent une cachaça au citron vert. Arnilde le caïd et Chico, son acolyte, arrivèrent. Rosarinho prit les mains de Chico dans les siennes avec un air lyrique et pénétré, tout en lançant vers Arnilde des couplets de bienvenue. Le médium voltigeait d'un invité à l'autre, les couvrant de ses œillades

d'amour. Mais derrière ce ravissement automatique, Damien
décelait une interrogation, une enquête maquillée. Rosarinho avait l'air de vous sonder. Voulant plaire à tout prix, il
paraissait sensible à la plus légère réserve, il débusquait des
ombres minuscules. Il n'entretenait ce feu d'artifice perpétuel
que pour gommer ces décalages, ces failles qu'il redoutait
mais qu'il excellait à saisir. C'était un grand pédé prodigue,
musculeux et opulent du cul, tout en embardées, sursauts,
gravitant, émettant des ondes, recevant de ses longs cils
télescopiques mille vibrations, messages. Sa voix montait, descendait, insistait monstrueusement, traînait, s'élançait, virait
sur les accents toniques, soleilleuse, orgiaque, langoureuse. Le
chant d'une ville... Une sorcellerie! Tout à coup, il s'arrêtait
devant vous, tendre et figé, grands yeux béants, s'émerveillant
de vous, humant la substance même de votre âme, la pompant
avec délices, se délectant de votre essence singulière.

Marine et Roland débarquèrent à leur tour. Roland salua
Damien avec son air intègre et frisquet. Marine cacha sa gêne
sous un vif petit sourire d'emprunt qui surprit son ami. Puis
ils rappliquèrent tous en même temps.

Carmelina, Alcir, Benicio, Zulmira, la famille au complet
déboula. Et Damien ne sut jamais pourquoi il embrassa Zulmira sur les deux joues alors qu'il s'était contenté de serrer la
main de Marine. Au moment où le baiser se fit, il se demanda
si Marine l'avait vu. Il eut soudain peur de compromettre
leur idylle. Mais en même temps il ne supportait pas l'idée
que Zulmira pût attribuer sa froideur en public à quelque
reniement bien déplacé. C'est pourquoi ce fut la seule personne qu'il embrassa, mettant dans cet empressement une
intention qui pouvait aussi bien passer pour une complaisance. Alors il se mit à parler avec Zulmira, ne la lâchant plus
d'une semelle pour prouver sa sincérité, dissiper l'équivoque.
L'adolescente ainsi accaparée essayait de se dérober, car la

présence d'Alcir et de Benicio, ses deux frères, lui ôtait tout naturel.

D'autres personnes apparurent. Drelina, la servante agile de Dona Zelia, Andrade le fonctionnaire qui négociait les contrats entre la communauté des Dois Irmãos et l'administration urbaine. Puis Damien reconnut Rosilda, la grosse dame colérique qui reprochait à Sylvie de se laisser berner par Andrade. Osmar fit grande impression, tout en angles et tendons noués, méplats taillés à la serpe et cannelures de muscles étroits comme des serpents le long du bras, du cou... Il s'attira les plus belles pirouettes de Rosarinho, car c'était le cacique de la Rocinha. Osmar avait entrepris de contrôler le morne du Vidigal, de l'incorporer aux réseaux de la Rocinha, et Arnilde lui opposait une résistance tenace. Des favelados, des petits fonctionnaires, des bourgeois, deux invités de l'ambassade d'Allemagne, toutes sortes de gens les rejoignirent dans des accoutrements disparates. Ils furent bientôt une quarantaine. Le médium les fit entrer dans une vaste salle coupée en deux par une barrière. Le profane resta en deçà pour assister au spectacle, tandis que les initiés passèrent de l'autre côté et se déployèrent contre les murs sur tout le pourtour du sanctuaire. Ils tenaient à la main une chandelle allumée. Carmelina, Drelina, Zulmira, Chico, Sylvie faisaient partie de ces privilégiés. Damien fut étonné que Sylvie ait poussé jusqu'à l'initiation son intégration au morne. Elle ne lui avait rien dit de cette vocation mystique.

Des hommes munis de tambours de tailles différentes et d'instruments dotés de clochettes s'étaient installés eux aussi. Un grand autel orné de fleurs, de statues de saints et de dons divers occupait le fond de la salle. Sur le sol étaient tracés des diagrammes circulaires et mystérieux qui contenaient des dessins de flèches, de croissants, de haches, d'étoiles, d'épées, de croix... Mais surtout, l'on voyait des amas de feuilles fraîches et de plantes consacrées répandues à même la terre. Rosarinho, placé au centre de l'espace, salua l'assistance, les bras levés au ciel, et chaque initié vint lui rendre son salut avec force accolades et pressions de main.

Les tambours commencèrent leur martèlement assorti de litanies et de chants. Marine regarda Damien, car la tension avait monté. Un magnétisme diffus qui frappait les nerfs. Cela venait du sol, de la rondeur du morne. Un autre monde s'intronisait. On sentait l'effraction, le passage. La mutation sonore. Et toutes les histoires de macumba et d'umbanda assaillaient l'esprit de Damien. Tout à coup, l'Afrique faisait irruption dans la salle. L'Afrique des origines, l'Angola, le Bénin, le pays yoruba que chaque terreiro sacré ressuscitait. Des milliers de centres cultuels incarnaient, à Rio, la présence de la terre ancestrale. Les mornes étaient des bosses, des monts remplis de fluide d'Afrique. C'étaient de hauts granits religieux, gorgés d'énergie.

Tout à l'heure, Rosarinho avait dit à Damien : « Vous entrez dans un lieu de pouvoir... » Sur le coup, Damien n'avait pas réagi, étourdi par la gesticulation du médium. Mais la phrase, à présent, lui semblait magnifique. Toute la puissance des mornes érigés au-dessus de l'eau, bombant leurs dos, leurs rostres, leurs girons de préhistoire, déferlait dans le fracas lancinant des tambours. C'était un battement de sang rouge, un grommellement de rocher prophétique. On entendait la chevauchée et le galop des forces. Les tambours parlaient, appelaient, et le morne profond s'ébranlait, résonnait comme un minerai hanté. On était pris dans cette approche, cette imminence. La ville de la lumière et de la mer, des banques et du commerce, des architectures futuristes, des autoroutes, des modes, la grande vitrine de Rio basculait vers son revers, ses ténèbres parlantes. Une autre ardeur grondait, bouillonnait, fille de la terre et de l'Afrique, la rumeur du royaume d'éternité. Et la dentelle des criques, des lumières, tant de corps exhibés dans les dancings et sur les plages n'étaient que la frange d'une réalité plus dense et plus lourde qui plongeait dans l'étoffe du grand temps de l'éveil et de l'évidence.

Car les tambours ne laissaient pas de répit, ils réactivaient, tisonnaient sans cesse le brasier de l'Afrique et de l'épiphanie. Rosarinho, immobile au centre du cercle, fermait à demi les yeux, envahi par la voix des tambours. Et les esprits des tribus lui parlaient, la lente oraison des dieux, des pères fondateurs, des totems et des morts. Le morne bruissait de leur dialogue, comme une caverne d'échos. Chaque molécule d'air et de chair était happée dans la profération. L'âme tambourinait, rameutait les souffles, l'accélération de la présence. Les visages des musiciens se couvraient de sueur, les têtes, les corps pris d'une oscillation hypnotique, les prunelles blanchies, levées vers le ciel. Les dieux cognaient sur la peau des tambours. Leur pulsation violente passait dans le cœur, les bras, les mains des musiciens. Le corps n'était plus qu'un lieu de migration des forces vers le dehors, nerfs, fibres, chair de résonance où affluaient le Verbe et l'envoûtement.

Rosarinho appelait Exu, le maître de sa tête. Il était fils d'Exu, le dieu des carrefours, des passages, des avatars et des métamorphoses. Le dieu mince et mobile. Exu l'espiègle, le vicieux qui inversait chaque chose, la retournait vers son contraire, son soleil noir. Le dieu du sacrilège, des maléfices, des orifices, qui commandait tous les accès. Sans lui nul mouvement, nulle croissance, nulle incarnation, nulle transformation. Comme si la malice était le ferment du devenir et de la multiplication. Exu sans qui le même imposerait la tyrannie de l'ordre. Exu messager, médiateur, dieu du vertige, du métissage, des agrégats hybrides, des transvasements aventureux, des alchimies siamoises. Exu le rouge, le noir, le cornu, le véloce, l'obscène, l'excrémentiel, le primesautier, l'igné, le volatile, l'enténébré et l'écarlate, le grand migrant phallique et mammaire, le tourniquet cosmogonique. Rire d'Exu, joker de l'univers, catalyseur et acrobate, clown métaphysique, clé de la vie et de la mort...

Rosarinho, mi-homme mi-femme, mi-noir mi-blanc, mi-cheval mi-humain, pur-sang et jument, coquet, canin, écarquillé et virevoltant, était monté par Exu, éperonné par le félin ailé.

Alors Carmelina bondit, pieds nus, le genou dressé, le corps entraîné dans une rotation effrénée, un tourbillon qui l'aspirait. Elle voltigea dans sa jupe blanche, les bras levés, riante. Elle bouleversait les feuilles, leur odeur... Elle chevauchait le grand feuillage natal. Rosarinho avait pris une pipe bourrée de tabac rituel dont il lançait les volutes autour de lui. Il contemplait Carmelina. Soudain, l'énorme lavandière se tortilla et sautilla, à cloche-pied, facétieuse, elle tomba au sol, courut à quatre pattes, cabriola, le visage plissé de mimiques de bébé. La transe souvent commençait par un retour à l'enfance, au puéril chaos. Puis Carmelina se dressa de toute sa stature, mains ramenées sur son ventre proéminent. On lui tendit une bouteille de cachaça dont elle avala plusieurs gorgées. Alors elle trembla, se balança d'arrière en avant, comme prise d'une douleur qui lui broyait les tripes. Mais cette souffrance se muait en révélation, en félicité, Carmelina accouchait, n'en finissait pas d'éprouver la dilatation intérieure, les impulsions, les contractions de son bonheur. La lavandière battait le linge de son dieu, étendait sur sa poitrine les draps de l'extase.

Puis Drelina s'élança, furieuse, les traits révulsés, brandissant au bout de son bras une hache imaginaire. Damien reconnut Xango le dieu guerrier. La silhouette menue, les

petites fesses rebondies, les jambes nerveuses servaient de
monture au dieu de la colère qui descendait plutôt dans les
corps des gaillards baraqués et tapageurs. Mais le maître de la
tête de Drelina était Xango, les cauris avaient tranché. La
jeune fille mordait dans le vide, elle tournoyait, se campait sur
ses cuisses braquées, fanfaronnait, menaçait. Puis elle se rua
par terre et se mit à crier, à se débattre, à haleter, en proie à un
séisme qui arquait son échine, étirait ses longs bras cramponnés, tétanisés. Alors Rosarinho se pencha vers elle et lui souffla avec sa pipe des bouffées au visage. Il lui caressait les
épaules avec une douceur attentive et maternelle, diffusait de
nouvelles vagues de fumée. Il lui parlait tout bas de la violence, il promenait sa main le long de la gorge galvanisée. Et
peu à peu Drelina tempérait ses ruades, s'apaisait, entrait
dans une transe plus lente...

Chico, Zulmira, d'autres initiés tournaient, sautaient sur un
pied, puis sur l'autre, hystériques toupies, se cabrant, gravitant en farandole de frénésie, tous lévitant hilares ou sanglotant, éblouis, écumant. Quand les dieux tardaient à venir, un
musicien faisait tinter les clochettes de l'agogo qui déclenchaient les ahans, les sursauts, les spasmes de la possession.
Tous les tambours tonnaient. Les dieux sautaient sur les fils et
les filles-de-saint, à bride abattue les montures recevaient la
charge des cavaliers sacrés. Seule Sylvie n'arrivait pas à recevoir la folie.

Zulmira, les prunelles élargies, dodelinait de la tête, bouche
ouverte de stupeur avec un rire d'enfant. Elle poussait des
petits coups de ventre en avant comme dans un samba
d'amour et le rire luisait sur sa peau, l'inondait, la ravissait.
Son dieu était rieur, c'était celui des plantes vives et des
gloussements de l'eau. Zulmira, fleur et frimousse feuillue,
effeuillée par son dieu.

Or Damien et Marine avaient peur. Ils frissonnaient, saisis

aux racines de l'être par ce débordement d'inconnu... Les forces giclaient tout à coup dans les corps, des paquets d'étincelles noires, des magmas de matière animale qui vous propulsaient dans l'arène des transes, bandaient les muscles, dardaient les bras, ouvraient les bouches, égaraient les yeux. Les initiés tournaient, matraqués, illuminés, ahuris, mâchoires claquant à toute vitesse, ou somnolents, balbutiant, torturés, hallucinés, jappant... Les jupes soulevées montraient les belles cuisses, battoirs de bronze, ailerons de miel, les nerfs électrisés, la trémulation du ventre, des reins. Et partout ce crescendo, cette accélération, ce paroxysme, comme si les dieux stressaient les élus, surchauffaient leur délire et leur amour, changeaient leur être en un vrombissement de ruche, une vapeur volcanique au bord de l'explosion. Toute la lave des mornes, l'animalité mystique des génies de l'Afrique tempêtaient. Mitraille pâmée dont les chairs crépitaient, zébrées par les étincelles de l'extase.

Marine avait peur car elle sentait qu'il s'en fallait de peu que son corps ne lui échappe, englouti par l'abîme de la folie. Alors, elle aussi se serait jetée au sol, roulée dans l'odeur des feuilles, de musc, de sueur, d'alcool et d'encens, au milieu des mulâtresses possédées. Tous ses barrages intimes auraient cédé, la déversant comme un flot de sang, de liqueurs amoureuses. Ainsi elle eût été Marine sans contours ni coupure, d'une seule vague, elle se fût répandue sur les plantes gonflées, sous les pieds nus des Noirs, ouverte à la semence des dieux, au râle, au cri de la création, retournée au chaos, à la fusion des eaux, des flammes, dans cette nuit primordiale, sexuée, gavée de surpuissance et de présence. Elle se tenait debout comme Damien. La verticalité était leur misère. Ils avaient peur des bêtes, des dieux, d'éclater dans un hurlement de liesse, de démence.

Et Rosarinho évoluait toujours au milieu des possédés. Il

lâchait ses effluves de tabac de paix, réglait, équilibrait la cavalcade des dieux, soufflait sur l'incendie ou l'éteignait suivant les cas. Son visage luisait, transverbéré par une ardeur prophétique, une sueur d'or divin.

Il y eut une pause. Les initiés refluèrent. Sylvie n'avait pas réussi à rencontrer son dieu. Elle était revenue contre la barrière, essoufflée, bredouille comme après un coït inabouti. Damien lui trouva un air un peu agaçant à vouloir égaler Carmelina et Zulmira. Elle lui annonça qu'on attendait une nouvelle initiée. La jeune fille avait vécu plusieurs semaines dans l'enceinte sacrée, dans une chambre spéciale, la camarinha. Elle connaissait maintenant Oxala, le maître de sa tête. On avait sacrifié un coq au-dessus de son crâne et le sang avait ruisselé sur son visage, sa bouche, son cou, ses seins. Elle avait vu le hérissement du coq, de son camail colérique, ses ailes rousses et furieuses, sa crête cramoisie, ses pattes obscènes, jaunes, annelées, ses ergots fouettant l'air. Et le sang soudain avait pissé sur ses lèvres, une cataracte de sang rouge et mâle. Longtemps dans sa chambre elle était restée nue, laissant le gluant orage sécher sur sa peau. Elle s'était pelotonnée dans la révélation du sang, sa résille matricielle, s'encoquillant dans ce cocon, sentant les caillots durcir sur ses flancs et ses joues. Elle, tout au creux, au cœur de l'œuf sanglant, se vit éclore à un courant de vitalité rayonnante, chargée, irriguée d'un grand flux rubis. Elle s'épanouissait, croissait sous l'hémorragie de l'oiseau de l'aurore. Non loin d'elle, le foie, les abats du coq fumaient dans un bol.

Elle apparaissait aujourd'hui en public pour la première fois, elle espérait la possession et la transe, qu'Oxala veuille la chevaucher. La jeune fille était parée d'une jupe et d'un corsage blancs, coiffée d'un turban. Elle était longue, mince. L'on apercevait ses mollets musclés. Elle avait un visage dodu d'angelot, mais des pommettes un peu saillantes, une belle bouche charnue, ourlée, un cul rond sous l'étoffe blanche.

Les tambours et les chants éclatèrent. Elle tournoya. L'on voyait ses longues cuisses se tendre, le roulis de ses fesses, son échine cambrée se ployer dans la danse. Rosarinho ne la quittait pas des yeux. Une concentration noire, un figement minéral et tenace se plaquaient sur sa face de cheval et d'enfant. Damien vit aussi que Benicio dévorait du regard la danseuse.

Les tambours et les chants appelaient Oxala le blanc, le père des dieux, l'immaculé totem, le Christ, et Rosarinho-Exu, le ténébreux, veillait au centre de cette oscillation blanche. Les prunelles de la jeune fille se dilataient peu à peu, son corps vibrait, ses pieds frappaient les feuilles et les sèves, elle s'immobilisa, jambes jointes, dos raide, tête droite, œil inter-loqué, expression subjuguée comme sous la coupe d'une vision scandaleuse et centrale. Elle murmurait une inaudible antienne. Alors elle se mit à hoqueter, à grelotter, bestiale, plaintive. Elle renversa le cou et l'on vit la convulsion de sa gorge, l'arc tendu de son corps offert à la lance du dieu. Puis elle émit un léger rire dément et son visage s'illumina d'un coup. Oxala était venu. Oxala roi blanc, or blanc, hostie, roue du blanc et suprême colombe, Oxala l'étoile et le soleil, l'ori-ginel Oxala diamant, l'immaculé poisson.

La transe de l'initiée fut douce. Son corps tressaillait sous la jupe et le corsage blancs. Sa croupe tremblait, ses cuisses col-lées, ses chevilles, ses pieds à l'ossature longue et fine. Elle oscillait de haut en bas, l'œil béant, blanc de bonheur. Et à tra-vers le voile qui la galbait, on devinait sa chair mince et fen-due, la sueur qui l'humectait. Jamais Damien ne vit fille plus monstrueuse dans sa puérilité percée par l'extase.

Au centre du cercle d'Oxala, de son blanc firmament, Rosa-rinho érigeait son corps de démon brun. Rosarinho fasciné par la fille-de-saint, sa beauté, le parfum de transe de cette chair succulente et novice. Le dieu la chevauchait, le grand phallus d'Oxala, l'arbre d'Oxala, sa racine pure, astrale, sa ramure d'aigle blanc.

Sylvie se pencha vers Damien pour chuchoter le nom de l'initiée. Elle s'appelait Biluca ; il s'agissait d'un travesti. Elle ajouta que Biluca était l'amante de Nelson Mereiles Dantas.

En redescendant le morne, elle apprit à Damien, à Marine et à Roland que le terreiro de Rosarinho était fondé sur un objet sacré et caché. Rosarinho l'avait enterré dans un endroit auquel personne n'avait accès. S'agissait-il, comme certains s'amusaient à l'imaginer, de la dépouille d'un caïman géant et noir tué jadis par Hippolyte, du placenta d'une panthère recueilli dans un vase d'or, du grand œuf des huit jumeaux de la Genèse, du minéral de la mort, du phallus d'un archaïque poisson, du cou momifié et dardé d'un énorme peru, d'un fin aérolithe fiché dans le sacrum d'un lion, d'un miroir bavard, d'un bouclier de roi vampire, d'une pépite à sept branches, du grand arc qui avait décoché la flèche du meurtre primordial...

Alcir s'était approché des visiteurs. Les entendant échafauder leurs hypothèses légendaires, il leur dit, d'une voix neutre, que l'objet sacré n'était que le plan d'une architecture radicale qui, sous un grimoire de calculs compliqués, dévoilait un défaut majeur, une faille de fabrication, un point de dislocation du monde.

Sylvie regarda Alcir avec étonnement, car ce dernier était un homme laconique et introverti.

Sylvie conduisait la voiture qui les ramenait dans la ville d'asphalte. Roland était à côté d'elle, à la place du mort. Derrière, Damien se retrouvait auprès de Marine. Il voyait bien que son amie avait été troublée par le paroxysme des tambours et des danses. L'odeur du morne s'accrochait encore à leur peau. Les phares des autres voitures, le rayonnement des bars débusquaient par à-coups le visage de Marine. C'étaient des flashes qui la révélaient comme dans des nuits hachées de réminiscences. Alors, comme il aimait Marine, musclée, brune, cambrée, catholique, avec ses yeux verts, moirés d'or! Il l'aimait dans un élan d'adolescence. Il se pencha vers elle et le lui dit. Elle fut surprise de cette tendresse qui contrastait avec son habituelle gouaille. Elle était mal remise des turbulences de l'umbanda. Elle savourait cet aveu de lui. Les golfes tournoyaient. Les mornes plongeaient dans la mer taillée de mille poignards luisants. La nuit amorçait sa violence dans l'air chaud, ouvrait les mâchoires de ses feux, déroulait le grand anaconda de ses lumières. La chasse des plus belles filles de la Terre commençait et les voleurs gravitaient autour des amants. Damien prit la main de Marine. Elle le repoussa vivement. Ce geste pouvait la trahir devant Roland. Déjà, elle se reprochait d'avoir écouté le serment de Damien. Elle était blessée. Elle lui en voulait de la circonvenir ainsi sans égards pour sa vie. Il cédait à la première tentation, indifférent aux désordres qu'il causait. Il saccageait tout avec une apparence de spontanéité et d'innocence où elle captait comme un reflet de ruse. Roland, de dos, droit et glacé, lui semblait bafoué. Silhouette d'ombre tendue vers la ville, les bijoux noirs de l'eau, les cimeterres brasillants des criques, les longues avenues incurvées de l'amour sur des kilomètres de dancings et de terrasses. Marine devinait toute l'injustice de son attirance pour Damien, ce visiteur, ses passions intempérantes. Mais parce qu'on lui avait dit qu'il tombait dans des colères brutales, qu'il commettait alors les pires erreurs et cessait de maîtriser sa vie, elle reprenait confiance en lui. Elle le découvrait vulnérable, comme égaré, sans croyance, au bord d'elle ne savait quel abandon. Elle lisait ce désarroi sur son visage fatigué, quand il retombait de ses foucades, de ses effervescences, qu'il se taisait, nerveux et las, qu'il semblait avoir mal et souffrir de la nuit.

C'est lorsqu'il lui révéla ses insomnies qu'elle comprit qu'il ne pouvait pas être tout à fait cynique. Il se bourrait de produits qui n'arrivaient jamais à l'assommer. Elle était effrayée par les doses : deux Noctran, deux Témesta, d'un coup, pour cinq heures de sommeil au maximum. Le matin, il gardait une lueur d'ivresse au fond des yeux, se trompant dans le choix des mots. Mais à midi il avait retrouvé son acuité, ses railleries. Un homme qui ne dort pas est livré à la malédiction, c'est un enfant que rien n'apaise, qui refuse le néant parce qu'il n'a rien eu et que ce vide lui fait peur. Il attend. Il guette dans la nuit jusqu'à la fin des temps. Cette incapacité d'oublier le monde, de s'abolir dans la confiance des ombres, le rapprochait de Marine qui désirait l'entraîner dans son sommeil. Elle s'imaginait qu'elle aurait su lui faire franchir les portes de ténèbres. Et cela aurait été tout simple. Elle avait envie de se le prouver, d'avoir au moins ce pouvoir miraculeux sur lui. Toute cette exaltation suicidaire de Damien se fût calmée lentement dans ses bras. Elle aurait senti se noyer cette flamme noire comme l'océan qui cerne la cité brûlante. Elle désirait le voir dormir. Ce serait son emprise sur lui. Roland dormait trop, d'un coup il tombait raide, la précédant toujours. Elle ne résistait pas et culbutait à son tour dans l'abîme de bonheur, tandis que l'autre, le fou, demeurait sur la rive, malade de vigilance, noué dans sa frénésie. Toutes les pensées, toutes les images, tous les mots se hérissaient en une paroxystique présence qu'il n'arrivait pas à tuer et qu'il convoquait exprès pour ne pas tomber dans la grande nuit originelle. Les vrais insomniaques ne veulent pas dormir. Ils se résignent seulement à l'hypnose chimique, à ce bourrage médicamenteux qui dévie la chute, l'occupe et gomme son primitif effroi.

Marine savait qu'il s'endormait sur le matin et que si on ne le dérangeait pas, alors il pouvait ne pas se réveiller jusqu'à midi. Elle eût aimé se lever avant lui, sans faire de bruit, le laisser là dans le lit à l'abri des rideaux opaques, tandis que la flamboyance du soleil encercle la chambre du dormeur à contretemps. Il y avait une aberration dans Damien qui l'émouvait. Un décalage dont il n'avait jamais guéri. C'était un homme totalement inadéquat au monde, qu'il ne pouvait rejoindre que dans l'excès de la colère ou de la ferveur. Il n'était jamais tiède, ne pouvait pas s'éteindre. Surtout la nuit, grand feu à l'écoute, dressé dans son angoisse de bête d'or et rempli de la peur de la mort.

Elle avait vu sa peur, elle l'aima tout de suite pour cela. Il croyait la séduire par ses discours et ses provocations. Les pouvoirs de Damien, bien sûr, lui avaient plu mais parce qu'ils procédaient de son angoisse luxuriante.

Damien remâchait le rejet de Marine. Il se l'expliquait par la proximité de Roland. Mais rien n'y faisait. Il était banni. La blessure le cuisait. Il colmata ce fossé avec des mots légers, une conversation d'emprunt presque enjouée. Il sentit le danger. Il cessa de tricher, se pencha vers elle pour lui avouer qu'elle lui avait fait mal. Alors elle frôla sa main avec douceur. Cet effleurement le submergea comme si elle se fût livrée toute.

Sylvie grognait. Elle avait raté l'extase de la possession. Le maître de sa tête qui était Oxossi n'était pas venu. Damien, énervé, souffla à Marine : « Elle nous les gonfle avec son maître, sa tête et sa transe loupée… » Mais Sylvie revenait sur son échec :

– J'aurais dû boire plus de cachaça ou prendre du cannabis… car j'aime la présence du dieu…

La phrase qui frisait l'imposture fit se retourner Roland vers Marine, qu'il gratifia d'un clin d'œil discret. Marine lui rendit son regard complice. Le couple se comprenait en une œillade. Ils partageaient l'intelligence des choses, des êtres à travers les adhérences de leur vie quotidienne. Damien n'était qu'un amant de fable. C'est dans la banalité que l'amour plonge ses racines durables et profondes, les fortifiant de mille riens aussi robustes que minuscules. Il en était à des frôlements de mains avec Marine quand Roland, lui, s'étalait dans l'évidence des vieilles connivences. Vieux, Roland ! Vieille, Marine ! Époux. Écorces solidement conjuguées. Damien n'était qu'un éclair vagabond. Jeune Damien ! Trop jeune ! Chimérique, bête et tout neuf. Enfin presque…

Tard dans la nuit, Zulmira le cueillit au bar. Il buvait un triste jus de tomate, évitant l'alcool qui aurait corsé son insomnie. Les deux époux devaient être dans leur lit. Le bercail de Marine et de Roland. Ce dernier furieux, légendaire, sortant de son armure froide pour enlacer sa femme. Elle devait jouir à cette heure. Trop jeunes mariés pour ne pas crier de plaisir. Elle devait se gourmander à propos de Damien et reconnaître que l'aimé véritable c'était Roland. Il en est toujours ainsi dans les commencements d'une passion adultère. Soudain, l'on revient à soi, aux liens authentiques.

On sonde sa propre folie, ses affabulations. On rougit de honte devant tout ce que l'on a échafaudé dans le délire du coup de foudre. Alors on étreint avec une conviction accrue le partenaire que l'on s'apprêtait à trahir. Les périls qui viennent de nous menacer de perte, de rupture renforcent l'ancien couple. Jamais l'amour n'est aussi lyrique et puissant que lorsqu'il subit ces premières attaques du dehors. Il durcit alors toutes ses enceintes dans un sursaut d'angoisse, élève ses donjons, dresse ses sentinelles et trompe les époux en leur faisant croire que le danger est écarté. Mais le doute est entré, l'avenue du désir déjà a bifurqué.

C'était cuit, Marine jouissait sous Roland. La possession battait son plein d'hymnes, d'essors. Les dieux éperonnaient Marine résillée de sueur. Roland puisait largement dans l'épouse.

Damien ne comprenait pas ce qui faisait la supériorité de Marine sur Zulmira, que beaucoup auraient trouvée plus féline et touffue. C'était le statut de très jeune épouse qui le troublait, qu'elle se fût donnée toute à un mari bien plus âgé auquel Damien ne manquait pas de s'identifier en secret. Et ce catholicisme immaculé, suranné l'enfonçait dans un pays d'enfance qui réveillait en lui des impressions tenaces. Mais Zulmira, elle-même fille-de-saint, ne le cédait en rien sur le plan religieux. Damien qui n'avait eu de cesse de s'affranchir d'un héritage biblique retombait donc sous le coup des premières légendes chrétiennes de l'amour, quand lui était offerte une occasion de paganisme libérateur. Il était avide de l'épouse, de sa juvénilité de madone, de cette adoration suspendue en elle, de son sourire. Mais Zulmira ne semblait pas s'en faire, savourant un alcool auprès de lui. Immédiate et gaie. Elle devait avoir, elle aussi, un amant régulier, un homme de la favela. Damien les passait en revue, cherchait.

– Quel est le nom de ton ami ?

134

Zulmira fit un signe du doigt : chut ! On ne parle pas ce soir de ces choses-là…

– Mais si ! J'aimerais savoir son prénom ! Vraiment, Zulmira…

Et Zulmira se taisait, goûtant les dernières gouttes d'alcool, l'air de dire à Damien qu'il n'était pas du tout raisonnable. Puis elle esquissa un petit mouvement ailé de la main qui signifiait que tout était possible, suggérait une hypothèse séduisante. « Alors, qu'est-ce qu'elle fait là avec moi ! se disait Damien, si son amant est magique, qu'est-ce qu'elles ont toutes à me poursuivre sans me vouloir, à me frôler sans me laisser les prendre. »

Elle se déshabilla dans sa chambre et il contempla le corps de la transe, la chair où la sueur avait coulé, un cuir d'odeurs farouches. Et tous ses poils d'une rare abondance l'étonnaient chez une métisse dont les sœurs vraiment noires n'ont que de minces pompons de fourrure éparse. Elle l'appelait dans la neige des draps, ses lèvres sombres et tordues de pelage, leur trou très rose dans l'ourlet sauvage. Elle souriait avec envie, se prenant les mamelons dans les mains, les lançant en avant, flattant leurs cabochons grenus. Elle riait, roulait de côté, l'épiait de biais. Il voyait le bourrelet de sa bouche violette envenimée de désir, ses cheveux, la paresse de son cul, amphore couchée repue, abandonnée comme ça… Prends-moi, pillard de trésors, caresse mon anse noire.

Et il la regardait découpée dans le drap. Insulaire, unique. Fessue, écarquillant ses globes, creusant ses enfourchures, lui ouvrant ses fourreaux. Nonchalamment. Le voulant lui, l'étrange, le naufragé, à cette heure de la nuit. Toute sa chair savourait le drap, le respirait, draps de Carmelina froissés sur la plénitude de son corps bistré.

Elle déploya de chaque côté les cuisses largement. La toison haussa son morne noir avec son épissure centrale de poils mêlés sur le redent plus cru. Il lui en redemanda le nom en brésilien. Elle lui dit xoxota... qui se prononçait « chochota »... chatte ou chochotte, chouchoute, cri de hulotte dans la forêt ou bouche, boca, buceta, le chuintement disant le souffle, le chuchotement obscène, le volume du petit chou charnu. Mais il n'avait pas de désir. Obnubilé par le nom, cette chose, ce charme, drôle de chouette... gros oiseau chamarré de plumage, gonflant ses ailes dans une parade, une ronde de volants, fanons des grandes lèvres, caroncules ou quoi, de coq pharamineux, belle poule jabotée chichiteuse... sa chochota.

Elle vit que ça n'allait pas, elle attira l'errant, le concentra, le suça de ses lèvres serrées en bague ferme, coulissant sur son « pau », sa bite, son bois, son arbre lisse. Damien dardait sous ce baiser rythmé. Il allait sourdre quand elle se dégagea souplement, volontaire et goulue, remonta contre lui en dirigeant le « pau » dans son sexe béant. Et lui, rigide et soumis, allait, venait, voyageait sans l'avoir vraiment voulu, mais se trouvant bien maintenant, aux ordres de Zulmira, grande favela crépue, crénelée de tétons.

Elle dormait. Il se leva, ouvrit sa fenêtre sur la baie. La masse des Dois Irmãos se renflait dans la nuit avec son mâchefer de lumières. La baie de Guanabara frissonnait, long glacis, clignotait là-bas, revenait vers Niteroi, repartait en ailes mouillées, pointillées de feux, de halos. Des étoiles inconnues s'arrondissaient entre les branches des palmiers. Des bagnoles filaient, météores quasi muets, des voix de femmes montaient des pelouses jaunies par les lampes, juste sous sa fenêtre.

Limpides gloussements, robes du soir, épaules nues, joyaux des nuits blanches. Les femmes roucoulaient, troussées au bord des bosquets de roses lisses comme de la porcelaine. Il voyait les corolles larges et pâlies dans des mares de gazon phosphorescent. Femmes insomnieuses, pressées par leurs amants. La ville furetait, crissait, plaintive, sous l'aiguille du plaisir... plus loin, là-bas, au pied du morne, son bûcher assourdi dans le ruissellement de la lune. Zulmira dormait, le sein sorti du drap, soulevé par la respiration, rond et pur, éclos dans la nuit, là, tout secret, fécond. La bouche de Zulmira s'inclinait vers le mamelon, semblait l'encenser, le bénir de son souffle. Les paupières, les longs cils accompagnaient ce consentement douillet, cet amour du monde et de soi. Elle dormait dans ce lait où palpitait la ville, la mer veinée de noir, les mornes lourds, leur magma pétrifié. Et l'âme de Damien, au centre, comme un cristal où sonnent les voix furtives, l'écho des femmes caressées.

Il devait être entré dans l'ère des sortilèges et des sommeils. Car le lendemain, pour monter à la piscine, il prit l'escalier de service au lieu de l'ascenseur qui était occupé. Alors, dans un coin, il vit une très jeune femme de chambre ou lingère qui dormait, pelotonnée sur des serviettes de salle de bains. Épuisée, elle avait abandonné son travail. Elle entendit son pas, se réveilla, voulut se relever. Mais Damien lui sourit, lui fit signe surtout de poursuivre. Elle le regarda longuement. Elle vit qu'il était gentil. Elle lui rendit son sourire et referma bientôt les yeux, enfantine, enroulée sur elle-même. En haut de l'escalier, il se retourna pour la voir dormir, la joue sur un polochon de serviettes calé contre une marche.

Quand il nageait lentement dans la piscine, il songeait toujours au sommeil volé de la petite lingère qui rejoignait celui de Zulmira, les images de la nuit, leur rêverie aquatique et le rire des amantes mouillées.

Le conseiller Germain Serre embarqua Damien dans la soirée pour une promenade en voiture vers le port. Germain Serre aimait les ports, les partances. Le moment où la ville se saborde dans le flot, perd la verticalité de ses lignes, de ses architectures campées pour se dissoudre en pontons, entrepôts lacunaires, grues dressées au-dessus des eaux désaxées. Alors Germain était pris de mélancolie, à la vue du golfe laqué de ténèbres, dans un chatoiement lunaire qui lui rappelait Hamlet, un songe suicidaire. L'homme était constipé et littéraire. Costard élégant, bouche pincée, âme fine. Il souffrait de son poste dans cette ville tumultueuse, barbare. Il s'ennuyait de son épouse restée à Paris. Il était ivre de nostalgie. Il essayait d'empêcher sa fille Julie de faire trop de bêtises à Rio.

Seul l'océan nocturne l'apaisait, à l'unisson des larmes qu'il ravalait. Il disait à Damien :

– La ville n'est belle qu'ici, la nuit... quand elle sombre...

Damien acquiesçait, puis corrigeait, dans un second temps, l'exaltation de Germain Serre :

– Je la préfère pour ma part en plein jour, contemplée du sommet des mornes. Vous connaissez mon faible pour les plissements, les hérissements. Ici je suis gâté, la matière me comble.

– Je n'aime pas la matière, répliquait Germain, c'est trop massif, trop plantureux. Bestial... voyez-vous... tout est bes-

tial ici… Mais la nuit, la cité s'ennoblit, infusée de détresse, de
« saudade »… C'est le manque qui m'émeut, moi. Cette ville
est fauve, trop organique, trop saturée. Elle manque de
lacunes. Sauf la nuit… l'eau, l'infinie langueur, la bossa-nova
des eaux…

C'était un poète, Serre ! Il aimait le surnaturel tiré à quatre
épingles. Le surréalisme en faux col et l'inconscient passé à
l'amidon. Pas un poil qui pointe. La prose rincée. La classe…
Germain Serre n'attendait nul salut de Rio. Il avait tiré un
trait dessus. Il gâchait sa vie dans ce Brésil qu'il abominait…
inculte ! Vous comprenez ! L'Espagne c'est pas pareil, l'Amérique espagnole, parlons-en !… Mais ici tout est venu du Portugal des marchands, des négociants sordides, des magouilles
saumâtres. Pas d'épopée ! Des boutiquiers, des escrocs, des
revendeurs, des dealers, des prévaricateurs à pots-de-vin, des
trafiquants d'enfants… Pour quinze mille balles, ils vous four-
guent un gosse, avec un bulletin de naissance trafiqué qui
attribue le marmot à la mère adoptive venue d'Europe, tel
quel !… Les Mercedes, les gosses, même troc… Il n'y a jamais
eu ici la magnifique administration espagnole !…

Damien, qui ignorait ce qu'on pouvait trouver de magnifique à une administration, écoutait en cachant sa stupeur.

— Ici tout s'est joué au coup de force, au chiqué et le pli
est resté, les mâlversations louches, les détournements, les
actions bidon lancées à tous vents, le racket et le krach per-
manents… Les coupes sombres de Collor dans la pléthore des
fonctionnaires, vous rigolez ! L'hydre repousse par l'autre
bout !…

Puis Germain se perdait dans la nébuleuse des eaux, cette
espèce de chaos stellaire que le pont de Niteroi coiffait de sa
lyre de lumières. Ils longèrent le quai Pharoux, l'île des
Cobras, le monastère São Bento endormi dans la profusion de
ses ors baroques et nocturnes, Praça Maua, la jetée et d'autres

quais perdus. Il n'y avait plus que des ombres, fantômes dilués, des clapotis, la triste féerie des épaves futures. Les vaisseaux échelonnés sur le flot étaient des châteaux lacustres… îlots mangés par l'écume moirée, le nimbe des fanaux. Tout se défaisait, fuyait vers les embruns d'une immense nuit océanique. Et cette flamme noire se tordait comme une vision du Greco, ce qui ramena Germain Serre à l'Espagne, à un penchant mystique qu'il ne songeait même plus à masquer.

— Hélas ! Cette ville n'est pas mystique !

— Mais c'est tout le contraire ! se récria Damien. Enfin ! la macumba, l'umbanda, le succès des pastorales, l'Évangile de la libération. Il n'y a pas peuple plus religieux !

— Vous trouvez ça mystique, vous ! Ou bien la sorcellerie, ou bien le syndicalisme ! Les gourous ou les évêques ouvriers. Pas de milieu ! Le mysticisme est une écoute métaphysique qui n'a rien à voir, mon cher, avec les pratiques des exorcistes, le bataclan des grigris, leurs herbes magiques, leurs transes animales… Vous avez vu leurs transes ! Ils roulent des yeux, ils bavent ! Ils confondent Dieu avec les saccades de leur périnée. Le mysticisme c'est cet océan de ténèbres, ce soleil sabordé… Cette présence, cette absence… Cette éclipse, ce manque, Damien, ce manque !… Ce grand vide intérieur assoiffé d'un ailleurs. Alors, vous comprenez, leurs pratiques carnavalesques et leurs évêques socialistes n'ont rien de mystique. On passe du tambourin à Fidel Castro sans transition et on rate le désert intérieur… les Syrtes ! Damien… Le Rivage ! Gracq ! L'inaccessible avènement…

En revenant, il traversa un quartier plus chaud, dans les entours de la rue Mem de Sa. Les phares des voitures captaient soudain des silhouettes de garçons et de filles nus abordant les conducteurs, marchandant avec eux. On entendait le jacassement, les roulades, les voix de gorge presque rauques.

Germain Serre matait, sans commentaire. Puis il passa aux aveux. Il avait rencontré dans un dancing, non loin de là, mais plus près du port, une mulâtresse magnifique.

Damien fut heureux de constater qu'il n'y avait pas que l'administration espagnole qui fût magnifique.

— Je suis séparé de ma femme depuis des mois, seul... Et pourtant je n'aime pas les putes, cela me répugne... Ce n'est pas du tout mon truc. Question d'éthique ! Ces amours tarifées.. De narcissisme aussi. Je n'ai jamais payé pour aimer. C'est à mes antipodes. Mais je voulais savoir. Elle semblait si jeune. Elle ne pouvait pas être totalement pourrie. Elle avait un visage superbe... de déité ! de déité ! Je l'ai emmenée chez moi. Elle s'est déshabillée. Elle était incroyable, monstrueuse... totémique. Dogonne ! Damien... Dogonne ! J'ai mis un disque de Schubert. L'eau noire est schubertienne, la nuit est schubertienne... un trio... piano, violon et...

Germain se tut.

— Et vous avez... relança Damien.

— Oui ! répondit Serre en se hâtant, mais une expression de perplexité flottait sur son visage.

Damien revint à la charge, sans délicatesse.

— Ces professionnelles ne sont-elles pas un peu décevantes ? Même si on dit qu'à Rio la prostitution est plus spontanée.

Germain Serre se taisait. Les travelos, les filles sautillaient entre les voitures, s'esquivaient, zigzaguaient, belles hirondelles, exhibaient leurs fesses dorées dans le faisceau des phares.

— Je l'ai regardée, je l'ai caressée... Je n'ai pas pu tout de suite... Vous comprenez, c'était trop brutal... trop... Je ne savais pas bien où j'allais. Ce n'était pas mon truc.

— Je vous comprends, moi c'est pareil ! répondit Damien.

Encourageant, il était appâté par la confession de Serre

dont il ne voulait pas perdre une bouchée. Évidemment, *Le Rivage des Syrtes*, c'était mal parti pour les putes... un perpétuel « ne vois-tu rien venir ? » au pays des muses célestes. Pas de chair, des mythes, des Ophélies désincarnées, une perpétuelle soif. La beauté toujours entrevue, ô toi que j'eusse aimée, le sevrage métaphysique, ma sœur perdue... songe à la douceur... Comme cela en pointillés sur des vagues noires, les eaux du port, reflets de lune. Elle tabou. Inceste façon Knopff ou Moreau. Alors la Noire géante, ses seize ans, tout en lombes fastueux, ébène en barres, c'était trop d'un coup pour Germain Serre. Pas assez littéraire. Pas assez intériorisé, symbolique, cela manquait de symbolisation ! C'était du corps à corps glouton. Serre n'était pas préparé. Il lui fallait des échelons, des degrés, de la poésie... des mots surtout, un sas !... une respiration, un texte !

– J'avais besoin de mots, de parler, Damien... J'étais seul depuis des mois avec ce consul si positif, si vulgaire, toujours les pieds sur terre, biologique ! Arriviste ! baisant tout ce qui passe, rampe, trotte, le groin dans la fange. Un représentant de commerce entre deux rots, deux bières... Sans finesse. Et cette mulâtresse monstrueuse, démente... seize ans, peut-être quinze ou quatorze, colossale... ses flancs, ses reins, ses fesses d'un seul trait, en avalanche, animale ! D'un coup, comme ça, nue devant moi, offerte... souriant un peu bêtement peut-être, ses petites canines blanches sur le retroussis des lèvres. Une montagne ! Je n'ai rien vu d'aussi plein, sans fissure, sans mots... Je lui ai parlé. Mais elle ne répondait rien. Elle riait doucement, écarquillait les yeux... minérale, amorphe et callipyge... païenne au possible !

Germain Serre était un tendre, un affectif. Il aurait voulu, ce soir-là, des serments, des doigts noués, des mains pressées, des extases dans les yeux. Et pas cette cascade noire, ce torrent de carne musquée qui lui tombait dessus, le sapait sans prélude. C'était un homme de prélude, un musicien... Schubert... les nocturnes trios criblés de mélancolie. Et la fantastique présence en surplomb! Il était plus petit. Elle faisait un mètre soixante-dix-huit, cette séquence de chair prostituée, triviale, puérile, béante. Sans une petite parole tendre... qu'il devait étreindre, enfiler comme ça pour lui tout seul, comme un goinfre, sans dialogue, contre de l'argent...

– Vous comprenez, Damien! Je suis plus raffiné que ce morne consul qui enfourche le tout-venant... hideuse bête, gorille boulimique.

Et Damien opinait très doucement, en accord avec Germain Serre, l'encourageant toujours. Lui c'était pareil... Il était tendre et affectueux au fond. Homme de mots. Sans les mots, plus de relais, c'est vrai, les instincts débridés sans tamis, sans élaboration. Le festin des hyènes, simple ripaille solaire entre quatre yeux. Je te dévore bien crue, bien nue. Tout en odeurs, ta crinière me cuit. C'est ta fête. Cuisses ouvertes, les genoux jusqu'aux oreilles, dans une tempête de jurons.

– Je n'ai pu qu'à la fin, tard dans la nuit. Elle s'était assoupie, plus spirituelle alors. Je l'ai approchée et tout à coup ce fut... Je me suis gavé comme un porc! s'écria presque Germain Serre.

Damien sursauta, se demanda pourquoi ce changement de registre tout de go? Il aurait pu l'enlacer tendrement, la réveiller à demi et l'étreindre en l'enveloppant de mots doux. Là, tout à coup, le porc?!... On avait préludé dans un port mais la consonne avait muté en gutturale, croc de boucher, harpon cannibale... Damien se ravisa:

– Il est bon d'être un porc une fois ou deux dans sa vie, alors vraiment vautré, englué jusqu'aux sourcils.

– Mais je l'ai brutalisée... précisa Germain Serre, lugubre.

– Vous l'aurez prise un peu vivement, vous ne faisiez que vous rattraper..

– Non... je crois que je l'ai horriblement mordue, mangée... pincée, piochée comme un porc... Je l'aurais fouettée ! Damien, je l'aurais lacérée, mutilée peut-être... Je l'ai sodomisée, oui !... en effraction farouche. J'ai vu rouge. Je l'ai enculée. Elle a hurlé. Ce fut tout.

– Il faut toujours se méfier du consul qui dort au fond de nous... lança Damien sur le ton de la plaisanterie sans malice.

– Mais ce n'était pas cela non plus, corrigea Germain Serre, lui, c'est de la mécanique, un artificier sommaire. Mais moi ! C'était l'irruption d'un autre tout à coup, ce n'était pas trivial ni veule. J'ai dit porc, mais est-ce que je le pense vraiment ? C'était archaïque ! Vous comprenez. J'étais l'ogre archaïque... Le Père ! L'archétypal leader de la horde... C'est cela qui m'a assailli, cet ouragan de primitivité, de colère. Je n'étais pas un Porc, j'étais le Père, l'Autre... le Grand Autre même ! Vous comprenez que j'ai bien réfléchi à cela par la suite. Elle a saigné. Ce fut un traumatisme pour moi. Je l'avais blessée. C'était une gamine, l'âge de ma fille. Ce n'est pas neutre !... Je ne pouvais pas éluder la question, la crise...

– Vous l'avez revue ? hasarda Damien.

– Je ne l'ai jamais retrouvée. Elle m'a laissé son adresse dans un bar. Mais elle n'y est pas retournée... Pourquoi à votre avis ? J'aurais dû lui demander son adresse personnelle, elle doit bien avoir une famille. Je suis souvent revenu vers le port, la nuit, tout devient fluctuant... mobile, l'eau noire me faisait mal, en grands lacs médusés, comme l'huile de sa peau...

Des bandes de matelots gravissaient le morne de Conceiçao. Toujours les mêmes Américains, pensa Damien distrait par l'escalade des boys. Leur colonne quittait les grues comme des potences, les pontons déserts, les entrepôts, les yachts encalminés, puis les courants, remous... esquifs aux moteurs amortis, dans les dédales, le fouillis des sentes marines. Damien était happé comme Germain Serre.

— Est-elle morte ?! beugla l'autre, tout à coup... Ma mulâtresse est morte !...

Et ma tour abolie, pensa Damien, puis tout haut :

— Vous savez, ces filles vivent au jour le jour. Ce n'était peut-être qu'une occasionnelle, cela expliquerait pourquoi finalement vous avez été attiré, cela vous réconcilierait avec vous-même.

— Je me dis qu'elle est morte... noyée... c'est un fantasme dont je ne puis me dépouiller, noyée... là entre les coques des cargos, les gluants sillages des ténèbres, les cheveux noirs accrochés à une ancre profonde. A peine ai-je connu son corps magnifique... englouti par les eaux, la lune, le ruissellement cosmique. Noyée ! Noyée !

... Sous l'œil niais des falots, pensa Damien.

Et Serre répétait « noyée »... Il se saoulait de cette noyade, il en avalait des rasades de lyrisme désolé.

Ils revinrent dans la ville, Germain Serre déposa Damien près de son hôtel. A peine ce dernier eut-il parcouru quelques mètres qu'il entendit un coup de freins, se retourna : une grosse Mercedes bloquait la voiture de Serre. Un homme s'était jeté sur la portière du diplomate. Une femme restait dans la bagnole des agresseurs. Damien voyait ses longs cheveux dans les reflets d'un bar. Bientôt Serre sortit, la femme s'empara du volant de la Mercedes, démarra tandis que l'homme occupait la place de Serre et enlevait la voiture du consulat. Ce fut joué en deux minutes. Damien revint sur ses pas pour retrouver Serre bras ballants, atterré. Il avait senti un revolver contre son bide. Le gangster lui avait dit : « Tire-toi ou je te tue. » Jamais on ne lui avait parlé si crûment. C'était la concision du crime. Serre tremblait, blême. Ses lèvres naturellement si pincées lui rentraient dans la bouche, devenaient invisibles tant la crispation les mangeait. Damien n'arrivait pas à partager l'émotion de Serre. Il avait suffi d'une dizaine de mètres pour que tout parût lointain, spéculaire. Plus de bagnole. Serre à pied. Ils entrèrent dans l'hôtel, prirent tout le monde à témoin, appelèrent les flics qui constatèrent le vol sans s'énerver. Ils en enregistraient des quantités par semaine. Mais pour Serre, c'était la première fois. Le myocarde moulu, la stase, le coup de sabre. Le consul rappliqua. Il s'étonnait, tout de même, qu'on ait fauché la voiture du consulat. N'y avait-il pas moyen de négocier ou d'impressionner l'agresseur ? Serre était fou d'humiliation et de rage. Il était bien connu qu'il ne fallait surtout pas résister aux gangsters de Rio qui vous dévissaient sans scrupule au moindre pet de travers. Le consul n'aurait pas fait mieux. C'était lâche et honteux d'envisager d'autres hypothèses. Serre s'écria tout à coup :

— Enfin ! Enfin ! Vous n'avez pas lu *O Globo*, ce fait divers horrible... Ils ont déterré une très jeune fille qui venait d'être inhumée et ils l'ont violée ! Hein ! Et vous voulez qu'on se défende avec des types comme ça !...

— Mais vous n'êtes plus tout à fait une très jeune et belle Blanche... mon cher ! ne put s'empêcher de dire le consul qui manquait de tact.

Il tapota l'épaule du diplomate, lui annonçant qu'il avait un rendez-vous, qu'il devait se sauver, qu'il analyserait la situation demain... mais que c'était une très récente et belle voiture grise du consulat, ennuyeux tout de même... cette perte... Cent cinquante mille balles...

Serre, après avoir témoigné, rempli des formulaires, se retrouva avec Damien au bar de l'hôtel. Il ne se remettait pas. Il regardait son ventre, là où le revolver s'était appuyé. Le

146

canon glacé... sur sa chair. Lui, sa culture... Le mépris de sa
vie, de son histoire, de son statut, de sa finesse intérieure.
«Tire-toi, je te tue!» «Je me suis gavé comme un porc!»
C'était la nuit des phrases chocs. Damien administra à Germain Serre du Témesta, un petit bâton jaune et un petit bâton
blanc. Le médicament n'agissait pas encore. Il l'avait gobé
sans poser de questions. Vite un remède pour ne pas mourir
d'angoisse, là rapetissé, roulé au sol, compissé, moins que de
la merde, piétiné, toute la ville lui faisait dessus, les foules crachaient sur sa dépouille, paillasse mortifiée, tandis que les
deux bagnoles, celle de la fille aux longs cheveux et du gangster, avaient filé quelque part vers Zona Norte, dans quelque
favela plus proche ou carrément à Barra, São Conrado, un
quartier chic. La voiture volée aussitôt planquée, maquillée.
Des filières existaient, organisant des trafics sur le Paraguay,
l'Uruguay, l'Argentine. On arrosait un fonctionnaire qui vous
donnait de nouveaux papiers, la bagnole était vendue la moitié de son prix, les acheteurs se bousculaient.

C'était un des mille négoces de Rio. Il fallait survivre... Les
plages du Méridien, du Sheraton, de l'Intercontinental et du
National étalaient trop de trésors, exhibaient trop de magnats
luxueux, de voyageurs pleins aux as qui attiraient des quadrilles de voleurs, postés, recueillant des renseignements,
repérant les habitudes du gibier, classant les cas par catégo-
ries... Rio déployait son or, ses corps cossus, viandes soi-
gnées, parfumées, sapées de soie, d'alpaga que convoitaient
tous les félins, lions prédateurs, humant, filtrant les miroitantes légions du fric. Les hôtels échelonnaient sans succès
autour de leur enceinte des vigiles armés, couchés sur la plage
ou surveillant les abords des piscines, chaque débouché de
rue. Ces hommes étaient parfois achetés par les gangsters. En
tout cas, ils ne faisaient pas le poids devant un raid fulgurant.
Les fauves étaient les plus motivés, donc les plus performants,

affamés par le pognon qui sentait fort une odeur de métal, de biffeton, de cosmétique et de jouissance. On voyait luire l'oseille sur la trogne bronzée des gros mecs en pantalons blancs à pli, veste coupée, et des épouses décolorées, sanglées dans leur robe griffée, face ravalée. Toutes des fausses maigres, mal jugulées par les régimes, bourrelet contenu et fanon raplati. Peau mal agrafée, le stress pour rester jeune, le sourire riveté des mémères liftées, en mimique rigide, étoilée de vieille petite fille. Tous les lardeux saturés de lipides, suintant le blé, l'épi doré, richissimes rois des affaires et pirates de haut vol. Bien sûr, ils pillaient eux aussi, spéculaient proprement, sans coups de main sanglants, vidaient les poches des partenaires ou adversaires moins experts... détournaient les fonds, les subventions, créaient des sociétés fictives, pompaient partout l'argent des ministères, des banques, des plans de développement, de l'Amazonie au Rio Grande do Sul, épongeaient le fric des barrages, des routes, des grands travaux, de l'immobilier, de la monoculture, du soja... c'étaient donc eux, mais aussi les touristes qui leur étaient souvent liés, que les loups des favelas guettaient, rôdant autour de leur arôme, de leur opulente sueur. Femelles douchées de parfums rares de Paris, de New York, tatouées de sigles et symboles de luxe. Les favelados rappliquaient en cinq minutes. Aux loges dans les mornes, nids d'aigle érigés au-dessus des hôtels offerts aux razzias. C'était la jungle, la savane du fort et du faible inversant leurs rôles selon les circonstances, les cycles. Des millions de pauvres, masse énorme sur les collines, dans les banlieues sur des kilomètres à la ronde et ce liséré fleurant la flânerie, l'or, la dentelle scintillante des golfes... Rio Sul. Sud, oui !... Soleil, le Rio bleu, diamantin, orfévré, des corps sensuels et gourmets, des parties, des piscines, des boîtes, de l'oisiveté, du sport, des voitures clinquantes et des roueries... ô ce jasmin, ces fleurs d'oranger embaumant les filles en string, en caraco, en débardeur et collants fluo. Leur peau, leurs culs de gosses gâtés, enduits d'une fine bruine sucrée, miches mûries sur les moquettes des chambres climatisées, rires duvetés...

Alors les autres embusqués tout autour, les urubus, les crotales, les racketteurs, les ravisseurs, tire-laine et loups-garous, kleptomanes, égorgeurs, bandits des taudis, cernaient d'un cercle de voracité le cheptel chaud des nantis...

Mais Serre, lui, ne faisait pas de sociologie. Il avait été braqué, menacé de perforation intestinale, ramené, oui, au niveau de la tripe... du viscéral caca. De trouille il avait failli faire. Il n'était plus rien, déshonoré, on lui avait brutalement arraché ses titres, ses droits, sa langue, sa culture, ses citations... le petit canon froid avait appuyé. Serre avait compris qu'il ne comptait pas, sans défense, boyau, mouche qu'on écrase. Il avait presque supplié l'autre de ne pas tirer, presque marmonné : ma femme... ma fille ! Il ne reverrait plus jamais la magnifique mulâtresse, l'eau noire du port. Plus rien. Plus de mélancolie. Une détonation. Germain Serre aboli. Plus de littérature. Gracq ! Gracq ! Gracq ! Ses dents claquaient, macabres, faisaient Gracq, son œsophage craquait, ses os... C'est alors que la fureur le libéra, toute la haine lui revint... plus tard, devant Damien : «Ah les fumiers ! Hein... les fumiers !» «Fumier !», c'est le meilleur pour débonder le stress, mieux qu'«enculé» qui est local... fumier plus foisonnant, fumant !... plein de purin, de paille de merde meurtrière.

– Les fumiers !... Les têtards... que des têtards !... Leur grouillis de gorilles, ces gargouilleux des mornes, hein ! Et moi là-dedans ! Moi !... fourré dans leur fumier, leur porcherie. On m'a envoyé me faire tuer par les macaques. Mais je n'en ai rien à foutre de ces rats, des surmulots, de leurs mornes vermoulus, de leurs latrines à cocaïne ! Ça copule, ça prolifère comme des crapauds. Hein! tous ces syncrétiques cramponnés dans le marigot... tuant, s'entre-tuant, s'étranglant, s'enfilant à qui mieux mieux. Mais je m'en fous, moi! Je me tire! Je veux me tirer! (Au fond c'est ce que le gangster lui avait intimé de faire : Tire-toi ou je te tue!) Je ne vais pas y laisser ma peau, n'est-ce pas Damien?! Dans leur cul-de-sac, leur asile en flammes... Qu'est-ce que vous voulez, les nègres, ils n'ont jamais rien pu faire, rien réussir, partout où ils sévissent ça foire, c'est le guignol, le cirque, le casse-pipe. Hein! les syncrétiques!... Tout leur ignoble taboulé génétique!

Damien avait beau comprendre que ce déluge putride était une réaction de peur, n'empêche que Germain Serre, le conseiller, le fin lettré, envoyé pour incarner la France des droits de l'homme, l'humanisme, l'hédonisme, avait à sa disposition tout un vocabulaire, une cartouchière fourbie depuis des lustres. « Syncrétiques et têtards » surtout, que Damien enregistra, nota comme des preuves. La frousse, l'imminence de la mort faisaient péter l'égout et le geyser emportait tout. Serre s'en donnait à cœur joie et canonnait sa mitraille : « Tritons, crétins et crapauds copulatoires! »

Surnageait son dégoût du biologique et de la prolifération qu'on retrouvait dans ses diatribes contre le consul. C'était la première fois que Germain Serre vidait son sac, ruait son emphase refoulée.

D'habitude son langage était tout différent, jouant sur le double registre de l'ellipse et du venin. Damien avait observé ce trait chez bien des commis de l'État. Dans l'incapacité de dire franchement du mal de leurs confrères, ils pratiquaient une tactique langagière faite de sous-entendus et de rapidité. Soudain, dans un leste créneau, ils vous décochaient la ciguë contre leurs supérieurs. Ni vu ni connu!... La calomnie en un éclair, l'air aviné, vicieux, rabattant aussitôt le couvercle. Je n'ai rien dit ! Des spécialistes du message subliminal qui vous irradient l'inconscient sans laisser de trace palpable. L'ellipse, la rage. Le style des Rastignac au rancart. Un cocktail de litote et de laser.

Mais le traquenard avait fait sortir Germain de ses gonds. Il était passé de Gracq à Céline sans transition. Du protocole au dépotoir. Il déballait, il inventait, phénoménal et monstrueux, tout gondolé de furie, dégoisant, chuintant, les yeux plissés, tourneboulé, poulpe en pétard, il abominait tous les mornes à la ronde, au moins deux, trois millions d'hommes. Énorme tout à coup, lavant l'opprobre qu'il avait subi par des hyperboles, une épopée de hargne, de vitupération. Il tuait, il massacrait tous les Noirs, les mulâtres, les Indiens et jusqu'aux Bororos de Lévi-Strauss qu'il traquait sur les plateaux... tout y passait, le musée de l'Homme sous les bombes... Pas de survivant, politique de la terre brûlée et du napalm. Nos sagas coloniales lui revenaient, qu'il assaisonnait de tortures insolites et de supplices artistes. C'est colossal, la terreur et le dépit ! Ça carbure nucléaire. Gros cataclysme caniculaire. Germain Serre pique des deux à Hiroshima, le cimier haut, nettoyant le terrain. Rio radié... Mission accomplie, grand messager de la culture.

Damien repensait au boniment de Serre... Il se disait qu'en prenant le bonhomme à froid, dans un salon, à Londres, dans un poste feutré, Serre comblé, son discours aurait sans doute changé. Vous lui touchez alors un mot des génocides racistes, des abus coloniaux, il les condamne à coup sûr et sans tergiverser ! Car élégant, au fond, humain, centre-droit, centre-gauche, lecteur de Montaigne, de Montesquieu. Plus question de têtards et de syncrétiques, de taboulé génétique. Il tomberait des nues et renierait farou-

chement. Sûr et certain ! Serre n'était peut-être pas raciste
tout au tréfonds, mais prompt à le devenir dans l'épouvante
et la frustration. Le monstre en lui, bien muselé, attendait
son jour. Il en fut ainsi de bien des poètes choisis d'avant-
guerre, lecteurs subtils et frissonnants de Valery Larbaud,
amoureux d'Apollinaire... avec la bête postée, couvant sa
croissance délétère. Damien eut peur pour lui, pour Marine,
pour le monde. Étaient-ils donc tous capables de cette métamorphose ?... Conservaient-ils par-devers eux ce potentiel
de meurtre abject ?

Damien accompagna Germain Serre, chez lui, en taxi. Le
diplomate sursautait à l'arrêt, devant les feux rouges. Il débarqua dans son appartement pour surprendre sa fille Julie et
Vincent entortillés, débraillés, l'œil camé, à même le canapé.
Ils tombèrent sur leur juvénile agglutinement. Germain,
bouche bée, resta coi. Julie se leva, rajusta son téton balloché
dans son chemisier ouvert. Vincent niais, une mèche lui battant l'aile du nez, ramassait son tee-shirt. Un disque afro scandait « Samba du Noir beau et fort ! » qui acheva l'infortuné
Germain. Il balbutiait : « Ma fille... » Il s'écria : « On a voulu
m'assassiner. » Et Julie s'excusait, se carapatait, ramassait à
tire d'aile les bouteilles et les coussins qui jonchaient la pièce.
Germain atterrit dans sa chambre, s'affala sur son lit. Alors
ses lèvres se rentrèrent de plus belle, il fronça les sourcils, son
nez piqua comme une trompe vers son menton crispé, tremblant. Il émit un sanglot et pleura tout à coup. Damien assistait au désastre, impuissant, touché maintenant par le diplomate qui pleurait tout son saoul... océanique naufrage où il
rejoignait les pontons, les entrepôts, le port aux horizons
mouchetés de lucioles et de ténèbres, bassins gonflés de
larmes, de lapements sur les balises. Il s'éboulait en ruines
liquides et clapotait dans le vide... C'était lui le triton, petit

têtard à présent et crapaud pustuleux, ballotté au fond du marais chaotique, pauvre nègre tuméfié, à hoquets, paria de Rio, bercé dans le flot.

Nelson la regardait, nue, se nattant, face au miroir. Le dos, les hanches étroites, le cul vergeté de deux zébrures plus claires sous la protubérance des fesses, les élégantes cuisses garçonnières et les mollets musclés de danseuse. Mais les deux craquelures ne diminuaient en rien sa beauté, elles la rehaussaient, au contraire, d'une empreinte fraîche, comme le poinçon du créateur, le paraphe de Bacchus. On sentait grâce à elles combien la chair était vivante et profonde. Le cul des mulâtresses connaît une croissance si brutale au moment de l'adolescence, une telle exubérance que la peau cède sous la poussée, les estafilades sont les archives de ce bond tellurique. Le Pain de Sucre était partout dans cette ville bombée, bulbeuse. Le corps en reproduisait les bosses. Elle accrochait ses nattes postiches de rasta qui serpentaient dans le miroitement de l'échine coulant nette, presque froide jusqu'à la proéminence de la croupe.

Nelson restait couché sur son lit, la tête dans ses mains jointes sous la nuque. Il admirait Biluca, le dos roide qui chutait et se cassait soudain sur la confluence charnue, ce beau filon de derrière fendu. Elle savait remuer son cul au gré de ses gestes, exhiber le trophée comme tous les danseurs de

154

samba, tous les Noirs de Rio qui détenaient au plus haut degré le sens des reins cambrés, de l'offrande féconde. Tant la ville était ronde de cibles gourmandes et rousse de désirs, hardie, hérissée de mamelles et de harpons comme un androgyne géant, multiplié. Biluca n'était qu'une pièce de cette démesure mais elle en reflétait la facture sensuelle à un degré menu. Il suffisait de plonger vers les détails de son corps pour renouer avec les salaces sillons ouvrant les mornes rouges, ces grandes lézardes d'amour dans la fourrure de Tijuca, la moiteur des tunnels noirs trouant la base des montagnes amassées au-dessus du flot.

Casquée, nattée, rebelle, elle se retourna vers Nelson. Il contempla les gros hameçons des seins, leurs bouts drus, la cage thoracique à l'ossature visible et puis là, sous le ventre, l'indice scandaleux de sa nature biface, le secret de Biluca, ce trait enfoui au tréfonds de Rio, cette ambiguïté que la bossa-nova dolente dévoilait dans la danse du plus macho des mâles, cette identité paresseuse, cette confusion des genres... Tout à l'heure en la prenant, en s'enfonçant dans la fille-de-saint inondée par le sang du coq, il avait caressé en même temps le ventre et descendu vers le lieu du litige, cette crosse délicatement dressée. Biluca fanfaronnait encore, arrogante et crêtée. De nouveau, elle se retourna vers le miroir, projetant dans son lac l'hypothèse de son sexe, l'objet de la surprise. Plus narcissique que le dieu antique. Et lui ne voyait plus rien que l'adolescente Biluca des mornes, sa proie, sa joie, le bijou de son vice.

Alors le téléphone sonna. Nelson prit la communication. Pedro, son contremaître, lui annonça que l'opération avait commencé, que les troupeaux se dirigeaient vers le campement d'Asdrubal. La réponse retardée de Nelson s'était changée en foudre, en cohue de bêtes fonçant droit... Biluca colorait ses grosses lèvres, les fruitait d'un rouge cerise, gainait ses cils sous des pétales de mascara rigide. Il aimait qu'elle se masque ainsi, rituelle il la voulait, avec les vergetures translucides en entailles, signatures hermaphrodites, biffées comme des jarretelles, deux éclairs de Satan. Elle enfila son slip, puis choisit une minijupe que n'eût pas reniée Renata, elle était composée d'un patchwork de chiffons, de bouts de pyjamas à pois, de rayures de bagnards, de pastilles dans des tons roses et tièdes. Le vêtement était assorti d'une brassière de la même veine, hétéroclite, parsemée de chinoiseries cousues. Nelson en était éberlué, gaga devant Cosette, ces machins mous papillotant sur son cul ferme et ses raides tétons.

Il se ressaisit et lui annonça que sa vengeance était en marche, qu'il avait jeté ses troupeaux à l'assaut, des centaines de bœufs harcelés de taons, là-bas, dans la passe entre les plateaux. Des tourbillons de poussière rouge montaient dans le ciel, flottaient comme des banderoles d'incendie, se mêlaient à la flamme des ipès. Biluca sursauta, l'œil noir, mesurant l'enjeu. Elle eut la vision des hordes de Nelson, de tous ses animaux cornus, beuglant, de leurs poitrails chamboulés, plongeant, remontant dans la course, de leurs garrots flottants, de leurs bosses, de leurs mufles trempés, tout ce cheptel triomphant canalisé par les bouviers... La puissance de Nelson inquiétait Biluca, l'effrayait mais son angoisse de la pauvreté était la plus forte et la ramenait sous la coupe de son amant.

Nelson lui disait le martèlement, le tambourinement comme si des sambistes avaient cogné sur leurs surdos pour scander le galop, le samba des sabots de bêtes frappant le sertão, couchant les épineux, les aroreiras, les euphorbes, drainant la latérite. Et Biluca fardée, attifée de sa jupe composite, semblait victime émissaire peinte de tatouages rouges et bleus, offerte à la meute grondante et tonnante des Minotaures... Houle des chanfreins, des fanons, des pelages bruns, beiges, crayeux, tachetés, cuisses maigres gaufrées de crottin, pestilence des toupets, des bourrelets de cuir flageolant, flapis, écorchés par les ronces, saignants, noircis de mouches.

Biluca parée les entendait, les attendait, fils-fille des mornes, fils-fille d'Oxala, Iphigénie éperonnée, ensemencée sous la jupe volage. Obscurément elle sentait que l'ouragan passait sur elle, sur les siens, sur ses ancêtres, paysans errants.

Le Jacuriri entrait dans le Paraguaçu en un tressautement de vaguelettes, de courts remous, un pugilat des matières et des eaux entrechoquées qui s'aplanissaient bientôt sous les arbres en glissade très lente, couleur cuivre.

Asdrubal et ses hommes avaient fortifié leur campement de clôtures intermittentes, de petites levées de terre. Des canaux et des bassins acheminaient ou retenaient l'eau du fleuve et des pluies nécessaire à l'irrigation des cultures. Les familles campaient toujours sous des cabanes de branches, de toile de nylon, de planches. La radio diffusait des airs entrecoupés d'appels, de recommandations. Les hommes et les femmes travaillaient dans leurs parcelles dont les pousses verdoyaient çà et là. Les gosses charriaient de l'eau.

Un cri fusa, suivi d'une clameur nourrie. Toutes les têtes se levèrent pour écouter le bruit de cataracte couronné de son nuage ocré. Ils ne comprenaient pas. Là-bas jaillissait, de la faille du canyon clivant le plateau, ce moutonnement, cette écume brunâtre, ce sautillement des marionnettes sur leurs montures. Cela sortait de l'entaille, bouillonnait, se déployait sur toute la langue de la vallée. Alors les hommes se mirent à hurler, à appeler les femmes, les gosses, ils se précipitèrent vers le fleuve et bondirent sur des radeaux qu'ils avaient fabriqués, depuis leur arrivée, pour pêcher, explorer l'autre rive, circuler en aval et en amont. Ce fut là, au milieu des eaux, qu'ils assistèrent à la razzia des bœufs de Nelson qu'aiguillonnaient tous les bouviers. Pedro, le capataz, dirigeait le saccage. Les bêtes se ruaient en un saillant turbulent que les cavaliers infléchirent par des salves de leurs fusils pour éviter un heurt frontal avec le fleuve. Le troupeau freina, saisi d'embardées innombrables et bruyantes, toute sa fureur s'incurva et prit en enfilade les terres d'Asdrubal. Les palissades précaires, les canaux, les bassins, les casemates, tout culbuta sous l'avalanche. La radio se tut. Le quadrillage des cultures et des timides verdures anéanti.

Les cavaliers convoyèrent le bétail vers un gué situé en aval, une plage qui descendait graduellement jusqu'au fleuve. Les bêtes s'échelonnaient pour boire, laissant derrière elles une étendue d'épaves, de chaudrons cul en l'air, de jerricanes broyés, de huches à riz, de toiles déchiquetées, de plantes déracinées, d'eaux boueuses. Et sur le radeau d'Asdrubal, Lucia, tous les pauvres types, sans chapeaux, sans armes, mains nues, contemplaient le désastre, muets, stupides. Un ou deux mioches hurlaient... Ils avaient pu quitter leur éden ravagé, se laisser glisser au gré du courant, dans leurs radeaux de pionniers nus, de survivants sans nourriture, sans vêtements de rechange, sans outils, livrés au Paraguaçu, que pouvait-il leur arriver de pire?... Les grands fleuves mènent à la mer, à l'amour, à la mort.

Le nuage retombait, s'éclaircissait, s'éloignait, dissipait ses voiles morcelés. La terre était labourée, hachée, nivelée par les sabots. Nelson avait le droit de faire boire ses troupeaux sur ses propres terres. Les paysans n'avaient pas redouté le bétail de Nelson, énorme charroi de viandes colériques promises aux abattoirs, aux chambres frigorifiques, à la consommation des riches. Nelson savait maintenant que son plan avait réussi, que sa loi était rétablie. Il prit l'avion pour Bahia et sa fazenda. Hippolyte apprit la nouvelle par Severino. Il se rendit sur place. Les familles s'étaient attroupées dans les ornières et les décombres. Des hommes juraient, serraient le poing, crachaient, rongeaient leur frein. Mais la plupart se taisaient. On ne priait pas. On ne cherchait pas encore à récupérer les débris. Ils étaient là, en panne, quand Hippolyte survint. Ils n'émergeaient pas de l'effroi.

Plus tard, certains décidèrent de partir. On ne pouvait pas reconstruire les bassins et les canaux, recommencer pour que tout de nouveau soit détruit. Mais Asdrubal n'acceptait pas la capitulation. Il se dressa, apostropha ses camarades, leur demanda de rester, de reconstituer le campement. Hippolyte promit son aide, on poursuivrait Nelson devant les tribunaux, on agirait auprès de Brizola le gouverneur de Rio qu'Hippolyte connaissait personnellement, on rameuterait des secours à Bahia, on saisirait le PT, les syndicats et Benedita da Silva, la députée des Noirs. Mais certains ripostèrent que Brizola était compromis comme les autres, qu'il possédait de bonnes fazendas à l'abri en Argentine ! Asdrubal évoqua l'évêque Dom Ivo Lorscheiter qu'il avait rencontré jadis. La Pastorale de la terre leur apporterait un coup de main. Mais on n'avait encore jamais vu l'évêque d'Asdrubal, nul messager n'avait été jusqu'ici dépêché auprès des squatters... Lorscheiter, Benedita, Brizola, leurs noms sonnaient aussi mirobolants qu'inaccessibles. Ces leaders étaient submergés de suppliques. La poignée de paysans perdus du Paraguaçu pouvait-elle se frayer un passage dans le labyrinthe des requêtes, des affaires compliquées qui s'interposaient entre leur lutte et celle des stars de l'Église et de la politique ? Ils étaient au bas de l'échelle, paumés au pied d'un plateau déserté, au bord d'un fleuve infesté de taons, de crapauds. Hippolyte gardait-il tant de prestige, discrédité comme il l'était par ses trafics d'animaux ?

Des femmes s'étaient mises à glaner les gamelles, les pioches et les pelles éparpillées dans les ruines. Elles rapportaient des montants de bois brisés, des piquets tordus, des loques. Asdrubal adjurait ses compagnons de tenir. Hippolyte obtiendrait de la farine pour les premiers jours, il partagerait avec eux les produits de sa ferme, Severino donnerait du maïs. De la volaille indemne caquetait alentour. Les bestioles s'étaient sauvées dans les plantes aquatiques et les roseaux sur les bordures du fleuve. Un gosse, les yeux ronds, réjouis, trottinait vers les adultes, il serrait dans ses bras une poule ébouriffée, glapissante qu'il avait débusquée de sa planque et qui lui chiait dessus. Le fleuve était poissonneux, ils pourraient pêcher. Un homme annonça qu'ils devaient organiser un raid de représailles sur les troupeaux de Nelson, zigouiller un bœuf et le boulotter, ce serait une compensation. Hippolyte et Asdrubal approuvèrent cette idée qui leur semblait légitime. Après réflexion, Saint-Hymer déclara qu'il se chargeait de la manœuvre. Il courait moins de risques. Il était plus puissant.

La nuit tombée, Hippolyte, Timoteo, Severino et deux acolytes s'approchèrent du troupeau qui se reposait à cinq kilomètres en aval du campement d'Asdrubal. Ils avaient fait la route dans le camion de la ferme, s'étaient avancés au ralenti, puis avaient coupé moteur et phares à quatre cents mètres. Deux feux de bouviers couvaient sur des surplombs. Les hommes devaient sommeiller. Ils ne pouvaient pas contrôler la totalité du troupeau. Mais il fallait se méfier des chiens et de leurs aboiements intempestifs. Hippolyte et ses complices avançaient contre le vent dans des nuées d'insectes. Ils avaient choisi l'angle d'attaque le plus éloigné des feux, espérant qu'un bovin se serait séparé de la masse de ses congénères. Ils inspectèrent le pâturage répandu sous les étoiles. Les crapauds du fleuve faisaient un ramdam obsédant. Il y avait quelques bêtes isolées. L'un des comparses avait été choisi en raison de son habileté à entraver les bovins. Il ajusta sa proie, glissa tout près d'elle, la corde siffla, enlaçant l'animal qui souffla, beugla. Ils se précipitèrent sur lui tous ensemble et le garrottèrent malgré ses ruades et ses coups de butoir. Le camion arriva, ils entraînèrent le bœuf vers la remorque arrière et démarrèrent.

La bête fut tuée d'un coup de fusil à son arrivée au campement. Les hommes entreprirent son dépeçage et son équarrissage. La viande gigotait sous les coups, noirâtre, pissant le sang, écartelée dans le murmure du fleuve, l'éclaboussement de lune. De gros quartiers craquaient, se détachaient : les côtes, les rôtis tranchés que les femmes recueillaient, enfonçaient sur un pal de métal qu'elles avaient récupéré et tendu entre deux fourches, au-dessus d'un brasier allumé dans la nuit. La graisse crépitait, exhalait un remugle de nourriture sauvage. Les femmes sentaient dans leurs mains le poids des entrailles fumantes, des organes gorgés, elles tâtaient ces entrelacs juteux avec avidité. Les gosses pataugeaient dans des mares gluantes. La tête du bœuf était couchée sur le sol, avec ses gros yeux blancs et globuleux. Elle serait bientôt fracassée pour livrer sa cervelle.

Ils piochaient dans la chair, s'empiffraient de sa densité, de son chaud, de ses sucs qui les changeaient des galettes de manioc et des haricots noirs. Ils se nourrissaient pour de bon avec du plein, du muscle, du gras doré, avalaient de grosses effilochures saignantes, des morceaux rissolés couverts de grumeaux qui suaient leurs bulles sucrées, qui chuintaient dans leur saveur de couenne et de cramé. Ils en avaient le museau barbouillé. Hippolyte jubilait. Même si Nelson avait des doutes, il n'aurait jamais de preuves. Mais Asdrubal se méfiait des ruses, des réactions criminelles du fazendeiro. Alors Hippolyte jura que si le danger se précisait, se focalisait sur la communauté, il revendiquerait le vol du bœuf, irait devant les tribunaux. L'affaire s'ajouterait à celle de l'occupation des sols, à la razzia de Nelson qui aurait pu tuer des hommes. Le dossier grossirait. La presse et l'opinion finiraient par s'alarmer. Ils avaient tout à gagner d'un battage public.

Le sol était jonché de carcasses, d'os luisants sous la lune. Dans la terre remuée par les troupeaux, des rigoles de sang s'étoilaient et les crapauds poussaient, par rafales, leur hymne vorace. L'odeur du fleuve montait dans la vallée. Ils ramassaient les restes de viande pour la sécher, la boucaner. Un homme s'était couché au bord des braises, on voyait l'arête de son nez, un angle de sa pommette nerveuse et noire et l'autre profil rougi, tordu, ensorcelé. Lucia s'était calée contre le flanc d'Asdrubal avec son gosse qui roupillait bouche bée. Elle essuyait avec ses doigts la graisse qui souillait ce goinfre de Mario, bedon rond, mains étalées dans la nuit, toutes petites et dodues, à l'abandon. Il était là cloué contre son sein, assommé par la satiété et le sommeil, avec les fleurs des paumes écarquillées, petits poulpes sous la lune. Hippolyte n'y tint plus, toucha les doigts douillets pour voir, pour sentir cela, menu, docile, parfaitement dessiné, petits ourlets potelés, sans réaction, atones sous la chiquenaude... « Il dort... Ah dis donc, ce qu'il dort... Ce qu'il est birlulu ! » soufflait Hippolyte ébahi. Lucia souriait, en osmose, ralentie, engourdie, comme remplie de nuit tendre elle aussi. « Ah, elle s'endort !... » murmura Hippolyte. Puis le marmot péta sans sourciller, comme ça, tout seul, dans un rêve, cri de crapaud. «Ah le petit cochon!...» se chuchota Hippolyte, pris de fou rire. Alors la rigolade le secoua. Il s'en fermait la bouche de force pour ne pas faire de bruit. Puis son hilarité passa. Il demeura longtemps éveillé sous le firmament, songeant à Nelson, à Renata, dans l'effluve, la fraîcheur du fleuve dont la nudité brillait entre les roseaux.

Le capataz Pedro apprit le lendemain soir à Nelson Mereiles Dantas qu'un bœuf manquait à l'appel. Un échantillon ne pesait pas lourd dans la fortune du fazendeiro. Mais la disparition révélait une faille dans le système et cela menaçait de se répéter. Pedro avait fait son enquête. Des témoins avaient entendu un camion. Nelson ne doutait plus qu'il s'agît d'une vengeance des hommes d'Asdrubal. Il prévint les flics. Ils arrivèrent au camp le surlendemain du festin. Ils interrogèrent les paysans, tournèrent en rond, flânèrent puis décampèrent bredouilles non sans avertir les squatters qu'ils risquaient fort de perdre le procès qu'avait attenté contre eux Nelson Mereiles Dantas. Il eût été plus sage de quitter ces terres. Les hommes répliquèrent qu'ils avaient leurs avocats et que le droit leur permettait d'occuper un sol inexploité par son propriétaire.

Pour le moment, le juge accumulait des pièces, l'affaire traînait. Nelson, tout en saisissant la justice, ne dédaignait pas d'exercer des pressions plus individuelles et plus musclées. L'avocat d'Hippolyte porta plainte contre le raid destructeur. Les flics renvoyés au propriétaire lui posèrent quelques questions polies et après avoir été régalés de plusieurs verres s'en repartirent avec cette justification imparable du maître :

« Chaque année, à cette saison, j'ai coutume de faire boire mes troupeaux sur les berges du Paraguaçu qui est un grand fleuve paisible, à la hauteur d'un gué et d'une plage sans danger. Ce sont mes terres, j'en dispose à ma guise. J'avais prévenu les squatters. » L'affaire en était là, promettant de s'étirer, de s'empêtrer dans les chicaneries, les défenseurs des uns et des autres tirant à hue et à dia.

Hippolyte de Saint-Hymer somnolait sous sa véranda, les yeux noyés dans l'entaille pourpre du Jacuriri, quand son téléphone sonna. Il répondit. Une voix anonyme l'avertit de ne plus se mêler d'assassiner les bœufs de Nelson, que ce dernier pourrait se lasser et remettre au jour un riche dossier qui établissait le trafic d'animaux opéré par Hippolyte, plus précisément sur des alouates, honteusement inoculés, greffés dans des laboratoires marrons. L'autre ajouta en savourant : « Et n'oubliez jamais que vous êtes un violeur. »

Ces accusations ne constituaient rien de nouveau pour Hippolyte, hormis l'identité des singes, des alouates. C'était la vieille rengaine de Nelson, son missile rouillé. Il ne manquait plus que l'affaire du viol de Renata pour déterrer les antiques calomnies. Cependant un détail agaçait Hippolyte, on n'avait nullement précisé le nom de la victime, et cette qualification de violeur, sans objet, l'inquiétait. Il prit derechef son téléphone, fit le numéro de Nelson. Il eut un domestique. Il dit son nom. Il attendit. Mereiles décrocha.

— Alors Saint-Hymer... quoi de neuf ? La thébaïde du Paraguaçu est-elle toujours prospère ?... Vous voyez à quelles extrémités vous conduisez vos misérables. Votre responsabilité d'incitateur sera lourde, Saint-Hymer, quand le tribunal fera les comptes... sans oublier le bœuf, ce misérable rapt d'un bœuf, à la dérobée, la nuit, comme des Apaches ! Je sais tout, Hippolyte. Pedro a relevé les traces, les témoignages, tout vous accable, vous et votre bande.

— Vous vous croyez très noble, Mereiles, quand vous faites dans le coup de téléphone anonyme et venimeux.

— Je ne me suis jamais livré à ces détours mesquins. Quand j'ai quelque chose à dire, je viens le dire. Souvenez-vous de notre dialogue au bord du Paraguaçu le jour de l'invasion de mes terres. Vous en fûtes tout dégonflé et déconfit.

Saint-Hymer ravala sa salive et rétorqua :

— En tout cas, vous avez de zélés collaborateurs qui téléphonent pour vous et remuent toujours la même merde, jusqu'à épuisement ! C'est comme si moi je m'amusais à disserter sur une certaine Biluca, vous apprécieriez l'humour du féminin en la matière !

— Mon cher Saint-Hymer, dit Hippolyte après une pause, soyez prudent sur le chapitre du cœur, méfiez-vous des affaires sentimentales qui sont trop larges, trop nuancées pour votre jugeote de trappeur au rancart. Alors là, vous seriez très maladroit, très étourdi, en proie à de redoutables trous de mémoire ! Si vous poussez les amabilités jusqu'à explorer les chemins secrets du cœur après avoir couru l'Amazonie, les tatous, les tapirs, les sajous et les sapajous, vous risquez de vous perdre dans ces méandres de l'amour. Vous traînez un passé encombrant là-dessus, vous traînez une terrible tumeur ! Vous ne vous souvenez pas du bel épisode... non ? non ?... Il ne s'agit pas de Renata, que je m'en veux de mêler à cet échange fétide, mais d'une circonstance très saumâtre, votre épicentre, Saint-Hymer, cherchez bien et bouche cousue !

Sur quoi Nelson raccrocha. Saint-Hymer rageait. L'autre lui avait porté un coup très torve. De quoi l'accusait-il au juste ? Il bluffait, pratiquait l'insinuation... Ce Mereiles était vraiment gangrené, pesteux, à force de défier tout le monde, on retrouverait sa charogne dans un champ de cannes, bouffée par les fourmis ou flottant, le dos rond, au gré du Jacuriri, sa face retournée dans l'eau, rongée, grignotée par les poissons voraces. Le *Jornal do Brasil*, la semaine dernière, faisait état d'un fazendeiro tué par des paysans chassés de leurs terres dans l'Alagoas. On avait retrouvé son cadavre noyé dans la mélasse d'une usine à sucre, grosse friandise assaisonnée, dégoulinante. Un vrai dessert dégueulasse. Il n'y avait plus qu'à le caraméliser au grand soleil.

Asdrubal était resté au bord du Paraguaçu avec les trois quarts des hommes mais deux familles avaient renoncé à la lutte. Elles étaient parties rejoindre le gros des journaliers qui se louaient, au coup par coup, sur les plantations ou qui migraient d'une chimère à l'autre, sur les routes du Brésil géant.

Asdrubal connaissait leur errance… Des millions d'hommes, quinze-vingt millions, chassés par les barrages, les terres inondées du Parana, de l'Amazonie ou le long du São Francisco. Les grands arbres pourrissaient. L'électricité destinée aux grandes villes n'alimentait pas toujours les hameaux avoisinant les centrales. Les paysans courent vers le Rondônia, le Roraima, dans les sylves inconnues où, faute de réserves financières, ils ne peuvent tenir. Une épidémie, la malaria, une sécheresse, une crue ont raison de leurs rêves. Ils sont chassés par les sociétés, les multinationales qui s'emparent des terres. On passe brutalement de l'agriculture à l'élevage, qui réclame moins de mains, et de nouvelles familles sont livrées à la route, aux banlieues des villes. Des millions partout. L'immense complexe industriel de Carajas avec l'exploitation du fer, des minerais a expulsé de nouvelles vagues de paysans foutus.

Ils tressautent dans des camions, sous des bâches, dans des hamacs, agrippés aux ridelles. Ils traversent les plateaux, les cerrados, les savanes arides, les caillasses avec leur baluchon, leur gamelle, leur image de la Vierge, bringuebalés dans les ornières, versés dans les fossés, laissés pour compte, expédiés dans des zones dépeuplées, puis dépossédés des parcelles qu'ils ont défrichées... Avec leurs puces, leurs poux, leurs parasites, leurs punaises, leurs escarres, leurs blessures... La roue des paysans, leur errance de la mort. Grande pérégrination miteuse des maigres, des hâves, des harcelés sous leurs chapeaux de paille, ridés, flétris, bouffant de la farine ou affamés, plus rien, gamelles froides, « boias frias », poussés d'un mythe à l'autre, d'une imposture à l'autre. La danse infernale le long des fleuves rouges, dans la rocaille des rios taris, la gigue des guignols à chicots, joues balafrées par les os, torses tracassés par le soleil, la balade des mecs perdus, déportés, sans relâche, enfants de potence, de pénurie... Escogriffes à tendons, mordus par le malheur. Mères moulues de tristesse. Mioches aux larges prunelles de fièvre.

... Ils campent, ils roulent, ils tournent, reviennent, repartent, calent et s'entassent dans des alignements de baraques. Ils sont sans histoire, sans racines, sans avenir, dans un présent vide, avec leurs amulettes, leurs chiffons, des millions de loqueteux du Nord, même du Sud, hordes le long des routes, armées de mendiants. En panne, en rade, déviés par les flics, les fonctionnaires, charriés vers les faux paradis, les édens cruels, happés par la magie de l'or. Ils creusent des trous où ils dressent des échelles, évacuant la boue dans les seaux, la filtrant, la tamisant dans des troncs évidés, en quête d'une pépite. Toute la forêt décapée, excavée, criblée... cavernes et catacombes où ils s'enterrent, enduits de gadoue, s'échinent, gnomes barbouillés, grisâtres, halant les boues, s'épiant, se battant, déjà cadavres, goules, squelettes sculptés dans la fange, crapauds grouillant dans les tunnels, les soutes, dans la nuit loin de l'or.

... Nus, noirs, galvaudés, piqués, infectés par le foisonnement d'insectes. Hommes de tourbe, de souille, à pioches et piolets, descendant, remontant dans les dédales, les tombes, attaquant de nouveaux parpaings bourrés de racines, de bestioles, de saloperies humides, larves, virus... Ils fouillent les lourds magmas vers la brillance, le métal sonore, sa pupille solaire qui ne cligne jamais, sans cesse recule son coup d'œil mirifique, fuit sous leurs genoux, leurs mains, leurs griffes, leurs lèvres.

Mais plus loin, derrière un aéroport de fortune, au cœur de la forêt, l'horreur culmine. Asdrubal l'a vue. Le regard plonge soudain sur un cratère énorme. Une arène de Maracana exorbitée, profonde de cinquante mètres. Un cirque à gradins pour Hercule, pour gladiateurs et fauves. Là-dedans se précipitent et pullulent les migrants du Brésil, on dirait qu'ils ont tous fini par être avalés par ce trou... Mouches humaines, des milliers, par essaims, grappes, ruissellent dans la cuve, le chaudron de la géhenne. Les échelles sont plus hautes qu'ailleurs, elles s'emboîtent, se superposent, se relaient pour escalader la raideur des falaises. Ils grimpent, transportant sur leur dos leur sac ballonné de terre dont le rebord s'accroche par-devant à leur front. Crâne casqué de toile et d'argile, parias de la Genèse, monstres apocalyptiques, tous en file indienne, colonnes et chenilles de bougres. A tous les paliers, on les retrouve sur une scène télescopique et morcelée, tassés par paquets, carrés, coulées d'esclaves. Ils gigotent, grenaille d'hommes, œufs de caviar, dégobillés, ignoble ponte... Là-bas, ils fermentent dans les failles de Piranèse, les grisailles, les marqueteries terreuses, bonshommes hirsutes, doubles de nous-mêmes, ancêtres, hommes-taupes, hommes-lézards, archaïques, limoneux, embryons du Déluge, âmes damnées, morfondues, retournant à la terre, à la matrice de la mort.

Des marchands, des changeurs les attendent dans des cités précaires. Leur maigre butin sera pesé sur des balances. On les vole, on les trompe, on les recrute. On leur parle de la plus grosse pépite découverte là, baptisée Canãa, un rocher d'or de soixante-deux kilos, dense, chaud, frissonnant. Colossal galet de Canaan, Eldorado, maison d'or... Sur les chemins de l'exode retentit l'appel du paradis, au fond des galeries, au cœur des nomades noirs en quête de la montagne d'or, pour s'y nicher, y découper des bracelets, bijoux, une nourriture d'or quotidien. Vivre sur un filon, une rivière d'or, y ciseler sa demeure ! Palais de prince, pilotis d'or. Pain de pépites. Lupanar d'Orient. Dômes de féerie, bulbes, arches et clochetons, pinacles taillés dans la lumière des lingots, l'aura des dieux, leur amour rayonnant.

La cathédrale de Niemeyer, Catedral nova, se bombait, tout à coup, se dilatait hors du sol dans une couronne d'immeubles. On voyait, de côté, les arches claires du grand aqueduc de Lapa. La cathédrale ressemblait à une monstrueuse centrale de Dieu, au siège de quelque secte de l'atome, à un four de Moloch, à un générateur gris et métaphysique, menacé de fissures et de déflagration. Damien accompagnait Roland et Marine à la messe. Un dimanche de Rio, dans l'azur dévot. La foule se pressait vers le sanctuaire, on entendait des carillons sonner dans le boucan des bus et des autos. Ils rejoignirent Nelson, son épouse et sa fille. Damien vit la grande Renata brune et il comprit la passion d'Hippolyte. Il pensa à la jeune fille nue au bord de la rivière rouge parmi les palmiers nains et les perroquets, tandis qu'Hippolyte la contemplait, s'approchait, enclenchait le processus de sa perte et de son bonheur. « C'est elle », se disait Damien. Mais quels que fussent sa beauté, son long corps nonchalant, l'ardeur de ses yeux, cette espèce d'autorité désinvolte et gourmande qui émanait d'elle, toute sa personne se mesurait, se limitait dans un espace réel et quotidien. Damien ne partageait pas les éblouissements d'Hippolyte et remettait Renata à sa place. Il s'aperçut que la foudroyante créature avait mal aux pieds dans ses escarpins neufs. Elle clopinait sur ses talons comme un vanneau blessé. Elle ne pensait qu'à ce pied. Elle était désarmée, dépouillée de toute aura, minuscule auprès de la cathédrale, soucieuse, derrière ses œillardes et son attitude de pure contenance.

Damien craignit que sa lucidité ne fît déchoir Marine, elle aussi, de son mythe. Elle trottait à côté de Roland, reléguée à un point de l'espace et du temps, enclose dans les frontières de son corps si menu qu'il n'était à l'échelle d'aucune architecture, d'aucun paysage, qu'il confinait au rien. Elle avançait, l'esprit peut-être momentanément vide. Le soulier de Renata la réduisant à une seule pointe de gêne physique, et le cerveau vacant de Marine... Tout cela frisait l'inconsistance dans le fracas de la ville. Un peu de chair imbibée de pensée diffuse et mécanique. Damien aussi se sentait happé, désagrégé par ce sentiment d'évanescence. S'il ne s'était pas ressaisi à temps, le gouffre de l'insignifiance l'eût englouti. Sa passion se serait éteinte. Il n'aurait plus cru à rien. Et ce n'était pas la cathédrale de Niemeyer, cette tumeur de béton et de verre, extraordinairement terne, obtuse, qui risquait de lui infuser une nouvelle vague de foi, un mysticisme d'amant. Un moment, sans doute, il cessa d'aimer Marine. Sans mémoire, sans émoi. Ravalé à la sensation de l'existence automatique. Même la rumeur de Rio, la plus belle ville du monde, se diluait dans l'irréalité. Alors il fixa des yeux les fesses de Marine sous la robe douce, leur globe joli, remuant. Mais il n'éprouva rien qu'une idée de désir avec laquelle il tentait de se donner le change. Un voile de sueur déferla sur son front, son cœur allait s'arrêter, un vertige le sapait au-dedans, un tremblement de ses nerfs. Il regarda désespérément Marine. Un instinct la fit se retourner vers lui, elle pressentit son trouble, resta un moment perplexe, inquiète, puis lui sourit avec une générosité soudaine, un flux de gen-

171

tillesse si dense et si chaud qu'il eut envie de la rattraper, de
l'étreindre. Mais la sensation aurait peut-être été trop forte,
trop à l'opposé de l'abîme qui s'était ouvert. Cet entrecho-
quement, sans transition, du néant et du trop-plein l'aurait
rendu fou. Alors il continua de la regarder en contrôlant, en
graduant son impulsion comme pour émerger petit à petit,
jusqu'à se retrouver à son niveau, dans ce courant ami et bien-
faisant.

Elle avait freiné le pas et s'était ainsi rapprochée de lui. Elle
souffla : « Ça va bien ? » Il répondit : « Je ne sais pas ce qui m'a
pris, mais j'ai eu peur. » Elle faillit lui demander : « Peur de
quoi ? » Mais elle sentit qu'il ne fallait pas poser une question
si abrupte. Elle devina que cette peur n'avait pas de nom. Son
regard devint plus gentil, plus caressant encore, sa bouche
charnue s'entrouvrait. Alors le monstrueux vide se contracta
autour d'eux, l'impression de décalage et de disproportion
diminua. Il se sentit redevenir homme de désir et d'amour
auprès de Marine, qui se mit à grandir contre lui, à se remplir
d'être et de sens, à devenir, elle-même, l'immensité de la présence. Et quand il jeta de nouveau un œil sur Renata, il vit
combien sa beauté était précieuse et cruelle, combien elle
devait faire souffrir Hippolyte et il fut heureux de retrouver
les légendes de la vie.

Les fesses de Marine se balançaient, drues sous la soie, elle
déposa une mantille sur sa tête en entrant dans la cathédrale.
Ce rapprochement brusque entre le roulis animal et la mantille pudique l'émut, réveilla le désir en lui. Il adorait cette
mantille de dentelle noire comme si Marine eût voulu se protéger de quelque averse sacrée, de quelque convoitise céleste.
Toutes les femmes imitaient Marine, même les petites filles.
Et l'émotion de Damien croissait à les voir si frileuses, à sentir tant de frissons et de scrupules, l'immense timidité des
femmes le brûlait. Car il retrouvait un sentiment profond de

son enfance qui se produisait à la messe, justement. Les femmes et les hommes avaient la même attitude soumise. Il semblait que toutes les fièvres de la chair étaient pour le moment suspendues. Mais pourtant, surtout l'été, il était évident que cette escale dans l'ombre pieuse de l'église n'était qu'une trêve, un répit. Sous les fronts baissés, dans le silence du culte, les désirs bridés couvaient d'un feu plus émouvant encore. Le havre de l'église était pris dans l'étau du soleil dont l'or brillait à l'intime des corps. Le sens de la cérémonie lente et majestueuse s'inversait pour Damien. C'était comme si chacun eût célébré, sans le dire, le désir ainsi caché dans le tabernacle du secret. Damien adolescent, au bord de la vie, jouissait de cette incandescente accumulation de désirs. Il ne pouvait pas dissocier son idée de Dieu de ce lyrisme qui chatoyait en lui, sous la chape de silence et de componction. Invinciblement la messe se liait pour lui à l'idée de sortie glorieuse de l'église, de jaillissement dans la lumière et la délivrance. Comme si le vrai Dieu eût été dehors, en plein soleil, répandu dans tous ces corps voués à l'amour et à la résurrection.

Alors les femmes qui se coulaient sous leurs mantilles dans la cathédrale, en créant la sensation palpable d'une mise en veilleuse de tous les désirs, ne faisaient qu'en indiquer la latence et le prix, le miroitement différé. Et il voyait tous les méandres mordorés du plaisir sous les voiles des femmes à genoux. Le cardinal, les évêques et les prêtres chamarrés d'or ne parlaient que de cette absolue splendeur. Damien retrouvait la jubilation muette et sacrée de l'enfance comme si la vie commençait. Il ignorait qu'il n'avait échappé à l'angoisse du vide qu'en revivant cette sensation de source et cette fécondité de ses croyances.

L'intérieur de la cathédrale ouvrait sa conque formidable. De grands arcs de verre coloriés, des vitraux rougeoyants s'incurvaient jusqu'au sommet du cône. C'était une gigantesque arène du divin qui s'élevait à quatre-vingts mètres de haut, comme un morne, un Pain de Sucre évidé. La ville reproduisait encore ici son emblème tellurique. Mais à contempler l'enceinte d'un point de vue purement architectural, un nouveau changement s'opéra en Damien. Il lui sembla que Dieu manquait à l'appel. En tout cas, ce n'était pas le Dieu des églises dorées, baroques et ciselées des siècles passés, les chapelles des pauvres bourrées de statues et de volutes. Ce n'était pas non plus le Dieu de son enfance. L'autel central, circulaire et surélevé, évoquait quelque table sacrificielle à la fois archaïque et futuriste. On voyageait entre les Aztèques, Salammbô et les extraterrestres dans un christianisme tout à coup sorti de ses gonds, dilaté au niveau de l'intergalactique. La cathédrale ne sentait pas assez le salpêtre, le cierge, la patenôtre, l'idolâtrie naïve. Elle vous aspirait dans un vide qui récurait le Bon Dieu. En fait, elle imposait l'idée de la puissance de l'homme, de ses hantises prométhéennes. C'était une église du surhomme, une architecture de béton et de verre.

Dans les vieilles cathédrales et leur dentelle nocturne, si hardie, si luxueuse que fût l'architecture, l'idée du bâtisseur ne s'affranchissait jamais de la finalité divine. On n'admirait guère la personne de l'architecte dont l'image se noyait dans une figure diffuse, populaire et collective. L'église reflétait le rêve de tous les croyants, elle en était le chant naturel. Il n'y avait aucun vide entre elle et eux, mais un halo de présence. Ici, on était dans la cathédrale de Niemeyer et peut-être de lui seul, et Dieu n'arrivait pas bien à meubler la coquille. Il y avait quelque chose d'externe et d'incomblé dans cette nef. C'était une idée audacieuse mais pas un sanctuaire hanté. Les orgues, les hymnes, les chœurs, les ors, les chasubles, le grouillement des clercs suppléaient à ce défaut tant bien que mal. On se sentait confronté à l'idée d'un Dieu élargi et trop clair, presque expérimental, comme celui des Encyclopédistes, un Dieu des philosophes, grand géomètre délesté de ses mythes et de ses alluvions superstitieuses, oui, un Dieu astronomique. Une église de Newton dont l'Agneau avait fui.

Damien aurait bien voulu confier ses réflexions à Marine pour la tourmenter. Mais Marine priait. Roland de même. Nelson Mereiles Dantas s'agenouillait avec spontanéité et modestie, toujours à l'aise dans chacun de ses rôles. Tyran, séducteur pervers, spéculateur, provocateur ou brebis de Dieu. Parfait ! Dona Zelia, dans son for intérieur, devait préférer le terreiro magique de Rosarinho, peuplé de dieux concrets et familiers avec lesquels on pouvait s'entendre et comploter, à ce monothéisme pur comme une équation qui planait au-dessus des têtes, des émotions humaines. Aussi se repliait-elle sur sa chaise, dans la chaleur de son sein et la saveur de ses ruminations, pour se reconstituer une sphère habitable. Chacun tentait d'oublier Niemeyer et de remettre Dieu en place. Renata seule laissait voyager son regard et prenait plaisir à s'exorbiter loin de tout confinement bigot. Elle admirait l'endroit avec la même joie positive dont elle eût gratifié le décollage d'une navette spatiale ou le lancement d'un porte-avions géant. Son Dieu était d'une autre trempe que celui de Marine et de Damien. C'était un Dieu moderne, une superstar sous un heaume de verre, un Dieu design et aérodynamique. Suprême médaille d'or des étoiles, une superproduction hollywoodienne. Elle se sentait ici débarrassée des accroupissements et marmottements, des vieilles odeurs de cire et d'encens rabat-joie qui macéraient dans les églises confites. Elle ne pouvait se réconcilier avec la religion que dans cet espace propre à accueillir la dernière vedette rock pour le concert du siècle. Le podium était déjà dressé. Et de grands rayons balayaient la scène comme des sunlights.

Marine priait. Damien revenait sans cesse sur cette pensée, en détaillait le caractère improbable. Elle croyait. Elle débitait son Notre Père! Damien était partagé entre un fou rire intérieur et un étonnement fasciné. Demandait-elle pardon à Dieu des attouchements au pied du Corcovado? Renouvelait-elle son serment de fidélité à Roland? A moins qu'implorant l'alliance d'un Dieu de pardon, elle ne parvienne à faufiler son amoureux à côté du mari dans un marchandage mystique et global. En réalité, il ne pouvait se cacher que la messe allait fortifier l'engagement conjugal à ses dépens. Ce que l'honnête Marine négociait tout bonnement, à ses côtés, c'était une rupture ou, dans le meilleur des cas, un arrangement suivant lequel elle promettait de ne revoir Damien qu'à condition de substituer une tendresse désintéressée au commerce physique. La seule chance de Damien était que Dieu eût déserté depuis belle lurette la machine de Niemeyer. Marine n'eût alors prié qu'un architecte un peu socialiste, tolérant et laxiste sur le plan des passions. Il regardait la mantille noire enveloppant l'ovale juvénile et doré. La belle fille s'agenouilla. Il regarda sa cambrure lisse et dure, sa croupe sous la soie. Il se mit à prier lui aussi le Dieu de son enfance, celui qui rayonnait au cœur des désirs. Roland priait. Nelson charitable et docile. Et partout, tant de créatures moulées, musclées, de mulâtresses parfumées qui le soir même se donneraient aux hommes. Des familles entières fléchies, le père, la mère, les filles, aînées, cadettes, mignonnes benjamines enrubannées, vêtues de tulle de couleur, les fils, les colonies endimanchées, amidonnées, extasiées. Tous recueillis et psalmodiant dans l'abri nucléaire de Niemeyer... Des enfilades de beaux visages et de longs cils, pommettes chaudes et plis de sensualité. Elles s'étaient toutes toilettées, poudrées, humectées d'essences capiteuses, apprêtées devant le miroir pour venir s'agenouiller, les femmes de Dieu. Inclinées, fauchées, moissonnées par la prière...

Au moment de l'offertoire, la musique se tut. On n'entendit plus que le cliquetis régulier des encensoirs. Et toutes les vagues des femmes formèrent une mer de silence. Alors Nelson, ne se contentant plus de son prie-Dieu, l'écarta et s'agenouilla à même le sol, obliquement, presque couché sur les dalles. Mais personne ne regardait Nelson. Damien essaya en vain de déceler dans l'affairiste et le fazendeiro une intention de théâtralité. Mais non, Nelson s'aplatissait au sol comme un pauvre. Parce que c'était l'offertoire et qu'il fallait baisser au plus bas les épaules devant le terrible regard. Peut-être savourait-il tout au fond de lui-même les délices de cet effondrement, s'abandonnant à même le sol, comme un soldat mortellement terrassé, se découvrant une vocation de masochisme et de dissolution au-delà de tous ses combats, de toutes ses ambitions, de ses compétitions avides, un désir de s'étendre à même la terre, de sentir la texture de la planète nue, de se perdre au bout de ce dépouillement, au pied d'un maître enfin incontesté, inaccessible, total.

Seul Damien était exclu de tant de ravissements. Debout, mais à moitié courbé pour ne pas scandaliser. Voûté, agnostique et cagneux. Même pas païen! Raté, raide. C'est alors qu'il reconnut, au loin, à l'extrémité d'une travée, Rosarinho le père-de-saint, avec sa fantastique tête de cheval en extase. Après tout, les terreiros, à leur fondation, étaient bénis par les prêtres catholiques. Tout se tenait, se conciliait. Oxala ou le Christ. Ne manquaient plus que Biluca, Osmar, Arnilde. Peut-être étaient-ils là? Il n'y avait pas de contradiction. Bourreaux, victimes, exploiteurs, caïds, esclaves et Marine à l'unisson de toutes les fanges, de tous les fastes de la ville confondus dans un même assommement des nuques. Il était donc le seul homme resté debout dans l'immense Colisée de Niemeyer. Cependant il n'avait nul fauve à affronter, personne n'était plus intimement concassé, disloqué que lui. Sa marionnette était debout.

L'interminable communion avait commencé. La cathédrale se vidait et se remplissait dans un mouvement de noria lente, spiralée, presque navrée, car toute effronterie était bannie. Seuls quelques gamins à bout d'impatience, chenapans et chipies à couettes, se carapataient, çà et là, entre les chaises ou regardaient, yeux fixes, bouche bée, l'hostie entrer dans les bouches. Une toute petite fille fascinée imitait de loin sa maman en ouvrant tout grand son bec garni de dents de lait et en fermant les yeux comme à colin-maillard.

Marine alla communier accompagnée de Roland. Damien contempla le retour des époux, l'un derrière l'autre, les yeux baissés, compagnons de cordée, reliés par un câble invisible, comme dans une ascension somnambulique, quelque alpinisme sacré ! Il ne lâcha pas Marine du regard, mais jamais elle ne daigna lever les yeux vers lui. Pourtant il espérait qu'elle savait qu'il la regardait. Cette communion du couple présageait le pire, les cimentait dans une originelle osmose dont Damien était expulsé comme une parcelle impure. La communion continua, son cycle et ses lacets, ses grands sillages marins dans la foule. Tous les agenouillés s'étaient levés, déambulaient tels des fantômes et des hallucinés, stoïques et doux dans les embouteillages. Ce cortège des âmes fit penser Damien à ce cimetière sis dans les fondements de la cathédrale dont on lui avait parlé sans pouvoir préciser rien de plus. Les Cariocas ne connaissaient pas forcément leur ville. Il avait interrogé plusieurs d'entre eux qui étaient restés évasifs. Lui-même n'avait visité la Sainte-Chapelle à Paris qu'à l'âge de quarante ans et il n'aurait pas su dire où se trouvaient les catacombes. Quelqu'un lui avait révélé que le plus grand cimetière de Rio se trouvait là-dessous. Ossuaire ou columbarium ? Toutes les cendres de la ville. Alors il comprit pourquoi la cathédrale de Niemeyer dégageait, du dehors, l'aspect d'une géante urne funéraire, oui elle était funèbre comme un four d'apocalypse. Sa citadelle de béton et de verre s'édifiait sur la poussière des morts. Elle était mausolée plutôt qu'église, grand dolmen de la mort.

Au rez-de-chaussée, l'énorme foule des survivants piétinait, priait, tandis qu'au sous-sol les défunts déjà s'entassaient. Et le mouvement qui allait de l'autel à la nef se prolongeait du haut vers le bas, à la même cadence muette et sacrificielle. La cathédrale de Niemeyer était un jeu de vases communicants entre les corps et les cendres dont l'eucharistie, le cadavre transfiguré du Christ, assurait la catalyse et l'échange. Damien voyait cette grande chose de la vie et de la mort se nouer devant lui avec la guichetterie de l'autel fournissant l'obole et le viatique, veillant à l'aiguillage, au cheminement solennel, à la cérémonie du passage.

Toute cette foule allait mourir et descendre sous la terre afin de monter au ciel... Niemeyer avait compris ces enjeux du corps, des cendres et de l'âme. Mais il avait peut-être oublié, dans les rouages de son usine sacrée, la clef de voûte, la bienfaisance de Dieu. Damien avait vu Marine mêlée aux longues colonnes résignées comme si elle avait accepté sa mort. Il sentit un effroi. En s'excluant de la prière, il s'était exclu aussi de la mort. Il était sans foi au milieu de l'urne cosmique qui ne recevrait jamais ses cendres.

A la sortie, Damien demanda à Dona Zelia s'il y avait bien une sorte de cimetière sous la cathédrale. Elle répondit que oui. Damien la pria d'en préciser la forme. Étaient-ce des urnes ? des cercueils ? des ossuaires ? Dona Zelia dirigea vers lui ses yeux de bêtise et de braise. Qu'avait-il à la harceler avec cette hantise des morts ?

— Je ne sais pas ! Il y a un cimetière, oui. Je l'ai lu, c'est là qu'on met les... mais où ? comment ? Qu'est-ce que cela peut faire !...

Soudain elle lui riva un œil torride et s'exclama :

– Pour les chrétiens c'est égal, seules les âmes comptent !

Et Damien la scruta avec attention comme s'il cherchait en elle cette âme unique qui comptait. Elle perçut l'insolence de cette investigation qui voulait la profaner, alors elle coupa court et rejoignit Nelson dont l'âme pourtant était un problème.

On se retrouvait dans la lumière et la vie continuait comme si de rien n'était, malgré Dieu et les cendres et les rouages de Niemeyer. Le long du trottoir, Alcir attendait ses maîtres devant une Mercedes. Dona Zelia, mal lunée, aboya de loin :

– Tu es mal garé, on ne peut pas traverser à cause du trafic et il y a un camion qui gêne !

– Il n'y avait pas de place ailleurs, répondit Alcir.

– Il n'y avait pas de place ailleurs, madame ! glapit Dona Zelia.

Nelson lança un petit regard en coulisse à Damien, l'air de dire : « Elle est con hein ! » – il en rigolait sous cape. Alcir ouvrait la porte de la bagnole, mais au moment où Dona Zelia s'apprêtait à monter à l'arrière, un passant bouscula le chauffeur qui heurta de l'épaule sa maîtresse. Elle émit une exclamation hargneuse comme si Alcir l'avait fait exprès.

– Souvent, vous êtes une brute, Alcir !

Alcir se tut, vit Renata, baissa les yeux, puis lança dans le dos de Dona Zelia un regard lourd de rage rentrée. Nelson, toujours admirable, s'approcha et dit suavement au chauffeur comme s'il n'avait pas été témoin de l'incident :

– Vous ne nous avez pas attendu trop longtemps, Alcir ?

Marine, amusante et soudain triviale, chuchota dans l'oreille de Damien :

– La mère Mereiles, elle exagère ! Alcir n'est pas un rigolo, ça se voit, elle devrait y aller mollo.

– Tu crois qu'il pourrait se fâcher ?

Marine ménagea une pause puis dit avec une gravité soudaine :

— Oui, c'est un homme en colère.

Et Damien aima tout de suite ce mot de colère. Il le savou-rait. Marine venait de lui dévoiler quelque chose qui couvait à l'intérieur de lui-même, d'Alcir et du monde, comme à la racine de la Création. Damien était surpris par l'évidence de la violence. Cette surprise qui venait de Marine le remplissait d'une mystérieuse prescience.

Damien prit un taxi jusqu'au parc de Flamengo. Le lieu était envahi de joggers, de filles au galop, les oreilles soudées à leur walkman et les cuisses gainées dans de longs shorts de vinyle. Cependant, à l'écart, l'endroit était peu sûr pour les étran-gers qui n'avaient pas encore adopté la panoplie minimale, sportive, et gardaient leur portefeuille dans leur pantalon bien coupé. Quelques mecs traînaient, mataient les coureuses aux mollets brusques et bruns. Certaines, plus lourdes, ralentis-saient, leurs fesses flageolaient, leurs visages lessivés de sueur. Le culte de la beauté les martyrisait. Les chasseurs se rappro-chaient, humant la chair des proies congestionnées. Un point de côté les faisait tituber. Leur short fluo miroitait dans leur avachissement. Les mecs convoitaient ces belles égarées, en panne et pantelantes. Ils rôdaient vers leur gorge, leur pouls, leur fumet. Elles tressaillaient, étouffaient comme prises au garrot par un couguar. Les mecs sondaient le tumulte des flancs désarmés, cette pâmoison qui mimait l'orgasme ou la mise à mort. Ils voyaient les moires de la transpiration envahir le torse, le creux des cuisses et le pli de l'entrefesson collé au short. Parfois, elles basculaient sur les pelouses, s'allongeaient écartelées, les bras en croix, les cuisses béantes. Les mecs repéraient dans l'enfourchure les deux cernes intimes et symétriques où le poil avait été rasé, parfois quelques tiges noires dépassaient ou une touffe décalée dans le naufrage du corps. Les mecs se couchaient dans l'herbe devant les belles terrassées. Elles s'en fichaient, reprenaient haleine le regard chaviré vers le ciel.

Il arriva à la terrasse d'un bar, entendit une voix de stentor qui le hélait. C'était Hippolyte de Saint-Hymer flanqué d'une blonde rutilante et d'un homme massif et terne. Saint-Hymer lui présenta Martine et son mari, des coopérants de l'Alliance française.

– Nous discutions, mon cher Damien, et bien sûr nous n'étions pas d'accord, ces deux-là me faisaient de la morale ! A moi !

Damien prit une batida bien frappée. Il vit que Saint-Hymer avait épongé pas mal de caïpirinha. La fille elle aussi scintillait.

– Quelle morale vous font-ils, Hippolyte ?

– Sur le Brésil, la misère, le bazar, l'exploitation du pauvre monde !

– Mais pourtant, vous êtes sensible à cela, vous défendez la veuve et l'orphelin... Severino, Adelaide, Asdrubal !

– Oui, mais pas au nom d'une idéologie, mon cher, surtout pas ! C'est justement l'objet de mon différend avec ces amis !

Martine était couverte de bracelets, les yeux très fardés, auréolés de turquoise, paupières piquetées d'une poudre argentée. Elle était excitée, sémillante, lançant des petits gestes nerveux, des coups d'œil alentour, puis concentrée, vigilante, prête à bondir. Elle ramassait alors son corps sur sa chaise, creusait ses lombes fastueux, se penchait, les prunelles allumées de curiosité, d'attention passionnée, puis elle repartait dans ses embardées, ses gesticulations, soulevant ses cheveux, reposant la joue dans sa main, puis l'ôtant, tressaillant, fronçant les sourcils, secouant la cendre de sa cigarette, l'aspirant en pinçant le bout, lançant des volutes... Elle offrait un fabuleux labyrinthe de fille d'or, de roux frémissements. Elle était mouchetée de grains brunis aux cuisses et, dans le décolleté qui foisonnait comme le filet d'une pêche miraculeuse, l'œil harponnait des courbes tendues, enchantées, des soubresauts de nudité, de vivaces mamelons truités mal endigués sous un débardeur lâche... Le mari impavide était l'antidote de la murène. Martine s'exclama :

– Saint-Hymer nous fait l'éloge du parrainage, carrément ! Il trouve ça bien, le clientélisme, le népotisme, les oligarchies, tout ce qui pourrit le tiers monde et le Brésil en tête. Il applaudit, voilà !...

Damien, malicieux, renchérit, étonné :

– C'est justement le système qu'applique Nelson Mereiles Dantas, alors je ne vous comprends plus, Saint-Hymer !

Hippolyte excédé bouillait d'impatience, voulait remettre les choses au clair :

– Ce qui me dresse contre Mereiles, ce ne sont pas des principes, c'est moi, c'est une guerre égoïste ! Ça ne disqualifie pas le parrainage. Entre lui et moi, c'est d'individu à individu. Compris !

– Ah bon... capitula Damien, alors d'accord... A ça on ne peut rien opposer que la morale, en effet !...

Mais Martine faisait une étrange incarnation de la morale. Le rôle ne lui seyait pas tout à fait. Elle le débordait par cette espèce de rapacité chatoyante dont elle vous frappait.

– Le parrainage, c'est peut-être mieux que la Loi ! Voilà ! conclut Hippolyte d'un coup de poing sur la table... Le pire, c'est la loi – Rousseau, le *Contrat social*, Robespierre, ces saloperies !

– Mais enfin, se récria Martine, le parrainage entraîne tous les abus, tous les pillages, les exactions, et ce sont les favelados qui trinquent !

— Pas tout à fait, c'est la loi qui écrase le peuple ! C'est elle qui bétonne les rouages. Elle verrouille le système qui sans elle resterait fluide, trouverait son autorégulation.

Damien se demandait par quelle loi avait été mordu Hippolyte pour défendre son énorme paradoxe ? On sentait qu'il essayait d'ordonner ses idées et de trouver des mots adéquats pour étayer sa thèse. En répétant « la loi ! la loi ! » il sous-entendait un raisonnement qui venait graduellement. Il le savourait déjà à part lui. Vous allez déguster, mes petits amis... Il avala une nouvelle rasade de rhum au citron vert :

— La loi c'est le mal absolu !...

— Bon oui... mais expliquez ! lança Martine, hors d'elle.

— Oh ma petite, vous débarquez comme ça au Brésil, galamment et jupe au vent, au nom de la loi sans doute ? Vous coopérez, c'est-à-dire que vous encaissez un salaire qui est le quadruple de celui que vous gagneriez en France. C'est de la rapine ça aussi, oui ou non ? On ne peut pas dire que votre boulot contribue à débloquer la situation du Brésil. Alors, allez-y mollo sur le chapitre de la morale... Voilà, la loi c'est anonyme, c'est universel, ça rabote tout, c'est pas vivant, c'est pernicieux. Devant la loi nous sommes tous égaux, tous nus, rien que la peau, des bœufs à l'abattoir. La loi ça fait de nous des bovins. C'est pas chaleureux, la loi ! La vie c'est des nuances, des exceptions, écarts et caprices, c'est bariolé, c'est en zigzag, ça manœuvre au jugé, c'est louvoyant, c'est sautillant, ça vous ressemble justement, ma belle Martine. La vie c'est vous ! C'est tout cabré et ruisselant de mille pépites, petits détails en entourloupes et cabrioles, c'est instable, c'est ça qui est beau. La loi, elle vous imprime un pli totalitaire à tout, une toise unique. Elle tue la variété, les déviations surtout. Les pays où la loi règne sont tristes, chaque pet de travers est puni, tout le monde subit le même régime, la monotonie de l'universel.

... Le parrainage au contraire c'est personnel, c'est un réseau tissé, modelé sur les instincts de l'homme, calqué sur ses nostalgies et ses convoitises réelles. Ça sent le désir, le parrainage ! Tout le monde désire un parrain, un protecteur puissant, proche et fort. Le clan c'est la vie ! La diaspora. Le parrain c'est le père, le parrainage c'est la tribu qui serre les coudes et défend ses rejetons bec et ongles. Le parrainage ça négocie, c'est séducteur, c'est ondoyant, on a toujours affaire à des visages connus, à des forces palpables, à des enjeux sensibles et moirés. C'est le vivant équilibre entre le chaos et l'ordre totalitaire. C'est un compromis fluctuant et chaud, un troc... tandis que la loi ne transige jamais, fondée sur le laminage des masses ! Mais on a tous envie d'être considérés comme des exceptions, des hors-la-loi chouchoutés... En France, le type qui écope une contravention va faire intervenir son maire, son député. Parce qu'il ne veut pas subir la loi inhumaine et crue. Au Brésil, ce sursaut de l'individualité est inné, indomptable ! On sait que la loi est la mort des légendes et des corsaires, le meurtre des chimères, l'étable généralisée.

— Ça donne quinze millions de paysans sans terre... votre sociologie bien chaude ! coupa Martine.

— C'est à prouver ! Car c'est peut-être le mélange du parrainage et de la loi, la rétraction, la clandestinité du parrainage devant la loi officielle qui font tourner la sauce. C'est la loi qui aggrave et pervertit un ajustement qui sans elle se ferait spontanément !

Martine se rebella dans un élan de lionne, un étincellement de crinière :

— Saint-Hymer, vos hors-la-loi, vos grands individus, vos spéculateurs effrénés, ce sont eux qui rasent la forêt amazonienne, qui noient des régions entières sous des barrages, qui ne pratiquent que la culture d'exportation, qui déplacent des populations, les dépouillent, les manipulent à coups de projets pharaoniques! La Transamazonienne, Brasilia, du plein la vue mais la déroute assurée! C'est un écocide! Un véritable écocide! L'homme dans votre rêverie est totalement amensal, tout le contraire de la convivialité du parrainage que vous postulez!

Hippolyte s'attendait à tout, sauf à pharaonique, amensal et écocide, frais jaillis de la bouche de Martine.

— Qu'est-ce que c'est que ces bêtes-là?! Quoi? Écocide!? Où vous avez lu ça, chez quels sociologues mortifères! C'est avec amensal et écocide que vous allez faire jouir les paysans sans terre... Comment vous, si vive, si sensuelle, vous pouvez vous payer de ce jargon!?

Damien intervint doucement:

— Hippolyte, vous le faites exprès aujourd'hui, vous avez envie de provoquer. Mais je vous ai entendu en d'autres temps soutenir des thèses plus équitables. Vous me parliez vous-même des bienfaits d'une redistribution des terres, de la création d'un réseau d'exploitations agricoles et d'industries moyennes appuyées sur des villes moyennes, répondant aux besoins d'une population régionale... Je vous ai entendu le reconnaître! Alors aujourd'hui vous provoquez! Parce que vous êtes en colère. Tout le monde est en colère. C'est le jour de la colère. Cette ville n'est belle que lorsque la colère serre sa gorge nue.

— Vous vous mettez à déconner aussi, mon cher Damien! La caïpirinha, après les somnifères, vous fait extravaguer... Mais j'aime l'image de la gorge de Rio étranglé par la colère. Je confirme mordicus: la loi c'est l'enfer, c'est l'abattoir frigorifique en halls et départements successifs. Mieux vaut encore le cirque des tribus concrètes, leurs chamailleries, leurs aléas, vous savez bien, Damien, qu'en cela je ne cesse de célébrer le cycle de l'urubu, du rat, du crotale, du caïman, du pauvre et du riche gavé puis pressé comme un citron. A propos! J'ai contacté un conseiller en marketing qui va chiffrer la quantité de caïmans nécessaire pour alimenter ma région. Ma spéculation était tout à fait plausible ! Une petite usine de boîtes de conserve et le tour sera joué. Mereiles va en crever. En outre, mon cher Damien, si j'ai recours à un avocat contre Nelson et son coup de force sur les paysans du Paraguaçu, c'est comme à un simple outil, c'est au nom de mon désir, c'est parce que je veux être plus fort que lui. La loi c'est l'égocide !

Saint-Hymer triomphait au cœur de ses contradictions. Damien en profita pour glisser dans son oreille des nouvelles de Renata. Saint-Hymer en fut sabré.

— La garce est toujours aussi belle, hein !

— Elle s'était blessé le pied, elle boitillait.

— Elle boitillait ! Ah ! j'aurais voulu voir ça... même boiteuse, je prends ! Mais qu'est-ce qu'elle foutait dans la cathédrale avec ses parents ? C'est pas son genre de les suivre partout ! Elle ne priait tout de même pas ?

— Non, elle regardait alentour avec une audace curieuse. L'enceinte grandiose était à son goût.

— Ah ça, c'est sûr ! C'est une pharaonique elle aussi ! Une amensale pour sûr ! Et une Hippolyticide hélas ! Quel beau morceau à mamours hein ? Avouez, Damien... un morceau à mourir, hein ! Ah ces dos-d'âne ! C'est le grand huit, pas vrai ? Comment était-elle habillée ?

— Une jupe moulante.

— Taisez-vous ! Vous le faites exprès. Renata moulée... ses longues miches d'amour à la messe... ma luronne dorée !... cher Damien, une orgie d'or ! Voyez-vous, je me sacrifierais même à la Loi absolue, au pire kolkhoze pour l'enfiler, la grande poule noire, une ou deux fois. Bon, trois fois ! Et c'est juré, je m'incline devant l'autel de la loi.

La conversation reprit avec le couple, mais cette fois sans harangues, de-ci de-là, vagabonde, éparse, émoustillée par

l'alcool. Damien déclara soudain qu'il voulait acheter une
vierge, avant son retour en France.

— Une vierge!? Quelle mouche vous pique? s'esclaffa Hippolyte.

— Si! si! Une vierge baroque, une statuette d'Olinda, du
Pernambouc, une vieille, en beau bois doré, avec des plis voltigeants, ça me plairait.

— Vous aimez l'art… moi c'est les animaux!

Martine parut intéressée par le désir de Damien :

— Vous savez que je peux vous trouver ça, je connais un
antiquaire à Belo Horizonte qui possède une jolie collection.
Je puis vous arranger l'affaire.

— Il faut que je compte combien?

— Ça dépend… selon la taille, l'époque, entre cinq mille et
trente mille et plus… Mais on peut trouver quelque chose du
Pernambouc à bon prix.

Damien aimait ce mot de Pernambouc… bouqueté, cornu,
fleurant le palmier, la canne à sucre, aride et dionysiaque,
mais verdoyant au bord de l'océan criblé d'îlots. Une vierge
du Pernambouc! Le choc des deux vocables le troublait. Un
mélange de vénusté et de délire. Il donna son accord à Martine qui téléphonerait le jour même à l'antiquaire. Elle précisa
que ce serait mieux de payer en argent français.

Martine fut zélée. Quatre jours après, Damien avait sa statue. Mais la vierge louchait. Hormis ce détail elle était impé-
tueuse, quoique petite, dans un caracolement de voiles, de
volutes écarquillées, vierge survoltée comme un paon. Une
statuette baroque du XVIIIᵉ siècle, jura Martine. Il casqua

douze mille francs. Elle lui parla d'une autre vierge intéressante, du XIXᵉ celle-là, moitié prix, plus sobre, d'un beau bois dédoré, aux chamarrures un peu passées, aux tavelures suaves. Il se laissa tenter. Quinze jours après, il n'avait plus un sou d'avance et possédait trois vierges alignées sur la commode de sa chambre d'hôtel, face à la mer. Hippolyte lui rendit visite.

– Vous vous êtes fait arnaquer, complètement embirluluter !

– Comment ça…

– Vos vierges, vous les avez payées en argent français ! La belle Martine a empoché, elle réglera l'antiquaire par traites sur plusieurs mois en jouant sur l'inflation. En tout cas, ne vous en faites pas ! Elle a un truc. Elle n'a pas refilé tel quel votre fric au vendeur. Ils sont tous comme cela ici, mon cher, ils trichent, prélèvent leur commission, trafiquent. Vous n'avez pas vu qu'elle respirait la convoitise et l'escroquerie ? Belle, mobile, vorace et pie voleuse.

– Vous êtes affreusement misogyne, Hippolyte, et puis vous l'accusez pour vous venger de ses sermons contre vous.

– Pas du tout ! Mais c'est une fille cupide et vous n'avez rien vu. C'est pourtant justement cela qui fascine chez elle… ce cuivre de la cupidité ! Elle aime l'argent, elle est venue au Brésil pour amasser un pécule dodu… Et vous n'avez pas vu ! Elle brillait d'un désir d'or ! C'est une petite jeune femme qui a manqué de tout dans son enfance… Je suis psychologue, moi ! Elle a manqué, ça se voit. Elle clignote dès que le blé brille. Humiliée dans son enfance par la pénurie. Alors elle vous a vendu les vierges en extorquant son petit profit ! Elle célèbre la loi mais se rallie en secret au principe concret de la commission. Vous avez été bluffé. Vous avez payé vos vierges le double de leur valeur. Des vierges coûteuses ! J'aime pas celle qui louche ! L'autre a des jaspures moisies. La troisième

est la plus belle, la baroque... mais elle est vermoulue ! Vous
n'avez pas repéré les trous ? Regardez... Vous allez devoir
acheter une bombe de Xylophène munie d'une petite canule
pour pulvériser chaque orifice ! Il y en a au moins cent qui se
relient par des galeries secrètes. Vous ne voyez pas les petits
monticules de sciure au pied de la statue ? Votre vierge est criblée de vers. Ce sont des larves, des hespérophanes ! Ah vous
n'aimez pas les animaux !

— Vous auriez pu me mettre en garde ! s'exclama Damien,
dépité.

— C'est que vous aviez pris parti pour Martine et puis, sur
le coup, je l'avoue, je n'ai pas mesuré, c'est ensuite, en y
repensant, que l'idée m'a effleuré, et dès que j'ai vu votre trio
de vierges fièrement campées sur la commode, j'ai compris
que la grande grigou vous avait pigeonné ! C'est la vie, mon
vieux ! Ils n'arrêtent pas de marchander, de bidouiller, d'arroser les douaniers, les intermédiaires, les « dispachantes ». Grivèlerie ! mon cher, c'est joli, grivèlerie... Vous qui êtes un
artiste, dites-vous que c'est de la grivèlerie, ça vous aidera à
avaler le morceau... Allez ! Ne faites pas cette tête-là, de toute
façon, une vierge c'est cher, c'est luxueux... Vous avez des
goûts de sultan... Ah ! Renata était vierge quand je l'ai prise
au bord du fleuve rouge, sous les vols des petits perroquets
verts, dans les manguiers, parmi les palmiers nains...

Damien avait oublié qu'ils étaient nains. Il se souvenait des
petits perroquets dans l'odeur des sassafras qu'Hippolyte
n'évoquait plus, amputant le mythe d'une précieuse nuance
olfactive, mais que les arbustes fussent nains, alors c'est lui
Damien qui ne s'en souvenait plus...

— Pourquoi sont-ils toujours nains vos palmiers, Hippolyte ?

— Ce n'est pas le problème.

— Oui, mais dans votre couplet lyrique sur Renata vous ne

manquez jamais de psalmodier les petits perroquets verts et les palmiers nains... C'est pourtant un détail... Vous pourriez dire simplement les palmiers.

— Mais ce sont des buritis! Des palmiers nains! Vous n'avez donc jamais aimé? Ce n'est pas le fait qu'ils soient nains qui leur donne du prix, c'est la présence de Renata, se livrant sous les palmes, qui confère aux palmiers nains qui se trouvaient là un prestige éternel! Alors les palmiers nains se convertissent en arbrisseaux magiques. C'est une chance qu'ils soient nains, ça les surdétermine, ça renforce le caractère unique et rare de l'épisode. Vous êtes écrivain ou pas, Damien? Toute la littérature est une question de petits palmiers nains, n'est-ce pas? Le beau est individuel, n'est-ce pas? Qu'ils fussent nains les grandit!... les sertit! Avec Marine vous n'avez pas une petite histoire de petits palmiers nains... un détail devenu fétiche du fait de sa présence en ce surnaturel instant?

— Moi, c'est le Corcovado!... avoua Damien en riant.

— On ne peut pas dire que c'est original, ça crève trop les yeux... et pour la modestie vous repasserez! Il faut trouver une réminiscence plus aiguë et plus particulière... Je suis sûr que vous détenez ce petit trésor, je vois ça dans vos yeux... Marine, un détail succulent...

De nouveau Hippolyte inspectait la statue bouffée par les vers.

— Voyez-vous, Damien, dans mon circuit vital, il faudrait que j'intègre le ver, l'asticot radical... donc l'urubu, le rat, le crotale, le riche, le pauvre, le caïman, le ver. Ça manque de vers donc d'authenticité!

— Et la vierge?

— Scandaleux! protesta Hippolyte, trop pervers! Imaginez: la vierge, le rat, l'urubu, le crotale, le riche, le pauvre et le ver! La vierge et le ver! C'est pour vous, ça, mon cher, moi je ne mange pas de ce pain pervers!

Au bout d'un moment, la conversation tomba sur Asdrubal. L'avocat d'Hippolyte avait entamé son action en faveur des paysans. Nelson temporisait après le raid, reprenait la stratégie du pourrissement. Le juge nageait dans la paperasse. Les policiers faisaient mine de surveiller les protagonistes au bord du Jacuriri. Mais ils buvaient des coups à la bodega de Nelson.

— Mais Asdrubal va réussir une récolte ? demanda Damien.

— Du manioc oui, des haricots justo, rien de durable, des expédients. Les journalistes ne mordent pas. On reste isolés. Il y a des crises plus spectaculaires dans l'Araguaia avec des assassinats à la clé. Et surtout, le barouf amazonien nous éclipse, la couche d'ozone, les éleveurs… les Indiens, le plan Collor, la dette ! Mais nous, on n'est qu'une bande de paysans peut-être hors la loi… Nelson est en train de prouver qu'il exploite bien ses terres. Et quand j'interviens trop personnellement, moi un Français, ça les fait renâcler. Ils se méfient. Nelson a l'avantage d'être brésilien, il me contre en ressortant les vieilles salades de mon passé. C'est compliqué… Moi, je finirai par gagner. L'ennui, c'est Asdrubal, lui, je ne sais pas… Vous comprenez, avec ces paysans, on sort du duel, on entre dans le social, le politique, plus dur à maîtriser qu'un bras de fer en solitaire avec Nelson. Quand on se met sur les reins la misère au Brésil, on est tout de suite dépassé. Cela devient écrasant. Mais je ne dis pas ! Ça peut se goupiller encore… Asdrubal a des couilles. Nelson a autre chose… un pouvoir souple, divers et délétère. Je trouverai l'angle et le moment, un grand coup !

Damien lut dans le journal qu'en France, au Père Lachaise, la tombe d'Allan Kardec avait été dynamitée. Or Damien qui s'interrogeait sur les tombeaux, dans les fondements de la cathédrale de Niemeyer, reçut cette nouvelle comme un écho de ses obsessions. Kardec était le père du spiritisme, c'est lui qui avait inspiré bien des caractères de l'umbanda qui régnait à Rio. Le médium Rosarinho était disciple de Kardec. Qu'un visionnaire français ait pu modeler un rite afro-brésilien avait toujours étonné Damien. Sur la tombe de Kardec, des adeptes et des illuminés se livraient à toutes sortes de manifestations idolâtres, frottant leur corps contre la stèle, déposant des dons, exécutant des danses et des incantations. La nuit, la tombe devenait l'objet de cultes clandestins et de transes. L'esprit du maître répondait aux sectateurs hallucinés. Un attentat venait de mettre un terme à cette orgie mystique. La tombe avait pété, le mausolée valdingué.

Ainsi l'umbanda vivait ses fièvres occultes, suscitant leurs initiés et leurs ennemis jurés, de part et d'autre de l'Atlantique, à des milliers de kilomètres des terreiros brésiliens. Au cœur du plus prestigieux cimetière parisien, un lieu rayonnait, imprégné des mânes du mage. Morceau de Brésil et de nuit voyante dans le sol français, morceau de France sur la terre brésilienne, obscure correspondance. Damien songeait à cette bombe dans un tombeau, à ce squelette, à ces reliques qui enfantaient la guerre et la profanation, comme à quelque signe, présence archaïque, levier nocturne, voix des ombres… Les morts sacrés restaient l'enjeu des vivants. Dédale des âmes et des cendres sous la cathédrale de béton et de verre, esprits chevauchant, éperonnant les médiums les soirs de cérémonie dans les terreiros. Le giron brun des mornes résonnait d'un secret martèlement, d'une palpitation religieuse. Pyramides d'argile et de granit, mausolées de la présence.

La bombe explosait dans son cœur, répandait son hélium

noir et il ne savait par quel détour elle s'associait à son amour pour Marine. Mais la fureur de la déflagration ouvrait une tombe d'où naissait le visage de son amante.

Maintenant il roulait avec elle dans São Paulo. Napoleon Hugo conduisait la voiture. Roland était en mission à Recife. Marine avait dit oui. Damien n'aurait jamais pu imaginer la violente monotonie de la ville. Il était assommé, hypnotisé par son dépliement infini. Aussitôt quitté le centre historique et les tours de verre de l'avenue Paulista, l'espace se dilatait, s'étirait, sécrétait ses colonies de bâtisses. On débouchait sur le quartier «Jardines», villas claquemurées, gardées par des barbouzes en uniformes ardoise, baguées de pelouses et plantées d'arbres en fleurs. Les rues étaient désertes, en dos-d'âne, alignant les alvéoles luxueux et verrouillés. Des petits perroquets à peine plus gros que des perruches caquetaient dans les branches. Le soleil cognait. Du sommet d'une colline, on voyait la ville soudain se déployer en de larges vallées brasillantes ponctuées d'autres collines.

La voiture continuait, les jardins cessaient, interrompus par un pêle-mêle d'immeubles sans éclat, hexaèdres juxtaposés, béton flétri que coupaient des autoroutes où fonçaient les bagnoles. Alors un nouveau paradis émergeait, un bastion verdoyant peuplé de villas closes. Bouquet de grosses corolles gorgées de rouge, parfums de jasmin, végétaux striant,

195

zébrant la lumière. Et tout d'un coup, le décor se desséchait, se fanait, hérissé d'arides immeubles. Ainsi la ville avait développé, tour à tour, ses enceintes somptueuses entourées de cercles d'usines et de misère, eux-mêmes sertis dans de nouveaux quartiers cossus qui rejetaient à leur périphérie de larges nimbes de baraques souillées. C'était la ville, ce tohu-bohu de pentes, de cuves, de sillages butant sur d'autres tertres.

Damien et Marine étaient pris là-dedans, matraqués par la poussière et le soleil, passant du silence des villas et des jardins – longs tunnels de paix – à des abîmes crus, à des chaos, à des clameurs. Ils s'éloignèrent du centre et la verdure disparut. Plus d'arbres mais des collines sans fin, ocre et cuites. Un paysage tari, haché de petites maisons tristes, effritées, décrépites qui semblaient de la même matière que le sol sur lequel elles poussaient, avec lequel elles se confondaient, comme autant de concrétions, de verrues pelées. Les pentes étaient lamellées, feuilletées par ces maisons brûlées, tuilées, comme nées du fendillement de la terre, de sa dessiccation. Ils traversaient Peduda, Cupece, Joanica... Et tout à coup, une brèche de latérite saignait, un raidillon rouge bordé de bananiers vert-jaune. Dans l'incolore uniformité des fonds, la plaie s'ouvrait où pullulaient non plus les petites maisons craquelées, mais des bicoques, des taudis, un carambolage de cabanes avachies collées autour d'un égout, avec des gosses nus, ventrus, aux pattes grêles, aux prunelles bouchées par les mouches. Là, soudain, dans des lézardes entre les collines, sur un déballage d'ordures, s'épaulaient des monticules de casemates blettes, rapiécées, imbriquées dans une espèce de beauté de camaïeu, de broderie lépreuse, oui, un travail, un ciselé de la décomposition, des matériaux cousus les uns aux autres, lavés par les pluies, corrodés par le soleil, rapetassés, se chevauchant, créant des harmonies usées, une symphonie de tavelures, de surfaces chancreuses. Les favelas révélaient leur horrible beauté comme des toiles de Tapiés, en patchworks triturés, subtilement ternis : c'était cela le pire ! De loin, on les repérait dans des trous, à cette nuance unie, à ce tarabiscotage de tons beiges, ras et roux, à cette délicate effervescence des lignes, des rajouts, des bouts, à ce peaufinement, cette préciosité de manuels chefs-d'œuvre conçus dans les matières et les pigments du désespoir. Par les fenêtres branlantes, entre les planches déclouées, on ne voyait que les gosses, des grappes de gamins nus, loqueteux, aux visages barbouillés. Il y avait peu d'adultes. La route filait, abandonnait ces sordides îlots qui répondaient, dans le registre exactement inverse, aux « jardines », aux villas cadenassées et fleuries.

Napoleon Hugo remarqua que les favelas de Rio n'avaient pas le même aspect pourri.

— Dès que l'on pousse vers les hauts de la Rocinha, ce n'est pas mieux ! répondit Damien. Vous habitez où ?

— Dans un quartier modeste… à Consolaçao, derrière Vila Isabel… Mais mes deux filles sont en train de s'en sortir, elles font un boulot de secrétaires spécialisées dans l'informatique. Ça va bien… Je n'ai jamais désespéré, je vous l'ai déjà dit l'autre jour, je ne désespère pas…

Damien s'en souvenait ! Mais c'était plus fort que lui, il ralluma la querelle.

— Oui, mais ici, à São Paulo, c'est l'enfer… Vous ne seriez pas désespéré si vous viviez là-dedans ? J'ai lu un rapport d'Amnesty International, dans la *Folha do São Paulo*, suivant lequel quatre à cinq cents délinquants, souvent très jeunes, sont exécutés à São Paulo, chaque année, sans autre forme de procès, par des tueurs que la police couvre…

— Je sais, Damien, c'est atroce, mais sans minimiser l'horreur, ce sont souvent des règlements de comptes entre gangs de la drogue, ce ne sont pas que des exécutions policières.

— Pourtant, la semaine dernière, dans le *Jornal do Brasil*, j'ai lu une information du même type : quarante mille meurtres en dix ans dans l'État de Rio ! Et deux cents assassinats de mineurs chaque année. Des commerçants lèvent des milices, paient des tueurs pour éradiquer les voyous.

— Là encore, il y a la part des rixes entre les bandes pour le contrôle de la drogue. Damien, il n'y a pas deux cents exécutions pures... si j'ose dire...

— Vous nuancez donc... pour garder votre euphorie intime...

— Ma confiance n'a pas d'objet concret, Damien... elle n'est pas liée aux circonstances ni aux actes...

— Mais si quelque chose arrivait à vos filles ?

Napoleon Hugo se signa.

— Je suis dans les mains de Dieu. Ce n'est même plus une question de vie ou de mort...

— Vous vous résigneriez !

— Non... mais je subirais ce qui me dépasse. Je pleurerais, je souffrirais, mais cela n'entamerait peut-être pas le courant de la lumière intérieure.

— Mais ces favelas, c'est effrayant, les gens dans l'égout ! s'écria Marine. Et on roule, on s'en fiche, on file !

— Ils sont dans la main de Dieu, dans le mouvement de Dieu, comme nous, dans le fleuve de Dieu, dans la respiration divine... Vous ne voyez peut-être que la surface.

— Oui, mais on crève en surface ! lança Marine.

— Je vous ai dit que ce n'était pas une question de vie et de mort. Je ne sais pas m'expliquer... les distinctions disparaissent en profondeur, dans l'océan de la grâce. On s'anéantit en Dieu...

— Mais vous venez d'avouer que vous avez lutté pour assurer un sort meilleur à vos filles ! s'étonna Damien. Vous ne vous fiez donc pas seulement à ce bel océan !

— Parce qu'elles ne possèdent pas ma joie intérieure, je n'ai pu leur communiquer cette joie-là. C'est sans doute mon échec. Il leur manque cette permanence de lumière.

— Alors, vous êtes un élu! Mais c'est injuste pour vos filles, avouez-le!

Marine adressa à Damien un petit coup de coude pour qu'il ne pousse pas Napoleon à bout.

— Je n'ai pas dit que j'étais élu. Le courant me traverse. Je me suis trouvé sur le passage. Ce n'est pas une élection. C'est la conformation de mon âme, une réceptivité venue de l'enfance. Une chance.

— Et la théologie de la libération, qu'est-ce que vous en pensez? C'est inutile donc!

— Je suis pour... J'aime la justice. Mais ce n'est pas l'essentiel. Ce n'est pas la source, ce n'est pas le même don profond. Ce n'est pas la grâce...

Cette grâce exaspérait Damien. Il avait beaucoup de sympathie pour Napoleon Hugo. Mais, à ce moment précis, le chauffeur de taxi le révoltait. Il avait envie de lui mettre le nez dans l'égout de la favela, de le foutre dans un camp de concentration et de lui demander des nouvelles de la contemplation, du fleuve divin et de l'extase. La seule grâce qui inondait Damien venait de Marine. Mais la ville ternissait cette grâce.

La farandole des collines reprenait, les mêmes buttes se reproduisaient ridées, crevassées, pareilles à l'écorce d'un arbre entourée de bracelets de champignons jaunes et gondolés comme du carton. Puis il y eut moins de collines, les acié-

ries parurent, les usines de Siemens, de Ford, de Volkswagen
à São Andrés, São Bernardo, São Caetano... les hangars de
métal, les cheminées, le béton gris, empilement de bunkers,
de citadelles opaques, de cathédrales, d'orgues et d'urnes
fumantes, empanachées. Formidables fours échafaudés, se
reliant par des passerelles, des coursives, des canaux, des
autoroutes, toute la métallurgie braquée, ses tubulures, ses
miradors, sept cent mille hommes. La méphistophélienne
Babel du vacarme et du fer bouillait, tonnait sous un dais de
nuées noirâtres ou neigeuses qui escaladaient le ciel et reproduisaient là-haut les architectures obtuses et biscornues du
dessous.

Plus loin, et au-delà encore, ce fut plat, rectiligne avec des
baraques de parpaings crus étirant des parallèles dont on ne
voyait pas le bout. Tous les migrants, tous les errants, les
transplantés, les paysans chassés se juxtaposaient là, au fil des
longues branches, les peuples de l'exode en panne dans la
Vallée des larmes, ce désert sans Dieu, antédiluvien et vague-
ment lunaire, rongé, cratérisé, sans feuilles, à même la terre
stérile. Les tentacules de la pieuvre partaient, se poursui-
vaient, s'entrecroisaient. Hydre fossilisée aux pseudopodes
squelettiques, aux maxillaires armés de vieilles canines, de
molaires mortes et de chicots. Le grand São Paulo, quinze
millions d'hommes. Là, sur la terre nue, dans la tenaille
solaire, les foules comme exposées formidablement, livrées à
la vindicte des dieux ou à leur mutisme. Il n'y avait rien. Il n'y
avait plus la vie. La rugueuse étendue, roc arasé, limaille et
poudre. Et tous les hommes en attente, l'humanité en rade.
L'océan, la forêt s'étaient retirés. La boue avait durci, gercé.
Le globe de feu dardait sur les damnés.

Napoleon Hugo se taisait, roulait, repartait, plongeait au
fond du labyrinthe, dans les galeries du mal. Marine et
Damien ne prononçaient plus un mot. Ahuris, laminés. Leur

amour se tarissait, devenait inutile et creux, s'aplatissait, se dissolvait dans quelque chose de vaste et d'aveugle que leur conscience réfractait comme l'éclat d'un projecteur sans fin.

Le soir, ils dînèrent chez le consul. L'appartement occupait le sommet d'une des plus hautes tours de l'avenue Augusta, en plein quartier des banques et des affaires. Une levée de hauts miroirs, de blocs translucides, gros écrou de cristal autour duquel la ville explosait.

La terrasse du consulat dominait des dizaines de kilomètres à la ronde : une fantastique mire qui balayait le monde. Vue imprenable sur l'enfer et le fourmillement. Le consul était grand, chauve, rose, étonné, fade et charmant. C'était un homme passé, sans angles ni couleurs, dépigmenté, détimbré. Au cœur du chaos, il baladait son sourire mou. Cette absence de fureur le protégeait de la cité. Il était à l'épreuve du monstre qu'il ne semblait pas voir. Son épouse, elle, brune, anxieuse à soubresauts, était attaquée de plein fouet, upper-cutée par le grand poulpe. Elle ne savait où se planquer pour fuir le plus large panorama du Brésil. Tous les convives s'extasiaient sur les perspectives infinies, gaufrées, tartelées de buildings, les somptueux dégradés, tous les méandres et pullulements bibliques que le crépuscule noyait de mauve.

Mais la consulette avait le vertige, allergique à l'abîme sans parapet. Elle titubait comme sur le pont d'un navire pris dans un maelström. L'appartement manquait un peu d'intimité... Elle ne pouvait pas ouvrir une fenêtre, faire un pas sur sa terrasse sans voir la totalité, l'immensité des choses. Elle qui n'aimait que les vues partielles et rassurantes, à hauteur

d'homme, la dentelle des maisons de campagne et des villas
douces! La ville lui infligeait sans relâche l'obsession de
l'infini, de l'irrémédiable, une sorte de délire trop pascalien...
Elle se plaignait aussi du bruit, du hurlement de Saint-Paul.
Elle disait Saint-Paul, comme tous les Français, pour São
Paulo. Damien s'étonnait que le saint évangélique qu'il imaginait vêtu d'une tunique antique, pieds nus, apôtre assez rustique, incarnât l'hystérie, le halètement urbain, ce matraquage
de pierres et d'acier.

La consulette se spasmait au sommet du mirador inhabi-
table. La ville la harcelait de sa surchauffe, de ses stridences.
Elle se bouchait les oreilles, fuyait dans les pièces les plus
reculées. Mais son appartement avait été conçu tout en baies,
ouvertures, élargissements épiques. La consulette était cernée. Elle tirait les rideaux et attendait, entendait tout autour
d'elle la convulsion, le crachotement de la bête. Des bruits
giclaient comme des banderilles, des escarbilles sur une trame
de claquements, de détonations, de ferraillements, de sirènes
survoltées. Quinze millions d'hommes pris à la gorge, c'était
beaucoup pour elle qui les voyait, dans ses cauchemars,
l'enveloppant de hordes, de bataillons voraces, multitude
pantelante de Nordestins efflanqués et de macumbeiros hallucinés répandue autour de son donjon de verre. La consulette
se sentait nue. Elle confessa à Damien sa nostalgie de la Roumanie où son mari avait occupé un poste pendant la dictature.
La Roumanie était paradisiaque. Le couple logé dans une
charmante villa entourée d'un jardin feuillu connut là des
heures paisibles. Puis, tout à coup, ce fut l'exode, l'expulsion
de l'Éden, l'arrivée à São Paulo, de but en blanc. La consulette parachutée sur son pic, tanguant sur la terrasse de l'univers, percée à jour par la plus vaste population de la terre,
comme crucifiée à trois cents mètres d'altitude ou enfermée
dans une cage de verre, tels ces maffiosi au cours de leur pro-

cès, scrutés, fliqués par une mitraille de regards. Damien, saisi de sadisme, lui conseilla d'affronter sa peur, de la défier, d'acheter une paire de jumelles, de s'installer sur sa terrasse comme un capitaine de navire et de rendre à la ville coup pour coup, de la sonder, de mesurer tous ses entortillements, son expansion. C'était là un objet d'analyse et de contemplation sans égal :

– Imaginez Hugo ici récrivant *Les Contemplations* sur la corniche du gouffre ! Vous pourriez aussi étudier l'invasion humaine, sa prolifération, sa viscosité, ses étoilements, ses rosaces !

Mais Damien voyait l'angoisse grandir dans les prunelles de la consulette. Des tics trituraient ses cernes et ses fanons. Elle tremblochait des orteils aux poils du nez. Alors Damien changea illico de sujet, revint à la Roumanie, à son havre pastoral et douillet, son exquise quiétude :

– Mais tout de même, c'était une abominable dictature, l'ubuesque Ceausescu…

Ce père Ubu de dernière minute sorti du chapeau de Damien laissa pantoise la consulette… Elle adopta un petit air ennuyé et compatissant en avouant qu'elle ne se mêlait pas de politique, la diplomatie l'exigeait… En tout cas, là-bas, elle vivait cachée donc heureuse, avec son héros de mari éberlué et déplumé. Les gazons de l'idylle ! C'est que le logement brésilien du couple manquait de pelouses. A flanc de gratte-ciel raide et chauve, au-dessus de l'océanique tumulte que les hélicoptères passaient au sécateur.

La nuit vint. Au sein de la ville des constellations naissaient, se propageaient, ravinaient l'ombre rose, couvaient sous les effilochements turquoise de l'horizon. Marine et Damien étaient restés seuls à l'écart sur la terrasse. Damien aurait voulu embrasser son amante. Mais elle se tenait un peu à distance, de peur d'alerter les invités. Il aurait aimé au moins la toucher dans la nuit. Il lui souffla que plus personne ne les voyait, qu'ils étaient tous à boire dans le salon, bientôt pintés, somnambuliques. Il se rapprocha, glissa la main vers une hanche. Mais elle se déroba, le disputa. Ils étaient au consulat ! Son mari travaillait dans ces services !

— Juste toucher, chuchota-t-il, par superstition... pour ne pas mourir...

— Tu exagères toujours !

Alors il glissa de nouveau la main en coquille, derrière elle, vers les reins et plus bas, sur la bombe d'amour :

— Ah ! là... c'est bon, c'est le bonheur... touche-moi maintenant là, moi, c'est important tu sais...

— Jamais ! Tu es vicieux, tu es cinglé ! lança-t-elle dans un sursaut.

— Pour la ville, pour les foules, murmurait-il, pour leur rédemption...

— Arrête de délirer... Tu mélanges tout !

— C'est toi qui n'y connais rien en religion... Touche-moi pour leur salut, je t'en supplie !... Et puis il faudra qu'on couche bien vite ensemble pour les sauver, si ! si ! C'est la seule prière qui peut monter vers Dieu ici.

Marine le tança plus sèchement :

— Tu pourrais au moins respecter ma foi !...

Et ce mot de foi, si démodé, si naïf le surprit encore. Il faut que je respecte sa foi... Mais qu'est-ce que c'est que cette histoire-là ? Où suis-je tombé ? Une dévote ensoleillée, était-ce possible ? En minijupe, vingt-trois balais, cuisses de jogging à l'eau bénite ! Elle n'allait pas remettre ça avec Roland, la noce devant Dieu.

— Il est partout le Bon Dieu ! dit-il.

— Je t'en prie, tu m'injuries...

— Alors, il n'est nulle part. La ville est noire. Quinze millions d'hommes perdus dans le noir.

— Eh bien justement, pense à eux ! Tu étais beaucoup plus gentil cet après-midi, plus émouvant, tu ne pensais pas qu'à toi, tu étais impressionné par la ville.

— Si je pense à eux, je vais chavirer comme la consulette... Dans les favelas, dis, ils se sont tous pieutés...

... Et leur songe se déploie vers les banlieues là-bas, la pagaille des bâtisses et des collines... Par paquets, roupillent les quinze millions, s'endorment coûte que coûte, rêvent... Même la consulette tout à l'heure, tous, cette extinction soudaine. Hop !... à poil, les corps sciés, les souffles, en chien de fusil, embryonnaires, pelotonnés, les râles... même les cabots, les chats, les perroquets sur leur perchoir, les kinkajous d'Hippolyte, toutes ses bestioles, ses caïmans et son téju. Qu'est-ce qui nous prend quand la nuit tombe ? Toute l'arche sombre, glouton des ombres.

... Un type, là-bas, est peut-être sorti dans la nuit, le long des rues sans bornes flanquées de baraques en parpaings, seul. Il respire enfin. Il regarde le ciel. Prairie d'étoiles. Plus de soleil, de plomb fondu, mais la belle large nuit. Les bidonvilles sont presque épurés par le vent meilleur. Tout est lavé. Il marche dans la rue vide. Il n'a pas peur. C'est une nuit sans crime. Ils dorment. Il voit le ciel ouvert, le firmament partout. C'est le seul moment de l'espoir. Petites baraques blettes et bleutées acoquinées dans les chicanes. Les familles nouées dessus dessous, générations bouche bée, corps en désordre, torpillés par les songes. Ventripotées, les membres épars en tire-bouchons. La nuit se glisse dans les favelas, entrouvre les planches, lance son couteau de lune, miroite, fait chatoyer les bouts de tôle dans les gourbis, gamelles, ordures, les fripes sur les nombrils, l'écran d'un poste de télé, une statue de la Vierge ou une « figa » contre le mauvais sort. Les taudis luisent. Par les fissures, les étoiles gouttent sur les visages, les bides gonflés des femmes enceintes, mollets poilus et cicatrices. Des couples baisent à côté de leurs mioches, abdomens collés, ahanent dans des éclats, des halos qui flottent, vacillent entre deux cartons pourris. Vogue la ville, son grand barda de croûtes, son fourniment de décombres bosselés, ses termitières et mausolées. Le mec, le solitaire continue au vent de nuit dans le désert de la rue. Il marche. Il est bien. C'est tout en ciel soudain, en liberté, affranchi de l'enfer. La terre monte dans les astres. Cela gravite enfin vers l'épopée. Il ne se sent plus cloué, écrasé sous la dalle de fournaise. Mais léger, svelte. Il danse vers rien dans la rue lévitante.

Damien et Marine l'imaginent, lui font signe. Un couple au sommet de la tour. Amants célestes, tandis que lui, à des kilomètres, sur le dos de la plaine, sous la courbure des galaxies, avance, respire à pleins poumons, visage levé, là-haut file la lumière d'un satellite, petit point pulsatile. L'homme soudain chante. Fils du cosmos, frère des anges.

Damien n'a pas couché avec Marine. Il se demande si un jour il le fera. Il ne couchera jamais avec elle, repartira, reviendra pour apprendre qu'elle a accompagné son mari dans un autre pays, pour un nouveau poste diplomatique. Il la perdra. Il l'oubliera. Il n'aura jamais été profondément blessé par cet amour imaginaire. Seul un point de nostalgie attachera dans son cœur Rio à Marine. Et pour combien de temps ! Il n'aura pas vécu cette passion. Il n'aura pas connu le corps à corps, les cris, les ventres inondés de sueur, la bataille fervente dans les bras de Marine et les disputes, les remords, les répliques au sabre, les bouffées de sadisme, les rites, les aveux pantelants, les mots fétiches et les pardons, les détresses plus tendres. Marine n'entrera pas dans sa vie. Il se sentait foutu en pensant à ce blanc. Mal aimé, perdu, vaincu. Laid surtout. Moche et caduc. L'insomnie, l'intempérant bagout et l'hypocondrie latente... La veille, dans l'ascenseur, il avait revu Zulmira. Mais elle semblait se dérober. Il l'avait attrapée dans un couloir pour lui demander la raison de cette fuite. Elle lui révéla que son chef de service avait appris leur liaison et lui avait interdit la fréquentation d'un client de l'hôtel, sur les lieux mêmes de son travail. Elle risquait de perdre sa place.

Damien proposa d'intervenir, de soudoyer le chef de service. Mais Zulmira refusa car dès qu'il aurait quitté Rio pour la France, son patron la mettrait à la porte. Damien protesta encore, lui promit une garantie pour l'avenir. Il la placerait sous la protection de quelque attaché diplomatique et le chef de service serait contrôlé... Elle hésita, puis le regarda avec une expression dubitative, presque ironique, amusée, comme si elle-même était sceptique quant au véritable désir qu'avait Damien de la revoir. Savait-elle quelque chose sur Marine ? Puis elle lui dit tout de go :

– J'ai un ami... Nous allons nous installer dans un quartier de la Rocinha.

– Dans la favela ?

– Pas tout à fait, dans le meilleur quartier, sur le largo do Boiadeiro, mon ami a acheté une épicerie-bar. Je vais travailler encore quelques mois à l'hôtel, puis l'aider si ça marche. Je ne voudrais pas qu'il sache pour nous... Cela remettrait tout en question ! Parce que c'est lui qui m'apporte le plus et je tiens vraiment à lui. Toi, tu ne fais que passer. Mais j'ai bien aimé...

Damien était honteux d'avoir pu risquer de compromettre l'avenir de Zulmira, licenciée, puis larguée par son amant.

– J'ai été léger, imprudent avec toi.

– J'aimais cela, j'aurais presque continué.

– Pourquoi ne m'as-tu pas prévenu tout de suite de l'existence de ton amant, de vos projets ?

– Parce que j'étais curieuse de toi, j'avais envie, je voulais voir. Mais maintenant je sais que je dois m'arrêter.

Et elle avait haussé les épaules en étendant les bras de chaque côté, avec une mimique de bon sens souriant. Ce n'était pas de la résignation. C'était une résolution paisible teintée d'un furtif regret.

– Comment s'appelle-t-il, ton ami ?

— Raimundo.

— Il est beau ?...

— Très beau...

En prononçant cela, son regard, ainsi qu'une légère caresse de sa main, dessinèrent la beauté de Raimundo, sa grâce. Elle avait les lèvres closes, étirées comme si elle savourait intérieurement le beau garçon. Puis elle se mit à rire, en prenant conscience de sa dévotion.

— Il a de la chance, Raimundo...

— Allons ! C'est toi qui as de la chance, tu le sais bien, n'exagère pas !

Damien éprouva une nouvelle vague de gêne en comprenant l'allusion à sa vie qui, aux yeux de Zulmira, était un paradis.

— Qu'est-ce que je peux faire pour toi, Zulmira ? lui demanda-t-il avec douceur.

— Rien !

Et elle se mit à rire de nouveau, avec un pétillement de malice. Il aurait voulu lui donner de l'argent. Mais il redoutait de jouer encore de son pouvoir. Il écarta la masse des lourds cheveux noirs et, au bord des dernières boucles, il débusqua le coin de sa bouche. Il y avait l'odeur de la toison, un afflux de présence, de moelleux et les lèvres entrouvertes qui rendaient le baiser. Cette petite niche voilée entre les mèches et la commissure, cette écume de chair dans son pli, lui restituaient tout le plaisir sensuel de Zulmira, une nébuleuse de cheveux sur un désir goulu.

Avant de le quitter, elle sortit tout à coup d'une poche un mince ruban rouge en forme de bracelet qu'elle lui tendit.

— C'est un ruban consacré dans l'église de Notre Seigneur de Bonfim à Bahia. Tu le mets à ton poignet et, quand il se fripera, tout usé, tu le brûles, tu recueilles ses cendres, tu vas devant la mer et tu livres les cendres à la septième vague que tu compteras. Alors fais un vœu, tu seras exaucé !

Donc le soir, dans sa chambre, il se retrouva seul. Sans Marine ni Zulmira. Toutes les deux avaient finalement rejoint leur homme, la forteresse d'un couple. Avaient-elles senti secrètement la fragilité anxieuse de Damien bancal, bluffeur, dragueur raté, incapable de rien assumer et de maîtriser sa vie ?

Alors, il contempla les trois vierges, la plus belle qui louchait, puis la madone du XIXᵉ siècle, simple et rustique, et la malade, la vierge à la vérole qu'il attaqua. Les vers creusaient des trous lisses, minuscules et parfaits qu'on eût dit percés par une machine de haute précision. Il approcha le flacon de Xylophène, armé de sa fine canule, qu'il glissa dans chaque orifice. Il appuyait sur le bouchon et le liquide jaillissait, nettoyait la cavité, zigouillait le ver...

... Bientôt ce massacre méticuleux capta tout son être. La chasse à la vermine, les giclées punitives tournèrent à la manie compulsive. Il allait faire un tour sur la plage pendant une heure, revenait, guettait la statue, la scrutait, flairait le moindre de ses creux, de ses ourlets saillants. En cas de volute suspecte, c'était une pulvérisation ! Cette vierge, il l'arracherait aux vers, coûte que coûte, millimètre par millimètre.

Le lendemain, à sa surprise, il vit qu'un parasite avait rivé son impact d'épingle sur le pied droit de Marie. Cela faisait un cône de poussière jaune. Il brandit sa bombe, dégoupilla la canule, aspergea le pied, fit tourner la statue entre ses mains, se livrant à une nouvelle inspection serrée, inondant les anciens orifices par sécurité. Le produit sentait fort, ses effluves baignaient les narines de Damien, lui communiquant une diffuse migraine mêlée de griserie. Il connut un répit de vingt-quatre heures, mais un ver toujours survivait ou ressuscitait, infligeait sa blessure fraîche et blonde dans le sein ou la joue de Marie. Damien à présent rentrait dans la bataille non pas tant avec la rage de qui veut triompher qu'avec la délectation du drogué s'administrant une nouvelle dose. Cette vierge trempée d'essence le saoulait. Il la respirait à perdre haleine. La quête des petits trous, l'averse de Xylophène, la houle des plis d'or, le sourire de Marie, l'ubiquité des vers le plongeaient dans un vertige continu, une brume de délire. Lorsque pour un temps les vers capitulaient, Damien les cherchait désespérément, comme privé de sa gnole, les traquait, douchait les parties intactes, par précaution, mais surtout pour inhaler la violente senteur d'alcool, d'éther...

Il perdit l'appétit, eut des nausées, vit en rêve des poissons lunaires, des soleils médusés, des vierges envapées. La déception d'avoir perdu Zulmira et de ne pouvoir conquérir Marine se dilua dans un océan de maux de tête, de tournoiements et d'écœurements délicieux. Son mal de mer l'absorbait. Il l'entretenait avec un soin suicidaire. Paradoxalement, un matin que la vierge lui parut nette de toute atteinte, ses anciennes blessures nettoyées, cicatrisées de brun, il eut le sentiment qu'elle était morte. Guérie mais morte. Il regardait la mitraille des petits créneaux le long des reliefs et des plans. Nulle activité de ver. Les tombes étaient vides et la vierge éteinte. Pendant plusieurs jours, sans se l'avouer, il attendit la réapparition d'un héroïque et immortel parasite faisant dégouliner une cascade de sciure blonde. Mais la vierge ne saignait plus. Sauve, désaffectée. Damien n'y comprenait plus rien. Il avait gagné mais vivait sa victoire comme un sevrage. Alors il retrouva peu à peu ses esprits, fréquenta le bar et le hall de l'hôtel, se baigna dans la piscine, veuf et vacant. Il examinait encore machinalement la vierge sans espérer un éveil nou-

veau. Il reprit bientôt toutes ses distances, un nouveau raid de
la vermine l'aurait excité mollement.

Il s'avisa que le ruban offert par Zulmira se fripait, tout usé
à son poignet. Comme elle le lui avait recommandé, il fit un
vœu d'amour. Le vœu de posséder enfin Marine. Il brûla le
ruban avec une allumette. La soie se ratatina. Il livra à la septième vague une pincée de cendres, non sans redouter qu'on
ne le surprenne en flagrant délit de superstition. Pendant
quelques heures il crut pour de bon au pouvoir du ruban
écarlate, à sa calcination, à l'alchimie du feu et de la mer. Puis
sa croyance s'évapora.

Il téléphona à Rosarinho et lui raconta ses déboires. Le
médium se tordait de rire à cause des trous, des vers et de
Damien shooté par la vierge pétroleuse et hallucinogène.
— Vous êtes un fou Damien, un vrai taré ! Je ne sais quel
Dieu vous chevauche, ce doit être Xango… fils de Xango, un
mélange monstrueux de Xango et de Yemanja. La Vierge et le
Guerrier. Le choc des incompatibles. Vous n'êtes pas viable.
J'aimerais bien vous voir, le fou de visu !
Rosarinho vint boire l'apéritif le soir même. Il biglait
Damien de ses grands yeux de gosse aux cornées immaculées.
Damien lui demanda s'il connaissait un Raimundo très beau
qui pourrait être l'amant de Zulmira.

– Je le connais… Il est fastueux ! Mais pourquoi vous inté-resse-t-il ?

– C'est pour savoir… Je connais un peu Zulmira.

– Elle est encore plus belle !

Rosarinho se renversait contre le dossier de sa chaise avec une mimique d'extase. Il joignit les mains, fronça les lèvres en un cul de poule libidineux, puis se projeta soudain en avant, les reins emportés dans une lévitation cambrée. On l'eût cru sur le point de décoller :

– Elle a un cul céleste…

Rosarinho trichait toujours. Son homosexualité flam-boyante ne faisait aucun doute. Mais il racontait surtout des histoires de femmes, des rencontres avec des vamps miri-fiques et pailletées, dévorantes déesses qui lui sautaient dessus et lui donnaient des orgasmes sidéraux. Le scénario était tou-jours le même. La star déboulait dans une boîte de nuit ou un ascenseur, fonçait sur lui, le happait, l'affaire était réglée en un éclair et Rosarinho confondait le « il » et le « elle », l'actif et le passif. Ainsi il disait à Damien :

– J'étais dans l'ascenseur et j'ai vu cet être magnifique, une reine vêtue d'une longue jupe fendue jusqu'aux fesses, Damien ! De colossales cuisses d'ambre ! Tout à coup sur moi… Elle m'a pris ! Je me suis laissé faire. Je n'ai pas eu le temps d'agir. Elle n'a même pas mis de préservatif, je crois… Et aussitôt, ce fut si fort que je n'ai pas pu me retenir. La jouissance a éclaté. J'ai joui ! J'ai joui !

C'est le préservatif qui clochait. Damien ne voyait pas com-ment la belle aurait pu enfiler un préservatif sauf à le lui glis-ser à lui. Mais la syntaxe de Rosarinho connaissait un flou, la phrase s'accélérait, elliptique. Il y avait des parasites. Rosa-rinho escamotait le principal tout en se trahissant. La star, dans tous les cas, était son mythe fondamental. Dans un cli-quetis de bracelets, une formidable féline parée de strass, soudain déculottée jusqu'aux chevilles, violait Rosarinho éberlué, hennissant, éjaculant presto. Tous ses amis connaissaient sa mythomanie. Mais il n'en persistait pas moins à raconter ses aventures avec aplomb. Ce que Damien ne comprenait pas, c'est pourquoi il cachait à demi son homosexualité si évidente. Comme si un balancement existait entre son désir des hommes et ce fantasme d'une fabuleuse vampiresse qui lui paraissait le nec plus ultra de l'amour. Rosarinho était toujours violé par un parangon de féminité explosive, sorte de travelo fardé, pulpeux, tentaculaire dont le fourreau de lamé s'ouvrait, dans un vertige soyeux, un papillonnement de fleur théâtrale, sur un pistil noir et dardé qui expédiait le médium, les quatre fers en l'air, chez les anges.

– Une personne m'intéresse, cher Rosarinho, c'est Biluca...

Rosarinho cilla à toute allure puis ajusta un masque tranquille et faux.

– Tiens, Biluca...

– Oui! Oui! Rosarinho... Ce n'est pas une star, je sais, ce n'est pas une lionne indomptable mais, voyez-vous, Biluca c'est quelqu'un! Je sais qu'elle a passé toute son initiation dans votre terreiro, cet épisode-là me fascine. Elle était dans une chambre, chez vous, subissant les épreuves, rencontrant son dieu. Cette aventure m'intéresse, voyez-vous, vraiment! Je pourrais écrire un bouquin rien que là-dessus : Biluca dans sa cellule initiatique.

C'était trop. Le visage de Rosarinho connut un brusque affalement, sa tronche chevaline trembla, bouleversée.

– Ne me parlez plus de Biluca, j'ai trop souffert, Damien! Il y a les reines, les stars, les déesses et puis les féroces petits monstres moulés pour l'amour des princes. Biluca est rare. Consacrée à un homme rare. Tout est rare dans l'histoire de Biluca. Et moi je suis pauvre. Moi le père-de-saint, le médium, je suis misérable. Elle domine tout. Elle s'est attribué le grand Oxala, le père des dieux. Je n'ai rien eu à dire. Savez-vous que, dans sa chambre d'initiée, l'autre est venu ? Une nuit, Benicio me l'a dit, mais je l'ai su trop tard... Dans une chambre sacrée ! Tout ce qui est tabou est le propre de Biluca et moi châtré, dupe et bouche bée.

— Quel autre ? Qui est cet autre...

— Le Nelson ! le Mereiles ! le Dantas ! l'autre absolu... le grand Autre ! lança Rosarinho qui, en bon Carioca, assaisonnait suspense, psychanalyse et umbanda sans sourciller.

— Carrément !... dit Damien, pince-sans-rire.

— C'est l'autre qui la tire !

— Et dans la chambre d'initiation, il commet un délit si grave ?

— Un sacrilège, le sacrilège ! coupa Rosarinho impératif.

— Je vous croyais plus souple, insinua Damien qui connaissait les tours de charlatan de Rosarinho. Les dieux transcendants sont forcément plus tolérants qu'on ne le pense, tellement au-dessus de nous qu'ils se moquent bien du décorum, des interdits et de nos tribulations d'insectes.

— Un sacrilège ! répéta Rosarinho, farouche.

— Les mauvaises langues disent... mais vous m'excusez, Rosarinho, ne prenez pas ça mal, elles disent que Nelson payait l'initiation, vous couvrait de petits cadeaux et que vous n'ignoriez rien de ses visites dans la chambre sacrée.

Rosarinho parut ébranlé, il détourna la tête brusquement :

— Vous êtes un provocateur, Damien. Vous aimez le moment du scandale. Vous aimez me troubler. Vous me faites de la peine, vous me blessez. Vous mélangez tout impudemment ! Vous me balancez des horreurs en pleine figure sur Biluca, d'immondes ragots ! C'est lâche. Et pourtant je ne vous crois pas lâche. Alors, que cherchez-vous ?

— Je suis curieux... Je veux comprendre... Le couple de Nelson et de Biluca m'intrigue. C'est pourquoi je vous ai un peu bousculé. Mais je voudrais encore oser vous poser une question, cette fois avec votre permission...

Rosarinho, sur ses gardes, hésitait...

– Si c'est une nouvelle cruauté... Vous savez, Damien, l'état de médium me met parfois dans une si grande réceptivité que j'en suis tout fragilisé. Je suis un père-de-saint puissant et vulnérable !

Puis Rosarinho déguisa une expression de complicité sournoise. Damien avait repéré la vicieuse grimace qui rôdait sous la gravité de façade.

– Posez-la, votre question... Posez-la...

Rosarinho avait pris un air de douleur et de mortification :

– Posez-la... puisqu'il faut tout vous passer, Damien, puisque vous faites partie, comme Biluca, comme Nelson, de ces gens à qui je passe tout, puisque vous le savez, puisque vous en abusez...

Damien sourit, voilà que Rosarinho le flattait, enjôleur...

– Rosarinho, croyez-vous vraiment à tous ces dieux ?

– Je ne peux pas vous écouter, Damien ! Vous devenez monstrueux et nocif. Vous êtes très dangereux, Damien. Vous allez au-delà de toutes les limites. Cela vous retombera dessus. Vous cherchez le diable à tuer. Vous ne pouvez pas ! Vous n'avez pas le droit !

Damien jaugeait Rosarinho outragé, raide de stupeur, l'œil blanc de réprobation, mais tout au secret, tout en dessous, dans l'imperceptible... séduit, violé, vicieux de connivence inavouée.

– Rosarinho, pour Biluca, pour la posséder bien à vous, vous tout seul, est-ce que vous renieriez vos innombrables divinités ?

– Je ne vous écoute plus ! Je devrais d'ailleurs me précipiter sur vous, tracer autour de vous un cercle pour vous exorciser, dire les prières et dessiner sur votre corps les signes sacrés.

— Pardonnez-moi, Rosarinho, je me tais, c'est fini, je me rétracte. On efface tout !

— Votre pensée va trop loin, Damien, elle est trop libre, c'est le péché de l'Europe, rien ne la canalise. Elle vous détruit à petit feu. Vous êtes séduisant à cause de ça, à cause du néant qui vous mange, c'est ce qui est terrible.

Rosarinho sembla tout à coup fatigué, las de tout. Il demanda à boire. Il avala un grand whisky.

— Benicio renierait les dieux pour Biluca. Alcir les a déjà reniés. Quant au dieu de Nelson, il lui permet tout, c'est son double.

Rosarinho sortit alors de sa poche un petit sachet de poudre :

— On va fumer le calumet de la paix, Damien !

— Qu'est-ce qu'il y a là-dedans ?...

— Une drogue nouvelle, inconnue... Ce n'est pas de l'épadu, c'est une drogue que j'ai découverte, c'est un secret.

— Ça s'appelle comment ?

— La drogue des « pieds nus » ! C'est ainsi que je l'ai baptisée.

— Pourquoi ?

— C'est un secret, je ne puis pas vous le révéler tout à trac.

— Mais c'est quoi ? Du cannabis, de la cocaïne, ça vient des agaves ? D'où ça sort ?

— Vous me jurez de garder le secret ! Damien, si vous l'éventez, vous perdrez Marine ! Eh oui Marine... Moi aussi, je sais tout. Moi aussi j'aime l'amour. Vous aussi, vous connaissez les effrois de l'amour, de l'indicible amour !

Rosarinho n'était jamais si bon que dans ses pointes d'emphase. Il redorait les clichés par ses gestes et son ton prophétique. C'était un émotif ravagé par l'amour. Il en savourait le royaume torride, les épouvantes et les beaux cataclysmes. Ses stars, dans leur déploiement de voiles, leurs maquillages de grands oiseaux rituels, magnifiaient l'amour, le totémisaient.

– Moi aussi, Damien, je puis parler... profaner, dire « Marine ! », le répéter : « Marine ! Marine ! » Comme vous l'avez fait de Biluca. Moi aussi je puis insinuer, flétrir, corrompre, accumuler les présages sur... Marine ! Alors chut ! Hein ! Silence... Voilà ! Cette drogue vient d'une petite liane épiphyte et serpentine, oh discrète, et véloce, vert tendre, Damien, et laiteux, un vert céladon. Elle caracolait le long d'un rio secret quand je l'ai découverte, elle s'enroulait aux branches, filait dans le brouillard et la macération de la sylve. C'est sa sève, son lait que j'ai préparé et surtout mêlé à un champignon minuscule et phalloïde, très rare, un parasite qui ne pousse que sur les souches d'une race d'orchidée... une sorte de rhizotomia phalloïde et rubescent. La décoction consiste à traiter le champignon, à le broyer, le laisser pourrir, le sécher et le fondre, pour finir, dans le lait de la liane. Voilà l'opération de sortilège, l'alchimie !

– Mais pourquoi les pieds nus ?

– A cause de la vision que j'ai eue. J'ai vu les pieds d'un être, de l'Être !

Après le grand Autre, voilà l'Être, pensa Damien, toute la faune.

– Vous n'avez vu que les pieds ?

– Je n'ai pas pu monter plus haut, mais j'y arriverai ! Je verrai la totalité de l'Être. Mais cela me fait peur. Je redoute ce moment...

– Comment étaient ces pieds ? demanda Damien, tentateur.

– De beaux pieds nus, d'une nudité extraordinaire, d'une pureté, d'une forme exquises, taillés dans du corail !

– Des pieds d'homme ou de femme ?

– Des pieds de dieu, Damien... élevez-vous un peu !

– Et si ce n'étaient pas des pieds divins ? Si tout là-haut apparaissait une autre tête que celle d'un dieu ?

– Ne recommencez pas, Damien. Vous allez vous détruire, vous me faites pitié.

– Et moi, si je prends de ça, je vais voir des pieds ?

– Cela dépend de votre état intérieur, de votre âme, Damien ! Vous verrez ce que vous méritez.

– Comment ingurgitez-vous la prise ?

– Ça se sniffe, vous en mettez une pincée sur le dos de la main et vous sniffez. Pas besoin de paille, ça grimpe tout seul. C'est une faveur que je vous fais, Damien, parce que vous êtes un homme d'amour ! Parce que l'amour est votre principe premier, votre faille, votre mécanisme précieux, sniffez, mon cher, sniffez avec moi... oubliez votre terrible scepticisme, vos questions délétères, abandonnez-vous !

– Vous croyez que vous allez revoir les pieds ?

– Taisez-vous, Damien ! Ne faites plus l'enfant, ne raillez plus. Sniffez, aspirez le bon lait de la liane, les sucs du champignon. Délivrez-vous, flottez...

Rosarinho se tut. Il s'était allongé sur la moquette, les bras en croix, l'œil dilaté, à l'écoute de la rumeur... Damien attendait lui aussi, inquiet. Il craignait d'avoir inhalé bien docilement cette saloperie. Maintenant c'était trop tard. Le mal était en marche. Damien n'avait nullement envie de voir les pieds nus. L'hallucination, c'était sa grande peur. Il avait trop tendance à perdre le nord. Son pouls s'accéléra. Il sentit un peu de sueur sur son front, puis une térébrante migraine lui fora le crâne. Crampes de mâchoire, envie de vomir. Il se mit à loucher comme la vierge baroque. Puis des vagues, une chevauchée de lumières par lames lui cisaillèrent la tête, ça vrombissait, par essaims : des étincelles et de l'eau palpable, bruissante, des clapotis frais dans son oreille, sous ses yeux, de l'eau vivante, présente, à boire, ruisselante sous la bataille du feu, des oiseaux de feu fuyant là-bas dans l'abîme. Et il entendit Rosarinho qui les voyait, béat, les célébrait, les deux pieds nus, adorables coquillages de chair, petits petons, orteils dardés, beaux petits doigts dodus d'amour... Il n'y avait plus dans le cerveau de Damien que l'intensité, l'invasion de l'eau, d'une proximité effrayante. Il était une calebasse pleine d'eau. Le bruit surtout, les tintements, les lapements, les éclats de cascade rutilaient dans sa tête. Cette eau le mordait, pointue comme mille couteaux, le rasoir acéré de l'eau le découpait de sa fraîcheur. C'était glacé, long et mince soudain, fil à couper le beurre, terriblement froid et pur, lui sciant la cervelle. Il saignait dans sa tête. Un sang de neige. Mais tout ce froid n'était peut-être qu'une brûlure extrême, torride. Un feu si intense qu'il sécrétait du froid dans sa tête, l'inondait comme du sang. Il baignait dans son sang. Là, dans les courts cheveux de sa nuque. Cela pissait. Il avait peur. Il ne connaissait pas le bonheur. Il l'avait perdu à jamais. Il touchait au désespoir même. Il tombait dedans. Il était tout mouillé, gluant, percé de petits trous, d'entailles, lacéré par des myriades d'aiguilles dont les impacts glacés luisaient en lui, luisaient de froid. Comme des étoiles, des astres froids, un firmament de sang froid. Une Voie lactée le brûlant de froid.

Mais Rosarinho était heureux. Il bandait dans la délicate vision des pieds. Il débitait, psalmodiait un mélange de prière et d'obscénité. Il gloussait. Il chantonnait. Puis il tirait une drôle de gueule comme une accouchée qui sent les saccades de son corps et son écarquillement. Son œil était tout rond. Cela venait Les pieds ? Les orteils tout nus. Il émettait des petits râles doux, des susurrements douillets, des risées, toute une hilarité ténue qui le sillonnait. Son rire devenait de plus en plus frêle et diaphane, un rire décalé, abstrait, il était coupé de son rire. On eût dit que son rire passait devant lui. On ne savait plus qui riait.

Ils revinrent lentement à eux. Rosarinho, ivre encore, chuchota :

— Pour Biluca, je renierais tous les dieux...

Et il pleura dans un filet de rire lointain. Ils se turent. Les trois vierges alignées devant la fenêtre lançaient des reflets d'or dans le soir. Damien savait que sur l'océan les surfers des favelas avaient commencé leur ballet. L'eau était verte, juste au moment de la nuit et de la mort, dans une longue meurtrière, au ras de l'horizon, sous les cous noirs des Dois Irmãos. Un vert laiteux, opalescent que gonflait le souffle du vent.

— Vous les avez vus, Damien ?

— Non... je n'ai rien vu de beau, de bienheureux.

— Mais ce n'est pas possible ! Moi, je les ai vus ! Mais qu'est-ce que vous avez vu, Damien ?

— J'ai vu la mort... Je n'avais plus rien où m'accrocher. C'était le vide noir et complet. Je tombais à l'intérieur de moi. J'avais une angoisse abominable.

— Mais c'est horrible, Damien !... Vous n'avez peut-être pas sniffé assez, il y a des seuils, on passe du paradis à l'enfer en une bouffée. Il fallait sniffer, sniffer, je vous l'ai dit, vous perdre de vue, vous livrer.

— Je ne sais pas me perdre de vue. Il me semble que si je le faisais, je me perdrais tout court et que l'angoisse affreuse m'avalerait sans possibilité de retour.

— Je suis désolé... Je vous ai entraîné de l'autre côté... C'est une erreur ! Dieu est l'arête d'une colossale montagne, d'un côté il y a tout, de l'autre rien. Ce sont les deux versants de Dieu ! Vous avez raté le bon côté.

— L'adret, l'ubac.

— Qu'est-ce que vous voulez dire, Damien ?

— Ce sont des mots mal traduisibles. La nuit et le soleil séparés par une interface étroite. Il suffit d'un rien, d'un déclic, d'un effroi et le soleil se mue en nuit, en ténèbres infinies, inexpiables. Et puis le vide ! C'est cela le pire. Les ténèbres de l'enfer, c'est encore quelque chose. Mais le vide.

J'ai vu le vide. Je l'ai senti. A un moment précis. Toute son horreur. Il me semble que j'aurais pu rester dedans. Vous ne m'auriez pas rattrapé, Rosarinho. Vous n'auriez rien compris. J'étais irrécupérable, comme jeté par je ne sais quel hublot dans une béance cosmique, l'éther froid et la chute sans fin.

— Il faudrait que vous trouviez votre dieu, Damien! Je veux bien vous aider, vous initier.

— J'aurais trop peur de me tromper encore et de tomber sur quelque dévorante déité du vide.

— Oh, Damien... ce que vous êtes pessimiste et tragique, soudain! Et moi qui voulais vous faire découvrir l'illumination et la félicité, les adorables pieds de l'Être. Damien, il faut aimer Marine, il faut vite coucher avec elle, vite! Je vais agir en ce sens avec mes armes de médium!

— Ne vous en avisez surtout pas! Ne recommencez pas, Rosarinho, je vous en prie! s'exclama Damien presque en riant.

— Oh! Mais c'est votre réplique la plus irrémédiable, ce rire-là m'annule, Damien! Vous m'annulez!...

— Mais est-ce que vous croyez totalement en vos dieux, Rosarinho?

— Damien... Damien...

Rosarinho avait l'air au supplice:

— Damien, j'y crois quand j'y crois... Et je crois que j'y crois...

Germain Serre recevait quelques amis. Un psychiatre lui avait conseillé de fortifier les liens autour de lui, après l'agression. « Mon cher, il n'y a que le social pour colmater la brèche et guérir... votre belle amante noire, c'est du corps à corps trop fusionnel, mon cher, le braquage que vous avez subi c'est une autre forme de prédation cannibale. En revanche, le social, voilà la vraie sublimation, l'accès à l'ordre symbolique, Germain, voyez-vous... à la Loi ! Germain, il faut renoncer à la nostalgie, à l'immersion nostalgique, trop amniotique ! Il faut accepter la castration, voyez-vous, Germain... tout est là ! »

C'est ainsi que le psy avait parlé à Germain Serre, qui l'avait répété à Damien en mal de Marine. Les mêmes manques les rapprochaient. Ils se saoulaient tous deux au goulot de la mélancolie.

Mais Damien vit Roland qui explorait le salon, une coupe à la main, cherchait quelqu'un... Marine. Damien eut pitié de Roland. Un sourire lui vint malgré lui. Et c'est alors que Roland l'aperçut.

— Pourquoi souriez-vous ? demanda-t-il, presque en rougissant.

— Vous savez très bien pourquoi.

— Parce que je cherche ma femme...

— Oui...

— Je sais que ma femme vous plaît et que vous lui plaisez !

— La première affirmation n'est pas fausse, mais la seconde me comblerait si elle était vraie.

— Et tout cela vous fait sourire, Damien ?

— C'est un sourire sans ironie.

Roland fut entraîné par un autre convive. L'échange en resta là. Une jeune femme était la reine de la soirée. C'était une comédienne venue avec des sociétaires de la Comédie-Française jouer *Le Cid* à Rio. Elle était grande, belle, brune, très décolletée par-devant et par-derrière. Vaniteuse et façonnière. Elle satellisait tous les mecs, flanquée de deux ou trois cabots de sa troupe, ventrus, vétustes et craquelés, avec leur timbre grandiloquent et trafiqué d'acteurs du Français. *Le Cid* avait fait un bide dans une chaleur torride, alexandrins à l'accéléré, mise en scène tartignole. Don Diègue et Don Gormas abrutis par le décalage horaire, l'insomnie et la colique. Mais Chimène splendide, centrale, mamelue, toute sa ¢hair blanche livrée aux riches Cariocas.

— Vous étiez là ?... demanda-t-elle à Damien.

Il mentit, répondit que oui.

— Vous avez vu... J'ai pleuré...

Pour elle, ces larmes étaient le sommet, le témoignage d'un talent bouleversant. Sa complaisance en évoquant les larmes miraculeuses remplissait Damien de sarcasmes.

«J'ai pleuré... », répétait-elle, bête, magnifique, fate, tandis que les bruns Cariocas s'agglutinaient autour de la corniche des deux mamelons braqués, gréant le somptueux galion. A l'idée de ces larmes qui emblématisaient son talent, d'autres lui humectaient déjà le coin des yeux, en perles brillantes, que les lustres gorgeaient de lumière diamantine. Elle allait servir une nouvelle rasade lacrymale, son pissat tout frais, regardez messieurs ! Je suis une actrice d'émotion... une grande, une vraie star qui ruisselle au quart de tour. Les Cariocas serraient les rangs, bouche bée, avides de voir la goutte se détacher, tracer un étincelant sillage sur ce teint d'ivoire et ricocher sur les deux globes... Contemplez-les... Tout ça, c'est moi, bibiche... bas les pattes, à genoux les mecs ! Prosternez-vous au pied de ma gorge de sultane. Ils suivirent tous le slalom de la larme salée qui s'arrêta sous le menton, à pic au-dessus des tétons.

Rodrigue n'était pas mal non plus, anxieux, mignon, petit, phagocyté par Chimène qui lui tenait la dragée haute comme à un caniche. Pour elle, ce Rodrigue ne valait pas un pet, c'était tout juste un godemiché d'appoint. Elle s'asseyait dessus. L'air de la belle signifiait qu'il fallait bien hélas! un Rodrigue, mais que, sans lui, elle aurait pu tenir la pièce à elle toute seule. Elle se sentait finalement plus mâle que le fils de Don Diègue. Elle pleurait, mais elle était forte. C'était sa force qui lui arrachait des larmes, de gratitude en quelque sorte, de narcissisme comblé. Rodrigue n'était là que pour la réplique. Il ne comptait pas plus qu'un bagagiste. Alors Damien osa tout et lui souffla :

— On ne voyait que Vous…

Ce fut la pâmoison. Elle ferma les yeux de complicité religieuse. Une larme immobilisée à l'angle de l'œil. Elle n'aurait pas voulu l'entendre, mais elle était bien forcée de s'avouer qu'il avait raison. Elle s'étira, se bomba, se creusa dans la volupté. Puis soudain timide, humble comme une sainte :

— Oh vous savez… c'est Corneille, moi je ne suis rien! Je suis au service du grand Corneille. Je le lis et le relis toujours avec tellement d'émerveillement, tout est dans Corneille!… Je ne suis que sa servante.

Elle répétait la tirade qu'elle avait entendu mille fois les antiques cabots lancer entre leur lippe et leur dentier. Alors Damien, brûlé par l'insolence, ne put se contenir et déclara tout haut :

— Vous êtes la servante du vieux, du grand Corneille, vous lui sucez les alexandrins… Vous lui faites un pompier chaque soir, n'est-ce pas, en somme! Comme Corneille eût apprécié ce pompier de la chaude Chimène!… Répondez-moi, Corneille vous aurait demandé cette faveur, la lui auriez-vous accordée, vous la servante zélée?

Suffoquée, Chimène bafouilla que Damien était ivre. Les Cariocas réprouvèrent l'obscène saillie tout en rêvant à la scène, à la grande et blanche Chimène à genoux devant le Vieux, le Totem baroque, pour lui sucer le gland, la pourpre, douze pieds sans césure, son tétramètre de Commandeur.

Tous, ils aimaient l'image, savaient gré à Damien d'avoir vu si juste, si loin. Chimène suçant Don Diègue... Ô rage, ô désespoir, voluptueuse infamie, n'ai-je donc tant vécu... Pendant que les Maures débarquent, que les défenseurs de la ville passent de cinq cents à dix mille en un éclair, leur flot, l'érection de leur armée de jeunes guerriers vaillants, dans l'obscure clarté qui tombe des étoiles. Le Vieux mugissant, l'antique épée tendue que la suceuse de Séville fait reluire dans l'incendie, le tumulte de la grande tuerie, l'odeur des orangers, des jasmins et le fauve relent des Maures !

Marine surgit à ce moment critique. Elle vit l'expression outragée de Chimène, devina une nouvelle incartade de Damien, le tira du groupe.

— Qu'est-ce qui se passe encore ?...

— Je l'ai baptisée la suceuse de Séville...

Instinctivement, Marine ravala un peu sa salive et rosit.

— Tu as des idées impossibles !

Ils se retrouvèrent au bord d'une baie qui donnait sur le port. L'obscure clarté était au rendez-vous. Marine n'arrivait pas à chasser cette expression odieuse, talismanique : la suceuse de Séville. Damien la pressa soudain :

— Marine, maintenant je veux coucher avec toi, je n'en peux plus de nos simagrées.

— Je ne pourrai jamais. J'aime Roland.

— L'un n'empêche pas l'autre... dit-il avec poésie !

— C'est toi qui le dis, c'est bon pour toi, ces compromis !

Vincent, le jeune amant de Julie, la fille de Germain Serre, les surprit dans l'embrasure nocturne où vacillaient les lueurs du port. Vincent était mince et beau, volubile et vantard. Il se targuait de connaître les lieux les plus secrets de la ville, d'en pratiquer toutes les perversités avec maîtrise. Très vite il annonça qu'il allait au Help, avec une mimique provocante.

— Le Help ? demanda Damien.

— C'est une boîte, un bordel, il y a les plus belles filles de Rio.

Marine se rembrunit. Damien le vit, en profita.

— Et Julie, votre petite amie, vous laisse faire...

— C'est un contrat entre nous. Nous sommes libres, répondit Vincent fort satisfait.

— Vous y allez quand ?

— Dans une heure, quand la soirée va devenir tout à fait emmerdante.

— J'ai envie de vous accompagner, cela va me changer les idées.

Marine était totalement dépitée. Vincent s'esquiva pour aller rejoindre Julie :

— Je vous prends dans une heure, là, au coin du buffet, d'accord ?

Damien acquiesça, puis se pencha vers l'oreille de Marine pour lui débiter un couplet bien gros mais qui allait passer comme une lettre à la poste :

— Ce soir, il faut que je serre une femme dans mes bras. J'en ai marre de dormir seul. J'aurais préféré que ce fût avec toi. Mais je crève... de frustration, de solitude...

Il y mit un trémolo presque impalpable. Juste un tremblement fluide sous l'intense protestation de solitude et de détresse. Il mentait sans mentir car il eût préféré mille fois Marine aux plus belles prostituées du tapin. Mais il n'avait tenté cette ruse que parce qu'il savait Marine assez jalouse, ce soir, assez aveugle pour tomber dans le panneau. Il jouissait de la tourmenter, de lui soumettre ce marchandage sordide. Elle aurait dû se révolter, le bannir. Mais elle était paralysée à l'idée des luxuriantes putes... mulâtresses et somptueux travelos. Elle ne serait jamais la suceuse de Séville ! Elle aurait aimé l'être, dans l'ouverture de la baie, cette coulée d'odeurs, de tiédeurs marines, ce pollen de lumières entre les beaux navires. Alors, elle se détacha brutalement de Damien. Le coup était porté. Elle avait le fer enfoncé dans le cœur. Corneille continuait, c'étaient les stances, les affres de la perte. Rodrigue chez les putes! C'est sûr qu'il y allait. « Va, je ne te hais point… » Sans doute, mais la patience a des limites! L'heure fut longue, comme une veillée de guerre, un compte à rebours. Il n'apercevait plus Marine. Mais elle devait le guetter, planquée à l'intérieur d'un groupe, lançant des regards à la dérobée, juste au-dessus du mamelon blanc de Chimène. Elle en voyait les grains, les cônes voluptueux, le bourgeon retroussé sous la soie, cette chair d'amour pour l'homme avide. Ce fut le glas. Le sursis avait fondu. Vincent, éméché et splendide, arborait une grimace de Bacchus. Tandis que Chimène parlait, Marine vit la brève concertation des deux mecs, leurs tractations impudiques. Le sein de Chimène énorme, tout proche et les deux hommes plus minces et lointains gesticulant déjà de complicité, on eût dit qu'ils trinquaient! Elle croyait entendre leurs exclamations étouffées, elle devinait leur verbiage phallique et leur acoquinement glouton. Elle se sentit abandonnée, bafouée. Un relent suave monta de la baie de Guanabara. Elle se sentit coupée de la vie même, jetée brutalement dans la mort. L'image de la suceuse de Séville la submergea. C'était terrible. Cela sifflait sur la luisance de la mer, crépitait, moussait contre l'étrave blanche des vaisseaux. L'eau mûre et noire s'étoilait de délices. La grande cité s'enflait de convoitise, bruissante chevelure sur une épée dorée. Et Marine sombrait, meurtrie dans son deuil. Damien allait étreindre les belles filles libres de Séville. Elle aurait voulu mordre jusqu'au sang le mamelon de Chimène, poignarder sa pulpe lubrique et distendue. Un vertige lui scia les jambes, ses yeux se brouillèrent. Chimène la saisit, la soutint. La lourde toison balaya le visage de Marine, l'opulence du sein se pressa contre sa bouche. Alors, ce ne fut plus l'envie de percer l'outre gonflée qui la tenailla mais l'irrépressible besoin de le prendre, de le palper, de le sucer, de fondre en larmes dans son parfum, sa plénitude. La fate Chimène ne fut pas chienne, elle pressentit cette fringale de femme sevrée et se laissa aller, enveloppante et tumescente, contre les lèvres de Marine, dans l'embrasure de la baie fluctuante, océanique, où semblaient exploser des météores vers l'île des Cobras.

Vincent et Damien louvoyaient déjà dans la grande salle du Help.

A l'entrée, il avait fallu franchir une haie de pickpockets, de dealers et de putains officiant en plein air. Une grande scène quadrangulaire et centrale dressait un podium bombardé de spots et de fluorescences. Les prostituées les plus belles dansaient seules dans des tenues échancrées et moulantes. Fourreaux entaillés de brèches, caracos, débardeurs tressautant sur les seins, jupes coupées à l'orée des miches, en découvrant le pli et la joue brune. Bermudas de dentelles, justaucorps, bas résille et jarretelles agrafées sur les cuisses d'ébène, string de satin miel sur le pubis. Rio était la capitale d'une idolâtrie vouée aux fesses, au «bum-bum», à la bombe charnue. Chaque parure veillait à en exagérer la saillie, la bosselure bacchique. Toutes les roueries étaient permises, du voile galbé au petit pagne mal noué, jusqu'au cache-sexe de luxe. Une texture mince et luisante comme un film était calquée sur la croupe et la raie d'une fille à la peau presque jaune. Devant, les lèvres montraient leurs bourrelets dodus et leur fente écrasée par la tension de l'étoffe. Cela faisait un sexe invisible, synthétique et jumeau, un sexe imberbe, excessif et meurtri.

Fruit mort et pétri dans le vif, moulage qui lançait le désir et le barrait. Ce sexe aveugle vous aimantait de son leurre, soulignait l'illusion de tout amour, alors que les fesses, sous le masque, gardaient intactes leur profusion, leur matérialité, leur généreuse obscénité.

Les filles juchées sur des talons se trémoussaient, cassaient le buste, s'incurvaient, bandaient les seins, sortaient les coudes, roulaient les hanches à cadence frénétique... les bras levés ou allongés le long des cuisses, les doigts étirés, maigres, ocre-gris et ridés de sombre, prodigieusement délicats et convulsés, phalanges de négresses, de belles sorcières jeteuses de sorts, index et annulaire de prescience et de caresses, prompts à branler les mecs. Et les sourires des prostituées voyageaient, gravitaient, avec la même invite ordurière et précieuse, moue de connivence, de salace poupée promettant l'infinie volupté, la transgression de tous les tabous, la réponse calibrée sur chaque vice. Les regards brillaient, exploitant toutes les nuances légendaires de l'amour, œillades, prunelles coulées, sous-entendus lascifs dont l'artifice frappait, évacuait toute sincérité comme des chatoiements, des moirures sur le vide. Les hommes étaient à la fois incrédules et dupes. Ils n'adhéraient pas à la fable de femmes de pur désir, mais ce qui les excitait, justement, était cette mise en scène affichée, ce mythe entretenu, raconté avec tout l'attirail des feintes et des rituels. Cette parade les enlaçait. Ils rêvaient à un désir plus fort que le désir réel, plus complexe et plus corrompu, aux arabesques inépuisables. Les putes, leur danse, leur comédie, leur corps offert et voilé, dans une sorte de clignotement séducteur, illustraient la chimère d'une femme modelée dans la seule matière du sexe et de la perversion, une femme qui n'eût été que chair, bouche, cul, con ouvert dans les cuisses pour baiser, pour toutes les métamorphoses, tous les dédales de l'assouvissement. Le prodige était que ce simulacre, dont tout le monde était conscient, marchait, excellait par la vertu même de sa tricherie. Comme s'il n'y avait nulle part de vrai désir et qu'il fallait le jouer, l'exhiber pour qu'il existe, pour qu'il soit excitant.

Elles dansaient vêtues de leurs collants mouchetés, tigrés, de pantalons de mailles, armures mini et volatiles de similicroco, de coton lacéré, combinaisons béantes et cuissardes. Et tous les mecs rôdaient, déambulaient, s'agglutinaient autour de la scène. Dans la fumée, la lueur des verres, les relents de l'alcool, la mitraille des spots intermittents, virant au rouge, s'éteignant, diffusant de grands halos éblouissants...

Vincent rejoignit soudain une fille sur la piste, il s'accola contre son corps, épousant la pulsation du rythme, jarrets tendus, genoux brisés, ventre en avant, entre les pans de sa chemise ouverte, abdominaux durs et stressés, le torse ondoie, l'échine louvoie, les deux bras, les deux mains dessinant, façonnant, dédoublant la figure globale de l'accouplement comme s'il fallait l'engendrer sans cesse, en reproduire, en refléter les variations, les passes voluptueuses, en caresser, en savourer l'ondulation suivie. Une masse épaisse de consommateurs se serrait contre un bar, moutonnait jusqu'au pied de la scène, les barmans véloces ouvraient les robinets, gesticulaient, couraient d'un bord à l'autre, rinçaient, essuyaient, remplissaient les verres. Des filles buvaient, flanquées de leur prise d'un soir. Elles continuaient à jeter, par instants, un regard en coulisse, tentateur et mécanique, pour s'assurer de l'avenir.

Damien voulut accrocher l'un de ces regards, l'arrêter, le sonder, mais les prunelles brillaient, sinueuses, enjôleuses, l'enveloppaient sans le voir, le happaient sans le prendre, le masturbaient dans un prisme d'or abstrait. Naïf et prétentieux, il insista, tenta de mettre une contemplation plus authentique, plus désintéressée dans son regard, une volonté de reconnaissance sincère. Mais la fille était habituée à toute la gamme des regards. Elle était si blasée que, de toute façon, elle ne cherchait plus à établir une distinction entre les hommes. Le regard de Damien se perdait dans un étincelant glacis. Les yeux de la jeune femme le regardaient sans le voir, ce qui la rendait inaccessible et plus belle, putain surnaturelle, affranchie du réel. Elle traversait les apparences, fesses et seins orangés, sertis dans de minces harnais de cuir, mais pure, perdue, éclipsée dans le strip-tease même qui prostituait son cul d'un beau brun doux et chaud.

La piste de danse était entourée d'une mezzanine géante, en surplomb. Vincent qui était revenu entraîna Damien là-haut. Il découvrit, dans des loges ombreuses, un foisonnement de couples débraillés. Les mecs sur les banquettes pelotaient les filles et se saoulaient. Des mamelons sortaient, des mains exploraient les jupes retroussées, glissaient à l'intérieur des slips, les femmes faufilaient leurs longs doigts de kleptomanes et de faiseuses d'anges dans le dos des hommes en sueur, relevaient leurs chemises trempées, passaient sous la ceinture des pantalons et discrètement, dans le désordre des poses, massaient les membres en mangeant les bouches. Quand les visages se séparaient, le même regard distrait, appuyé d'une vague de mimiques tendres, caressait le client, la main poursuivait le branle. Parfois deux types s'occupaient d'une fille ou l'inverse. Deux prostituées seules, affalées l'une contre l'autre, somnolaient, elles portaient des jupes de tulle papillonnant. L'une d'elles avait un beau visage anguleux et blême, piqueté de boutons violets sous le fard. Elle croisait ses longues cuisses mates et musclées. Elle se réveilla, interrogea sa voisine d'une voix mâle.

Des matelots américains se baladaient dans les alcôves, plutôt fauchés et voyeurs. C'étaient encore des adolescents poupins, effarés, au coude à coude et cahotés dans les recoins du bordel. Angelots tombés d'un porte-avions, d'un vaisseau amiral, gamins du Middle West et des cambrousses américaines. Damien questionna l'un d'eux sur sa cité natale. L'Américain balbutia un nom de village inconnu que Damien n'osa pas lui faire épeler. C'étaient de drôles de marins inopinés, mal dégrossis, des androgynes de guerre. Damien aurait attendu une brigade de Marines costauds et gueulards. Les jouvenceaux glissaient par grappes muettes, ébahies, petits zigs blonds et dodus. Ils avaient l'air mal réveillés. Ils s'étaient tapés le Corcovado et le Pain de Sucre dans la journée, et le soir : le bordel. Ils buvaient des caïpirinhas, l'œil écarquillé, cillant, avec leurs joues roses, leurs fossettes, la boule rasée comme des bagnards de quatre sous, petits communiants des massacres à venir. C'étaient des types comme eux dont la charpie avait saigné jadis dans les rizières du Vietnam. Damien n'en revenait pas ! Ces grands marmots de leur mère sous la mitraille des embuscades, puis, à leur tour, mués en bourreaux quand ils fondaient sur un village suspect. Ils étaient venus là escalader les putes, mais elles étaient si grandes, si chevelues, si hérissées, si baraquées du cul... Les marins tentaient de ne pas perdre contenance, arboraient des sourires farauds. Ce devait être une escouade novice, bordée de puceaux débarqués d'un navire école, jolis marioles au teint de lait. Ils n'en menaient pas large, serraient le fion, buvaient pour se requinquer, les couilles en feu dans leur froc plissé, pleins de désirs et de frissons, bandant, tremblant, éjaculateurs précoces, tirailleurs intempestifs, comme frais émoulus d'un western de John Ford, promis à quelque raid de Sioux... C'était toujours ainsi : le vieux Wayne survivait, mais l'ingénue recrue agonisait, les lèvres accrochées à son clairon dès la première bagarre sérieuse. Des petits types idéalistes, fiancés à des donzelles hardies, que les Indiens criblaient de flèches et dépiautaient. Le grand Wayne détournait le regard

dans la pestilence du charnier. On enterrait vite les martyrs, la
Bible en main, sur une colline, au crépuscule. Tant d'images
assaillaient Damien à la vue de la soldatesque timide...

Mais, ce soir-là, les putes préféraient les Allemands, un bel
afflux de mecs cossus, bourrés aux as, barbus, bronzés, ma-
tures, à Mercedes, plus chevronnés que les matafs, bons
négociants de Rhénanie, de Westphalie et du Hanovre, Allemands du Rio Grande do Sul, colosses blonds en chemisettes
griffées, ceinture de serpent et tatanes pleine peau. Toute une
division friquée, d'élite, dont les interjections, les boutades
couvraient l'accent américain. Soudain, Damien eut peur
pour les États-Unis! Il entrevit le crépuscule de tout un continent mythique, englouti sous les espèces d'un troupeau de
Tintins de l'Éden. Les Allemands saisissaient les Walkyries de
Rio à la taille, pinçaient leur croupe et se trissaient, bras dessus bras dessous, au nez des matelots bredouilles... D'où
sortaient-ils? se demandait Damien. C'est pas croyable! Ce
devait être une armada pour rire, une colonie de vacances qui
jouait à la bataille navale. Jamais Damien n'eût imaginé plus
doux matafs, mousses duveteux et matamores diaphanes.

Mais Vincent, entreprenant et disert, retrouvait des
connaissances, copain avec telle ou telle fille, aimable, les
enlaçant, les baisant sur l'oreille. Elles s'agrippaient à lui,
c'était un gosse riche, connu comme le loup blanc, un peu
dealer, un peu client, léger trafiquant de vices, de came, de
partouzes, narcissique et frimeur. Il jonglait au milieu d'elles,
se nouait à leurs chevelures, à leurs épaules, Bacchus à guirlandes, svelte derviche tourneur, orné de tapineuses. Un don,
une aisance quasi féminine, car les plus beaux machos de Rio
avaient des grâces de gonzesse. A force de se frotter au ventre
des filles, ils en attrapaient la paresse légère, des voltes de
torero gainé d'or, la nonchalance ensoleillée et surtout la
musique des hanches. Leur œil pour séduire se faisait fille par

osmose. Ils roucoulaient du sexe comme des oiseaux. Le personnage emblématique de l'école de samba n'était-il pas le Beija Flor, le colibri, joli marquis, fleuri oiseleur butinant sa danseuse ?

Vincent a embarqué deux filles dans la bagnole et il fonce, passe les feux rouges et lance à Damien :

— Le Brésil est un pays si peu professionnel que les putains jouissent !

Encourageant... songe Damien.

— Tu sais ce qu'il y a de plus beau que Rio ? demande Vincent.

Damien sèche :

— C'est Niteroi ! répond Vincent.

— Pourquoi ?

— Parce que, de Niteroi, on voit mieux Rio !

Vincent vide son carquois de sentences typiques. Il est fringant, bavard, il fait les honneurs de la ville, de ses coulisses, remonte le quartier des bordels, rue Mem de Sa, les petits bouges aux enseignes clignotantes, les rues attenantes et crapoteuses, les signes, les passes, l'alerte constante, les gigotements de la retape sur le trottoir, les bonds véloces dans les voitures dont les portes claquent.

— C'est plein de petites putes partout ! Des très jeunes... J'ai plein de copines dans les bars, treize, quatorze, quinze ans... Il faut leur faire des cadeaux, pas la peine de payer. Tu leur parles de Paris, tu leur promets un voyage en Europe, tu les fais rêver, elles se nourrissent de feuilletons et de contes de fées.

Vincent épate et truque, arrange la vérité, volubile et dispersé. Damien regarde la fille auprès de lui, mincette mulâtresse au visage de moineau, grimpée sur des échasses pain d'épice et minijupe de stretch rose remontée sur la pointe du slip. Vincent a pris une grande fille garçonnière, bouche goulue et rieuse qui lui passe le bras autour des épaules et lui cajole le cou de son doigt bagué. Elle darde un ongle monstrueusement étiré, tout écarlate, taillé comme un joyau qu'elle glisse dans les plis, grattant la nuque, les petits poils, se coulant sous le tee-shirt dont elle tiraille la petite étiquette de soie.

Vincent n'habite pas le long du littoral, dans le quartier cossu qu'imaginait Damien, mais au bord de la favela Vila Isabel. Seule une rue le sépare du bidonville. C'est un front de maisons sommaires, en briques et côte à côte. Derrière, on devine des pentes, des zones plus chaotiques. L'appartement comporte trois pièces spacieuses. Le matériel hi-fi, un bar et des posters de filles prises par des photographes d'art, du noir et blanc chic, une athlète d'Helmut Newton, à la chair lisse et dure, dirige son pubis noir vers un poignard à la longue lame incurvée au bout, un couteau de boucher qui a beaucoup servi et dont le fer est rongé de moitié. Les deux prostituées restent bouche bée devant la géante aux mamelons gros et nets, avec sa gueule mordante de fille à papa, d'Américaine sportive. Elles se sentent petites putes au rabais devant l'adolescente froide et riche.

Vincent met un disque de Ney Mato Grosso, une voix d'hermaphrodite... Et les deux filles oscillent doucement pour meubler. Il sert du whisky. Il bonimente à tort et à travers, avec cette nervosité, cette coquetterie de jeune mec excessif. Il bouge tout le temps, s'emporte dans des couplets sur la ville, la politique, les privatisations, le recul momentané de l'inflation, la crise, les ambassades, un peu brouillon, peu pertinent, un type mobile, dénué de centre, qui voudrait en imposer mais ne fait que bluffer, jeter des paillettes. Il sort un shoot d'un papier. Damien, à l'odeur, reconnaît la salade de Rosarinho.

— Je n'en veux pas, de cette saloperie. La dernière fois, ça m'a complètement angoissé !

— Moi, c'est le pied ! s'étonne Vincent.

— C'est le cas de le dire, c'est la drogue aux pieds nus. Au fait, tu les as vus ?

— Non… ça c'est l'affaire de Rosarinho ! Mais moi c'est délicieux, c'est exactement ce qu'il me faut…

Et Vincent distribue deux doses aux filles qui ne se font pas prier. Damien se retrouve au rancart, sur une banquette de moleskine qui lui colle aux cuisses, tandis que Vincent et les deux filles, Clarita et Ranussia, flottent dans la rengaine de Ney Mato Grosso, l'effusion de la came. Vincent enlace Clarita. Ranussia se rapproche de Damien. Vincent fait signe à son copain d'aller occuper la chambre voisine. « Il y a des capotes sur la table de nuit. » Un pragmatique, tout l'équipement : musique, came et latex… plains-toi, Damien ! C'est la vie douce. Damien entraîne Ranussia. La piaule pue le mégot et l'eau de toilette, avec un lit ouvert, les draps mollets, très fatigués, ternes et fripés. Ranussia tourne le bouton d'un petit transistor, cherche du rock, n'en trouve pas, tombe sur la mélodie de Gilberto Gil : *Mãe Menininha*… « La Mère est partie… Mère du ciel… Garde-nous le secret… » Et Damien se souvient de Zulmira la première fois, de la cabine d'ascenseur… Il baigne dans l'émotion fluide, l'éternité sensuelle…

Ranussia se couche, les reins au bord du lit, les pattes fléchies, cassées, écartelées, le grand angle, l'œil chaviré vers quelque libelle, le doré qui plane, peut-être, là-haut sur le plafond. Toujours ses cuisses immenses, à peine modelées, toutes droites, les jambes droites, les chevilles droites. Deux longs bâtons de fille immature. Le champignon de Rosarinho agit. Ranussia chantonne dans l'oreille de Damien : « Meu branquinho, meu lourinho »… « mon petit blanc, mon blondinet »… Une sueur humecte les joues de l'adolescente, elle tremble un peu. Ce grelottement menu la rend plus charnelle, on voit l'ourlet entrouvert de la bouche, les petites dents brillantes, et la sueur fait luire d'humides bracelets dans les plis du cou. Elle a ôté son débardeur pour mieux offrir au tremblement les deux mamelons gros par rapport au torse comme si toute la chair avait reflué au-dehors, s'était réfugiée dans ces deux seins pour les saturer jusqu'à la disproportion. Il n'y avait qu'eux pour fleurir cette fille, que leur grappe à cueillir. Le cul était dissimulé par la position. Mais Damien l'avait repéré à la sortie de la voiture, petit, tout juste rond, modeste apport sur la trop svelte membrure. C'était le visage qui attachait. L'œil étonné, les pommettes saillantes, la bouche protubérante, le cou haut. Un visage fragile, pas régulier, mais mieux que cela, monté sur pédoncule, tout en pétales, attirant. Il ne savait pas pourquoi. Avec la glotte en légère saillie. Elle était fine et frileuse, très peu de corps, de plénitude, mais le peu qu'elle avait ressortait avec force, la vie s'y pressait tel un questionnement, un frisson de peur qui émouvait Damien. Elle sombrait dans le naufrage de la drogue aux pieds nus. Elle se foutait de Damien, oubliait le boulot. On entendait les gémissements de Vincent et de Clarita. De drôles de bruits de coït tordu. Pas le martèlement cadencé mais un tapage atypique et dissonant. A quoi roulait-il, le beau Vincent ?... La respiration de Ranussia s'accéléra, la glotte lui remontait et descendait à toute allure. Les mâchoires se crispaient, se bloquaient. Sa peau était trempée, l'angoisse l'étranglait. La mixture de Rosarinho lui jouait de mauvais tours comme à Damien. La frêle Ranussia perdait pied. Elle appela son amant, tendit ses bras vers lui comme lardée d'une flèche. Damien eut peur, tenta de la calmer. Elle couinait en agitant la tête convulsivement. Puis ses yeux s'agrandirent, ses membres se raidirent. Elle poussait des cris interloqués, des hoquets de démence. Elle serra le cou de Damien, proféra une plainte, un bredouillement. Damien perdit son sang-froid, se dressa d'un bond, s'élança dans la pièce voisine en appelant Vincent. Ce qu'il crut voir, ce fut Clarita dotée d'un appendice réel ou postiche que Vincent suçait. Il était couché entre les genoux de la fille qui lui tendait l'objet. Vincent portait autour du cou quelque chose d'orange, d'écarquillé comme une collerette ou un carcan. Mais Damien avait refermé la porte aussitôt. Il ne saurait jamais quel licou d'or Vincent revêtait pour téter Clarita.

Vincent resta dans la pièce. Il ne vint pas au secours de Damien. Et la petite Ranussia n'allait pas bien. Sa peau, ses lèvres devenaient grises. Elle se mit à vomir. Damien la soutenait dans ses spasmes, il se sentit désespéré. La chambre était puante. Rio devenait un bled saumâtre écrasé de souffrance. La petite dégueulait de la bile, elle extrayait cette mousse du fond des tripes, de chiches caillots glaireux. Damien ne pouvait que parler doucement, murmurer, caresser le front, les joues, tapoter tout le corps de l'efflanquée. Les vomissements la soulagèrent. L'effet de la drogue diminua. Maintenant elle entendait Damien lui dégoiser des petites phrases d'amour.

Elle se leva en fin de matinée, but de l'eau fraîche, se glissa contre lui, l'embrassa puis le branla. Elle lui chuchota qu'elle ne pouvait pas faire l'amour car elle avait très mal dans le sexe. Les capotes ne supprimeraient pas la douleur. Ils s'embrassèrent alors plus étroitement. Tout entiers dans une aspiration continue, boulimique. Elle pressait, massait avec plus de ferveur le sexe de Damien contre son ventre, à la lisière du pubis. Il s'abandonna bientôt. Et elle communia avec lui au même rythme dans des halètements mimétiques.

Quand Damien sortit dans le salon où Vincent faisait sa toilette, l'adolescent le regarda avec un aplomb où perçait un malaise. Damien s'approcha de lui. Vincent lui dit :

— Tu es venu cette nuit, je ne sais plus ?...

— Non... répondit Damien.

— Si, si ! J'ai vu l'éclair de lumière dans l'entrebâillement de la porte et tu as crié je ne sais quoi.

— C'était rien, Ranussia était malade…

— Il vaut mieux ne rien dire, déclara Vincent en regardant attentivement Damien. Ne rien dire. C'est tout.

Damien fut surpris de rencontrer une telle concentration de calme, ce ton presque serein chez Vincent. Il lui répondit qu'il ne dirait rien, que, de toute façon, c'était égal, indifférent. L'autre était ramassé dans sa vigilance, plus rien ne le dispersait. C'était, sans doute, de pouvoir partager son secret, après en avoir joui, qui le transfigurait ainsi, faisait de lui un homme plus dense et plus juste.

Ranussia flageolait encore sur ses pattes. La minijupe était un chiffon d'un rose sans éclat dans le jour. Clarita préparait le petit déjeuner. Damien ne put s'empêcher de glisser un regard vers l'entrejambe masqué par le short. Il demanda à Vincent tout à coup :

— C'était un vrai machin ou un faux ?

— Je croyais que tout était indifférent !

— Toutes les différences s'équivalent dès qu'on les a identifiées. Si tu me caches la vérité, ça ne sera jamais vraiment indifférent. Je ne saurai pas quelle différence il faut mettre au fond du tiroir.

— C'est subtil ça… c'est le romancier qui veut savoir ?

— Ah non… l'homme, rien que lui ! Il n'y a plus de romancier dès qu'on gratte.

— C'était un faux, un objet, un olisbos. C'était un jeu ! Alors maintenant que tu sais, c'est devenu indifférent ?…

— C'est la mer plane, alors vraiment du nivelé, pas une crête, le calme lisse, le grand plat !

Mais Damien ment. Il voudrait poser une nouvelle question, pourquoi un vrai ne ferait-il pas l'affaire ?

— Et toi, Damien, tu n'aurais pas un petit secret pour équilibrer…

Damien se tait, un long silence, puis :

— Je n'ai pas de sens. Ma vie n'a pas de sens, c'est de pire en pire, sans bornes.

— Même Marine ?...

— Ça ne fait pas un sens, ça pourrait embellir, c'est tout, et suspendre le sentiment du rien.

Embellir. Un éclat de beauté. Damien avait soif de cette lumière. Il fallait emmener Marine, la contempler, la prendre. Même si cela ne faisait ni sens ni durée. Il lui téléphona. Il lui mentit, lui assura qu'il n'avait pas levé de fille au Help, qu'il y était allé pour l'agacer, par dépit, mais qu'il n'avait pas consommé, que tout cela était un cliché idiot. Il voulait la voir sans tarder. Si elle refusait, il viendrait à sa porte et cognerait jusqu'à ce qu'elle ouvre.

— Et si je n'ouvre pas, tu vas te coucher sur le paillasson et commencer une grève de la faim, l'homme qui pleure... ton prochain rôle.

Damien fut désarçonné. La catholique en bermuda se révélait abrupte et positive, en l'envoyant paître.

— Marine, je ne plaisante pas. Je suis mal, très mal. Vincent m'a entraîné dans une soirée sinistre. Je vais à vau-l'eau. Je n'ai plus de centre.

Elle se tut un moment. L'allusion à la nuit perverse avait porté. La catholique croyait au diable et lui jetait en coulisse un regard aimanté.

— Marine, je veux te voir. Je te jure que je ne tenterai rien. Je veux seulement être auprès de toi, un long moment, un après-midi. Avec toi. Parce que je suis en train de dégringoler. Vincent m'a fait prendre un truc et je suis devenu fou d'angoisse. Je ne sais plus quoi faire.

Il forçait un peu. Les affres de la drogue étaient antérieures à la soirée chez Vincent. Mais il savait que la drogue pouvait fléchir Marine et la mobiliser contre le mal. Le défi d'aller chez les putes avait surexcité sa jalousie. Tout en la séparant du délinquant. Il était trop perverti pour qu'elle le récupère ! Il avait osé la mettre en balance avec des prostituées. Il cessait d'être séduisant. Mais la drogue restituait à Damien un destin de victime émouvante et de mec perdu. Cela faisait passer les putes qui ne laissaient pas toutefois d'attiser en secret la curiosité de Marine.

– Tu te drogues maintenant... Tu deviens vraiment original ! Mais qu'est-ce qui te prend soudain ? Pourquoi tous ces désordres ? Tu étais plutôt détaché... quand je t'ai rencontré.

– C'était un jeu, une politesse que je faisais aux autres. Marine, il faut que je te voie.

Et Damien adoptait un timbre à la fois ferme, grave et lugubre où résonnait toute la détresse d'une épave en péril, comme un sous-entendu tragique à peine combattu. Ce qui l'étonnait, lui-même, était le dosage de sincérité et de dramatisation concertée qu'il mettait dans ce dialogue. Car il n'était pas bien du tout et n'avait presque pas besoin de jouer.

– Mais tu me jures de ne pas t'emballer...

Damien n'apprécia pas beaucoup le verbe et sa pointe de vulgarité.

– Je te jure... Puisque je te le jure...

Il ménagea un silence :

– Marine, tu le sais, je suis loyal... On pourrait se voir quand ?

Marine hésita, quelque chose la gênait, un scrupule...

– Actuellement, Roland est à Rio. Je ne peux pas m'absenter comme cela.

— Il est là tout le temps ?

Marine hésita de nouveau :

— Il s'en va après-demain à Brasilia.

— Il y reste combien de temps ?

— Je ne sais pas... vingt-quatre heures au maximum.

Le cœur de Damien s'éclaira.

— Alors on peut se voir, Marine !

— Je ne veux pas aller à ton hôtel. Tout le monde circule dans le hall, tous les étrangers en visite, les invités de l'ambassade.

— Alors, je viens chez toi.

— Non... j'ai des amis, des voisins... Et puis, je ne veux pas que tu viennes en l'absence de Roland. Je n'aime pas cela.

Soudain, Damien eut une idée ! Il pensa au motel, au pied du Vidigal, derrière le Sheraton, tout au bord de Leblon. Ce serait un asile discret. L'incognito. Marine prise au piège. Mais il n'était pas question d'évoquer ce mot de motel, un peu chargé... Il fallait temporiser, tricher.

— Eh bien, nous irons simplement nous promener en voiture. Je te prends sur les marches de la Candelaria, par exemple... Après-demain à quinze heures pile. J'arriverai un peu avant pour que tu n'aies pas à m'attendre.

Il se demanda s'il était bien opportun de l'amorcer ainsi avec une des plus belles églises de Rio. N'était-ce pas risquer de donner d'entrée de jeu une coloration trop idéale à leur rendez-vous et de barrer la route aux péripéties païennes ? Mais le nom de l'église lui était venu sans doute pour contre-balancer en secret la perspective plus matérielle du motel.

Elle accepta. Il redouta pendant deux jours une volte-face. Un ver se réveilla dans la vierge baroque. Il y vit un signe de mauvais augure. Quand il se retrouva armé de sa bombe de Xylophène, il crut à une fatalité burlesque. Les bouffées d'essence endormirent délicieusement sa raison. Ainsi il visita les exquis petits trous taraudant les volutes de la vierge dorée. Hippolyte lui téléphona pour lui parler d'Asdrubal qui avait été convoqué chez le juge. L'entrevue s'était mal passée. Asdrubal avait engueulé le juge. En outre les paysans se trouvaient confrontés à une baisse des eaux qui compromettait les travaux d'irrigation à partir du fleuve. Hippolyte avait obtenu des subsides secrets de la Pastorale de la terre, puis un mot d'ordre était tombé de Recife où l'évêque Dom Jose Cardoso freinait toute déviation de l'Église vers le radicalisme politique. Le vieux Dom Helder Camara était à la retraite. La Conférence épiscopale avait changé de bord, plus modérée, plus prudente.

— On va vers une déroute, mon cher Damien... Le juge a provoqué Asdrubal avec des calomnies sur les mœurs dissolues de la communauté. Il a porté des accusations d'inceste, le salaud ! J'ai de moins en moins d'espoir. La presse ne s'intéresse plus qu'aux réformes de Collor. Il vient de virer quatre cent mille fonctionnaires, ces mécontents éclipsent mes péquenots. Je ne vous entends plus, Damien !

— Je vous écoutais !

— Vous vous en foutez d'Asdrubal et de mes petits mecs.

— Pourquoi êtes-vous injuste et agressif ?

— C'est vous qui vous piquez soudain... je ne suis pas agressif !

— Ah Hippolyte ! Je vous en prie ! Je vais rencontrer Marine dans deux jours, je vais avoir une occasion rêvée. Voilà, je l'avoue, c'est petit, ce n'est ni politique ni grandiose. Je suis une merde, merci !

— Je n'ai pas dit cela.

— Et vous, Hippolyte, est-ce que vous tireriez un trait sur vos paysans pour retrouver Renata et la posséder toute ?

— Voilà bien de vos marchés d'intellectuel tortueux !

— Je vous pose la question, Hippolyte, c'est oui ou c'est non ?

— La question ne se pose pas. On peut toujours birluluter une fille et continuer un combat en même temps. Enfin! On n'est pas tout d'un bloc!

— Mais s'il fallait choisir!

— Damien, vous parlez comme les femmes, c'est une question de femme que vous posez, typiquement, de midinette! Ce pays va faire de vous une femelle névrosée.

— Eh bien moi, je vais répondre pour vous, Hippolyte, vous sacrifieriez Asdrubal pour étreindre Renata tout votre saoul!

— Tout mon saoul! Vous, avec vos mots… Bon, si j'agissais comme vous le dites, j'aurais tort! tort! tort! Il n'y a pas que le cul, Damien!

— Il y a les culs-terreux.

— Votre réplique est faible, Damien, vous faiblissez! Cette ville vous fissure, vous effrite comme tous les autres. Et je trouve cela dramatique. Mais baisez-la, cette Marine! Vous êtes si niais, si nul! A tergiverser comme un couillon. Marine! Marine, c'est tout un plat?!

— Vous ne vous entendez pas quand vous parlez de Renata!

— C'est pas pareil, mon cher, moi j'ai connu Renata, je l'ai possédée, je sais ce que c'est. Ma nostalgie est légitime, elle est fondée sur de brûlantes réminiscences et sur un corps à corps glouton!

— Merci pour moi! Merci pour l'hystérique.

— Vous n'êtes pas si hystérique que ça, mais névrosé couci-couça.

Et Hippolyte explosa de rire.

— Damien, je vais prier pour vous, je vais mettre un cierge à l'église de Fatima, là, aujourd'hui… un cierge pour Asdrubal, un cierge pour Damien et trois autres pour bibi.

— Vous faites donc trois vœux pour vous, j'en devine deux, mais le troisième?

— Ça me regarde! Vous me gonflez Damien! Vous refaites la gonzesse… C'est pénible.

Damien s'emporta tout à coup :

— La gonzesse vous emmerde, Hippolyte! C'est aussi bien que le matamore aux crocodiles, toutes vos fariboles bestiales, le téju, les kinkajous, vos ménageries, vos conneries! Hippolyte, vos farces! Les ordures du Méridien pour les rats et vos crocos en boîtes! Puis ce pauvre Asdrubal que vous fourguez dans le circuit, sans observer une hiérarchie bien nette, pour faire tourner votre turbine à délire. Les péquenots, les crocos, les poubelles du palace, vos gros rats dégueulasses… Et Renata pour vous faire rebander dans ce dépotoir épileptique!

Hippolyte, d'une voix hachée, tranchée, lança :

— Petit con! Je raccroche. Je te pardonne, je raccroche, au revoir petit con! Le cierge, tu peux te le carrer… Bye bye petit con!

Et c'est sur ce petit con-là que Damien reflua dans sa solitude, partagé entre l'exultation de voir bientôt Marine et l'amertume de cette dispute avec Hippolyte. Dans un élan de regret il se jeta sur son papier à lettres et rédigea une grande tirade d'excuse et d'amitié à son cher Hippolyte pour lui assurer qu'il avait raison et que ses rats n'étaient ni gros ni dégueulasses, que ses crocodiles étaient même exquis, bien plus mignons que des caniches!

Il attend Marine sur les marches de la Candelaria. Des femmes en noir montent et descendent sans cesse. Un va-et-vient de fourmis à mantilles, des colonies de duègnes en deuil.

L'église baroque flamboie dans le soleil, enveloppée d'un peuple d'araignées, de tisseuses ratatinées. Elles ont des petites tronches sèches et flétries où parfois les yeux dardent comme des langues de feu. Puis troubles, chassieux sous les paupières de tortues et de guenons. Marine sort du taxi, escalade les marches. Il bondit vers elle, lui dit soudain qu'elle aurait dû garder le taxi. Elle se retourne mais la bagnole s'est envolée. Ils sont tous deux au milieu des vieilles qui grimpent et boitent, recroquevillées. Des fillettes vêtues de clair, cornaquées par une bonne sœur très grosse et pétante de santé, s'infiltrent dans la spirale des dévotes embouteillées. Damien avise une gamine hardie, très svelte, aux yeux noirs.

— Plus tard, celle-là… Marine… elle fera un malheur !… Me croiras-tu, Marine ? Mais la beauté me fait mal, me porte toujours un coup, me plonge dans l'angoisse fascinée… Comme si tout, en un éclair, pouvait être donné, sauvé, soulevé vers le sublime. C'est très fort, Marine, ce n'est pas de la blague. J'en mourrai. Je le sais !

— Tu vas être joli dans quelques années… si déjà tu tombes à genoux devant les petites filles !

Un taxi passe. Marine l'aperçoit la première, l'appelle. Damien note cette vélocité comme un signe plutôt faste : Marine prend la tête des opérations. Damien indique négligemment la direction de Leblon. Il s'agit de procéder avec délicatesse, de profiter du parcours pour embobiner Marine, lui faire avaler le motel.

— Alors, tu vas mieux, Damien ? dit-elle avec gentillesse.

— Précaire… réplique-t-il avec une pointe d'humour. Il ne faudrait pas me forcer pour que je replonge. Marine, tu dois y aller doucement. Je suis convalescent.

— Et moi, là-dedans ! Moi, on ne me demande pas comment je me porte.

— Toi, tu as vingt-trois ans... Tu es tout en avenir, tu as le futur qui te cambre comme un arc !

Il l'attire légèrement à lui, genou contre genou. Il devient grave et doux. Il sent qu'elle répond à cette pression, qu'elle ne le repousse pas. Son cœur bat. Ça se diffuse de l'un à l'autre, en échos de confiance. Dès leur première rencontre, il a connu ce sentiment de proximité, d'intimité qui ne le lâche plus. Et il croit qu'elle partage la même conviction. Tous les deux, tout de suite. Comme ça, gentils, de plain-pied. En deçà de tout ce qu'ils disaient, en filigrane de leurs conversations, cet accord immédiat et secret... comme si déjà il lui appartenait, elle lui appartenait. Cette prise de possession d'instinct. Tu es à moi. Avec cette obstination à la fois sérieuse et puérile. Ils étaient dans un même courant. Les mots pouvaient caramboler, chatoyer en surface. Ils étaient fluides l'un à l'autre. C'était très ancien, très naturel. Comme un frère et une sœur d'amour.

Il caresse la peau fragile de la tempe et lui frôle le cou de ses lèvres. Ils descendent à Leblon, plus loin que le Sheraton, sur une plage grouillante. Le sable s'arrête tout à coup, bute sur les Dois Irmãos. Une petite route monte vers le motel. Damien ne voit que ça. Il hésite, se tait.

— On pourrait aller voir Sylvie au Centre ! propose Marine. Elle devait acquérir du matériel vidéo pour ses adolescents, elle va leur faire filmer la favela... Peut-être qu'elle a déjà commencé ?

— Je n'ai pas très envie de voir du monde... de te perdre... Je voudrais être seul avec toi, Marine. Rien que nous.

— Il y a des gens partout !

— Eh bien... on pourrait aller là-bas... dans l'hôtel, on demanderait une chambre seulement pour être tranquilles, pour parler, pour se taire... J'ai envie qu'on soit tous les deux, c'est sincère, je te le jure.

— Mais ce n'est pas un hôtel, c'est un motel!

Elle a prononcé le mot fatal. Les motels de Rio sont voués
aux escapades de l'adultère, aux micmacs de l'Éros.

— Je me fiche qu'il s'agisse d'un hôtel ou d'un motel! Ce
n'est pas le problème... On sera bien tous les deux, c'est tout.

Il l'entraîne petit à petit vers le motel, sur les premiers
contreforts du morne, non loin du Vidigal, toutes ses petites
maisons happées dans un creux.

— C'est moche, un motel... dit-elle en balbutiant, inquiète.

Il lui souffle d'un ton rassurant:

— On est beaux!... cela compense.

— Et si on nous voit?

— C'est dans les rues, comme ça, sur les plages qu'on risque
de nous voir. Dès que nous serons à l'abri, dans l'hôtel, personne ne pourra plus nous surprendre.

Ils arrivent aux abords d'un édifice d'aspect fonctionnel
mais orné. C'est ce détail qui cloche. Surtout la porte un peu
arquée, orientale, surmontée d'une frise rose tendre où s'ébat-
tent deux cupidons coquins. Cette petite touche rococo
risque d'effaroucher... Il enveloppe Marine de son bras,
presse le pas, déboule dans le hall, demande une chambre au
comptoir. En cinq sec c'est fait, il a la clé. Ils filent vers la
chambre. Damien claque la porte derrière lui. Il n'en revient
pas. Elle a consenti. Marine prisonnière. Seuls, c'est la première fois. Elle ne ressortira plus jamais. Ils ont l'éternité
devant eux. Il veut cacher sa joie, adopte un petit air malheureux, perplexe... n'importe quoi, mais pas de triomphe. Il
ralentit ses gestes pour faire oublier l'accélération de tout à
l'heure, sa dextérité de prestidigitateur. Ils s'assoient au bord
du lit. Marine regarde alentour, honteuse, catastrophée. Le lit
est vaste et circulaire, baisodrome aux draps de soie mauve,
coiffé d'un miroir lui-même orbiculaire, encadré de moulures
mièvres. Il y a un bar, une télé, un circuit vidéo. Sur les murs,

des tableaux érotiques d'un style hyperréaliste qui dissone complètement avec le décor mignard. Et, au-delà, tout au fond, une sorte de baignoire en forme de coquillage et de cœur, sans profondeur, entourée de coussins. C'est une chambre de pute aux accessoires dorés, clinquants. Un gros bouton dans une corolle de marbre saillit juste à la hauteur de Damien. Machinalement il appuie. L'acte gratuit du suicidaire, la roulette à Rio ! Alors une musique sirupeuse ruisselle des tentures et le lit se met à trembler, à frémir, à s'ébranler tout doucement, à graviter tandis que des spots incorporés diffusent un rayonnement rouge et lascif sur l'ampleur de la couche.

Damien regarde Marine en coin. Elle se tient le visage entre les mains. Ahurie. Leurs deux corps décrivent un cercle lent sur le lit giratoire. Puis les spots changent de couleur, passent à l'orange, au bleu. Marine devient spectrale. La musique émet un halètement plus suave, des nuances canailles. Marine, d'un geste, appuie sur l'interrupteur, bloque le paddock.

— C'est de bon goût... hein !... C'est chouette ! Trouves pas ?

— Mais on s'en fiche, Marine...

— C'est tout ce que tu sais dire, depuis le début, on s'en fiche ! Mais c'est à gerber, ce machin !

Damien surpris par « à gerber » est, en même temps, un peu rassuré. Il préfère que Marine prenne le dessus par l'insolence plutôt que de sombrer dans l'humiliation et les larmes.

— Bon, c'est à chier !... Je ne pouvais pas prévoir.

Elle sursaute à son tour à cause de « c'est à chier ». Il la prend dans ses bras en y mettant le maximum de chasteté. Il la dorlote fraternellement. Elle se crispe un chouïa. Il faut vite dire quelque chose.

— Je suis content d'être là avec toi...

A toute allure, il corrige :

— D'être avec toi...

— Là! Là avec toi! Tu l'as dit... précise-t-elle d'une voix sardonique et drôle... Là au bordel! Avant-hier au bordel, aujourd'hui au bordel. Damien : monsieur bordel!

— Je n'ai rien fait au bordel!

— Si! si! Tu as emmené une fille avec Vincent, on vous a vus à la sortie.

— Qui?...

— Germain Serre, après la soirée, en reconduisant des amis... Il vous a vus. Il s'est trahi... Ça le chagrinait, tu comprends, que Vincent, l'amant de sa fille, fréquente les bordels.

— Pourquoi ne m'as-tu rien dit au téléphone?

— Pour t'entendre mentir.

— Je n'ai pas menti... Je t'ai dit que j'avais pris de la drogue et qu'en dehors de ça je n'avais rien pu faire. La jeune fille était malade. J'ai passé la nuit à la soutenir...

— La soutenir oui... C'est le mot! Tu mesures, Damien, où tu m'entraînes, dans quelles salades... comme c'est poétique tout cela, tes à-peu-près, tes repentirs, on embarque des filles, on est malade, on les console, on les confesse...

— Je n'ai rien fait... La fille n'était pas vraiment... putain. C'était une fille plutôt... Ce n'était pas ce que tu crois. Elle avait besoin de quelqu'un, elle était malade.

— Comme tu l'étais aussi, vous avez passé la nuit à vous consoler tour à tour... Aurais-tu l'audace de me jurer que tu n'as rien fait.

— Je le jure! Je suis loyal.

Nickel! Le regard limpide. Sa prunelle d'enfant originel. Le jour n'est pas plus pur que le fond de mon cœur. Puis Marine se ravise, flaire le danger, les conséquences de l'absolution qu'elle pourrait donner.

— De toute façon, ce n'est pas le problème...

Elles disent toutes ça... quand, en fait, c'est bien le problème..

— Après tout, Damien, tu fais ce que tu veux...

Puis ça la dévore, c'est plus fort qu'elle, soudain :

— Comment elle s'appelait ?

— Je ne sais pas...

Il est pris de vitesse, ne veut pas livrer le prénom, incarner, cristalliser les fantasmes de Marine. Un prénom et c'est foutu, la débauche prend chair ! Une intruse tentaculaire empoisonnerait leur tête-à-tête.

— Tiens ? Tu n'as jamais songé à le lui demander, tu es un sacré mufle, dis ! Toute une nuit à la consoler en lui disant mam'selle peut-être ?

— Elle s'appelait Maria.

— Maria ?

Marine est dubitative. Maria lui paraît trop général. Elle est déçue. Puis une idée !

— Maria c'est Marine en plus rapide... au fond ! Tu n'as pas eu à chercher loin...

Il n'y a même pas songé. Il a inventé le prénom à toute vitesse pour éviter Ranussia trop concret, trop vrai, capable de s'incruster dans l'imagination de Marine. Alors il a lancé Maria, au hasard. Mais justement son inconscient a parlé. Il n'arrive plus à se dépatouiller.

— Je n'en peux plus, Marine. Je capitule. Accable-moi, c'est bien, accuse-moi de tout. D'accord ! Nous arrêtons...

Et d'une traction assez brutale il la renverse sous lui, la pelotonne sous son torse, desserre tout juste l'étreinte pour lui montrer qu'il n'entend pas pousser plus loin, mais qu'il a agi en vue de rompre le face à face trop agressif. Elle cherche tout de même à se dégager, il la contient en souplesse :

— Je t'en prie, Marine... Je te l'ai promis. Je ne vais rien essayer...

Elle est un peu raide dans ses bras, le dos rond, il a ses cheveux sous son nez. Elle sent bon, elle sent le brun, le chaud.

C'est Marine. Elle ne résiste plus, en boule. Il voit la nuque striée de cheveux sombres, une nuque fine, longue et creuse, l'amorce du dos coulé sous le tee-shirt, peau vierge, lisse. Il sent ses épaules, ses omoplates ressorties sous l'étoffe. Une énergie émane d'elle, un rayonnement de force juvénile. Il glisse sa main en dessous vers le visage. Le menton se bloque, tout rond dans la tiédeur des mèches. Il touche la bouche qui se ferme. Il laisse ses doigts en repos sur les lèvres serrées. Ils demeurent ainsi de longues minutes, sans rien dire, n'osant rien. Marine compacte et verrouillée. Damien tendre autour d'elle. Il sent les petites rides de la bouche, cette consistance drôle, gommeuse...

Ils sont immobiles, concentriques. Mais rien ne perce, ne vit encore. C'est hermétique, embryonnaire. Lent germe d'amour en suspens. Toute sa chaleur à elle se propage contre sa poitrine, toutes ses forces comprimées délivrent un flux qui monte des muscles, des tendons, de son sang, de sa chair fuselée. Le cœur bat tout au secret. Sa vigilance, son écoute... A quoi pense-t-elle? Sa révolte a-t-elle diminué? Il n'y a qu'un tee-shirt, infime pellicule qui le sépare de son dos où les deux omoplates se busquent, de son échine chaude. Là, enfouie et sauvage. Sa peau, le sexe entre les cuisses remontées vers le ventre et collées. Petite épouse interdite et farouche. Et ses poils qu'il voudrait caresser, le pubis dans sa main pour l'éternité. Muets. Morts. Respirant d'une autre vie, chez les doubles et les momies. Dans une crypte de la grande cathédrale de Niemeyer. Dans les fondements du monde. Sous la nef solaire. Tous deux dans la tombe d'amour. Ombres fondues. Gisants étrusques. Jumeaux dogons, plus vieux encore, plus lointains, amants de Babylone et du néolithique, comme argile cuite, pétrifiée, ancêtres trouvés sous la terre. Le morne des Dois Irmãos enfle sa pâte autour d'eux. Et le Corcovado géant s'enracine dans leur graine scellée.

Il lui murmure : «Je t'aime.» Le mot dans le silence, ce chuchotement dans l'œuf. Elle n'a pas tressailli sur le coup. Mais un léger frémissement la parcourt à contretemps. Il a envie de lécher sa nuque, de la sucer, de la croquer, nuque exquise entre les deux tendons sous les poils curvilignes et toujours la plage du dos, sous l'étoffe : l'immensité nue. Il attend, n'attend plus... Ils s'abîment, ils ne se réveilleront jamais. On les retrouvera noués, amants de Pompéi dans les cendres du grand volcan d'amour. Effigies. Entrailles et cœur dans le canope des laves durcies. Et soudain, contre ses doigts il a senti s'ouvrir et vivre la bouche qui s'arrondit. Les lèvres se sont avancées dans l'invisible pour lui donner un baiser. Comme cela, d'un coup, c'est sorti, le pardon de l'amour, l'écho du «je t'aime». Alors il n'a rien dit, plus paralysé encore, assourdi par le tonnerre, ébloui par le déferlement lumineux mais pris de terreur devant la responsabilité née de ce baiser nu. La bouche était venue sur ses doigts imprimer le don. Ils n'avaient pas encore bougé. Ils étaient tout au fond du monde, sous l'écorce terrestre, le gisement des siècles là où venait d'éclore le baiser tendre et caché. Ils n'avaient plus besoin de se lever, de parler. Puisque l'essentiel était fait.

Il s'est séparé d'elle, non sans éprouver un certain scrupule, une peur superstitieuse. Le fait de ne pouvoir maintenir éternellement la fusion révélait son caractère contingent. Leur amour désormais était faillible. Une autre inquiétude l'entreprenait. Il s'agissait maintenant de garder Marine pendant la nuit. Toute une nuit qu'il imaginait vigilante, d'une intensité sans accroc. Il commença par lui proposer de dîner. Elle accepta. Il commanda un repas servi dans la chambre, et du champagne... Il craignit que cette boisson ne fasse un peu canaille. Mais ils avaient besoin d'une griserie légère que nul autre alcool n'aurait été capable de leur procurer.

Ils grignotèrent sans appétit. Trop émus. Le champagne sec et frais aiguisa leur sentiment du bonheur. Puis Marine énonça son fatal désir :

— Il faut que je rentre.

Il prit un air suppliant :

— Mais pourquoi ? Roland ne revient pas cette nuit... Nous pouvons rester ensemble.

— Non, je ne pourrais pas... et il risque de téléphoner avant de se coucher.

— Tu lui diras que tu es sortie, qu'une amie t'a appelée et que tu as passé finalement la nuit chez elle.

— Je ne me lancerai jamais dans de tels mensonges, tu me proposes des bassesses !

— Tu dois rester, Marine ! Je veux cette nuit pour nous deux, la première et la dernière...

— C'est trop vaste...

Il savoura ce mot « vaste », qui élargissait encore l'impression d'immensité, leur promettait une nuit sans fin.

— Justement, nous avons besoin de cette traversée...

— Il faut que je rentre.

Alors Damien sut qu'elle ne rentrerait pas, que par tous les moyens il l'empêcherait de partir, dût-il user de contrainte, refuser de lui rendre la clé. Il eut peur de sa bouffée de tyrannie, de son emportement d'amant blessé, jaloux. Mais en même temps, un calme l'envahit, car il savait qu'elle ne pouvait plus le quitter. Il l'enfermerait.

— Et si je te jure de respecter notre pacte. Si rien ne se passe, si nous restons chastes.

Chastes... il sentit que le mot sonnait faux, qu'il était trop fort, suranné, ridicule. Elle se tut. Il espéra de nouveau.

– Je te le jure... La nuit vient. Nous n'allons pas sortir à présent, c'est trop tard. Nous n'en avons plus le courage...

– Je ne peux pas tromper Roland. Tout ce à quoi je crois serait anéanti, tu mesures ce que tu commettrais ! Tout serait fichu en moi, je ne serais plus jamais crédible à mes yeux. Je ne serais plus rien.

– Je te jure que je ne tenterai rien. Je veux seulement cette longue intimité avec toi.

Elle se tut encore. Et il comprit qu'elle consentait. Il fut inondé d'une allégresse, d'une gratitude dont il dissimula toute manifestation. Car elle l'eût interprétée comme un signe de triomphe, l'indice d'une stratégie qui aurait réussi. Il y avait la nuit. Devant eux. L'éternité. Mais une nouvelle appréhension s'immisça dans le cœur de Damien. Il était lésé déjà, mutilé... Cette nuit ne serait rien sans l'étreinte. Il s'était piégé. Sans amour, la longue nuit serait vide. Il se leva, fit quelques pas dans la chambre et machinalement, pour rompre le malaise, il appuya sur le bouton de la télécommande. Le circuit vidéo se déclencha. Une femme apparut, une mulâtresse offrant sa croupe à un amant dont le sexe dardait. Au lieu d'éteindre illico, Damien surpris, stupide, regarda, attendit. Un gros plan montait la lente intromission du membre, le saisissement des chairs, la félinité, l'ondulation des reins. Le son faible, inaudible qui maintenait la scène dans une sphère abstraite expliquait pourquoi Damien n'avait pas eu le réflexe de chasser l'image. Marine avait vu. A une certaine tension du silence, il en eut la certitude, sans même se retourner. Il ne pouvait toujours pas arrêter le poste. Il aurait donné l'impression de fuir, de tricher, de mentir. Marine s'approcha.

– Ils ont tout prévu, les films d'ambiance...

Il était bête, figé, il commenta :

– Ce n'est pas trop laid, d'habitude c'est plus laid ! Ce couple est plutôt beau.

– C'est la première fois que je vois un film porno, répondit Marine.

Ils étaient dans de beaux draps avec leur serment de chasteté et la copulation de deux amants voraces. Alors le type se cabra, torse rejeté en arrière comme un cow-boy transpercé par une flèche d'Indien. Il serrait les mâchoires dans une grimace crispée, hallucinée. La caméra cadra le membre soudain dégainé, lancé en avant pour mieux donner le spectacle du sperme giclant sur les fesses de la fille au ralenti, les gouttes visqueuses comme de lourds papillons, voltigeant, zébrant la peau, s'écoulant vers l'anus. Damien appuya sur le bouton. Arrêta tout. Gros silence. Mais comment passer à un autre sujet après cette scène radicale. Marine le tira d'affaire :

– Ce n'est même pas excitant. Le plus décevant, c'est que cela vous excite, vous, les hommes...

Il lui sut gré d'assener cette banalité, d'embrayer sur un bon débat bien rodé, le fameux plaisir mécanique du mâle voyeur et l'intériorisation, l'émotion nécessaires aux dames.

– Il y a des femmes que cela excite !

– Je ne crois pas... c'est impossible...

– Si ! si ! J'en connais, Marine. Dans ce domaine les distinctions sont révolues. Il y a des filles comme les mecs et des mecs comme les filles. Tout est possible.

– C'est vrai que tu es plus savant que moi...

Damien encaissa, protesta.

– Non, je ne sais plus rien... Je suis puceau à chaque recommencement.

Elle ironisa :

– Moi je n'ai eu qu'un commencement, je ne peux pas juger.

Elle était teigne, elle se butait. Le débat ne valait pas un clou, mais il avait le mérite d'escamoter les formidables images de la télé, de les convertir en mots, en discours plus faciles à liquider. Il la prit par la main. Ils s'installèrent sur un canapé dodu, charnel. Rien dans le décor ne faisait grâce d'une allusion lascive. Il avait gardé sa main dans la sienne. Accotés sur le canapé, les yeux dans le vague, ils manquaient d'héroïsme... Damien entrevit le bide, une nuit vide. Alors il parla d'Asdrubal, de son altercation avec le juge, des accusations d'inceste lancées contre les membres de la communauté.

— Ce sont de faux témoignages, un coup monté par Nelson, c'est un vrai salaud pervers.

Marine acquiesça. Ils étaient du même avis. C'était parfait. Il enchaîna sur Lucia, l'épouse d'Asdrubal.

— Elle est très jolie, Lucia, c'est du feu. Elle est extraordinaire, elle va le défendre bec et ongles, son mari ! Mais comment Nelson, qui est si courtois, si intelligent, peut-il céder à de pareilles manœuvres.

Marine approuvait, méditait sur le paradoxe... Puis Damien aborda sa brouille avec Hippolyte, passa à la vierge arrosée de Xylophène, la résistance des vers, leur pullulement, leur hécatombe, leur résurrection forcenée... L'épopée arracha un sourire à Dulcinée. Il en profita pour la presser un peu, frôler son cou de ses lèvres. Elle se décala d'un centimètre. Ils s'emballèrent sur le problème de la réforme agraire et des paysans sans terre, sur Collor, ses couplets contre les privilégiés, les maharajahs, comme il les baptisait, alors que c'était plus compliqué, qu'en sous-main il les ménageait, rusait, tenait un double langage. Damien tenta de freiner leur véhémence qui les éloignait du vrai sujet, de l'obsession centrale de l'amour. Le danger était de remplir la nuit de palabres d'adolescents. Un feu colorait les joues de Marine, ses capillaires cramaient. Effet à retardement du champagne. De temps à autre, elle se plaquait les mains contre les pastilles écarlates, honteuse de cette ardeur, essayant de l'endiguer par un contact frais. Mais ses mains étaient chaudes.

Damien rejoignit le lit et s'allongea dessus. Il se rendit compte aussitôt qu'il venait de commettre une faute. Car elle s'empara du canapé entier pour s'étendre à son aise. La situation se gâtait. Il l'appela. Elle fut sourde. Il renouvela son serment de complicité éthérée mais comprit qu'elle ne gagnerait pas le lit d'elle-même, que cela signifierait une capitulation orgiaque... Pas de l'amante furtive traversant la chambre et se coulant contre l'amant... Amante nue sortie de la salle de bains, ingénue, démaquillée, cheveux dénoués, courant sur ses pieds nus, le pubis en proue. Ma fourrure pour toi ! Prends mon ventre, prends mes cuisses, prends mon cul. Il arrêta de divaguer. Il se leva, la supplia, la tira, l'entraîna comme une agonisante, quelque survivante précaire, épuisée, recueillie sur une épave. Il la soutenait, l'épaulait, l'installait sur le lit à côté de lui. Il progressait. La belle paralytique, raide comme du bois, était embarquée sur le navire d'amour. Il éteignit l'électricité, hormis une petite lampe de bord, falot sur la mer.

... Des bruits de voix, de couples, un va-et-vient feutré coupé de claquements, de grondements de baignoires et de robinetterie, de rumeurs de télé s'infiltraient dans la chambre... Le motel était comble, chargé de baiseurs. Ils étaient tous venus pour ça, rien que pour ça, pour s'éperonner à qui mieux mieux, à vingt mille lieues de Tristan et Iseult... les maharajahs de Collor, les fonctionnaires qui n'avaient pas encore été licenciés, les bourgeois aux comptes bancaires bloqués, les malins qui avaient déjà détourné leur pognon... On entendait des échos licencieux, des grincements rythmés. La nuit révélait tout, en filigrane... nébuleuse de cliquetis, de gémissements, les boulimies, les pépiements, les secrètes arborescences du désir. Souvent on n'aurait pu trancher sur la nature du matériel sonore, complexe et ramifié, noyé dans des nuances, des demi-teintes sournoises. Il

avança la main vers la hanche de Marine, la palpa. Au bout
d'un moment, elle repoussa doucement cette main. Il attendit,
puis recommença. Il avait toute la nuit, toute la vie. Un entêtement surnaturel. Il userait ses défenses, petit à petit, millimètre par millimètre. Après tout, elle était dans le lit. Elle ne
pouvait pas l'ignorer, exclure les conséquences. Pas de serment qui tienne ! Tristan et Iseult eux-mêmes avaient cédé,
dans l'arthurienne, immémoriale forêt. La légende donc l'exigeait. Il confondait Arthur et le roi Marc. Il ne savait plus.
Guenièvre et Lancelot. Il mélangeait les cycles, les Graal,
tous les tabous. Elle repoussait ses mains, ses cuisses, Damien
multiplié, renaissant, luxuriant, réincarné après d'innombrables ruptures et morts, toujours refleurissant, Osiris tentaculaire, intarissable, magicien de Brocéliande. Tout à coup,
elle fut assise sur le lit. Rebiffée, elle s'écria :

— Arrête !...

C'était foutu, sans remède. Il avait roulé d'un coup au fond
du canyon. En remonter la pente demanderait des heures. Et
lorsqu'il aurait atteint le sommet, à bout de souffle, le corps
lacéré par les cailloux et les épines, elle l'enverrait d'une bour-
rade, une nouvelle fois, se faire crucifier en bas... Christ il
était, Sisyphe ! Il y avait plein de héros mythiques pour illustrer son cas. Une intuition le traversa : il fallait exaspérer la
crise, sortir de l'engrenage des petits assauts repoussés, passer
outre, porter l'affaire au paroxysme. Alors une turbulence
happerait toutes les données, les surchaufferait. De ce cyclone
brownien le salut sortirait, une nouvelle donne aurorale.

— Je n'en peux plus ! Je n'en peux plus ! Je suis à bout !

Il pleurait presque et la saisit, désespéré, l'étreignit, la cou-
vrit de baisers. Elle se débattit. Il l'empoigna, la serra dans
l'étau de ses bras, de ses jambes. Elle lui échappait de partout
dans un pugilat confus, la mascarade d'un viol. Suffoquée,
pantelante, elle éclata en larmes. Bonne chose. Il s'affaissa sur

elle, chavira lui aussi dans le courant. Elle pleurait tant qu'elle n'avait plus la volonté de le repousser. Ils s'embarquèrent sur le fleuve. Belle onde salée. Frissons. Il sentait son corps précis et sa vigueur sous la vague de sanglots. Ses muscles de sportive que l'élégie ou le deuil ne réussissaient à fléchir. Elle était ferme et charnue dans le malheur. Bâtie pour survivre à tous les thrènes de la douleur. Il la consolait, l'embrassait. Larmes de providence et de fécondité, diluvienne semence. Il pleurait un peu lui aussi. Ils étaient rescapés de la stérilité. Tout bougeait à présent, germait, évoluait, terre des limons et des métamorphoses qui verdoyait... crue du Nil. Il bandait sur Marine, en larmes. Poignard tendu contre le ventre de la belle noyée. Une odeur douce et fade montait de son corps désarmé. Il se reprochait d'être aussi excité par ces eaux de détresse qui l'épanchaient, la rendaient profonde, plus femme, plus proche, plus intime, plus ouverte qu'elle n'avait jamais été. Il s'émerveillait de tant de beauté sabordée sous son torse. L'armure était disjointe. Les boucliers tombés. Les larmes devenaient tendres... Il émit un cri brusque. Elle venait de le mordre sauvagement au poignet! Elle le tenait, le mordait comme une louve, en rageant, en hurlant qu'il avait menti! Elle était sortie d'un coup de ses gonds, de ses rives. Fleuve terrible, échevelée furie. La madone ne pleurait plus, marâtre elle l'exécrait. Ce sale menteur qui ne pensait qu'à bander. Christ il redevenait, au fond du grand canyon, au ban de l'amour. Il en pleurait de surprise, sous le choc. C'était elle maintenant qui allait lui grimper dessus et brûler de délice sur l'épave de son mec. Elle n'en fit rien. Elle pleura de l'avoir mordu, peut-être de l'entendre pleurer. D'autres gémissements traversaient les murs, pleurs de plaisir, d'amantes labourées.

Il se détacha d'elle, reflua dans le lit. Et une grande partie de la nuit passa ainsi. Il perçut le ralentissement des larmes, le souffle de Marine devint régulier. Sans doute elle s'endormait. Lui, veillait! Il n'y avait pire veilleur que Damien. Véritable phare d'apocalypse. Il devenait chat-huant, rapace nyctalope. Il planait, l'écoute centuplée. Il ne savait pas dormir. Il ne pouvait pas couler. Il remontait toujours à la surface. Cristal acéré dardant mille aiguilles de lucidité...

Elle dormait. Perdue dans le sommeil. Marine ensevelie. La lumière de la lampe diffusait son halo sur une bande de chair entre le tee-shirt et la jupe. Il écarta mieux le drap. Il écouta. Une envie de la regarder nue, de la prendre à son insu. Il l'eût anesthésiée sans hésiter, tampon d'éther et hop! Plus de scrupules. Il souleva doucement la jupe sur l'arrière des cuisses. Il remonta, dévoila les fesses ressorties dans un slip de dentelle noire. Il voulait toucher. Il redoutait de la réveiller. Les bords du slip étroit coupaient la croupe non loin de la raie si bien que la chair débordait de chaque côté en une abondance ovale, exquise, un bel arrondi dru et racé. Il se glissa contre elle, effleura les fesses de ses doigts, fut ému par leur douceur. Deux rides brun-rouge s'évasaient, symétriques, séparant le haut de la cuisse et le galbe du cul. Il n'y tint plus, voulut approfondir le lien. Il lui baisa la nuque en se collant contre ses reins. Sa respiration était plus faible. Elle dormait moins, mais elle ne voulait point trop trahir son demi-réveil. Rêvait-elle?... Le laissait-elle agir dans une léthargie tactique qui sauvait son honneur? Il passa l'annulaire sous le slip, vers le sexe qu'il caressa. Il la sentit se contracter, s'aiguiser, affluer vers son doigt. Il se branla doucement contre elle. Elle lui fit écho, tour à tour en se groupant, en s'ouvrant sur sa main. Il tenta de la renverser pour la prendre. Elle se durcit, résista. Damien se révolta contre l'obstacle, cette inflexibilité absurde au point d'abandon où ils étaient parvenus. Mais elle pourrait toujours se dire qu'elle n'avait pas couché avec lui... Elle aurait toujours la possibilité de s'abriter derrière ce demi-mensonge. Damien avait déjà connu une jeune amie qui permettait tout sauf de pénétrer, au nom de quel interdit, angoisse majeure, promesse ou sophisme entêté ? Il essaya encore de la faire basculer et se buta sur une raideur accrue, une résistance interne sans qu'elle manifestât son complet réveil, maintenant coûte que coûte le leurre du rêve et de la somnolence. Il recommença la masturbation avec son annulaire. Elle y céda, ouverte et liquide dans la fente des poils. Il se branla contre les fesses tendues, jusqu'à l'inondation brutale. Elle répondit à cette fusée d'amour par un assaut pressant et prenant de ses lèvres sur l'annulaire, les moulant sur le lobe en une averse de petits coups crispés et goulus, et puis plus lents, plus amples, tout trempés jusqu'à la jouissance, elle aussi.

Elle n'ouvrit pas les yeux. Elle refusa de sceller par un mot cette licence amoureuse. Il lui en voulut aussitôt de ce bonheur partiel. Il la détesta en secret. Il l'avait perdue à jamais. Il faillit la secouer, la réveiller, l'insulter, la traiter d'hypocrite, lui dire qu'elle ne pouvait plus longtemps tricher, que leur étreinte aux yeux de son mari aurait représenté la même chose que l'amour. Alors, dans une étrange hallucination, il l'entendit répondre avec cynisme : « Puisque c'est la même chose, de quoi te plains-tu ? »

Mais elle n'avait pas répondu. Il ne l'avait entendue que dans sa tête. Toutefois ces paroles fantômes étaient chargées de présence. Cette réponse mystérieuse le hantait, le séparait de Marine, faisait d'elle une ennemie qui le défiait. Surtout le ton d'étrangère froide, blessante. Il savait bien que ce n'était pas la même chose, que ce ne serait jamais la même chose, qu'elle était encore capable de cette puissance, de prononcer ce décret, même au plus profond de la nuit et du plaisir, qu'elle pouvait encore se maîtriser, s'obstiner et dire non, pour respecter un oui originel, oui total à Roland seul. Un oui absurde et religieux. Il n'aurait jamais couché avec Marine, accédé à sa profondeur. Il ne pourrait jamais tout à fait le dire ni le penser. Cette ambiguïté le torturait. Il avait échoué dans son désir et son amour. Et Damien avait mal. Il s'abîmait dans sa perplexité et son ressassement, dans l'incompréhensible pouvoir de Marine et de sa négation.

Dans l'avion, Damien était assis à côté d'un type laborieux et concentré sur un petit ordinateur portatif dont il frappait les touches, alignant des chiffres sur l'écran, additionnant, calculant, permutant les colonnes…

Un homme actif mais serein, tout à son boulot dans le ciel. Damien allait faire une conférence à São Paulo sur l'avenir du roman! Cela concernait quarante personnes sur les quinze millions d'hommes du grand São Paulo. Et sur ces quarante, les trois quarts ne viendraient que parce qu'ils avaient eux-mêmes, en poche, un manuscrit non publié! Le dernier quart consistait en organisateurs, profs désœuvrés, personnel rameuté pour grossir la troupe. Tous ne pensaient qu'à l'avenir de leur propre roman, se foutant des bouquins de Damien qu'ils avaient peu ou pas lus. Ces conférences réunissaient toujours une micro-société identificatoire, hystérique, aux convoitises recuites, aux délires circulaires. Un ou deux participants sadiques ne venaient que pour parler de leur écrivain favori qui se situait bien sûr aux antipodes de Damien. L'idéal d'alors s'incarnait dans une œuvre minimale au vocabulaire raréfié et scorbutique, aux chiches dentelles rongées d'anorexie. Élégants copeaux de mots taillés au bistouri de l'ironie et du flegme. Il fallait surtout éviter la transe et le tragique palpable. Damien aurait pu, sur l'ordinateur de son voisin, évaluer statistiquement la composition de son auditoire. Quelques jeunes écrivains en herbe habités par l'espérance. D'autres vocations sur la touche et rancunières. Il y aurait une femme ayant renoncé à l'écriture mais voulant aimer un romancier pour compenser, vivre en littérature par procuration, ou pour lui découvrir peu à peu, au fil de leur liaison, qu'elle le désirait, lui, l'aimait bien, lui, mais jouissait mollement de ses proses. Il aurait pu prévoir tous les cas de figure, leurs fluctuations limitées. Ce genre d'assemblée ne réunissait que des types psychologiques carabinés. On rencontrait toujours le songe-creux excité, courant d'une conférence à l'autre, l'as des perspectives formelles, le tenant du jargon du jour, fanatique de telle ou telle revue, venu là pour faire sentir à Damien qu'il manquait un peu de concepts, d'élucubrations abstraites. Chacun rappliquait dans la salle pour pérorer haut et seul, entonner son vieux monologue, justifier ses carences et ses faillites, proclamer sa chimère, sa monomanie et son mythe vital. Tous ces cénacles du délire produisaient toujours le même malaise au cœur de Damien car ils le confirmaient dans ses prévisions, une image mécanique, comique et finalement désespérée de l'homme et de lui-même. Tous, marionnettes intoxiquées, droguées de boniments et de menteries, acharnées à entretenir leur affabulation narcissique à laquelle ils s'agrippaient comme à un radeau de survie, agitant toujours le même petit drapeau, secouant le même grelot bouffon. L'essentiel était de croire dur comme fer à sa marotte, de ne pas en démordre et de seriner la comptine. São Paulo pouvait sombrer, quinze millions d'hommes en capilotade, dans les favelas ou les froids immeubles. Qu'importent le chaos, la faim, la soif, l'essentiel est d'avoir rodé sa tirade, de l'astiquer chaque matin, de la maintenir à flot, de ramer dessus, de radoter jusqu'au trépas.

Le drame de Damien c'est qu'il ne croyait à rien. Mais cela se muait à la longue en une sorte de couplet aussi ! Personne n'y échappait. Il ne croyait que par flambées de lyrisme éphémère dont il retombait dans une incrédulité encore plus abyssale et pathologique. Il enviait ceux qui croyaient, adhéraient à une robuste manie. Les mecs âpres au combat ressassé jusqu'au dernier souffle. La nuit avec Marine n'était pas faite pour consolider la foi de Damien dans son étoile et dans la densité sacrée de la vie. Damien était châtré. Mais alors coupé net. Bœuf il était, bon pour les abattoirs de São Paulo. Viande sans suc, il baissait le pif, battait en retraite, capitulait, prenait la fuite dans un Boeing, dans les nuages !

Mais son voisin ne l'entendait pas ainsi. Il engagea la conversation d'une façon aimable, avec une curiosité de bon aloi, lui demandant ce qu'il faisait dans la vie. Quand Damien lui eut avoué son état, l'homme redoubla d'attention. Cette condition lui semblait pittoresque, elle réveillait en lui des souvenirs d'école, des citations et des réminiscences. Bien sûr il ne lisait pas beaucoup, pour être franc il n'ouvrait plus jamais un roman, mais confessait – avec ce petit air nostalgique que Damien connaissait bien – qu'il ne se le pardonnait pas ! Lire était une sorte de pensum, de B.A., comme aller à la messe, faire ses pâques, envoyer un chèque à la Croix-Rouge ou à Médecins du monde. Un vœu pieu comme d'arrêter de fumer, rompre avec sa maîtresse, cesser de la sodomiser. On doit toujours le faire mais on remet à demain ce sacrifice réputé salubre en soi mais peu réalisable dans l'immédiat.

Cependant son interlocuteur exhalait un air de franchise désarmant. Une tête sobre, scrupuleuse. Il aurait probablement lu un roman de Damien par devoir. Illuminé, il lui révéla soudain que sa femme lisait beaucoup. Il était français mais habitait la Ruhr, Düsseldorf. Damien, qui avait des préjugés, suggéra avec prudence que ce pays industriel manquait peut-être de charme. L'autre se récria. Ce n'était pas ce que l'on croyait ! La Ruhr était un pays verdoyant, champêtre. Avec sa femme, le week-end, quand ses voyages le permettaient, ils faisaient de grandes balades à vélo dans les forêts. Tiens ! Il devrait venir les voir… Sa femme adorait lire, une dévoreuse ! Damien aimait déjà cette femme, petite madame Bovary, s'enquiquinant dans une jolie villa de la Ruhr, attendant son mari, éternel absent, négociant des contrats aux quatre coins du monde. Tout à coup, Damien se vit installé aux crochets du couple, coulant une agreste villégiature dans cette Ruhr toute de pelouses et de sylves parfumées auprès de l'épouse délaissée, jeune et sensuelle, qui ne lui refuserait pas, elle, ses orifices profonds et ses coulisses ardentes. Emma romantique et pantelante. Il serait bien, là-bas, loin des furies de Rio, en terre allemande et cossue.

L'autre s'ouvrit de son boulot. Il avait fondé une société spécialisée dans le nettoyage des abattoirs. Damien resta coi. Il venait juste d'y penser, écrasé par son sentiment de castration, de bœuf destiné au mouroir et à la moulinette. Le type avait inventé un procédé nouveau qu'il exportait sur tous les continents : une pompe à mousse révolutionnaire ! Cette pompe fit grande impression sur Damien dont l'imagination était prompte. La pompe à mousse le distrayait de son malheur et du débat littéraire qui le guettait.

— Puis-je vous demander votre prénom ?…

— Damien ! Damien… répondit-il, avec bienveillance…

— Moi c'est Laurent.

Et il lui refila sa carte, avec l'adresse, le numéro de téléphone, toutes les coordonnées de la dame, de l'épouse littéraire, juvénile et chaude, en rade, attendant, qui sait ? le visiteur…

— Voilà !… Le problème des abattoirs, Damien… c'est le nettoyage ! Le risque est d'oublier une parcelle, un petit coin insalubre, pollué par les microbes. On a beau repasser les produits, bien quadriller, il y a toujours un centimètre carré qui échappe. Alors, j'ai inventé la pompe et la mousse ! Une substance moussante et détergente qui permet de vérifier que tout l'espace a bien été badigeonné. Nous arrivons dans les halles d'abattage, de dépeçage et d'éviscération – oui, c'est ainsi qu'on les appelle… –, nous projetons avec nos lances la mousse nettoyante. Et quand tous les flocons tapissent la totalité des lieux, nous lessivons à grande eau, c'est simple ! Mais c'est très astucieux. Nous ouvrons un marché en Chine. Je passe mon temps en avion, avec mon ordinateur pour calculer les débouchés, contrôler le dispositif…

Cette histoire de pompe à mousse épatait Damien. Il imaginait les grands abattoirs de São Paulo éclaboussés de sang, jonchés d'entrailles avec les carcasses des bœufs catapultés dans les airs par des crochets, trimballés par des crémaillères. Des milliers, des dizaines de milliers de bœufs, ceux de Nelson Mereiles Dantas, ceux du Goias et de l'Araguaia, ceux des nouveaux élevages d'Amazonie et du Mato Grosso. La vaste tuerie des abattoirs…

– Comment on les abat ?

– Il y a plusieurs procédés, mon cher… percussion électrique ou revolver électronique, perforation instantanée. Cela s'appelle l'étourdissement !

Ainsi, les bestiaux se pointent, à la queue leu leu, dans un étroit chenal et sont zigouillés, estourbis ou étourdis, estoqués sans corrida, sans les hourras de l'arène. Oui, c'est la sarabande véloce, pas une seconde à perdre, pissant le sang, les voilà écorchés, dépiautés, leurs carcasses décollent, défilent en rangs d'oignons, on les étripe, on les morcelle, on les concasse, on les tracasse, on les débite en beefsteaks, en hamburgers pour les Américains. Les bœufs passent des plateaux venteux, caniculaires, aux rues de Manhattan, atterrissant sous les quenottes des secrétaires pomponnées, donzelles embijoutées ou cadres à quatre épingles, croquant la viande aspergée de ketchup entre deux rondelles de pain et une feuille de salade...

... Tous les bœufs des savanes dans le ventre des Américains ! C'était un circuit monstre qui excédait les rêves les plus fous d'Hippolyte. Toute la horde beuglante des grosses bêtes viandues converties en galettes de hachis pour les masses industrieuses et bureaucratiques des mégapoles yankees. Et Damien, qui avait une tendance à l'hallucination, imaginait le personnel des gratte-ciel, les employés zélés, stressés, les informaticiens, les golden boys, les yuppies, les dactylos, les directeurs compétitifs et costumés en file indienne dans un self-service immense, aseptisé, piochant leur hamburger d'un côté, tandis que les bœufs, à l'autre extrémité de la chaîne, arrivaient en longs cortèges mugissants, dans un grondement de sabots, des tourbillons de poussière et de taons.

... Le flot interminable de bovins nomades assassinés nourrissant un peuple d'employés sédentaires. C'était grandiose, le géant cycle boucher, universel. L'odyssée de la viande nourrissant la viande. Laurent, armé de ses tuyaux à mousse, pompait, crachait la neige dans la formidable hémorragie, les constellations de caillots écarlates... Tout le tiers monde, la chair du Sud passait dans l'ogre du Nord, son estomac insatiable. La moindre bouchée qui filait dans les entrailles d'une jolie secrétaire fardée, étoffait le velours de ses fesses, venait d'un bœuf brésilien, d'une épopée de bœufs, de beuglements, enveloppés de peones aux lassos qui sifflent, aux éperons d'argent. Cela rentrait, sortait continûment : plaines, abattoirs, bouches, anus expulsant les reliques. Damien entendait ce tonnerre, assistait au western en dolby-stéréo : d'un côté Ford, John Wayne, bivouacs et chevauchées ; de l'autre, les cliquetantes machines à traitement de texte, les écrans vidéo fluorescents, les tours de verre compartimentées, criblées de consommateurs hâtifs, ingurgitant sans regarder ni penser, s'empiffrant de hamburgers... Puis le bout du canal, le bol alimentaire, le trou musclé lâchant les restes, les rendant au sous-sol par les dédales d'égouts conduisant aux usines de retraitement, jusqu'à l'anéantissement total, la dissolution des pharamineux troupeaux dans les eaux usées, puis épurées, régénérées, réinjectées dans les tuyaux, les salles de bains, les robinets, les pichets sur les tables... La rafraîchissante boisson glacée n'était que le fantôme d'une énorme hécatombe, un mythe réduit à l'état fluide, puis la pisse, puis l'évaporation, la pluie, les intempéries, les turbulences, les océans, la terre, la merde, les mots, nos âmes et nos amours !

Mais, là-dedans, Marine inaccessible au recyclage, refusant d'inscrire Damien dans les lacis de sa libido, de son sang, de ses humeurs secrètes, de ses métamorphoses... Tout circulait, s'échangeait, se travestissait, renaissait, grands flux cannibales, ingestions, excrétions, migrations, pulsations... Marine seule se refusait à lui, ne passait pas par lui. Sa chair délicate, tout son moelleux nourris d'escalopes de veaux tendres et chers étaient détournés de lui, de sa bouche, de ses appétits d'amant. Il n'enfilerait jamais son cul par où finissent les grands troupeaux. Jamais elle ne lui sucerait la queue de sa belle bouche mâchant bœufs, veaux, cochons. Il n'entrerait jamais dans la danse, la bacchanale de l'aliment. Il mourrait de faim, de soif, sans pain dodu, sans croissants chauds, sans miches dorées, sans amour fou.

A l'arrivée, Laurent invita Damien dans une « churrascaria », un restaurant de São Paulo dévoué à la seule consommation du bœuf en brochettes géantes. Dans la salle, les clients pétaient de santé, se goinfraient, ventre protubérant, ceinture desserrée... Un bœuf était représenté sur un vaste panneau, découpé en régions, arrondissements succulents.

Les convives brandissaient leurs pals sur lesquels étaient plantés d'impressionnants quartiers de bidoche. Ils bouffaient, se
gorgeaient, s'égosillaient, cramoisis et saouls. Spéculateurs de
la ville, industriels japonais, italiens, fazendeiros, gros négociants, banquiers, cadres moyens, amateurs passionnés de
beefsteak, se gavant d'entrecôte et de filet. Les brochettes
bataillaient comme des épées. Damien, qui décidément était
pris de vertige, voyait des bœufs entiers valser au bout
d'épieux colossaux, de fers jupitériens enfoncés dans le garrot
ou la panse des bêtes. Pire ! les bambocheurs se gouraient,
retournaient leurs broches les uns contre les autres, se trans-
perçaient le thorax, se lardaient la trogne qu'ils faisaient
bondir dans les airs, fraîchement coupée, encore hilare, apo-
plectique, dans sa crinière de cheveux gominés, goitres de
Louis XV et de Danton ! Ils repiquaient directo leurs four-
chettes dans les joues rebondies, anthropophages se régalant,
se gobergeant de graisse, de croustillements de couenne
Bouffis, beuglant, trinquant, tranchant la barbaque rissolée.
Damien était à bout, et il vomit d'un coup la viande obscène...

... Laurent, désolé, lui tapotait les épaules, le soutenait, tandis que son hôte envoyait de nouvelles rafales plus profondes,
effilochures de gras, rognures rosées, glaires odorantes. Damien était un volcan en éruption, rendant du bœuf, dégueu-
lant tout, abattoirs, bestiaux étourdis, viscères, rôtis dans la
mousse de Laurent. Il dégueulait sa vie, ses amertumes, se
purgeait de mille dégoûts accumulés, il s'essorait jusqu'aux
subtils déchets, crachats de chair évanescente, confettis...
L'odeur surie envahissait la salle. Les attablés fronçaient le
nez. Des relents montaient, nausées, tout le monde allait
rendre. Des femmes coururent aux cabinets, contaminées par
le ras-le-bol de Damien, l'horreur de ce festin du bœuf... Soudain elles se virent là, absurdes, chair faisant de la chair,

bouches de boucherie, leurs maris ahuris, écarquillés, saignants, prêts à l'étreinte, phallus congestionnés prompts aux
embrochements tartares. Toute la vanité de la vie leur soulevait le cœur. Elles couraient dégueuler. Et Damien, revenant
des chiottes, à son tour, pour la énième fois, suffoquait, rica-
nait, balbutiait : « Et vous n'avez pas vu les abattoirs ! le carnaval des viandes entassées, voltigeant, propulsées, pissant le
sang, bœufs matraqués, percutés, trucidés, énucléés, décéré-
brés, toutes les cervelles cascadent en balles molles... C'est ça
qu'on bouffe ! Ces éventrements et ces écorchements et ces
craquements d'os, pêle-mêle de muscles galvanisés, sortis de
leurs gaines, bouquets de tripes, boudins, ça saigne, c'est la
tuerie, pleines charretées de guillotinés ! »

... Laurent se souviendrait de l'artiste, du boute-en-
train !... Il en vacillait au sein de ses certitudes chevillées,
l'effleurait une vague de doutes sur les bovins, la pompe à
mousse, le sens de sa vie, la solitude de sa jeune épouse littéraire et sensitive dans la villa de la Ruhr. Le soupçon qu'il était
cocu le traversa, il entrevit la catastrophe, l'abîme, le rien, les
cornes... A cause de cet écrivain morbide et convulsif qui
dégoisait ses insanités, toute sa phobie, sa litanie des bœufs.
Damien frissonnait, confessait à présent que ce traumatisme
remontait à son enfance. Car il était normand, avait grandi
parmi les vaches, leurs larges prunelles apathiques, remplies
de mouches, leurs mamelles lourdes, ballonnées, leurs pis dis-
tendus, rosis, gercés, mouchetés de merde... Tout lui était
revenu, l'étouffement, les étables, les abreuvoirs boueux, la
viscosité, la fadeur du lait, les bouses tartinées dans les her-
bages épais, le foin brouté, la lente digestion bovine, l'hébéte-
ment à l'ombre des pommiers, les grosses babines bavaient,
mâchonnaient, mastiquaient... Lui qui ne rêvait que d'épo-
pées fringantes, d'embardées de soleil, de parousie sur des
pics altiers !

... A son retour, Sylvie lui raconta ses démarches et ses combats pour obtenir le matériel vidéo dont elle voulait pourvoir la communauté des Dois Irmãos. Tenace, elle louvoyait dans les magouilles de la ville, les clans, les clientèles, assurée de la victoire.

— Germain Serre a dit au consul que j'étais irresponsable et cinglée, que les habitants du Vidigal et de la Rocinha, sans parler de ceux de Zona Norte, avaient besoin d'autre chose que d'écrans et de caméras vidéo ! Et que c'était bien une idée de nana bohème et gaspillarde... Tu te rends compte, le traître ! Il a été cracher ça sur moi. Hein ! Alors que je soutiens, moi, que la caméra est un outil de formidable effet de miroir, donc de prise de conscience...

Elle remet ça avec son « effet de miroir », pensa Damien et il lui répondit :

— C'est peut-être pas Germain Serre qui t'a débinée, il a d'autres chats à fouetter actuellement, crois-moi ! C'est peut-être un autre... Ils sont tous à caqueter, à se dénigrer, se disputant un bout de pouvoir, alors tu sais ! Les phrases des uns migrent dans la bouche des autres, dénaturées, et tous ces boniments s'annulent.

— Ils font tous dans leur froc, hein ! T'as remarqué, tous à se lécher le fion de peur de perdre leur poste, de dégringoler d'un échelon, brûlés par le désir de gravir un degré de plus. Tu sais maintenant... tu les as observés... Il n'y a que moi qui ne chie pas dans mon froc, alors moi ils me sapent à qui mieux mieux. Méfiez-vous d'elle !... de ses caprices, de ses frasques !... Un jour on la retrouve à Milan dans un colloque sur les associations humanitaires pour le tiers monde, l'autre jour à Francfort… Je leur échappe, je les court-circuite, je ne suis pas le programme, les étapes, les filières. C'est ça le crime, dans la diplomatie, les francs-tireurs !

Damien et Sylvie, à la sortie du long tunnel de Copacabana, arrivèrent au Rio Sul. Elle voulait lui montrer l'endroit et acheter sa première caméra. Le Rio Sul était un gigantesque shopping-center, un complexe de miroirs, de marbres et de clinquant. Magasin fastueux pour les clients cossus. Partout les beaux objets, les fringues griffées, les parfums suaves. Cela se dressait sur trois étages avec escalators, coursives, spirales, tourelles à facettes de plexiglas fumé. Le tout tapissé de moquettes, orné de balustres ronds et dorés, avec des lustres à pendeloques, un amalgame de modernisme et de baroque… Il y avait les quartiers de la bouffe, tous les raffinements du bec.

– Ça pue le pognon ! Hein, Damien…

Damien voyait, sentait, mais Sylvie était-elle vraiment révoltée ? Très brésilienne au fond, consciente du colossal écart entre un shopping-center et une favela, luttant contre cela, mais en profitant aussi, l'exploitant, jouant sur les deux tableaux, passant de sa communauté au Rio Sul, des piscines du Sheraton aux gourbis… papillonnant, palabrant… Ils arrivèrent aux rayons des robes, des corsages et dessous. Sylvie fouinait dans les soies, elle feuilletait les jupes pendues à leurs cintres, une à une, glissait la main, tâtait, laissait filer, cherchait la taille, troussait, sortait un vêtement, le lissait, se le plaquait contre le ventre, demandait à Damien si ça allait, puis le raccrochait sans attendre la réponse, recommençait. Plusieurs femmes ainsi entraient toutes vives dans le rayon, dévorées par les moires, et les vendeuses les suivaient. Damien se serait volontiers rué lui aussi dans la substance fluide et féminine, tant de corolles volages, de frissons.

Il regardait les acheteuses, la quarantaine, la cinquantaine et plus. Embijoutées, fardées, grasses et brunes, bustes braqués, culs de sultanes. Épouses des éleveurs de bœufs, des industriels de la viande, femelles des grands bouchers, des rois du hamburger. Tout le sang des bêtes, des fazendas, tout le boulot des peones, des ouvriers agricoles du soja et du maïs, des métallos, des prolos de l'automobile se convertissaient en un briquet de chez Cartier, en une carte de crédit dure et brillante. Toute la masse des terres, des trafics, des négoces accouchait d'un diamant clair sur un doigt flétri. Femmes de l'immobilier, des banques, amies de Dona Zelia Mereiles Dantas, grands oiseaux bouffis, avides, dindes aux caroncules poudrées, aux prunelles serties dans du rimmel de guerre.

Toutes embaumant Dior, Chanel, vous asphyxiant de bouffées capiteuses, arrogantes et carnavalesques, ouvrant les fermoirs d'or des sacs, des bourses, des goussets.

Parfois, elles se poussaient, se bousculaient, s'embouteillaient dans l'enfilade entre deux comptoirs de parfums, s'époumonaient entre deux haies de posters représentant de sveltes sirènes... La caravane des faisanes cupides passait entre ces images paradisiaques, ces photographies de déesses humides et nues, ombreuses, qui se tamponnaient d'un doigt lascif la raie courte et brune entre les seins ou l'aisselle ravissante déployée dans son faisceau dodu, entrouvraient, croisaient les cuisses, se tordaient pour laisser saillir leur croupe, mieux creuser leur dos immense que les parfums mitraillaient de molécules délicieuses, de volatiles essences...

Parfois un couple plus pauvre, lui en baskets avachies, elle mal fagotée dans sa robe fleurie, arpentait les rayons, traînant les pieds, l'œil médusé, la mine honteuse.

Damien sentait une migraine lui monter à la tête, car trop d'abusives senteurs épaississaient l'atmosphère, musquée, pollinisée que fendaient étraves et proues des mamelles bourgeoises. Les chèques détachés voltigeaient, zébrés de signatures voraces. Et Sylvie, la madone des favelas, débouchait les flacons miniatures offerts en échantillons, se trempait l'intérieur du poignet juste sur les ramilles des veines, faisait respirer à Damien, empochait des petits tubes, de minuscules étuis, boîtiers, crèmes antirides, cadeaux destinés à favoriser la vente des majuscules formats : hautes bouteilles saturées d'or, de rousseurs et d'onguents.

Le Rio Sul, le magasin solaire enfonçait ses dédales, ses passerelles, lançait ses ascenseurs, ses escaliers roulants. Ils atteignirent les rayons des appareils photo, de l'électronique, des magnétoscopes, des téléviseurs et des caméras vidéo. Sylvie cherchait une Sony. Elle avait le nom d'un vendeur. Elle ne paierait pas le prix fort. Elle appela le chef de service. Après un conciliabule, le chef revint avec la sacoche et la caméra obtenues au rabais en échange de quel service ? Sylvie brandit la caméra, chargea une cassette, balada l'objectif à travers le magasin entier, prêta l'instrument à Damien qui lui aussi visa rayons, escalators, étages, travées, revit, en gros plan, les faces épanouies ou crochues des acheteuses peinturlurées, le vermillon brillait sur les bourrelets des lèvres, babines d'orques happant le vide. Parfois, Damien zoomait sur le visage délicat d'une petite vendeuse pomponnée, gracile, souriant à la clientèle... Où coucherait-elle ce soir ? Rejoindrait-elle Zona Norte ou quelque favela en voie de réfection ? Aussitôt les têtes des acheteuses plongeaient vers le rayon, masquaient la douce apparition. Et il les voyait, alignées par trois ou quatre, tripotant les bijoux, bossues, lippues, mafflues, sourcils crayonnés, encocardées de blush sur les joues... pathétiques au fond, comme Dona Zelia, presque affolées, éperdues, lorgnant la bague dorée qui ne leur rendrait jamais la grâce de la vendeuse pauvre et belle.

Avec quel argent Sylvie paya-t-elle la caméra Sony ?

Damien n'osa le lui demander. Une subvention? Mais elle avait ses combines comme Martine la vendeuse de madones du Pernambouc et d'Olinda, comme les racketteurs de tous bords, les passeurs de Mercedes, les revendeurs, intermédiaires « despachantes », voleurs, receleurs, jouant sur l'inflation, la pénurie, les détournements... Sans doute, était-elle plus honnête que la moyenne des gens, très au-dessus même... mais manœuvrant, troquant, marchandant aussi, tant la ville prêtait à l'escroquerie, était la capitale de la crapule ensoleillée. Damien songeait encore à la malléabilité de Sylvie, son don d'ubiquité. Avec son visage beau et fade, et l'amour dont jamais elle ne parlait. Ce silence sur ses désirs profonds. Cette excitation, cette sémillance qui cachaient quelque chose de délavé en elle, d'embrouillé, que Damien débusquait par à-coups, comme un visage mal réveillé, un peu atone et cyanosé. Cette insipidité secrète, jointe à tant d'éclat, de faconde et de tribulations, le fascinait toujours...

Alors il sentit l'amour de la ville le relancer, toutes les moirures de l'hydre, sa grande peau de boa mouchetée de favelas, de magasins de luxe, de voyous, de rebelles, de prévaricateurs, d'esclaves et d'aventuriers louvoyant entre les extrêmes, cabotant entre les égouts, les églises et les motels, se disputant la grande serpillière de Rio tissée de bidonvilles, d'hôtels de verre et de mer azurine, joyau ceint de sa Zona Norte obsédante, de l'immense cerne gris de la désolation. Tous les parfums revenaient en houle vers Damien, l'odeur des matrones cliquetantes, odeur de fric, de magouille et d'amour flétri. Toutes les chimères se rameutaient, se rapiéçaient vendeuses, acheteuses, voleuses et l'arôme des adolescentes vers lesquelles les mères reviendraient le soir... ô Renata, Drelina, Zulmira, Biluca... Et le relent des plages, de noix de coco, de guarana, de négresses et de pastèque, et les effluves des gourbis pourris. La grande cassolette des rites sacrificiels de la ville brûlait dans son âme. Il aimait Rio et cet amour l'angoissait. Il avait toujours eu un feu qui le dévorait dans la nuit de son cœur. Et Marine! Toute sa souffrance d'un coup, comme une louve, galopait, mordait ses entrailles.

Ils sortirent. Ils traversèrent une place. Sur le trottoir, une poignée de loqueteux activaient un brasero. Ils étaient installés sous une bâche et faisaient cuire dans une marmite des haricots, des bouts infâmes. Sur une carriole rafistolée de bric et de broc ils vendaient des cierges de couleur pour l'autel de l'église voisine. Damien et Sylvie achetèrent les chandelles et entrèrent dans l'église de Fatima. Damien fut frappé par la vision du chœur ébloui de cercles, de farandoles de lumières. Des écorces et des coquilles dorées tapissaient le grand alvéole de la Vierge. Les chérubins, les anges, les colonnettes vrillées, le stuc, les volutes caracolaient dans l'embrasement du chœur.

La Vierge était apparue à Fatima, à trois bergers du Portugal, sur les plateaux d'Estramadure... A la cinquième apparition, le 13 octobre 1917, le soleil fut saisi de transe, son disque d'or s'échevela, tourbillonna vers la terre, toute la crinière des dieux emportée dans un divin vertige. Et le soleil cogna la terre des bergers, étreignit l'aride plateau d'Estramadure. Tout le soleil ruisselant, bruissant et spiralé féconda la pierre. Le chœur de l'église ressuscitait la bacchanale de ce soleil sacré, ce cimier d'or du Christ soudé au nimbe suprême de la Vierge. Toutes les bougies piquetaient la caverne mystique qui sentait la cire et l'encens. Les cierges coulaient, amoncelaient des amas de graisse jaune qui exhalaient l'odeur de la mort et de l'amour de Dieu.

D'innombrables femmes s'agenouillaient dans l'église, certaines se couchaient à même le sol, d'autres se traînaient à genoux. Avec leurs mioches ballottés dans leurs bras, accrochés sur leur dos. Marmots ébahis par la profusion, le hérissement des ors lancéolés et giratoires. La tête toute relevée du gosse aux prunelles noires tandis que la mère à genoux se traîne, dolente, implorante, extasiée vers la Vierge de Fatima. Visage de mère jeune encore, aux grandes orbites creuses et brûlantes, aux yeux de larmes. Ovale d'amour, de soumission. Mère prosternée, suppliante. Dans la gravitation des ors, le bataclan des banderilles d'or.

La madone rayonne, bleue sur son trône, mignonne comme une paysanne. Les vieilles vêtues de noir, de haillons noirs, arc-boutées, bossues, maigres, les jeunes avec leurs rejetons affluent et geignent, gémissent. Puis, c'est le grand silence d'adoration. Un adolescent beau comme un saint du Greco dévore la Vierge de ses yeux de folie. Il se languit dans sa démence. Parfois, une cliente du Rio Sul entre dans l'église de Fatima. Sa superbe fléchit et ses fanons se creusent. On ne voit plus le fard, les bijoux et la soie. On sent l'effondrement intérieur, le corps se fissure et sécrète la demande d'amour, la vieille supplique de l'homme. Les pauvres ne regardent pas la riche, même si les effluves de Dior voltigent encore dans l'encens, se noient dans les remugles de la cire. Ils sont tous là attroupés, courbés, se signant, idolâtres et tremblants devant la jeune reine, l'angélique madone de tous les commencements. Damien contemple et scrute le visage lisse et peint, presque froid, avec ses yeux perdus... Une nuance plus douce naît vers les joues, la bouche enfantine de déesse fleurie enveloppée de lys et de feux. Elle semble léviter, pieds nus, se hausser vers le ciel, l'inaccessible amour. Tout reste noir dans les fonds de l'église, dans les recoins où se meuvent les prêtres, les fidèles furtifs vers les confessionnaux, la honte des aveux...

Mais l'explosion de l'or, le rire de l'or ramènent le regard, l'hypnotisent, le rivent à la robe de madone paysanne surmontée de son visage rose et luisant. Adolescente et mère de Dieu. Vierge et Mater, majestueuse pucelle et princesse du ciel. Poupée de l'infini au pied de laquelle mouches et insectes humains s'agglutinent, plongés dans la réverbération divine, tandis que là-bas tambourine sous la bosse des mornes le grand samba païen, que les filles en string adorent le soleil phallique, que la ville géante et nue roue dans l'écume des criques et leur calligraphie orgiaque. Il y a le grand magasin de l'or et l'église noire où la madone brûle. C'est toujours la ville qui harcèle le cœur de Damien, y trame son labyrinthe, ses galeries de feu, ses nœuds de pieuvre, y lance tous ses lassos de lumière et ses tisons de guerre, y incruste ses granits géants, y délivre ses cascades miraculeuses. Une sylve immense submerge Damien. Et ce manteau de reine et de nuit couvre son manque d'amour.

Alors commença le bruit… Il oublia Marine et le manque. Il entendit le bruit de très loin. Danš la rue… la rumeur en deux temps des tambours. D'abord la graine scandée, la racine du bruit et sa large ramure. Puis l'arbre géant du bruit, toute la voûte, toute la jungle des bruits…

Damien fut pris, arraché à la solitude, à l'abîme du vide, car le cosmos naissait. On n'était plus dans le temps, dans la peine des hommes, mais dans le chaos premier, la matière, le minerai grouillant. On était dans le sexe sacré du bruit.

Et cela cliquetait, éclatait, toute la grenaille, la racaille dorée des sonnailles, sur le grondement profond, sur le magma de fond, sourd et ventru.

Toute la masse vibrante des tambours de la terre, le piétinement de guerre, la rumeur de volcan, la meule des forces, des fureurs. Et là-dedans le rythme et la première scansion… Et l'envol canaille des clameurs éperonnant les tambours.

Tout à coup, le grand silence bestial du monde s'était retourné comme le cuir d'un taureau. Et montaient les entrailles du bruit, toute la propagation, la profanation du samba, sa pagaille païenne, son grand viol sonore.

Ce boucan comportait un secret, un sédiment foncier.

C'était le Verbe de la Terre, le piétinement des dieux, la transe des premiers chamans. Le bruit aimantait, attirait des courants de force visionnaire. Les énergies affluaient à l'état d'orgie, d'anarchie rythmique.

Damien ressuscitait dans l'océan divin, grégaire, le triomphe trivial... De courtes limailles, des graines, des grelots agaçaient, harcelaient, portés par la dilatation immense... myriades d'épis frottés, élytres et gamelles cognées sur la montagne du morne qui oscille et qui bruit. Car le morne est le monde. C'est le nombril du monde. Il y a le morne, le tambour et le bruit. Le tout tient dans ce cercle.

Damien voyait sur l'estrade l'orchestre de l'école de samba, tous les types en paillettes, parés de rouge et de blanc, les couleurs du Salgueiro, toute la haie des pantins scintillants, des sorciers du bruit. Les gueules brunes en sueur et les yeux chavirés, toute la peau palpitait. Une banderole traversait la salle où s'affichait le thème travaillé pour le grand défilé : c'était l'esclave révolté. Le thème était toujours fort et naïf, exprimé en images, en gestes, en symboles flagrants. Il n'y avait pas de fraude. Le grand thème flamboyait, la révolte des esclaves, des ancêtres premiers.

Damien entendait la chanson qu'il aimait, connaissait en secret : « Samba noir et fort, samba courageux... samba innocent, pieds nus »... Il entendait le fourmillement des pieds, tous les talons, les sabots du chaos.

Toute la salle tournoyait, grande roue d'hommes et de femmes. Les Bahianaises en tête, énormes, en robes larges, coiffées de madras, balançant leurs hanches de matrones rieuses. Et tous les autres à la file, le serpent premier, empanaché, tous les abdomens dansaient et tous les culs roulaient et l'onde se répandait frappée par les tambours.

Tout le monde était là. Damien voyait Arnilde le cacique des Dois Irmãos et son acolyte Chico, Osmar le chef de la

Rocinha et Rosarinho le médium. Asdrubal était venu avec son épouse Lucia et les frères en colère, Alcir et Benicio. Drelina la petite bonne, la preste, la féline Zulmira à la belle crinière et l'amant Raimundo. Renata, la grande Renata noire qu'Hippolyte fixait de ses prunelles de fou… Car Saint-Hymer était là et Carmelina la grosse lavandière, celle qui lavait dans le puits tous les linges de la terre, la mère d'Alcir, de Benicio. Biluca était là, l'androgyne consacré, la fille d'Oxala blanc que Rosarinho couvait de désirs… Vincent le suceur et Julie et Sylvie. Tous étaient pris dans le tournoiement, la giration des ventres, des sexes, la farandole formidable du bruit, des tambours haletants.

Les musiciens, sur leur balcon qui dominait la salle, se trémoussaient, à la fois rigides et désarticulés, suants, spasmés, mastiqués, mâchonnés, possédés par le rythme, trépidant dans le bruit qui sourdait de leurs mains. C'étaient les médiateurs des courants. Les dieux venaient dans leurs tambours, leurs tambourins et toutes ces coquilles agitées, grelots, maracas… L'abataque, le pandeiro, le surdo, le cavaquinho, l'agogo et même le mythique, l'originel berimbau ! Tant d'instruments d'Afrique, tous ces outils des dieux martelaient, cognaient, crépitaient…

La grande joie du bruit envahissait Damien, le sauvait de la mort. Renata souriait à Hippolyte. Saint-Hymer était pris. Il souriait, dansait, Renata n'était qu'un visage, qu'une évidence dans le fleuve des mille certitudes, dans la bacchanale du bonheur. Zulmira souriait à Raimundo, à Damien. C'était partout la même chaîne du rire et du rythme. Et les bras se levaient, oscillaient, les torses se pavanaient, les hanches se dandinaient. On entrait dans le grand temps du bruit, la déflagration continue de la Création. C'était la marche heureuse des premiers hommes et des dieux.

… Alors, dans ces grondements tressés et ces martèlements,

des voix montèrent, chantèrent, se dorant dans le bruit...
Tout l'or, le soleil des voix, l'allégresse des gorges... Et c'était
là le sexe, l'avènement femelle, la grande joie fleurie, dans
le tonnerre phallique du fond. Les voix bariolaient le lourd
sédiment sombre. Tous les calices des voix charnelles, creusées, béantes dans la masse du bruit. Ce pollen gai devenait
gouaille et gueulerie d'amour...

... Le bélier noir des muscles, des phallus de la terre, oui,
s'écarquillait en corolle femelle, ensoleillée. Et cela s'ouvrait,
fécondait le bruit, déferlait, ondulait par vagues, par orgasmes
braillés... dansait du sourd au clair, du maigre au plein, chatoyait parmi le métal frotté, les timbales de fer, les culs, les
hanches, toutes les lianes des bras et tous les grands pistils
dardés de l'amour...

Damien sombrait dans le fracas cosmique, son volume noir
zébré de feux, sa roue éclaboussée de sexe, fissurée d'or. Il n'y
avait plus de vide, plus de nuit. L'univers à son comble dans
la Genèse glorieuse. Tout le boxon du bruit, le grand Big
Bang d'Amour.

... Les vieux chants du samba lui revenaient, le hantaient,
tournoyaient tous les chants du samba éternel : « Ma poésie
est naturelle. Le peuple la rend immortelle... », « Je suis argile,
je suis poussière, je suis fille de cette terre, j'habite sur la butte,
pas loin de la favela, c'est là que je joue du cavaquinho... Je
suis le portrait vivant du samba. Philosopher c'est chanter ma
poésie avec simplicité... »

... « Samba noir et fort !... »

Au centre de la ronde le porte-drapeau, la Bandeïra, boléro

de strass, longue robe virevoltante et ventre nu, tournait tandis que le maître de cérémonie, le marquis, secouait son éventail, dessinait mille entourloupes et courbettes de séduction autour de la fille brandissant l'oriflamme rouge et blanc, le blason de l'école. Seuls ils avaient revêtu leurs habits de carnaval. La foule, elle, était en jeans, robes, tee-shirts, patchwork de jupes plus ou moins courtes, chemises, tissus profanes. L'école ne faisait que commencer les répétitions. A la fin seulement ils enfileraient les parures inouïes, les strings étincelants sur les pubis, les fraises de reines et de marquises, auréolant les cous, les ailes ocellées de paons, les plumages de paradisiers déployés, tout ce battage d'oiseaux de parade et de gravitation, de colibris énamourés. Bien plus tard, à la veille du grand défilé.

Hippolyte et Renata s'étaient détachés du cercle. Damien les vit cogner leurs verres et boire de la cachaça. Alcir et Benicio buvaient aussi rasade sur rasade. Toute la dureté d'Alcir semblait noyée dans le délire. Mais l'on sentait encore sa tristesse, sa colère latentes. Drelina s'accrochait à sa taille, enveloppait ses hanches de son bras. Alcir souriait sans sourire. Il ne réussissait pas à se délivrer. Benicio lui aussi avait l'air hébété. Carmelina, l'exubérante lavandière, avait engendré des enfants sévères, deux frères amers. On se demandait comment un ventre si large, si allègre avait produit ces esclaves de la colère.

Arnilde et Osmar, les caciques qui se disputaient les mornes, cachaient tous leurs complots et leurs rivalités sous des exclamations, des déchaînements de rire et des bourrades. Leurs clans les regardaient. Les gosses et les adolescents éblouis. Dans la mêlée, les mulâtresses se frottaient contre le torse des parrains. Il y avait des types armés sous prétexte d'assurer la sécurité. Et la drogue circulait dans les loges latérales. Asdrubal lorgnait Renata, la fille du fazendeiro, la bambine du bourreau. Un silence se fit du côté de Damien. Rosarinho projeta Biluca en avant et lui souffla : « Chante ! chante ! chante ! pour lui ! pour Damien, sinon pour moi. » Damien regarda Biluca, la jeune maîtresse de Nelson. Elle lui adressa un long sourire chaud. Biluca se pencha vers Damien et, dans son oreille, elle chanta doucement : « Je suis belle, je suis noire, je danse la force des dieux, je chante un chant noir et sacré... Je danse avec nonchalance... Je danse plus fort, feu divin !... Toute la force est dans mon pied, force de la femme noire, force de la fille d'Oxala... Corps noir, viens ! Prends mon âme... Danse, balance... Danse, enchante et chante, transe d'amour... Noire ! Noire ! Noire ! Feu divin ! »

Damien voulait tout réentendre une seconde fois. Il exhorta Biluca à recommencer. L'androgyne, tenté, savourait les supplications du garçon. Biluca riait, se pressait devant le voyageur. Elle se pencha cette fois non plus sur son oreille mais vers son visage, lui offrant sa bouche fruitée, modelée, l'ivoire de ses dents. Damien sentit tout son parfum de fille d'or, de fille noire, de jeune hermaphrodite musqué. Biluca chantonna : « Corps noir, viens !... prends mon âme... Toute la force est dans mon pied, force de la fille d'Oxala... Me brûle la force des dieux... Chant noir et sacré... » Et les autres chants affluaient, s'entrelaçaient à celui de Biluca : « Je suis argile, je suis poussière... Je suis fille de cette terre... Feu noir ! Feu divin. »

— Recommence ! Continue ! disait Damien, car l'Afrique lui entrait dans le corps, le Brésil niellé d'or noir, d'or rouge.

Et Biluca chantait : « Je suis belle, je suis noire... Fille noire, Fille de feu... Flamme d'Oxala, viens ! »

La musique renaissait alentour, moins drue, ramenée à un battement plus net. Biluca regarda Damien bien en face et mima le samba d'un geste qui allait et venait entre elle et lui, elle disait : « Eu te cutuco » et répondait : « No cutuca »... Elle expliqua la comptine : pendant la danse, l'homme dit à la fille : « Je te touche » et elle répond : « Ne me touche pas ! » Biluca jouait les deux rôles : « Eu te cutuco ! No cutuca ! » C'était bien le martèlement du samba que produisaient les dentales et les gutturales syncopant les voyelles. Biluca accélérait le rythme : « Te cutuco ! No cutuca !... Cutuco ! Cutuca ! » A toute vitesse, la pulsation à l'état de stress du samba du sexe. Elle le touchait et lui ne la touchait pas. Elle inversait les rôles et s'en amusait. Elle jubilait tandis que Rosarinho tendait vers elle sa tête de jument et ses cils de diva. Puis Biluca le provoqua, menton en avant, et lui lança :

– Maintenant, tu crois avoir compris le samba, hein ! Comme tous les autres, hein ! Te voilà mûr pour y aller de ton petit couplet ! Mais tu n'as rien compris, tu n'as pas entendu le secret du secret.

Damien répondit qu'il n'avait jamais prétendu comprendre, qu'il n'avait fait qu'écouter, pris par le charme et la contagion. Biluca le contempla, le huma. Et tout à coup, elle lui dit :

– Tu es étrange, toi, tu es triste, tu es triste, exalté, tu es esclave de ton âme. Alors je vais te communiquer ce secret.

Aussitôt à ce mot de secret, en présence de Rosarinho, Damien songea à l'objet mystérieux, fétiche enfoui au cœur du terreiro et qui avait accompagné Biluca durant son initiation. Mais Biluca continuait :

– Tu le connais, tu l'as entendu, mais tu ne t'en es pas rendu compte. Écoute le samba ! Rappelle-toi... derrière le martèlement de fond, te cutuco, no cutuca, il y a une vibration secrète, une autre note comme le cri d'un oiseau de nuit, une bulle, un bruit d'eau... un cri de lémurien d'Amazonie... un petit son ovoïde et femelle, un petit ululement de crapaud, un aboi de petite chienne d'amour, quelque chose comme... écoute ! écoute : houlop ! houlop ! houlop !

Et Biluca faisait la note, l'oiseau de nuit, le lémurien premier, l'amour de l'eau et son petit crapaud : houlop ! houlop ! houlop !

– Regarde cette boîte, ce petit tambour, c'est la cuica, tu appuies en haut avec ton pouce et tu saisis cette tige qui traverse l'instrument par en dessous, tu frottes la tige avec un coton mouillé et tu obtiens le son, cet asthme du son, le sexe mouillé du son... le tambour troué devient fille, il rêve, il pleure... il halète, il souffle... il gémit, jouit... Un tambour androgyne, une tige, un trou d'amour, un tambour bisexué. C'est moi, Biluca, qui t'ai révélé le secret de notre âme féminine. Le cri de fille du tambour : houlop ! houlop ! houlop ! Son cri de vulve d'eau.

Damien convint qu'il avait toujours entendu le bruit sans le savoir, sans le traduire...

Renata s'approcha d'eux, en compagnie d'Hippolyte qui était surexcité, saoul, mais angoissé encore, dégoisant des phrases à bâtons rompus. Il avait oublié sa dispute au téléphone avec Damien, qu'il avait traité de « petit con ! petit con !... bye bye petit con ! » Damien entendait les temps rythmiques, petit con ! petit con !... cutuco ! cutuca ! houlop houlop !... temps mâles, temps femelles, souffles et pas entrecroisés, rythmes hermaphrodites...

Ils burent. Carmelina poussa son grand rire entre ses fils en colère. Hippolyte regardait Damien, le questionnait du regard. Supplicié par la présence de Renata, il n'arrivait pas à maîtriser sa surprise. Il but encore. Il se perdit, se noya dans l'alcool. Damien vit que Renata le regardait de plus en plus, lui, l'invité, l'intrus, le voyageur perdu... Asdrubal et Lucia soutenaient Hippolyte qui tournait de l'œil, hoquetait, bafouillait. Ils l'entraînèrent vers la sortie. Biluca et Rosarinho partirent, Vincent, Sylvie, Julie... tous... Mais Renata était restée et dans la tête de Damien résonnait le même cri de petit marsupial : houlop! houlop! houlop! Alors Damien n'y tint plus. Il révéla à Renata le secret de Biluca, son interprétation de la cuica. Renata lui souriait avec une curiosité attendrie. Elle l'emmena dans sa voiture. Il se retrouva dans sa chambre.

L'appartement était une « cobertura », il coiffait l'immeuble, c'était l'emplacement le plus cher et le plus chic. Damien regarda par la baie vitrée. Dans la brillance qui sourdait des abysses, les Dois Irmãos braquaient leurs cous de frères décapités. Le Corcovado, tout là-haut, planait dans son halo. Et sur la droite, les bracelets, les cerceaux, les mille anneaux des golfes s'écrasaient en une perspective fourmillante dans le chaos des feux, des granits et des eaux.

Il se retourna vers Renata assise au bord du lit; appuyé contre la fenêtre il lui demanda soudain :

— Pourquoi votre père, un homme si puissant, s'acharne-t-il sur ce pauvre Asdrubal ?

— Ah tiens! C'est à cela que vous pensiez en regardant

l'océan et la nuit. Cela vous inspire des idées générales sur la société ! Ah tiens… Moi, cela me rend sentimentale…

— Répondez-moi, Renata…

— Mais mon père n'est pas libre, Damien ! Pourquoi voulez-vous qu'il soit si fort et si libre ? Il est faible comme vous et moi. Il représente ses amis, les autres fazendeiros, leur organisation et tout un écheveau de banquiers… mais plus encore des généalogies, mon cher, qui remontent au temps de Pedro et de l'indépendance. N'oubliez pas que nous avons été des indépendantistes !… Il y a un réel danger d'endoctrinement… tendance sandiniste, si vous voyez… le Parti des travailleurs menace le pays de sa mainmise brouillonne. S'il ne nous inflige pas le totalitarisme, au mieux on aura le bordel ! Mon père et moi, nous avons horreur des commissaires du peuple qui légifèrent au petit matin à mains levées. Nous n'aimons pas les slogans. Le PT et Lula, qui jouissent de tant de faveurs en Europe, se gargarisent de romantisme social. Ils sont acclamés par des curés en bleu de chauffe. Tout cela sent la vieille locomotive marxiste. C'est à bout de souffle partout. Pourquoi voulez-vous que cela nous sauve chez nous ! Nous sommes un grand pays solaire. Le marxisme échoue dans les pays chauds. C'est climatique ! Alors il devient hybride et tribal. Il cumule les vices du Nord et du Sud, un mélange de kolkhoze et de mafia, méconnaissable, pire que tout !…

Damien était surpris par le discours de Renata, les sentences calibrées, rodées depuis belle lurette entre père et fille et générations de maîtres. Il n'avait d'elle, jusqu'ici, que le portrait hyperbolique de Saint-Hymer. Sorte de mythe inaccessible, purement érotique, alliage de sadisme effréné et de masochisme tapi, toute la légende des palmiers nains, du rio cramoisi et de Renata blanche et nue. Et, tout à coup, elle lui ajustait son discours vissé au millimètre. La tirade de la famille, des maîtres. Sans sexe, sans effet de séduction.

– Damien, permettez-moi tout de même de vous retourner vos questions. De quel bord êtes-vous ? C'est bien joli d'aller chez les uns et chez les autres, fureter, faire le voyeur et l'artiste contemplatif... d'être fasciné par tout ce qui se passe, sans trancher vraiment. Quel est votre camp ?

– Ne déviez pas mes questions... Asdrubal n'a rien ! Il n'a jamais rien eu ! Il a toujours été écarté de tout. Ils sont vingt millions de paysans errants. Et vous exagérez en ramenant tout à l'alternative catastrophique : marxisme/droite pure et dure. Il y a des démocrates non marxistes au Brésil...

– Vingt millions de paysans sans terre... D'abord, vous gonflez le chiffre ! Vous allez me faire pleurer. Vous êtes mignon, Damien, quand vous parlez des paysans errants. On dirait que c'est vous l'exclu, l'orphelin de tout. Vous vous projetez ! Votre narcissisme est si dévorant que vous vous identifiez à vingt millions de paysans en manque. En tout cas, maintenant, je sais bien où vous êtes ! Vous êtes un Français d'aujourd'hui, un social-démocrate barbouillé d'impulsions libertaires. Pas marxiste, car ce n'est plus la mode, mais démocrate vague et gentil, généreux par principe, les mains dans les poches à draguer les jeunes épouses des diplomates et à vous taper une mulâtresse par-ci par-là. Mais moi, je suis brésilienne, cette terre est la mienne, mon père est mon père. Je défends ma peau, ma vie a un sens. Je sais où je suis, j'ai cette chance ! Je ne fais pas le dandy des favelas... Le monde est violent, Damien, et je le revendique : j'adore cette violence, j'en suis partie prenante ! Je la sens vivre en moi. Vous, vous professez une sorte d'anesthésie douce et générale qui est la mort du monde et de tous les désirs. Mais vous mentez, Damien... Hélas, vous mentez, car personne ne peut désirer votre solution moyenne aimable et contractuelle. Ça ne fait pas l'étoffe, l'énergie d'un désir. C'est beaucoup trop raisonnable... ça n'est pas vivant !

Puis Renata fit un geste qui balayait, annulait tout :

— Ça suffit, ça suffit, Damien !... Je vous en supplie, arrêtons de discuter de cela... Derrière toutes nos belles raisons, il y a toujours trop d'alibis... Arrêtons ! Je n'en peux plus... Je ne veux plus discuter. J'ai besoin de vous, Damien. Hélas, je ne suis pas Asdrubal ! Mais je ne suis pas mal non plus... Je ne suis ni Nelson ni Hippolyte, je ne me confonds pas tout à fait avec leur combat, bon ! je vous l'accorde... Vous avez vu ! Je me suis rabibochée avec ce gros croque-mitaine d'Hippolyte, votre copain, ça nous rapproche... Je ne suis que Renata. Rien qu'elle, et ce soir je ne suis pas sûre de savoir ce que cela veut dire. J'ai besoin de vous, d'un baiser, Damien... d'un petit baiser... voilà ! c'est tout... de silence et d'un baiser et que vous ne vous en alliez pas tout de suite...

Damien, une nouvelle fois, fut pris à contre-pied. Renata l'amoureuse avait baissé les armes, tout à fait étrangère à ce climat de guerre et d'érotique tournoi où Hippolyte la plaçait...

— Venez auprès de moi, Damien...

Damien s'approcha et se retrouva assis à côté de Renata qui lui prit la main.

— Ce soir, j'ai peur... Damien. Vous aussi vous avez peur... peur de la vie... Je le sens bien.

Damien ne savait que répondre. Il la regardait de côté. Elle était trop belle, avec cette tendresse qui rendait visibles tous ses effrois et sa douceur. Une intensité affluait du fond de sa chair. Elle était dépossédée.

— Je ne veux pas dormir seule, restez auprès de moi... Vous ne me toucherez pas...

Ils s'allongèrent tous les deux sur le lit. Au bout d'un moment elle vint se nicher dans ses bras.

— Vous ne me toucherez pas... C'est moi seulement qui me mets là. Je suis mieux maintenant.

Damien sentait toute la force et le chaud de son corps. Il pouvait en mesurer l'onde comme un ruban musclé, magnétique. La grande Renata noire était dans ses bras. La Renata douce et dure. Ses cheveux gardaient l'odeur du samba, toute la graine musquée, toute la sueur des tambours. Elle respirait contre lui et la vague se soulevait, se propageait molle et suave.

– J'aime que votre cœur batte un peu fort, Damien… Vous êtes un homme sensible, n'est-ce pas ?

Elle se pressa doucement dans ses bras et glissa sa langue dans sa bouche. Il se dénoua, banda, s'éploya contre la Renata des rios écarlates. Et ses beaux seins sortirent de la chevelure, vinrent dans ses mains, fermes et gonflés, et son cul plein, son sexe, le clitoris dur, les dents dures mais tout le reste doux, sinueux, épanoui où il entrait, allait, venait, entre les cheveux noirs, entre les lèvres chaudes, entre les mains volantes et les ongles durs. Dans la nuit profonde elle se creusait, fluide et ronde, se balançait, s'ouvrait, n'en finissait pas de le recevoir, de le tremper, de le baigner, de l'oindre pour l'amour infini. Il sentait tout ce flux qui jaillissait d'elle par à-coups. Parfois, il perdait la sensation de son phallus et de son érection tant elle l'enduisait, le mouillait. Il ne savait plus bien qui donnait, qui recevait. Son membre devenait poreux comme une brûlure immergée, lointaine… quelque glaive englouti dans les laves du commencement. Il buvait à son amour, elle le buvait, ils se noyaient dans l'ardeur… avec parfois la sensation d'un muscle, le bourgeon d'un sein, l'os d'une hanche, les petits poils rasés de l'aine, soudain le parfum cru du sexe, le contact d'une pommette émergeant de la dissolution, phares clignotant, balisant leur voyage d'abîme.

Le lendemain, elle lui dit :

– Nous nous arrêterons là, n'est-ce pas, Damien ? Je sais que vous aimez Marine. Alors je deviendrai jalouse…

Il demanda encore une nuit. Il l'eut. Elle fut plus pathétique d'être quasi posthume. Ce ne fut pas une profonde nuit d'amour comme la première. Ce fut la dernière nuit de leur amour. Ils ne firent que trembler, que frissonner dans l'idée de l'absence. Ils ne firent que la célébrer, émus, moins charnels, plus éperdus. Extraordinairement éveillés, attentifs à tout, se regardant, se cherchant du regard. Face à face. Visage contre visage. Se prenant peu. Se caressant les joues, le corps, s'interrogeant à l'infini et se perdant dans une réponse impossible, une angoisse tendre, un vide qui semblait s'ouvrir dans la mer, dans le flanc des montagnes, dans le ventre du monde et qui leur arrachait des larmes.

Le surlendemain Hippolyte lui téléphona. Ses sous-entendus, ses accusations pleuvaient. Il savait tout. Asdrubal et Lucia les avaient vus. On les avait revus encore sortir ensemble de la voiture. On n'avait vu qu'eux. On les avait suivis, les deux salauds, les deux traîtres ! La Renata et le Damien perfide, l'assassin de son frère !

– Ah ! vous l'avez eue, la garce, hein ! Vous avez compris combien elle est tordue dans le désir, hein ! et maso et cérébrale, fille à papa, hein ! Demandant toujours qu'on en rajoute, qu'on lui serre la vis. Hein ! Maintenant vous avez compris par où elle nous tient, par ce soupçon incessant qu'on ne l'assouvira pas… Puisqu'il faut tout vous dire !

Mais Damien ne répondit pas, tout à la hantise de la Renata inconnue. Comment Hippolyte pouvait-il tellement se tromper ? Renata avait-elle à ce point changé... après ces sept années ?... Pourquoi lui avoir révélé, à lui, Damien, cette famine d'amour ? Qu'est-ce qui était arrivé ?

— Vous déraillez, Hippolyte ! Arrêtez votre cirque... Je l'ai reconduite chez elle, nous avons bu un verre d'eau ! Nous avons parlé de Nelson et d'Asdrubal, nous nous sommes si bien embarqués, échauffés dans cette discussion que nous en sommes sortis épuisés, la bouche sèche, deux heures après, vidés, asexués... Alors, foutez-moi la paix !

Damien voulait garder pour lui la magie du don. Il n'en dirait rien à personne. Cela s'était passé. Il savait que Renata en garderait le secret.

— Jurez-le-moi, Damien ! Jurez que vous n'avez pas couché avec elle, donnez-moi votre parole d'homme !

— Je vous le jure, Hippolyte...

Cette parole d'homme, c'était bouffon, ce n'était qu'une parole seconde. Si Hippolyte lui avait dit : « Donnez-moi votre parole, Damien... votre parole originelle !... », alors Damien se serait tu, n'aurait pas pu mentir. Mais l'intuition avait manqué à Hippolyte. Il s'était contenté d'une formule éculée, ronflante, d'une parole héritée.

Les gosses avaient tout de suite compris le fonctionnement de la caméra vidéo. Ils la sortaient de sa gaine avec un empressement dévot. Ils déplaçaient les coussinets antichocs, dégageaient l'objectif, manipulaient avec délicatesse le corps précieux de l'appareil, chargeaient une cassette dans sa chambre en appuyant sur un bouton qui provoquait un petit déclic discret et délectable. L'instrument était prêt à dévorer le monde. L'objet que Rosarinho avait caché au secret de son terreiro devait être moins puissant, moins fascinant que cette caméra d'un gris de bakélite, belle comme un fétiche. Elle faisait de la concurrence au médium, au messager des dieux, car elle allait sonder tous les visages et les secrets. Narcisio, un gringalet géant, au visage doux, s'était pris de passion pour la caméra. Très vite Sylvie avait constaté ses dons de cadreur. Il jonglait avec les variations de la lumière, mû par un appétit de voir, de capter, d'élucider le réel. C'est lui qui entretenait l'instrument, le bichonnait, contrôlait son utilisation et son partage parmi les différents membres de la communauté. Il était investi d'une mission à la fois technique et sainte. Car on ne doutait pas que cette caméra allait révéler des vérités inconnues, dévoiler la favela sous un angle inédit.

Le père Oliveiro assurait sa protection à Narcisio, l'adolescent avait besoin de son viatique avant de se lancer dans des explorations, des expériences visuelles qui risquaient, sans cette présence tutélaire et religieuse, de verser dans le domaine du diable. Le désir de voir de Narcisio était si boulimique qu'il lui fallait un guide et un frein. Tout le monde s'était servi de la caméra. Arnilde, Chico, Benicio. Tous avaient filmé un morceau de la favela. Même Carmelina, la grande lavandière, avait manié le zoom et vu accourir vers elle la chapelle du pape, soudain proche, d'une présence fantastique, comme dotée d'une lumière intérieure et plus chaude, oui, nimbée d'une brillance qu'elle n'avait pas dans la réalité. La caméra embellissait et précisait le contour et le grain des choses. Carmelina s'étonna du sortilège. Ce n'était plus tout à fait la chapelle qu'elle connaissait, c'était son double intense, miraculeux comme une apparition. Sylvie expliqua que l'appareil agissait comme un cadre et comme un filtre qui arrachaient le réel à l'indistinction et à la banalité pour lui prêter un relief accru et lui faire délivrer son sens. Narcisio, le premier, comprit cette métamorphose un peu mystérieuse : cadrer, filtrer, pour découvrir davantage, pour que le monde se hisse au niveau du langage et du lisible.

Rosilda, une femme intempérante et colérique, toujours en guerre contre Andrade, le fonctionnaire responsable des relations de la communauté avec l'administration, fut soudain très intimidée quand on lui passa la caméra. Elle se tut, elle oublia ses harangues et ses procès. Narcisio l'aida à manier et à diriger l'objet. Ils se tenaient tous les deux sur un surplomb granitique qui plongeait, derrière le Vidigal, vers un pli de terrain de l'autre côté duquel la Rocinha commençait. On n'en voyait qu'un segment enroulé sur le revers du morne, amorce du grand cirque qui dominait São Conrado. Le moteur de la caméra se mit à tourner. Rosilda tremblait, elle voyait les pre-

mières cabanes de la Rocinha, elle les scrutait avec le sentiment de les surprendre, de les piéger, de les ravir. Les taudis,
eux aussi, subissaient une transfiguration qui les rendait
plus rayonnants, plus colorés. Rosilda émit un petit rire grisé
comme si elle possédait soudain les baraques. Elle reconnut
une femme qui suspendait du linge dans sa cour au milieu de
ses mioches. Elle actionna le zoom. Elle tenait sa petite
famille. Elle jubilait de les voir sans être vue. La mère labo-
rieuse, son gros visage grimaçant, ses gestes lents, ses pauses,
la main qui gratte la hanche lourde. Rosilda riait, s'exaltait,
baladait l'objectif le long du morne ennemi, attrapait au vol le
camion-citerne qui escaladait les pentes pour livrer l'eau. Il
disparaissait dans une nuée de gosses et de femmes, derrière
la pellicule des cabanes, puis réapparaissait, peinait, s'arrêtait,
cerné par la farandole des mères brandissant leurs récipients.
Rosilda ne riait plus. Quelque chose survenait qu'elle n'aurait
pas su définir. Ce n'était plus ce sentiment d'emprise qui
régnait sur elle, mais une tristesse, une compassion à voir les
femmes aller, venir, vivre, s'affairer, gesticuler et se battre, à
les contempler sans les toucher, sans leur parler, sans pouvoir
partager leurs tracas. Ils étaient tous là, devant elle, comme
des images, proches mais étranges, fantômes familiers, doubles d'elle-même. Elle ne savait comment traduire cette
impression. Narcisio la regardait. Elle l'interrogeait, déroutée.

– C'est drôle, disait-elle, c'est bizarre...

Il connaissait ce malaise. Après la première frénésie de
voyeurisme et de sensualité, il avait éprouvé ce doute, peu à
peu. Ces gens qui émergeaient dans l'objectif étaient-ils
morts ? étaient-ils vivants ? appartenaient-ils au présent ou
étaient-ils déjà des souvenirs, une mémoire conservée par la
bande magnétique ? Leur présence extrême saisie par la
caméra était déjà une absence. Narcisio ne les filmait qu'en
vue de cette empreinte, de cette trace qui serait conservée. Il

s'intéressait moins à eux qu'à leur image, qu'à ce résidu mélancolique et mystérieux. C'était ce sentiment de nostalgie et de deuil qui s'était glissé dans le cœur de Rosilda. La caméra regardait le monde comme Dieu, l'Éternel, elle transformait les choses, les êtres en mémoire. Ils allaient tous mourir, tous mener cette existence de revenants, de doubles, de spectres émouvants inscrits dans le film. On ne pouvait déjà plus les interpeller, se disputer avec eux. La caméra vous déliait de toutes les émotions quotidiennes de l'amour et du désir. Elle faisait de vous le voyeur des absents, le voyageur de l'irréalité. Elle vous installait dans un mélange de présence spéculaire et de perte. Elle vous promenait dans le royaume des effigies, des âmes immobiles dans leur gel. On n'était plus que des images filmées par les dieux. Tout devenait posthume. La vie s'abîmait dans son reflet timide et éternel.

Narcisio se tut, évita de décourager Rosilda. Sa révélation, il l'avait faite, petit à petit, avec ses mots, à Sylvie, il l'avait amenée à cette prise de conscience qu'elle n'avait pas prévue. Car le dessein de Sylvie se situait justement aux antipodes de la perte et de la mort. Elle pensait que l'acte de filmer ne pouvait que redoubler le réel, l'effet de présence et de clairvoyance, favoriser l'appropriation de la favela par ses habitants. N'était-ce pas ce qui s'était produit ? Ce grand zèle de curiosité et d'exploration, ce désir d'identifier, de nommer, de se reconnaître comme partie intégrante et vivante des lieux...

Mais Narcisio avait eu une intuition plus profonde. Il avait vu trop loin. Il avait franchi toutes les bornes. Il avait atterri, de l'autre côté, dans le monde des doubles et des morts. Cette prescience lui avait conféré un étrange pouvoir. Alors Sylvie lui avait donné la responsabilité de la caméra. Il avait été promu prince de l'empreinte, gardien des traces, maître des momies, médiateur entre les vivants et les spectres. Petit Osiris de Rio. Mais elle lui avait demandé en échange de ne pas trop parler de sa découverte. Narcisio cacha son grand secret. Il arracha Rosilda à sa perplexité, dévia son attention vers le réel, lui dispensa quelques conseils techniques, lui montra le parti que l'on pouvait tirer de la lumière, des contrastes, orienta l'objectif vers le Corcovado. Rosilda contempla la tête de Jésus. Elle la trouva énorme et belle. Elle filma le Fils. Elle avait l'impression de prier, d'avoir accès directement à lui. La sensation d'irréalité avait disparu. Le Rédempteur recentrait le décor et les hommes, les soudait dans un monde dense et cohérent. Les bras déployés du Christ attiraient les Dois Irmãos dans le giron de son amour. Un magnétisme émanait de ses mains qui élevaient la ville à l'évidence et à la vie. Le Christ était le contrepoison de la caméra. Le Fils de Dieu l'antidote contre l'œil du Père, son impassibilité, son éternité, sa transcendance, son étrangeté et son absence.

Ils montaient la pente du morne. Damien, tremblant, avait salué Marine et Roland, puis s'était esquivé, trop crispé pour ouvrir la conversation. Il s'était rabattu sur Hippolyte tout essoufflé qui faisait des pauses non sans arroser Rosarinho d'une litanie lugubre :

— Asdrubal va mal ! Il va très mal, il est exaspéré ! Il sent que tout est foutu. Nelson a prouvé par A plus B que ces terres servent à ses troupeaux qui y viennent paître et trouvent un abreuvoir saisonnier et vital dans le Paraguaçu. Tous les fazendeiros des États de Bahia et du Minas Gerais sont derrière Nelson, l'Union des grands propriétaires s'est mobilisée et les populistes nouvelle mouture font chorus et l'appuient. J'ai des preuves... Alors il ne dort plus, s'excite, perd son sang-froid. Les calomnies sur les membres de la communauté le rendent fou. L'inceste, mon cher Rosarinho, ça ne pardonne pas ! C'est pas neutre ! Vous comprenez…

Rosarinho, effaré, s'exclamait :

— Mais il faut l'aider, le pauvre ! On ne peut pas le larguer comme cela. Envoyez-le-moi ! Je vais chasser ses obsessions et conjurer le mauvais sort. Je vais le fortifier !

Hippolyte, très discourtois, haussa les épaules :

— Mon cher Rosarinho, n'allez pas fourrer là-dedans vos incantations, vos herbes magiques, vos bougies, vos diagrammes baroques et votre drogue aux pieds nus. Ils vont le matraquer davantage et le rendre complètement schizo, vos champignons mystiques.

— Vous m'insultez, Hippolyte… proféra Rosarinho d'une voix lente, grave, blessée, la main sur la poitrine, la prunelle élargie par l'outrage.

— Mais non, mon vieux ! Mais non ! Je plaisantais mon bon… Je vous chahutais… Mais Asdrubal n'est pas un homme pour vous, c'est un rustre, vous savez ce que c'est qu'un rustre ? Un grand rustre courageux et têtu, un coupeur de canne, Rosarinho ! Bien trop champêtre pour vous. Il vous raserait, ce bouvier syndicalisé, vous vous sentiriez complètement étranger devant le bonhomme. C'est pas votre truc ! Vous n'avez pas les mêmes références. Pas du tout ! Muet, impulsif, primaire, il chique ! Et lui, Rosarinho, vous n'êtes pas tout à fait son type non plus… Ce serait un bide assuré… un clash !

Rosarinho, toujours vexé mais pénétré de sollicitude, proposa alors des services plus prosaïques :

— Et du Valium !… Donnez-lui du Valium, trois comprimés trois fois par jour, un Valium 5 le soir et deux Valium 2 dans la journée.

Hippolyte braqua son regard sur Rosarinho. La pente du

morne était abrupte. Époumoné par l'escalade, Saint-Hymer se cala sur un pied, le poitrail cabré, l'œil jaugeant Rosarinho plus grand que lui, placé en tête et en surplomb.

— Vous évoluez trop vite, Rosarinho !… Vous passez de vos velléités spirites à la pharmaceutique profane. Ces virages à cent quatre-vingts degrés ne vous chiffonnent pas un peu ?

— Mais l'umbanda n'est pas incompatible avec les molécules modernes !

— Eh bien, mon cher, je ne vois pas Asdrubal avaler vos molécules, c'est impossible ! J'avais raison de concevoir les plus grandes réserves sur votre éventuelle rencontre. Vous n'auriez rien à vous dire ! Le jour où Asdrubal prendra du Valium, moi je rentrerai en France faire une cure d'eau minérale dans le Cantal, Nelson s'inscrira au Parti des travailleurs et Damien… couchera avec Marine !

Il avait soufflé la dernière phrase tout bas, très facétieux, à la sournoise… Et cela le faisait pouffer malgré un halètement accru.

— Ah ! leurs favelas sont trop pentues. C'est leur force, la pente, l'à-pic, le nid d'aigle. Ils nous auront par la pente, mon cher Rosarinho ! par la natalité galopante, la pente et le PT ! Ah, Rosarinho ! Ne faites pas cette tête… Hélas, on vous fera fermer votre terreiro, jugé obscurantiste et folklorique, on le transformera en cellule d'éducation, en antenne de la Croix-Rouge. Les cauris, les fumigènes, les pétards, les cigares, les coqs décapités, les bolées de sang frais, les rubans consacrés, les dieux qui pleuvent du ciel, tout ça, Rosarinho, c'est déjà le musée de l'Homme… C'est de la culture… Œdipe, les Parques, Jeanne d'Arc et Oxala c'est kif-kif ! C'est out ! Les métallos de São Paulo vont vous serrer un peu les boulons, ça ne vous fera pas de mal !… Ah mais non ! Mais non ! Je plaisante ! Je plaisante encore ! On ne peut plus plaisanter ? Alors, on ne peut plus rien dire ! En réalité, Rosarinho, je partage

avec vous un sens inédit du sacré ! Voilà ! J'ai des visions moi
aussi... Si ! si ! Je vois ! J'ai même vu ce que l'homme a cru
voir. C'est vous dire !... La première fois en Amazonie... Je
venais de massacrer un cent de caïmans noirs. La grande
mélancolie de mes meurtres me noyait le cœur. Alors j'ai
entendu le concert nocturne des douroucoulis dans la forêt...
oui, des douroucoulis ! Des petits singes invisibles qui crient
comme personne. Alors, j'ai vu le Centre, le Grand Arbre du
monde, son feuillage planétaire... Je dis voir ! J'ai été initié par
un chaman yanomani, à dire vrai, mon cher Rosarinho !... Je
vous en bouche un coin n'est-ce pas ?

... La communauté des Dois Irmãos donnait un montage
sur écran vidéo des films faits par les habitants. C'est pourquoi Hippolyte grimpait ! Deux cents personnes étaient pré-
sentes... Alcir, Benicio, Zulmira, Carmelina, la famille au
complet ! Et les caciques, les gosses, les dealers, le père Oliveiro, les patrons de bistrots et d'épiceries-bazars, les fonctionnaires, les maçons, les camelots, les cuisinières, les bonnes
et les voleurs. Damien, assis auprès de Marine et d'Hippolyte,
partageait son attention entre la jeune femme et la foule des
favelados. Il contemplait tous ces visages rieurs, avides, impa-
tients de découvrir le film. Puis il revenait de biais sur Marine,
présente et absente, voisine et intouchable. Il enviait la fièvre
des favelados. Il aurait voulu s'identifier à leur curiosité. Il lui
eût été bon de s'engouffrer dans quelque lutte qui vous délivre
des affres de l'individualité. Alors Marine eût été éclipsée. Damien aurait rejoint les autres, leur communauté, leurs
combats quotidiens, leurs soucis et leurs désirs concrets. Il se

serait assis parmi eux et, à partir de ce site collectif, il aurait regardé Marine, en marge, disqualifiée par sa singularité même. Il ne se serait pas laissé envahir par l'obsession de sa présence. Il aurait été protégé par des nécessités, des solidarités impérieuses... Elle était là, elle souriait, elle l'effleurait du regard. Elle accompagnait son mari. Elle répondait à Roland, sa bouche s'ouvrait vers lui. Leur couple. Les époux. Beaux, admirés, convoités. Intimes. Avec ce fond de souvenirs communs, d'affinités sentimentales et charnelles... Damien n'était ni mari, ni amant, ni favelado. Il n'avait pas de position. Les favelados regardaient la belle fille aux prunelles dorées. A peine rêvaient-ils d'elle. Ils désiraient des réalités plus accessibles. Marine les regardait, s'intéressait au travail de Sylvie. Tout le monde avait un quant-à-soi, un rapport précis aux autres. Damien n'était nulle part. Hippolyte était possédé par sa folie de Renata et par l'affaire d'Asdrubal. Un amour et une action humanitaire ! C'était complet, cossu, ça vous ancrait son bonhomme dans la durée et cela suffisait pour lui faire oublier ses alibis. Même la colère d'Alcir, sa haine, l'arrimaient, à côté de son frère, contre Nelson et Dona Zelia. Andrade le fonctionnaire manœuvrait, bidouillait, servait la communauté en se sucrant couci-couça. Il était content, sa vie avait un but : petits calculs et rapines par-ci par-là. Personne ne débordait, ne se mettait à la place des autres... C'était du moins l'illusion de Damien. Car sans doute cafouillaient-ils tous comme lui dans une frénésie pour tromper le vide.

Rosarinho regarda Damien avec intensité. Et ce dernier comprit que seul vraiment le médium partageait sa déréliction. Tous les deux étaient superflus, désaxés, encombrés de chimères, dévorés de lacunes. Damien voulut forcer le regard de Marine. Il la fixa des yeux au mépris de toute prudence, de toute civilité. Elle sentit cette vigilance, lui rendit son regard, avec quelque chose d'interloqué, une nuance de tendresse dans la perplexité. Il lui sourit longuement. Un reflet de son sourire passa dans les yeux de la jeune femme. Puis, d'une moue de ses lèvres qu'elle arrondit imperceptiblement, elle le gourmanda. Il se sentit pardonné, invité enfin à quelque chose par Marine qui lui laissait entendre qu'il devait l'imiter et faire bonne figure. Elle lui avait indiqué la sagesse. Maintenant il était vraiment à côté d'elle et son amour le surprit d'un élancement auquel il eut honte de céder. Il était faible. Il devenait servile et suppliant, béat de recevoir la moindre miette de regard et de pardon. Il se détestait. Il aurait voulu être Alcir : tuer Nelson. Être Asdrubal : tuer Nelson. Être Hippolyte : tuer Nelson. Il n'arrivait même pas à haïr Roland. Rosarinho, tout idolâtre qu'il fût, avait confisqué Biluca pendant son initiation, doublant Nelson. La nostalgie de Rosarinho, ses bêlements lyriques se nourrissaient sans doute de souvenirs tangibles. Il savait ce qu'il avait perdu, il en avait savouré tous les sucs. Les regrets de Rosarinho avaient un sens. Il pouvait s'en délecter à perte de mélancolie. Damien n'avait eu que des leurres. Il n'arrivait même pas à se dépeindre avec précision les deux nuits avec Renata, l'échec du motel portait une ombre de cauchemar sur tout le reste. En vain tentait-il de revivre en imagination un ou deux épisodes sensuels et détaillés. Mais la vision était précaire. Dès qu'il la saisissait, elle se diluait. Le passé n'est plus, donc il n'est rien. Damien était un type tout en îlots perdus et fugitifs éclats. Ses racines divaguaient dans un flou. Marine était un phare, un clignotement entre lumière et absence, un mirage dans la turbulence.

Le film commença. Dès que l'assistance reconnut la chapelle du pape, la Boca des caciques, leur bistrot, le Centre socio-éducatif, le terreiro de Rosarinho, un grand silence ému s'établit. Tous eurent la sensation de se reconnaître dans le fameux miroir de Sylvie qui leur donnait enfin du prix. Ainsi les Dois Irmãos existaient et devenaient un film. L'apparition, dans le téléviseur fétiche, de leurs maisons, de leurs ruelles, leur donnait tout à coup une réalité, une nécessité qu'ils n'auraient jamais imaginées. Ce qui les pénétra surtout, ce fut un sentiment de fierté. Damien perçut cette émotion qui émanait de la salle. Il sentit cette fragilité, cette naissance intimidée de l'amour de soi.

Dès qu'ils surgirent en chair et en os sur l'écran, l'atmosphère changea soudain. Des éclats de rire fusèrent. Affrontés à leurs visages les favelados se tortillaient de gêne et se pliaient d'hilarité. Une effervescence inouïe déferla dans le public, ponctuée d'exclamations, de bourrades, de gestes outrés. Rosilda avait paru, elle se dressait, plastronnait, faisait les gros yeux, rouspétait à l'image comme dans la vie. Et tous en la voyant en gros plan s'esclaffaient, s'écriaient, hurlaient, piaffaient, trépignaient, s'interpellaient. Quand Arnilde fut interviewé et que sa langue fourcha pour bredouiller un borborygme vaseux, on oublia qu'il était le bicheiro, il n'était plus qu'un nigaud gaffeur, empoté devant la caméra. Alors un paroxysme de rigolade fut atteint, les gosses gueulaient le plus fort, montraient du doigt les trémoussements d'Arnilde, les petites filles se tapaient sur les cuisses, basculaient jusqu'aux genoux, se redressaient d'un coup en arrière et l'on voyait le trou de leur gorge rose, leurs quenottes et leur langue. Au comble de la frénésie, elles tombaient dans les bras les unes des autres et se voilaient la face comme si elles avaient surpris Arnilde tout nu ! La caméra les exhibait, les démasquait à leurs propres yeux avec ce formidable pouvoir de redoublement de l'image. D'être ainsi projeté sur l'écran vénéré, ce qu'ils voyaient tous les jours devenait criant de présence et quasi obscène. Leur vérité enfin cadrée, réfléchie, rehaussée les percutait, les éclaboussait. Ils étaient cueillis, cognés, chavirés de stupeur et de félicité.

Sylvie sut que la partie était gagnée. Narcisio en oubliait le royaume des morts et sa virée chez les fantômes. Bien plus tard, ne survivrait qu'un mirage de visages dans des eaux de mémoire et de mort... Dans des mois, des années, quand il repasserait le film et que cette explosion de gaieté aurait reflué à jamais.

Damien aurait voulu filmer Marine, être filmé à côté d'elle pour régner un jour dans cette éternité de l'image et du miroir, dans cette nostalgie qui eût fondé leur union après coup.

A la sortie, il obtint de Sylvie la promesse que Narcisio les filmerait quelques minutes, en échange de quoi il paierait deux cassettes à la communauté. Il téléphona le lendemain à Marine pour lui soumettre le projet. Elle refusa comme il le redoutait. Elle habillait ce refus de raisons vagues, du genre : « Je n'ai pas envie actuellement... » ou bien : « J'ai horreur d'être filmée !... » En réalité, Damien savait qu'elle n'entendait pas laisser de traces de son intimité avec un autre homme que Roland. Il insista, il supplia, lui fit reconnaître qu'il avait été patient, oblatif et parfait. Elle lui demanda avec une pointe d'ironie le sens d'oblatif. Il se mit à rire et ce rire affaiblit les défenses de Marine. Il sut que ce n'était plus qu'une affaire de temps et de doigté. Sylvie, se prêtant à la manœuvre, invita, sur un prétexte, Marine aux Dois Irmãos. Narcisio arriva comme par hasard. Marine et Damien étaient assis sur le petit banc du potager. Damien n'avait pas oublié la première visite où s'était nouée leur complicité. C'était un petit banc porte-bonheur. Le banc de leur amour. Narcisio avait sorti la caméra mais la portait sans agressivité, dans ses mains, au niveau de sa taille. Il la baladait, musard... Marine sourcilla. Damien et Sylvie l'inondèrent de paroles. Narcisio s'approcha, il se mit à filmer par bouffées et caprices les oiseaux dans le manguier, les lointains et les masures. Il avait l'air parfaitement démobilisé. Damien devinait que Marine n'était pas

dupe. Il lui sut gré de ne pas le montrer et de se laisser gentiment circonvenir comme si de rien n'était. Sylvie s'écarta
d'un mouvement discret. La caméra étourdie de Narcisio se
rapprocha, rôda autour d'eux, se fit plus attentive, les effleura,
une fois, deux fois, puis revint, s'attarda, prit son temps,
concentrée. Marine gratifiait Damien d'un petit sourire suspendu et narquois. Il la regarda tendrement, glissa la main
vers la sienne qu'elle lui abandonna quelques secondes seulement. Elle lui souriait. Narcisio prit leur couple en plein, les
filmant comme un glouton.

Le soir, Damien fit passer la bobine sur l'écran vidéo. Sylvie et Narcisio le laissèrent par délicatesse. Damien entendait
le brouhaha crépusculaire de la favela, les éclats de la télé, les
bouts de feuilleton, la voix trafiquée des acteurs, les piailleries
des gosses, les exhortations stridentes des mères, les cris des
pères. Toute cette buée de bruits, de clapotis, de rumeurs
douces et mauvaises, de cliquetis de gamelles… la flûte là-bas,
puis le cavaquinho du père Oliveiro. Il fit nuit dans la pièce…
Il alluma le magnétoscope. Il vit les oiseaux, les lointains, les
bribes filmées à l'aventure par Narcisio. En un éclair, la
caméra les frôla. A peine eut-il le temps de se reconnaître
auprès de Marine. Mais l'image revenait par à-coups. Elle se
posa sur eux, deux ou trois fois encore, pour s'envoler sans lui
permettre de mesurer, de savourer. Il y eut d'autres images
vagabondes. Brusquement, ce fut elle, ce fut lui, tous les deux
sur le banc d'amour, le sourire de Damien, la main, le mariage
des mains, le sourire en coin de Marine, bientôt gentil, plus
doux. Puis ce fut le noir brutal, sans transition. Narcisio avait
coupé dès que la main de Marine s'était retirée. L'écran noir
floconnait, pulvérisé d'escarbilles d'argent. Damien rembo-
bina, refit passer l'image et l'arrêta quand Marine lui rendait
son sourire. Il contemplait la scène, l'interrogeait. Dans la nuit
l'écran brillait, très lumineux, éblouissant. Marine éternelle-

ment souriait, très douce. Sur le banc il la regardait. Il s'observait en train de la regarder. Il avait désiré avec passion cette image, cette archive de leur connivence. Mais Damien ne se satisfaisait plus de ce reflet. Déjà il recommençait à souffrir. Car cette image n'était qu'une concession, une comédie. Pour combattre cette impression de simulacre, il concentra sa mémoire sur leur nuit du motel. Marine avait frotté longuement sa vulve sous ses doigts tandis qu'il se pressait contre ses fesses… Les merveilleux détails enfin ressuscitaient… Il se souvint de leur jouissance commune. Elle lui souriait sur l'écran et ce sourire ne pouvait pas être étranger à leur secret. Cette même Marine, bouche entrouverte, illuminée de plaisir nocturne. Ils avaient connu cela tous les deux, échangé ces caresses et gémi et confondu leurs gémissements. L'image du banc scellait donc tous leurs souvenirs, consacrait la mémoire de leur amour. Damien luttait pour s'en convaincre. Il y réussit pendant un laps de temps, puis sa certitude s'émoussa, rongée par l'immobilité brillante de l'image, son irréalité. Il n'avait pas possédé Marine… Alors il repensa à Renata, à Zulmira, il amalgamait les femmes amoureuses, se berçait de ce mensonge. Quelle différence y avait-il au fond ? Mais ne demeurait plus sur l'écran que le sourire de Marine, anormalement doux et fixe. Il s'abîma dans cette image de la mort. Il pleura.

Narcisio attendait derrière la porte qu'il fût rassasié. Il se mirait dans cette attente. Il rêvait à Marine et à Damien, à leur amour. Damien ne savait pas que leur couple s'aimait dans l'âme de Narcisio, que le vrai film de leur amour était gardé dans sa mémoire d'Osiris.

Il fallait cette caméra vidéo pour renforcer le sentiment d'identité de la communauté des Dois Irmãos, car des fissures apparaissaient, des périls s'amassaient sur le morne. Osmar, le caïd de la Rocinha, guignait le Vidigal avec une impudence accrue. Il était aidé dans cette stratégie par des alliés secrets. Arnilde avait eu vent d'une opération de rachat des baraques et des maisons à la base de la colline, dans le quartier semi-bourgeois qui était en voie d'intégration à la ville d'asphalte. La rumeur courait qu'Osmar, en favorisant l'abandon de cette frange du Vidigal, obtiendrait en échange la mainmise sur l'ensemble des deux favelas. Arnilde serait ainsi affaibli, écarté du contrôle des principaux trafics. Denis, le cacique souverain, du fond de sa prison, conseillait Osmar. Un pacte était passé entre ce dernier et les acheteurs représentés par des hommes de paille. Nombre d'habitants du quartier visé basculaient dans le camp adverse, appâtés par la montée des prix de leurs maisons. Arnilde avait réuni ses fidèles pour leur démontrer que cette première assimilation d'un quartier du morne serait suivie par d'autres. Un lent grignotement remonterait la pente du Vidigal. Et les promoteurs de la ville pourraient enfin réaliser leur projet d'aménagement luxueux avec vue sur la mer et pinacle au soleil. Osmar n'était qu'un traître à la solde des affairistes.

Une guerre larvée s'était donc déclarée entre les deux mornes. Sylvie, au courant de la manœuvre, défendait le point de vue d'Arnilde tout en le nuançant. Un autre front s'était ouvert, sur le revers du morne, dans ce pli qui séparait le Vidigal du versant voisin de la Rocinha. Une sorte de no man's land s'était instauré, une zone neutre entre les deux territoires, mais que les favelados les plus audacieux de la Rocinha commençaient à envahir. Ainsi le Vidigal était pris dans un étau, d'un côté la pression montait de la ville d'asphalte, de l'autre

l'invasion venait directement de la Rocinha. Quelques cabanes témoins servaient d'avant-postes pour surveiller les
progrès de l'ennemi. Lorsque ce dernier risquait une construction qui violait la bande intermédiaire, Arnilde envoyait
des saboteurs. Mais la riposte d'Osmar ne se faisait pas
attendre. Et les cabanes du Vidigal situées en bordure subissaient à leur tour des dommages. Des bagarres éclataient
entre les deux bandes : la turma do Arnilde et la turma do
Osmar. Des guetteurs postés de part et d'autre de la ligne
s'espionnaient, petits « avions » et « olheiros », s'insultaient, se
sifflaient, se crachaient dessus à distance, échangeaient des
bras d'honneur.

En fait, la situation était plus confuse encore. Quelques favelados du Vidigal balançaient pour la Rocinha et
vice versa. Il y avait des transfuges, des collaborateurs. Des
alliances familiales transcendaient la frontière. Les spéculateurs, les bicheiros, les dealers, les usuriers dans les bistrots-
épiceries-bazars, les trafiquants d'électricité, les fonctionnaires, les petits proprios qui louaient leur maisonnette en dur
et habitaient dans des galetas, les blocs de samba et leurs
mécènes tiraillaient les quartiers, se coalisaient et parfois se
divisaient dans un puzzle d'intérêts, d'intrigues difficiles à
déchiffrer et à contrôler.

Le fonctionnaire Andrade, théoriquement responsable des
relations entre la communauté des habitants des Dois Irmãos
et le Secrétariat du logement, avait sa maison située non loin
de la bande frontalière, dans un îlot plus confortable où
s'étaient regroupés quelques semi-privilégiés. La vague
d'habitat sauvage qui déferlait de la Rocinha l'inquiétait. Mais
Rosilda, son ennemie, l'accusait de pactiser déjà en coulisse
avec la bande d'Osmar et de rencontrer Denis dans sa prison.
Il n'était pas rare de voir la grande Rosilda se dresser sur
un observatoire de granit pour mesurer l'étendue du champ

de bataille. Elle comptabilisait les nouveaux agrégats de baraques, savait évaluer les immigrés réels des fantoches manipulés par Osmar et introduits dans le pli pour gagner du terrain. Elle tenait un véritable cadastre de cette marqueterie complexe, de cette pulvérulence d'enjeux... Les gens de l'asphalte qui montaient acheter de la drogue et se faisaient arnaquer avec des produits coupés ignoraient à peu près tout de ces effervescences, de ces cabales à couteaux tirés. Parfois la police militaire liquidait un gêneur mais elle préférait éviter les intrusions dans les favelas, laissant les caïds régler les affaires... La police se rattrapait par ses raids dans Zona Norte.

Le médium Rosarinho avait des clients et des amants dans la Rocinha. Il saisissait des informations au cours de ses consultations spirites. Tantôt il passait pour une taupe au service d'Osmar, tantôt pour un allié d'Arnilde, souvent les favelados avaient confiance en lui et ne l'accusaient de rien. En vérité, il pouvait jouer plusieurs rôles à la fois, procédant au coup par coup, changeant de tactique selon les circonstances et les clients. Biluca n'était-elle pas fille de la Rocinha ! Le tempérament fluide de Rosarinho excellait dans cette météorologie humaine, riche de caprices et d'avatars, entre lesquels il louvoyait au jugé, avec plus de sensualité que de lucidité.

Nombre de petits squatters juchés dans les hauts de la favela sur des éboulis d'argile, sans eau courante ni électricité, ne savaient pas grand-chose de ce qui se tramait. La favela avait ses stars, ses fanfarons et ses parias. L'égout à ciel ouvert regorgeait d'ordures chevauchées par les taudis. Les gosses penchés aux fenêtres de l'Arche de Noé contemplaient ces rouleaux de paperasses et d'épluchures où gigotaient les rats. Ils pilonnaient la vermine avec des lance-pierres. Les rats couinaient, culbutaient, étalaient leur ventre blanc, haletant, tandis que leur museau saignait, retroussé sur les dents pointues. Les guirlandes de détritus chaviraient dans la pente, se bariolaient jusqu'en bas avec les gosses sur leur radeau bancal, tout bruns, montrant leur bide dans l'embrasure des portes, morveux s'égosillant et rigoleurs, glaviotant, émettant des sifflements stridents, tandis que leur mère suspendait le linge le long d'un fil qui partait de la baraque, enjambait l'égout et allait rejoindre un piquet sur la rive. Les équipes de nettoyage levées par la communauté, dont les employés étaient vêtus de cirés jaunes, montaient rarement jusque-là. Lorsqu'ils s'y aventuraient, les voyous les hélaient, les canardaient, les mères s'interposaient, rétablissaient le calme. Les types, sans grande conviction, pelletaient dans les amas de merde, fourrageaient au petit bonheur pour déboucher l'artère et repartaient. Ce n'était plus un égout mais un dépotoir plantureux et statique. Et l'Arche de Noé bourrée de mioches et de piailleries naviguait seule sur le fleuve figé. Au clair de lune, les ordures brillaient, blanches comme de la neige. D'en haut, elles cascadaient tel un torrent de montagne éclaboussé d'argent. Et les petits trouvaient ça beau, mélancoliques devant l'immaculé.

Arnilde, Chico, Rosilda et quelques autres s'étaient pointés au petit matin en surplomb du pli. Les brumes ensevelissaient la charnière entre les deux collines. L'air sentait le moisi et les déchets de fruits, quelques arbustes se corrompaient, mollement agrippés à des plaques de glaise. Des coqs, çà et là, éructaient leur cri. Le soleil levant insinua des filaments de sang dans la vapeur verdâtre. Des îlots émergèrent. Camaïeu de toitures raplaties, petits paquets de masures brunâtres. Des deux côtés, c'étaient les mêmes couleurs déchues, les mêmes accotements précaires, les épaulements de la misère. Puis les hommes et les femmes sortirent. Les types surgissaient dans les courettes et sur les terrasses minuscules délimitées par des planches, ils sautaient par-dessus les égouts secondaires, franchissaient des passerelles, remontaient les sentiers, escaladaient, redescendaient, avançant le long des courbes de niveau, des bracelets réguliers qui enveloppaient le morne. Ils crachaient eux aussi, toussotaient. Les postes de radio se mettaient en marche. Des clignotements d'électricité vaguaient, s'éparpillaient le long des pentes. L'aurore rougissait les rapiècements des façades, tout un front de baraques se cuivrait de teintes chaudes. Les femmes partaient faire des ménages. Parfois, une longue adolescente, mulâtresse claire, morena souple, en jeans et tee-shirt éblouissant, galopait sur le chemin, rieuse et charnue. Elle courait vers la ville d'asphalte, elle passerait bientôt devant le Sheraton. Un type démoli d'insomnie, entouré de ses vierges du Pernambouc et d'Olinda, contemplerait de son balcon de luxe la marche de la morena, son joli corps sportif. L'océan verdissait, cassait ses vagues sur le sable, un rock bondissait d'un juke-box, un tube de Rita Lee. La mulâtresse se mettait à courir, filant là-bas vers Leblon, Ipanema. Le type à son balcon regardait les Dois Irmãos encore mouchetés de ténèbres et striés de soleil, tandis qu'Arnilde et ses acolytes, de l'autre côté du morne, s'exhibaient, marquant leur présence, leur territoire menacé et que la grande Rosilda jacassait, le ventre ballonné dans sa robe de coton, maudissant ceux de la Rocinha et les traîtres qui complotaient avec eux. Une femme excédée s'aspergeait le visage dans une baignoire rouillée, échouée sur une terrasse. Elle lança soudain des imprécations contre les espions. Rosilda lui renvoya un chapelet d'insultes. L'autre ne fut pas en reste. Dans le jour qui baignait maintenant l'entonnoir entre les mornes, les injures éclataient, sonnaient, se répercutaient, se confondaient, ponctuées par les abois des chiens, appels rituels, cris de parade épanchés tantôt en salves longues, extraordinairement accentuées, tantôt hachés en crachats de rage. Tous les gosses écoutaient, les types qui continuaient à partir au boulot se retournaient, la tête dévissée en arrière, ils butaient sur un accident de terrain, haussaient les épaules, redémarraient sans plus céder à la curiosité. Les cris des deux femmes s'espaçaient, s'isolaient, faiblissaient dans la cuve où les baraques tassées tricotaient leurs délicats emboîtements. D'autres bruits plus nombreux, plus nivelés succédaient à l'algarade des deux guerrières. Cela dura pendant une demi-heure, puis un étrange silence s'établit. La favela était vide, coupée en deux par l'ombre qui s'arrêtait net devant une surface symétrique et solaire, un archipel de bâtisse d'or. Arnilde, Benicio, Chico, Rosilda avaient disparu.

Asdrubal est posté entre le champ de soja vert et la muraille des cannes. Figé dans le flot, dans l'étendard de verdure sanguinaire. Un lacet de latérite pourpre se faufile dans la houle. Asdrubal scrute ce mince crochet de guerre. Comme un hameçon dans la gueule du vert. Il attend. Il ne pense pas. Concentré sur la lézarde.

Dès que le tribunal eut laissé tomber son verdict en faveur de Nelson, Hippolyte, soudain moins agressif, adjura le chef des paysans sans terre de quitter au plus vite, lui et ses familles, la confluence du Paraguaçu et du Jacuriri. « Un repli temporaire et tactique, Asdrubal ! » Car la meute des flics n'allait pas tarder à chasser les squatters dans les pires conditions, profitant de l'occasion pour faire des tracasseries, des arrestations et infliger des exactions plus redoutables qu'une fuite stratégique. Asdrubal, lui, n'avait pas récupéré son sang-froid. Il brûlait depuis plusieurs mois. Et cet incendie stable l'aveuglait, le faisait avancer, répondre en automate. Il avait obéi à Hippolyte sans rien perdre de ce feu intérieur. Le campement avait déménagé, quitté les rives du fleuve. Plusieurs familles s'étaient diluées à Ipira, avaient réoccupé, à la périphérie de la cité, les masures de terre décrépites le long de la route, sur les talus ; d'autres, aiguillonnées par l'effroi, avaient poussé vers le Nord-Ouest dans un camion de fortune. Asdrubal, Lucia et leur fils Mario s'étaient installés pour un temps chez Hippolyte. Mais Asdrubal brûlait toujours. Son crâne surtout, caillou ardent.

Et puis soudain, parce qu'Hippolyte avait fait un saut à Salvador, parce que Lucia et Mario étaient allés nourrir les porcs avec Severino, parce qu'il s'était retrouvé seul, son corps, telle une machine, sans véritable accélération ou quelconque intensification de pression, s'était simplement ébranlé... Asdrubal avait pris un fusil d'Hippolyte dans le couloir, l'avait chargé avec des balles restées dans un ceinturon pendu à côté. Il avait quitté la maison. Il connaissait bien la région, la colline de maïs, le méandre martial du Jacuriri. Les trois mignons kinkajous d'Hippolyte croquaient des mangues en le voyant filer. Il avait progressé entre les deux auvents verts et violents des sojas et des cannes. Les frimousses des kinkajous projetèrent un reflet enfantin au cœur de son délire, un sourire sur fond de crime. La richesse de Nelson s'étalait, la marque de son génie commerçant. Le soja, dont les tourteaux nourrissaient les troupeaux des pays étrangers ; la canne : le rhum et l'éthanol pour les bagnoles. Bovins, moteurs... Nelson à la charnière de toutes les mutations et Asdrubal laissé pour compte, râblé, rustaud, recalé par le verdict. Timoteo, le fils de Severino, lui avait dit que Nelson allait remonter aujourd'hui le chemin rouge. Nelson passait au moins une fois par semaine, pas forcément le même jour. Mais Timoteo tenait son information précise du gérant de la bodega : Nelson traverserait sa plantation en fin de matinée.

Asdrubal attend le maître de la terre. Les urubus et les carcaras tournent dans le ciel au-dessus des serpents, eux-mêmes à l'affût des rongeurs, tandis que les caïmans d'Hippolyte rêvent à leur ration de rats. Les déchets du Méridien de Bahia vont arriver par la route. Le système de Saint-Hymer turbine dans l'hypnotique lumière, une poussière d'insectes. Asdrubal connaît la lubie d'Hippolyte, les riches et les cobras… Il ne sait plus… Les gras, les pauvres, les urubus, les résidus, cette histoire de liposuccion, de prélèvements monstrueux sur les matrones, le grand silo à rats, l'élevage de crocos, toute cette noria des rages. Une nuée de saloperies volantes s'abat à côté de lui, des espèces de cancrelats… Puis il écoute. Il surprend la rumeur légère, musicale là-bas, ronron du jeune moteur. Grondement bref et dense quand la voiture grimpe et force. Il entend depuis longtemps la jeep de Nelson et de Pedro dans le dédale des champs, le patchwork des verts, des hampes, des feuilles, des frissons. Il ne sait plus, il ne pense plus. Dans le créneau de pourpre, il braque son fusil. La rumeur monte, s'allonge, s'établit en roulement continu. Puis c'est plus fort, c'est intense, trivial, bruit de métal, ramdam de carlingue tracassée. Et là, dans la couleur rouge, la moire d'insectes et de lumière, elle surgit. Les deux silhouettes à l'avant. Il tire une fois, deux fois, trois fois sur Nelson. Mais c'est Pedro au large buste qui valdingue le premier, pris dans l'oblique rafale. Nelson boule juste après, la bagnole capote un peu plus loin.

Asdrubal se dresse dans le théâtre vert, toute la majesté des bambous et des lances. Il tend le cou. Il voit les deux guignols basculés dans les bris de pare-brise, nuques mortes, joues sanglantes. Rien ne bouge. Asdrubal se met à courir sur le chemin rouge, dans l'ornière des roues de la jeep. Il débouche au pied de la colline tressée de maïs. Il suit la rive du Jacuriri, arrive dans la cour d'Hippolyte. Lucia et Mario l'attendent, effarés. Severino, Adelaide et Timoteo en retrait.

– J'ai tué Nelson Mereiles Dantas.

La phrase est splendide, terrifiante comme un titre de noblesse, le blason d'un duel, le décret d'un destin bien plus grand qu'Asdrubal, que Lucia, que Severino… La phrase ample, dure, occupe tout l'espace, cerne la colline, couvre le fleuve, cache les urubus et les caïmans... Nelson Mereiles Dantas, chaque mot, chaque étape du nom, chaque échelon de gloire flamboie dans la mort, se pétrifie dans une pourpre horrible. Ils sont là, immobiles. Lucia gémit. Mario bouche bée. Timoteo, seul, a envie de crier, de pousser un grand cri d'allégresse hystérique... Et Hippolyte revient dans son camion frigorifique bourré des déchets du Méridien. Géant. Idiot. Empêtré dans son épopée de prédateurs bouffons, le confus engrenage des pauvres, des riches, des caïmans. Il voit l'autre, jambes écartées, le fusil à la main, en avant du groupe figé.

– J'ai tué Nelson Mereiles Dantas.

En un éclair, Hippolyte reçoit ce claquement d'aile noire, l'aiguë noirceur d'un deuil. Il écarquille les yeux. La phrase se remet à déployer sa banderole immense et raide, catafalque sur tout le Jacuriri et la colline, le camaïeu lointain des verts. Il voit le titre, le blason, les énormes fleurons de mort. Les trois noms tués, trois urubus rigides rangés dans l'azur. Alors il hurle : « Fuis ! fuis ! » Il l'attrape, il lui fourre dans l'oreille un mot, un autre mot. Il répète les deux mots. Severino embarque Asdrubal dans le camion pour le lâcher trente kilomètres plus loin. Asdrubal doit se débrouiller avec les indications d'Hippolyte. Il ne connaît, lui, que les terres où il a combattu, les plantations où son syndicat agissait avant la dictature. Hippolyte lui a révélé d'autres noms, d'autres lieux.

Hippolyte est resté au milieu de son domaine. Sans décharger les ordures des riches. Oubliant ses râteliers, ses mangeoires, ses rouages obscènes. Les caïmans s'éveillent, attendent les ripailles. Hippolyte se demande qui va, le premier, découvrir le cadavre apocalyptique. Combien de temps faudra-t-il attendre avant l'arrivée des flics, le fracas des jeeps, toute l'armada vengeresse.

321

Un journalier errant, ouvrier agricole non fiché, petit mec clandestin tout au bas de l'échelle, gagnait la maison du contremaître Pedro pour lui demander du travail. Il vit l'ornière, le chemin bafoué de latérite rouge, le fossé, tous les morceaux de verre fourmillant au soleil, les deux dos, les nuques dont l'une lui sembla remuer. Il ne pensa jamais que les deux hommes avaient été assassinés. Il crut à un accident. Il s'élança, il courut tout le long du sentier, du serpentement de pourpre, déboucha dans la casa de Pedro dont la femme lui ouvrit. Sa parole déclencha le tumulte attendu par Saint-Hymer. Ce n'est que lorsqu'il entendit l'hélicoptère qu'Hippolyte osa rejoindre les lieux. Il voulait voir. Le voir. Son bel ennemi souple et pervers. Roi du monde. Maître des terres. Dieu de malice et de beauté. Les flics, les jeeps grouillaient dans le chemin rouge. Les corps avaient déjà été enlevés par une ambulance. Ne restait plus que la bagnole éborgnée, éclaboussée de sang, fleurie de soleil et de verre. Hippolyte, dans l'égarement, l'assourdissement, perçut cette phrase :

– L'un d'eux vivait encore...

C'est une courte lumière, une phrase angélique, glissée dans la confusion.

– Lequel ? Lequel ?

Mais personne ne sait, personne ne peut préciser. On lui répète simplement la phrase : « L'un d'eux vivait encore... » Et dans la pyramide des crimes, des prédations, des rats, des urubus, des crotales et des riches brille cette perle fragile, la phrase sur la vie, le mystère, ce souffle si léger, si improbable : « ... vivait encore... »

Hippolyte a téléphoné à Salvador, à ses amis. On ne sait rien encore. « L'un d'eux vit encore… » C'est tout. A l'hôpital les chirurgiens s'activent. Il téléphone au médium Rosarinho. C'est occupé tout le temps. Puis il obtient l'ineffable voix. Il s'écrie : « C'est le moment de voir, Rosarinho ! »

Mais Rosarinho sait. Il dit : « Nelson est vivant ! » Alors Hippolyte sent fuir les ténèbres du deuil, sans pour autant éprouver de la joie. Il fait gris, tout à coup, dans son cœur. Comme si rien ne s'était passé. Comme si tout continuait dans les anciennes couleurs. Il n'y a pas de nuit, pas d'éblouissement. C'est dans la pénombre qu'il retrouve Nelson, la monotonie déjà. Puis il a téléphoné à Damien, l'a prié de venir chez lui, auprès de lui, à cause de tout ! Lucia avait été emmenée par la police pour être interrogée. Adelaide serrait Mario dans ses bras… « Ça devient infernal et trop pathétique, mon cher Damien, rappliquez vite !… »

Deux jours plus tard, peu de curieux se pressaient encore sur le sentier rouge. La disparition d'Asdrubal l'accablait. On avait repéré les empreintes dans la latérite poudreuse. C'était une pointure, une marque de mec rapide et râblé qui retournait à toute allure vers la maison d'Hippolyte. Ce dernier n'avait pas voulu assurer la fuite de la jeune femme et de son fils, c'eût été les compromettre davantage et amoindrir les chances d'Asdrubal, plus efficace tout seul.

Nelson était sauvé. La fusillade et la résurrection avaient ouvert dans le cœur d'Hippolyte une écluse de sentiments intarissables que Damien refrénait comme il pouvait. Le meurtre raté de Nelson réveillait, attisait l'image de Renata, son viol consenti au bord du Jacuriri, toutes les légendes d'Hippolyte. Il redemandait à Damien si vraiment elle n'avait pas fini par coucher aussi avec lui. Damien niait. Hippolyte repartait dans ses couplets sur Renata blanche et lubrique, dans un tourbillon d'autres souvenirs de chasses et de trafics en Amazonie et dans l'Araguaia. Le verbe d'Hippolyte était quelque chose d'effrayant, d'innombrable. Masse houleuse, plissée, redondante, obsessionnelle où les mêmes scènes revenaient, des ressassements, des cycles… où Renata nue, les perroquets verts, les buritis, le fleuve rouge et son père criblé de balles occupaient l'œil du chaos.

Les flics interrogèrent Hippolyte à plusieurs reprises. Il ne savait rien. Sinon qu'Asdrubal était à bout, capable dans son dépit de fuir comme cela sur les routes. Ce qui n'attestait nullement sa culpabilité. Ainsi, nombre de pères pauvres, au Brésil, quittaient soudain femme et enfants, faute de pouvoir subvenir à leurs besoins, déboussolés, las de tout. Ils disparaissaient. Des hommes fantômes. Ils devenaient errants, trouvaient une autre femme, recommençaient. Mais les flics, certains qu'Asdrubal était le coupable, n'écoutaient plus l'alibi sociologique et entortillé d'Hippolyte.

La cinquième nuit, Saint-Hymer se coucha tôt, rompu. Du côté du fleuve, des crapauds faisaient sonner une mitraille de bruits tocs : rots de démarreur, petits moteurs de quincaille. Damien ne dormait pas. Marine avait téléphoné. Elle donna des précisions sur l'état de Nelson : perforation du poumon, cou traversé par une balle à un doigt de la carotide, joues coupées par les bris de verre. Mais sa vie n'était plus en danger. Il n'avait jamais perdu connaissance. Quand les secours étaient arrivés dans le chemin de latérite, Nelson avait les yeux ouverts, il paraît qu'il avait eu la force de montrer Pedro et de prononcer : « Il est mort. »

Pedro était mort. Mais personne ne parlait du régisseur fidèle. C'était l'éveil de Nelson, les phases de sa résurrection qui étincelaient dans les conversations et les pages d'*O Globo* et du *Courrier de Bahia*.

Damien somnolait, quand il se cabra, secoué par une explosion. Hippolyte débaula aussitôt, énorme et tout nu, un revolver au bout du bras. A peine s'était-il découpé dans le cadre de la porte qu'une seconde déflagration le coucha sur le parquet. Il y eut une cavalcade dans le couloir... Hippolyte, qui n'avait pas eu le temps de se relever, et Damien se retrouvèrent menacés par deux hommes armés de fusils et masqués sous des cagoules. Pendant ce temps, ils entendaient dans les cours et les installations un potin du diable. C'était un vrai raid. Hippolyte bête et nu, à genoux comme une grosse sainte Ursule promise au supplice, beugla doucement :

— C'est la vengeance de Nelson, ses hommes de main me font payer l'attentat...

On entendait la fusillade dans le domaine, les cris, la confusion. Quand le silence revint, les deux hommes baissèrent leurs fusils et s'en allèrent. Hippolyte se redressa, rempli de crainte. Il regarda Damien qui s'étonnait de n'avoir pas été davantage effrayé par les armes braquées mais se sentait un peu étourdi, expulsé de lui-même. Ils sortirent. Severino, Adelaide et Timoteo, qui eux aussi avaient été neutralisés dans la casa de la colline, arrivèrent affolés.

Nul édifice ne brûlait. Peu de dégâts à première vue. Puis ils aperçurent sur leur gauche la cage où les kinkajous étaient enfermés pendant la nuit. La porte avait été forcée, le grillage éventré. Ils s'approchèrent à la hâte et virent les trois pantins de laine ensanglantée. Affalés les uns contre les autres, leurs bobines de lémuriens-lutins, leurs farfelues frimousses trans-percées par les balles. Gluants, les bouts de langue coincés entre les dents, les petits poils rougis des museaux.

– Ils ont assassiné mes kinkajous... balbutiait Hippolyte, bras ballants, l'air idiot. Mes petits kinkajous...

C'est vrai que la mort les rapetissait tout en les ballonnant par le devant comme des baudruches. Damien éprouvait un malaise singulier du fait que ce massacre atteignait des bestioles hybrides, petits mômes d'Amazonie primitifs mais apprivoisés, un peu simiesques, cousins de l'homme et innocents, angelots velus cloués dans une mare de sang. Leur mort inspirait un sentiment d'absurdité, de gêne monstrueuse. Hippolyte était blessé dans une région très profonde et très ambiguë de lui-même, ce qui donnait à sa douleur une grimace inédite. Damien découvrait ce mélange de stupeur et ce pli de souffrance rigide, froissant la lèvre, renfonçant la grosse joue rubiconde, disloquant le visage, soulignant le nez lourd, recomposant une gueule de malheur, méconnaissable.

Puis les rats surgirent, quatre ou cinq qui filèrent d'un trait. Énormes et jaunes. Plus loin, entre les bâtiments, dans les allées, d'autres se carapataient, se croisaient.

Hippolyte et Damien se ruèrent vers le silo à rats, la grande réserve de nourriture pour caïmans. Là, il y avait de la casse. L'édifice était démantelé, tout le contenu s'était trissé. Des centaines, des milliers de rats. Damien connut une nouvelle émotion. Après la vision des kinkajous puérils et pétrifiés, l'absence même des rats, leur invisible foisonnement disséminé partout comme un filet de mailles vivantes et dévorantes lui inspiraient une nausée plus intense que la mort, l'impression d'une prolifération, d'une fécondité immonde. Maintenant, on ne pouvait sonder aucune perspective sans voir un bolide filocher, preste entre les bâtis. Certains, ahuris par leur liberté, oubliaient de déguerpir et restaient immobiles, grosses boules frileuses, mamelons de fourrure et de mort dans la poussière, mais soudain ils démarraient, véloces, s'évanouissaient tandis qu'une nuée de leurs congénères sautait du côté du fleuve. Des grappes, des essaims de rats.

– Ah! les salauds! les salauds! Il fallait l'imaginer, ce supplice. Cette infection, Damien!… me submerger de rats!

Navré, Hippolyte prenait la mesure du désastre. Le bonhomme renfonçait sa caboche de stupéfaction. Il en était tout fléchi, assommé. Il avançait comme un homme des bois, quelque Cro-Magnon voûté, prognathe, aspiré par l'attraction du sol. Il allait s'écrouler, se faire crabe ou crapaud. Sous un groupe de manguiers, ce fut le tour des aras vert et bleu, bariolés dans la mort, comme empaillés dans la splendeur. Et le cacatoès amaigri, rabougri de blancheur à cause de toutes ses plumes collées au bréchet, le suçant, rétractées par le trépas. Mais là-bas, derrière la porcherie, les poulaillers intacts, à cent mètres, une ignoble roue de rats se livrait à un ballet orgiaque. Damien, Hippolyte, Adelaide furent soulevés par un haut-le-cœur. La sarabande de rats se disputait quels déchets? Ils gueulaient, se mordaient, accouraient, se sauvaient, cascadaient, déformaient sans cesse leur nœud autour de la chose invisible. Certains, dotés d'une fantastique agilité, exécutaient des bonds acrobatiques, rats à ressorts plongeant dans la mêlée, s'y fourrant bien replets, s'en détachant avec un bout qu'ils allaient déguster plus loin. D'autres, à mi-chemin, timorés, entre la fuite et le festin, vissés au sol, cloches de pelage, tout frémissants, laissaient les concurrents circuler, fulgurer. Alors Hippolyte s'écria :

– Mon téju! Mon téju!

C'était son grand lézard domestiqué, une bête ramenée de l'Amazone, sa fierté, le fleuron du bestiaire. Ils étaient en train de bouffer le lézard dont les squames avaient volé, les téguments déchiquetés, morceaux verdâtres, graisse, cubes de

croco. Hippolyte fit volte-face, courut vers la maison, y chercha ses fusils, mais force lui fut de constater que le commando
les avait emportés. Alors il s'élança dans la direction des
cadavres des kinkajous. Il voulait les enterrer à temps, mais
déjà les rats avaient rapiné les pantins. Il n'en restait plus
qu'un, la tête tranchée, basculée de côté, en un salut horrible.

Damien continuait d'assister à la métamorphose d'Hippolyte qui perdait plusieurs centimètres, s'affaissait, jambes
arquées, épaules chues, cou rentré, la grosse tête, planète
d'épouvante, ne gravitait plus, elle tombait dans l'abîme d'un
cosmos détruit. Damien s'étonnait de rester si distant, si
sagace au milieu des cadavres... Il craignait d'être devenu
complètement schizo. Il regardait toute la masse atomique
d'Hippolyte se tasser, sa matière comprimée se gondoler,
s'écrabouiller vers le sol. Hippolyte rampait, guignol néander-
thalien, gros lémurien, géant kinkajou abruti de terreur et de
désolation. S'il continuait, les rats le prendraient pour un porc
sauvage et lui sauteraient au garrot.

Ils avaient tué les bêtes de Saint-Hymer, tous les caïmans
mitraillés dans le bassin du fleuve, ils s'en étaient pris aux animaux fétiches, à la faune symbolique. Tout ce qui restait de
l'Amazonie du trafiquant et du chasseur s'était éteint. Le
tapir, zigouillé lui aussi, jeté au fleuve, des rats chevauchaient
la charogne dans le courant, juchés sur le dos flottant, le dévorant dans le rio rouge. Soudain, Hippolyte s'assit au beau
milieu de ce zoo crépusculaire. Il ne pouvait plus avancer ni
voir, il murmura :

— Ils n'ont épargné que les poules et les cochons... exprès !

Les bouffissures de sa trogne se confondaient dans le gras
des épaules et du cou avachi. Damien, subjugué, suivit les
progrès de la métamorphose. Les larmes jaillirent, lessivant
les bourrelets, les huilant, les ravalant à une viscosité de batra-
cien. Hippolyte mutait du kinkajou au caïman, il parcourait la

chaîne à l'envers, régressait, monstre darwinien. Il devenait hideux. Toutes ses bêtes de Noé lui défilaient sur le visage. C'était un gros bébé plissé de rictus, de fanons, de fossettes, déféquant, pleurnichant, agité de tics, de tressaillements.

A retardement, Damien éprouva les affres de la peur. On l'avait braqué! Il trembla. Il aurait pu lui aussi basculer, se tétaniser à l'unisson de Saint-Hymer. Puis quelque chose le traversa, comme une lame translucide. Il se sentit beau, purifié. Naquit la nostalgie de Marine. Son visage lui apparut, le rayonnement de Marine, le sentiment cruel que la catastrophe d'Hippolyte était étrangère à leur destinée. Et Damien, tout à coup, fut transporté au-dessus des vagissements de Saint-Hymer, indifférent à eux, ennuyé, mais secrètement excité aussi par les hoquets grotesques qui, par contraste, renforçaient le sentiment de spiritualité où mystérieusement il baignait.

Toutefois, pendant la nuit, il fit des cauchemars. Il eut la vision du téju, de sa longue gueule squameuse, trempée de bave dans la mort, avec son gorgeon flasque, battant par en dessous. Il vit encore le museau du tapir dévoré. Squames et fourrures furent emportées par le fleuve, le rythme rouge du Jacuriri. Hippolyte de Saint-Hymer pleurait sur son pot de chambre au milieu des ruines de la Création. Cette effrayante scène le réveilla. Hippolyte se découpait dans le chambranle de la porte. Il vint s'asseoir sur le lit de Damien. La fin de la journée avait été harassante. Il avait appelé les flics, son avocat, porté des accusations contre Nelson. Mais incriminer Nelson Mereiles Dantas, n'était-ce pas avouer que ce dernier pouvait avoir de justes raisons de se venger et rendre ainsi plausible la collaboration d'Hippolyte dans l'attentat d'Asdrubal? L'étau se refermait sur Saint-Hymer et le fazendeiro. Hippolyte confiait ses pressentiments à Damien, son fidèle ami. Ce dernier observait qu'il avait retrouvé une vague allure humaine. Le cou s'était redressé, la tête avait repris son assise, toute la structure s'était redépliée, redilatée à une échelle quasi normale.

— Il a tué mes bêtes ! Dites… Il a tué mes grandes bêtes de l'Éden ! Je retrouve là le pli hideux de sa perversité… Dites… mon Damien, il ressuscitait timidement, le poumon encore percé et purulent bourré d'antibiotiques, emmailloté de pansements, branché au goutte-à-goutte… Dites… je devine ses yeux luisants et survivants… Il a fait venir un de ses sbires, il a murmuré l'ordre : « Massacrez les animaux, sauf les poules et les cochons. » Dites, mon Damien !… Revenant lentement à la vie, dans un souffle, en douce, dans le dos des infirmières, de Dona Zelia, il a chuchoté l'ordre d'extermination, en précisant : « Pas les poules et les cochons… » Il a pu ! Il a eu cette vivacité infernale. C'est un serpent ! N'est-ce pas, Damien ? Un cobra prodigieusement maléfique…

Il s'arrêta un moment et reprit :

— L'atroce journée !… Ces flics flinguant les rats à qui mieux mieux. Avec le poison qu'ils ont mis partout, ça va être une infection. Les rats vont boulotter le riz délétère et crever au ralenti, pourrir pendant des jours. La paix ne reviendra pas avant un mois ! Et ce sera le calme de la mort sans les aras, le téju, le tapir, les kinkajous, tous mes projets, mes caïmans !

Une pensée s'empara tout à coup de la cervelle d'Hippolyte, une obsession dont l'impérieuse clarté semblait l'unique contrepoids de sa douleur.

— Il faut que je le voie !

— Ne faites pas ça, Hippolyte, ce serait tout à fait irréversible, une telle action vous perdrait définitivement !

— Que je le voie ! Vous ne comprenez pas, Damien ! Je ne veux pas le tuer, mais le voir. Là, dans son lit, affaibli, ligoté, fébrile. Je veux cela… Et surtout, qu'on s'explique une fois pour toutes ! Comment c'est venu, cette haine entre nous ! Je ne suis même pas sûr qu'il m'abomine !

Cette phrase, Hippolyte l'émit dans un sursaut, un questionnement désespéré. Tout doucement, Damien demanda :

— Ce n'est donc pas un homme de haine...

— Non, c'est un homme de mal, sans colère, un mec lisse, doux, glissant. C'est ce que je redoute et que je hais chez lui. Mais peut-être qu'à l'hôpital, après l'attentat, sous le choc, il aura perdu un peu de son sang-froid, de sa souplesse. Je le désire brisé, balbutiant... une épave.

— Pourquoi accepterait-il de vous faire cadeau de son naufrage ?

— Pour le cacher justement, pour frimer encore... pour maquiller. Il a le génie du masque. Dans l'espoir aussi de saisir sur ma face la trace de mon désespoir... « Comment vont vos animaux, Hippolyte ? » Ou plutôt : « Comment vont vos bêtes ?... » Et il me regarderait comme si j'étais l'une d'elles. Ah, je le connais ! sournois, atrocement ironique... « Vos aras, vos kinkajous, votre téju, vos caïmans, vos édéniques troupeaux ?... » Ah oui !... « Vos édéniques troupeaux », c'est tout lui !

Et Saint-Hymer avait l'hallucination d'un dialogue avec Nelson. Il mettait dans la bouche de l'ennemi les répliques sardoniques, leur musique, leur pulsation blessante... « Peut-être allez-vous retourner chasser le lézard et le singe dans les igarapés des sylves ?... Cher Hippolyte... sur les traces de votre jeunesse nomade... A moins que les brutaux défrichements et les brûlis intempestifs n'aient eu merci de votre faune mythologique ? Qu'il n'y ait plus l'ombre d'une bestiole, plus que vous dans les guenilles de la forêt primitive et trois avortons d'Indiens saouls, au milieu des éleveurs de bovins, des acheteurs de hamburgers américains... »

Hippolyte devenait l'écho de Nelson, il le mimait admirablement.

— Demain, je le demande au téléphone. C'est le seul geste capable de me tirer du néant !

331

— Et si, par quelque tour de force, il vous y replonge plus amèrement encore ?

— Il ne le peut pas, dans l'état où il est, pansé, branché, convalescent, grand convalescent, il a frôlé la mort. Il doit en exhaler le relent. Je veux voir ce fantôme rôder autour de lui.

Trois grandes rumeurs battaient leur plein dans la bonne société de la ville. L'attentat, le naufrage d'Hippolyte, la fuite d'Asdrubal. Marine et Damien trouvaient dans cet enrichissement soudain de la chronique un aliment à de nouvelles conversations, lors de rencontres impromptues. Damien avait été mêlé à ces incidents mortels, à ces « destructions massives de bêtes amazoniennes », pour reprendre la formule de Rosarinho. Du coup, Marine se sentait le devoir d'apporter le remède de sa présence à un Damien dont les insomnies prenaient un tour alarmant. Nuits blanches d'un bout à l'autre. Monochromes absolus. Doses incroyables de Noctran qui l'enivraient sans l'endormir, le rendaient nébuleux et prolixe, l'entraînaient à des aveux que Marine écoutait avec avidité et beaucoup d'appréhension. C'est que Damien se mettait à parler des femmes de sa vie. Chaque nom nouveau infligeait à l'épouse de Roland une piqûre venimeuse, mais attirait en elle la boulimie masochiste de connaître, de tout connaître. Elle s'identifiait à chacune de ces femmes qu'elle imaginait avec une précision redoutable. Elle avait le cerveau saturé de femmes. Cependant les barbituriques n'avaient pas levé toutes les barrières. Il s'était tu sur Zulmira, sur Renata, se contentant d'allusions fumeuses, de détours alambiqués dans des bouffées de tendresse, d'ivresse médicamenteuse qui stupéfiaient littéralement Marine. Elle entrevoyait sans voir. Elle devinait des vérités, des abominations.

Il avait parlé beaucoup de Biluca et elle s'était trompée, avait cru à quelque passade fulgurante avec la mulâtresse androgyne, éventualité que Marine se représentait dans un brouillard entrecoupé de coïts contre nature et d'une effroyable sensualité. L'épouse était en transes. Damien savait, dans les méandres des narcotiques, exploiter toutes les nuances de l'émoi de Marine. Abattu, las, frileux malgré la canicule, cherchant toujours un pull pour se protéger de la climatisation, il distillait ses confessions qu'il contredisait la fois suivante, du moins corrigeait légèrement, gommant un contour, un détail trop cru, voilant l'aveu de l'amour. Marine souffrait. Hippolyte souffrait, Asdrubal souffrait. Nelson devait souffrir. Alors, tant de souffrance émouvait Damien, élargissait en lui un enthousiasme triste qui le poussait à prendre, à presser la main de Marine, à s'incliner vers sa nuque dorée qu'il baisait. Elle tolérait ces abandons somnambuliques, elle les imputait à la fièvre, aux secousses des derniers jours.

Il voyait l'arrière du cou, l'os cervical duveteux, aride, noir de soleil. L'échine plongeait sous le tee-shirt et Marine sentait bon. Damien se déplaçait vers l'avant, une moire de sueur lissait la surface et blanchissait, par un jeu de lumière, la courbure étalée entre les deux épaules, un peu au-dessus des seins, puis ce reflet lançait une petite dague humide, plus bas, dans le décolleté. Marine montrait des zones plus brunes, plus sèches, plus épicées vers les joues, les bras, les cuisses et les mollets. La sueur humectait soudain comme un lait le creux des clavicules, là où mourait la ligne du cou et son léger renflé. Damien s'éveilla dans cette rosée du désir. Il eut fringale de Marine. C'est à cet instant aigu qu'il connut sa première crise. Un tremblement incoercible s'empara de son corps, une tétanie qui le spasmait de haut en bas mais ne laissait paraître, à l'extérieur, qu'un infini grelottement. Il ne perdit pas conscience. Bien au contraire, il suivait avec lucidité la débâcle de ses nerfs.

— Qu'as-tu ? demanda Marine avec angoisse.

— Je suis mal, j'ai froid, je suis transi, je tremble...

La crise passa, le laissant déprimé, cassé, craintif. Il devenait hystérique. C'était son couronnement ! Toute la stratégie des narcotiques qui lui avait permis de reconquérir Marine, ce sentiment d'irréalité, cette impression de temps suspendu née des circonstances aberrantes de l'attentat contre Nelson et contre le bestiaire d'Hippolyte – tout était réduit à néant par la crise. Il avisa Rosarinho de son mal. Il s'attendait à des sortilèges, des décoctions de plantes, une consultation spirite... Rosarinho, sans chichis, lui conseilla du magnésium. Ce prosaïsme du père-de-saint ne fut pas la moindre surprise de ces jours. Ce qui l'étonnait, surtout, lorsqu'il repensait à ses troubles, c'était qu'ils avaient été précédés par une trompeuse séquence de calme, voire de léthargie. Les somnifères auraient dû le mettre à l'abri de toute catastrophe nerveuse. Or cette paix, cette indifférence même qu'il avait ressenties depuis quelque temps, ce décalage étrange devant le naufrage d'Hippolyte ne faisaient que masquer une tension plus profonde, une vibration de tous ses sédiments dont l'onde s'était propagée par en dessous sans qu'il la perçût. Cela avait éclaté quand il s'était incliné vers la chair de Marine, dans la confusion des ombres, des moirures et du musc. Un rai de sueur plus épais devait s'embusquer entre les deux fesses chaudes. Toutes ces flammes soudain et cet interdit des flammes. Il trembla, connut le tremblement de la mort.

Asdrubal avait fui, sautant du camion de Severino, courant à une adresse donnée par Hippolyte, se planquant dans un nouveau véhicule, empruntant détours et déguisements, il avait franchi la frontière de l'État de Bahia. Déjà des légendes prospéraient, des hypothèses mirobolantes sur son destin. Flics, bourgeois et tout le peuple jonglaient avec des versions contrastées. Les uns juraient qu'Asdrubal avait fui vers l'Araguaia, la région du Bec-de-Perroquet, dans la fourche des fleuves ourlés de forêts. Hippolyte avait été guide pour la chasse au sanglier sauvage, au queixada, dans ces contrées touffues, il pouvait donc avoir indiqué des caches à Asdrubal. En outre, les conflits de la terre, intenses dans la région, avaient soudé autour d'une poignée de prêtres et de syndicalistes des communautés paysannes militantes et tenaces. Asdrubal, l'ancien syndicaliste, aurait donc retrouvé ses frères. D'autres clamaient qu'Asdrubal s'était transporté plus loin, au cœur de la forêt amazonienne, sur les frontières de la Colombie, dans les vallées perdues du Cuiari, du Querari, connues d'Hippolyte seul quand il chassait le caïman. Les plus politiques affirmaient que le tueur névropathe s'était envolé dans un avion de trafiquants de coke vers le Nicaragua ou Cuba... Asdrubal courait partout, il quadrillait le pays de ses fuites, de ses planques, de ses migrations de nomade de la mort. Moitié indien, moitié mulâtre, le caboclo recevait l'appui de tous les exclus du pays. D'autres, les réalistes, disaient qu'Asdrubal n'était guère allé au-delà de la géante Rocinha, qu'il était venu se nicher dans les dédales des cabanes et des taudis, grâce à l'intercession des caïds, au terme d'un marchandage dont seuls Hippolyte, Osmar ou Rosarinho devaient connaître les conditions, une affaire de partage entre les clans, les territoires des dealers. Asdrubal serait devenu l'otage, la pièce maîtresse de ces enjeux.

L'idée de cet Asdrubal maléfique obsédait Dona Zelia. N'avait-il pas osé attenter à la vie de Nelson, le maître! L'abaissement subit de son époux la remplissait d'une satisfaction inavouée. De nouveau, il était tombé sous son emprise. Il ne pouvait plus rejoindre les maîtresses adolescentes. Le crime avait rompu la chaîne des luxures et des abus. Dona Zelia le contemplait dans son lit, immobile, spectral, lisse et mouillé par une sueur de mort, enveloppé de prises, de canules, de cadrans vibratiles qui mesuraient les aléas, les moindres embardées de son cœur. La convalescence de Nelson clignotait, palpitait au gré d'aiguilles, de graphiques, d'électrocardiogrammes vacillant dans l'odeur d'éther, le silence, un ralenti effrayant. Il semblait à Dona Zelia que son homme, prompt à l'action, à l'escroquerie, avait changé de nature pour entrer dans l'enveloppe d'un spectre, de quelque revenant blanchâtre, mal tué, zombie aux cernes violâtres. Nelson Mereiles Dantas était d'une beauté surréelle ainsi, flottant dans les draps blancs. Il lui venait une allure d'ascète et de saint. Son visage amaigri et cireux faisait saillir l'arête du nez, les bosses des pommettes. La chair qui l'enrobait d'un moule onctueux s'était comme désintégrée, laissant paraître un Nelson au substrat acéré et prophétique.

Dona Zelia le possédait, l'entourait, priait, tremblait. Il ne souriait pas, ne répondait pas. Elle voyait seulement ses pupilles aiguës, noircies qui brillaient dans la pâleur du visage et lui envoyaient, de loin en loin, des coups de lance qu'elle préférait ne pas interpréter. Elle avait soufflé à Rosarinho qu'il avait «des regards métaphysiques»!...

Pourtant un cul-terreux cinglé avait carabiné la citadelle des Mereiles Dantas. Et, dans le créneau, Nelson avait bombé le buste, encaissé la décharge du Satan de la terre. Dona Zelia avait peur. C'était une panique enveloppante et profonde, un nuage noir et lourd dont les orages la sapaient aux tripes. Elle

n'avait plus d'entrailles. Une diarrhée à soubresauts la te-
naillait, la précipitait aux cabinets plusieurs fois par jour. Et là,
il lui semblait qu'elle allait se dissoudre et s'évacuer toute. Elle
n'obtenait aucun soulagement durable après la crise. Il fallait
peu de temps pour que la terreur renaisse, l'empale et la pro-
pulse vers l'humiliant bassin de vidange.

Elle parlait de son supplice à Renata. La jeune femme était
à la fois plus et moins affectée que sa mère. Plus, car elle
n'éprouvait nulle volupté, nulle vengeance à dominer son
père alité. Sa douleur et sa peur restaient entières. Moins, car
elle n'était pas l'épouse de Nelson, elle s'était un peu affranchie de la famille, elle n'en occupait plus le centre. Le fait que
Nelson eût survécu à l'embuscade primait le reste. Cette
résurrection attestait la pugnacité de Mereiles Dantas, une
intense capacité de récupération qu'elle sentait dans la
chambre de la clinique. Ce n'était pas le visage mystique de
son père qui la frappait mais cette lente et souterraine puissance qu'elle voyait revenir comme un flux, une nappe élargie, impulsée par une source sauvage. La quasi-immobilité de
son père était moins l'expression d'un naufrage que d'une
vorace et secrète aspiration de pompe. Il reprenait vie. Il était
branché sur ce canal. Il était tout à cela. Il écoutait le courant
battre dans ses veines, grand fleuve rouge. Il était le premier
Indien, dans sa pirogue, sur son fleuve, vigilant, comme
visionnaire de la rumeur qui le régénérait.

Asdrubal n'avait atterri ni dans l'Araguaia, ni dans le labyrinthe des vallées amazoniennes, encore moins à Cuba ou au
Nicaragua. La Rocinha ne l'avait jamais recueilli. Asdrubal,

mû par les ordres d'Hippolyte, de relais en relais, avait abouti dans un petit village de pêcheurs à quatre cents kilomètres au nord de Salvador. L'un de ces pêcheurs, Sirilino, était médium, vieille connaissance d'Hippolyte qui lui avait jadis apporté son témoignage et prêté main-forte dans une histoire de mœurs. Sirilino revenu de ses frasques, converti, assagi, s'était imposé au sein de la communauté de pêcheurs. Il avait fondé un terreiro spirite dans un bois, non loin de la mer, au pied d'un arbre géant, un « figueira brava ». Le tronc se tressait d'arcs-boutants et de plis, de fissures profondes et d'enroulements de poulpe. Les feuilles avaient l'aspect ovale et ferme de celles d'un caoutchouc ou d'un magnolia. Une branche surtout frappait. Horizontale, énorme, elle ressemblait à la carapace d'un rhinocéros, elle se relevait et bifurquait à son extrémité comme la queue d'un cachalot. Émanait de l'arbre une énergie primaire, tentaculaire qui vous soulevait, vous enveloppait. Les plus beaux banians d'Asie, les plus hauts fromagers d'Afrique, les baobabs les plus dilatés n'égalaient pas en puissance l'arbre de Sirilino, sa carrure, son labyrinthe et ses membres braqués de monstre de la préhistoire. L'arbre s'érigeait au sommet d'une levée de terre qui lui faisait un soubassement bossu. Or ce tertre était creux en partie. Les racines du colosse enserraient de leurs câbles une grotte naturelle, c'était le centre du terreiro, lieu saint où étaient enfouis les objets secrets et consacrés, les clés du pouvoir médiumnique de Sirilino et de sa porosité aux esprits.

Quand Asdrubal se pointa vers la fin de la nuit dans la maison du médium, celui-ci l'attendait, prévenu par le réseau d'un afoxé, un mouvement afro très militant dont il avait obtenu la complicité pour aider Hippolyte. Sirilino demanda des nouvelles de ce dernier. Asdrubal lui détailla toute l'affaire des terres du Bon Jésus à la confluence du Paraguaçu et du Jacuriri. Sirilino fut attiré par les empreintes de sang indien qui gratifiaient Asdrubal d'une chevelure noire et longue. Il aima ces cheveux bleutés. Il y voyait un reflet du firmament, mais surtout une vitalité en rapport avec l'efflorescence de l'arbre. L'activité de Sirilino consistait à dépister les correspondances cachées unissant tous les êtres. Il interrogea Asdrubal, jeta les cauris, rôda autour de lui pour conclure que son hôte était fils d'Ossãe, dieu des plantes, et qu'il n'y aurait nul sacrilège à le planquer dans le saint des saints, la grotte du grand figuier gommeux où les objets et les signes avaient été enterrés. C'est ainsi que le syndicaliste passa du social au végétal et se tapit chez un sorcier.

Asdrubal sursauta en débouchant dans la cavité de la grotte. Le plafond était couvert de chauves-souris qu'il distinguait dans le faisceau d'une torchère prêtée par Sirilino. Cela faisait une couche grouillante de corps potelés et pendants, noirâtres et rosés, aux ailes repliées dans leur texture de parapluie muqueux. Asdrubal frissonna. Sirilino lui expliqua que les chauves-souris étaient inoffensives, que leur foisonnement prouvait la bienfaisance du havre qu'elles avaient élu. De temps à autre, l'une d'elles se détachait, voletait, filait par une cheminée hors de la caverne, allait visiter les derniers lambeaux de nuit. Quelques bestioles alors s'agitaient, gigotaient, saucisses serrées, violâtres et vampiriques, puis tout redevenait paisible. Les mammifères pendaient, la tête en bas, lévitaient, dans leur sommeil hypnotique.

Les jours passaient. Asdrubal s'habituait à sa cachette et à ses habitants millénaires. Sirilino était laconique mais bon. Il n'avait aucune nouvelle d'Hippolyte, de Lucia et de Mario à transmettre à son hôte, c'est qu'il fallait éviter pendant de longues semaines tout contact qui risquait de servir d'indice à la police. Asdrubal attendait blotti dans la caverne rouge tapissée de chauves-souris. Il pensait à Nelson. Il savait qu'il l'avait raté. Sirilino lui avait apporté le *Courrier de Bahia*. Il

avait tué Pedro, un acolyte, presque une victime. Nelson
vivait, se rétablissait. Mais il souffrait d'un handicap respira-
toire et de complications qui sans cesse devaient lui rappeler
la vengeance d'Asdrubal et campaient ce dernier dans le créneau des cannes, canon dardé vers la bagnole du fazendeiro.
Asdrubal ignorait si Nelson avait eu le temps de l'apercevoir.
Mais Pedro avait basculé le premier, laissant à son maître un
éclair de lucidité, juste la possibilité d'entrevoir le tueur...
Dans une fissure d'instant, de lumière : la tignasse longue et
noire d'Asdrubal hérissée de bambous, secouée par les
décharges. Le journal racontait que Nelson, affalé dans les
débris de verre, ensanglanté, n'avait pas perdu connaissance.
Il avait même compris que Pedro était mort. Il avait attendu
dans l'ondulation verte du soja et des cannes, le brasillement
des insectes solaires. Toute petite lueur et meurtrière de vie
veillant dans le chemin rouge, sous l'aile des urubus. Il n'avait
même pas dû penser à Asdrubal. Il n'avait pas eu la force de
le haïr. Son visage s'était enduit, voilé de sang. Il ne voyait
plus. Peu de souffrance encore. Une barre à la nuque et une
brûlure au torse. Stupéfait, il avait écouté ce gémissement de
sang tout au fond de lui, ce soupir douloureux.

Asdrubal avait tout juste le droit de gravir une échelle qui le
menait à l'embouchure du trou par où les chauves-souris
allaient et venaient. Alors il voyait les branches et les nœuds
de l'arbre, toute sa déflagration végétale, le battement de son
poumon émeraude. Souvent un gros lézard jaune-gris rampait vers le trou. Il s'arrêtait, surpris, devant la tête d'Asdrubal
émergé à demi. Asdrubal regardait le monstre flasque et figé,
son goitre écarquillé de peur, son ventre gras, jaspé de vert
pâle, son échine plus dure, plus sombre, plus hérissée. La bête
palpitait, museau fermé. Les petits yeux glacés... Sirilino
révéla que le lézard attrapait, de temps en temps, une chauve-
souris dont il se régalait. Asdrubal se familiarisa avec le lézard,

ses apparitions soudaines, ses arrêts, ses longues vigilances où il semblait prendre la couleur, tous les reflets de l'arbre et de la grotte. Rien n'indiquait la vie et sa voracité, l'animal était clos, dérobé sous ses squames. Dormait-il ? Engourdi, gommé, dans la stupeur, le bruit de fond de son cœur. Tout à coup, il se dressait et détalait. Asdrubal s'esclaffait.

La nuit, Sirilino lui permit de se glisser hors du trou par le plafond et de grimper dans l'arbre sans faire de bruit. Ce furent les promenades d'Asdrubal. Il escaladait le figuier, passait sur les branches trapues vers les étoiles. Il s'établissait, là-haut, sur une ramure, assis, les jambes pendantes, tandis que les chauves-souris s'activaient, sillonnaient le ciel, l'enveloppaient d'un froufrou vivant et chaud. Asdrubal voyait la mer, au clair de lune, à cinq cents mètres. Il était la vigie de ce village de pêcheurs. Le meurtrier dans l'arbre sacré. Des chimères le hantaient. Dans le manque de sa femme et de son fils, il imagina que la lune était Lucia et qu'un îlot, au large de la baie, était Mario. Asdrubal rêvait dans le flottement de l'arbre et le bruissement des eaux.

La lettre était déposée sur le lit de Nelson. Dona Zelia et Renata avaient reconnu l'écriture. Nelson avait pris la lettre dans ses mains, l'avait retournée, puis reposée assez doucement, à côté de son oreiller. Il était maintenant débarrassé du goutte-à-goutte et commençait à s'alimenter avec des gestes tremblants. Une fois, Dona Zelia avait voulu l'aider en s'emparant de la cuillère, qu'elle amena à la bouche de Nelson. Ce dernier se fâcha, détourna la tête comme un enfant. Dona Zelia capitula en soupirant. Renata, plus fine, se contentait de soutenir un peu le dos de son père pendant la manœuvre, d'épouser le mouvement sans l'imposer.

Pourquoi n'ouvrait-il pas la lettre ? se demandaient les deux femmes. Au bout d'un moment, elles comprirent que Nelson voulait être seul pour lire et méditer le message de son ennemi. Il avait besoin d'attente, de distance et d'intimité.

Quand elles eurent déguerpi, il se laissa aller contre son oreiller. Il se sentait douillet. Il ne souffrait presque plus grâce à des doses de morphine. Il se sentait transparent, planant dans un milieu ouaté. Par la fenêtre il voyait le jardin, un caoutchouc aux larges feuilles lustrées, des branches de jasmin, une ruée de bougainvillées... C'est pourri de fleurs, pensa-t-il, légèrement répugné. Il attendit encore. Puis, tout à coup, prit la lettre, l'ouvrit : « Nelson Mereiles Dantas, je veux vous voir. Je ne suis pour rien dans l'attentat. Je vous crois coupable d'avoir donné l'ordre de massacrer mes animaux. Je veux vous voir pour vider l'abcès, comprendre, suspendre cette guerre. Je ne vous cacherai pas que je suis ébranlé par ces événements tragiques. Je veux vous voir. »

C'était signé de son nom ridicule et redondant : Hippolyte de Saint-Hymer.

« Il veut me voir, se dit Nelson. Ça, il me le rappelle par trois fois ! Il clame son innocence. Bon, je me doute qu'il n'a pas armé la main d'Asdrubal, même s'il a soutenu l'opération du Bon Jésus. Il m'accuse d'avoir fomenté le carnage. C'était prévisible. Le plus intéressant c'est qu'il s'avoue secoué. Il y a là un aveu de faiblesse un peu étonnant. Peut-être une ruse, manière de m'amadouer en baissant un petit peu l'échine. Mais le plus important est ce troisième "je veux vous voir". Sans explication, sans développement, qui résume tout, ce désir de me voir pour me voir. Hippolyte a toujours eu une espèce de pensée magique… »

Renata et Dona Zelia rappliquèrent deux heures plus tard. Elles virent l'enveloppe décachetée, cherchèrent des yeux les feuilles de papier à lettre qui avaient disparu. Nelson ne tenta pas d'instaurer un suspense. Il leur déclara tout de go :

– Il veut me voir.

– Je peux lire la lettre ? demanda Dona Zelia.

– Ce n'est pas la peine. J'ai résumé. Il veut me voir. Il ne répète que ça. Pour une fois, il abrège !…

– Mais où est la lettre ?

– Suffit !

Nelson se fâchait pour la première fois depuis l'attentat. Dona Zelia, bouche bée, se raidit.

– Très bien… très bien… mon chéri… ne te mets pas en colère..

— Tu vas le voir ? s'enquit Renata avec douceur.

Nelson se tut. Sans faire le moindre signe. Les deux femmes attendirent. Dona Zelia commit la seconde gaffe de la journée, n'y tenant plus elle lança :

— Il veut te voir pour te tuer, en tête à tête, pour transformer l'essai d'Asdrubal !

— C'est ta bêtise qui me tue, trancha Nelson d'une voix glacée.

Renata remarqua que c'était presque sa voix naturelle. Le timbre était délivré de son vestige de lenteur et de faiblesse convalescentes. Alors Dona Zelia éclata en sanglots. Elle se plaignit de sa destinée amère ! Ses nerfs étaient à cran. Il lui fallait tout encaisser, l'angoisse et le mépris. Et puis les insultes. Elle eut cette sortie ineffable :

— Je ne suis pas plus bête qu'une autre...

Ce fut dit dans un ralenti de mauvaiseté, avec des points de suspension et ce sous-entendu fielleux que ce serait peut-être bien elle la bête, qui aurait le dernier mot !

— C'est vrai ! reconnut Nelson en regardant Renata du coin de l'œil.

Sa fille lui sourit.

— Alors tu vas le voir !...

— Oui, bien sûr. C'est oui.

Dona Zelia donna tous les signes d'affliction qui, chez elle, se marquaient par un empourprement et un affalement des viandes. En repérant la mutation, Nelson se dit que Dona Zelia ressemblait presque à Hippolyte de Saint-Hymer. Il émit un petit rire ruisselant, s'adossa contre son oreiller. Plus tard il avouera à sa fille qu'en effet Dona Zelia, en vieillissant, prenait la bobine mafflue et rubiconde de l'Autre...

— Oui, je veux le voir, et il ne me tuera pas.

— Mais pourquoi ? hasarda Dona Zelia au désespoir.

— Parce que je commence à m'ennuyer, entre deux doses de morphine je m'ennuie !

Dona Zelia faillit protester, affirmer qu'elle était là, elle... et puis Renata, sa petite fille chérie. Mais elle se tut. Nelson avait été impératif.

— Quand aura lieu cette rencontre?... demanda encore Dona Zelia.

— D'ici huit jours. Pas forcément demain, tu vois... Dans huit jours ce sera parfait, le temps que je réponde, que j'envoie cette réponse sans me presser, qu'elle arrive là-bas, qu'il confirme, une semaine! Une gentille petite semaine.

L'idée vint à Renata au cours d'une insomnie... Elle entendit Alcir sortir au milieu de la nuit. Puis revenir deux heures plus tard. D'habitude, il couchait à la favela. Sans doute exécutait-il un ordre de Nelson. Dona Zelia dormait. Drelina, la bonne, roupillait dans un petit bungalow derrière la piscine. Renata alla sur son balcon, en fit le tour, quittant le côté qui donnait sur la mer et São Conrado pour rejoindre l'extrémité gauche du demi-cercle qui offrait une vue sur le morne de Gavea entre deux hauts immeubles. La Rocinha clignotait, frémissait faiblement entre les bords des buildings de verre. Renata rentra dans sa chambre et prit son téléphone. Elle appela Hippolyte. L'autre mit beaucoup de temps à décrocher.

— C'est moi, Renata.

Silence, émoi là-bas aux rives du Jacuriri.

— Renata... (Il reprenait le nom, assommé.)

— Je veux te voir.

Hippolyte eut le sentiment que cette phrase lui était familière sans la reconnaître tout de suite. Puis il comprit qu'on le plagiait. Il pensa à une ruse, une rouerie de Renata, à quelque détournement perfide de sa lettre. Alors il se lança :

— C'est ton père que je veux voir.

— Je sais, répondit Renata. Et tu le verras bientôt. Mais j'aimerais te revoir, moi, Renata, pour parler.

— Pour parler de quoi ?

— Des événements.

— Tu veux me tirer les vers du nez... exploiter un reste de ma faiblesse et de mon aveuglement.

— Non, je ne te crois pas si benêt.

Il encaissa le « benêt » qui lui parut bizarre.

— Quand ?

— Après-demain, répondit-elle sans hésiter.

— C'est du rapide ! Où ?

— Au Méridien.

— Au vu et au su ! Tu n'aurais pas plus intime ?... demanda Hippolyte.

— Chez moi, dans mon appartement, tu aurais peur...

— Très bien, chez toi !

Elle fut surprise par l'ellipse, rare chez Hippolyte.

Hippolyte avait rendez-vous avec Renata. Il en oubliait le zoo décimé.

— Damien, c'est ma mort ou ma résurrection ? Que me veut-elle ?

— Vous voir.

— Alors tout le monde veut se voir. C'est la fièvre !

— Une crise du regard, Hippolyte !

— Qu'entendez-vous par ces chinoiseries ?

— Je plaisantais, voyons, Hippolyte! Mais, après tout, vous allez revoir la belle Renata blanche et noire et tout le tralala des buritis, des sassafras, des petits perroquets...

— C'est plus fort que vous, il faut que vous provoquiez!

— Pas du tout! Vous savez bien que cette scène au bord du rio rouge, tout ce rouge, votre jeunesse Hippolyte, la splendeur de Renata nue, tout cela m'a impressionné, un peu obsédé... C'est le centre amoureux de la vie.

— Elle vous a toujours fait bander, cette Renata, ma puta, hein! Et de près!

— Allons! Je vous ai juré une fois pour toutes que je n'ai jamais couché avec elle.

— Mais vous aimeriez!

— Pour le moment, vous savez bien que je préférerais Marine.

A Barra, l'appartement de Renata, dans un secteur hautement surveillé. Murailles et vigies. Trois pièces immaculées, design et ce dessin colorié, bariolé, des bicoques du Vidigal exécuté par les gosses et offert par Sylvie. L'agglutinement des baraques ringardes aux tons chauds, orangés, bleutés, taudis radieux, ensorcelés.

Renata en minijupe noire de stretch cloqué et débardeur jonquille. Hippolyte costume clair d'une texture mince et sèche comme du papier.

— Hippolyte, tu as assez conseillé et appuyé Asdrubal contre mon père. Tu es donc en partie complice de cet attentat hideux.

— C'est pour faire mon procès que tu m'as invité? Pour que

je batte ma coulpe, que je m'agenouille ? Je ne suis pour rien dans cet attentat ! Je l'aurais interdit à Asdrubal, ne serait-ce que pour lui épargner des conséquences calamiteuses.

— Tu le protèges encore. Tout le monde le sait. Tu as favorisé sa fuite et tu connais sa cache.

— Alors, c'est pour ça que tu m'as appelé ! Je comprends maintenant.

— Mon petit Hippolyte, si c'était en vue de te soutirer des tuyaux là-dessus, fais-moi la grâce de penser que je m'y serais prise plus subtilement. J'aurais tenté de te séduire, de t'embobiner... Je n'aurais pas sorti crûment le paquet !

Cette image de paquet déballé sans façons intimida un peu Hippolyte. Elle avait des expressions gênantes.

— Alors pourquoi me voir ?...

— Pour voir l'homme qui n'a pas pu vouloir consciemment, diaboliquement la mort de mon père. Je voulais te voir pour m'assurer de cela... même si tes complaisances envers Asdrubal sont coupables.

Hippolyte trouvait la raison étrange. Il devinait quelque chose d'un peu vrai et d'un peu tordu là-dedans. Il avait peur d'un piège. C'était trop beau, Renata devant lui.

— Après tout, Hippolyte, tu veux bien voir mon père ! Et je sais que ce n'est pas pour l'agresser. Toi aussi, tu veux voir quelqu'un. Eh bien ! pour moi c'est pareil, c'est de la même eau.

Elle croisa les cuisses. Hippolyte souffrit. Car l'une sur l'autre les cuisses firent surenchère de choses lisses, miroitantes, de douceurs musculeuses, bosselées, serpentant, fuyant dans une perspective profonde, là, sous la jupe, cette ombre sans issue. Hippolyte sentit la sueur sur son front, une panique. « Que me veut-elle ? Que me veut-elle ? » se répétait-il en secret. Et c'était surtout le dessous des cuisses entrelacées qui le poignait. Dans le creux, tout au bout du mouvement fuselé, il voyait des bracelets de peau plus tendre, plus molle, plus vraie que la chair dure drapant les quadriceps bombés. En dessous, un tunnel filait vers le slip… la chair métamorphosée révélait dans la pénombre ses atomes les plus délicats, une sorte de passivité lascive, toutes ces régions très putes dans les coulisses…

— Renata! Que me veux-tu?

— Te voir… voir celui qui n'aurait tout de même pas voulu tuer mon père.

— C'est entortillé, Renata!

— C'est la vie, Hippolyte. Je regrette pour tes kinkajous, ton univers…

Il la fixa des yeux. Le raillait-elle? Elle avait ajusté une expression de chagrin relative et adéquate. Rien à reprendre.

— Je ne te hais pas, Hippolyte, le passé est le passé. J'étais une jeune fille. Tu étais dans le camp de Severino et d'Adelaide, contre mon père. Mais tu me plaisais… au début, les premières fois, là-bas, quand tu sortais des eaux…

Hippolyte suait de plus belle, torturé par ces réminiscences aquatiques et torrides.

— Pourquoi évoquer le passé, Renata?

— Parce que c'est le passé, que cela existe, que je ne suis plus une gamine, j'ai déjà des souvenirs, Hippolyte. Crois-tu qu'une femme oublie de telles rencontres, assez brutales, assez sauvages, avec un homme plus âgé qu'elle, son aura de chasseur, de trafiquant d'Amazonie, d'ennemi de son père. Je vais dire la vérité, Hippolyte. Sais-tu, quand j'ai appris l'attentat, presque aussitôt après, je t'ai vu venir dans le rio rouge et tous ces vols, ces cris des petits perroquets. Les deux scènes se sont télescopées. Je ne veux pas faire de psychologie… mais, comprends-moi, ces deux images coup sur coup… Peut-être que j'ai voulu te voir parce que l'attentat réveillait la violence de mon adolescence sur les sables du fleuve, sous les palmiers qui blanchissaient, brûlaient. Je revois leurs feuilles dentelées, leurs striures dorées, tout l'éblouissement. Ton ombre...

— Moi je l'ai toujours vu, je n'ai jamais eu à revoir. L'empreinte directe m'en est restée... pas celle des feuillages lacérés, mais toi, Renata, un contour blanc, plein, précis, obsédant.

Et l'angoisse, l'alcool l'exaspérant, Hippolytè avoua l'ardent désir qui l'avait toujours tenaillé, de retrouver Renata au bout du chemin, de la surprendre, de revoir une dernière fois ce corps, tant de beau marbre luisant dans la noirceur des cheveux...

— C'est mon unique superstition, Renata, mon illusion vitale !

— Je n'aurais pas cru cela — dit-elle d'une voix fragile, qui ne semblait pas feinte —, pas cet excès et cette croyance surnaturelle...

Ils se turent. Ils en avaient trop dit. Ils ne pouvaient plus se replier sur des sujets mineurs. Ni revenir sur l'attentat d'Asdrubal. Peut-être avaient-ils vraiment voulu revoir la scène rouge sous les palmiers, humer l'odeur des sassafras, entendre les cris, les claquements d'ailes, la risée des eaux... Et toute la lumière blanche s'enflant entre les arbres, les caquètements, le sifflement des bambous, l'avalanche lumineuse, leurs sueurs, ce parfum qui montait du corps de Renata, la baignait, ruisselante, elle disait « pas ça ! pas ça ! » sans cesse, cette litanie triviale du désir que sa beauté, que sa jeunesse magnifiaient, irisaient, ses lèvres gonflées de jouissance, rouges comme envenimées, empoisonnées d'amour, de sperme, de bonheur

Elle se leva, alla vers la fenêtre :

— Alcir m'attend.

Hippolyte sourcilla.

— Je lui ai dit de venir m'attendre à partir de vingt-trois

heures. Il faut que je rentre chez mes parents. Je ne peux pas laisser ma mère seule, en ce moment. Je ne suis revenue ici que pour toi.

— Alors, il t'attend comme cela, en bas, comme un chien.

— Comme un chauffeur, c'est mieux que le chômage !... Toi aussi tu as Severino, Adelaide... Ne sois pas aigre.

— A-t-il pleuré à l'annonce de l'attentat ?

— Pleuré... Tu sais bien qu'Alcir ne pleure pas. On ne sait d'ailleurs jamais ce qu'il pense. C'est ça le plus beau. Drelina, elle, en a fait des tonnes, la crise de nerfs ou quasi. Mais Alcir... J'étais là quand il a appris le crime. Il a cillé dans le soleil. A peine un air contrit devant maman. Il a fléchi le torse, c'est tout. Il a salué en somme. Pas un mot, pas une question. Pourtant, je crois qu'il ne hait pas mon père. Il y a quelque chose entre eux. Mon père sait y faire. Et Alcir est sensible à son jeu. Je le sens. C'est patent. Il a pris un air un peu bête. Ce qui est peu fréquent chez lui... légèrement abruti, oui, d'une prodigieuse passivité, tout en retrait, au bord de la piscine où Nelson un jour l'avait convié à nager. De toute façon, ma mère s'exclamait, gesticulait, occupait tout le terrain. Alcir pouvait être tranquille. Il lui laissait la vedette. Mais moi, je le regardais justement. Raide et bête, retiré je ne sais où, maquillant je ne sais quoi. Peut-être rien du tout. Étonné, crispé, voulant sortir une phrase. Mais rien ne sort. Alors il courbe un tout petit peu l'échine. Il salue ma mère.

En quittant Hippolyte, Renata lui balance cette phrase qui lui assure un supplice prolongé :

— Il faudra nous revoir... maintenant que nous avons pris du recul... Je t'aimais bien, Hippolyte.

Et lui ressasse désormais chaque mot, chaque inflexion. Le futur « il faudra », pas « il faudrait ». Puis ce « recul » qu'ils avaient pris. Et l'infernal « je t'aimais bien »... Cet imparfait si bien nommé qui, s'il ne valait pas un présent, était du moins l'ébauche d'une promesse. Un imparfait qui n'avait rien de révolu, un passé qui bougeait, dessinait une voie… Elle avait le génie des phrases, comme son père. Experte en moindres nuances, sachant donner ce tour équivoque à ses mots… laissant flotter un doute, plusieurs lectures…

Plus tard, revenu chez lui, Hippolyte se demanda si la vengeance de Renata n'avait pas été justement de ressusciter la scène, de raviver sa nostalgie… Faudrait-il la revoir pour perpétuer, aiguiser le supplice ? Il avait assisté à sa disparition dans la Mercedes. Alcir sort d'abord de la bagnole, ouvre la porte à sa maîtresse. Ils partent tous les deux dans la nuit scintillante, tous les feux des hôtels, des villas de Barra dans leurs enceintes gardées par des vigiles. Elle est belle. Il est beau. Alcir et Renata…

Alcir sait que Nelson a failli mourir, que la famille a tremblé. Il conduit Renata à demi orpheline. Et elle n'hésite pas, dans la foulée des audaces et des aveux, elle lance :

— Alcir, avez-vous eu de la peine pour mon père ?

Il se tait. Pris à la gorge. Sonné par ce manque de tact brutal. Il ne répond pas. Désespéré, cherche une réponse et finit par murmurer d'une voix sombre :

— Oui.

— Condamnez-vous Asdrubal, Alcir ?… Le haïssez-vous ?

Nouvel assaut. Il se tait derechef. Secoué. C'est elle, Renata la reine, dans la fastueuse voiture, qui décide de tout, des questions obscènes. Il roule. Automatismes, vitesses passées. Il voit filer les terrasses des bars, les postes des plages, les biffures de lumière, le jardin et la piscine d'un club… silhouettes de femmes riches et belles, motos cabrées, pétaradantes, éperonnées par des types, torse nu, qui crient à tue-tête.

— Vous ne répondez pas, Alcir...

Alors, il répond oui une seconde fois, un oui brusque, un peu farouche.

— Vous le condamnez, répond Renata, bouclant le dialogue.

Alcir s'interroge déjà sur le ton de Renata. « Vous le condamnez ! Ah très bien ! » Affirmatif ou imperceptiblement interrogatif : « Ah, vous le condamnez ?... » Qu'a-t-elle sous-entendu ? Reprenant la phrase, la répétant mécaniquement, d'une voix neutre. La phrase s'arrête sans jugement, sans écho. Elle renvoie à une pensée de Renata qui lui échappe, qu'elle lui interdit. Ils roulent dans cette phrase. Alcir en est l'otage, dans la Mercedes noire de Nelson. Il redoute ce silence. Il a peur qu'elle aille plus loin, qu'elle ose de tonitruantes questions auxquelles il ne saurait pas répondre. Il la sait capable d'un sadisme impudique, souverain. Mais elle ne dit plus rien jusqu'à la maison. Il sort, lui ouvre la porte, il voit dans la lumière violente de l'entrée les deux cuisses découvertes, leur grain, leur galbe jumelé, entrebâillé, leur allongement charnu, clivé de sombre. Puis elle se redresse et c'est d'aplomb, coupé par le bord de la minijupe. Elle lui dit : « Bonsoir. » Il lui rend le salut. En reprenant la voiture pour la conduire au garage, dans la lumière des phares, sans le vouloir, il braque Renata. Il surprend le cul compact et cadencé, la cambrure leste, le dos, la chevelure... Il éteint les phares aussitôt, car c'est impoli de la plaquer ainsi. Il attend qu'elle disparaisse pour rallumer, rouler doucement, descendre l'allée du garage entre les fleurs rouges. La porte électronique glisse, s'ouvre comme un rideau. Il passe dans la salle souterraine où attend la voiture de Dona Zelia. Cela sent l'essence. Les phares projettent leurs faisceaux brutaux contre le mur de béton. Il coupe le moteur. La voiture pousse un soupir, un cliquetis assourdi de machine luxueuse. Alcir se met à bander.

Hippolyte entra dans la clinique. Le hall était aéré, large, décoré de plantes. Une femme élégante arpentait les lieux, lançant du parfum avec un vaporisateur. Elle expédiait ses bouffées avec un geste ravissant, de haut en bas, souriant, revolvérisant les lustres, les meubles, des zones inattendues, très capricieuse et virevoltante, chassant l'odeur d'éther et de médicament. Une musique douce filtrait en fines particules qui se diluaient comme le parfum. Hippolyte se retourna et vit très loin, de l'autre côté des parois de plexiglas fumé, le grand escalier de l'église de Penha qui escaladait héroïquement le morne jusqu'au petit sanctuaire orangé, perchoir mystique en bout de vue. Hippolyte avait souvent eu envie de grimper là-haut, au prix de sueurs et d'efforts, d'atteindre son but, la paix, l'ombre des chapelles baroques et leurs couronnes de cierges, au-dessus de la ville et des golfes, de leur boucan vital.

Un garde en uniforme l'intercepta, lui demanda ses papiers. Puis, il se heurta à un autre barrage : des femmes en blouse blanche derrière un guichet qui téléphonèrent à la chambre de Nelson Mereiles Dantas. Elles firent un sourire à Hippolyte, il pouvait passer maintenant. Il prit un ascenseur et, lorsqu'il sortit dans le couloir, il crut voir Renata disparaissant à l'autre bout. La haute silhouette hardie, le fouet des cheveux noirs, épaules nues ou dos nu ? Quel pan de chair nue en un éclair ?... Puis la porte, un nouveau vigile mince et sagace le scruta, le salua, lui ouvrit.

Au fond, sur le lit, appuyé contre un oreiller, le torse barré d'un pansement cruciforme immaculé, Nelson le contemplait.

Hippolyte vit la peau moins onctueuse, taillée sur l'os des clavicules, sur les nervures des biceps dégarnis. Et le visage abandonné dans l'oreiller moelleux, face très pâle, très calme, regard noir, brillant et lèvres fines. Nelson ne bougea pas. Il demanda à Hippolyte de s'asseoir dans le fauteuil, non loin de lui. Puis Nelson se tut, paisible. Hippolyte s'agita sur son siège. Il avait espéré qu'un sarcasme le cueillerait dès l'arrivée, lançant le dialogue, quelque bonjour émis avec ambiguïté et perfidie. Hippolyte ne redoutait rien tant que le silence des hommes laconiques. Il préférait affronter une avalanche d'injures plutôt qu'un regard impassible. Il sentit dans la chambre un parfum familier qui l'émut. L'image de Renata lui traversa l'esprit, de son corps éclipsé. Alors, se jetant à l'eau, il dit :

— Cela sent un parfum de femme.

Nelson, après un silence mesuré, répondit :

— Vous avez toujours votre odorat d'explorateur... Saint-Hymer.

Hippolyte s'ébroua, heureux de retrouver Mereiles Dantas et son ironie latente. Puis Nelson reprit :

— C'est le parfum de Renata, de ma fille chérie.

Hippolyte fut étonné qu'il prononçât ce prénom tabou entre eux. Le parcours ne serait donc plus balisé par les vieux interdits, les susceptibilités farouches. Un nouveau silence s'élargit. L'oreiller de Mereiles Dantas devenait plus profond encore. La face, le corps du convalescent étaient diaphanes. Hippolyte aurait craint de voir son ennemi se diluer dans la blancheur des draps, n'eût été l'œil de Nelson qui le contemplait. Il ne savait comment interpréter ce regard inconnu. Nulle trace de haine, de condescendance, de froideur, de persiflage. Nelson le contemplait et c'est ce qu'Hippolyte déjà ne pouvait plus souffrir. Nelson ne le regardait pas, ne le scrutait pas, ne le toisait pas… mais le contemplait, un peu comme si Hippolyte avait été l'église de Penha, le monastère de São Bento, le Pain de Sucre, ou quelque poisson de l'Amazone. Mais Nelson ne marquait aucun étonnement, aucune vigilance. Il le contemplait sans lassitude non plus, sans bienveillance ni hostilité. Hippolyte avait l'impression d'être un tableau encadré sur les cimaises d'un vernissage devant un critique d'art qui se garde de trahir son jugement, efface toute expression, demeure au seul niveau de la perception.

— Je voulais vous voir… articula Hippolyte qui aussitôt se sentit plat et gaffeur.

— Vous me voyez…

Après un temps, Nelson reprit :

— Et je vous vois.

C'était prononcé avec la même équanimité.

— Je n'ai pas donné l'ordre de l'attentat ! lança Hippolyte.

— Je ne vous reproche pas cela.

Hippolyte fut désarçonné par ce refus du combat. Du coup, lui qui voulait en venir au massacre des animaux, ne savait plus comment l'amener sur le tapis. Si l'autre ne lui imputait pas l'homicide, comment pouvait-il oser évoquer les bêtes ? Il se tut. Nelson flottait dans ce silence.

— Ah oui… vos bêtes…

Nelson lisait dans ses pensées.

— Je ne les ai pas zigouillées.

Hippolyte sut gré à Mereiles d'user d'un verbe pittoresque qui témoignait de la subjectivité de Nelson, de son aptitude à sortir de la contemplation.

— Pourtant, ce sont vos hommes qui ont tout étripé ! déclara Hippolyte.

— Je n'ai donné aucun ordre, mais il se peut que des partisans troublés par l'attentat aient pris la liberté de me venger.

Je ne suis pas maître de tous mes amis, comme vous-même ne semblez guère contrôler les impulsions de vos protégés.

— Je n'aurais jamais conseillé un crime à Asdrubal.

— Vous voyez bien que nous sommes innocents.

Nelson – on y était – le raillait, mais le faisait sans accent, avec détachement. Hippolyte pouvait difficilement enchaîner.

— Vous devriez, cher Hippolyte, vous allonger à côté de moi. On vous donnerait un oreiller. Vous trouveriez l'apaisement. Vous contempleriez le mur ripoliné d'en face, il offre une texture granulée dont l'intérêt est infini. Mille accidents, mille trésors, mille disparates émouvantes et savoureuses émergent dès que l'on sonde la moindre chose avec l'amour de la matière. J'ai toujours été fasciné par la matière, Hippolyte !

Et Nelson regardait son visiteur comme s'il avait été l'illustration de cette curiosité. Hippolyte était rassuré par la faconde revenue de Nelson, mais inquiet par ce boniment esthétique dont il ne saisissait pas le dessein. Il était surtout terriblement gêné par l'invitation bouffonne à venir s'allonger sur le lit.

— Je suis un être essentiellement spirituel, voyez-vous, Hippolyte ! C'est mon problème, d'où ma stupeur devant la matière, ses grains, ses fibres, ses rythmes, son caractère obtus, son tassement opaque... Un mur mal ripoliné est un lourd et lent firmament pétrifié. N'est-ce pas, Saint-Hymer ? Et pourtant, il réserve de secrètes péripéties, des turbulences sourdes, une anarchie enfouie... N'est-ce pas ? De grandes vrilles de vie sidérée, hein ?

Hippolyte ne s'attendait pas à ce que Nelson parte si loin. Il ne pouvait plus le rattraper, tant il devenait inhumain, abstrait.

— Et pourtant, Hippolyte, vous pourriez guérir de votre excès de bêtes grâce à la contemplation de la matière.

Contemplez longuement les granits de Rio, d'abord tous leurs volumes énormes, épiques, catastrophiques, ça doit vous plaire, ça !... Puis réduisez le cadre, supprimez le gigantisme, le spectaculaire, les embardées, le rut des pierres, considérez de menus cailloux, galets, cauris, poussières... cela remédiera à votre transe des bêtes... Bon ! Vous ne suivez pas ! Vous pensez que je bluffe, que je vous largue exprès. Et pourtant je suis sérieux ! Alors, revenons à nous deux. Que vouliez-vous me dire, Hippolyte ? Au vrai ?

— Vous dire que ce n'était pas moi.

— Ce n'est pas moi non plus, je vous le répète. Nous sommes purs, Hippolyte, c'est rare des hommes si purs à Rio, dans cette cité piaffante et putrescente. Je me sens tout à fait angélique dans ce lit blanc. Il me vient des idées saintes, des images de madones... des choses de l'âme, voyez-vous... déliées du monde. L'âme, la matière... Ce sont mes deux méditations actuelles... Et vous ?

— Moi, je suis primaire ! Vous savez bien.

— Oh, Hippolyte, ne m'imputez nulle ironie. Je suis bien au-delà de l'ironie de salon. Êtes-vous si primaire que cela ? Je ne vous crois guère. Vous devez avoir des qualités, votre vitalité brouillonne trouvera à se transcender... Nous sommes si bons, Hippolyte, au fond !

Saint-Hymer eut l'impression que l'autre outrepassait les bornes, mais comme il évitait toute mimique un peu facétieuse, Hippolyte se demandait si Nelson n'était pas, sur le moment, en train de croire à ce qu'il disait.

— Il est vrai, Saint-Hymer, que la morphine bien dosée donne un petit coup de pouce à ce sentiment d'universelle bonté, de contemplation désintéressée, d'altruisme cosmique, de taoïsme diffus... si vous voulez. Vous voulez bien ? Vous, vous seriez plutôt un type à cocaïne... moi, la morphine. Deux philosophies... Mais je vous rassure, je n'abuse de rien.

Je reprends doucettement mes affaires. De-ci de-là, un mot au téléphone, une signature, petits conseils, le train-train...

— Vous vous tenez un petit peu au courant de la fuite d'Asdrubal... insinua Hippolyte.

— C'est vous qui revenez au tueur, Hippolyte. Vous avez le nez au ras des événements, du réel divers, de ses gigotements, c'est votre trait, ce gros appétit des choses.

— Nelson! tout de même... vos affaires, vos marchés ne se déroulent pas tout à fait dans le ciel.

— Si! si!... Ah si!... Ah, que vous me peinez... si! si! Tout cela est métaphysique, Saint-Hymer, voilà! Ah, vous ne comprendrez jamais cela! Vous ne me comprendrez jamais... Chaque épisode n'est pourtant que le reflet...

Hippolyte admira soudain Nelson, son cabotinage hallucinant, ce mélange de sincérité et de duperie, cette capacité de manœuvre sur tous les plans à la fois. Alors Hippolyte, sentant tout cela presque sensuellement, retrouva son chemin, lâcha le morceau :

— Mais les désirs, Nelson... Aujourd'hui, entre hommes, on peut s'avouer les choses. Les désirs, ce n'est pas de la métaphysique, nos inclinations, nos soifs... Je sais que vous n'êtes pas si éthéré là-dessus.

— Ah! Vous avez des informations? Mes désirs, voyons...

Nelson semblait chercher, s'interroger. Il prenait un air un tantinet drolatique. Cela plut à Saint-Hymer.

— D'accord, j'ai des désirs, des soifs comme vous dites... Mais ce n'est pas si matériel que vous le croyez, c'est en rapport encore avec la métaphysique, un certain goût de la beauté, du visuel, Hippolyte! Je suis visuel, si vous savez... Le visuel n'est jamais loin du surnaturel... Vous devez être plus tactile, Hippolyte! Il y a ceux qui contemplent et tous ceux qui touchent.

— Vous me mettez dans le tas!

— C'est vous qui imaginez des sous-entendus désobligeants.

Hippolyte se sentait mieux, il lança d'un ton faussement naïf :

— Alors la guerre est finie ?

— Oh, mais a-t-elle jamais commencé ? Hippolyte... Pedro est mort, c'est vrai, c'est pas gai, c'est un assassinat. Je suis convalescent et sans haine peut-être. Toutefois, j'ai de la mémoire ! Vous savez bien, Hippolyte, que j'ai beaucoup de choses. Vous êtes monolithique, vous... Moi je suis plusieurs, je suis multiple, si vous me l'accordez. Alors j'ai, entre autres choses, de la mémoire... Asdrubal, pourquoi pas, galope éventuellement dans quelque coin du tableau. Je ne dis pas... Dans les coulisses, en filigrane, il y aurait sans doute l'ombre d'Asdrubal, de sa course, de son meurtre, de sa fuite, de sa tignasse, de ses victimes, tout cela est fort possible... se greffant sur la fresque calme de la matière dont je vous parlais, entrant aussi dans cette aura diaphane, cette onde, ce rayonnement surnaturel au bout du compte... voilà, je vous ai décrit le système, en gros ! En tout cas, j'ai essayé de l'esquisser. Rien n'est omis, tout est compris à son échelle et tout est pris dans l'ineffable mouvement des choses... La morphine n'explique pas tout, Hippolyte !

Saint-Hymer était de nouveau perdu, mais il entrevoyait que, dans les méandres de ses fumeux couplets, Nelson indiquait qu'Asdrubal existait, n'était pas oublié. Nelson tissait tous ses thèmes mais demeurait le motif d'Asdrubal, dans la trame fluctuante, matérielle et spirituelle. Il y avait cette encoche, ce créneau où Asdrubal braquait le fusil sur Nelson, pour le tuer. Ça, Hippolyte le sentait. Alors, traversé par un éclair de fierté, d'allégresse, il dit :

— Il y a le surnaturel, le mouvement infini et tout... d'accord ! Puis ce détail qui vous saute aux yeux, dans le créneau : la volonté matérielle et meurtrière d'Asdrubal ! Il jaillit dans le soleil, dans l'aveuglement du monde. Il tire. Il traverse le mur des apparences…

– Pas mal, Saint-Hymer !… Pas mal, pas mal… Je suis contagieux. Une chambre de malade est un lieu de voyance et de vérité. Ça rend lucide, ça vous acère le regard. Pas mal ! Je vous l'accorde.

– Donc, ce fut un choc… ce bond d'Asdrubal, sa mitraille, un traumatisme malgré tout. Un dérapage terrible, renchérit Hippolyte.

– Eh bien non… Cela a gommé plutôt quelque chose. On dit que les victimes d'attentat font des cauchemars, se disloquent et ne sont jamais plus comme avant… Eh bien ! – et là je ne vous dis rien que la vérité, pour votre gouverne, Hippolyte – le saut d'Asdrubal, la fusillade en plein soleil, ont ouvert un blanc dans mon esprit, un créneau mort, voyez-vous, il y a un passage là qui me manque, que je ne peux plus prendre, que je contemple à vide. C'est chez moi une dissociation, une crise d'absence, une détonation blanche… La déflagration du silence.

Hippolyte croyait Nelson sans comprendre. Surtout, il se demandait quelles seraient les conséquences, pour les autres et pour lui, de cette crise singulière, de cette meurtrière blanche… Quand il quitta Nelson, ce dernier lui dit pour bien l'embrouiller :

– La guerre est infinie, Saint-Hymer, c'est pourquoi ce n'est pas la guerre… La guerre est une paix profonde.

Hippolyte, en redescendant l'escalier, se répétait : « La guerre est une paix profonde. » Ah le salaud, il m'a eu ! Je n'y comprends goutte. C'est la guerre ou c'est pas la guerre ? Il est gâteux, morphinomane, hors jeu ou il continue l'aventure ? Il m'a confondu d'un bout à l'autre. Je suis incapable de faire la synthèse de ce qu'il a raconté. Il a gommé au fur et à mesure tous les repères.

Et Saint-Hymer se précipita à l'hôtel, dans la chambre de Damien. Les vierges alignées sur la commode lui rappelèrent les velléités religieuses de Nelson. Ils étaient tous fous, tous sadiques, tous illuminés, tous tordus. Personne n'avait les pieds sur terre en dehors de lui et de Dona Zelia peut-être, hélas! Et de tous les millions de pauvres, par-dessus le marché!

— Voilà ce qu'il m'a raconté, Damien, tout le méli-mélo. Il enfilait tous ces machins pour me perdre... Il disait des vérités qu'il dispersait, travestissait au fur et à mesure. Il tenait plusieurs langages à la fois... « La guerre est une paix profonde... »

Damien toisait Hippolyte:

— Mais qu'attendiez-vous de cet entretien, Hippolyte?... Superficiellement, on pourrait croire que, profitant de l'abaissement de Nelson, vous vouliez avoir barre sur lui et jouir de votre maîtrise enfin. Mais c'est superficiel... Vous sentez bien, Hippolyte, au fond de vous-même, que vous espériez retrouver le Nelson de toujours, son ambiguïté fascinante, son sadisme souverain... C'est ça que vous êtes venu chercher... votre humiliation, Hippolyte, qui vous rassurait, au fond...

Hippolyte, étonné, cette fois comprenait presque.

— C'est peut-être ça, Damien... Pourtant, je ne dirai pas humiliation. Mais c'est peut-être ça. Je voulais qu'il m'embrouille. C'est ça qui m'épate... ce pouvoir qu'il a...

— C'est cela que vous désiriez revoir...

Damien se tut un instant avant d'assener avec ingénuité:

— Au fond, vous aimez Nelson et Renata, c'est votre couple.

Hippolyte, stupéfait, se récria:

— Voilà! Vous dites n'importe quoi! Après m'avoir aidé, éclairé, vous me balancez des énormités... Vous êtes pervers, Damien, comme Nelson... c'est votre perversité à tous qui bousille le monde!

– Comme vous y allez… Ce n'est pas un crime d'aimer !

– Je désire Renata mais je n'aime pas Nelson ! C'est tout le contraire évidemment !

– Bon… très bien…

Damien céda pour avoir la paix.

– Et vous ! Avec Marine, seriez-vous plus limpide ?

– Mais pas du tout, Hippolyte, je n'ai aucune prétention. Je suis péteux et tout à fait nul… soyez-en sûr ! Nul sous Noctran !

Dona Zelia entrevoyait qu'une complicité névrotique pouvait acoquiner Nelson et Hippolyte, que des rapprochements monstrueux s'opéraient entre les extrêmes, voire entre Saint-Hymer et sa fille Renata. Dona Zelia ne comprenait plus rien. Elle se sentait humiliée, exclue par les manœuvres des grands pervers, leur loterie capiteuse, leurs provocations délétères. Ils se jouaient d'elle, ils couraient vers la destruction avec des élans de jouissance. Ils mettaient de l'érotisme dans leurs traquenards. Ils étaient malades. Ils empoisonnaient l'univers. Dona Zelia, à bout de nerfs, rabrouait Drelina, la bonne, qui ralentissait tous ses gestes exprès pour l'agacer. Drelina obéissait avec une nonchalance horripilante, elle déplaçait ses reins mignons à travers le salon, un cuivre à la main, qu'elle allait astiquer sans conviction, le serrant dans la tenaille de ses longues cuisses noires.

Dona Zelia voyait dans la désinvolture de Drelina un prolongement secret du complot. Tous, ils se moquaient d'elle. Ces lenteurs, ces ruses, ces vigilances dans le soleil, cet agrégat de roueries la défiaient, construisaient une résille tortueuse de nécessités, de connexions, de tropismes qu'elle ne parvenait pas à percer. Drelina était complice. Les grands mornes rougeâtres riaient autour des villas de São Conrado. Et l'océan vrillé de rayons, criblé d'ocelles et d'éclats de saphir, arborait lui-même les insignes et les blasons du diable. La ville caracolait dans les méandres de la mort. Elle haletait sur le grand disque des granits, des gangrènes et des matières passives. Dona Zelia étouffait. Elle décida d'aller voir Rosarinho le médium : lui la libérerait de ses effrois et de ses pressentiments. Elle appela Alcir pour qu'il sorte la voiture. Alcir n'entendit pas. Elle l'appela de nouveau d'un ton survolté. Alcir, qui actionnait un robinet au fond du jardin, ne percevait rien dans le crépitement de l'eau sur le gravier. Dona Zelia sortit. Elle le vit torse nu, tout brun, tout brillant, musculeux et ployé dans le geyser d'écume et la joaillerie des cailloux mouillés. Elle lança un troisième appel. Mais Alcir, absorbé dans la manipulation du robinet, ne réagit pas. Pire, la chaleur était telle que soudain il fourra sa tête, sa crinière noire sous le jet. Dona Zelia vit toute la boule tourner sous l'eau étincelante, graviter, s'asperger, basculer de gauche à droite, puis les épaules s'avancèrent, le dos dur et bosselé où l'averse giclait, explosait, massant les muscles, les omoplates noires, frottant toute la charnière de l'échine comme un cuir. Alcir plongeait, reculait, s'ébrouait, semblait battre des ailes dans un vol viril, puis son envergure, déployée à l'horizontale, s'immobilisait presque, vissée aux reins, planait, recevant l'épanchement liquide avec volupté. Le dos alors se creusait doucement, se relevait en crosse pour que se coule avec amour, comme dans un lit, le ruissellement des eaux...

Dona Zelia, exaspérée, fonça sur lui et gifla en hurlant cette nuque, cette tête gluante, ivrogne. Alcir, arraché à son plaisir, se détendit d'un bond, se dressa, trempé de haut en bas, et rendit sa gifle à Dona Zelia, puis deux, trois... La grande silhouette maigre, énergique, galvanisée s'abattait sur Dona Zelia, distribuant les gifles, les propulsant comme une mécanique, un tourniquet de rage. La main claquait sur les joues, la face, le cou de Dona Zelia uppercutée, fauchée. Alcir se mit à crier, puis à rire. Et le ricanement cascadait de lui, entre les gifles, sur la carcasse de Dona Zelia dont la chair renvoyait des échos de caoutchouc cogné. Drelina sortit sur le pas de la porte et vit la scène formidable. Bouche bée, morte de stupeur, elle regarda Alcir convulsé de joie, bandé de colère, projetant les gifles comme d'un carquois de flèches… Elle n'oublierait jamais l'événement, sa puissance. Alcir était beau comme le dieu de la vengeance, moiré par le bain purifiant, rénové, sorti des mains du créateur, grand corps d'argile crue dont la violence déferlait avec une sorte de cadence céleste. Cette hargne était majestueuse, elle se déversait avec une fureur sacrilège. On sentait cette volonté, ce sursaut, cette révolte d'un vouloir impérieux. On eût dit qu'Alcir voulait tailler, sculpter la chair de Dona Zelia à l'effigie de sa rébellion, y inscrire les éclats, les empreintes, les édits d'une transcendance fraîche et noire.

Dona Zelia resta muette. Elle tomba à genoux, puis elle émit soudain un long beuglement de bête et d'enfant épouvanté. Le jet cinglait les graviers dont les facettes pétillaient. Les bougainvillées et les hibiscus carraient leurs paquets de pétales rouges, leurs bouffants de carnage. Pas d'oiseau. Nulle musique. Le silence. La beauté. Paradis pétrifié. A quatre pattes, Dona Zelia. Alcir s'arrête brusquement, se détourne. Drelina voit l'homme maigre s'élancer, arpenter l'allée, partir, quitter la villa géante.

Voilà. C'est fait. Le travail des dieux. La fulmination de l'océan et des granits concentrés dans le torse d'Alcir, jaillissant de ses bras, de ses abois furieux.

Dona Zelia beugle encore, cela s'étire et s'assourdit en désespoir puéril et apeuré. Sa chair molle, effondrée, soulevée de spasmes, bave et gémit. Drelina, au milieu de l'effroi, sent une flamme secrète qui la perce, une giclée de bonheur tout clair... Que le jardin est beau, coiffé de fleurs violentes, hérissé de bouquets sanglants ! L'énorme villa repose. La piscine conçoit des miroitements, un tressaillement d'ouïes, d'ovoïdes battements d'or dans la transparence de ses fonds. Drelina ne bouge pas. Dona Zelia, couchée, tordue de côté sur le gravier, la face tournée vers le ciel, pleure encore, c'est toute sa vie qui pleure.

Alcir est allé chez Biluca. D'instinct. Il a rejoint l'appartement de la maîtresse de Mereiles Dantas. Car il se sentait avec elle une fraternité sourde. Tout dans Biluca aurait dû le rebuter, son androgynie lascive, sa condition d'amante tarifée, son initiation scandaleuse sous le signe d'Oxala... Biluca était la preuve de toutes les falsifications, de toutes les déviations, de l'hybridité radicale de la ville. Et c'était ce nœud de paradoxes et de duplicités où la vérité se travestissait, se pulvérisait qu'Alcir voulait voir. Biluca, l'amante de Nelson, avait partie liée avec Dona Zelia, dont elle était, en somme, le bourreau. Alcir était son jumeau dans la tragédie. Biluca avait agrippé, englué le mari, Alcir avait terrassé l'épouse.

Biluca le regardait. Elle parlait peu à la différence du peuple et des putains de Rio. Puérile et nattée, les fesses moulées dans ses jeans, elle n'exagérait rien. Lisse, concise. Quelque chose était clos en elle. Cependant elle était surprise de la visite d'Alcir. Lui-même s'étonnait de son impulsion. Rien n'aurait pu présager leur rencontre cet après-midi-là, au cœur de la crise, dans la coulée de laves. Car Alcir avait accompli son destin qui était de colère, sa mission qui était d'incarner la colère. Marine, un jour, l'avait dévoilé à Damien, frappé par la soudaine évidence, cette gloire de colère qui enveloppait Alcir, ce feu sur ses pommettes dures.

Biluca prit sa voiture et emmena Alcir vers les Dois Irmãos, la montagne courroucée, dardée au-dessus de la mer. Elle l'entraîna vers ce pli où la Rocinha et le Vidigal nouaient leurs misères et leurs guerres. Il vit le chemin rouge entre les blocs de granit, la blessure séparant les cabanes et les clans. Elle lui dit que c'était là, la saignée de leur généalogie, de leur condition, dans la terre des mornes, dans la fente des colosses de pierre, qu'il leur faudrait toujours revenir là, pour s'interroger. Elle lui avoua que cette vérité lui avait été révélée par Rosarinho au cours de son initiation et que lui-même la tenait d'un premier migrant, le vieux Natal. Elle le conduisit dans le terreiro du père-de-saint.

Rosarinho embrassa Biluca, dont la personne l'obsédait jour et nuit. Il vit Alcir opaque et répugné qui s'était toujours soustrait au dialogue et à toute séduction. Rosarinho mesura, au premier coup d'œil, les prestiges de ce couple, la catastrophe que constituait son intrusion. Pour que s'allient deux êtres en apparence si dissemblables, il fallait que le monde connût une commotion brutale. C'est Biluca qui raconta les gifles, le torrent de gifles sur Dona Zelia.

Rosarinho eut peur. L'attentat contre Nelson, la fuite d'Asdrubal, la colère d'Alcir précipitaient un engrenage carnassier qui aveuglait sa pensée. Il murmura :

– Qu'avez-vous tous ?... Qu'est-ce qui vous prend soudain !... Ça part dans tous les sens et rien ne peut plus vous contenir, ça devient fou... La ville jusqu'ici équilibrait ses chienneries dans un compromis fluctuant. Mais vous cassez la règle par des actes qui nous dépassent et vous dépassent. Vous ne savez plus jusqu'où vous allez. Qu'est-ce que je puis faire de vous ? Vous avez perdu le respect des dieux, vous agissez à leur place et vous déplacez l'ordre entier. Qu'est-ce que vous voulez que je fasse quand tout est transgressé ?

— Cache-le ! demanda Biluca, car Dona Zelia va l'accuser, le poursuivre et rameuter la police contre lui... A défaut d'Asdrubal, ils se rattraperont sur Alcir.

— Je l'enverrai chez Osmar... Les flics hésiteront à bousculer trop vite la Rocinha d'Osmar, car actuellement ils manœuvrent avec lui. Et puis Alcir n'a pas commis de crime ! On ne peut pas le mettre dans le même sac qu'Asdrubal. Il n'est pas dit que Nelson s'acharne sur lui. Nelson aime bien Alcir. Biluca, tu pourras plaider sa cause... Nelson va sortir de la clinique et reprendre ses habitudes. Il va bientôt te revoir, Biluca, tu le sais... Ce sera son grand bonheur... Alcir ! Je vais prévenir Benicio. Je pense que tu veux lui parler...

Rosarinho appela Narcisio qui, armé de la caméra du Centre socio-éducatif, était en train de filmer, au sein du terreiro, l'autel, ainsi que les parures de Xango, d'Oxala, les panoplies des dieux. Rosarinho avait autorisé Narcisio à filmer parce que l'adolescent avait de longues jambes douces et un visage tendre, qu'il allait et venait, découvrant sous son tee-shirt trop court la souplesse de son ventre. Rosarinho parfois l'arrêtait, s'agenouillait et baisait la peau offerte. Il descendait et avalait la verge de Narcisio dans l'urne de ses lèvres gourmandes. Narcisio se laissait faire et livrait bientôt la surabondance de ses sucs...

Rosarinho commanda à l'adolescent d'aller chercher Benicio.

— Il va falloir prévenir Carmelina, car elle apprendra ton action, Alcir, les journaux risquent de commenter l'incident, à moins que Nelson ne préfère étouffer l'affaire, stopper la contagion de la colère en évitant toute publicité. J'ai plutôt confiance en Nelson, là-dessus, il a besoin d'une pause... Alors, pour ta mère... tu vois si tu peux temporiser encore...

Narcisio ramena Benicio qui montait un mur dans un coin de la favela. Rosarinho lui expliqua les faits. Alcir se taisait. Ce dernier et Benicio n'avaient rien de commun, sinon cette fraternité instinctive, souterraine dont Rosarinho sentait la force, sans en connaître tous les ressorts et la portée. Alcir était un mec muet, introverti. Benicio physiquement lui ressemblait, une sorte de jumeau en moins beau, sans la rage. Benicio parlait un peu. C'était un type docile mais fragile, un maçon qui, lorsqu'il avait du travail, ne posait pas de problèmes, mais dont l'esprit battait la campagne dès qu'il était contraint à l'oisiveté. Alors il rejoignait Arnilde et Chico à la Boca de Fumo, derrière la chapelle du pape où il buvait, jouait au billard ou réparait les cerfs-volants des gosses. Benicio avait une faiblesse que tout le monde connaissait et qui le rapprochait de Rosarinho. Il aimait, il désirait Biluca. Il l'avait vue au cours de son initiation dans le terreiro où il effectuait des travaux. Quand la passion de Rosarinho s'extériorisait avec emphase, mise en scène à grand renfort de litanies, de fougues, d'aveux, de trémolos, celle de Benicio restait sans accent et silencieuse. En cela il coïncidait avec Alcir. Benicio ne savait que scruter Biluca, sans pouvoir rien formuler de plus. Il ne pensait pas son amour. Il était plongé, paralysé dans un éblouissement douloureux.

Les deux frères étaient côte à côte, différents, comme étrangers, habitués à ne rien manifester de leur fraternité. Rosarinho pourtant sentait cette chose qui les reliait… une chose obscure et puérile qui se cachait mais qui était là. Rosarinho la sentait comme une proximité tacite les réunissant dans l'invisible, une tiédeur, un héritage du sang… Ils étaient sortis du ventre de Carmelina, la bonne lavandière. Ils étaient pétris par cet amour-là, ce fonds commun que Rosarinho devinait, ému par cette présence que rien ne trahissait, que les comportements gommaient mais qui revenait dans le vide aimanté qui séparait les deux frères, cette espèce de sécurité latente et profonde qui filtrait entre eux... Ils s'interdisaient la tendresse, et c'est ce tabou qui faisait d'Alcir et de Benicio deux frères, Dois Irmãos.

Alcir avait fui, caché par Osmar. La police, envoyée par Dona Zelia, raconta le scandale à Nelson. Mais ce torrent de gifles ne pesait pas lourd en regard de l'attentat. Asdrubal était un vengeur, un tueur. Alcir restait tendre. C'est ce que pensait Nelson, s'efforçant à l'indignation face aux jérémiades de son épouse. Nelson regrettait Alcir. Il avait perdu un chauffeur secret qu'il aimait. Il puisait une subtile volupté à le surprendre, à le saisir à contre-pied. Alcir masquait sa surprise et son admiration. Sur son visage se diluait un sourire à demi aimable qui refrénait une émotion plus forte d'amour et de haine. Nelson adorait ce moment où Alcir convertissait son véritable sentiment en un succédané plus fade. Ce tour de passe-passe rendait sa physionomie timide... Cependant Nelson considérait sans optimisme la conjonction des colères d'Asdrubal et d'Alcir... Leur violence faisait monter une tension dont la crête s'acérait dangereusement : « Est-ce la fin de l'Éden ? » demanda Nelson à Renata avec ironie. « La crise se propage... submerge nos esclaves, tous les maillons de l'ignominie, ma chérie ! » Renata n'osait plus rire. Elle savait que Nelson bluffait, car la rafale d'Asdrubal avait cassé le ressort même de la vivacité en lui. Nelson mettait un instant à répondre, à retrouver sa morgue et ses défis. Il s'ingéniait à imiter le Nelson du passé, il pastichait une image qui ne lui correspondait plus tout à fait. Renata sentait dans l'âme de

Nelson cette plage de vide dont il ne sortait qu'en trichant et dans laquelle il retombait avec une imperceptible soumission. Passif, Nelson faisait peur à Renata. Après une nouvelle dose de morphine, il avait révélé à sa fille, d'une voix molle : « Je suis en osmose avec moi-même et le monde, dans un néant douillet. »

Dona Zelia, elle, ne connaissait nul havre, nul répit. Elle prenait ses copines et Renata à témoin de son infortune. Les gifles lui cuisaient la peau. Elle redoutait l'apparition d'indélébiles stigmates. Le nègre l'avait mordue de son venin. Toute l'ordure des favelas macérée, injectée dans un vaccin de mort. Elle transmit un message à Rosarinho. Alcir n'était plus là pour conduire sa maîtresse, en secret, au terreiro. Le père-desaint ne se fit pas prier. Il débordait dans les tonnelles au volant de sa bagnole, embarqua Zelia et repartit vers son sanctuaire. Il sembla à Zelia que la favela et ses lignes de niveau parallèles l'encerclaient d'anneaux de reptile. Le terreiro était situé dans une zone civilisée, bâtie en dur et reliée à la ville par l'électricité et les canalisations. Mais tout de même, Dona Zelia savait qu'en quittant São Conrado, comme elle le faisait dès qu'elle avait besoin du secours du médium, elle transgressait l'ordre même, donnait des gages au diable. Il lui aurait fallu un médium bourgeois, installé dans la ville d'en bas. Mais les psys que rencontrait telle ou telle de ses amies ressemblaient trop à des professeurs gauchistes ou à des fils prodigues et suspects, des enfants riches, engoués d'une marotte trop intellectuelle pour qu'elle fasse appel à leurs services. Superstitieuse pardessus tout, Zelia éprouvait au fond de sa chair le magnétisme des favelas noires, l'effet des danses, des manigances. Rosarinho lui balançait des phrases en yoruba. Elle en était saisie. Elle se disait qu'il fallait soigner le mal par le mal. Alors la seule magie pour elle était la noire. Elle franchit la porte d'Exu, le porche du démon.

Dans la salle de l'autel, Rosarinho, muet, concentré, commença à tracer autour d'elle l'inévitable cercle de craie enrichi de diagrammes mystérieux. Dona Zelia se sentit sertie. C'était déjà pour elle un jalon dans la guérison. Rosarinho avait l'art, en l'enserrant ainsi d'une courbe, de la métamorphoser en quelque joyau rare et central. Il la consacrait. Le jour où il lui avait révélé le nom d'Oxossi, le maître de sa tête, elle avait failli renoncer. L'idée d'être ainsi chevauchée par les esprits lui faisait encourir la démence. Puis Rosarinho lui avait refilé le collier et l'arc de la divinité chasseresse. Dona Zelia se sentit ridicule et surtout puérile, toute petite, armée d'un jouet. Elle se rappela que ses parents, catholiques austères, lui offraient rarement des joujoux. Une régression vertigineuse s'opéra en elle, toute une reviviscence des affres de sa jeunesse. Elle eut à la fois envie de sauter, de courir l'arc au poing, de crier comme un Sioux et bientôt de pleurer, de se nicher dans les bras de Rosarinho. Ses copines férues de psychanalyse connaissaient-elles un si brutal réveil de mémoire et de pulsions ? Leur entretien traînait et larmoyait à longueur d'année sans péripétie sauvage. Elles végétaient sur le divan des psys tandis que Zelia fleurissait d'un coup dans le flamboiement noir du père-de-saint. Le nom surtout l'envoûtait : « pai-de-santo », qui conjuguait l'Esprit, la paternité, l'amour et le sacré.

Rosarinho recueillait des amas de feuilles fraîches qu'il soulevait dans ses mains et dont il frottait doucement le corps de Zelia. C'étaient des plantes de la forêt de Tijuca. Dona Zelia respirait leur odeur crue. Puis Rosarinho porta un cigare à ses lèvres, il se mit à fumer le tabac rituel et projeta tout à coup des bouffées sur Zelia. Ce moment-là était difficile pour la senhora Mereiles Dantas. Car Rosarinho, malgré sa gravité, avait l'air de la narguer. Il faisait durer la séance, aspirait, la regardait, l'inondait, l'enfumait de petits panaches malodorants. Dona Zelia avait l'impression que Rosarinho en rajoutait. Était-ce bien du tabac consacré ? Cela ressemblait plutôt à de grossiers cigares nordestins enveloppés de feuilles brunâtres et froissées. « Ils sentent la terre, la merde, la bite et le mulet », comme l'avait lâché Biluca, un jour, au visage de Rosarinho. La bouche en cul de poule du médium soufflait comme une locomotive. Son regard vigilant ne quittait pas d'un pouce la cliente de São Conrado. Empreint d'une convoitise de l'au-delà, il avait un œil écarquillé, velouté de longs cils de Salomé.

Frottée de feuilles, encerclée, éberluée, asphyxiée, grimpée sur son piédestal sacré, la grande Zelia subissait le charme odieux de Rosarinho. C'était un acte entre lui et elle... nauséabond et religieux. Rosarinho l'espionnait entre les volutes, avec des mimiques de mouchard de Dieu. Alors ça recommençait. Dona Zelia se sentait petite fille. Elle avait envie de rire, de jaser, de sangloter, puis l'esprit la hantait, elle désirait sauter, bondir, brandir l'arc d'Oxossi, chasser dans les bois en tunique d'Artémis, le sein dénudé.

Rosarinho fumait, la convoitait, fasciné lui aussi par Dona Zelia, par son derrière obèse sous la soie. Un « bum-bum » énorme. Zelia incarnait tout le scandale féminin. Bouche, mamelles, ventre, croupe de femelle décuplée. Telle surenchère d'hormones écœurait Rosarinho, l'aimantait comme la matrice d'une évidence première, un bâillement, un vagissement de mort et de volupté. Dona Zelia, isolée dans son cercle de craie, enveloppée d'un sortilège de vapeurs, épanouissait l'île monstrueuse de la femme. Montagne émergeant des brumes océaniques. Caverne ouverte aux marins perdus. Rosarinho tremblait. Lui aussi, s'il n'avait résisté, serait redevenu mioche, ravalé au rot du nourrisson devant les lourds tétons dardés de Zelia. Nourrisson, le seul mot le faisait mourir, l'idée immonde de tétée ! Il ne tolérait que la semence de Narcisio ou le lait de coco sorti des cabosses brunes et poilues des noix, c'était comme un lait mâle affranchi des glandes maternelles. Mais Rosarinho n'en subissait pas moins l'attraction délétère de Zelia, blason femelle, bulbeuse, bosselée, bombée, gonflée de liqueurs mammaires.

Rosarinho toisait l'ennemie archétypale, la mygale féconde et saturée d'œufs, il la sentait nidifier sous sa robe, couver des générations, l'horrible fleuve de la durée, des écroulements séculaires, de la matière du monde. Zelia géante, grasse, velue, pondeuse... Rosarinho, le glabre, abominait les poils. Biluca, au moins, avait la pudeur de ramasser la touffe, de l'allonger en natte roide et phallique. Tout péril était ainsi écarté. Dans sa prime enfance, il avait vu le sexe d'une femme et cela l'avait traumatisé à vie... Les poils d'abord, plantés pêle-mêle dans l'embrouillement des lignes, se nouant d'un bord à l'autre, tire-bouchonnés ou collés sur la fente. C'est l'aspect chaotique de la chose qui devait l'épouvanter, l'impossibilité de mettre le pied sur un terrain bien défini, ce chevauchement des lèvres, grosses et petites, entortillées, fripées, l'entaille rose camouflée dans les plis. Marais terrible, sans gué ni pilotis, secrets paluds, gouffre de la Genèse qu'il fallait fuir pour ne pas mourir. N'empêche que la hantise l'en reprenait devant Zelia, que cette femme lui permettait de revenir et de rôder autour de l'abîme natal.

De son côté, la senhora contemplait le médium et enviait l'indescriptible féminité qui imprégnait ses menus gestes, ses simagrées, ses bracelets, ses anneaux, ses entournures, ses chevilles fines, ses molécules. Dona Zelia détestait la femme en elle, la surabondance femelle et charnelle. Elle admirait Rosarinho d'arborer l'essence de la féminité sans en trimballer la pâte et le fardeau. Rosarinho était l'épure, le parangon ailé de la féminité. Nullement femelle mais féminin ! Parcouru, instillé, ondoyé de volatile féminité. Rosarinho avait de la grâce sans être gras. C'était l'esprit de la féminité, ses émois, ses œillades, ses cris subtils, ses gigotements, sans rien qui pèse ou qui pose. Une féminité lévitante, pétillante, scintillante, le champagne de la féminité dont Zelia n'était que l'amphore, la bouteille gironde.

Rosarinho roucoulait. Zelia se fondait dans ce roucoulement d'oiseau hermaphrodite. Rosarinho était si contagieux que, de retour chez elle, Zelia se surprenait à des mimiques, de fluettes incantations, des petites tapes futiles de la main tous azimuts. Elle vampirisait le médium et vice versa. Rosarinho, à son corps défendant, imaginairement, s'arrondissait, se dilatait, étalait des bourrelets de matrone, après la visite de Zelia. Surtout, une bizarre impression de mamelons le chatouillait au buste. Dona Zelia se sentait suave et claquante, trépidante, efféminée, ce qui était le paradoxe et le comble ! Drelina alors la trouvait peste.

Les deux monstres se regardaient à travers le cercle, les fumées, l'effluve des plantes. Ils se humaient. Et ils jouissaient énormément. Une pellicule de sueur comme un miel faisait briller toute leur chair. Leurs prunelles brûlaient. Les puissantes narines de Rosarinho se dilataient, mouillées comme des naseaux de jument parturiente. Bouche bée, Zelia le buvait... L'étreinte eût-elle été possible entre ces deux ensorcelés suintants qu'une bête superlative, boulimique et proprement divine eût résulté de la fusion... Le cri de l'effroyable orgasme eût retenti par-delà l'enceinte du terreiro, répercuté par les mornes jusqu'à Niteroi, les putains de Praça Maua. Mais seule, peut-être, la nouvelle drogue inventée par Rosarinho, la drogue aux pieds nus, aurait favorisé le prodige. Alors une indicible hyperbole de la femme – femelle et féminine – serait sortie du terreiro, serait descendue vers la ville pour l'étreindre et l'engloutir. Mais tel était, sans doute, le vœu profond de la cité : sombrer dans l'océan de la femme. Chaque Carioca tendait vers ce vase extrême de la réconciliation, de l'osmose et de l'annulation. Le Christ du Corcovado, chaque jour, assistait à la tentation du bienheureux naufrage. Un Redentor à longs cheveux et robe ample qui, après tout, ouvrait la voie.

Une consultation plus consciente put enfin commencer entre Dona Zelia et Rosarinho. Le père-de-saint pressa sa fille de parler. Zelia évoqua l'engrenage des cruautés qui venait de happer la villa de São Conrado. Le double attentat perpétré par Asdrubal et Alcir. Les balles et les claques. Le couple terrassé. Les deux bourreaux libres. Rien n'allait. Le sol se dérobait, les assises des Mereiles, leur nom, leur fortune. Leur territoire était menacé. Les paysans sans terre s'unissaient, complotaient, vadrouillaient d'un bout à l'autre du pays. Des assassins, des curés parjures les alphabétisaient, leur enseignaient la révolte et la cupidité, leur inculquaient un besoin de partage contre nature et l'idée d'un bonheur terrestre. Dona Zelia n'avait déjà plus de chauffeur. Le monde en roue libre fonçait vers l'abîme.

Plus sournoise, plus maléfique, Dona Zelia visait plus particulièrement Rosarinho dont elle savait les accointances avec le fils de Carmelina. Elle lui annonçait le crépuscule du terreiro, des saints et des mages. Le sanctuaire déserté sous l'effet des palabres des professeurs et du syndicalisme impie. Au mieux, le peuple se contenterait bientôt de numérologie et de loto. Oxala, Oxossi, Exu, Oxum seraient broyés par la meule des réalismes, des opportunismes, des matérialismes. Rosarinho serait réduit à la mendicité ou contraint de tirer sur ordinateur l'horoscope d'une clientèle mathématisée. Plus de fumées, de plantes magiques, de cercles magnétiques, d'esprits, de transes, de maîtres de la tête, de chevauchées, de talismans yorubas, plus d'abracadabras !...

Rosarinho sursauta. Elle osait... Oh ! comme il la sentait rusée et venimeuse, à cet instant, complice du nihilisme qu'elle prétendait dénoncer. Elle le voulait victime, lui aussi, giflé et fusillé par Alcir et Asdrubal, dans le même sac qu'elle, partageant une fraternité de l'horreur. Villa et favela vouées à la même déchéance, à cause des mécréants et des voleurs. Les yeux de Zelia se plissaient, s'affûtaient, porcins. Elle lui en voulait de cette emprise qu'il exerçait sur elle. Elle le sapait de sa stèle. Éboulé, Rosarinho, tout comme elle !

Mais Rosarinho se ressaisait, reprit la barre :

— Moi, je détiens mon pouvoir des ancêtres fondateurs, des puissances de l'Afrique éternelle. Mon pouvoir ne peut m'être ôté, car il n'est pas fondé sur l'argent et les biens matériels. Et si, par l'effet de quelque cataclysme des âmes, je le perdais, Dona Zelia, vous seriez dépouillée de votre dernier asile. Vous n'auriez plus d'appui, plus de prise sur rien... Vous seriez orpheline... Et ce n'est pas souhaitable pour vous.

— Mais je ne le souhaite pas ! protesta Zelia.

— Vous ne pouvez pas souhaiter votre perte sans remède, n'est-ce pas ?

Et il compléta dans son for intérieur : « pour le plaisir morose de m'entraîner dans cette merde ! »

Il y eut un long moment de silence. Le temps que Dona Zelia dissipe ses bouffées de rivalité et redevienne serve, fille

378

d'Oxossi et disciple de Rosarinho. Alors, elle avança une requête plus retorse, car c'était le véritable objet de sa visite. Comment allait-elle briser les maléfices qui lui venaient d'Alcir et d'Asdrubal ? Elle faisait appel au sens pratique de Rosarinho, à ses compétences d'exorciseur. Rosarinho se régalait du retournement de la situation. Il prit une mine délicate. Ce que demandait Dona Zelia était le nœud de l'affaire mais n'était pas simple :

— Je vous ai purifiée des influences négatives.

— Oui, mais s'ils continuent à persécuter notre famille... murmura Dona Zelia.

Alors Rosarinho, exprès, par pure méchanceté, lui déclara qu'il n'était pas un jeteur de sorts, qu'il était un umbandiste d'une essence plus noble. Peut-être devait-elle recourir à une quimbandeira...

— Je ne veux pas de sorcière ! s'exclama Zelia.

— Ce n'est pas de la sorcellerie, corrigea Rosarinho, c'est un autre type de contact avec les esprits et qui entraîne des manipulations dangereuses.

— Je ne veux pas de cette cuisine d'enfer ! lança Zelia.

Rosarinho attendit, hésita, jouant l'impuissance et la perplexité.

Elle eut un spasme de mauvaiseté. La maîtresse resurgissait en elle :

— Alors à quoi servez-vous ?

— A purifier... à favoriser la venue de l'esprit, pas à nuire !

— Ce n'est pas nuire que d'empêcher le mal d'agir !

— Peut-être — murmura Rosarinho, soucieux d'ouvrir le jeu et d'être bien rétribué par sa cliente —, c'est le plus difficile, justement, d'agir toujours positivement, sans nuire, tout en étant efficace...

C'était entortillé, mais elle comprenait. Peu à peu Rosarinho la mit sur la piste... lui indiqua certain carrefour non loin de la mer entre deux tours de verre, point névralgique, point de passage... Elle avoua qu'elle n'oserait jamais s'y aventurer seule, la nuit, avec ces voleurs et ces tueurs qui pullulaient. Il lui conseilla d'emmener Drelina.

— C'est une enfant et une idiote ! rétorqua Zelia, courroucée. Pourquoi pas vous, Rosarinho ?

Il répéta qu'une telle opération était incompatible avec sa vocation. Elle enragea ! Rosarinho lança :

— Emmenez Renata !

— Elle me rirait au nez !

— Armez-vous !

— Je vous en prie, je ne suis pas un pistoleiro !

— Il y a peut-être une solution, annonça Rosarinho qui feignait de tomber sur l'idée par hasard.

— Laquelle ? s'exclama Dona Zelia, éperonnée par l'espérance.

— Un adolescent ! Très doué, très intelligent et surtout bien connu des bandes. Il s'appelle Narcisio. Mais il faudra le payer, car il dépend d'un protecteur qui ne le lâchera pas comme cela.

— Combien ? demanda Zelia.

Rosarinho tergiversa, évaluant, additionnant, livré à un calcul mental ardu, sans jamais se départir d'une expression d'indubitable honnêteté, comme si l'affaire ne le concernait pas personnellement...

Elle consentit au prix. Alors il lui révéla les objets dont elle ferait bien de se munir, deux poupées... Il expliqua comment elle devait les rendre adéquates, comment elle les enterrerait, avec quelles formules, quelle orientation, car c'était un carrefour de pouvoir, ultra-sensible, entre les grands hôtels de verre, un couloir parcouru par le vent de la mer, où le soleil à l'aurore passait un grand rayon comme l'épée d'un dieu. On voyait la Rocinha juste dans l'axe, diamétralement opposée à l'océan. La nuit, l'ombre s'amassait dans la meurtrière entre les deux immeubles, plus dense et plus remuante que nulle part ailleurs, habitée par un avatar d'Exu particulièrement énergique.

Dona Zelia ne soupçonna jamais Rosarinho de lui avoir fourni des renseignements farfelus. Peut-être qu'après tout Rosarinho n'avait pas mésusé de sa science... En tout cas, la nuit où se déroulèrent les opérations, Rosarinho, couché dans sa chambre, se complut à imaginer le couple de Dona Zelia et de Narcisio : l'éphèbe et la matrone vindicative. Il visualisait, se retraçait toute l'action, la marche de l'éléphante et du cornac. La face de Zelia balançant entre une grimace de trouille et un rictus de haine. Bête, crédule et méchante, elle suivait Narcisio. Sanglée dans sa robe, anonyme, bouffie, épiant l'adolescent, interrogeant de l'œil la crapule qui lui servait de guide.

Dona Zelia avait honte, avait peur, mais sa volonté de riposte et d'inverser le sort l'emportait sur la panique. Cette sortie dans la nuit l'excitait secrètement, l'ouvrait à une vie aventureuse. Nelson et Renata l'ignoreraient toujours. Elle les doublait, les trompait. La Rocinha clignotait entre les buildings de verre. Les mille pupilles de Rosarinho, des caciques embusqués dans le morne. De l'autre côté, la mer palpitait, facettée de ténèbres. C'était l'axe, le passage, le penduie des forces, le carrefour du diable, le creuset de la spontanéité... Narcisio tendit la pelle à Dona Zelia dont le cœur battit plus fort encore. Elle tenait de l'autre main les deux poupées et un troisième objet ignoble qu'elle devait enterrer. Elle le fit. Elle sentit l'odeur de la terre, c'était sans rapport avec le parfum des plates-bandes de son jardin, un relent froid. Le vent claquait contre les parois de verre. La mer luisait, le morne bougeait. Narcisio faisait le guet. Tout dépendait d'elle à présent. Asdrubal et Alcir couraient. Elle enterra le fétiche. Elle fut tra-

versée par une vision de l'enfance... Qu'avait-elle ainsi enfoui, jadis, dans le sable ? Sous quel pâté ? Quel château ? Créneaux bientôt dévorés par la mer... Narcisio voyait le dos
lourd et voûté, entendait le grincement grêle de la pelle
qui fouilla la terre. C'était Dona Zelia, l'épouse de Nelson
Mereiles Dantas, une femme puissante, une chrétienne opulente, une madame apocalyptique changée en louve. Elle
recouvrait le trou, tapotait dessus, se levait, retournait son
ombre vers l'adolescent, avançait en soufflant, élargie entre
les murailles de verre... Et Rosarinho, du fond de son terreiro,
voyait tout, l'ineffable Zelia, grosse et bête et païenne, entê-
tée de cruauté, ventrue de haine, méconnaissable dans les
ténèbres, suivant Narcisio, entre les mornes et la mer. L'elfe
de la favela remorquait Dona Zelia comme un gros biben-
dum, la tirait comme un ballon, quelque cerf-volant privé
d'ailes et rampant. Narcisio soudain fut assailli par une
crainte superstitieuse, il eut l'impression de traîner, ficelée
derrière lui, une chose informe, une bête de nuit, une énorme
crapaude lippue, mafflue, ruminant sa vengeance et qui allait
lui sauter dessus.

Rosarinho, quand Narcisio lui conta la soirée, émit un filet
de rire en baisant avec dévotion le ventre de son favori. Rosarinho n'en revenait pas. Elle avait osé, la conne ! Elle pouvait
aller jusque-là. Il était fasciné. Il jubilait de mépris. C'est Nelson qui se pâmerait s'il apprenait la prouesse. Son pâle fantôme ragaillardi soudain par les frasques de l'hippopotame.

Carmelina, assise sur un banc, bras ballants, contemplait Alcir. Elle était affligée par le récit de sa colère et de son expulsion. Elle avait toujours redouté la violence rentrée d'Alcir. Puis cela avait éclaté. Il aurait pu aussi bien tuer Dona Zelia. Il nia farouchement. Elle protesta.

– Si! si! C'est comme cela qu'ils en arrivent tous à tuer!

La mère et le fils étaient sur la terrasse de la petite maison, le linge séchait. La vaisselle s'accumulait dans le coin-cuisine à ciel ouvert. Carmelina s'apprêtait à laver son assiette, celle d'Alcir et du padre Oliveiro qui était venu déjeuner. Sa mère et le curé, c'était beaucoup pour Alcir. Il avait enduré les plaintes de la première et la remontrance plus nuancée du padre. C'était surtout le travail perdu que regrettait Carmelina, une position solide, confortable. Et puis la police qui était venue... Alcir avait dû se cacher chez ceux de la Rocinha.

Alcir avait honte, à cause de sa mère. En même temps, il aurait voulu la secouer, lui représenter l'asservissement chez Nelson Mereiles Dantas, les caprices de Dona Zelia. Mais Carmelina l'aurait accablé de nouveaux reproches. Car Alcir n'avait été victime d'aucune brimade sévère. Son sort était privilégié, on savait qu'il s'entendait bien avec Nelson et que Zelia était butée, impulsive, sans être un bourreau.

– C'étaient de bons patrons! concluait Carmelina, croisant les bras et opinant avec lenteur.

Alcir était horripilé par la phrase, le ton, les hochements nostalgiques de Carmelina. Mais il ne pouvait pas la convaincre. C'était venu, c'était ainsi, un élan irrépressible. Dona Zelia n'aurait pas dû le gifler.

– Elle ne t'a pas giflé! Elle t'a donné une tape sur les épaules, parce que tu t'arrosais! tu te baignais!

Alcir se tut, de guerre lasse. Les flics allaient revenir un jour ou l'autre. Il serait en butte à des tracas. Il fallait partir. Il ne pouvait rester sous le regard et les sermons de Carmelina. Il ne voulait pas se cacher. Il pensa au tuyau qu'on avait donné à son frère Benicio : il y aurait du travail pour des maçons dans Zona Norte, à Paciencia. C'était loin de tout. Mais on restaurait des immeubles datant des années 70, qui s'étaient, faute de matériaux de qualité, plus ou moins démantelés. L'information était vague. Benicio lui-même, aux Dois Irmãos, n'avait que des boulots intermittents. Les gens dressaient leurs murs au fil des ans, sans se presser, quand ils avaient gagné un peu d'argent pour acheter des agglos ou des briques. Benicio avait participé à l'édification du Sheraton, ce fut une période faste et mouvementée. La communauté du Vidigal s'était d'abord opposée au projet qui annexait la plage, menaçait de rogner sur le morne et d'expulser les familles. Mais les promesses d'embauche avaient liquidé les résistances. Cette époque héroïque était révolue.

Alcir quitta sa mère, l'air contrit, mais sans lui demander pardon.

Carmelina lui lança :

– Tu es orgueilleux! Cela te perdra. Impulsif et orgueilleux! C'est un luxe qu'on ne peut pas se permettre, nous!...

Et puis, elle dit qu'il lui fallait bien trimer au puits, elle! Doucher les linges d'en bas, les tordre, les rincer, sans arrêt, les lourds paquets qu'elle charriait toute seule. Et les madames inspectaient le travail, trouvaient à redire... faisaient la moue.

— Et pourtant, est-ce que je me révolte, moi? C'est la première fois que tu m'entends me plaindre!

Alcir ne répondit rien. Benicio arriva. Ils parlèrent du travail dans Zona Norte. Alcir voulait partir seul. Mais Benicio manifesta l'intention de l'accompagner. Il végétait dans le morne. Il dissimulait surtout l'obsession de Biluca qui ne lâchait pas prise et qu'il voulait tenter de fuir. Les deux frères se sentaient poussés par un élan de désespoir, un besoin de rompre, de plonger dans une solitude inconnue où ils ne verraient plus leur mère, sa servitude, les autres, les femmes désirées. Partir n'importe où, quitter ces lieux d'enfance et de rumination où ils se sentaient coupables, jugés. Le courage, l'optimisme aveugle de Carmelina tabassant, brandissant, amoncelant les linges, les écœuraient un peu. Toute leur jeunesse avait passé dans l'odeur des gros quignons de linge souillés, malpropres, puis tordus, trempés, puant la lessive. Des linges, des draps partout, pendus et parallèles, sur la terrasse, en bas devant la porte, sur les côtés, une maison, une prison de draps blancs ou rayés, qui tombaient raides et lourds puis s'allégeaient, éclaircis, gondolaient, flottaient dans le vent, faisaient des claquements menaçants quand Benicio et Alcir étaient petits. Soudain, un drap s'animait, émettait un battement, un mugissement qui se propageait à toute la ligne, les fils grinçaient, se trémoussaient, les pinces à linge se défaisaient, cliquetaient, la catastrophe d'un drap tombé, souillé. Carmelina disparaissait. Ils la cherchaient dans le dédale des fantômes et des bâillons immaculés. Parfois l'étoffe encore humide plaquait sur leur visage une peau qui les glaçait. Et la petite baraque tendue de banderoles, voilée d'oriflammes blancs semblait un radeau ou un char de fête, de mariée, vaisseau d'Icare, harnaché, ailé, qui n'arrivait jamais à décoller, à s'envoler au-dessus du morne et de la mer, pour emporter Carmelina, la mulâtresse, et les deux frères dans un caracolement de jupons célestes, de cygnes et de colombes, quelque part au paradis.

Alcir et Benicio partent, le surlendemain, dans la voiture d'Arnilde qui a accepté de les conduire. Ils n'ont dit au revoir à personne. Carmelina a pleuré. Ils lui ont juré de revenir la voir une fois tous les quinze jours.

D'abord, ils ressentent la joie de partir, une délivrance mêlée de mélancolie. Il leur semble quitter leur forme ancienne et devenir étrangers à eux-mêmes, presque nus, en proie à un désespoir enchanté. Ils se sentent à la fois originels et vieux, immémoriaux. Car leur départ réveille des images collectives et des légendes ensevelies. La migration, un jour de 1947, de Carmelina quittant le Ceara pour Rio dans un camion de fortune, la disparition de leur père abandonnant plus tard Carmelina. Il y avait ce perpétuel mouvement des hommes, ces déchirements, ces renaissances, cette fuite en avant.

La voiture d'Arnilde tombe dans un embouteillage à Ipanema, au milieu d'une petite place à la mode que fréquentent des adolescents et qui avoisine le « marché hippie ». Les garçons attablés aux terrasses des cafés ou à califourchon sur leur moto portent des pantalons larges au tissu clair et sec, avec de gros plis partant de la ceinture. Les chemises, les chaussures, tout est raffiné. Les coiffures lissées en arrière mettent en valeur les profils aquilins, les fronts bombés de rapaces élégants, les mines de corsaires à l'affût. Les filles en minijupe, short cycliste de vinyle et débardeur, papillonnent autour des mecs et des motos, se coulent contre les torses, se suspendent au cou de leurs amants. Ils vont et viennent d'un bout à l'autre de la place, s'agglutinent autour d'une table, paraissent comploter, s'esclaffent, basculent en arrière, se poursuivent, chahutent, puis décident soudain une virée, sautent dans une voiture décapotable, calent leur grouillement agile et dénudé tandis que le véhicule démarre à fond la caisse, tourne, empanaché de cuisses, d'épaules, de gigotements et de visages hilares, file vers la mer, les postes de surveillance où l'on se donne rendez-vous, les clubs de la plage.

Une belle jeune fille, en robe décolletée, reste à la terrasse du café, affichant un air dédaigneux. Elle boit en levant son regard indifférent sur Alcir qui la fixe des yeux.

– Ils planent! dit Arnilde. Ils ne savent même pas comment leurs parents gagnent de l'argent... Mais c'est une bonne petite clientèle pour nous, pour nos dealers. Surtout ceux-là, sur cette place... bourrés de fric!

Plus loin, la voiture dépasse une interminable file d'hommes et de femmes le long du trottoir, venus parier au loto, ankylosés, piétinant, serpentant doucement dans un marasme de membres nus et d'étoffes légères. Puis elle s'engouffre sous un long tunnel qui traverse le morne. Cette galerie de ténèbres les éloigne à jamais de la mer et de la montagne des Deux Frères. Ils débouchent, à la sortie, au pied d'un nouveau morne occupé par une bande de maisons rectangulaires ou carrées, propres, sans crépi, couleur ciment. Les maisons se serrent, s'étagent avec leurs contours nets, leurs murs frais.

C'est une favela dénuée de fouillis, en dur, en clair et rénovée, un village ordonné, couvrant un cône de granit entier. D'autres tunnels filent dans la nuit des mornes sous le barda des favelas. La voiture découvre ensuite d'étroits vallons en cuve, remplis d'immeubles et de maisons. Parfois, un pli dérobe, entre deux versants, une vrille de nouvelles favelas.

Ils prennent l'avenue du Brésil, une autoroute chargée de camions, de bus, de grondements fracassants, bordée de hangars, d'entrepôts, d'usines, de panneaux publicitaires, de chantiers, de stations d'essence. L'autoroute se distend, géante, s'écarte de la ville, gravite au-dessus du chaos... Ils atteignent des zones excentrées : Iraja, Pavuna, Caxias, Nova Iguaçu... tout devient plat, immense et monotone. Ils ont franchi trente kilomètres depuis le littoral. Maintenant, Zona Norte, à perte de vue, l'exil. Leur voiture entre dans Paciencia.

Les rues désertes, hormis des cohortes de gosses sur les trottoirs ou dans des terrains vagues, des dépotoirs fumants, sur des terre-pleins, sur des dalles de béton morcelé, sans bornes ni clôtures, dans des ferrailles, des étendues galeuses où errent des chiens maigres. Il traversent un vaste quartier de petites maisons rougeâtres et poussiéreuses, identiques, sortes de villages sociaux auxquels succèdent dans une enfilade rectiligne les immeubles des années 70, les « conjuntos » construits pour les favelados expulsés, convoyés de force dans des bennes à ordures, loin des mornes et des plages. Les bâtiments quadrangulaires s'alignent par rangées parallèles, se multiplient en ordre géométrique et militaire. Ce sont des camps, sans arbre ni verdure, arides sous le soleil. Le quadrillage s'étend, asphyxiant, implacable. Ce qui dépayse Alcir et Benicio c'est l'absence de relief, de disparate de cette anarchie concertée propre aux favelas perchées et tarabiscotées. Souvent Alcir et Benicio ont étouffé dans les ruelles, la promiscuité des Dois Irmãos, mais de cette plaine d'immeubles raides et juxtaposés monte une impression de fatalité carcérale, infinie. Des linges pendent partout des fenêtres comme des langues qui bavent. On est loin de la maison de Carmelina pavoisée, constellée d'étendards batifolants. De rares bus remontent entre les buildings. Le sol n'est plus goudronné, la terre battue, la poussière, les paperasses commencent dès qu'on quitte la voie centrale pour prendre les voies transversales. Les poteaux des feux de signalisation sont déglingués, cassés. La circulation se fait à l'avenant entre les ornières. Certaines rues n'ont pas de nom.

Arnilde se perd, tourne pendant une heure dans le damier sinistre. Ils tombent enfin sur le building qui répond au signalement et où Benicio et Alcir doivent habiter. C'est un bâtiment géant et bétonné dont les quatre branches encadrent un patio cratérisé, bordé d'une galerie couverte. On ne peut pas se tromper dès qu'on a repéré la monstrueuse machine à loger. Les escaliers sont écharpés, démantelés. Les fenêtres pétées, les halls brodés de graffitis, de têtes de mort, de pénis de toutes tailles et de vulves hérissées. De larges coulures sales festonnent les surfaces. Des gamins accourent en les voyant débarquer. Ils rient, se bousculent, les doigts dans le nez ou fouillant leur culotte comme toutes les marmailles du monde. Alcir, qui est grand et a l'air mauvais, les tient à distance... Des mères se penchent aux fenêtres, s'attroupent sur les pas de porte, jacassant, houspillant les gosses, lorgnant les arrivants, leur refilant des renseignements à grand renfort de gesticulations, d'exclamations forcées, à travers lesquelles se lisent la méfiance et le mépris.

Quand ils ont dépassé leur groupe, les femmes les suivent du regard, plus silencieuses, chuchotent, s'interrogent sur ce couple de garçons durs et maigres qui ne sourient pas, semblent harassés, hautains. Alors, elles se mettent à pouffer en échangeant quelques bourrades et en expédiant des torgnoles aux mioches. Des types rigolent aussi, moins nombreux, plus passifs, assis au pied des murs ou vagabondant çà et là.

Une moto fonce comme le tonnerre. Les gosses se bouchent les oreilles avec des expressions d'effroi exagéré, des trépignements de comédie. Puis ce sont des camions bleus et crus, un ramdam de moteurs, de grincements dans un tourbillon de poussière.

L'appartement est constitué d'une seule pièce, au troisième étage, donnant sur la rue et sur le patio. Le loyer est beaucoup moins élevé que dans la favela. Ils le paient à un vague fonctionnaire municipal qu'ils ont prévenu de leur arrivée et qui se fait régler deux mois d'avance. L'électricité fonctionne par une ampoule au bout d'un fil. Mais le robinet ne marche pas. Benicio démonte un tuyau, le rafistole, le martèle, le débouche avec une tringle, déplace un écrou jusqu'à ce que surgisse dans l'évier ébréché, noir de crasse, un petit filet d'eau rouillée. Au fond, c'est plus confortable que la moyenne des taudis, même si la porte principale ne ferme pas et qu'il y a une vitre cassée. L'avantage pourrait être la lumière abondante si le soleil ne braquait pas son faisceau, le matin, à partir de la rue, et l'après-midi, du patio, serrant la pièce dans des tenailles torrides. Nuls volets pour tamiser. Alcir et Benicio n'ont jamais pensé que le soleil puisse subir une métamorphose si radicale. Ce n'est plus l'astre qui coulait ses ombres minces et sinueuses dans le labyrinthe de la favela ou déployait sur la mer un fourmillement de vaguelettes d'or. Il darde sur le béton cru. Rien ne s'épanouit dans son éclat aveuglant. Les immeubles cuisent, se corrodent, s'effritent debout. La galerie du patio renvoie en écho le moindre cri de gosse. La plus petite course dans l'escalier répercute une canonnade assourdissante. L'endroit fait caisse de résonance sous la mitraille solaire. Et le patio surtout – c'est ainsi que l'a baptisé le logeur – ouvre un carré désolé, désertique, hormis les paperasses et les ordures qui l'encombrent. Il ne sert à rien, sinon à renforcer l'aspect de cour de prison. Il ne manque plus qu'un grillage tendu d'un bord à l'autre en guise de plafond pour parfaire l'enfermement. Prévu peut-être pour les enfants et les rencontres, il est fui par tout le monde. On préfère se terrer chez soi.

Les jours passent sans que Benicio et Alcir trouvent du boulot. Ils se heurtent à une indifférence menaçante, à un barrage de silence, ou bien leurs interlocuteurs volubiles, sans répondre clairement à leurs questions, les submergent de digressions, d'anecdotes sans queue ni tête. Le quartier est tenu par des bandes qui se disputent les territoires et les trafics, lancent des raids les uns contre les autres. Alcir et Benicio devraient se retrouver en terrain familier, mais les mœurs des trafiquants et des caïds sont dépourvues des simagrées coulantes, des éloquences et des cabotinages flamboyants des bicheiros des Dois Irmãos. Des types armés gardent tel passage interdit. La police visite très rarement les lieux. Cependant Alcir et Benicio apprennent qu'une rafle s'est produite, dans un passé récent, menée par un escadron qui nettoya d'un coup le paysage, liquidant pêle-mêle un supposé marxiste, deux chefs de clan et surtout quatre voleurs adolescents... Ce récit ne devrait étonner qu'à moitié les deux frères, bien au courant de la violence dans Zona Norte, mais la chronique précise que les cadavres ont été jetés dans le fleuve, de l'autre côté du quartier. Alcir et Benicio frémissent d'espoir à l'évocation du fleuve, d'un horizon aquatique et ouvert... Ils se rendent sur les lieux et butent contre un long bras d'eaux croupies et pestilentielles au bord duquel s'empilent une ribambelle de taudis plus classiques. Le fleuve n'est qu'un marais étriqué, allongé et vaseux...

Le lendemain, leur intérêt est attiré par un immeuble démantelé, trois rues au-dessus de la leur. Des pans de muraille affalés, des décombres énormes bardés de ferrailles sont squattés par un habitat spontané qui se niche au gré des aplombs, des brèches, des escarpements, des dalles suspendues. Alcir et Benicio trouvent cette solution plus enviable que la distribution des familles dans les buildings concentrationnaires. Une espèce de favela prolifère ainsi sur les blocs de ciment et les parpaings. Une végétation de cabanes de tôles, de planches, de bidons, de pneus, de feuilles de plastique accrochées aux supports mastoc, à la membrure et aux moignons de l'immeuble détruit.

Une nuit, Alcir et Benicio entendent des roulements de tambours monter de la jeune favela. C'est un rythme de «batuque» africain, martelé et primaire, d'une violente beauté. Alcir et Benicio se prennent à espérer. Ils s'approchent de la batterie composée de hauts tambours. Des Noirs tapent tout leur saoul, juchés sur leur estrade de béton. Des filles dansent, chantent parmi les grands gibets des ruines, les arêtes et les éboulis. La lune éclaire le métal des tambours.

Plusieurs nuits, Alcir et Benicio vont à la rencontre des tambours et de la favela de l'espoir. Les musiciens jouent du rap et composent de longues phrases martelées, obsédantes. Puis, une nuit, les frères n'entendent plus rien. On leur révèle que les deux principaux batteurs se sont égorgés à coups de couteau et qu'un caïd menace de raser les cabanes, de récupérer le béton et les ferrailles pour bricoler un pont au-dessus du fleuve marécageux.

Alcir et Benicio mangent des boîtes de conserve, du riz, du

tapioca et des haricots dans des timbales, par terre, au centre de la pièce, sous l'ampoule, en écoutant dans un petit transistor des airs de rock ou des mélodies sirupeuses. Ils ne changent pas de station quand s'élèvent les chansons niaises. Toutes sentimentales et complaisantes qu'elles soient, elles bercent leur cœur.

Tous les trois jours, ils vont vider leurs poubelles dans un dépotoir situé à cinq cents mètres de l'immeuble. Là, un service municipal doit théoriquement emporter les ordures au fur et à mesure pour les incinérer. Mais ce travail est irrégulièrement assuré. Toute la saloperie stagne fouillée par des bandes de mioches.

Une nuit, Alcir rêve aux Dois Irmãos, à la farandole des favelas comme un dessin d'enfant, une frise bariolée. Il voit, dans un créneau, entre deux maisons de briques rouges, l'océan couleur jade. Puis cela s'élargit à la baie entière, à la chaîne des vagues cliquetant en plein soleil au pied des granits, des bulbes, pitons, ergots revêtus de forêts, tapissés de cabanes et de bâtis... Un va-et-vient de gens, de voitures. C'est sonore dans sa tête, plein d'échos d'enfants gais jouant au cerf-volant, au foot, dévalant les pentes sur des planches à roulettes. Tous les recoins, les venelles, les chantiers, les paliers, les escaliers du morne... la mer brillante, étincelante entre les murs tronqués. Les bruits, les clapotis, la vie... Mais la belle jeune fille dédaigneuse et décolletée, à la terrasse du café, jette sur lui un regard glacé. Il se réveille.

L'aube point. Il parle longtemps avec Benicio, son frère moins beau. Ils évoquent leur foi juvénile... Ils ont été chrétiens, un peu marxistes, un peu umbandistes, un peu sambistes, ils ont adoré le rock, un peu tout, puis ils sont devenus de moins en moins fervents, s'effilochant au bout de la monotonie. Ils ont connu des éclairs de bonheur et nourri la chimère de changer leur vie. Ils ont piétiné, attendu, travaillé, servi, maçon et chauffeur, mangé chez leur mère, habité chez des femmes, rencontré d'autres hommes, bu avec les caïds de la Boca, dansé à la gafieira ou dans les blocs de carnaval. Ils ont ri... Ils n'ont jamais voyagé en haute mer vers d'autres continents ni vécu les longs périples aériens au-dessus des nuages. Ils ont vagabondé le long du port. Ils ont déjeuné au comptoir des lanchonettes devant la mer, parmi les baigneuses nues. Ils ont prié à la chapelle du pape, ce jour de Jean-Paul II, en 1980, de grande vénération, avec le padre Oliveiro et tout le Vidigal, la Rocinha, cinq cent mille personnes... Ils ont participé à des réunions au Centre socio-éducatif. Mais ils ont refusé de diriger une commission. Ils se sont drogués. Ils n'ont pas vendu de drogue. Ils se sont enthousiasmés pour les équipes de Flamengo et de Flumineuse, ils ont hurlé dans la gueule géante du Maracana. Ils se sont passionnés pour Lula et les métallos de São Paulo et pour Benedita da Silva. Ils ont parié au jeu de bicho et au loto. Un jour, ils ont gagné. Ils ont acheté une moto qui a vieilli, fini à la casse. Ils ont fêté le 27 septembre les jumeaux sacrés, Cosme et Damiao. Ils se sont promenés au milieu des femmes en robes blanches, sur la plage de Leblon, le 31 décembre, le jour de la fête de Yemanja, la déesse des eaux et la Mère. Ils ont allumé des chandelles dans la nuit et déposé des offrandes sous le regard aimant de Carmelina. Ils ont fréquenté le terreiro de Rosarinho mais n'ont pas été initiés...

Ils ont touché à tout sans adhérer à rien. Ils ont cultivé tous les clichés de la ville, suivi les feuilletons de TV Globo, écouté le yéyé guimauve de Roberto Carlos et l'alchimie de Chico Buarque, mais les défrichements d'Amazonie et le problème indien les ont laissés à peu près froids. Leur instinct a fléchi, ils se sont endurcis secrètement. Ils en ont eu assez de tout, et c'est là qu'ils se sont distingués peu à peu de leurs frères. Mais ils ne le savaient pas. Surtout, ils se sont tus. Et la haine est venue. Toute la haine.

Pourtant, ils se sont baignés encore à Barra ou à Leblon. Ils ont fait du surf, au crépuscule, quand la favela doucement caquetait au bord des eaux. Ils ont envié les riches touristes du Sheraton voisin. Ils se sont moqués dans leur enfance des « farofeiros », les mangeurs de farine, descendus de la grande banlieue, dans des bus bondés, pour envahir Leblon, le dimanche. Pourtant ils ont avalé, eux aussi, pas mal de farine et leur parcours s'achève à Zona Norte. Ni l'un ni l'autre n'ont commis de vols graves ni vendu des enjoliveurs dérobés, de la fausse bière, ni vraiment trempé dans les mille combines de la survie. Carmelina veillait... Mais ils ne croient plus en Dieu depuis longtemps. La lumière les a désertés. Alcir, pourtant, a désiré Renata qui se baignait dans la piscine avec son père. Nelson confiait souvent à son chauffeur ses vues sur le pays. Il lui disait de sa voix courtoise et moelleuse : « Tu vois, Alcir, le monde change, le Brésil est l'État le plus fort d'Amérique du Sud... » Alcir écoutait son patron célébrer la puissance industrielle du pays... « Tout évolue très vite, l'informatique et l'armement, nous sommes le fer de lance, Alcir ! L'inflation est un détail. C'est la croissance qui compte. Le tort de Collor, depuis son élection, c'est de s'être braqué sur l'inflation, d'avoir lancé, pour fanfaronner, une politique de rigueur et de récession. Le Brésil n'est pas fait pour cela... c'est anti-brésilien, la rigueur ! On est fait pour l'excès, la spéculation, la production, la fuite en avant. Ce n'est pas un plan qui peut nous sauver, c'est l'inspiration libre, notre désordre souverain, nos ruses... Nous sommes monstrueux et fluides. On ne change pas des fauves en chiens domestiques... »

Alcir s'avoue combien il a été sensible à cette pédagogie violente et magique, portée par une voix délicate, musicale, cette suavité dans l'horreur...

Benicio et Alcir parlent maintenant des femmes. Alcir a couché avec Drelina pendant trois mois. Drelina qui volait des paquets de riz à Dona Zelia... Il a quitté la jeune femme quand elle a voulu se marier. Alcir parle encore de Renata. Il l'a vue ramener des amants dans sa chambre, à l'insu de ses parents. Il a regardé la fenêtre ouverte et entendu le chant obscène. Pendant que Benicio désirait Biluca... Ils parlent du sexe de Biluca, de Rosarinho, de ses fétiches, de ses fraudes, de l'objet sacré qu'il a caché au fond du terreiro.

Ils disent qu'Asdrubal est un héros, mais l'idée ne les réchauffe plus. Ils n'osent évoquer Carmelina, ni leur père qui a fui, un beau matin. Ils n'évoquent ni Marine ni Damien. Ils parlent du Dieu chrétien, du padre Oliveiro, de sa simplicité révoltante, du Christ du Corcovado. Ils en parlent bientôt obsessionnellement, puisque Dieu les a abandonnés... L'image, une nuit, lacère l'esprit d'Alcir, la vision... Saisi d'effroi, il n'en dit d'abord rien à Benicio.

Leur solitude augmente. Ils n'ont presque plus d'économies. Les jours s'étirent dans la poussière du patio, de son carré aveugle. Ils ne veulent rien demander à Carmelina ni à ceux de la favela. Ils se mettent à les haïr. La haine se déverse tout à coup dans leurs veines. Sourde, lancinante, fortifiante, avec des spasmes qui les brûlent. Peut-être qu'ils scellent leur serment, dès le second mois. Très tôt naissent la pulsion criminelle, la mégalomanie des damnés. Alcir révèle à Benicio sa vision. L'autre se fige, se tait devant l'horreur.

Le vide s'élargit. La vraie vie les quitte. Une seule volonté croît, les parasite dans ce désert, les vampirise, concentre, vicie leurs énergies dans le cancer de la colère. Et l'idée prend forme. Ils ne parlent plus que de cela. Ils ne voient plus le monde, les autres. Ils enfantent le monstre dans cet extrême dépouillement, aux limites d'eux-mêmes, de leur cri ravalé. Ils le nourrissent d'une carence de larmes, d'une ascèse noire et de la vision de feu du patio. Cela s'appelle un sacrilège. Et le mot déploie son talisman, sa tempête. Ils se serrent l'un contre l'autre, sous l'œil blanc de l'ampoule et sans la mère. Ils mangent peu. Ils boivent un alcool répugnant. Et le mot fuse, fume, souffle l'haleine d'un serment qui voudrait carboniser le ciel.

– Ce n'est plus pareil, observa Marine, l'atmosphère a changé, tout à coup.

Damien regarda le ciel et la mer en acquiesçant :

– C'est peut-être un orage, mais cela se présente bizarrement !

Assis tous deux à la terrasse de l'hôtel, ils étaient disponibles pour l'enfer. Une grande péripétie vécue ensemble les unirait plus étroitement.

Le soleil s'était voilé. La chair de Marine, peu éclairée, devenait plus vraie, en ses moindres détails, sensible. La peau s'assombrissait, se creusait, luisait entre les zones d'ombre. Le ciel se chargeait de vapeurs et de cendres. Cela sourdait de partout à la fois. Bientôt il n'y eut plus de différence entre l'horizon marin et cette nébulosité confuse. La mer était grise, sans éclat. La chaleur humide saturait les couches basses de l'air, engluait la terrasse, les plages, les mornes. Un coup de tonnerre ébranla la chaîne des Orgãos qui bornait Rio dans les terres. Un roulement colossal.

– C'est le samba des dieux, murmura Damien... J'aime assez...

– Moi, ça me fait peur...

Ils échangèrent des considérations éculées sur la tempête, l'orage, les ouragans, cyclones, les raz de marée et les éruptions volcaniques, des souvenirs plus ou moins trafiqués pour les besoins de la conversation. Et ils corsaient les faits vécus d'éléments empruntés à des articles de journaux, aux informations de la télé, à des témoignages d'amis. Au fond, ce que Marine préférait encore était la tempête, le grand vent. Mais le tonnerre qui cogne, non... Elle regardait Damien, qui n'avait plus parlé de ses insomnies et de ses crises de tétanie. Il semblait retapé, louchant sur une jeune fille attablée à côté d'eux, très fine, très blonde, feuilletant un magazine, portant un short très long, peu sexy, mais élégant. Par bonheur, le buste, les épaules, la gorge étaient largement découverts par un chemisier déboutonné, tire-bouchonné sur le ventre, révélant une peau bistre, constellée de grains de beauté, bien dorés, cuits à point, des colonies que la belle semblait chouchouter, balader comme des bijoux. Elle devait en avoir ainsi partout, logés sous le grand short anglais, embusqués dans la fourche des cuisses, indécente semaille qui accentuait chaque parcelle de sa nudité, l'exhibait, licencieuse et délicate, racée surtout, très lévrier à longues pattes, très haute, très efflanquée, beau visage émacié... Les seins consistants, piriformes, retroussés entre les pans du chemisier, donnaient soudain un relief animal, un volume gourmand à cette silhouette anorexique d'héroïne de Virginia Woolf, simplement belle, gracieuse et svelte, tressaillant au canon de l'orage.

Donc Damien ne roupillait plus sous l'effet du Noctran, il matait la voisine. Marine éprouvait une pointe de jalousie, sans plus, car elle s'habituait au voyeurisme effréné de son ami qui souvent semblait voir pour voir, en esthète délesté de l'envie. Du moins était-ce l'alibi qu'il lui avait soumis pour ménager sa fierté. Il n'était plus question d'épiloguer sur le désir, le ciel mobile et noir était en proie à des tressautements, des rotations, des turbulences et des tournis. De gros panaches se tamponnaient, s'enfonçaient les uns dans les autres, se retournaient, gonflaient, déversaient d'énormes rouleaux fuligineux comme la cheminée d'une fonderie hyperactive.

– Ça barde ! dit Damien. Il faut nous casser dans ma chambre.

Marine saisit que l'argot avait bon dos et maquillait le repli dans l'alcôve.

La voisine émit un cri, se dressa sur ses jambes de girafe, extraordinaire de minceur sans être abstraite, sournoisement modelée au contraire, miracle d'incarnation adolescente dans l'allongement de ce mollet à peine musclé dont la bourse plus claire, plus blonde que le reste de la jambe jouait entre deux tendons et deux veines bleuâtres de martyre chrétienne. Sainte Blandine brandit à bout de bras son magazine dont toutes les pages papillonnèrent, révélant à toute vitesse mille photos de filles en dessous minis, jarretelles et guêpières. On n'avait pas eu le temps de voir avec précision, mais les images en devenaient subliminales comme des flèches, des foudres décochées. On déguerpit.

Les vierges, à contre-jour, sur la commode, cernées de noirceur céleste et de zébrures d'éclairs, vierges du Pernambouc et d'Olinda, surprirent encore Marine. Surtout que la madone d'Olinda, après une longue trêve, s'était remise à pisser la sciure. Mais Damien avait renoncé à dompter la vermine. Il laissait monter le cône de poussière jaunâtre, au pied de la statue. Le fleuve s'arrêterait tout seul, un jour... les vers mourraient d'une indigestion de madone.

Ils contournèrent la rangée de vierges pour mieux contempler la baie. Les Dois Irmãos avaient disparu, toutes les baraques du Vidigal, sous une étoupe à couper au couteau. Ça fulminait dans une région indéfinie qui rapprochait le ciel et la mer. Une sorte de meule de ténèbres, hérissée, par en dessous, de touffes noirâtres et sales, patinait sur une bande de ciel gris perle. Des centaines de décharges magnétiques, en zigzags fluorescents, harpons et court-circuits, peuplaient la frise. La mer happée par cette agitation jupitérienne semblait lancer des gerbes d'eau de la même couleur, du gris clair au schiste, vers la masse ventrue de l'orage. Dès que Damien et Marine déplaçaient leur regard, le spectacle s'aggravait de montagnes d'air plombé, de citadelles colériques roulant comme sur des rails.

Et cela pétait, tonnait, claquait, faisait résonner d'invisibles cavernes. Les mioches baissaient l'échine sous les ponts et les échangeurs... Les vendeurs de tickets du bicho se trissaient des trottoirs et toute la pagaille des petits camelots. Le ciel entier, opaque et minéralisé, se lézardait, ouvrait des failles d'apocalypse, révélait des galeries, des architectures, des éboulis de Pompéi, des fonds soudain plus clairs, hérissés du même paysage sculpté et tourmenté, mais un ton au-dessous... dans des effets de mise en abîme et de perspective béante.

C'était si bouleversant que Damien étendit son bras sur les épaules de Marine : «la scène de l'orage...» lui soufflat-il pour s'excuser. Un éclair explosa presque contre leurs visages. Damien, sonné, recula d'un mètre, lâchant le cou de Marine, sauvant sa peau tout seul, d'instinct, se retranchant derrière les vierges. Elle n'eut pas le temps de sonder la couardise de son amant de cœur, car un tintamarre d'ambulances et de pompiers, de sirènes et de voitures de flics filait devant l'hôtel. Rio la rage. Plus un pouce de bleu, de mer azurine et de naïade mulâtre. Mais un vertige de craquements, de chuintements métallurgiques, de déraillements avec parfois d'indicibles trouées enfoncées dans l'éther, des goulets qui vous propulsaient de l'autre côté, au firmament, dans la quatrième dimension des anges et des zombies.

Les vierges ne bronchaient pas. Du Pernambouc à Olinda. Mais peut-être que les vers tremblaient au fond des ors et des volutes. La chair de Marine poussait très loin la métamorphose dont Damien avait repéré déjà les prémices. C'était une chair foncée, profonde, tirant sur le violet, le mauve... chair de pécheresse mordue par le diable. Le visage sombre devenait pathétique, les lèvres bleues, blanchies par les flashes, les soufres, l'ozone éblouissant, les gaz, les alchimies... Le cul, les cuisses baignaient dans cette électrolyse... Si Damien avait été à la hauteur du ciel galvanisé, il aurait renversé Marine, par terre, et perpétré enfin, au paroxysme, l'intromission tant désirée. Mais Damien n'était pas un héros. Il ne bandait pas. Il se contenta d'émettre une platitude :

— Ça va faire des dégâts...

La meute des voitures de secours sonnait, trompettait, claironnait de plus belle, la boule bleue des gyrophares se confondait avec les chandelles et les feux de l'orage. Damien et Marine restaient à l'écart de la fenêtre, un peu penchés en avant tout de même, pour glisser un œil sur la Fin de Satan et le Jugement dernier. Main dans la main. Il renonçait à l'enlacer, de peur qu'une brutale et peu galante séparation n'ait lieu au prochain coup de tonnerre et trahisse son incapacité à sombrer dans la mort avec elle. Mains moites. Était-ce le moment de la désirer, dans ce chaos propice ? Rien ne venait. Ce ciel viril, hypersexué, bandé d'orage, épileptique, déchargeant sans relâche, le châtrait un peu. D'ailleurs, se disait-il, rien n'indiquait que Marine, conforme au cliché romantique et maso, eût aimé s'effondrer sur le parquet, les quatre fers en l'air, dans les bras de son bestial amant échevelé, tandis que les morts ouvraient leurs tombes et sortaient du cimetière, en pleine forme, que les diables armés de tridents traquaient les rares vierges de la cité, que des vivants soudain se changeaient en charognes, puis en squelettes phosphorescents, surgissant et disparaissant dans les éclairs.

Marine, bourgeoise et tendre, n'avait peut-être nul sens du fantastique et du gothique. Elle restait sage, là, à peine tremblante, étonnée, mais confiante, lui laissant sa main. Elle gâcha tout quand, affolée, elle s'exclama :

— Pourvu que Roland ne soit pas sur la route !

Damien, qui ne possédait aucune information, fut catégorique :

— Mais non... Marine, il s'est mis à l'abri. Il n'est pas fou !

— Oui, mais il doit rouler vers Belo Horizonte, il n'y a pas forcément un toit sur son chemin.

— C'est un orage local ! répliqua Damien... C'est un orage marin. Roland roule dans les serras.

La phrase plut à Marine. Son Roland dans la serra, au milieu des campos, des péons, des beuglements... L'orage se calma d'un coup. Le ciel s'ouvrit sur un cratère de bleu pur. A la verticale. On aurait pu se sauver par là en montgolfière. Marine et Damien, épatés, commentaient le prodige. C'était peut-être le moment de s'embrasser, puisqu'ils étaient sans doute les seuls survivants. Damien craignit de paraître bête. Il n'embrassa pas Marine. Ils descendirent dans le hall de l'hôtel en proie à un désordre remarquable. Des nouvelles arrivaient des favelas. Un pan entier d'argile avait glissé, là-haut, sur l'abrupt de granit, lessivant les cabanes les plus pauvres. Les pompiers étaient déjà sur place. L'égout à ciel ouvert du Vidigal, gorgé par l'afflux des eaux, était sorti de son lit dans un remous d'ordures. Tout avait dévalé la pente jusqu'au rivage. La mer, de son côté, avait happé d'innombrables déchets qui, dans l'embellie, flottaient maintenant, juste devant l'hôtel et le Sheraton voisin. D'épais panaches de matières corrompues stagnaient même sur la plage. L'écume légère, mobile s'était changée en merde.

D'autres échos alarmants arrivèrent. Le grand égout sous-marin qui passait sous la baie de Copacabana avait craqué, infestant les eaux paradisiaques. Une grande puanteur assaillait Rio.

Le lendemain, le soleil tapait dans un azur net. Comme régénéré, ragaillardi par l'orage, il pesait d'une fournaise décuplée. Les touristes de l'hôtel commençaient à se plaindre : des Européens venus passer huit jours à Rio, au bord de cette baie de rêve et qui, de leur balcon, pouvaient contempler à loisir des tonnes d'ordures dont les guirlandes excrémentielles décoraient la plage. Il fallait agir ! Les services de la ville étaient incompétents ! On expliqua sans grand succès à la clientèle que, pour le moment, il fallait secourir les favelados délogés, dont certains étaient grièvement blessés, sans compter deux morts à déplorer... même si le bilan aurait pu être pire. Les touristes lunettés, en short et chemisette amérindienne, voyaient surtout leur semaine à l'eau. Peu avides de documents bruts, ils hésitaient à photographier les plages célèbres sous leur panoplie crottée.

Et pourtant, le spectacle échappait à toute forme de chromo. Les hommes, plus scatologiques et nomades que leurs bourgeoises, lançaient par groupes des expéditions de Français, Belges et Suisses vers le vomi qu'ils tapotaient du pied, grondés de loin par les épouses, tandis que mille gosses et ados de la favela fouillaient les alluvions. Certains touristes particulièrement étourdis ne tardèrent pas à se faire détrousser. Ils revenaient à l'état d'épaves, les pieds souillés, les narines remplies d'émanations putrides, parfois molestés, une montre en moins, les poches vidées et leur alliance arrachée. Ils maudissaient Rio, sa crasse, sa hargne et ses voleurs. Les femmes, redoutant l'émeute, le pillage et les inévitables débordements sexuels, se retranchaient dans leur chambre devant leur papier à lettres, cherchant des figures de style adéquates pour transmettre à leurs copines de Berne, de Bruxelles, de Paris et de Bourg-en-Bresse une description au diapason de l'abomination. A la tombée de la nuit, elles écrivaient qu'on entendait des tambours et des sambas dans la sueur des favelas trop proches et cela les entraînait à des déductions hâtives et des dissertations familières sur les immigrés.

Les hommes, au bar du Sheraton, buvaient de la caïpirinha plus que de raison. Bientôt saouls, ils oubliaient leur montre volée, riaient aux éclats et devenaient intarissables sur la prostitution, les beaux travelos, les mulatas et morenas, toute la gamme des voluptés. Ils mouraient de rire en haletant : « C'est le bum-bum ! le bum-bum ! » Ce qui signifiait « cul » en carioca. D'ailleurs, ils n'étaient venus que pour le bum-bum. Le Corcovado et les palmiers royaux les barbaient. Ils iraient l'an prochain en Thaïlande, à Phuket ! Émoustillés, cabrés, ils se gargarisaient de ce Phuket phallique qui postillonnait, claquait de lubricité... Phuket ! Phuket ! par Boeing entiers, dardés. Certains ignoraient que l'hiver leur serait fatal avec le stress et un bel infarctus. Toutefois, ils se pâmaient sur la Thaïlande qui était un pays paisible, un bordel civilisé où les masseuses puériles n'égorgeaient jamais personne.

La semaine qui suivit fut très sèche. On enterra les favelados. Leurs familles pleurèrent sur TV Manchete. Sylvie déboulait au bar de l'hôtel, avalait le whisky que lui offrait Damien, racontait que l'ouragan avait arraché d'un coup tous les draps de Carmelina, absente au moment de la catastrophe. On retrouvait ces linges répandus ou accolés au petit bonheur sur les autres cabanes. Sylvie repartait vers les Dois Irmãos sinistrés, auprès des géophysiciens et du secrétaire au logement qui cherchaient des remèdes après le glissement de terrain. Aux infos, un évêque demanda aux « élites » de prendre conscience et de partager. Mais c'était le patron d'une pastorale militante et partiale, pensèrent les fameuses élites.

Une frénésie torride ravagea le pays. Dans le Nordeste et le Mato Grosso, la terre se craquelait, les épis flétrissaient, cassaient sur pied, les bovins s'efflanquaient, puis crevaient. Rio perdait la boule. Le soleil crachait des comètes qui ricochaient sur les buildings de Niemeyer. La mer devenait un tesson hystérique. On aurait dit que les favelas brûlaient. Les derniers joggers, des kamikazes, zigzaguaient, tombaient fauchés par la fournaise. Le deltaplane de São Conrado dégringola comme un criquet, faute de vent. Les hors-bord, dans la baie, voltigeaient sur des sabres de feu. Les hélicoptères de la police semblaient des escarbilles catapultées dans un volcan. Les brioches des mornes bouillonnaient. Les autoroutes crépitaient dans les tunnels, les serpentements de l'enfer. Les piscines écumaient, les cocotiers claquaient. Toute la lumière du monde poussait un glapissement de renard rouge pris dans l'acier d'un piège.

Telle fut la description outrée que Damien expédia en France à une ex-amante très littéraire. Par-dessus tout, il prisait les métamorphoses du feu, les avatars de l'ardeur. « Caniculaire » était un de ses mots favoris ainsi que « tentaculaire brasier »… « bûcher de braises »… ou « fournaise » qu'il employait seul, en soulignant la fricative, pour obtenir un rendement de Vésuve maximum et concentré.

Roland avait survécu à l'orage, retrouvé Marine. Il ne bougeait plus de chez lui et Damien se morfondait.

Pareille transe était propice aux hallucinations… Rosarinho en profita pour inhaler une dose accrue de sa drogue aux pieds nus. Il sentit qu'il allait atteindre le point extrême de sa quête et qu'il verrait la déesse tout entière, la vérité nue.

Couché à même la terre, sur un tapis de feuilles fraîchement consacrées, il fumait sa décoction de petits champignons phalloïdes, parasites des seuls rhizomes d'orchidées mélangés à la liane serpentine, vert céladon, d'Amazonie. Il suait, l'œil protubérant, il était pris de tremblement. Il voyait bien les deux pieds, les mollets minces, les cuisses, les flancs, le torse indécis, un pagne hélas cachait le sexe. Il n'arrivait pas à grimper plus haut pour saisir le visage, identifier l'être divin… Il était en panne. Il stagnait près du but. Son énergie psychique, alors, au lieu de gravir l'ultime échelon de la connaissance, s'étala, déborda horizontalement. Il se sentit flotter. Il vit la ville entière, en transparence et comme en coupe, sous tous ses angles et ses contrastes. L'énorme rempart des collines et des montagnes, le puzzle des plages, des criques, des golfes, des îles, tunnels et favelas, buildings géants, routes et sentiers, puis, de l'autre côté, les banlieues infinies. Mais il n'arrivait pas à monter, là-haut, vers la déesse. Il vit les hommes qui peuplaient le dédale plissé, bleuté et cabossé de mamelons fauves. Il vit d'abord Carmelina, puis ses fils, Alcir et Benicio, assis dans les ruines, sous la lune. Osmar, Arnilde et Chico… Puis tout à coup, avec une grande force, s'imposèrent Nelson Mereiles Dantas et Dona Zelia, énorme et centrale. Le couple avançait bras dessus bras dessous le long d'une autoroute déserte. Puis Asdrubal, qu'il prétendit plus tard avoir repéré dans le figuier planant au-dessus du village de pêcheurs. Il reconnut Marine et Damien dans une chambre de l'hôtel et il découvrit, comme il le jura plus tard, Hippolyte et Renata nus dans un lit. Il vit la colline de maïs, l'embrasse pourpre du Jacuriri. Son regard porta jusqu'au Paraguaçu, la confluence fatale. Il vit la plage où Hippolyte jadis étreignit Renata. Il rencontra encore Zulmira, Raimundo, Sylvie, Germain Serre, Vincent et Julie... qui marchaient dans la ville, posaient sur les plages, arpentaient les appartements à différents niveaux, roulaient en automobile, filaient le long du littoral ou s'enfonçaient vers Zona Norte. Il eut l'intuition vivante de la ville, de ses reliefs, de ses textures, de ses circuits, de ses décrochements profonds, de tous ses emboîtements, de ses imbroglios. Avec les personnages qui revenaient, s'articulaient comme des pivots au croisement des avenues, des pistes, des belvédères, pareils à des poteaux de signalisation, grossis par la vision, grandis, s'élevant au-dessus des immeubles, les dépassant... Les bajoues grasses de Zelia, la trogne d'Hippolyte, le beau visage de Renata, le pif de Damien, Carmelina ventrue, Alcir le front braqué à la hauteur du Pain de Sucre. Ils devenaient des monolithes, des paysages, tandis que le décor rapetissé s'émiettait aux dimensions d'une maquette. Voilà ce qu'il voyait. Sans peur. Traversé de part en part, et flottant et volant dans les rues, à travers les enchevêtrements des rochers colossaux, des forêts et des cubes, des rectangles de verre réfléchissant la mer, mirant les hommes, leurs passions fourmillantes et leur poussière roulée dans le néant.

Puis la ville s'évanouit. Il se sentit reprendre son ascension. Il allait voir enfin – son cœur battait – la Vérité. Elle. L'Entité. C'est le pagne qui tomba, d'un coup, découvrant le pénis impie. Elle, c'était Lui. Un pénis noir et puéril. Puis sa vision fila droit au visage joli et ricanant de Biluca.

Tout ce voyage pour tout et pour rien. Tous ces dieux tués pour un sourire impur. Perverse, Biluca le toisait, nue, nattée, son torse aux mamelons étroits et l'impudent pénis de voyou sacré. Tel était le secret de la drogue aux pieds nus. Son imposture, sa déviation. Rosarinho n'avait accouché que de son désir. Il avait raté son rendez-vous avec la transcendance

qui n'existait pas. Alors il se mit à rire. Il eut soif de Biluca,
grande fringale de son corps délectable. Il souhaita, lui aussi,
la mort de Nelson Mereiles Dantas pour posséder la faussaire,
l'initiée d'Oxala blanc, l'immaculée canaille autour de laquelle
tous les personnages gravitaient, rampaient, frappés de lourdeur, harcelés de chimères ridicules. Biluca, elle, ne disait
rien, ne désirait rien, se dérobait dans le mystère et la magie de
sa duplicité. Elle était lisse et bifurquée. Ange noir, sans âme,
sans histoire, sans étendard, immanent et total, planté sur le
globe de la cité comme sur un crâne. Elle en était le Christ
caché.

... Un grand mugissement réveilla Asdrubal. Il entrouvrit
les yeux, chercha du regard la voûte couverte de sa fourrure
de chauves-souris. Il vit le monde. Il cilla, s'ébroua, se raidit. Alors il se découvrit couché dans les branches du figuier.
Il comprit qu'au cours de sa dernière escapade nocturne il
s'était endormi dans une fourche trapue de l'arbre, au milieu
des ramures et des étoiles. Il vit, en contrebas, le village de
pêcheurs, les maisons alignées le long d'un sentier pentu et
raboteux... Les murs au crépi turquoise, bleuâtre, pastellisé,
ocre ou vieux rose, souvent délavés, évanescents, aux nuances
corrodées par les vents, le sel et le soleil. Baraques fanées,
squameuses, bancales et belles, peaufinées par l'usure. Le village lui parut délicat et déchu dans la lumière du matin.

Au sommet du sentier, sur un petit terre-plein, se dressait
l'église avec sa façade crème et torsadée. Plus près de lui, il
dominait un groupe de toits serrés, aux tuiles rousses et
brunes, cassées, effritées, feuilletées, comme torréfiées par le

climat. Un gros camion cloisonné et bâché, à la cabine vert
cru, attendait le long des maisons. Des hommes allaient et
venaient, couverts de chapeaux de paille ou de casquettes
américaines. Deux femmes accroupies, la tête entortillée dans
un foulard noir, fumaient leur cigare. Un troupeau de chèvres
bêlait, tressautait autour d'un jaquier dont les énormes fruits
se bombaient, greffés le long du tronc. L'odeur acide des
chèvres flottait dans le vent de mer. Asdrubal aspirait ce parfum du Nordeste, de terre aride, de bouc et de torchis craquelé. Puis le soleil versa un flot de lumière orangée sur l'enfilade des masures. Elles devenaient soudain des maisons de
braise.

Asdrubal espionnait, contemplait le monde. Ni vu ni
connu. Arraché à la caverne rouge, à son terrier velu. C'était
la mer surtout qu'il admirait. De l'autre côté du village, à
gauche du sentier, sa translucidité, ses méandres de jade, son
miroitement très doux.

Tous les pêcheurs s'étaient rassemblés. Certains grimpaient
dans les jangadas, leurs radeaux incurvés au-dessus de l'eau et
coiffés d'une voile triangulaire. D'autres avançaient directement dans le flot en tenant les franges de l'immense senne
qu'ils déployaient en demi-cercle. Cognant sur des gamelles
et des tambours, les hommes des jangadas opéraient un large
mouvement tournant qui rabattait le poisson vers la senne. Le
filet avançait... le bruit se répercutait sur la mer. Les hommes
criaient, s'excitaient à la traque. Quand le cercle commença
de se refermer, Asdrubal aperçut les vifs froissements de
l'eau, les premiers sauts des poissons piégés. Puis l'agitation
se précipita. L'eau s'émiettait en silhouettes arquées, filantes,
cabrées, projetées dans le clapot. Bientôt toute la surface ne
fut plus qu'une fricassée de spasmes enserrée dans l'arène des
jangadas et des pêcheurs. Les hommes convergeaient, se
rejoignaient. La mer se métamorphosa en géante pépite dont

toutes les facettes éclataient. Un firmament d'écailles. C'était la fameuse Canãa de la serra Pellada, l'énorme trésor auquel tous les orpailleurs rêvaient... Bloc stellaire, frémissant. Les Noirs plongeaient dedans, étreignant les grappes gigotantes et musclées, cette plénitude étincelante qui les débordait, les plantait comme des arbres dans la profusion. Parfois, un poisson plus gros lançait son obus blanc, téton dilaté, au-dessus du fourmillement, le museau s'ouvrait, la bête haletait, puis retombait dans la soupe gluante, la pulvérisation de myriades d'étoiles gesticulantes. Les pêcheurs riaient, criaient, collés aux ventres des poissons, auréolés et comme harnachés de ce magma de lumière vivante.

Asdrubal aurait voulu rester perché dans l'arbre, à contempler le village, à regarder les enfants dispersés le long de la plage, jouant avec les poissons plus petits, les houspillant, bouche bée, par sadisme et curiosité. Sirilino qui revenait dans le terreiro constata que la grotte était vide. Il se coula dans le goulet. Sa tête émergea de l'autre côté. Il gronda Asdrubal qui déserta à regret le figuier pour retourner dans la poche des chauves-souris et des objets sacrés. Mais Sirilino lui tapa sur l'épaule, l'encouragea. Bientôt, peut-être qu'Asdrubal sortirait, qu'il verrait Lucia et Mario... Sirilino avait noué un contact avec Hippolyte et Osmar, le caïd de la Rocinha, à Rio. Il fallait garder l'espoir, une chaîne d'entraide se tramait. Ces circonstances permettraient sans doute un voyage en secret. Au fond de sa caverne, Asdrubal, maintenant, imaginait la mer et, sur le rivage, la montagne rayonnante des poissons.

— Oui, mais ne le répétez à personne, Sylvie !… Vous me le jurez. Bien sûr que j'ai rencontré Nelson ! Mais surtout, avant, je l'ai revue, elle !… Renata… dans son appartement, comme cela, une nuit…

— Vous avez renoué ?

— Non ! Non ! C'est trop énorme, cela, Sylvie, comme vous y allez ! C'est le sens de toute une vie que vous expédiez d'une chiquenaude. Non, elle m'a fait venir pour me voir, avant que je le voie, lui… Elle était secouée par l'attentat, bouleversée…

Hippolyte accompagnait Sylvie dans les dédales du shopping-center, du Rio Sul. La caméra vidéo du Centre socio-éducatif était en panne. Il fallait changer une pièce. Ils avaient emmené Narcisio qui savait de quelle pièce il s'agissait exactement. Narcisio galopait à l'avant, fasciné par les objets. Sylvie pilotait Saint-Hymer, chasseur amazonien paumé dans la jungle des marchandises, des néons. Hippolyte, depuis le massacre de sa ménagerie, « l'horrible tuerie » comme il disait, ne souffrait plus la solitude. Son entrevue avec Nelson l'avait plongé dans des abîmes de désarroi. Il téléphonait toute la journée à Damien, à Sylvie, à Rosarinho, et de plus en plus à Renata, qui l'écoutait…

— Elle me répond, Sylvie !… Pourquoi a-t-elle repris ce lien avec moi ? Je sais bien qu'elle ne m'aime plus. Alors ? Qu'est-ce qui l'aimante ?

Sylvie ne savait que répondre, elle hésitait.

— Renata a toujours été aussi belle que tordue… Hippolyte…

— C'est si tordu que ça de me revoir ?!

— Non, mais ce n'est pas la voie la plus simple…

— A quoi vous carburez, vous, Sylvie ? Tout le monde se le demande.

Sylvie sursauta devant l'attaque naïve et brutale, bien dans la veine d'Hippolyte.

– Mais je m'occupe des enfants du Centre.

– Je ne parle pas de ça, mais amoureusement, Sylvie ? On ne vous connaît pas d'amant. Je vous dis cela tel quel, sans juger, mais ça m'intéresse, et au point où j'en suis, après « l'horrible tuerie », je ne prends plus de gants... J'ose aller droit devant. Est-il vrai, Sylvie... mais surtout ne m'en veuillez pas ! Car je vous comprends... Maintenant je comprends tout, du moins j'accepte tout... Est-il vrai que vous aimez les filles, les jolies filles ?

– Vous m'embêtez, Hippolyte !

Sylvie, qui était si culottée quand il s'agissait de se battre pour le Centre socio-éducatif, qui se lançait dans les démarches les plus improbables, frappait à toutes les portes, assistait à des colloques internationaux sur la misère des enfants dans le monde, côtoyait des humanistes et des fonctionnaires de l'UNESCO et de l'UNICEF, à Paris, à Strasbourg ou à Milan, Sylvie se fermait, s'absentait dès qu'il s'agissait d'amour intime et de sexe. Le silence, le flou...

– C'est curieux, Sylvie... Je suis désolé d'être lourd, mais voyez-vous c'est la seule chose qui m'intéresse encore, la seule chose humaine... le désir singulier de chacun...

Sylvie lui sourit, sans répondre.

– Très bien, très bien... Sylvie, pardonnez-moi !

Narcisio les appela. On était arrivé au rayon vidéo. L'adolescent avait déjà choisi la pièce, qu'il exhibait sous le nez d'Hippolyte.

Ils sortirent du Rio Sul, quand ils perçurent ce remous devant l'église de Fatima, juste le long du trottoir, là où des mendiants et des petits marchands s'étaient installés sous des bâches, derrière des éventaires minables et des carrioles peinturlurées. Tout le monde fut debout, d'un coup ! Une bande populeuse se déplaçait à toute vitesse, tout le monde courait, toute une frise violente, en trombe. D'autres groupes fusaient

par les rues attenantes. Et la horde s'élançait vers le Rio Sul,
bousculait, renversait les acheteuses sur son passage. Les cris
retentirent et se répercutèrent après une pause, comme déca-
lés. Tout s'embrouilla. Hippolyte attrapa le bras de Narcisio
et serra Sylvie contre lui. Ils virent les barres de fer qui voltigeaient. Il y eut le fracas des vitrines, le ruissellement du verre,
une recrudescence de bruit, de cris, de courses, de tergiversa-
tions sur la place… Des coulées de gens qui se séparaient,
filaient de part et d'autre. Hippolyte, Sylvie et Narcisio restaient immobiles. Dans le shopping-center, c'était la fête. Les
pillards raflaient tout, cassaient au petit bonheur.

— Bordel! C'est une émeute, mes enfants… lança Hippolyte. Tirons-nous!

Les passants couraient se réfugier dans l'église de Fatima…
D'autres étaient happés dans l'assaut général, des jeunes, puis
des groupes de tous âges se ruaient vers le Rio Sul, le paradis
bourré de bouffe, de fringues et d'objets. Les vendeuses
gueulaient. Des mecs les attrapaient par les cheveux, les ra-
battaient au sol pour les faire taire. Des vigiles essayaient de
s'interposer, des costauds qui déboulaient de leur poste de
surveillance. Les coups de poing pleuvaient, les corps s'agrippaient en empoignades musclées. Des insultes, des coups de
feu, des fracas… Des pans entiers d'étalages roulaient, entraî-
nés dans le pugilat. Les mains des pauvres, partout, les mains
avides, véloces, s'engouffraient dans les brèches, sur les colliers, les parures, les flacons de parfum, les petites boîtes de
conserve, ça s'écroulait et cascadait dans le tollé des mains
voleuses, toute la razzia filait dans les allées, les galeries, les
paliers, les escalators du magasin de luxe.

… Ça éclatait à un étage, une meute surgissait, éclaboussait
les comptoirs, dévalisait, mains virevoltantes, déguerpissait,
se heurtait à une vague adverse: d'autres voleurs et des
vigiles, ou des acheteuses bourgeoises, fardées, cossues, hur-

lantes, dont les sacs à main valsaient, volatilisés dans la tourmente, tout un paquet de dames coincées entre des tourbillons de pillards déversés, refluant, fonçant d'un trait, boxant, escaladant, dégringolant et zigzaguant dans la verroterie, les lustres, le bataclan... l'œil allumé des voleurs...

Hippolyte entraîna Narcisio et Sylvie vers l'église de Fatima. Ils furent rattrapés par des cohortes bardées de butin, d'habits, d'appareils vidéo, de bouteilles d'alcool, de tissus multicolores. Des bricoles tombaient, ricochaient sur l'asphalte, d'autres voleurs les ramassaient, perdaient à leur tour un objet, le rattrapaient... Il y avait de tout petits gamins qui se retrouvaient avec une boîte de chocolat fin à la main et se trissaient comme des moineaux. Des types plus impavides tournaient les talons, presque sans se presser, comme des déménageurs, emportant d'impressionnants fardeaux, l'air obstiné, forts de leur droit, à grandes enjambées. Puis des lacis d'adolescents, en jeans, passaient comme la foudre, dans des slaloms. Narcisio regrettait de ne pas avoir apporté la caméra. Mais se trimballer dans la ville avec cet objet de luxe eût été une provocation. Pourtant, il s'imaginait zoomant sur cette explosion de gestes, de courses, de girations... Filmer les voleurs, les voler !

A l'intérieur de Fatima, plus personne ne priait. Les curés, les ouailles, les réfugiés, des mendiants, des riches et toute une pagaille indéfinie, voleurs infiltrés, plus discrets, familles à marmaille qui braille, s'entassaient, trépignaient dans le chœur, devant un cercle de cierges papillotant.

Puis cela se calma, se figea, en quelques minutes. Dehors, c'était fini. Tout le monde avait fui. Les flics arrivèrent, un concert de bagnoles hystériques, d'ambulances dans le désert. Trois ou quatre assommés rampaient par terre. Et les vigiles couverts de gnons cherchaient leurs collègues qui s'étaient trissés, mués en voleurs au quart de tour. Cependant, ils repéraient, de loin en loin, un rare voyou pris au collet, qui ne bougeait plus, effaré, tout tordu.

— On y était ! On y était, Damien ! s'exclamait Hippolyte au téléphone.

Rosarinho, qui se trouvait auprès de lui, levait les yeux au ciel et proférait dans un souffle :

— Il fallait que ça arrive, une émeute de la faim !...

— De la faim, de la faim... nuançait Hippolyte. Tout le monde piquait en fait, finissait par se convertir à la rapine, en un éclair. J'ai même vu des bourgeoises jeunes et dévergondées en profiter pour ramasser les paquets tombés des bras des voisines plus rassises. C'était le self-service gratis, un gros ramdam de redistribution !

Quand Hippolyte avait dit « ramdam », il avait lâché son mot favori, il avait résumé son sentiment du cosmos et de la condition humaine... ramdam et horrible tuerie... l'apocalypse et Renata... L'une ou l'autre et les deux à la fois. Il aimait « gabegie » aussi, gabegie énorme ! Bordel et bataclan indescriptible !

Rosarinho en rigolait sous cape, les yeux tout ronds.

— Quel tintamarre ! conclut Hippolyte.

Les journaux ne parlèrent que de ça. Manchete offrit des photos prises au hasard par un amateur, avec des traînées rapides, des flous, des gestes, des gros plans avides, des éclairs de noirceur, une grêle de pillards, de taches coupées d'éblouissements, de blancheurs que les flics passaient à la loupe, pour identifier d'éventuels meneurs.

Le maire Marcello Alencar, le gouverneur Leonel Brizola, Benedita da Silva, la députée des favelados, furent tour à tour interviewés par TV Globo. Puis les flics, des secrétaires d'État... tous les discours rivalisaient de thèses, d'alibis, de déplorations, de condamnations, d'apostrophes et de prophéties. La misère expliquait tout et ne justifiait rien ! Les institutions seraient préservées coûte que coûte. Et les valeurs ! Mais il fallait réintégrer les marginaux livrés à la violence, les exclus, les mendiants, les gosses errants, recréer, resserrer les cellules familiales, les associations d'habitants, les centres d'accueil. Ce fut le grand déballage de solutions et d'espérances... La crise économique, la dette, les curés de gauche, Lula, le leader du Parti des travailleurs, poussaient à la révolte, mais aussi l'égoïsme des « maharajahs » – comme les appelait Collor –, l'arrogance des « élites » ! Tout défilait en vrac, les bons et les méchants, évêques et policiers, gentils apôtres populistes et rastaquouères, militants sans foi et caïds à clientèle, sans oublier de jeunes pontes, le staff style Kennedy, brigades de mecs à dents blanches, qu'on surnommait dans les coulisses « Indiana Jones », « bulles de savon »... Et cela se perdit dans des commissions, des délégations, dans les bureaux de porte en porte, palabres, bouffées de peur, sursauts de colère, lâchetés, sentiments de fatalité... au gré des campagnes électorales, des articles de psys, de sociologues, de toutes les ruminations de la ville, de ses obsessions, de ses tapages, de ses oublis... Ce fut un raz de marée de Verbe pour digérer le carnaval des voleurs. La police arrêta dix suspects, au petit matin, sur le morne Chapeu Mangueira, la favela au dos de Copacabana, dans les taudis de la Marea, du côté du Galeão, et à Dona Marta, juste au pied du Corcovado, dans la robe du Christ.

Des types vêtus de combinaisons drainaient, par petits paquets, les ordures devant le Sheraton. La cité n'avait jamais été si belle et si crue, encastrée dans les mornes et les serras, étalant son flanc bleu, éperonné de malice. Nerveuse, nue, tambourinée par les anges et les voleurs. Mais Alcir et Benicio ne voyaient plus l'idole marine dont la présence rachetait la ville à chaque aurore. C'est parce qu'ils avaient perdu la mer que les deux frères se perdirent.

Des lambeaux de sacs de plastique blancs ou bleus, déchiquetés, tournent, roulent dans le vent, grésillent, font des écorchures vives, roues de crécelles et cascabelles... Paciencia est possédée par ces ailes mutilées qui s'infiltrent dans les impasses, jonchent les ornières, les nids-de-poule, les terrains vagues. On retrouve ces volutes synthétiques, fleurs de la mort, au sommet des tertres. Souvent elles s'accumulent dès qu'un obstacle borne les poussées du vent. Alors les feuilles crépitent, s'emmêlent et se chevauchent, ce sont les seules plates-bandes des banlieues nord. Bariolures de la dèche, flammes du vide. Alcir et Benicio marchent vers le fleuve croupi. Des hommes s'activent sur les rives, une grue charrie des blocs de ciment qu'elle dépose, à intervalles réguliers, dans le cours marécageux. Le caïd a accompli sa menace. La favela née dans les décombres de l'immeuble éboulé n'a pas survécu à la rixe où le batteur a été égorgé. Le caïd allié à la police a déménagé les parpaings et les ferrailles jusqu'au fleuve pour édifier le pont. Les favelados expulsés sont venus grossir les cabanons du rivage. D'autres sont restés sur place dans les ultimes moignons du bâtiment.

Alcir et Benicio contemplent le boulot des architectes improvisés. Au fur et à mesure que le pont s'avance vers l'autre bord, une favela émerge à sa racine, des baraques sur pilotis, accotées contre les soubassements du pont. Le gros pan de béton qui amorce l'ouvrage est enveloppé de masures comme d'arcs-boutants. Les favelados, d'instinct, se sont agglutinés à cet élément massif et sain. Le prolongement du pont est plutôt une passerelle de planches qui, de jalon en jalon, survole l'avachissement du fleuve Guandu, dans un parcours irrégulier. Le soir, quand les ouvriers quittent le chantier, les enfants des favelados galopent le long du réseau, au-dessus des boues. Bientôt, ils iront directement de l'autre côté où rien ne les attend. Ils rôderont, par bandes, le long de la rive et pourront regarder, à loisir, leur favela exactement en face, ce recul leur fera mesurer la précarité de leur condition. Ils chercheront, dans le ramassis des taudis, leur propre baraque reconnaissable à tel détail, tôle rouillée de guingois, grand carton maculé, profil d'une planche... Quel fleuron de pourriture, ruine taillée, rafistolée?... Ils reviendront. Ils s'attarderont à mi-chemin, au centre du pont, en liberté au-dessus du fleuve engourdi, ils lanceront des lignes pour prendre d'hypothétiques poissons survivant dans la vase. Ils bombarderont les rats et les crapauds. Leurs parents bientôt feront la même promenade sur cette passerelle où nulle voiture ne peut s'aventurer, seulement les vélos, les motos, les piétons. Au crépuscule, ainsi projetés sur l'ombre du fleuve, leur viendra peut-être un sentiment de voyage et d'affranchissement. Tous les ponts, même les plus misérables, élargissent le cœur, inspirent un sentiment d'infini. L'eau luira sous la lune, ils penseront à la source, à l'estuaire du Guandu, ce beau nom sourd et lourd. Ils seront moins malheureux. Le grand fossile du fleuve chuchotera son rêve de navigation et de découverte.

... Alcir et Benicio viennent tous les soirs le long du Guandu, animés par le même mirage... Mais les cabanes parties des deux bords ne cessent d'agripper les socles de béton, de les circonvenir, d'étendre plus loin leurs tentacules. Sous peu, le pont sera distendu, envahi de bâtis parasitaires. De la passerelle, on ne verra plus le fantôme du fleuve. Les taudis occuperont la rampe d'un bout à l'autre. Et peut-être qu'un jour de pluies torrentielles certaines baraques seront emportées par le fleuve ressuscité, n'ayant renoué avec la vie que pour détruire, tuer.

Le soleil se couche dans l'axe des mares et des boues qu'il irise. Tout devient plus secret. Le Guandu mène, là-bas, vers ce rougeoiement, cet embrasement qui nimbe la désolation.

Souvent Alcir et Benicio poussent vers la grande autoroute, filant à cinq kilomètres de leur logis. En s'approchant, ils entendent le grondement de l'artère, la découvrent exhaussée sur un remblai qu'ils escaladent. Ce n'est plus le fleuve et son rêve aquatique de lenteur, de profondeur, de pérégrination, de pêche, d'aventure archaïque, mais la scène même du présent, de son trafic bruyant, désordonné, la curée de tous les véhicules pêle-mêle, pressés, happés avec fureur, vers quel but, quel destin dévorant? Tous visent une cible, les gros camions frigorifiques qui descendent du Nord vers São Paulo, tous transportent quelque chose, un désir... Énormes, hermétiques et grondants, sans un regard pour les infirmes voyeurs des bas-côtés. Aveugles, emportant jalousement leurs marchandises, un avenir d'échanges, d'argent, de dépenses. Toute la vie du pays s'articule sur cette flotte de camions géants, tout ce qui vit, espère, bataille fonce sur la grande autoroute. Alcir et Benicio sont fascinés mais tristes. Car l'épopée s'élance loin d'eux. Les camions surgissent, le vacarme s'enfle, devient assourdissant, les monstres passent avec leurs chromes, leurs décorations, leurs fétiches collés au pare-brise et sur la cabine. Et tout cela croule vers le Sud. D'énormes portions de chimères. Les chauffeurs sont autant d'Ulysses, de capitaines harcelés par la passion, la rage

d'accélérer, d'atteindre un but, une plénitude. Alcir et Benicio
regardent, assis sur le remblai, inhalant les gaz des moteurs,
ahuris, saoulés, roulés dans le tonnerre, assaillis par de nouvelles visions... Camions tout neufs, parfois, étincelants, nic-
kelés, bardés de phares superposés, hérissés de rétroviseurs,
d'antennes, avec leurs bâches gonflées, claquantes. On dirait
des galions ailés, vibrant dans la tempête. Mais il y a des
esquifs plus lents, plus rapiécés, de vieux camions cahotant
perdus dans la meute, carcasses cliquetantes, dépareillées, qui
ne produisent pas le beau rugissement continu des camions-
citernes ou frigorifiques... Ces véhicules déchus transportent
parfois une cargaison d'hommes sous leurs bâches trouées.
Alcir et Benicio voient passer les errants, des rangées de têtes,
de silhouettes voyageant vers une région pionnière.

Les deux frères croient reconnaître, soudain, un vieux Trio
Electrico de Bahia, comme un vaisseau démâté, désaffecté
dont ne subsistent que quelques bariolures ornant la cabine et
la base du train arrière. Plus de foule, de sambistes gigotants,
de belles négresses vêtues de blanc, de cohues de danseurs
allègres, entourant l'orchestre exhibé sur la remorque. Rien
qu'un fossile de cétacé terni et désossé, reconverti dans le
transport des ferrailles.

L'autoroute charrie le tout-venant des destinées. Motos,
voitures individuelles, camionnettes, tous les calibres, toutes
les couleurs, tous les rythmes, se poursuivant, se dépassant
avec des chargements hétéroclites, mal ficelés, ballottés à l'air
libre ou caparaçonnés, bien clos.

Alcir et Benicio aiment quand l'autoroute se bloque, que
toute la course se fige en une fresque qu'ils peuvent détailler.
Alors des bandes d'enfants accourent, appellent les voyageurs, leur proposent n'importe quoi, mendient, rient, récla-
ment une pièce, un fruit... Alcir et Benicio regardent mais
n'aiment pas qu'on les regarde. Ils restent cependant sur les

bas-côtés, surpris par l'immobilisation générale qui met en relief les gabarits différents des camions, épingle telle petite voiture coincée entre deux mastodontes, telle moto hurlante qui fait un slalom dans le cortège en panne. Ils observent tout, en gros plan, les bosselures des carrosseries, les capots, les ajouts biscornus. Les camions amorcent des démarrages, avancent d'un mètre, pressent ceux qui les précèdent... On sent la caravane qui trépigne, klaxonne, fulmine sur place, toutes ses forces qui refluent, s'enflent. Alcir et Benicio s'émerveillent de tant d'énergie, d'impatience. Alors, tout repart sur cent, deux cents mètres. On voit les visages libérés, les gestes rapides, les expressions plus résolues. Le chaos des volumes, des formes vieillottes ou modernes appareille. Une heure après, tout est redevenu fluide et mythique, lustré par la vitesse, une colossale abstraction de machines et de peuples aspirés dans un même vrombissement. Alcir et Benicio restent. De nouvelles vagues d'enfants errent le long de l'autoroute...

Un soir, Alcir a vu, dans une automobile, une jeune femme qui ressemblait à la belle dédaigneuse du bar d'Ipanema. Que faisait-elle ? Elle remontait vers le Nord, vers Salvador ? Qui allait-elle rejoindre ? Elle fixait les yeux devant elle. Avait-elle peur ? S'était-elle attardée, égarée ? On sentait que ce qui l'animait différait des mobiles collectifs. Elle était prise dans un piège, dans l'étau de la folie grégaire, avec sa toute petite idée à elle, son quant-à-soi fragile et traqué. Élégante et juvénile, isolée dans le convoi sauvage. Les mecs des camions la regardaient. Peut-être qu'elle était armée, qu'un protecteur suivait dans une autre voiture. Peut-être qu'une passion, qu'une urgence balayant toute peur l'avaient versée au flot, une catastrophe privée, un deuil, un accès de folie, de désir... Et elle se retrouvait logée dans les rouages, les ferraillements, les engrenures et les fumées de la circulation autoroutière... Jeune, jolie, vulnérable et avalée par l'hydre, sa puissance bestiale qui lui interdisait maintenant de faire demi-tour, d'accélérer, de fuir... Elle était jugulée par l'impulsion du grand trafic, fleuve du Brésil, tenace et vacarmeux, qui se tramait du Nord au Sud, d'Est en Ouest, sur des milliers de kilomètres, échangeant les minerais, le cuivre et le fer, les viandes, le soja, le blé, l'essence... quadrillage parcourant le sertão, les campos, les forêts, ralenti dans les banlieues, la pieuvre des villes surpeuplées. La jeune fille raconterait plus tard comment, à cet instant-là, elle avait senti son pays ramifié lutter, creuser sa route, se propager coûte que coûte... Avait-elle seulement aperçu Alcir, Benicio, son regard les avait-il frôlés ? Mais Alcir, lui, l'avait mangée des yeux. Et le projet de destruction qu'il avait conçu dans la colère et l'exil l'assaillait, comme exaspéré par la vision de la jeune femme indifférente. Elle aussi serait émue, scandalisée, elle aussi serait forcée de penser à lui. Elle le regarderait enfin, lui, le haïrait et, au cœur de sa haine et de sa peur, elle serait subjuguée par la transgression. Car celui qui viole le sacré devient sacré, parce que son geste horrible l'exclut de l'humanité commune et, d'une certaine façon, le rapproche des monstres, des saints et des dieux. Il devient illimité, inaccessible par la démesure même de son crime.

Quand un accident meurtrier se produit sur l'autoroute, Alcir et Benicio éprouvent un réveil de curiosité, un élan. Ils voient que des hommes sont morts et qu'ils ont sur ces victimes définitives l'avantage de survivre. Cela peut leur procurer une brève excitation. Mais souvent leur émotion est plus profonde. Il y a la mort toute simple et universelle, au bout du voyage. Elle réunit tous les voyageurs. Elle apaise toutes les fureurs. Alors la belle jeune fille sera couchée au milieu des camionneurs, des marchands, des migrants et des enfants perdus. L'image de ce néant commun apporte aux deux frères un sentiment de pardon et de douceur.

Mais Alcir est trop jeune pour se noyer dans cette sérénité. Le fouet de sa colère le cingle derechef. Entre le fleuve mort et la dérive de l'autoroute, il se débat ; et, à chaque soubresaut, la haine lui entaille la chair. Son désespoir ne peut parvenir au détachement, il s'acère, retourné en vœu de destruction.

Une nuit, Alcir monte dans un camion et rejoint en secret la favela de sa mère. Il erre le long du morne, contemple la ville, l'océan noir. Puis il rend visite à Biluca. Il lui parle pendant des heures. Il lui communique sa colère. Il sait que seule la jeune fille peut le comprendre. Biluca se prend d'amour pour ce frère révolté et elle consent à voler l'objet sacré enfoui dans le terreiro de Rosarinho. Car cet objet entre dans le serment du sacrilège.

Marine et Damien arrivèrent à Parati au milieu de la matinée. Napoleon Hugo les avait amenés dans son taxi, il était reparti aussitôt après. Napoleon leur avait proposé de les attendre en flânant aux alentours. Mais les deux amoureux ne désiraient pas être attendus et quelque peu devinés par le chauffeur de taxi. Cette sollicitude toute paternelle dont il les entourait les gênait. Ils avaient des scrupules depuis qu'ils s'étaient aperçus que Napoleon Hugo connaissait Roland, l'époux de Marine. Ce dernier s'était absenté pendant deux jours et Damien, une nouvelle fois, avait convaincu la jeune femme de partir. Il redoutait cependant une déception, Marine savait si bien mêler le oui et le non au bord de la volupté. Quand Napoleon les avait quittés, il les avait regardés avec attention, trop d'émotion peut-être, en leur disant : « Soyez heureux. » Damien l'avait trouvé bien grave, comme si leur bonheur était fragile et menacé.

Ils ne restèrent pas à Parati, la petite ville coloniale et coquette, semée d'églises baroques. Ils avaient loué un Zodiac pour rejoindre une île au large. L'eau filait, turquoise avec de grands trous violets. La ligne des cocotiers s'éloignait. On apercevait encore çà et là, entre les palmes, une église blanche ou une maison trop pomponnée. Marine et Damien étaient plongés en plein cliché paradisiaque, tant de beauté leur faisait peur. La fraîcheur des couleurs, la transparence de la mer, la brise, la liberté dont ils jouissaient, la gentillesse des pêcheurs qu'ils croisaient, tout leur infligeait, au sein de l'allégresse, une pointe d'angoisse comme une ombre coulante au revers du soleil. Leur voyage devenait irréel, dans la perfection et la fluidité du monde. Damien, et c'était chez lui une maladie, sentait cette plénitude déjà perdue. Le présent était miné de mélancolie.

Sur l'île, il revit l'oiseau abstrait, aux longues ailes effilées, à la queue fourchue, qui flottait presque immobile dans l'azur, peut-être une frégate... Une nuée de moineaux très bleus voletaient dans les arbres. Marine et Damien, seuls sur la plage, se retrouvèrent bientôt en maillot. Damien admirait la beauté de son amie, de cette chair brune, ronde, fine et musclée. Marine portait un deux-pièces d'une texture molle qui l'englobait, la galbait, la pénétrait. Ils se baignèrent. Elle s'éloignait de lui et il était jaloux de la perdre. Il sentait ce quant-à-soi de Marine, ce narcissisme qui l'unissait à l'eau, à sa tiédeur. Des pastilles de lumière palpitaient sur les crêtes des vagues où le corps de Marine s'incrustait. Damien aurait voulu étreindre ce miroitement de vague solide et charnue. Puis elle revint vers lui, lui parla, essoufflée, plongeant, resurgissant, disparaissant. Il n'arrivait pas à se baigner avec elle. Il sortit le premier de la mer et s'allongea sur le sable. Plus tard, elle le rejoignit en courant. Et cette course, le jeu des cuisses, la jonglerie légère du bassin et des fesses, la délicatesse des chevilles, le tressautement des seins, le maillot moussu agglutiné sur le pubis et tout assombri par lui, tant de détails le frappèrent d'une impression presque douloureuse. Elle se mit à sécher sur le sable, avec cette force de don que manifestent les femmes quand elles s'offrent au soleil, allongeant parallèlement cuisses et jambes, bras le long du corps, lèvres fermées, yeux clos, épaules remuantes puis cabrées, reins agités, cherchant leur assiette, puis tranquilles. Cette quête du bien-être total, ce calme voluptueux, ce silence. Il voyait le slip trempé, bombé de poils, tout cela riche, contenu, serti, les quadriceps bien découpés. Marine dénudée, avec lui, sans lui... Au loin, de l'autre côté, la rive verdoyante de Parati.

Toute la journée pouvait se passer ainsi dans l'union apparente et la séparation cruelle. Il connaissait cette situation qu'il fallait animer, aiguillonner dans une direction plus vive, plus sensuelle. Marine, comme beaucoup de femmes qui hésitent à aimer, savait profiter de la mer et du soleil pour s'y installer, ne plus en démordre, peaufiner son exposition, en approfondir toutes les ressources de posture, de bain, de séchage, d'application de crème. Le partenaire médusé ne peut qu'assister au déroulement des péripéties qui le tiennent savamment à distance. Puis la femme désirée se met à somnoler, de plus en plus paresseuse, diluée dans un farniente qui maquille un refus. Comme elles savent sourire alors... laisser flotter leur sourire, imposer un sentiment d'irréalité, de démotivation qui les protège du désir. L'homme est fichu, au rancart pour des heures.

Bien sûr, Damien tenta quelques manœuvres de diversion. Il s'approcha d'elle, s'accouda, la contempla, lui caressa l'épaule, esquissa un petit baiser dans le cou, ce qui ne l'arrachait nullement à son exposition. Elle ne frémissait pas, se contentait seulement de plisser davantage un sourire plutôt dédié aux bienfaits du soleil, marquant avec discrétion cette priorité, cette exclusivité. Et de façon plus insidieuse, plus raffinée encore, elle remuait, cherchait de nouveau son assiette comme pour indiquer à Damien qu'il l'avait un peu perturbée. Puis elle renforçait le sourire d'extase au soleil, en y mettant le maximum de détachement envers le monde extérieur, toute une vacuité délicieuse...

Ils déjeunèrent de fruits et de petits sandwichs qu'ils avaient emportés. Alors Marine consentit à rejoindre l'ombre des arbres, à s'asseoir, à baisser sa garde, à redevenir réelle, donc proche. Il amena dans la conversation le sujet de l'amour et du désir. D'abord, par le biais d'Hippolyte et de Renata, de la légende des buritis, des palmiers nains, des petits perroquets et du rio rouge. Il commenta le désir d'Hippolyte, ce dernier désir d'homme un peu éperdu. Marine se gardait d'approuver, d'encourager. Elle restait attentive, neutre, raisonnable, trouvant qu'Hippolyte était quand même très vieux pour Renata. Ils s'embarquèrent sur la question de l'âge, des couples assortis ou non. Damien affirma que l'érotisme était toujours lié à un écart, à un obstacle et que l'âge, en la matière, était un merveilleux ressort. Mais ce n'était qu'un alibi pour suggérer à Marine un autre décalage, celui de l'adultère. Il parla de Biluca, de la fameuse nuit d'initiation au culte d'Oxala où ils l'avaient vue danser. Il rappela ce que la jeune fille lui avait révélé du samba, de sa note féminine et secrète. Il fut très bavard sur Biluca, espérant titiller la jalousie de Marine qui déjà faisait la moue, tenait des propos moins vagues. Ils parlèrent de l'ambiguïté de Biluca, de son sexe, du plaisir en général, de ses impasses particulières, de ses chemins de traverse, de ses perversions... Damien immisça quelques fragiles allusions à ce qui s'était passé entre eux, mais elle se garda bien de le suivre dans cette nostalgie. Puis Damien fut piqué par une sorte d'euphorie qui lui permit de hausser le ton, d'être plus audacieux. Il avait ainsi des bouffées d'ébriété qui lui faisaient lâcher du lest et qu'elle connaissait bien. Pour le freiner un peu, elle lui lança :

– Tu dis des bêtises, ça y est ! Ce n'est quand même pas le Noctran ! Le bain aurait dû te dégriser.

Il lui répondit que c'était elle qui le rendait lyrique. Il avait envie de déconner, de débiter les pires horreurs. Elle prit un air sévère pour l'en dissuader. Il passa outre, remit l'amour et le désir en piste. Ils confrontèrent assez banalement les fameuses différences entre le plaisir masculin et féminin. Elle eut tort de l'encourager en accusant les hommes de monotonie dans leurs mécanismes érotiques. Il lui sut gré de ce cliché qu'il s'empressa de nuancer :

— Moi, pour ma part, je ne jouis jamais de la même façon...

Enfin, la conversation prenait un tournant favorable. Elle le regarda avec une inflexion des sourcils un peu dubitative.

— Non ! Non !... confirma-t-il, l'orgasme chez les mecs est beaucoup plus varié qu'on ne le dit.

Elle aurait préféré qu'il évite « orgasme », vocable technique et emphatique.

— C'est moins subtil que chez la femme... protesta-t-elle, tout le monde le sait !

Elle répondait, elle relançait, c'était parti.

— Non... non... les éjaculations ne sont jamais les mêmes...

Décidément, il n'y allait pas par quatre chemins. Elle ne remua plus les sourcils. Muette.

— Il y a des éjaculations plus ou moins vives, plus ou moins... comment dire ?... plus ou moins profondes, plus ou moins rayonnantes, c'est très variable ! Cela peut être bref, superficiel ou plus vaste, plus large...

Elle ne put s'empêcher de glousser :

— Il n'y a que toi pour sortir des choses pareilles...

Il renchérit de plus belle :

— D'ailleurs, je n'aime pas le mot « éjaculation ». Je n'aime pas du tout, je préfère « décharge »...

Elle se rétracta plus nettement. « Décharge » ne passait pas ou ne lui plaisait que trop. Elle se muselait. Bloquée ou excitée, sans se l'avouer.

— Il y a des décharges ponctuelles, énervées, d'autres presque insensibles, abstraites. Je te le jure, Marine ! Et cela infirme tout à fait cette idée d'une mécanique monotone. Mais il y a aussi des décharges amples, riches, brûlantes...

– Écoute, Damien, tu pousses !...

Il adorait qu'elle dise comme ça « tu pousses ! »

– Si ! Il y a des orgasmes vraiment creux... on jouit sans jouir. Pas d'aura ! Mais parfois c'est tout le mec qui jouit, ça part de plus loin, de plus profond, ça retourne tout le terrain, les couilles, le cœur, ça foisonne, c'est très bon, très fort, houleux, bien arraché, ardent. On se sent vraiment jouir et grouiller et fuser et s'allonger dans le feu, s'épanouir, le soulagement est long... Comment te dire ? C'est le jour et la nuit, rien à voir avec les orgasmes plus vagues ou plus brefs, et pourtant c'est la même semence, ce n'est pas une question de quantité... justement, je parle de jouissance ! Cette vraie jouissance n'est pas toujours au rendez-vous. Cela est rarement vu et dit. Il y a de longues décharges, nombreuses, luxuriantes, Marine, une vraie danse d'amour. Pas un pouce de jouissance n'est perdu, chaque particule de semence réjouit dans son essor, son expulsion large ! Marine, large... On jouit largement !

– C'est tout ?... dit Marine qui avait, tout de même, envie de rire.

– Marine ! Je ne plaisante pas ! C'est important, c'est pour te dire qu'avec toi... eh bien...

– Ce serait large !

Il n'en revenait pas, elle osait...

– Ne me fais pas souffrir, Marine...

Et il lui prit la main, au bon moment, juste sur le trémolo. Il la scruta. Elle avait adopté une mine glacée mais quelque chose tremblait dans ses yeux, un papillotement, une poussière d'or. Il sentit qu'elle avait été troublée, touchée. Mais il ne devinait pas à quel point. C'était ce mot cru de « décharge » qui avait fait mouche. Un jet de feu l'avait atteinte au plus intime, d'un coup, une longue mèche dorée. Et puis ce luxe de détails qu'il avait donnés, toutes ces métamorphoses sur la même image opulente et phallique.

— Marine, j'ai envie de toi, je suis amoureux, je vais crever...

C'était dans ces élans de sincérité qu'il était le plus intense et le plus périlleux.

— Damien...

Cet écho en pointillés, presque muet, le rendit plus nostalgique encore. Il bascula contre elle et l'embrassa. Ce n'était pas leur premier baiser. Mais celui-ci fut plus ample et plus riche... Damien bandait contre le ventre de Marine, elle sentait le harpon, le gland qui dépassait de la limite du slip. L'idée de décharge continuait de se répercuter entre ses cuisses, en éclairs, en longs flamboiements. Elle eut peur, elle craignit que le moment ne fût venu, inéluctable. Elle allait trahir. Il resserra son étreinte et d'un mouvement rapide sortit le membre. Alors, elle allongea la main, le prit pour le contenir. Il se braqua à l'extrême sous la pression douce de Marine. Elle sentit qu'elle le maîtrisait, qu'il ne pouvait plus poursuivre... Il attendit un peu, puis tenta de lui arracher son slip. Elle avait envie de Damien, car le visage du garçon était transfiguré par la passion, une demande d'amour qui bouleversait ses traits. Elle opéra, vers le bas, une traction brusque de tout le corps qui la libéra de la prise de Damien et fit descendre son visage au niveau du torse maigre et poilu. Elle embrassa cette poitrine, la baisa tendrement. Damien se figea, sans plus essayer d'attraper le slip. Au contraire, elle le sentit se hausser vers elle, vers sa bouche. Elle laissa glisser ses lèvres au-dessous des seins, le long des côtes fines, vers l'abdomen. Damien ne tentait plus rien. Il continuait seulement de se dresser au-devant d'elle. Elle l'eut très vite de nouveau dans sa main, dans sa bouche. Damien comprit le piège. Mais il était trop étonné, trop ému, trop comblé par le geste de Marine. Il ne pouvait plus bouger. Elle le prenait au fond de sa bouche avec une lente ardeur, un mouvement moelleux des lèvres. Il pelotait ses seins dégagés de leurs bonnets. Ils étaient gros et durs. Il murmurait son nom avec amour. Il tenta de sortir pour la prendre à son tour. Mais elle le maintint de la main, serra ses lèvres denses, les retroussant pour mieux l'enfoncer dans la bouche. Il la vit tout à coup, de profil, par en dessous, son visage juvénile et glouton, aux longs cils d'adoration. Ses mains étaient pleines de ses seins qui roulaient, s'échappaient et dont les pointes poussaient entre ses doigts. Il sentait sur sa verge une brûlure lisse suivie, comme une lame aiguë, un filet torride et glacé. Et s'il luttait encore, essayait de sortir et de la prendre, il raterait tout, se répandrait à mi-chemin, dans le désordre. Il eut le temps de se contrôler, d'accepter pleinement le baiser. Il voulut lui donner cette décharge ample et riche dont il venait de parler. Il le lui dit. Il vit le battement de ses cils et le happement plus fervent de sa bouche. Lèvres charnues de Marine, seins, cul charnu qu'il prit dans l'autre main pour mieux jouir. Il lui annonça qu'il allait... Elle se raidit de volupté. Il passa du cul au sexe qui s'ouvrait, ruisselait sous ses doigts. Et ce fut trop, il déchargea, tout son saoul, en convulsions riches et larges. Elle sut qu'il n'avait pas menti. Elle le reçut à chaque élan, de toute sa bouche et de sa gorge d'amour.

Très vite, Damien mesura l'étendue de son bonheur et de son échec. Car il ne l'avait pas prise. Elle l'enfermait dans la fatalité de son corps cloisonné, avec une obstination atroce, depuis le début, depuis toujours. Il sentit monter le tremblement. Il s'étonna, le refréna. Il avait joui. Il était physiquement délivré. Une crise ne pouvait donc plus éclater, à présent. C'était impossible. Mais la vague s'agitait, le prenait à la nuque, contractait sa mâchoire.

– Je ne suis pas bien, Marine… Je veux que tu t'écartes, que tu partes…

Marine comprit que Damien était en proie à son mal, mais elle ne voulait pas le laisser. Elle voulait lui prouver qu'elle pouvait tout voir, assister à son naufrage, sans le moindre dégoût. Il se fâcha d'un coup :

– Va-t'en !

Elle fut fouettée par cet ordre. Il se vengeait, il la chassait. Elle hésita, faillit l'étreindre et se perdre avec lui dans le même tremblement. Mais, tout rétracté, il lui jeta un regard de colère, de peur, puis de supplication. Elle se leva, s'écarta, partit vers le rivage. Damien, tétanisé, claquant des dents, des os, de tous ses membres, sombra dans un abîme de solitude, de dénuement. Il ne pouvait même pas pleurer. Il crut perdre la raison, basculer, se dissoudre dans un cri, un chaos. Il accepta la chute, la folie. Il s'abandonna…

Puis l'angoisse se stabilisa, diminua lentement. Les crampes et les spasmes refluèrent. Il resta longtemps allongé, épuisé, le vide en lui, son regard perdu dans le ciel où l'oiseau planait.

Plus tard, il se leva, avança vers la plage. Marine était assise sur le rivage. Elle pleurait. Il lui enveloppa l'épaule de son bras, s'accroupit auprès d'elle. Ils restèrent, tous les deux, l'un contre l'autre, dans la pénombre des eaux. Elle avoua son amour, mais elle ne pouvait pas, elle se détruirait… Il attendit, se résigna et, dans un éclair de malice, lui dit qu'il avait connu là une énorme et cataclysmique décharge amoureuse. Elle le regarda et rit entre ses larmes.

Ce n'est même pas un petit boulot, c'est moins que rien, de quoi manger des haricots, des galettes et boire une goulée de cachaça. Alcir et Benicio lèvent un mur, au bord du fleuve, pour une famille de favelados, la mère, le père, six gosses. Un tout petit pécule que le père a accumulé comme maçon, dans Zona Sul, lui a permis d'acheter les briques. Toute la journée, il travaille pour son patron et, le soir, il rejoint Alcir et Benicio. La maison est bâtie à partir de la traditionnelle cabane de tôles et de planches. Elle est sise à la périphérie de la favela du fleuve, assez loin du nouveau pont et de ses arcs-boutants de masures sur pilotis. La famille a récupéré un bout de terrain qui lui permet d'agrandir la surface initiale. Alcir et Benicio construisent le mur qui fait face au fleuve. La famille a le sentiment d'ériger un rempart contre les boues, les marécages, les rats, les crapauds, les cancrelats, contre les bandes, contre le temps, contre la mort.

Quand le père revient, au crépuscule, et qu'il se met à l'œuvre lui aussi, tous ses enfants accourent pour assister au prodige du mur. Les briques s'entassent, les gosses les charrient, la femme baratte le ciment, le père superpose les pierres avec patience et précision. Il calcule le niveau, il chasse les bavures de ciment du bord de sa truelle. Alcir et Benicio lui laissent alors la part la plus belle du mur, celle à laquelle toute la maison va s'adosser. Relégués sur les côtés, les deux frères alignent d'autres briques pour les murs latéraux. Le père possède une sorte de génie puéril de la construction, de l'abri. Il fascine quand il opère avec ténacité, infatigable, ajustant ses matériaux comme s'il armait une forteresse contre le destin. Les gosses s'agglutinent au pied du mur pour en éprouver la vigueur. Ils le tâtent, ils s'y frottent, s'y pelotonnent, amas de museaux réjouis, guenilles trouées, chenapans chamboulés. Ils sont fiers de la maison du père. Bloc dur au milieu des taudis, des immondices du fleuve, loin du pont branlant, tordu.

Alcir et Benicio ne sont là que pour trois jours. En sursis. Il ne peuvent adhérer à l'élan des favelados, à leur foi débordante. Ils sont jaloux du nid. Mais ils le savent fragile et dérisoire. Ils n'osent pas le dire. Le père, brandissant sa truelle, à la gueule du fleuve, se prend pour un héros maçon, un architecte grandiose. Les mioches le singent, barbotent dans le ciment. La mère se campe derrière les trois hommes, les contemple avec confiance et orgueil. Ça tourne. La maison vient, le mur l'entoure, c'est une enceinte pour loger les enfants, contre la maladie, tous les dangers qui rôdent, qui s'infiltrent dans les autres cabanes, leurs vieux cartons, leurs tôles rouillées, leur sol non cimenté tapissé de bouts de linoléum. La mort et les microbes montent de la terre humide. Les grandes pluies lessivent tout, imbibent les parois, les couvrent de parasites, de moisissures, tandis que la brique rouge, opaque et tendue vous encadre, vous inscrit dans une armure à toute épreuve. La mère au centre de la vraie maison se sent plus forte, plus maternelle, enracinée au sec. Et le père qui empoigne les briques est un pionnier hardi.

Alcir et Benicio ont presque envie de dénoncer la chimère de la colonie. Une crue exceptionnelle du fleuve, en février, et la maison sera envahie par les eaux, les murs attaqués, rongés, le ciment fissuré et les rats partout. Ils espèrent, ils se serrent dans cette espérance. Ils se mentent. Ils se réchauffent dans ce mensonge. Alcir et Benicio sont écœurés par cette espèce de trémoussement de bien-être, alors qu'ils sont pauvres, que le père met des heures à rejoindre la zone sud, à revenir, à parcourir soixante kilomètres par jour, à attendre dans les sinistres gares où toute la misère s'attroupe, se chamaille... puis morne, éteinte, se laisse trimballer par le bus dans le bruit, la promiscuité, les odeurs, les secousses, un ballottement de pantins exténués... Il n'y a pas de quoi pavoiser, édifier ce mur qui ne protège contre rien.

Alcir et Benicio n'ont même pas pitié de la famille. Ils n'éprouvent pas de la haine. Mais de la honte, une nausée, un vide angoissé. Là... favelados retranchés, au coude à coude, ligués contre les autres, égoïstes, avec des petits airs rusés, nourrissant le rêve d'échapper au sort commun. La débine les rattrapera toujours. Alcir et Benicio le savent. Ils sont tentés de leur raconter les favelas du Sud, les mornes ouverts sur la mer, les terreiros presque opulents, fréquentés par une assistance nombreuse, la chapelle du pape bénie par Jean-Paul II, les communautés d'habitants organisés... Ce mur dressé dans Zona Norte n'a pas d'avenir. Autant borner le désert, circonscrire un océan de fange.

La nuit, le père allume une lampe à gaz. Et la maison possède son phare. Et l'on regarde le pont, au loin, enjamber le fleuve avec sa flottille de baraques attenantes, elles aussi ponctuées de fanaux, de clignotements. Une rumeur de postes de télé enveloppe l'arche et le fatras des formes, des lueurs.

— Je n'aimerais pas être sur le fleuve, dit le père en mangeant sa bouillie de farine et quelques beignets de crevettes rapportés de Zona Sul.

Tous renchérissent, hochent la tête, en désignant le pont biscornu, avachi de cabanes et de points lumineux.

Alcir et Benicio les laissent rêver, fricoter dans l'espérance.
Le moutonnement des mioches crasseux, les doigts dans le
nez, leur morve, leurs pets, leurs petits yeux vicieux, leurs
attouchements de frères et sœurs, de marmaille condamnée.
Alcir a presque envie de rire, de fuir. Mais son sentiment profond est encore cette indifférence mutilée, cette blessure qui
a cessé de saigner mais se cicatrise d'un cal dur et coupant.
Froid rasoir dans le cœur. Désir de meurtre, de naufrage
absolu. Pour se gorger une dernière fois de désespoir, se pur-
ger de tout le reste et s'ouvrir au néant.

Tous les deux, ils font tache au sein de la famille gigotante,
jacassante, l'aînée aux pommettes saillantes, aux grosses
lèvres douces, aux yeux brûlants, au beau visage tendre. Pute
elle sera, ou voleuse ou bonne. Servile en tout cas, disputant
une miette, par-ci par-là, de nourriture, d'amour, d'alcool.
Espérant, elle aussi, le paradis, l'or, le pactole du Loto. Ils se
goinfrent de bons sentiments, de feuilletons, rêvent tout haut.
Alcir voudrait leur dire que pas un des six gosses ne réalisera
sa chimère. Pas un. Tous foutus. Il le sait. Zona Norte, c'est
l'impasse sans retour. Pas de filière, plus de degrés. Le Trou.

Mais il se tait. Tous ces morveux qui le racolent, l'aînée, la
fillette déjà mûre dont les seins pointent à dix ans. Précoce,
elle sera belle, typiquement brésilienne, épanouie, avec son
regard d'amour, ce ruissellement de bonheur qui enduit ses
traits, comme une coulée de miel le long de la courbe du joli
nez camus, des arrondis, du cou replet, plissé. Un petit frère
lui ressemble, féminin, yeux doux, câlin, même bouche,
mêmes fossettes, même ovale d'adoration gentille, de grâce.
Ils iront mendier dans la zone sud, seront camelots de maté,
de cacahuètes, de bonbons, marchands de glace, de porte-
bonheur. Ils vendront des boîtes de coca sur la plage, relan-
çant sans arrêt les belles baigneuses dorées et leurs mecs,
guettant le moindre geste, le moindre sourire pour ramper,

comme des chiens, avec leur jus de guarana, de maracujas, sniffant de l'essence, de la colle de cordonnier, n'importe quoi pour oublier.

Alcir et Benicio voudraient clamer la vérité, sans fioritures. Ils se sauvent dans la nuit, laissant l'avaricieuse famille veiller son trésor imaginaire.

Dimanche, ils sont réveillés par une harangue. Le soleil blanchit la moitié du patio. En pleine lumière, un homme strict, costume gris, débite avec un porte-voix un sermon grandiloquent. Les voisins se pressent aux fenêtres, d'autres rappliquent de la rue. Le prêcheur est entouré de trois acolytes moins religieux, plus costauds qui surveillent un peu en retrait.

L'immeuble n'a jamais été visité par une quelconque parole. On n'y entend que des bruits de disputes, de télé, d'assiettes, de coït et des cris de gosses. Le type annonce une réunion énorme, au Maracana, autour d'un certain Edir Macedo, un pentecôtiste et un prophète. L'orateur, quand il a mobilisé et attroupé son auditoire, passe le porte-voix à l'un de ses adjoints et préfère parler directement, ce qui lui permet de grands gestes et des mimiques impressionnantes. D'abord, il assure qu'une nouvelle ère commence! Il parle du Mal, affirmant que le Mal c'est la pauvreté. L'équation est simple. Les gens approuvent. Puis il clame que la pauvreté c'est le manque de foi. On est pauvre parce qu'on ne croit pas avec une flamboyante ardeur. Il faut croire aveuglément! Le Mal, le Diable, le Doute!... Il matraque son message de foi, le scande, le ressasse sous toutes les coutures, avec des poussées

d'ivresse, de colère, de fanatisme... Il crie : « Foi aveugle !
Soleil de la foi, fièvre de la foi, fureur de la foi ! » Et les gens
ressentent dans leur cœur l'écho de cette violence, comme un
trouble, un désir de bondir, de crier, de pleurer, de croire. Il
attaque les curés de gauche, la théologie de la libération pourrie par le matérialisme, les compromis politiques. Il attaque les
curés de droite, les jésuites du renouveau charismatique, le
pape et les évêques. Le public ne s'y reconnaît pas toujours...
Mais l'homme frappe, fait table rase et c'est bien ! Il a raison.
Tous ces curés vendus, à la remorque des maîtres de tous
bords. Tous ces curés qui ne croient plus, qui n'ont plus
l'ardeur, la ferveur ! Et il remet ça avec la Foi, la Fureur et la
Fièvre... Sa voix porte, cogne, se répercute dans la section
illuminée du patio. Ses mots éclatent, sans nuances, sans réserves. Bruts, incandescents. Il fustige la chair. Le Mal c'est le
Diable, c'est la chair vicieuse, dénudée, vautrée, roulée, violée... Il y a d'un côté le Bien, de l'autre côté le Mal ! Rien au
milieu. Pas de degrés. Tout est tranché. C'est clair. On ne
peut pas tergiverser. On choisit l'un ou l'autre camp. Tout le
reste c'est des ruses, des à-peu-près, des reptations, des im-
postures, des menteries. Le Bien, le Mal. La Lumière, la Nuit.
Rio est dans la nuit. Nuit noire. Nuit du Diable. Les banlieues
sont écrasées de nuit. Seule la foi comme un fouet crève la
nuit. La Foi aveugle !

Les deux bras levés, le visage renversé vers le ciel, il mime
l'extase et l'aveuglement. Il y a le Bien, le Mal, l'Esprit contre
la Chair. L'Esprit saint. La Sainte Lumière. Le Souffle saint.
Il faut retrouver ce souffle, et quand il vous souffle dessus,
alors on est transfiguré, on se lève, on halète, on court, on
croit, on est nourri, on est abreuvé. On va au Maracana écouter Edir Macedo. Des centaines de milliers d'hommes et de
femmes ont rejoint le pâtre et le prophète, des millions bientôt, pris dans son souffle, dans son feu, dans son tourbillon,

dans le vent, la convulsion de l'Esprit. La parole de Dieu. Intransigeante. Totale. La vérité est droite, simple, solaire. Radicale lumière. Épée plantée. Elle fuse, elle brûle, elle tranche, elle féconde, elle guérit du Mal et du Doute. L'essentiel n'est pas de recevoir mais de donner ! Il faut donner à Dieu, à Edir Macedo pour que son message s'incarne et triomphe. Donner de la foi, de la force, de la ferveur ! Et commencer par donner un peu d'argent, quelques pièces, pour aider le prophète, propager sa parole, lutter contre les ennemis, louer les stades, les tribunes... se répandre comme l'incendie, culbuter les idoles, réduire les imposteurs, les corrupteurs, les élites gangrenées, l'administration inhumaine !...

Alcir et Benicio ont envie de cracher sur l'orateur, de lui envoyer une casserole dans la figure. Mais les autres écoutent, bouche bée, car l'homme parle fort, au bord de la transe, avec des gestes énergiques, le poing dressé, son timbre devient chaud, il descend, il roule, presque langoureux, puis repart, avide, impératif. L'homme est tyrannique et beau. On peut maintenant admirer ses traits, son visage mince, rayonnant qui baigne dans le verbe et son flot, se laisse inonder par lui. Et cela se communique, passe dans les nerfs, dans le cœur, fait frémir toute la chair. Parce qu'il est beau, qu'il s'exalte, ravi par sa colère et qu'il n'a plus l'air en effet d'être pauvre, de souffrir du doute et de la chair. Il fulmine, il appelle à l'imitation, à la contagion, à entrer dans la vague de lumière, à être possédé, ensemencé, illuminé. Et tous sont tentés par la parole sainte, son autorité, son galop, son étendard, comme un désir d'amour et de guerre.

A la fin de son sermon, il annonce qu'il reviendra, qu'il faut courir au Maracana soutenir le grand Edir Macedo. Il fait la quête et recueille des pièces. Il part avec ses trois comparses. On entend le moteur de sa voiture... Puis une agitation, une excitation des habitants de l'immeuble qui parlent, vocifèrent, s'interpellent, donnent raison à l'orateur, tout étonnés encore de cette harangue dans le patio, cette tornade de mots durs et ardents qui les chauffe, les soulève presque, fait renaître un vieil élan de croyance en eux, un mélange de tendresse pour eux-mêmes et de colère contre le monde. Une mère alors prend la parole, annonce qu'il faut créer un comité des mères en vue de la résistance, de la révolte et du renouveau. D'autres mères applaudissent…

Alcir et Benicio ne supportent pas l'appel des mères, la chair des mères, l'espoir des mères. Ils se détournent, entrent dans leur chambre, s'allongent sur leur matelas pour avaler une canette de bière. Ils rotent sur les mères. La parole du prophète les a laissés de glace. Le sermon les a durcis. Ils ont détesté tout ce boniment, ce cirque de la ferveur. Ils n'ont nulle nostalgie de l'ardeur, même plus de souvenirs. C'est un feu plus sourd et plus sombre qui s'installe en eux. Feu sans lumière. Feu noir et stable comme une pierre. Une volonté de nuit, un désir de finir.

… C'est lui qui a appelé Renata. Ils échangeaient des coups de téléphone depuis quelque temps. Renata prenait l'initiative. Cette fois, Hippolyte s'est lancé, la voix tremblante comme un adolescent, effaré par l'idée de lui déplaire, de commettre un impair. Elle vient de lui avouer qu'elle est libre, le soir même. Hippolyte, pris à la gorge, ne peut plus reculer. Il sent le piège de ce deuxième rendez-vous. Il est aimanté par la fatalité. Il fonce dedans, tête la première, par fascination. Il veut savoir. Il ne croit pas que Renata l'aime encore. Il souffre de cette conviction. Et cette blessure allume en lui un désir désespéré.

Elle lui ouvre. Silencieuse, souriante... Elle le fait entrer.
Elle l'enrobe de ce sourire délicat, léger... lui prépare un gin-
fizz, dosant l'alcool, le soda, faisant cliqueter les glaçons. Discrète, lente, d'une douceur coupante ! Soudain elle lui dit :

— Nelson a repris ses affaires. Mais c'est un père étrange...
Il mord moins fort à ses actions. Il rêvasse. Vous devez vous
réjouir, Hippolyte ! Vous avez gagné, vous l'avez eu.

Elle prononce ses paroles sur un ton tellement limpide qu'il
a l'impression qu'elle exagère, qu'elle se joue de lui, qu'elle
ment. Elle porte un short sombre dont les revers sont boudinés, torsadés haut, et une chemisette blanche et béante. Il ne
l'a jamais vue si compacte, si pure. Renata nette. Belle comme
une hache. Il se sent lourd, incertain. Bon pour le scalp ! Et
elle, sa marche souple, ses mots choisis. Ses pauses. Elle
le tient. Il le sait. Elle a pris le dessus d'un coup. C'est mécanique. Une question de vitesse, de vigilance. Une phrase, on
n'a pas la réplique et l'on est affaibli. Car elle est lisse, l'or de
ses cuisses, léger roulis. Le cul d'assaut, incurvée comme une
chatte. Le cheveu noir de la victoire.

— Que me veux-tu ?... murmure Hippolyte au bord de son
fauteuil.

Elle s'est allongée sur le canapé, photogénique exprès, bien
sinueuse et toujours adéquate à l'instant, au calibre de ses
muscles.

— Te voir... t'entendre...

Mais il n'a rien à dire. Elle le sait, en profite, le vexe. Il a
perdu ses mots, cette rafale de mots, sa belle faconde et sa
folie. Il a du ventre. Il est sans verbe. Et elle le mire avec

amour, d'un œil qui devient trop clair, large, qui le voit sans le voir, s'écarquille autour de lui, puis le perce de nouveau. Il faut trouver une parade ou capituler.

— Que me veux-tu ?...

— Voir le chasseur d'Amazonie, le nageur du rio rouge, l'amant de la petite Renata... et l'ennemi de mon père.

Il redoute ce bilan de leur passé et cet ennemi tout au bout, maléfique, qui fait virer tous les souvenirs. Il répond :

— Nous avons, la dernière fois, déjà beaucoup parlé de cela...

— Viens...

Elle lui a donné cet ordre avec clarté. Méticuleuse. Un frisson de peur vient de prendre Hippolyte à l'échine. Elle est trop claire. Elle manque de nuances. Elle qui excelle dans l'ambigu... Elle le traque, le harponne sans détour.

— Pourquoi ? demande-t-il.

— Tu veux venir depuis tant d'années, c'est ton rêve, ton mythe, tu l'as dit partout. Alors voici, c'est le soir.

— Mais toi ?

— Moi, je le veux aussi.

— C'est un caprice... dit-il, en l'accusant.

— Je ne suis plus capricieuse. Est-ce que j'ai l'air d'improviser ? Viens... Gros chat !

Tel quel !... Son pouls s'accélère. En sueur soudain... Il se lève pour ne pas perdre la face. En deux enjambées, il gagne le canapé, s'assoit à côté d'elle. Il voit les mamelons nus dans le corsage, les cuisses nues. Il sent toutes ses forces fuir. Car c'est Renata. La présence, la puissance. L'objet du désir absolu. C'est elle qui commence à l'enjôler, le caresser, à lui embrasser le cou. Il se laisse faire. Il veut se ressaisir, faire corps avec ce moment qu'il a toujours imaginé, qu'il s'est raconté dans sa tête, mille fois... qu'il s'est épuisé à détailler. C'est là, c'est contre lui. Il est dedans. Il n'y est pas. Il n'a plus de distance. Il est au cœur d'un point aveugle, ébloui par sa cible.

— Embrasse-moi...

Il obéit, sa bouche contre les lèvres de Renata, sa langue dans la bouche de Renata. Il sent la chose, mais ne la vit pas. Il est en train de perdre son paradis. Il s'écarte.

— Ça ne va pas... Tu vas trop vite, tu fais ça comme ça...

Elle ne s'étonne de rien, comprend son émoi, en jouit secrètement, desserre un peu l'étreinte...

— Excuse-moi... Je ne me rends pas compte. Fais comme tu veux, Hippolyte.

Voilà. Pas de crise. Nulle ironie. Hippolyte a la voie libre, il peut choisir l'angle, le rythme. Les conditions sont idéales. Il peut même partir. Capituler. Mort d'un rêve.

— Tu m'étonnes un peu Renata, c'est pourquoi j'ai du mal à te suivre... Tu ne m'aimes plus, tu ne me désires plus !

Il a lâché le morceau tout net. Elle pourrait persifler sur cet accès de sentimentalisme cocasse. Elle s'en garde. Elle proteste.

— Tu juges sans savoir. Tu as toujours été un peu bête ! Tu ne comprends rien à l'amour, même si tu comprends quelque chose au désir. Tu ne me connais pas !... Si ! j'ai envie...

Elle a dit « envie » avec élan, comme une adolescente. Cette envie, c'est son affaire, son mystère à elle. Elle a envie, c'est comme cela. C'est elle qui sait. Elle est bien placée, non ? « Touche-moi »... Il la touche, la caresse à son tour, les mamelons livrés, il passe sous la ceinture, il atteint le ventre, le pubis et tout cela mouillé, fendu, feuilleté... Elle se cambre, s'enfonce les doigts d'Hippolyte, lui lance un mot grossier, un juron de plaisir, puis :

— Déboutonne-la, je veux la branler...

Il obéit, ouvre le pantalon, elle plonge la main. Saint-Hymer est bien mou. Elle le savait, elle s'amuse. Il tarde, il s'impa-

tiente. Elle lui souffle : « Ce n'est rien… » Elle le flatte doucement, caniche, chiot tripoté… Il écarte cette main. Il hésite, il
marmonne :

— C'est trop fort, c'est trop beau… c'est irréel…

Voilà l'explication. Très bien ! Elle le câline, moins agres-
sive. Il veut de la poésie. Elle lui mijote un abandon gentil.
Plus molle. Il est déconnecté. Elle le sent. Grosse panne pour
un bout de temps ! Bon… rester douce, banale. Sans drame.

Il se lève, se sépare d'elle, va vers la salle de bains, veut
boire, se rafraîchir… Et le désespoir le submerge. Il beugle…
Il ne peut pas, ne pourra pas ! Renata le savait. C'était le
piège, la vengeance de la fille de Nelson. Il s'affale contre la
baignoire. Vaincu, accroupi. Elle est là, elle est nue. Renata
s'offre, s'ouvre. Et lui percuté, assommé. Nul, annulé. Elle le
coince, elle n'est pas amoureuse. C'est cela ! Elle triche, c'est
évident. Trop lisse. Calculatrice. Pas de flou. Rien de vraiment vivant. Un engrenage factice. Il reste contre la baignoire.
Abattu, écroulé. Gros mec mou. Et Renata tranquille, tou-
riste, la vie pour elle, tous les désirs, tous les mecs. Il attend. Il
boit, se rince le visage, se résigne, se redresse, revient. Lui dit :

— C'est cuit… je te l'ai dit ! Il y a quelque chose qui cloche…
Je n'adhère pas… Quelque chose m'en empêche.

Et elle, adroite, savante, accommodante :

— Mais ce n'est rien… Ce n'est rien… Qu'est-ce que cela
peut faire ?

Et lui, l'excès :

— Mais c'est terrible pour moi ! C'est énorme… c'est tout
qui s'écroule !

C'est le cas de le dire… Il est là, avec sa grosse tête inintel-
ligente, le corps tout éboulé, groggy, l'aventurier, l'explorateur, le chercheur d'or, le contrebandier, trafiquant de crocos
et tueur de singes, ventru, mou… Fantastiquement ramolli. Ô
le piteux bouffon ! Risible, avec son bout, là, bête… Renata

voit tout, pense tout, cache tout. Il ne bande pas d'un pouce.
Terrassé par une de ces trouilles d'elle, sa Renata ! Alors, elle
se laisse aller contre le dossier, rêvasse... qu'il se débrouille...
mais gentille encore, bonne petite, main dans la main, on ne
sait jamais.

C'est le silence dans la caboche de Saint-Hymer. L'arrêt. Il
ne se lamente plus. Il ne regrette même plus. Ça y est, c'est
fini, il est vieux, il est au-delà, révolu. La retraite. Baisser de
rideau. Mais ce mal, en lui, grand ouvert... Il s'abandonne
contre le canapé. En rade. Tous les deux pendant une heure
et plus...

.   Le vieux chasseur esquisse un geste vers les cuisses de
l'amante. Elle ne bouge pas. Laisse venir le crocodile antique.
Ça l'encourage... Pendant qu'elle rêve... Il palpe la cuisse,
remonte, contourne, prend le cul, le pelote, passe la main dessous... la bande étroite du short se noue, se tord, comme
brouillée, mêlée au slip, contre les poils, le chaud, l'humide...
Sa chatte... Il lui demande de tout enlever. Elle repousse short
et slip en se contorsionnant à plat. Il en a profité pour se
dénuder prestement, gros homme à genoux sur le canapé. Il
ne bande pas très fort, mais c'est lui qui prend l'initiative
d'amener la main, les doigts de Renata, il la guide, la place au
bon endroit, lui commande la manœuvre, la dose... Et la force
lui vient. Il préfère ne pas y penser, mesurer le bonheur, les
portes du paradis qui s'ouvrent. Il se concentre sur les mamelons, le cul... Leur pâte dense et douce et les courants musclés, ces grands fonds de la chair... Il s'embroche lentement.
Elle profère un petit gémissement, elle ne précipite rien. Il bal-
butie : « Renata... Renata... »

Et depuis le rio rouge, c'est la première fois. Il ne faut pas y
penser. La sueur déferle sur son visage. Son cœur bat de
panique. Mais sa force se prolonge, le durcit. Il est fourré en
elle. Il peut la contempler maintenant, le beau visage, les

seins, leurs bouts très bruns, les hanches, cette douceur blanche qui blondit, presque rousse sous la lampe, le pli du ventre et sa belle ombre vautrée, velue de désir. Hippolyte s'emporte, remonte le rio d'amour, les rives de chair rouge. Il gémit. On dirait qu'il pleurniche... «Ma Renata, ma Renata...» Il s'enfonce et revient, la retourne et soudain : le cul offert, presque enfantin et vierge, que le sillon plus fauve entrouvre et mûrit. Ça lui inflige un coup, une térébration de surprise. Il se cabre, pousse un cri. Il jouit. C'est sa semence, c'est toute sa vie qui part. Il s'écroule sur elle... Renata n'a rien vu. Elle n'a pas vu son regard loucher, se troubler, les deux bras crispés se tendre en avant, dans le vide. Le gros buste empalé par le plaisir et la mort. C'est un cadavre poisseux qui pèse dans son dos. Elle se dégage tout à coup. Elle voit les grands yeux gelés et la bedaine chaude, suante et souillée. Elle regarde... écoute... Elle ne ressent aucun effroi. Mais une stupeur. Elle court à la salle de bains essuyer le sperme du mort. Elle revient. Elle nettoie une goutte de semence qui sort du méat. Elle le regarde encore. Il est énorme, ébouriffé, bouffi dans la mort. Il a une tête de femme, de grosse matrone. Cette vision lui fiche un frisson de dégoût. Elle va s'habiller. Elle revient une fois encore. L'idée de couvrir le corps lui traverse l'esprit, de le vêtir. Non, il ne faut toucher à rien. Elle ne lui a pas fermé les yeux. Il est tout fixe dans sa grimace de volupté et de douleur. Elle appelle le médecin de la famille. Elle sait qu'il s'occupera de tout. Elle ne craint plus le scandale. Hippolyte de Saint-Hymer est mort. Elle pense aussitôt à Nelson, à son visage. Elle n'a pas peur qu'il sache le comment et le pourquoi. Hippolyte est revenu le long du grand méandre rouge, il est tombé au cœur du fleuve, le chasseur a crié à la confluence de l'amour et de la mort.

« Mais il m'a téléphoné avant-hier, il était en pleine forme !
Il m'a époustouflé... Lui si puissant, si exubérant ! Le grand
Pan est mort ! » Rosarinho ne reculait jamais devant l'hyper-
bole.

« Le gros con est mort. » Ce fut la réponse et l'adieu plus
concis de Nelson. Tous deux exagéraient.

Sylvie fit un éloge funèbre plus équitable mais plus morne :
« Hippolyte était vraiment humain... »

« Je m'aperçois que c'était mon seul ami... » se contenta de
murmurer Damien, sous le choc, mais personnel et plus
tendre que les autres.

Dona Zelia, pour sa part, expédia la nouvelle en disant
qu'elle ne l'avait vu que deux ou trois fois, qu'il lui avait paru
vulgaire, hâbleur et rastaquouère. On lui cacha la nuit de
Renata pour éviter un nouveau séisme.

Le consul prononça ces paroles émouvantes : « Tiens ! Ah,
Saint-Hymer est mort... C'est moche ! »

Germain Serre, peu convaincant, dit que « cela lui faisait de
la peine... »

Biluca : « Saint-Hymer était l'ennemi de mon amant. »

« L'ennemi de mon amant », la formule aurait pu faire le
titre d'un film français à la mode, intimiste et raffiné, entre
Doillon et Rohmer. Marine ne cultivait qu'à petite dose de
l'Hippolyte... et Roland s'en accommodait de loin en loin. On
ne sut jamais ce que dit Asdrubal dans le figuier et quand
exactement il apprit le décès de son bienfaiteur. Seuls Severino et Adelaide se turent, saisis par une vraie douleur et peu
accoutumés à s'étendre verbalement.

Sur les millions d'habitants du grand Rio, cela fit, au maximum, cinquante phrases, soit rien. Saint-Hymer s'évapora dans le gouffre. Un très vieux crocodile qui avait échappé à ses coups de fusil devait survivre encore dans quelque marigot amazonien. En France, une ancienne amante, sexagénaire et oubliée, n'apprendrait peut-être jamais la mort du braconnier qui s'était envolé, jadis, un beau matin, pour chasser le caïman d'Amérique.

Renata rêva de lui, le surlendemain du décès. Il voguait, énorme, dans une robe de matrone fleurie et percée de balles, au gré du rio ensanglanté. Il parlait tout le temps pendant sa lente dérive. Soudain une meute de crocodiles le dévora au milieu d'une phrase: «Ô Renata! Renata, souviens-toi des buritis et de l'odeur des sassafras et des...» La litanie fut alors interrompue par les mâchoires des sauriens et il n'y eut plus jamais de «petits perroquets verts».

On découvrit un testament dans la chambre d'Hippolyte. Il léguait sa terre à Severino et Adelaide, le papier contresigné chez le notaire n'était pas contestable.

«Le gros con m'a eu!» lança Nelson en apprenant la nouvelle. Il ne pourrait donc jamais construire une villa pour sa fille au sommet de la colline de maïs, avec vue sur la rive du Jacuriri.

Le testament comportait un poème dans une grande enveloppe scellée, destinée à Renata. Personne n'eut accès au texte dont on pouvait présager qu'il fut un hymne à Renata, un morceau de littérature d'amour. Hippolyte devait y récapituler les temps de l'extase, «buritis» rimant avec «ma chérie», car Saint-Hymer qui avait le sens de la prose spontanée, du grand flot prosaïque, n'était nullement expert en sonnets. « Palmiers nains » rimait avec « tes seins », quant à « perroquets verts », on pouvait en induire des correspondances drues, charnues, moins subtiles que sincères… A moins que le texte en question ne fût un véritable chef-d'œuvre. Rosarinho, qui était sentimental, ne l'excluait pas. Tout le monde aurait aimé lire ces vers tenus secrets. Sylvie, Damien en mouraient de curiosité. Renata reçut le poème sans jamais le commenter. Peut-être qu'il s'agissait d'insultes, de malédictions, d'une grande crise de colère érotique… « Buritis » rimant avec « à cor et à cri », « palmiers nains » avec « criminelle main » et « perroquets verts » avec « revolver ».

Le testament stipulait encore deux choses. Hippolyte voulait que la messe des funérailles fût célébrée dans la chapelle du pape. Il chargeait Sylvie de l'organisation. Ensuite il délirait, il voulait qu'on expose son cadavre dans la courbe du Jacuriri sur une litière surélevée, comme cela avait été l'usage, naguère, chez les Indiens et dans certaines régions primitives et sacrées de la planète. Le cadavre était dévoré par les aigles ou les vautours. Puis les os desséchés, polis par le soleil et le vent, étaient recueillis pour être réduits en cendres et livrés au fleuve, ou bien remisés dans une châsse et vénérés par la tribu. Les hommes de loi, bien sûr, ne voulurent pas entendre parler de cette charogne céleste torchée par les urubus. C'était un trouble de l'ordre public. On passerait directement à la crémation, et les cendres de Saint-Hymer seraient alors rendues à son fleuve bien-aimé.

La messe fut dite par le padre Oliveiro dans la chapelle du pape, bourrée à craquer. Au premier rang figuraient le consul, son épouse, Germain Serre et sa fille Julie accompagnée de Vincent. Puis Sylvie, Damien, Roland et Marine. Rosarinho et Renata, qui avait eu le cran de venir. Severino, Adelaide se tenaient droits, frémissants et bouche serrée. Seul Timoteo, leur fils, ne pouvait endiguer ses sanglots. Carmelina, Zulmira et Raimundo, son mari, étaient présents, ainsi que Biluca, puis Osmar et Arnilde. Rosarinho remarqua que les deux caïds se saluèrent avec un excès de sourires qui auguraient le pire, car la lutte pour le pouvoir entre les deux favelas avait atteint son point critique. Chico flanquait Arnilde comme son ange émerveillé. On regardait beaucoup Lucia et son fils Mario, la famille d'Asdrubal. Ils avaient offert une grande gerbe de fleurs qui trahissait la générosité du rebelle. Damien revit Martine, la trafiquante de vierges du Pernambouc. Elle n'osait trop lever les yeux vers celui qu'elle avait arnaqué à coups de madones mangées par les vers.

Avant de commencer la messe, le padre Oliveiro joua un air sur son pipeau, accompagné par les gamins du Centre socio-éducatif pinçant les cordes d'un cavaquinho, tambourinant sur un pandeiro ou secouant des maracas. Cette idée un peu baroque était du cru de Sylvie qui, en esthète œcuménique, ne dédaignait pas d'amalgamer l'eucharistie avec une pincée d'umbanda et de samba. Puis il y eut le prêche d'Oliveiro. Il commença très fort :

— Dieu seul est grand, mes frères !...

Seul Germain Serre, qui avait des lettres, repéra l'emprunt. Les autres se contentèrent de trouver cet exorde sublime. Le padre commença par célébrer la thébaïde qu'Hippolyte avait édifiée au bord du Jacuriri, lui, l'aventurier des igarapés amazoniens, le chasseur de pythons reconverti en berger des bêtes. Là-dessus, le padre débouchait sur l'Arche de Noé. Hippolyte avait créé une arche pacifique, peuplée d'animaux... Le padre soulignait la qualité majeure de Saint-Hymer : sa générosité tentaculaire, son souci des pauvres et le soutien qu'il leur apportait. Oliveiro, l'air de rien, devenait plus politique. Le consul n'aimait pas ça, car un représentant de l'État de Rio était présent et ne manquerait pas de se sentir visé par le sous-entendu du padre. On n'avait plus qu'à applaudir au crime d'Asdrubal et à tous les complots prétendument destinés à servir la cause des misérables. Mais Oliveiro embraya soudain sur Dieu, le ciel, le pardon... Le consul opina et respira de nouveau.

A la sortie de la messe, tout le monde bavarda. Mais les conversations ne s'attardaient guère sur Saint-Hymer. Il était mort. Amen. La cérémonie était finie. Un beau soleil fusillait la chapelle et ses entours. La mer étincelait dans les créneaux du morne. Le deltaplane de São Conrado produisait dans le ciel un susurrement de soie. Il y avait des femmes nues sur les plages. Il y en aurait jusqu'à la fin des temps ! pensa le consul ragaillardi. Car la mort des autres régénère les forts ! C'était un alexandrin. Du Nietzsche revu par un consul français des Tropiques... On parlait surtout de Renata qu'on regardait en coin. La version officielle précisait qu'Hippolyte était mort au cours d'une visite impromptue chez Renata qui lui avait ouvert par hasard et rien de plus. Mais le médecin de famille, en accréditant les faits, avait esquissé une légère mimique, un petit écarquillement mystérieux des prunelles qui pouvait laisser augurer quelques détails cruciaux. Toutes les rumeurs fermentaient. Hippolyte serait mort dans les bras de Renata lors d'une promenade au bord du Jacuriri. On avait ramené le corps à Rio, car Renata ne devait pas être accusée de s'être livrée à des lubricités dans la propriété même d'Hippolyte, l'ennemi mortel de son père... Des hypothèses plus crues approchaient la vérité. Saint-Hymer était mort lors d'un coït échevelé ou s'était suicidé devant Renata faute de pouvoir la posséder... Cette dernière version émanait des proches de la famille, qui voulaient préserver l'honneur...

D'autres légendes beaucoup plus tortueuses et perverses proliféraient. Elles mettaient en scène des amants extravagants et quelque peu dégénérés. Hippolyte aurait décédé lors d'un rituel brutal dirigé de main sévère par Renata. On avait repéré des traces suspectes sur le corps et une robe fleurie tachée de sang dans un placard... Cette robe sanglante et fleurie eut la peau dure, on la retrouva sous des formes variées dans foule de ragots. Le monde devenait bien crépusculaire quand se perpétraient de telles décadences. Il y avait de quoi mériter le mépris des pauvres. Ainsi pensaient les adeptes du pentecôtisme... C'était la fin d'une époque, d'un siècle. Seul un retour à une flambée de foi purifiée pouvait racheter ces avatars de la déchéance, tous ces gâchis des élites perverties. Telle fut l'homélie du nouveau prophète Edir Macedo, au Maracana, devant six cent mille fidèles, le surlendemain des funérailles d'Hippolyte.

A la sortie du crématorium, les cendres contenues dans une petite urne métallique furent remises à Sylvie, chargée, par le testament, de les répandre dans le Jacuriri. Ils prirent la route, les amis fidèles : Damien, Rosarinho, Adelaide, Severino, Lucia et Mario... Quand ils entrèrent dans le domaine de Saint-Hymer, ils virent que les yuccas étaient en fleur. Ils rejoignirent la rive du fleuve. Alors la petite bande se trouva bête. Comment fallait-il opérer ? Sylvie ouvrit la boîte et découvrit la poussière des os, elle n'osait y plonger la main, en prélever une pincée pour en saupoudrer le flux. Le geste paraissait dérisoire et disproportionné par rapport à la mort et au Jacuriri. Elle demanda à chaque participant de prendre une parcelle des cendres et de la verser au fleuve. Ainsi l'action atteindrait un peu d'ampleur.

Rosarinho, au moment où il saisit entre ses doigts les résidus pulvérulents, eut un sursaut, quelque chose de dur résistait. Il regarda, c'était un minuscule dé osseux. Hippolyte de Saint-Hymer, ramené à ce fragment cubique qu'il tenait entre les lobes élégants de ses doigts! Tous contemplèrent le prodige. Fallait-il le livrer au Jacuriri ou le conserver comme une relique? Rosarinho expliqua que l'idée aurait plu à Hippolyte. Alors on offrit l'os de leur maître à Adelaide et Severino, qui plus tard le déposèrent, au cœur de leur salle à manger, dans une boîte d'épingles transparente, sur une huche à riz, entre une statuette de la Vierge, une image bénie du père Cicero et une «figa», une amulette contre le mauvais sort.

Toutes les poussières furent répandues au gré du fleuve, du rio du grand amour. Mille petits poissons affluèrent alors dans un grouillis d'écailles, pour avaler les cendres. Ce qui n'était pas plus mal et assurait à Saint-Hymer une manière de réincarnation. Puis une nageoire plus grosse coupa soudain la surface des eaux. Un poisson corpulent dévora ses congénères plus petits. Hippolyte de Saint-Hymer s'inscrivait dans les sarcophages gigognes des petits poissons, du gros et de l'énorme fleuve vivant. Cette triple imbrication l'eût comblé!

Nelson, le soir, en apprenant les faits par le biais de Biluca qui les tenait de Rosarinho, déclara qu'il n'aimerait pas que ses cendres fussent ainsi versées dans la soupe aquatique et fangeuse. «Finir chez les poissons, pouac! Il est vrai qu'Hippolyte avait un goitre, une tronche de gros thon!...» En revanche, Nelson rêvait que ses cendres fussent propagées en plein ciel, cueillies au vol par les oiseaux de proie. Ah oui!... tournoyer, graviter, à haute altitude, au-dessus des terres, des eaux, du fourmillement humain, voilà qui l'eût ravi! Planer avec les urubus, les goélands... Nelson se fit une piqûre de morphine en avant-goût de cette lévitation éternelle.

Alcir et Benicio observent le comité des mères soudées dans le patio. Les mères, grosses, maigres, médiocres, en bataillon disparate. Rien que des ventres cabossés, bouffons, trop hauts ou trop bas, trop larges, difformes. Et les jupes trop courtes qui boudinent les hanches ou les robes qui godent. Mères triviales. En comité, c'est pire ! Grosse crue des viandes. Elles prétendent, elles aussi, sauver le monde. On devine des mioches en gestation dans les brioches rondes. Elles vont les pondre au petit bonheur, les répandre partout, des misérables à tabasser par les flics, semaille d'infirmes. Mères moches, sans amour, harassées, bancales, mal fagotées, lâchant leurs vers le long du Guandu.

Elles s'enflent, elles haussent le menton, bouffissures et tendons. Crapaudes et grosses rates et matrones porcines. Elles ont résolu de s'organiser. Mais on sent déjà des luttes intestines, tout un stress d'hormones. Une grande, encore belle, vaniteuse, ravale sa voisine plus fade. Elles vont se faire la guerre sous prétexte d'aimer et de changer la vie. Elles vont se débiner, se diviser en clans venimeux sur le dos des marmots. Vingt mille ans qu'elles prétendent à la paix, à l'amour contre les pères belliqueux. Vingt mille ans qu'elles échouent, qu'elles épousent, au bout du compte, les carnages commis par leurs maris. Mères sans excuses, compromises et meurtrières. Elles se gonflent, s'étalent, jacassent, palabrent, se gargarisent. Mères d'amour, madones fécondes, touillant la nourriture infâme des casseroles, mères pieuses, superstitieuses, à gris-gris et loterie, écœurantes de crédulité. Lamentations ignobles, agenouillées devant les statues des vierges et des saints.

Alcir et Benicio les scrutent. Leur manœuvre va foirer comme toutes les opérations de sauvetage des banlieues. Cela va capoter en rixes, torgnoles, calomnies, adultères, incestes, ragots. A les voir rengorgées, les efflanquées comme les obèses, sales surtout, suintantes, puantes, bourrées de farine et de gaz, avec leurs colifichets, leurs bracelets, leur quincaille qui tinte… tout le toc, l'imposture des mères sur piédestal.

Parfois, une très jeune pourrait racheter le lot, fine et jolie, mais les grossesses vont l'empâter, l'enlaidir, l'accroupir. Elle tangue au bord d'un naufrage à cellulite et fanons. Les mères vitupèrent et vaticinent, s'encouragent à la lutte. Quelle lutte? Contre qui? Contre quoi? Elles ne savent pas très bien. Elles se soulagent, houleuses, hideuses. Elles pavanent leur giron comme si d'être enceintes leur conférait un droit, un prestige. Elles se sont fait engrosser sans le vouloir. Pas de quoi plastronner! Baisées, violées, remplies, saturées, gondolées de semence, d'embryons, de mioches. Mères fausses, mères fourbes, mères fourbues.

Alcir et Benicio blasphèment et rigolent. Ils sondent l'étalage burlesque qui déballe des sentences graves avec de gros yeux idiots. Elles répètent des mots de TV Manchete qu'elles ne comprennent pas. Elles oscillent en guirlandes bosselées, jabots de graisse, trognes et mollets, gros bras, grosses cuisses sur des chevilles étroites. C'est la pagaille des mères, un tollé de bedaines matricielles. Une mère a-t-elle jamais pu empêcher son fils de mourir à la guerre ? Mères impuissantes, passives et collabos, malgré leur multitude... Elles gesticulent, elles tournent, citrouilles, se tamponnent comme au marché ! On ne s'entend plus dans la criaillerie. Elles lancent mille projets. On va créer un dispensaire autour d'une infirmière qu'il faudra dégoter, ouvrir un centre d'accueil et de protection des enfants... Devraient déjà apprendre elles-mêmes à se torcher, à récurer oreilles, narines et à garder leurs gosses. Alcir et Benicio pouffent devant les mères obscènes, les mufles, la lippe bovine, les dents de traviole et les chicots, les trous noirs dans l'émail. Mères elles sont, mères d'amour, mères du monde, mères des tribus de la Genèse. Décrépites et lunaires, irrémédiablement bornées. Mères, pâte et levain de vie. De ces entrailles lourdes il aura fallu naître et téter la mamelle pendante. Lavandières, chômeuses, bonnes, repasseuses, elles rejoignent la horde fardée des madames bourgeoises, des bourriques mafflues, amphores pleines de pognon, la maternité les unit, l'unanimisme des mères pondeuses, leur pullulement irresponsable.

Fillettes elles furent, anguilles légères, amantes romantiques, danseuses vives et mulâtresses rêveuses. Belles couleuvres de l'été coulées au cœur des draps contre un torse adoré...

Cela tourne, à présent, au cauchemar, au carnaval des guenons. Leurs voix aiguës percent le tympan, harcèlent et rivalisent. Des hiérarchies naissent, coteries et complots qui n'auront nul répit de rage et rogne et dont tous les messages avorteront. C'est foutu ! La kermesse des mères, des ventres et des ventripotences. Elles pondent, elles poussent, elles renflouent le navire de vie, de mort. Mères pourvoyeuses, elles alimentent le caniveau cosmique, elles allaitent Attila, Hitler, le pouponnent, le couvrent de baisers gluants, le gavent de haricots et de manioc fétide. C'est le flonflon des mères qui radotent et qui mentent.

Alcir avise une très jeune fille malingre qui assiste au débat, comme en coulisses. Leurs regards se croisent. Elle lui sourit. Il se glisse auprès d'elle. Ils parlent et commentent la réunion. Alcir s'aperçoit qu'elle s'en fiche comme lui, qu'elle ne croit plus à rien. Elle est incroyablement maigre et fragile. Elle dit son nom : Ranussia. Alcir n'espère pas d'amour. Et quand elle lui annonce que le lendemain elle part pour São Paulo avec une amie, qu'elles auraient peut-être un travail là-bas, il n'éprouve ni pincement au cœur ni sentiment d'une occasion perdue. Ils continuent à se sourire. S'appuyant presque l'un sur l'autre, s'épaulant dans le vide. Libérés de la corvée de séduire, de construire un avenir. Tous les deux, ils se moquent des mères. Elle, un peu moins que lui. Elle le contemple, rit à la dérobée. Elle s'étonne surtout de le voir profaner les mères. Elle part demain avec une amie et un autre type. Ils vont là-bas, dans la ville géante. Elle n'a pas l'air d'y croire, mais elle y va. Elle suit la pente, le fleuve. Toute maigre. Elle a vécu à Rio, le long des plages, dans les bordels des boîtes. Elle est passée dans plusieurs vies, elle a filé par les nuits. Elle a quitté la plage pour Zona Norte, demain São Paulo, l'abîme... Elle tombe, elle ne cesse de tomber, plus loin, plus bas. Demain, elle se perdra dans douze millions d'hommes. Plus personne ne verra, ne trouvera Ranussia. Mais elle se laisse aller, souriante.

Biluca a volé, comme convenu, l'objet sacré dans le terreiro de Rosarinho. Il s'agit d'un plan de la statue du Redentor. Un échafaudage en grille de lignes, de chiffres et de points clés. Deux croix rouges et minuscules se distinguent dans l'écheveau géométrique. L'une à la base du cou, l'autre au cœur de la poitrine. Deux points de ruine et de dislocation. C'est la faille de la grande statue, le défaut du Dieu. Les architectes ont commis, là, deux erreurs de calcul. Il suffirait d'un projectile assez précis et puissant pour que le Christ, atteint en ces deux points, soit décapité et que sa robe se troue d'un cratère monstrueux. La statue entière ne s'effondrerait pas. Mais elle ne serait plus qu'un tronçon colossal et crevassé.

Alcir et Benicio se sont posé toutes sortes de questions techniques. La solution la plus radicale aurait été une ceinture d'explosifs accrochée au piédestal. Mais seul un commando aguerri aurait pu neutraliser le poste de garde et placer les quatre cents kilos de dynamite nécessaires. Alors, en analysant le plan, en repérant les deux croix rouges, en interrogeant Biluca qui, elle-même, avait soutiré pas mal de renseignements à Rosarinho, ils ont choisi une arme précise et souple... Biluca a mené l'enquête dans l'entourage d'Osmar. On l'a mise sur la piste d'un groupuscule de communistes prochinois, au rancart. Une filière d'armes... Biluca a dissimulé la vraie destination politique de l'arme. Elle a parlé d'un raid contre une banque et ses salles blindées. Biluca a versé une somme importante, prise sur un don de Nelson et sur un prêt accordé par Osmar sur le trafic de drogue dont elle est un des maillons actifs et bien placés. L'arme a été utilisée par les contras, au Nicaragua, interceptée par les sandinistes, puis détournée, elle a transité par contrebande jusque dans la cache du groupuscule, c'est un lance-roquettes simple, de fabrication américaine et vieux de dix ans.

Alcir et Benicio n'ont à leur disposition que cinq tirs et un quart d'heure avant que la ville réagisse et rameute flics et soldats... Le lance-roquettes présente un long fût métallique doté d'un viseur, d'une lunette de pointage, les roquettes sont autopropulsées, l'arme se place sur l'épaule. Un homme a apporté le matériel chez Biluca et a appris aux deux frères le maniement des pièces. Il n'est pas question de procéder à un essai, même dans une zone désolée. Ce serait trop risqué et les charges sont limitées. Il faut donc réussir du premier coup. La manipulation est facile, le canon, les projectiles, les tuyères, l'allumage, le propulseur, tout est resté en bon état.

Biluca mettait dans le sacrilège des motivations plus perverses qu'Alcir et Benicio. La fille d'Oxala se rebellait peut-être contre le Christ, c'est-à-dire la version chrétienne, blanche et importée du Dieu. Mais son initiation, elle-même, comportait des ambiguïtés troublantes. Biluca était toujours tentée de retourner, de saccager ce qui la fondait. Car ses fondements étaient doubles et mouvants. Biluca aurait voulu changer mille et mille fois de corps, de discours, d'alliance. Elle était l'amante de Nelson et l'amie de Rosarinho. Mulâtresse prostituée à un affairiste blanc, mais fille d'Oxala, sœur des Noirs, reflet de tous les paradoxes, de toutes les luttes, de toutes les tentations de la ville. Biluca pouvait aimer la destruction. La colère d'Alcir était pour elle un combustible fascinant, elle lui promettait une crise, une convulsion de toutes les formes, de toutes les identités au bord du néant. Or le chaos était l'aspiration profonde de Biluca, un retour à la confusion, suprême initiation... Ce désir de néant, au-delà de toutes les motivations, de toutes les variétés, de toutes les curiosités du désespoir, était peut-être ce qui réunissait Biluca, Alcir et Benicio.

Les deux frères font une première visite au Corcovado.

Ils traversent la forêt de Tijuca dans la voiture de Biluca, s'arrêtent à mi-chemin, continuent à pied le long du sentier, gravissent un piton, débouchent, une heure après, sur une terrasse dont la vue donne en plein sur la statue. De puissants projecteurs l'éclairent pendant la nuit. Le monolithe rayonnant semble jailli de la forêt des ténèbres. Cette énorme lumière frappe les deux frères. La robe, les plis, les bras, la tête érigent une météorite sacrée. Ce n'est plus soixante-dix mètres de béton coulé mais une présence oppressante. Ils savent que ce belvédère naturel est trop éloigné de la statue pour permettre un tir. On leur a donné un lance-roquettes antichar, efficace contre l'enceinte d'une banque mais beaucoup moins sûr dès que la distance augmente. Au-delà de cent mètres l'opération devient hasardeuse. Or, sur leur piton, ils se trouvent à quatre cents mètres du corps de la statue...

Il leur faudra donc escalader la montagne même dont l'abrupt conduit au Redentor. Sur le flanc arrière, un relief calé comme un arc-boutant se bombe et permet de prendre du recul. La pente de ce côté est accessible à des jeunes gens agiles. Elle longe la succession d'escaliers et de terrasses qui mènent les pèlerins au Corcovado. Seule la partie frontale domine un précipice infranchissable. Ils calculent qu'en atteignant le point extrême de la rampe naturelle et graduée, ils s'approcheront à cent vingt mètres du Redentor. L'échine du Dieu sera en plein dans le champ de tir. Ils viseront par-derrière, deux fois, le Christ au niveau du cou, là où le défaut est indiqué sur le plan secret. S'ils échouent, les trois charges suivantes seront concentrées sur le dos beaucoup plus large et plus proche. Et s'ils atteignent le point stratégique au revers de la poitrine, des fissurations se déclencheront, mettant à mal le prodigieux totem. Alors le cou et la tête ébranlés par la secousse ont une chance de fléchir, de se tordre en avant, de basculer...

Des cris d'oiseaux de nuit retentissent dans la forêt et sur le roc. Le Christ géant surplombe les deux frères de sa masse lunaire. L'immense et doux visage semble une apparition. Les bras déployés à l'horizontale sont les ailes d'un grand vautour d'amour. Alcir reste longtemps à regarder le Sauveur tandis que Benicio s'est écarté. Alcir alors recule, se retourne et voit, un peu plus loin, son frère assis sur une pierre. Il tient sa tête penchée entre ses mains. Alcir comprend qu'il pleure. Il vient contre Benicio, étend sur ses épaules un bras de compassion. Benicio se lève et les deux frères quittent les lieux, courbés dans une même affliction. On dirait *Adam et Ève chassés du Paradis*, sur ce fragment de fresque de Masaccio qui surnage dans l'église du Carmel à Florence, le long d'un pan de muraille piqueté, grisé, desquamé. Les autres motifs sont perdus. Ne subsiste qu'Adam, le visage baissé, entraînant Ève, les yeux battus, sourcils fléchis, criant sa douleur au ciel injuste... dans des couleurs ocrées, brunâtres, violâtres, un rougeoiement éteint, comme une aura de vieille et belle favela crépusculaire.

Le colosse lumineux bascule soudain de son piédestal. La tête tranchée roule sur la pente vers la favela Dona Marta qui se trouve juste en contrebas. La tête démesurée percute les premières cabanes, rebondit dans l'égout, ouvre des balafres de terre, zigzague et poursuit sa trajectoire meurtrière... Alcir voit la tête immense et douce, le grand chef féminin, les longs cheveux du Christ. Et la planète de la tête se précipite sur lui. Il fuit, mais la tête s'élargit, émerveillée de tuer. Des corps gisent sous ce rocher mystique, des jambes ensanglantées dépassent, d'autres se débattent. On voit des crânes fendus. Le Christ tue, il se braque en suspens, à pleine pente, devant une nouvelle rangée de cabanes et de favelados épouvantés. Les femmes s'agenouillent, crient, en serrant leurs gosses dans leurs bras, les hommes fuient, tombent. La tête du Christ alors bascule de nouveau, roule, écrase une bouillie de taudis, creuse de grands égouts de sang. Et Carmelina, la mère, à son tour, est broyée par la meule du Dieu d'amour. Car toujours le Christ illuminé sourit. Alcir brusquement voit, tout contre lui, la tête géante, figée, extasiée du Christ. Il se met à hurler. Benicio allume l'électricité et s'assoit sur le matelas auprès de son frère hanté par ses cauchemars.

Et tous deux imaginent le colosse éventré, avec sa crevasse noire dans la poitrine, cette plaie dentue comme un ricanement. Les ferrailles pointent dans la statue béante. Le Christ est creux. Dieu est vide.

Ils voient la ville décapitée, le moignon de Dieu, ce grand trou sans le Christ. Le pilier sacré explosera et les montagnes, les rocs, les immeubles, les écrous de granit, les criques, la vis des eaux, toute la matière privée d'aimant, de soutien, va s'effondrer, tomber dans le gouffre. Les hommes, eux-mêmes fauchés, sapés dans leur âme, vont tomber. Tout sera englouti, anéanti. La ville informe précipitera ses amas de matière morte au fond de l'océan.

Les yeux d'Alcir et de Benicio sont immobiles. Les deux

frères ne se tiennent plus par le bras. Leurs mains sont séparées. Ils restent, côte à côte, courbés sous l'ampoule crue de la chambre. Ils acceptent la nudité.

La grande cité grouillait, vivait. Alcir et Benicio voulaient sa mort parce que le désir les avait désertés. Le sacrilège était la dernière fleur qui pouvait pousser dans leur cœur. Le calice d'un meurtre. Mais la ville l'ignorait. Harcelée par tous les ferments de la misère et de la violence, elle connaissait à cette époque l'épanouissement de toutes les frénésies. Les repaires des mornes dressaient leurs pinacles au-dessus des palaces, ils épiaient le Sheraton, le Méridien, l'hôtel National… de Copacabana à Barra, avec une détermination criminelle jamais atteinte jusqu'à ce jour. Les vigiles postés autour des bastions de luxe et communiquant dans leurs talkies-walkies sentaient l'étreinte d'invisibles regards, ce nœud de vengeance et de rapacité. Mais cette guerre était la vie, impulsion et révolte de vie.

Alcir et Benicio, les jumeaux de la nuit, étaient sortis du grand cercle solaire. Personne ne le savait encore, car personne ne pouvait imaginer le néant.

Sur l'autoroute qui reliait l'aéroport de Galeão à l'hôtel où logeait Damien, la vie tramait une nouvelle ruse, un épisode hardi dans l'épopée de la prédation. Et c'était rassurant.

Le petit car de l'hôtel avait quitté l'aéroport depuis dix minutes pour ramener ses vingt touristes suisses vers Leblon. C'étaient des touristes pleins d'enthousiasme et de pognon. Troupeau armé d'appareils photo japonais dernier cri. Les zooms pendaient en appendices coriaces sur le ventre des messieurs. Les voyageurs aimaient sentir le poids, la rigidité de ces beaux cylindres cerclés, chiffrés et cliquetants. Les dames fourrageaient dans leur sac à main, réglaient la climatisation d'un bras levé, couvert de bracelets. Ils gardaient le teint rose malgré la longueur du voyage. C'étaient des Européens cossus, grassouillets, excités d'avance par le Brésil. Ils jacassaient, photographiaient déjà, à tort et à travers, tout ce qu'ils voyaient. L'autoroute les avalait dans sa glissade de carrosseries étincelantes, grosse marqueterie de chromes, de pare-brise, de reflets, de grondements.

Un hélicoptère eût-il survolé l'autoroute qu'il aurait compris, peu à peu, la manœuvre. Deux bagnoles trahissaient un comportement anormal. Au lieu de suivre le flux dans son élan grégaire, elles y traçaient des figures parasitaires, des crochets sinueux. Elles se faufilaient, dépassaient le car, freinaient, le suivaient, le rattrapaient, l'entortillaient comme un gibier chassé. Le chauffeur, les hôtesses de l'agence de voyages et les touristes ne s'apercevaient de rien. Toute la circulation confondait, pour des regards innocents, les véhicules dans le même chaos miroitant. Mais les requins pistaient le beau navire suisse. Les pirates, au volant, lorgnaient à l'arrière du car la rangée des visages hilares, nuques pleines et joues vermeilles. Un effluve de fric, un ballottement de chairs délicates et choyées, un flottement de chevelures blondes auréolaient le petit bus bourré de butin à craquer. Les pirates dérivaient, ralentissaient, remontaient une file de voitures, attendaient le moment propice. Ils savouraient ce paradis roulant des Suisses. C'était mobile et concentré, pas un pouce de pauvreté, rien que des porte-monnaie, bijoux, montres. Telle était la beauté, la Terre promise. Cela vous aimantait la meute. Rio vibrait, vivait. Les voleurs étaient tendus de désir. Ils croyaient dur comme fer à la vie et au bonheur. Touristes et chasseurs baignaient dans le même optimisme. Le soleil dardait, crépitait sur les voitures. Les Suisses s'épongeaient malgré la climatisation, les dames s'aspergeaient avec des bombes rafraîchissantes, faisaient gicler des eaux de toilette sous leurs aisselles. Leurs nichons se bombaient dans les décolletés. On aurait bandé d'amour, tant cette coulée de touristes charnus sentait l'or et le miel. Il y avait deux ou trois roux plus délectables encore. Les pirates se les montraient discrètement. Une rousse, surtout, la plus jeune du lot, la quarantaine voluptueuse, constellée de grains de beauté. Elle se promettait de bigler les grands mulâtres sur les plages, ces danseurs de samba et de rap qui avaient le rythme dans les reins et un lingot du diable entre les cuisses. La rousse se dorait déjà à sa vitre. Elle humait les mornes alentour, gorgés d'amour et de force. Les pirates faisaient une haie d'honneur à la Lilith de Genève. Le petit car sentait les pâturages, les lacs frais, les vaches et les alpages, l'arôme des brises et des banques.

Les pirates échangèrent un regard fulgurant. Un vide venait de s'ouvrir entre le car et la file de bagnoles qui le précédait. La première voiture des voleurs s'intercala lestement dans le créneau. L'autre, un fourgon plus gros, serra soudain le flanc du car. Et quand la circulation se bloqua, d'un coup les mecs jaillirent armés de revolvers, de fusils, de mitraillettes. C'est le chauffeur qui les vit, puis les hôtesses, qui poussèrent un cri. Les touristes qui se situaient sur le côté droit aperçurent les assaillants du fourgon mais ils restèrent muets de stupeur, tant l'attaque semblait irréelle. Deux rafales criblèrent le pare-brise et les vitres des portes antérieures du car. Les agresseurs ajustèrent le chauffeur, le sommant d'ouvrir. Ce qu'il fit avec célérité. Les voleurs s'engouffrèrent dans la cabine chargée de Suisses. Les automobilistes qui entouraient le car se gardaient de bouger, car les pirates avaient distribué sur le macadam des acolytes armés qui menaçaient tout le monde. Les voleurs foncèrent dans la blondeur du car, ces rousseurs partout, ces belles chairs soulevées de terreur. Ils braquaient les messieurs et les dames, les malmenaient, les détroussaient à qui mieux mieux, arrachant les colliers, les montres, les bagues, les sacs de croco qui craquaient, couinaient. D'autres voleurs forçaient le chauffeur à ouvrir le coffre à bagages. Ils déchargèrent les valises de cuir, Vuitton et consorts, mallettes à serrures, mécanismes cuivrés, briqués, gros sacs ventrus, luisants. La jolie rousse perdit en un éclair toutes ses chimères. Elle fut dépouillée d'une paire de boucles d'oreilles, d'une chaînette d'or, de son fric qu'elle se promettait de changer à l'hôtel et de placer en lieu sûr dans la salle des coffres. Elle vit le grand mulâtre musclé qui la molesta. « Black is beautiful » : c'était le slogan inscrit sur son tee-shirt. Mais elle n'eut pas loisir d'admirer son ventre de samba, de batteur africain. Le cœur n'y était pas. Elle tremblait, exhibait deux seins trémoussés de panique au fond du décolleté. Le voleur absorbé par le butin n'eut pas le temps de rendre hommage à ces mamelons suisses.

Ils pillaient, véloces et brutaux... fouillaient les fringues, agitaient leurs canons sur les tempes, pointaient des couteaux devant les cous. Le car était en transes. Les touristes verdissaient, cadavériques. Ils regrettaient les lacs et les chalets, la quiétude et le douillet... Genève, Lausanne, Berne fuyaient dans un rêve. Rio les prenait à la gorge. C'était une initiation sur le tas, au corps à corps. Plus personne ne criait, ne bronchait. Les voyageurs capitulaient. C'était à qui rendrait le premier sa carte de crédit internationale, ses souliers de chevreau, sa gourmette... Une grande braderie de charité. On donnait ce qu'on possédait. On était généreux. On distribuait jusqu'à sa chemise Lacoste, son corsage griffé. Les voleurs recevaient la surabondance de ces dons.

Quelques rafales de mitraillette déblayèrent le terrain autour du car. Les types s'enfuirent dans la bagnole et le fourgon plein de bagages.

Profond était le deuil des infortunés touristes. Ils proféraient des stances dignes de Chimène, des sortes de thrènes sophocléens, pour tout dire, des lamentations d'Épidaure. Ils pleuraient, craquaient. Certains gardaient les yeux grands ouverts sur l'image d'un revolver ou d'un couteau éblouissant, le corps paralysé, catatonique. Les psychiatres de Genève auraient du boulot pour des mois. Certains banquiers, détraqués par le choc, vendraient leurs biens, partiraient sur les routes, disparaîtraient, revenus à la vie nomade après quatre siècles de sédentarité et d'accumulation du capital. Cela s'était vu, après un hold-up! Des mutations... l'alcool, la drogue, voire la prostitution. Les victimes pouvaient se convertir, mener des vies de saint, d'autres encore se faisaient construire des citadelles aux portes blindées où elles se retranchaient, armées jusqu'aux dents. Les sexualités capotaient dans l'impuissance, la perversité obsessionnelle ou la régression anale, les borborygmes...

Sylvie et Damien bavardaient à la terrasse de l'hôtel quand ils virent débarquer la horde échevelée, traquée, dépenaillée des Suisses. Sans valises, sans lunettes, sans fric, sans appareils photo, sans allégresse. Dans un dénuement proche de celui des favelados. C'était une colonne de zombies aux gidouilles boxées, blafardes, aux trognes défaites, aux yeux cernés, défoncés, shootés. Damien remarqua la jolie rousse aux mamelons blancs et vacants. Bon ! Les vacances étaient gâchées... Le directeur de l'hôtel et tout le personnel, les flics, les médecins, les journalistes s'empressaient autour des naufragés. Survivants de la *Méduse* mais avec un poil de Rubens dans les carnations et des couleurs virant au Caravage.

Ce fait divers fit le tour du monde et suscita des commentaires sur la violence brésilienne. On soulignait le culot du commando. On ne déplorait aucun mort mais l'image était désolante ! La crise du tiers monde poussait à ces outrances. On basculait dans le fanatisme religieux ou dans la pure piraterie. La bigoterie sanglante ou la jungle. Il n'y avait pas de moyen terme. Marxisme, christianisme et démocratie ne faisaient plus l'affaire. Les sociologues, dans des essais aussi futiles que répétitifs, développaient ces évidences tragiques. Ils se contentaient, pour les moins glorieux d'entre eux, de recopier Baudrillard en l'accommodant pour le grand public. Cioran revenait à la mode, avec sa thèse centrale des barbares fanatiques surmotivés, triomphant des civilisations exsangues et sceptiques. Non, la clé du cosmos n'avait pas changé ! Les cultures n'étaient qu'un maquillage menacé.

Ainsi méditait Damien, doué pour les élucubrations profondes, au spectacle des damnés suisses. Les bandits avaient donc eu raison des banquiers. L'antithèse romantique lui plaisait. Toutefois, il éprouvait un mouvement de compassion à l'égard des touristes débandés. Il savait que dans la même situation, tout philosophe qu'il fût, il aurait ressenti une trouille terrible et probablement fait sa plus grande crise de tétanie. Sa force et sa lucidité ne tenaient donc qu'à un hasard heureux. Mais il se représentait mal la catastrophe. Il n'arrivait pas tout à fait à se mettre à la place des victimes. Son égoïsme le protégeait, ou plutôt un instinct de survie, cette incroyable légèreté, cet héroïsme ingénu propres à chacun de nous, confronté tous les jours au malheur et à la mort des autres, sans pour autant abdiquer. Damien, malgré son incrédulité, possédait lui aussi son petit noyau d'immortalité. Les Suisses, eux, étaient dénoyautés.

Damien ne put s'empêcher d'imaginer la joie des voleurs débarquant les trente valises boudinées dans quelque favela, gourbi de la Marea ou de Madureira, cache de la Rocinha... Quels trépignements d'impatience et mimiques jubilatoires au fur et à mesure qu'on force les serrures de sûreté ou qu'on éventre les bagages joufflus ! Le butin surgit, déborde, caracole, luxueux et bigarré. Beaux billets enroulés dans des tubes d'aspirine... Oh les rusés ! Liasses couvées, cousues dans les poches des pantalons, des vestes, dans les replis scabreux. Joie de l'exploration ! Découvertes imprévisibles et successives dans un crescendo de surprise et d'excitation. On palpe, on tâte, on trousse et, soudain, ce bruissement inaugural, cette sensation feuilletée de biffetons planqués. Rires, exclamations, hourras, enthousiasme à son comble ! Et les dessous des dames, dentelles, justaucorps, culottes à trous, à tulle, string de la jolie rousse... Extase ! Maillots somptueux pour bronzer au bord de la piscine. Les pantalons des hommes à l'étoffe souple, bise, écrue... vestes de soirée : alpaga... miam miam ! Denrées de première qualité, babioles rares, gadgets raffinés. Nantis en proie aux affres de la perte, voleurs efflanqués renfloués. Plénitude de la possession !

Le balancier ne tarda pas à basculer dans l'autre sens. Dans le quartier de la Boca, derrière la chapelle du pape, Arnilde et Chico, adossés à un mur, crachaient, fumaient négligemment.

Leurs petites affaires tournaient... Ils avaient fait une partie de billard, récolté le fric du jeu de bicho, vendu de la cocaïne. Un vent tiède montait de la baie. Les caïds écoutaient du rap sur un transistor. Ils entendirent quand même le bruit de l'hélicoptère. Ce n'était pas la première fois que les flics patrouillaient au ras des mornes. Ils se méfièrent d'autant moins qu'ils n'étaient pour rien dans le pillage du car. Le mur de la chapelle cachait l'approche de l'hélicoptère...

Au même moment, à l'intérieur du Centre socio-éducatif, Narcisio, le responsable de la caméra vidéo, entendit le vacarme du moteur. Il n'avait encore jamais filmé un avion ou un hélicoptère. Il se précipita à une fenêtre et vit l'engin s'approcher. Il commença de filmer, puis l'hélicoptère sortit de son champ visuel, Narcisio bondit de l'autre côté de la pièce, vers une baie ouverte sur la place de la Boca. Il repéra Arnilde et Chico adossés contre leur mur. Et tout à coup, il vit les deux visages se lever pour regarder l'hélicoptère, gros joujou découpé dans l'azur, droit devant. Alors, juste au-dessus de la fenêtre de Narcisio, surgit le ventre de la machine noire, la fureur de ses pales brassait l'air, éclaboussait tout d'un vacarme effrayant. Narcisio filmait. La mitraille éclata. Arnilde se dressa, criblé de balles, s'écartela, gigota contre le mur de crépi et retomba sur Chico, tué net. Narcisio avait dirigé le zoom sur les deux cadavres qu'il voyait en gros plan, le visage de Chico trempé de sang dépassait du corps d'Arnilde.

Un grand afflux de voitures de police cerna la base du morne, l'enveloppant d'une rosace bruyante de chromes, de carrosseries contiguës, de gyrophares frénétiques. Tous les favelados reconnurent la police militaire. Ils se terrèrent au fond des cabanes. Des jeeps réussirent à foncer dans les ruelles, à s'engouffrer dans le dédale. Alors les flics sautèrent des véhicules et continuèrent à pied, galopant partout, cascadant dans les escaliers, les impasses, forçant les portes, cognant au petit bonheur, clouant les mecs, les tabassant, les couchant au sol, leur extirpant des hoquets et des aveux.

Narcisio, planqué contre le bord de sa fenêtre, filmait toujours. Les flics bondissaient, s'éparpillaient, revenaient, traquaient leurs proies dans tous les recoins. Narcisio se recula quand une escouade fit irruption dans le Centre. Sylvie était absente, mais un groupe de mères recevait alors d'une infirmière un cours d'hygiène pour les gosses. La police se heurta à la rangée des mères coincées depuis le début de l'attaque. Un flic se jeta dans le tas, zigzagua à la recherche d'un éventuel fuyard. Son chef l'appela et toute la bande poursuivit la chasse dans les autres rues. Narcisio filma, de dos, la troupe bottée, musclée, exclamative.

Le raid dura moins d'une heure. Les voitures déguerpirent. Le padre Oliveiro déboucha sur la place de la Boca, s'agenouilla devant Arnilde et Chico, culbutés en travers l'un de l'autre, leurs chemisettes déchiquetées, rougies. Un grand silence entrecoupé d'appels, de courses, de gémissements s'abattit sur le morne.

Narcisio sortit la cassette de la caméra et la cacha en attendant Sylvie. A son retour, il lui révéla ce qu'il avait fait. Tous deux visionnèrent le film à l'abri des regards. L'hélicoptère arrivait sur le morne, grossissait à vue d'œil. Puis, dérobé par le bâti du Centre, il giclait de l'autre côté, énorme mouche ventrue, étincelante, dans la frénésie de ses pales. Arnilde et Chico troués de balles, sabrés, effondrés sur le sol. Sylvie décida qu'il ne fallait pas garder ce document à l'intérieur du Centre. Le transmettre aux journalistes était prématuré. La police avait préparé tous les alibis possibles. Elle accuserait Arnilde et Chico de tous les délits, prétendrait qu'ils étaient dangereux et qu'elle avait riposté à leur rébellion par un tir de sûreté. En outre, comme certaines charges pesaient sur

Arnilde, il valait mieux s'abstenir pour le moment, mettre de côté le film et attendre une occasion propice.

Sylvie alla rendre visite à Rosarinho, lui confia l'affaire. Le médium s'empara de la bande qu'il logea dans une capsule de métal et enterra dans la partie sacrée du terreiro, à côté des plans du Corcovado remis à leur place, dès qu'Alcir et Benicio en eurent tiré copie. Ainsi le sanctuaire contenait la faille du Redentor et le meurtre des deux caïds, le film de leur brève agonie, un zoom sur leurs visages sanguinolents. Une balle avait cassé la mâchoire enfantine de Chico, qui pendait sur la joue d'Arnilde.

Damien, à sa terrasse, pour l'éternité, voyeur sans issue, avait entendu l'hélicoptère mais pas la rafale. Toutes les voitures de police étaient passées par-derrière, assez loin de l'hôtel. Il n'apprit l'assaut qu'une heure plus tard quand la rumeur se répandit. Arnilde et Chico étaient morts…

Sylvie, plus tard, lui assura qu'ils n'avaient pas participé au pillage du car. Une fuite révélait qu'il s'agissait d'une trahison d'Osmar, d'un accord passé entre lui et la police militaire. L'affaire remontait même plus haut, jusqu'à l'organisation suprême.

– Qu'est-ce que c'est que cette histoire? demanda Damien, sceptique.

– C'est la collusion des magnats et du milieu… ça s'appelle la grande phalange. Des liens, des pactes autour de la drogue, une alliance destinée à prévenir toute radicalisation à gauche. Si tu veux, ils préfèrent un caïd puissant avec qui négocier plutôt que les groupuscules et les activistes du Parti des travailleurs.

La conversation en resta là. Cinq valises seulement furent retrouvées, dans un immeuble locatif, à la frontière du Vidigal et de la Rocinha. Tout le reste manquait. Deux couples de touristes purent récupérer leurs chemises et leurs culottes, une carte de crédit, quelques billets, mais ni les montres ni les bijoux. Ils brillaient ailleurs, dans l'inconnu. Arnilde et Chico étaient guéris de la convoitise. Leurs prunelles n'étincelleraient plus jamais sur un trésor.

Damien ne pouvait plus rire ni pleurer. Nelson apprit sans sourciller l'aventure du car suisse et des représailles sanglantes. Ces péripéties n'avaient plus de prise sur lui. Biluca lui massait le dos, sans commenter les événements diffusés par la radio. Nelson se taisait. Il avait envie de se promener doucement le long du méandre rouge du Jacuriri. Alcir et Benicio eurent connaissance des faits le soir même. La mort d'Arnilde et de Chico les confirma dans leur projet. Elle rendit leur solitude un peu moins absolue et relia faiblement leur sacrilège à la communauté humaine. Le meurtre d'Arnilde et de Chico exerça une légère attraction sur la planète de la mort où ils se préparaient et la leur rendit plus familière.

Asdrubal reçut la lettre de Lucia et de Mario. Son épouse et son fils lui juraient leur amour. Asdrubal lut et relut plusieurs fois la lettre. Lucia lui révélait que leur rencontre projetée dans la Rocinha sous les auspices d'Osmar était ajournée, car la police surveillait le morne. Asdrubal apprit la mort d'Arnilde et de Chico, après celle d'Hippolyte. Ces morts le peinaient sans l'abîmer dans le désespoir. Asdrubal avait envie de revoir les siens, de retrouver la liberté, de continuer le combat.

Mais sa haine, son désir de vengeance s'étaient estompés... Chaque jour, il oubliait un peu plus Nelson. Il tentait de réveiller sa colère. Mais rien ne venait, à peine un éclair noyé. Dans la journée, il s'habituait au cocon de la grotte et au sommeil des chauves-souris. Il admirait les mœurs des petits mammifères qui ne se chamaillaient pas, ne rivalisaient pas les uns avec les autres, mais restaient agglomérés et pendus en colonies paisibles. Dans le halo de sa lampe, il voyait le velours des bêtes. Il était rassuré. Il n'avait plus peur du monde. La pointe de ses passions s'émoussait. La nuit, il sortait dans les branches gigantesques du « figueira brava », revoyait le lézard endormi, les étoiles et la mer. Il redoutait encore de perdre tout désir, de se délier de sa cause et de l'amour.

Il racontait ses appréhensions à Sirilino, qui lui parlait alors de l'esprit d'Ossãe, de la grande âme végétale répandue dans l'arbre universel. Mais Asdrubal ne croyait pas aux dieux de Sirilino. Il voulait retrouver le réel et l'action.

L'arbre oscillait dans la nuit, ses grands feuillages ruisselaient, planaient comme les ailes d'un oiseau surnaturel. Les chauves-souris traçaient leurs sillages entre la grotte et le ciel nocturne, et cela formait un lien quasi musical avec le firmament. La lune et l'eau dormaient en un fuseau de blancheur laiteuse, à l'horizon. Alors, ce même sentiment d'harmonie qui avait touché Asdrubal, lors de sa première escapade dans le figuier, l'envahissait de nouveau, s'élargissait, il se sentait aimanté par cette zone vague, imperceptiblement mouvante, phosphorescente, à la fusion du ciel et de la mer. Dans son rêve, l'arbre se changeait en barque. Asdrubal dérivait dans une éternité fluide et il lui semblait entendre la douceur d'un chant.

… Alcir et Benicio n'échangent plus un mot mais se regardent à la dérobée, et souvent ils se surprennent dans cette contemplation fraternelle. Ils préparent leur action avec une ardeur minutieuse. Les bouffées d'angoisse qui les ont assaillis, après le repérage des lieux, ont disparu. Ils n'éprouvent ni joie ni douleur. Le sentiment de vacuité qui les rongeait au début de leur exil est moins éperdu. Souvent ils repensent à Arnilde et à Chico. Ils ne savent pas pourquoi. Car ils n'ont jamais connu une vraie sympathie pour le caïd, ses manigances et ses trafics. Cependant les deux victimes sont devenues pour eux des présences tutélaires, des anges doux comme la mort.

Le soir du sacrilège, ils prennent possession de leur matériel et d'une voiture chez un homme de la Rocinha. Et ils partent sans parler. Ils ne se regardent plus. Ils traversent São Conrado, longent la mer et voient l'ombre des Dois Irmãos. Dans le ciel, il y a le halo du Redentor. Soudain, la masse du grand morne les émeut, toutes les petites lumières qui clignotent dans la nuit. Ils sentent cette présence comme celle de leur mère. Ils se dirigent vers Cosme Velho. Au même moment, Napoleon Hugo descend à toute allure en direction des plages au volant de son taxi. A la sortie d'un tunnel, Alcir accélère mais il est ébloui par les phares d'une automobile décapotée pleine d'adolescents qui chantent. Les deux frères captent une traînée de rires et la chanson. Alcir entrevoit une fille dont les cuisses pendent par-dessus la porte de la jeep… blanches dans la lumière. Il donne un coup de volant brutal. La voiture de Napoleon Hugo qui fonce tout droit sur sa ligne le heurte de plein fouet. L'essence prend feu immédiatement, le brasier s'élance dans le noir. Les roquettes désamorcées n'explosent pas. La jeep des adolescents s'arrête. Des curieux accourent, tenus à distance par les flammes. Napoleon Hugo est écroulé sur son volant, il a le crâne brûlé. Le corps de Benicio est tordu contre le pare-brise. Son frère a été projeté sur le macadam, à quelques mètres. Dès que l'incendie est éteint par les pompiers, la fille s'approche, elle voit la tête coupée d'Alcir dans une aura de sang.

Quand Damien apprit la mort d'Alcir, de Benicio et de Napoleon Hugo, une phrase sonna aussitôt dans son esprit : « Dieu est en moi. » Il revoyait le visage serein du chauffeur de taxi la prononcer lors de leur première course dans Rio.

Damien mit le disque, la mélodie de Gilberto Gil, *Mãe Menininha* : « … La Mère est partie… Mère du ciel… Tu es le rire, l'or, le port… Garde-nous le secret. » Et Damien retrouva son ravissement de Rio, ce sentiment d'éternité sensuelle et limpide…

Huit jours avaient passé. C'était le matin, le ciel était beau. Damien partit en direction de São Conrado. Il avait envie de pleurer et il éprouvait en même temps une horrible joie douce dont il ignorait la cause. Il obéit à l'impulsion de marcher, d'aller là-bas. « Dieu est en moi », la parole de nouveau le hantait, absurde, lumineuse.

Il fut bientôt au pied de l'amphithéâtre de la Rocinha. C'était là qu'il voulait errer et se perdre. Il franchit la rue de l'Esperança, traversa le bairo Barcelos, le plus vieux quartier de la Rocinha. Il remonta d'abord la rue du bouvier. Jusqu'ici la favela n'avait rien d'effrayant, des boutiques jalonnaient la rue, une boucherie, une épicerie-tabac, un petit supermarché, une pharmacie, quelques immeuble locatifs de quatre étages... La route de Gavea amorçait l'escalade du morne et la vraie favela commençait. Des voies horizontales cerclaient le flanc de la montagne biffée par une foule de chemins verticaux. Tantôt Damien suivait les premières, tantôt il s'engageait dans les seconds pour rejoindre, un peu plus haut, une nouvelle courbe de niveau. Au fur et à mesure qu'il gravissait la pente et s'enfonçait dans la Rocinha, les maisons se multipliaient, s'appauvrissaient, passaient du bâti de briques plâtré, crépi de bleu, de rouge, aux murs nus, aux parpaings crus, puis aux cabanes de planches. Il rencontrait peu de monde, sinon des groupes d'enfants, des guetteurs et des femmes sur les vérandas, dans les courettes ou à leur fenêtre. Il longeait des files de linge, loques accrochées d'un bord à l'autre d'un égout, d'une passerelle, suspendues entre deux palissades. Il n'avait pas peur. Il connaissait toutes les histoires de vol, de meurtre. Il n'y pensait pas. Les femmes lui souriaient. Les enfants galopaient derrière lui, le houspillaient un peu, puis le lâchaient. Il était vêtu d'un jean et d'un simple tee-shirt. Il n'avait rien sur lui. Il était libre. Il marchait. Parfois, il sentait que sa venue avait été annoncée, on l'attendait aux fenêtres, on le toisait, on jacassait, il souriait, continuait, on répondait à son bonjour, un groupe de femmes se forma à son passage et le laissa repartir. On le prenait pour le client de quelque médium, de quelque dealer, pour un errant, pour un fou, pour un amant du monde.

Il semblait savoir où il allait. En fait, il progressait au petit bonheur, se guidant sur les grandes parallèles qui cernaient le cirque. Dans des brèches, il voyait la baie, la mer, un segment d'autoroute, l'hôtel National et l'hôtel Intercontinental, érigés sur le littoral peuplé d'immeubles de haute taille. Il entrait dans la rue de l'Allégresse, de la Robe Sale, de la Cabessa, du Clairon, des Miracles, des Sept Sœurs, du Lourinho, de la

Mère Céleste, des Trois Arbres, des Ibijis, du Pirulito, de la Miranda, de Saint Sébastien, du Père Cicero, des Tiroteiros... Les rues, la plupart du temps, portaient des noms de joie, de bonheur, rue de la Chance, de la Providence, des Bons Ancêtres, du Soleil, du Grand Anibal, chemin des Saints, du Vieux Natal. Il y avait aussi la rue de l'Amour Triste. Parfois, de grands égouts charriaient des ordures, à pleine pente, alimentés par des rigoles latérales moins encombrées. Des tuyaux sortaient des vérandas, versaient l'eau sale en contrebas, des fils électriques s'entrecroisaient, se reliaient en bouquets anarchiques, divergeaient d'une baraque à l'autre. L'abrupt se cabrait, d'énormes bosses de granit saillaient avec des masures attelées à la roche. Les façades reposaient sur pilotis, des escaliers hardis voltigeaient jusqu'à la porte d'entrée, un chemin de planches plongeait sous les marches. Des barrières, des clôtures tarabiscotées encadraient tous ces terrains enchevêtrés. Des marmailles vêtues de tee-shirts ou ventre nu jouaient au cerf-volant, galopinaient, shootaient dans un ballon, dribblaient avec vélocité, crachaient, dressaient le pouce quand ils avaient réussi un beau coup. Puis ils vagabondaient, s'agglutinaient en chahutant. Un chien suivait Damien depuis un moment. Et cette bête fidèle trottinant à son rythme rendait le visiteur plus familier. Damien se faufila dans une intrication de raidillons, de chicanes, de sentes tournoyantes, de vrilles contournant les reliefs... Les cabanes titubaient, juchées comme des taudis de chercheurs d'or, de voyous de western... Il se retournait sur des avalanches d'innombrables maisons de Lilliput soudées, vermiculées, saturant les versants de leurs géométries, de leurs méandres rouges.

... Parfois la grande favela serpentait, naviguait autour de lui, fourmillait. Une impression de vie, de flux, de clapotis industrieux l'envahissait, le débordait. Vie tendre, vie violente, conquise pied à pied, sur les pinacles, dans les redents, crevasses, sur d'invraisemblables aplombs, poussant partout, compliquée de soubresauts, de déhanchements, d'envols, de lézardes, craquelée de galeries et de goulets, cousue de passerelles impondérables, tendue de pansements de planches, éclisses, béquilles, barres cruciformes, châssis de tôles rouillées, à même les éboulis… Toute la pâte du morne ondulait, briochait, se feuilletait, déployant ses bracelets.

Il était pris dans cette marée, ce battement de petites baraques droites et courtes. Les mornes cognaient, tanguaient Parfois de grandes immobilités pétrifiaient un pan entier de colline marqueté de soleil et d'ombre. Soudain une voie montait comme un tronc étendant ses branches, ses ramilles. C'était un arbre de guenilles. Mais tout cela moutonnait en structures fines, déchets qui habillaient Damien de haillons vivants. Personne ne faisait obstacle à sa course. Sa volonté de poursuivre, de ramer dans les affluents du fleuve était telle que devait émaner de lui une sorte de rayonnement. Le chien le quitta brusquement.

… Il se perdit, retrouva son chemin, s'embrouilla, coula dans des cuves, émergea, passa de l'autre côté du morne de Gavea, tomba sur la dépression rouge qui séparait la Rocinha de la favela du Vidigal et des Dois Irmãos. Il reconnut la blessure et tressaillit. Arnilde était mort. Rien n'empêchait maintenant les maisons d'Osmar de franchir la frontière. Il descendit dans cette plaie de la terre. Il avança entre deux remblais sanglants. Il ne voyait plus la totalité des mornes et des criques, mais seulement deux versants tronqués sur une arête vive. Les constructions se raréfiaient et la matière, la pierre, l'argile sourdaient, s'étalaient avec une nudité poignante. Comme en attente, en offrande, car il n'y avait rien que la peau, que la chair du morne et ses nervures de roc. Rien que le monde et son silence entre deux favelas, deux camps avides.

Alors Damien sentit le malaise, la tension, en traversant cette faille : un vertige, un sentiment de fragilité infinie. Rien ne le protégeait plus. Il était exhibé, livré à la sauvagerie du sol, au dénuement originel. Dans sa tête, toutes les baraques qu'il avait rencontrées se tassèrent, s'emboîtèrent, culbutées par un séisme qui les pressait, les broyait, les réduisait en purée, en mâchis de mort. Il vit la grande coulée suinter, dégouliner, avec des bribes, des broutilles de cabanes piquées dans ce vomissement...

Mais c'était peut-être cette crise ultime qu'il était venu affronter à la charnière des deux favelas, dans l'encastrement des mornes. Là, au fond du trou, dans ce levain de matière crue. Il vacilla, eut envie de s'allonger, de se coucher, de rester là, d'attendre, de mourir dans l'étau des granits, au flanc de la plus grande misère, dans le mausolée rouge. Il avança, oppressé par l'angoisse, en sueur, tremblant. Il atteignit l'autre bord, les premières maisons du Vidigal. Il ne voyait plus. Ses jambes le portaient mécaniquement, par saccades, par vagues tétaniques. Les pyramides des mornes se disloquaient autour de lui, entraînant d'autres éboulements épais de cabanes et de taudis, tout un saignement de briques.

Il arriva à la Boca, à la Bouche de Fumée, à quelques mètres se dressait la chapelle du pape... alors, il vit Carmelina. La mère des deux frères, des enfants morts. Il vit son tablier, son ventre énorme, il vit la mort. Mais le visage de Carmelina s'éclaira. Il y avait un fond de deuil et de détresse sur la face sombre et ridée comme la terre. Puis vint le bon sourire. Damien pensa à Alcir et Benicio. Il eut honte. Ses pulsations, ses spasmes s'aggravèrent. Tout près de Carmelina, il grelottait, il hoquetait. Elle le prit dans ses bras et l'emmena dans sa maison...

Peut-être que Narcisio, posté dans une des rues ou à l'intérieur du Centre, avait vu surgir le voyageur dans l'objectif de

sa caméra, l'avait vu vaciller, masqué tout à coup par l'envergure large de Carmelina... Peut-être que Narcisio avait filmé
la détresse de Damien, l'issue de son errance, dans la Bouche
de Fumée, les grands bras de Carmelina. Narcisio, l'adolescent au miroir, le voleur, le passeur de beauté... Il avait filmé
Marine et Damien sur leur banc d'amour, il avait eu Arnilde
et Chico, il captait tous les doubles, tous les fantômes, avide
d'amants, de gisants qu'il couchait le long de la bande magnétique comme sous un suaire.

Carmelina allongea Damien sur un matelas et le frotta avec
vigueur en lui parlant sa langue luxuriante. Elle lui enleva ses
chaussures, lui attrapa les pieds qu'elle massait, triturait,
dégourdissait. Elle ôta son tee-shirt et, de ses pouces, de ses
paumes, elle le palpa, le pétrit... Sa main passait sur son
visage presque sans le toucher. Elle l'effleurait, comme d'une
caresse. Et sa langue roucoulait. Des trémolos, des psalmo-
dies sortaient de la bouche de Carmelina, une litanie puissante
et bercée qui chatoyait, ondulait, l'enveloppait, le malaxait.
Tout à coup, Damien se sentit privé d'assise, complètement
nu, écorché, menacé de chute et de dissolution. Au paroxysme, son regard s'aveugla, il appela Carmelina qui répétait :
« Tombe, tombe... laisse-toi tomber... n'aie plus peur, tu ne
tomberas pas. Je suis là, je te recevrai... » Alors, il s'abandonna. Il connut un moment de folie et de nuit. Tous ses
nerfs, ses tendons, ses fibres se contractèrent, galvanisés,
morcelés. Il sentit sa tête imploser, il perdit conscience.

... Puis il revint à lui, les larges mains étaient là, les grandes
mains de Carmelina qui flottaient, planaient sur son visage,
son torse, son ventre, le long de ses cuisses, de ses jambes. Elle
tapait sous la plante des pieds, puis sur le haut du crâne, elle
tambourinait, elle combinait ses pressions, puis elle le redressa, l'aida à se lever tout à fait, l'entraîna vers une porte qui
donnait dans une buanderie. Une cuve de linge fumait, une

chaude vapeur remplissait la pièce. Carmelina enleva son chemisier. Et ses énormes mamelons apparurent, lessivés de sueur, zébrés par des souillures de cendre ou de terre. Elle prit la tête de Damien dans ses mains brunes, elle l'étreignit contre son sein. Elle reprit sa psalmodie, son chant de mère profonde et elle massait le corps, le serrait, le soutenait, appuyant sur les fuseaux des muscles, le long des nerfs, dans les creux, le cherchait, le rassemblait... Elle le calibrait, le cadrait, le remplissait pour ainsi dire de densité et de substance, elle l'insufflait, l'organisait, l'enracinait et le prolongeait, l'établissait, le faisait entrer de nouveau dans sa chair, dans le temps, dans son souffle, le replaçait au cœur du monde. Il roulait, il nageait dans la danse des mornes, des criques, des granits, des multitudes humaines, des flux océaniques. Il descendait dans la houle rouge des argiles, remontait sur des crêtes, basculait, se balançait, sans sombrer. Il se sentit porté par le courant, dans la grande main de l'amour.

Carmelina, immense, suante, semblait rêver maintenant dans son incantation. Elle grelottait, gémissait, elle souriait, elle pleurait, s'extasiait dans un hymne à la mort de ses fils, à leur renaissance, à leur éternel voyage. Il voyait la grosse face bouleversée, ruisselante qui lui soufflait : « Damião... Damião... » Il entendait : « Mère... Mãe... Irmãos... Damião... O meu filho. » Il entendait la langue secrète, originelle : « ... filiou, meou filiou. » Et c'était plus vrai, plus doux que Damien, que mère, que fils. Cela sortait continûment des profondeurs, c'était fluide et fort. C'était la matière noire et lunaire de l'amour. Les seins exsudaient leur fleuve de suie, de terre, de bonté, toute la chair du cou se dorait, une falaise de chair. Damien reposait sur le ventre des mornes. Il n'avait plus peur. Une confiance, une clarté l'habitaient dans les bras épuisés de Carmelina.

Cinq jours plus tard, il écrivit une lettre d'amour et d'adieu à Marine et prit l'avion pour Paris. Quand l'appareil s'envola, il vit, au-dessous de lui, le Christ sur son rocher, couronné par l'hélice des eaux.

IMPRIMERIE B.C.A. À SAINT-AMAND (CHER)
DÉPÔT LÉGAL : SEPTEMBRE 1993. N° 20613 (93/479)

# Collection Points

## SÉRIE ROMAN

DERNIERS TITRES PARUS